Universale Economica Feltrinelli

FEDERICO MOCCIA
HO VOGLIA DI TE

Feltrinelli

© Giangiacomo Feltrinelli Editore Milano
Prima edizione ne "I Canguri" febbraio 2006
Prima edizione nell'"Universale Economica" maggio 2008

ISBN 978-88-07-72035-2

A Gin.
Il tuo sorriso mi ha raccontato questa storia.

A nonna Elisa e zia Maria che cucinavano bene e con amore. E che, quel giorno lì, mi sono venute a trovare...

1.

"Voglio morire." Questo è quello che ho pensato quando sono partito. Quando ho preso l'aereo, appena due anni fa. Volevo farla finita. Sì, un semplice incidente era la cosa migliore. Perché nessuno avesse colpe, perché io non dovessi vergognarmene, perché nessuno cercasse un perché... Mi ricordo che l'aereo ha ballato per tutto il viaggio. C'era un temporale e tutti erano tesi e spaventati. Io no. Io ero l'unico a sorridere. Quando stai male, quando vedi nero, quando non hai futuro, quando non hai niente da perdere, quando... ogni istante è un peso. Immenso. Insostenibile. E sbuffi in continuazione. E vorresti in tutti i modi liberartene. In qualsiasi modo. Nel più semplice, nel più vigliacco, senza rimandare a domani di nuovo questo pensiero: lei non c'è. Non c'è più. E allora, semplicemente, vorresti non esserci più anche tu. Sparire. Puff. Senza troppi problemi, senza dare fastidio. Senza che qualcuno si preoccupi di dire: "Oh, ma hai saputo? Sì, proprio lui... Non sai che fine ha fatto...". Sì, quel tipo racconterà la tua fine, ricca di chissà quali e quanti particolari, si inventerà qualcosa di assurdo, come se ti conoscesse da sempre, come se solo lui avesse sempre saputo veramente quali erano i tuoi problemi. Che strano... Quando magari non hai fatto in tempo a capirlo neanche tu. E non potrai fare più niente contro quel gigantesco passaparola. Che palle. La tua memoria sarà vittima di uno stronzo qualsiasi e tu non potrai farci niente. Ecco, quel giorno avrei voluto incontrare uno di quegli strani maghi. Mettono un mantello su una colomba appena apparsa e, puff, improvvisamente lei non c'è più. Non c'è più e basta. E tu esci soddisfatto da quello spettacolo. Magari hai visto delle ballerine un po' più grasse del dovuto, sei stato seduto su una di quelle sedie antiche, un po' rigide, in una sala ricavata alla meno peggio da qualche scantinato. Sì, c'era anche odore di muffa e di umido. Ma una cosa è certa. Che fine ha fatto quella colomba tu non te lo chiederai mai più. Invece no. Noi non possiamo sparire così facilmente. È passato del tempo. Due anni. E ora sorseggio una birra. E ricordandomi quanto avrei voluto essere quella colomba, sorrido e un po' me ne vergogno.

"Ne vuole un'altra?"

Uno steward mi sorride fermo vicino al suo carrello delle bibite.

"No, grazie."

Guardo fuori dal finestrino. Nuvole tinte di rosa si lasciano attraversare. Morbide, leggere, infinite. Un tramonto lontano. Il sole che fa un ultimo occhiolino. Non riesco a crederci. Sto tornando. A 27. Questo è il mio posto sull'aereo. Fila a destra subito dopo le ali, corridoio centrale. E sto tornando. Una bella hostess mi sorride di nuovo mentre mi passa vicina. Troppo vicina. Sembra mandata dai Nirvana: "If she comes down now, oh, she looks so good...". Ha un profumo leggero, una divisa perfetta, una camicia appena trasparente tanto da farti apprezzare quel reggiseno di pizzo. Va su e giù per l'aereo, senza problemi, senza preoccupazioni, sorridendo. "If she comes down now..."

"Eva è un bellissimo nome."

"Grazie."

"Lei è un po' come la prima Eva, lei mi tenta..."

Rimane per un attimo in silenzio a fissarmi. La tranquillizzo.

"Ma è una tentazione lecita. Posso avere un'altra birra?"

"Ma è la terza..."

"E certo, se continua a passare così... Io bevo per dimenticarla."

Sorride. Sembra sinceramente divertita.

"Ma conta sempre quello che bevono tutti, o sono io che le sono rimasto particolarmente impresso?"

"Decida lei. Sappia che è l'unico che ha chiesto una birra."

Se ne va. Ma prima di andarsene sorride di nuovo. Poi rimbalza allegramente mentre si allontana. Mi sporgo un po'. Gambe perfette, calze pesanti, contenitive, velate scure, scarpe serie di serie come le altre. I capelli tirati su, una coda doppia con qualche intreccio di troppo, di un biondo leggermente mesciato. Si ferma. La vedo parlare con un signore della mia stessa fila ma un poco più avanti. Ascolta le sue richieste. Annuisce semplicemente, senza parlare. Poi dice qualcosa ridendo e lo tranquillizza. Si gira un'ultima volta verso di me prima di andare via. Mi guarda. Occhi verdi. Una linea leggera. Una sfumatura alta color ebano e un po' di curiosità. Allargo le braccia. Questa volta sono io a sorriderle. Il signore dice ancora qualcosa. Lei risponde in maniera professionale e poi si allontana.

"Molto carina quella hostess."

La signora vicino a me entra disordinata tra i miei pensieri. Attenta e sorridente, occhio furbetto dietro occhiali spessi. Cinquant'anni portati bene, non come i suoi due orecchini, troppo grandi, proprio come quell'azzurro pesante sulle palpebre.

"Sì, gnocca."

"Cosa?"

"È una gnocca. Noi a Roma diciamo così di una hostess come quella." Veramente diciamo molto di più ma non mi sembra il caso.

"Gnocca..." scuote la testa. "Mai sentito."

"Gnocca, come no... A volte, bella gnocca. È un'espressione simpatica rubata alla pasta. Ha presente gli gnocchi, no?"

"Eh, come no. Quelli li ho sentiti e mangiati un sacco di volte." Ride divertita.

"Ecco, e le sono piaciuti?"

"Da morire."

"Vede, allora è facile. Quando a una ragazza le si dice che è gnocca, vuol dire che è 'buona' come quelli che ha mangiato lei."

"Sì, ma mi fa ridere pensarla come uno gnocco. Mi sa di... come si dice... ecco: goffo!"

"E no! Lei deve pensare a quegli gnocchi con sopra il sugo caldo, quel pomodoro dolce, quelli che si sciolgono in bocca, quasi si incollano tanto che la lingua poi li deve staccare dal palato."

"Sì, insomma ho capito. A lei piacciono da morire gli gnocchi."

"Abbastanza."

"Li mangia spesso?"

"A Roma molto spesso. A New York non ho mai mangiato italiano, che ne so, così, per principio."

"Strano, dicono che ci sono un sacco di ristoranti italiani buonissimi. Oh, ecco, sta tornando la... 'gnocca'."

La signora ride divertita e indica la hostess che arriva sorridente con il bicchiere di birra. Sembra quasi una pubblicità talmente è bella.

"Glielo dica che è una gnocca, vedrà che le fa piacere."

"No, lei mi prende in giro."

"Ma no, le assicuro che è un complimento."

"Allora, glielo faccio?"

"E glielo faccia."

La hostess arriva, mi porge un piccolo vassoio con il bicchiere sopra un centrino di carta.

"Ecco qua la sua birra. Non gliene posso servire altre perché stiamo per atterrare."

"Non glielo avrei chiesto. Sto iniziando a dimenticarla. Anche se non è facile."

"Ah sì... Be', grazie."

Assaggio la birra.

"È buonissima, grazie, perfetta, fredda al punto giusto. Portata da lei poi, sembra proprio quella birra della pubblicità."

"Ma mi tolga una curiosità, qual è la prima cosa che dimenticherà?"

"Forse com'era vestita..."

"Non le piace la nostra divisa?"

"Molto. È che la immaginerò in maniera diversa..."

Mi guarda un po' perplessa, ma non le lascio il tempo di rispondere.

"Si ferma molto a Roma?"

"Qualche giorno... Settembre a Roma è il massimo. Voglio andare in giro e fare un po' di shopping. Magari troverò qualcosa per non essere dimenticata."

"Oh, ne sono sicuro. Troverà dei vestiti perfetti per lei. Perché lei è... come posso dire... come si dice?"

Mi giro verso la signora seduta accanto a me.

"Mi aiuti lei."

La signora sembra un po' timorosa, poi si butta: "Lei è... una gnocca!".

La hostess la guarda perplessa per un attimo, poi guarda me. Alza il sopracciglio e all'improvviso scoppia a ridere. Meno male. È andata. Rido anch'io.

"Oh, brava signora, è proprio quello che avrei detto anch'io!"

La hostess di nome Eva si allontana scuotendo la testa.

"Allacciate le cinture per favore."

La sua coda alta si muove perfetta come tutto il resto. Perfetta come le ali di una farfalla. Una farfalla da prendere. C'era un pezzo che mi faceva impazzire negli States, un pezzo inglese di qualche anno fa... "I'm gonna keep catching that butterfly..." I Verve. Cerco di ricordarla tutta. Non ci riesco. Una voce arriva a distrarmi. La signora sta armeggiando con qualcosa. E non lo fa in silenzio.

"Uffa, non riesco mai a trovare la cintura in questi aerei."

Aiuto la signora che ci si è letteralmente seduta sopra.

"Eccola qua, signora, sta qui sotto."

"Grazie, anche se non riesco a capire a cosa possa servire. Mica ce la fa a tenerci fermi."

"Ah, quello no, di sicuro."

"Sì, insomma... Dico, se sbattiamo, non è mica come stare in macchina."

"No, come stare in macchina proprio no... È nervosa?"

"Da morire." Mi guarda e quasi si pente di aver usato quell'espressione.

"Tanto, signora, se è destino è destino."

"Che vuol dire?"

"Quello che ho detto."

"Sì, ma cosa ha detto?"

"Ha capito benissimo."

"Sì, ma speravo di non capire. Ho il terrore degli aerei."

"Non si era capito." La vedo così preoccupata, mi sorride muovendo le labbra, salivazione azzerata. Sorseggio la mia birra, e decido di divertirmi.

"Pensi che la maggior parte dei disastri aerei avviene alla partenza oppure..."

"Oppure?..."

"All'atterraggio. Cioè fra poco."

"Ma che sta dicendo?"

"La verità, signora, bisogna sempre dire la verità."

Bevo un lungo sorso di birra, mentre con la coda dell'occhio mi accorgo che mi guarda fissa.

"La prego, mi dica qualcosa."

"E signora, cosa vuole che le dica?"

"Mi distragga, non mi faccia pensare a quello che potrebbe..."

Mi stringe più forte la mano.

"Mi fa male."

"Ah, mi scusi." Allenta un po', ma non molla. Comincio a raccontarle qualcosa. Pezzetti della mia vita un po' confusi, così come vengono.

"Allora, vuole sapere perché sono partito?" La signora annuisce. Non riesce a parlare. "Guardi che è una storia lunga..." Fa cenno di sì con più vigore, vuole solo ascoltare, qualunque cosa pur di essere un po' distratta. Mi sembra di parlare con un amico, con il mio amico... "Si chiamava Pollo, ecco. Strano nome, vero?" La signora non sa se deve dire sì o no, qualunque cosa purché io continui a parlare. "Ecco, è l'amico che ho perso più di due anni fa. Stava sempre insieme alla sua ragazza, Pallina. Una persona troppo forte, occhi vispi, sempre allegri, fortissima, dalla battuta facile e pungente..." Ascolta in silenzio, occhi curiosi, quasi rapiti dalle mie parole. Che strano... Con una persona che non conosci a volte ti trovi meglio, ti racconti più facilmente. Ti apri sul serio. Forse perché non ti interessa il suo giudizio. "Io invece stavo con Babi, che era la migliore amica di Pallina." Babi. Le racconto tutto... Come l'ho conosciuta, come ho iniziato a ridere, come mi sono innamorato, come mi è mancata... La bellezza di un amore la vedi perfettamente solo quando lo hai perso. Forse si sta così quando si va in analisi. È una cosa che mi sono sempre domandato. Ma con quelli lì, si riesce veramente a essere del tutto sinceri? Dovrò chiederlo a qualcuno che ci è stato. Penso mentre parlo. Piccole pause ogni tanto. La signora divertita e curiosa subito ci si infila, più tranquilla ora, mi ha lasciato perfino la mano. Ha dimenticato la tragedia dell'aereo. Ora, secondo lei, si occupa della mia.

"E questa Babi, l'ha più sentita?"

"No. Ogni tanto ho sentito mio fratello. E mio padre qualche volta. Ma non troppo spesso, le telefonate da New York costano una cifra."

"Si è sentito solo?"

Le racconto qualcosa di vago. Non riesco a dirlo. Mi sentivo meno solo che a Roma. Poi inevitabilmente accenno a mamma. Ci cado dentro e quasi mi diverte offendere i principi di quella donna. Mia madre ha tradito mio padre. Io l'ho beccata con quello che abitava di fronte a noi. Quasi non ci crede. La notizia l'ha messa totalmente a suo agio. L'aereo? Neanche si ricorda che sta in aereo. Mi fa mille domande... Non faccio quasi in tempo a starle dietro. Come mai piace così tanto sguazzare nelle cose degli altri? Argomenti piccanti, particolarità vietate, atti quasi oscuri o peccati piacevoli. Forse perché così, solo ad ascoltarli, non ci si sporca. La signora sembra godere e soffrire del mio racconto. Non capisco se è vero, né mi interessa. Le dico tutto e senza problemi. La mia violenza sull'amante di mamma, i miei silenzi a casa, non aver mai svelato niente a mio padre e a mio fratello. E poi il processo. Mia madre seduta lì, di fronte a me. Lei in silenzio, lei che non ha avuto il coraggio di ammettere quello che aveva fatto. Lei che non è riuscita a barattare il suo tradimento per giustificare la mia violenza. E io lì, sereno, quasi a ridere del giudice che mi incolpava di un atto per me così naturale: massacrare uno stronzo che ha violato il ventre della donna che mi ha generato. La signora mi guarda a bocca aperta. Signora, guardi che lo possiamo dire in mille modi... Ma un conto è scherzare come ha fatto Benigni quando è saltato sulla Carrà. Qui invece si trattava di mia madre. La signora se ne rende conto. Improvvisamente torna seria. Silenzio. Allora cerco di sdrammatizzare.

"Come direbbe Pollo, a me *Beautiful* mi fa una pippa!"

Invece di scandalizzarsi lei ride, ormai è complice: "E poi?" mi chiede curiosa della prossima puntata. E io continuo a parlare senza problemi, senza canone. Il mio racconto non ha prezzo. Le spiego il perché dell'America, il voler andar via, nascosto in un corso di grafica, laggiù... "E siccome è facile incontrarsi anche in una grande città... meglio cambiarla del tutto. Solo nuove realtà, nuove persone, e soprattutto nessun ricordo. Un anno di chiacchiere difficili in inglese, aiutate dalla presenza di qualche italiano incontrato casualmente. Tutto molto divertente, una realtà piena di colori, musica, suoni, traffico, feste, novità. Tutto un gran rumore foderato di silenzio. Niente di quello che la gente ti diceva aveva a che fare con lei, poteva richiamarla, ridarle vita. Babi. Giornate inutili per far riposare il mio cuore, il mio stomaco, la testa. Babi. Impossibilità totale di tornare indietro, di essere in un attimo sotto casa sua, di incontrarla per strada. Babi. A New York non c'è pericolo... A New York non c'è spazio per Battisti. "E se ritorni nella mente basta pensare che non ci sei che sto soffrendo inutilmente perché so, io lo so, io so che non tornerai." Falsi accordi per cercare di evitare tutti i posti che conosce e frequenta anche lei, Babi. La signora sorride.

"La conosco anch'io quella canzone." Canticchia malamente qualcosa.

"Sì, è proprio quella." Cerco di dare un taglio a quell'esibizione da *Corrida*.

Ma mi salva l'aereo. Sta-tu-p. Un rumore secco, metallico. Un movimento duro e un piccolo sussulto dell'aereo.

"Oddio e che è?" La signora si avventa sulla mia mano destra, l'unica libera.

"È il carrello, non si preoccupi."

"Ma come non mi preoccupo! E fa tutto questo rumore? Sembra che si è staccato..."

Poco lontano la hostess e gli altri membri dell'equipaggio prendono posto sulle poltrone libere e qualche strano posto laterale vicino alle uscite. Cerco Eva, la trovo, ma non guarda più dalla mia parte. La signora cerca di distrarsi da sola. Ci riesce. Molla la mia mano in cambio di un'ultima domanda.

"Perché è finita?"

"Perché Babi si è messa con un altro."

"Ma come? La sua ragazza? Con tutto quello che mi ha raccontato?"

Quasi si diverte più lei ora a mettere il dito nella piaga. L'aereo e il suo atterraggio sono passati in second'ordine. E mi tempesta di domande fino all'ultimo anzi, presa dalla foga, è passata al tu. E va giù diretta. Da quando l'hai lasciata, hai più fatto l'amore con un'altra donna? E ancora giù in picchiata, come gli Stukas di quei cartoni animati, Linus il barone rosso. Ci torneresti insieme? Pazienza e le sue sparatorie. Perdonare è possibile? Ne hai parlato con qualcuno? O la birra ha fatto effetto o è lei e le sue domande che mi fanno girare la testa. O il dolore di quell'amore non ancora dimenticato. Non capisco più nulla. Sento solo il rullare del motore dell'aereo e la turbina al contrario in fase di atterraggio. Ecco, ho un'idea, posso salvarmi da questo interrogatorio...

"Guardi le luci della pista. Non ce la possiamo fare" le dico ridendo, di nuovo padrone del gioco.

"Oddio, è vero, eccole..." Guarda dal finestrino spaventata l'aereo e le sue ali che quasi sfiorano terra e ondeggiano indecise. Con un guizzo da vecchia pantera, mi afferra la mano destra al volo. Guarda di nuovo fuori. Ancora un ultimo istante, si butta con la testa nella poltrona, spinge con le gambe in avanti quasi volesse frenare lei con i suoi piedi. Mi stampa le unghie nella carne della mano. Con qualche morbido rimbalzo l'aereo tocca terra. Subito le turbine dei motori girano al contrario, quell'enorme massa di acciaio trema impazzita con tutte le sue poltrone, signora compresa. Ma lei non si dà per vinta. Stringe gli occhi e trema prendendosela con la mia mano.

"Il comandante informa che siamo arrivati a Roma Fiumicino. La temperatura esterna..."

Un tentativo di applauso si alza dal fondo dell'aereo spegnendosi quasi subito. Non è più di moda.

"Be', ce l'abbiamo fatta."

La signora sospira: "Grazie a Dio!".

"Magari ci incontreremo un'altra volta."

"Oh sì, mi ha fatto molto piacere parlare con te. Ma sono tutte vere quelle cose che mi hai raccontato?"

"Come è vero che lei mi ha stretto la mano." Le mostro la destra e il segno delle unghie.

"Oh, quanto mi dispiace."

"Non fa nulla."

"Dia qui."

"No, sul serio, è tutto a posto."

Qualche telefonino comincia a squillare. Sorrisi e tranquillità del dopo atterraggio. Quasi tutti aprono le cappelliere sopra i loro posti e tirano giù pacchi di regali portati dall'America, più o meno qualcosa di inutile, pronti a mettersi in fila e guadagnare l'uscita il prima possibile. Dopo le ore immobili nell'aereo, dove si è costretti a fare un bilancio degli anni passati fino a quel momento, si ritorna alla fretta del non pensare, ai falsi pensieri, alla corsa verso l'ultimo traguardo.

"Arrivederci." "Grazie, buonasera." Hostess più o meno carine salutano all'uscita dell'aereo. Eva, con fare professionale e un sorriso stampato, saluta tutti, perfetta.

"Grazie delle birre."

"Dovere." Mi sorride più naturale, forse.

"Se hai dei problemi..." le lascio un bigliettino.

Lo guarda perplessa: c'è il mio numero di Roma.

"È stato il mio esame al corso di grafica."

"È andato bene?"

"Erano tutti molto soddisfatti. Hanno trovato geniale dividerlo in bianco e azzurro."

"Carino."

Se lo mette in tasca. Non ho rischiato a dirle che sono della Lazio. Poi scendo dalla scala.

Tiepido vento. Settembre. Tramonto, sono appena le otto e mezzo. In perfetto orario. È bello camminare di nuovo dopo aver volato per otto ore. Saliamo sul pulmino. Guardo la nostra compagnia. Qualche cinese, un robusto americano, un giovane che non ha smesso di ascoltare uno di quei Samsung YP-T7X da 512 MB che avevo visto anche a New York. Due amiche in vacanza che non parlano più, sature forse della lunga convivenza. Una coppia innamorata. Ridono, si dicono sempre qualcosa di più o meno utile, si fanno degli scherzi. Li invidio, o meglio, mi piace guardarli. La mia compagna di viaggio, la signora cicciotta che ormai sa tutto della mia vita, mi si avvicina. Mi guarda sorridendo come a dire: "Ce l'abbiamo fatta, eh?". Annuisco. Quasi mi pento di averle raccontato tanto. Poi mi tranquillizzo. Non la vedrò mai più. Controllo passaporti. Qualche cane lupo tenuto a bada passeggia nervosamente su e giù cercando un po' di coca o d'erba. Cani a rota insoddisfatti ci guardano con gli occhi buoni, strafatti per tenersi in allenamento. Un poliziotto apre distrattamente il mio passaporto. Poi ci ripensa, gli sfugge una pagina, la recupera e guarda con più attenzione. I miei battiti accelerano un poco. Niente. Non gli interesso. Me lo ridà, lo richiudo e lo metto nello zaino. Recupero il mio bagaglio. Esco libero, di nuovo a Roma. Sono stato due anni a New York e mi sembra di essere partito ieri. Cammino veloce verso l'uscita. Incrocio gente che trascina valigie, un tipo corre affaticato verso un aereo che forse perderà. Al di là delle transenne parenti aspettano qualcuno che non arriva. Ragazze belle e ancora abbronzate d'estate sono in attesa del loro amore o quello che è stato. Con le braccia conserte, passeggiando o ferme, con gli occhi agitati o tranquilli, comunque aspettano. "Taxi, che le serve un taxi?" Un finto tassinaro mi corre incontro fingendosi onesto: "Le faccio un buon prezzo". Non rispondo. Capisce che non sono un buon affare e lascia perdere. Mi guardo in giro. Una signora bella, elegante, con un vestito chiaro e dell'oro leggero al collo, tiene tranquillo il suo sguardo sulla mia rotta. È bella. Le sorrido. Lei accenna a una risposta minima che però contiene tutto. Tradimento, vorrei ma non posso, la sua voglia di libertà. Poi guarda altrove, rinunciando. Continuo a guardarmi in giro. Niente. Che stupido. Ma certo. Cosa mi aspettavo? Chi sto cercando? È per questo che sei tornato? Allora non hai capito niente, non hai ancora capito niente. Mi viene da ridere sentendomi un cretino.

"Dovrebbe essere arrivato..."
Nascosta dietro una colonna, in silenzio ma con il cuore a mille, parla sottovoce a se stessa. Forse per coprire il rumore del suo cuore, che in realtà sta battendo a duemila. Poi prende coraggio. Un respiro lungo e lentamente si affaccia. "Eccolo. Lo sapevo, lo sapevo!" Quasi "salta" con i piedi per terra.
"Non ci posso credere... Step. Lo sapevo, lo sapevo, ero sicura che tornava oggi. Non ci posso credere. Mamma mia, certo che è dimagrito un sacco. Però sorride. Sì, mi sembra che stia bene. Sarà felice? Magari è stato bene fuori. Troppo. Ma che, sono cretina? Mi faccio prendere dalle gelosie. Ma che diritto ne ho poi? Nessuno... E allora? Mamma, come sto messa. Sul serio, sto troppo male, troppo. Cioè, io sono troppo felice. Troppo. È tornato. Non ci posso credere. Oddio, sta guardando verso di me!"
Si nasconde subito di nuovo dietro la colonna. Un sospiro. Chiude gli occhi stringendoli forte. Resta appoggiata con la testa al freddo marmo bianco, con le mani stese contro la colonna. Silenzio. Respiro lungo. Fiuuuuu. Inspirare... Fiuuuuu. Espirare... Riapre gli occhi. Proprio in quel momento passa un turista che la guarda perplesso. Lei accenna un sorriso per cercare di fargli sembrare che sia tutto normale. Ma non lo è. Non ci sono dubbi.
"Cavoli, mi ha visto, me lo sento. Oddio, Step mi ha visto, lo so." Si riaffaccia. Nulla. Step è passato come se nulla fosse.
"Ma certo, che cretina. E poi, se anche fosse?"

Eccomi qui. Sono tornato. Roma. Fiumicino, per l'esattezza. Cammino verso l'uscita. Attraverso le porte a vetri ed esco sulla strada. Davanti ai taxi. Ma proprio in quel momento provo una strana sensazione . Mi sembra che qualcuno mi stia osservando. Mi giro di botto. Niente. Non c'è niente di peggio di chi si aspetta qualcosa... E non trova niente.

2

Il tramonto dipinge d'arancio alcune nuvole sparse qua e là. Una luna già pallida nel cielo si nasconde tra gli ultimi rami di un albero fronduto. Rumori stranamente lontani di un traffico un po' nervoso. Da una finestra arrivano alcune note di una musica lenta e piacevole, il suono di un pianoforte migliorato nel tempo. Quello stesso ragazzo, più grande, prepara i nuovi esami per la specializzazione. Poco più sotto, le linee bianche del campo da tennis risplendono dritte sotto il pallore lunare e il fondo della piscina vuota aspetta triste come ogni anno la prossima estate. Anche questa volta è stata svuotata troppo presto da un portiere pignolo. Al primo piano del comprensorio, fra piante curate e linee alzate di una serranda in legno, una ragazza ride.

"Daniela, ma hai finito di stare al telefono? Avete il cellulare, vostro padre ve lo ricarica praticamente ogni giorno! Perché state sempre a quello fisso di casa?"

"Ma che, non lo sai, mamma, che qui non prende? Prende solo in salotto e lì ci siete sempre voi a sentire!"

"Si dà il caso che noi viviamo in questa casa."

"Va bene, mamma. Sto con Giuli. Finisco di dirle una cosa e attacco."

"Ma se l'hai vista tutta stamattina a scuola. Chissà che può essere successo da allora! Eh? Cosa dovrai mai raccontarle!"

Daniela copre con la mano la cornetta.

"Guarda che anche se fosse una cosa stupidissima, mi piacerebbe che fossi io a decidere se la devo per forza far sapere a tutti o no, va bene?"

Daniela si gira e dà le spalle a Raffaella pensando così di avere in qualche modo ragione. La madre alza le spalle e si allontana. Daniela controlla con la coda dell'occhio di essere rimasta sola.

"Giuli hai sentito? Devo attaccare."

"Allora come rimaniamo?"

"Che ci vediamo lì."

"No... non intendevo questo!"

"Senti, io ho deciso." Daniela si guarda preoccupata in giro. "Non è proprio questo il momento di parlarne al telefono con tutti che girano per casa!"

"Ma Dani, è una cosa troppo importante! Non puoi deciderla così... a tavolino!"

"Senti, ma non ne possiamo parlare direttamente alla festa?"

"Ok, come vuoi. Allora ci vediamo lì fra tre quarti d'ora. Ce la fai?"

"No, facciamo almeno un'ora e un quarto!"

"Ok, ciao."

Dani riattacca il telefono. Guarda che Giuli a volte è impossibile. Ma che, non lo capisce quando si ha bisogno di quella mezz'ora in più. Devo essere perfetta, bellissima. Capita raramente nella vita di potersi preparare per una serata come questa. Anzi, ride tra sé, non capita mai. Di solito "quello" accade proprio quando meno te lo aspetti. Poi va in camera sua indecisa per la prima volta su cosa mettersi sotto. Si sente diversa, stranamente insicura. Poi si tranquillizza. È normale sentirsi così, non si può essere sicuri su come andrà la prima volta che si fa l'amore. Fa un respiro lungo. È vero. L'unica cosa della quale sono sicura è che lo farò stasera e con lui. Raffaella la incrocia proprio in quel momento nel corridoio.

"Daniela, ma si può sapere a cosa stai pensando?"

"Ma niente mamma... cretinate."

"E allora se sono cretinate, pensa a cose più importanti!"

Per un attimo Daniela vorrebbe dirle tutto. La sua decisione importante e soprattutto irrevocabile. Poi ci ripensa. Capisce che sarebbe finita.

"Certo, mamma, hai ragione."

Tanto non vale la pena discutere con lei. Si sorridono. Poi Raffaella guarda il pendolo in salotto.

"Oh, non c'è niente da fare. Avevo chiesto a tuo padre di tornare prima che dobbiamo andare dai Pentesti che abitano all'Olgiata. Mai una volta che mi facesse felice..."

3.

"Stefano!" Dritto di fronte a me, al centro della strada, c'è mio fratello. Sorrido. "Ciao Pa'." Mi fa piacere vederlo. Quasi mi emoziono, ma riesco a non farlo vedere più di tanto.

"Allora, come stai? Non sai quanto t'ho pensato."

Mi abbraccia forte. Mi stringe. Mi fa piacere. Per un attimo mi ricordo l'ultimo Natale che abbiamo passato insieme. Prima che partissi. E quella pasta che aveva preparato e che pensava che non mi piacesse...

"Allora... Ti sei divertito giù in America, eh?"

Mi prende di mano una valigia. Naturalmente la più leggera.

"Sì, sono stato bene, giù in America. Ma perché giù?"

"Boh, è un modo di dire."

Mio fratello che conosce i modi di dire. Certo che sono proprio cambiati i tempi. Mi guarda felice, sorride. È sereno. Mi vuole bene sul serio. Ma non mi somiglia pe' niente. Mi fa pensare a Johnny Stecchino.

"Be', che hai da ridere?"

"No, niente." Lo guardo meglio. Tutto tirato, camicia nuova, perfetta, pantaloni leggeri sul marrone scuro, con risvolto in fondo, giacca a quadretti e finalmente...

"Ehi, Paolo, hai perso la cravatta?"

"Be', d'estate non me la metto. Ma perché, sto male?"

Non aspetta neanche la risposta.

"Ecco, siamo arrivati. Guarda che mi sono fatto..." Allarga il braccio a mostrarmela in tutto quello che è, secondo lui, il suo splendore: "Audi 4 ultimo modello. Ti piace?".

Come dire di no a tanto entusiasmo?

"Bella, niente male."

Spinge il pulsante che tiene in mano. L'allarme dopo due bip e le doppie frecce scompare. Paolo apre il cofano: "Vieni, metti qua le valigie".

Butto dietro le due sacche americane oltre a quella piccola che ha già ordinatamente messo a posto lui: "Ehi, fai piano".

Mi fa venire subito in mente un'idea: "Che me la fai provare?".

Mi guarda. Il suo viso cambia espressione. Un tuffo al cuore. Ma l'amore per suo fratello ha il sopravvento.

"Ma certo, tieni." Sorride con un piccolo sforzo e mi lancia le chiavi con tutto il radiocomando. Pazzo. Mai amare un fratello come me. Soprattutto se ti chiede un'Audi 4 come quella. E nuova. Mi metto alla guida. Profuma di nuovo, macchina impeccabile, solo un po' stretta. Accendo il quadro e do il via al motore.

"Si guida bene."

"Pensa che è ancora in rodaggio..." Mi guarda preoccupato e si mette la cintura. E io, forse per il fatto che sono tornato a Roma, che vorrei gridare, ma che ne so, che vorrei in qualche modo liberarmi di questi due anni di silenzio, della mia rabbia vissuta lontano, parto all'improvviso dando gas. La Audi 4 sgomma, scodinzola, si ribella, urla, le sue gomme strepitano sull'asfalto caldo. Paolo si attacca con tutte e due le mani alla maniglia vicino al finestrino.

"Ecco, lo sapevo, lo sapevo! Ma come mai con te finisce sempre così?"

"Ma che dici! Se la macchina l'ho appena presa!"

"Volevo dire che con te non si può mai stare tranquilli!"

"Ok..." Scalo, prendo la curva e gioco un po' con lo sterzo tanto da accarezzare quasi il guard-rail.

"Va bene adesso?"

Paolo si risistema sul sedile tirandosi giù la giacca.

"Niente da fare, con te non c'è mai un attimo di tranquillità."

"Ma dai, lo sai benissimo che stavo scherzando. Non stare lì a preoccuparti, sono cambiato."

"Ancora? Ma quanto sei cambiato?"

"Questo non lo so, sono tornato a Roma per verificarlo."

Restiamo in silenzio.

"Si può fumare qui dentro?"

"Preferirei di no."

Mi metto la sigaretta in bocca e spingo il pulsante dell'accendisigari.

"Ma che fai, l'accendi lo stesso?"

"È il preferirei che ti ha fregato."

"Vedi... Sei cambiato. E in peggio."

Sorrido e lo guardo. Gli voglio bene. E forse lui è cambiato sul serio, mi sembra più maturo, più uomo. Do un tiro alla Marlboro medium e faccio per passargliela.

"No, grazie."

Di risposta apre uno spiraglio del finestrino. Poi ritorna allegro: "Sai una cosa? Sto con una".

Mio fratello è più grande di me di sette anni. È incredibile, a volte sembra un ragazzino, ha voglia di raccontarmi le cose che è un piacere. Decido di dargli soddisfazione.

"E com'è, carina?"

"Carina? È bella! Alta, biondo chiaro, la devi conoscere. Si chiama Fabiola, si occupa di arredamento, le piace andare solo in certi posti, ha molto gusto..."

"Eh... Certo, certo, sicuro..."

"Ok, ok. La tua è una battuta scontata, anzi una 'sbattuta', ti piace questa? La dice sempre lei!"

"Un po' equivoca, non ti pare? Deve stare attenta, quando la dice. Comunque adesso ho capito perché vi trovate tanto bene insieme."

"Be', comunque ci vado molto d'accordo."

Molto d'accordo. Ma che vorrà dire poi. L'accordo è qualcosa che ha a che fare con la musica. O peggio coi contratti. L'amore invece è quando non respiri, quando è assurdo, quando ti manca, quando è bello anche se è stonato, quando è follia... Quando solo all'idea di vederla con un altro attraverseresti a morsi l'oceano.

"Be', se andate d'accordo, questo è l'importante. E poi..."

Cerco di chiudere alla meglio. "Fabiola è un bel nome."

Chiusura banale. Ma non ho trovato altro. Fondamentalmente non me ne frega niente, ma se gli dicessi che il nome fa cagare, per come è lui non sarebbe felice. Paolo ha bisogno dell'opinione di tutti. La cazzata più grande che si può fare. Tutti chi, poi. Neanche i nostri sono stati tutti per noi.

Mi legge quasi nel pensiero: "Anche papà sta con una, sai?".

"Come posso saperlo se non me lo dice nessuno."

"Monica, una bella donna. Cinquant'anni, ma se li porta benissimo. Gli ha rivoluzionato la casa. Ha levato un po' di antichità, l'ha svecchiata."

"Anche a papà?"

Paolo ride come un pazzo: "Troppo forte questa".

Mio fratello e il suo entusiasmo deficiente. Ma prima era così? Quando torni da un viaggio, tutto ti sembra un po' diverso.

"Vivono insieme, devi conoscerla."

Devi. Che vuol dire devi? Do un colpo secco al volante per scansare uno che non ne vuole sapere di togliersi di mezzo. E spostati! Lampeggio, niente. Do gas, scalo. La macchina scatta sulla destra per superarlo.

Paolo spinge con le gambe in avanti e si tiene al bracciolo tra me e lui. Poi rientro a sinistra e lo tranquillizzo.

"Tutto a posto. In America non potevo mai farlo, ti controllano al millimetro."

"E invece sei tornato apposta per sbizzarrirti con la mia macchina, vero?"

"Mamma come sta?"

"Bene."

"Che vuol dire bene?"

"E allora che vuol dire come sta?"

"Quanto la fai difficile. È tranquilla? Sta con qualcuno? Tu la senti? Si vede e si sente con papà?"

Non riesco a fargli quell'ultima domanda: ha chiesto di me?

"Mi ha chiesto spesso di te." È l'unica alla quale risponde: "Voleva sapere se ti sentivo da New York, come andava il corso eccetera eccetera".

"E tu?"

"E io le ho detto quel poco che sapevo. Che il corso andava bene, che stranamente non avevi ancora fatto a botte con nessuno e poi mi sono inventato un po' di cose."

"Tipo?"

"Che stavi da due mesi con una ragazza, italiana però. Se avessi detto americana si sarebbe capito subito che era falso, non vi sareste capiti."

"Ah, ah. Avvisami quando si ride. Anche questa è una 'sbattuta'?"

"Poi gli ho detto che ti divertivi, la sera uscivi spesso, niente droga però, ma un sacco di amici. Insomma, che non avevi intenzione di tornare e che comunque stavi bene. Come sono andato?"

"Più o meno."

"Cioè?"

"Sono stato con due americane e ci siamo capiti benissimo."

Non fa in tempo a ridere, scalo ed esco tagliando a destra. Giù dalla tangenziale, in curva do gas, le ruote stridono, una macchina vecchia suona alle mie spalle, continuo la curva come se niente fosse ed entro sul raccordo. Paolo si risistema sul sedile. Si tira giù la giacca. Poi tenta di dire la sua.

"Non hai messo la freccia."

"Già." Guido per un po' in silenzio. Paolo guarda spesso fuori, poi di nuovo verso di me cercando di attirare la mia attenzione.

"Che c'è?"

"Com'è finita la storia del processo?"

"Sono stato graziato."

"Cioè?" mi guarda incuriosito. Mi giro e sostengo per un po' il suo sguardo. Resta in silenzio. Mi guarda tranquillo. Sereno. Non credo che menta. Oppure è un attore formidabile. Paolo è un buon fratello, ma tra i suoi ipotetici pregi non si rintraccia il formidabile. Riguardo la strada.

"Niente, sono stato graziato, punto e basta."

"Cioè, spiegami meglio."

"Tu che non sai di queste cose? Hai presente quei condoni per le tasse o per l'edilizia che vengono fatti apposta quando si va a qualche elezione? Ecco, questo è uno di quei casi lì, i reati come il mio vengono dimenticati e ci si ricorda invece di un presidente."

Sorride.

"Sai, è un sacco di tempo che mi chiedo perché hai menato quello che abitava di fronte a noi."

"E sei riuscito a sopravvivere a questo incredibile interrogativo?"

"Sì, ho avuto anche altro da fare."

"In America non dureresti un giorno. Non hai tempo per farti domande."

"Ma siccome stavo a Roma tra un cappuccino e un aperitivo, ci ho pensato. E sono arrivato anche a una conclusione."

"Che meraviglia! E cioè?"

"Che il nostro vicino infastidiva in qualche modo mamma, apprezzamenti pesanti e una battuta di troppo. Tu, non so come, lo sei venuto a sapere e patapuff, l'hai mandato all'ospedale..."

Rimango in silenzio. Paolo mi fissa. Vorrei evitare il suo sguardo.

"Però c'è una cosa che non capisco, che mi sfugge... Ma scusa, mamma era al processo e non ha detto niente, non ha raccontato cosa era successo, cosa le poteva aver detto quel tipo o insomma perché tu avevi reagito così. Se solo avesse parlato, il giudice, magari, poteva capire."

Paolo. Cosa sa veramente Paolo. Lo guardo per un attimo, poi ritorno a guardare la strada. Linee bianche per terra, una dopo l'altra, tranquille sotto la Audi 4. Una dopo l'altra, a volte leggermente sbafate. Il rumore della strada. Batum, batum, la Audi 4, morbida, si alza e si abbassa a ogni piccolo dosso. Le giunture dei pezzi di quella strada si sentono tutte, ma non danno fastidio. È giusto dire la verità? Far conoscere sotto una luce diversa una persona a un'altra. Paolo ama mamma così com'è. La ama come crede che sia. O come vuole credere che sia.

"Paolo, ma perché me lo chiedi?"

"Ma così, per sapere..."

"Non ti tornano i conti, vero?"

"Be' sì, insomma."

"E per un commercialista come te è un incubo."

Giovanni Ambrosini era il nome del nostro vicino, l'ho scoperto solo al processo. Anzi no, il cognome prima. Quando ho suonato alla sua porta era scritto sul campanello. È venuto ad aprire in boxer. Quando mi ha visto ha chiuso al volo la porta. Io ero entrato solo per parlare. Per chiedergli educatamente di abbassare la musica. Poi un tuffo al cuore. Nello spiraglio della porta, incorniciato da quello stipite il suo volto. Quello sguardo che ci ha unito e diviso per sempre. Non lo dimenticherò mai. Nuda come non l'avevo mai vista, bella come l'ho sempre amata... Mia mamma. Tra le lenzuola di un altro. Non ricordo altro se non quella sigaretta che aveva in bocca. E il suo sguardo. Come la voglia di consumare qualcos'altro dopo lui, quella sigaretta e infine... Me. Guarda, figlio mio... questa è la realtà, questa è la vita. Ancora mi bruciano le guance del cuore. E poi Giovanni Ambrosini. L'ho tirato fuori da casa sua, per i capelli. È finito a terra. Gli ho fracassato due zigomi con un calcio dietro la nuca. Si è infilato tra la ringhiera delle scale, e ho continuato a colpirlo con il tacco sull'orecchio destro, sulla faccia, tra le costole, sulle dita delle mani, fino a spappolargliele. Su quelle mani che l'avevano toccata. E... Basta. Basta. Basta per favore. Non ce la faccio più. Quei ricordi che non ti abbandonano mai. Mai. Guardo Paolo. Un respiro lungo. Calma. Più lungo. Calma e bugie.

"Mi dispiace, Paolo, ma a volte i conti non tornano. Quello lì mi stava sul cazzo, tutto qua. Mamma non c'entra niente, figurati."

Sembra soddisfatto. Gli fa piacere sentire questa versione. Guarda fuori dal finestrino.

"Ah, non ti ho detto una cosa."

Lo guardo preoccupato.

"Che cosa?"

"Ho cambiato casa. Sto sempre alla Farnesina, ma ho preso un attico."

Finalmente una notizia tranquilla. "Bello?"

"Fortissimo. Lo devi vedere. Stanotte dormi da me tanto, no? Il numero di telefono è rimasto lo stesso. Sono riuscito a farmelo ridare da un amico alla Telecom."

Sorride soddisfatto di quel suo piccolo potere. Cavoli, non ci avevo pensato! Meno male che ha mantenuto lo stesso numero. È quello che ho messo sul mio biglietto da visita. Quello che ho dato alla hostess. A Eva, la gnocca. Sorrido tra me. Corso Francia, Vigna Stelluti, su verso piazza Giochi Delfici. Passo davanti via Colajanni, la traversa che porta a piazza Jacini. Un motorino si ferma improvvisamente allo stop. Una ragazza. Oddio. Lei. Capelli biondo cenere, lunghi, sotto il casco. Porta anche un cappellino con la visiera. Ha l'i-pod azzurro e un giubbotto sul celeste proprio come i suoi occhi. Sì, sembra proprio lei... Rallento. Balla con la testa a tempo di musica e sorride. Mi fermo. Lei parte. La lascio passare. Gira allegra davanti alla nostra macchina. Mi dice grazie solo con le labbra... Il mio cuore ora rallenta. No, non è lei. Ma un ricordo mi assale. Come quando stai in acqua, in mare, di mattina presto, fa freddo. Qualcuno ti chiama. Ti giri, lo saluti... Ma quando ti volti, per riprendere a camminare, arriva un'onda improvvisa. E allora senza volerlo mi ritrovo lì, naufrago da qualche parte, in qualche giorno di appena due anni fa. È notte. I suoi sono fuori. Mi ha telefonato. Mi ha detto di andarla a trovare. Salgo le scale. La porta è aperta. L'ha lasciata accostata. La apro lentamente.

"Babi... Ci sei? Babi..."

Non sento niente. Chiudo la porta. Cammino per il corridoio. In punta di piedi verso le camere da letto. Una musica leggera arriva dalla camera dei suoi genitori. Strano, aveva detto che erano al Circeo. Dalla porta semichiusa si intravede una luce fioca. Mi avvicino. Apro la porta. Vicino alla finestra improvvisamente appare lei. Babi. Ha addosso i vestiti della madre, una camicetta di seta leggera color sabbia, trasparente e sbottonata. Sotto si intravede un reggiseno color crema. Poi una gonna lunga con dei disegni sul cachemire. Ha i capelli tirati su tutti intrecciati. Sembra più grande, vuole essere più grande. Sorride. Ha in mano un flûte pieno di champagne. Ora ne sta versando uno per me. Poggia la bottiglia dentro un secchiello pieno di ghiaccio, posato sul comodino. Intorno ci sono delle candele e un profumo di rose selvagge che piano piano ci avvolge. Poggia un piede su una sedia. La gonna apre il suo spacco, cade di lato, scoprendo uno stivaletto, e la sua gamba, coperta da una calza leggera, in microrete color miele, autoreggente. Babi mi aspetta con i due flûte in mano e i suoi occhi improvvisamente cambiano. Come se fosse cresciuta all'improvviso.

"Prendimi, come se fossi lei... Lei che non ti vuole, lei che ogni giorno mi sfinisce cercando di dividerci..." Mi passa il bicchiere. Lo bevo tutto di un sorso. È freddo, è buono, è perfetto. Poi le do un bacio intenso come il desiderio che provo. Le nostre lingue sanno di champagne, addormentate, perse, ubriache, anestetizzate... Improvvisamente si svegliano. Le passo la mano tra i capelli e rimango prigioniero di ciocche strette, di capelli lavorati. Le tengo la testa così, persa tra le mie mani, mia, perdutamente mia... mentre un suo bacio diventa più avido. Del tutto padrona nella mia bocca, sembra che voglia entrarmi dentro, divorarmi, arrivare al mio cuore. Ma che fai? Ferma. È già tuo. Poi Babi si stacca e mi guarda. Sembra sul serio sua madre. E mi fa paura l'intensità che avverto, che non avevo mai visto. Allora mi prende una mano, si alza un po' la gonna di lato e me la infila. Poi mi guida su, più su... lungo le gambe insieme a lei. Abbandona la testa all'indietro. A occhi chiusi. Un suo sorriso. Nascosto. Un suo sospiro, forte e chiaro. La mia mano, la porta ancora più su. Senza fretta, sulle sue mutandine. Eccole. Le sposta leggermente e mi perdo con le dita nel suo piacere. Babi ora sospira più forte. Mi apre i pantaloni e me li tira giù veloce, avida anche qui, come non mai. E dolcemente lo trova. Si ferma. Mi guarda negli occhi. E sorride. Mi lecca la bocca. Mi morde. Ha fame. Ha fame di me. Si appoggia, mi spinge, tiene la sua fronte contro la mia, sorride, sospira, comincia a muoversi con la mano su e giù, perdendosi affamata nei miei occhi e io nei suoi... Poi si sfila le mutandine, mi dà un ultimo bacio leggero e mi fa una carezza con la mano sotto il mento. Si mette sul letto a quattro zampe, si scopre da dietro alzandosi la gonna. Se la poggia sulla schiena e si gira verso di me.

"Step, ti prego, prendimi con forza, come se io fossi mia madre, fammi male... Ti prego, ti giuro, ne ho voglia."

E mi sembra incredibile. Ma lo faccio. Ubbidisco, e lei comincia a urlare come non aveva mai fatto, e quasi svengo dal piacere, dal desiderio, dall'assurdo di quella situazione, dall'amore di ciò che non credevo possibile. Sono ancora affannato di piacere nel ricordo e quasi mi manca il respiro...

"Ehi, Step!"

"Sì?"

Improvvisamente torno. È Paolo.

"Ma che succede? Ti sei fermato in mezzo alla strada."

"Eh?"

"Ma così mi sorprendi. Siamo diventati gentili? Non ti avevo mai visto fare una cosa del genere: dare la precedenza a una ragazza che neanche ce l'ha! Incredibile. O l'America ti ha fatto veramente bene e sei cambiato sul serio. Oppure..."

"Oppure?"

"Oppure quella ragazza ti sembrava qualcun altro."

Si gira verso di me e mi guarda.

"Ehi... Non ti dimenticare che siamo fratelli."

"Appunto, è questo quello che mi preoccupa... È una 'sbattuta', se non l'hai capita."

Paolo ride. Io riprendo a guidare cercando di nuovo il controllo. Lo trovo. Poi un respiro lungo. Più lungo. E il dolore di sapere che quell'alta marea non mi abbandonerà mai.

4.

La Z4 è una macchina meravigliosa. Darei non so cosa per farmela. Claudio Gervasi è a Porta Pinciana, fermo davanti alla vetrina della concessionaria BMW. La guarda come se fosse un bambino, estasiato, desideroso, dispiaciuto perché non la può avere. Se solo Raffaella sapesse cosa sta desiderando, sarebbero dolori. Se poi sapesse tutto il resto, sarebbe morto. Preferisce non pensarci. Non lo saprà mai. A questo punto visto che è arrivato fino lì, tanto vale entrare. Non c'è niente di male ad avere un desiderio. O anche questo rientra nel novero dei peccati sociali? Claudio cerca di convincersi. Tanto mica m'impegno in qualche modo... voglio solo sapere anche quanto mi danno per un'ipotesi di permuta. Magari mi calcolano bene la mia Mercedes 200. Certo che ne ha fatti di chilometri. Però l'ho tenuta così bene... Gira intorno alla macchina. Tranne quella piccola strusciatura dovuta a Babi e a Daniela e soprattutto a come posteggiano la loro Vespa. Be', sentiamo cosa mi dicono... Entra nel negozio. Gli si avvicina subito un giovane commesso, impeccabile, con una cravatta bella grossa, blu come il suo completo dalla giacca misurata e i pantaloni perfetti a tubo, col risvolto che si accompagna morbido ai suoi mocassini scuri, semplici, ma perfettamente lucidi. Proprio come quella macchina. Vista da vicino sembra ancora più bella. Un celeste pallido e l'interno un po' più scuro, con le rifiniture di un beige leggero e della pelle nera che in maniera morbida riveste ogni punto, dal volante al cambio. Irresistibile.

"Buonasera, posso aiutarla?"

"Sì, vorrei sapere quanto viene questa BMW. È la Z4, vero?"

"Certo, signore. Allora, full optional, chiavi in mano con l'ABS completo e i cerchi naturalmente in lega... vediamo un po'... Signore, lei è fortunato, siamo in un periodo di promozione. Per lei, sono 42.000 euro. Euro più, euro meno, s'intende."

Sicuramente più. Meno male che sono fortunato e che è il periodo di promozione. Allora il commesso che lo vede leggermente deluso gli sorride.

"Guardi che questa è stata la macchina di James Bond."

Claudio non crede ai propri occhi.

"Proprio questa?"

"Ma no, non questa!" Il commesso lo guarda cercando di capire se lo sta prendendo in giro apposta. "Anche perché credo che quella che hanno usato in quel film sia la Z3, la BMW della serie precedente e, per essere precisi, sarà anche stata demolita o messa a qualche asta! Però questa è ancora più precisa, è stata usata anche nel film *Ocean's Twelve*, o *Eleven*?, ora non mi ricordo bene. Comunque l'hanno portata: George Clooney, Matt Damon, Andy Garcia, Brad Pitt e ora... lei!"

Claudio abbozza un sorriso.

"Forse..."

Il commesso capisce che ha davanti a sé un indeciso cronico. Non sa la verità. Ha davanti a sé un'ombra spietata, un ologramma terribile, una proiezione a laser, Claudio avvolto dal pensiero di sua moglie. Il ragazzo decide di riscaldare il possibile cliente con un po' di informazioni. Gira intorno alla macchina dando dati: velocità, consumo, prestazioni d'ogni tipo e naturalmente eventualità d'ogni ipotesi di leasing.

"A proposito..." a questo ultimo dato Claudio acquista un po' di speranza, "ma nel caso, voi prendete indietro una macchina, no?"

"Certo, come no! Anche se adesso, in questo momento, il mercato dell'usato è un po' debole, signore."

Claudio non aveva dubbi.

"Gli può dare un'occhiata? Ce l'ho qui fuori."

"Certo, andiamo a vederla."

Claudio esce dal negozio accompagnato dal commesso.

"Eccola, è questa."

Mostra fiero la sua Mercedes 200 grigio scuro metallizzata. Il ragazzo ora è attento, serio, minuzioso. La guarda toccandola ogni tanto, controllando eventuali lavori di riparazione subdolamente nascosti. Claudio cerca di rassicurarlo.

"Ho fatto sempre tutti i tagliandi, ho cambiato da poco anche le gomme..."

Il commesso gira attorno alla macchina e guarda l'altra fiancata, quella rovinata dalla Vespa. Claudio allora cerca di distrarlo.

"E ho fatto anche la revisione completa proprio l'altra settimana."

Ma a un commesso come quello non sfugge nulla.

"Sì... però qui ha preso una bella botta, eh!"

"Eh, le mie figlie. Gliel'ho detto mille volte d'incollare la Vespa al muro, niente!"

Il commesso alza le spalle come a dire "E io che ci posso fare?".

"Be', comunque andrà rimessa a posto. Il motore poi lo dobbiamo controllare, eh? La vedrà il capo tecnico. Be', se non ci fossero problemi io credo che il suo valore sia sui... 4.000, 4.500 euro."

"Ah..." Claudio rimane senza parole. Sperava almeno nel doppio. "Ma è del '99."

"Veramente io pensavo del 2000, comunque il prezzo che le ho detto glielo confermo, va bene?"

Va bene? Va bene sì! E ti credo che va bene. A voi dovrei dare 37.500 euro, euro più, euro meno. Ma Claudio decide di non pensarci.

"Sì, bene... certo..."

"Allora la saluto. Noi per qualsiasi cosa siamo qui."

Il giovane commesso gli stringe con forza la mano, certo di averlo più o meno convinto. Poi gli dà un bigliettino con tanto di nominativo e marchio BMW. Claudio lo guarda allontanarsi. Quando ormai il commesso è dentro il negozio e non lo può più vedere, Claudio strappa il biglietto e lo butta in un cestino lì vicino. Ci manca solo che Raffaella trovi questa traccia. Sale sulla sua Mercedes. Poggia le mani sul volante. Cara, lo sai che io non ti tradirei mai! Poi prende il telefonino, si guarda intorno, e scrive un sms. Lo invia e naturalmente un secondo dopo lo cancella. Infine, come ultimo gesto di grande libertà, si accende una Marlboro.

5

"Ecco Step, è il 237. Aspetta che apro il cancello. Posteggia qui. Il numero 6, è il mio." Paolo ne è fiero. Prendiamo le borse. "L'ascensore parte direttamente dal garage." È fiero anche di questo. Arriviamo al quinto piano. Apre la porta come se fosse una cassaforte. Allarme, due serrature, porta blindata. Sopra c'è il suo nome. Paolo Mancini, un bigliettino stampato su una piccola targa bordata d'oro. Orribile, ma non glielo dico.

"Hai visto? Ho messo uno dei miei bigliettini nella targa. C'è anche il numero di telefono. Buona idea, no? Ma perché ridi? Non ti piace, vero?"

"Come no. Ma secondo te, perché dovrei dirti sempre bugie? Mi piace sul serio, fidati." Sorride un po' più rilassato e mi fa entrare.

"Ok, vieni, allora guarda, ecco..."

La casa non è male all'interno, parquet nuovo, colori chiari, muri bianchi.

"Manca un po' d'arredamento ma pensa che l'ho fatta tutta rifare. Guarda, ho messo dei dimer così le luci le puoi regolare quanto vuoi, vedi?"

Ne prova una alzando e abbassando una luce. "Forte, no?"

"Fortissimo." Rimango all'entrata con le sacche in mano. Paolo sorride felice della sua idea.

"Ti faccio vedere dove puoi stare."

Apre una camera in fondo al corridoio. "Dadan!"

Paolo rimane sulla porta con la faccia sorridente.

"Eh..." Ci deve essere qualche sorpresa. Entro.

"Ho recuperato la tua roba e te l'ho portata qui. Qualche maglione, le magliette, le felpe. E guarda qui..." Mi mostra un quadro attaccato al muro.

"Era rimasta una tavola di Andrea Pazienza. Questa non l'hai bruciata."

Mi ricorda, senza volerlo, quel Natale di due anni e mezzo fa. Forse lo capisce e un po' se ne dispiace.

"Be', io vado in camera mia. Sistemati come ti pare."

Poggio la sacca sul letto, apro la zip e comincio a tirare fuori la roba. Maglioni, giubbotti. Un track jacket Abercrombie. Jeans scoloriti, marca Junya. Una felpa color sabbia Vintage 55. Camicie ben piegate Brooks Brothers. Le metto dentro un armadio bianco. Ha diversi cassetti. Apro anche l'altra valigia e li riempio tutti. In fondo alla sacca c'è un pacco incartato. Lo prendo e vado di là. Paolo è in camera sua disteso sul letto con i piedi che sbucano fuori.

"Tieni" gli lancio il pacco sulla pancia. Lo prende come se fosse un cazzotto e si piega in due accogliendo il pacco sul letto.

"Grazie, e perché?" Cerca sempre una spiegazione.

"È l'ultima moda americana."

Lo scarta e lo stende davanti ai suoi occhi. È un po' perplesso.

"È il giubbotto della Fire. Lì lo mettono quelli che sono arrivati." Ora che gliel'ho detto gli piace di più.

"Me lo provo!" Se lo infila sopra la giacca e si guarda allo specchio. Cerco di non ridere.

"Cazzo, è forte!" Quell'espressione non è da lui. Gli è piaciuto sul serio.

"Hai azzeccato pure la misura."

"Tienilo bene. Vale un pezzetto della tua casa."

"Sul serio costa così tanto?"

"Ehi, la tua camera però è più bella, più grande."

"Sì, lo so Step, ma..."

"Paolo... stavo scherzando."

Paolo tira un sospiro di sollievo.

"No, sul serio, comunque l'hai veramente messa su bene."

"Non sai quanto ci ho speso."

Ecco che risbuca fuori il commercialista. Me ne torno in camera. Comincio a spogliarmi. Ho voglia di una doccia. Paolo entra in camera, ha ancora il giubbotto addosso con il cartellino che gli penzola dal collo e un pacchetto in mano. "Anch'io ho una sorpresa per te." Fa per lanciarmelo, ma poi ci ripensa e me lo passa piano. "Non si può lanciare. È delicato."

Lo apro incuriosito. "È per il tuo compleanno." Riesce a imbarazzarmi. "Cioè veramente è per il compleanno che hai passato in America. Abbiamo potuto farti solo una telefonata."

"Sì, l'ho trovata in segreteria." Continuo a scartare il regalo. Cerco di non pensare a quel giorno. Ma non ci riesco. 21 luglio... Stare fuori apposta tutto il giorno per non aspettare inutilmente davanti al telefono. Poi tornare a casa e vedere la segreteria lampeggiare. Un messaggio, due, tre, quattro. Quattro messaggi, quattro telefonate ricevute. Quattro possibilità. Quattro speranze. Via con la prima. "Pronto, ciao Stefano, sono papà... Auguri! Credevi che me ne fossi dimenticato, eh?"

Mio padre. Deve sempre aggiungere un po' di umorismo a quello che fa. Spingo il tasto e mando avanti. "Tanti auguri a te. Tanti auguri a Step..." Mio fratello. Mio fratello che addirittura mi canta gli auguri per telefono. Che gaggio! Ne rimangono due. Un altro messaggio, il penultimo. "Ciao Stefano..." No. È mia madre. Lo ascolto in silenzio. La sua voce scorre morbida, lenta, piena di amore, un po' affaticata forse. Allora stringo gli occhi. E i pugni. E fermo quelle lacrime. E ci riesco. Oggi è il mio compleanno, mamma. Voglio essere allegro, voglio ridere, voglio stare bene, mamma... Sì, anche tu mi manchi. Sono tante le cose che mi mancano... Ma oggi ho voglia di non pensarci. Ti prego. "Ancora auguri, Stefano, e mi raccomando, chiamami quando puoi. Un bacio." Rimane così un ultimo messaggio. La luce verde lampeggia silenziosa. La guardo in silenzio. Lentamente si accende e si spegne. Quella luce verde potrebbe essere il più bel regalo della mia vita. La sua voce. L'idea di poterle mancare anch'io. Di poter in un attimo tornare indietro, ad allora, di ricominciare... Sogno ancora per un attimo. Poi spingo il tasto. "Ciao mitico! Ma come stai? Oh, che piacere assurdo sentire la tua voce, anche se solo in segreteria. Non sai quanto mi manchi... Da morire. Roma è vuota senza di te. Ma mi hai riconosciuto, vero? Sono Pallina. Certo ormai la mia voce è un po' più da donna. Allora, ti devo raccontare una marea di cose. Da dove cominciamo? Vediamo un po'... Tanto me la posso prendere comoda, i miei stanno fuori, telefono da casa e spendo che è una meraviglia visto che mi hanno pure fatto arrabbiare. Così li punisco un po', va'..." Mi fa ridere, mi fa piacere. La ascolto con un sorriso. Ma non posso mentire, non a me stesso. Non era questa la telefonata che aspettavo. Non è un compleanno senza la sua voce. Non mi sembra neanche di essere nato. E invece ora, dopo più di due anni, sono di nuovo qui.

"Allora che ne dici, ti piace?"

Finisco di scartare e poi guardo la scatola.

"Oh, guarda che questo è l'ultimo modello: un Nokia fantastico."

"Un telefonino?"

"Forte, eh? Prende dappertutto. Pensa che l'ho avuto grazie a un amico, perché ancora non si trova nei negozi. È un N70, ha tutto ed è pure piccolo. Entra nella tasca della giacca." Se lo infila per farmi vedere quant'è vero quello che dice.

"Certo che ne hai di amici attivi, eh?"

"Et voilà, visto? E poi si apre così e si può escludere il suono e vibra soltanto. Tieni." Nemmeno ha sentito la mia battuta. Aspetta solo la mia reazione.

"Grazie" è l'unica cosa che riesco a dire. "Un telefonino mi mancava proprio."

"Hai già il numero: 335 e poi ti ho fatto dare lo stesso di casa, facile no? Sempre il mio amico della Telecom."

È ancora più soddisfatto. Mio fratello e i suoi amici. Ora ho un numero. Sono bollato. Identificato. Raggiungibile. Forse.

"Bellissimo, ora però devo assolutamente fare una doccia."

Lancio il telefonino sul letto.

Paolo esce scuotendo la testa: "Capirai, durerà poco quel telefonino se lo lanci così".

Mio fratello. Non c'è niente da fare. Che noioso! Eppure siamo tutti e due nati dallo stesso seme, quello di mio padre, almeno spero. Accendo la radio lì sul comodino e la sintonizzo. Mentre mi spoglio mi metto a ridere da solo. Mia madre che ha messo al mondo Paolo con un altro. Sarebbe il massimo. Almeno avrei una spiegazione. Ma questo lo escludo. Erano altri tempi. Tempi d'amore. Mi piace questo pezzo. Mi metto a canticchiare qualcosa.

Sono sotto casa di Paolo. Ho visto le luci che si accendevano. So che questa è la nuova casa di suo fratello. Ecco, lo vedo. Step passa davanti alla finestra. Quella deve essere la sua camera. Ehi, ma si sta spogliando. E sta canticchiando qualcosa. Mi metto gli auricolari. Accendo la radio del mio telefonino. Cambio canale fino a quando non mi sembra di trovare quello che Step canticchia. Guardo la stazione. Ram power 102.70. Uno lo vivi, uno lo ricordi. Chissà cosa preferisce Step... Guardo l'ora. È tardi, devo tornare a casa. I miei mi stanno aspettando di sicuro.

"Paolo, che hai un asciugamano?"

"Te li ho già messi in bagno. Guarda li trovi in ordine di colore, quello azzurro più chiaro per il viso, quello più scuro per il bidè e infine un accappatoio blu dietro la porta."

E certo, in confronto Furio è un pazzo sregolato.

"Ehi, Step, fatti un po' vedere?"

Compaio davanti alla porta.

"Mazza come stai bene. Sei dimagrito?"

"Sì. In America fanno un altro tipo di allenamento in palestra. Moltissimo pugilato. Ai primi incontri ho capito quanto siamo lenti qui a Roma."

"Sei definitissimo."

"E da quando in qua ti sei imparato 'sti termini?"

Mi lascio andare volutamente al mio ruvido romano.

"Mi sono iscritto in palestra."

"Non credo alle mie orecchie. Era ora! Ma come, mi facevi tutte quelle storie. Ma che perdi tempo in palestra, che ti importa del fisico e tutte... E alla fine che fai?"

"Mi ha convinto Fabiola."

"Ah, ecco. Vedi, Fabiola già mi piace."

"Ha detto che stavo seduto troppo e che un uomo deve decidere chi è fisicamente a trentatré anni."

"A trentatré anni?"

"Ha detto così."

"Allora avevi ancora due anni di libertà."

"Ho preferito non essere nella regola perfetta."

"E brava Fabiola." Vado in bagno. "E dove ti sei iscritto?"

"Alla Roman Sport Center." Silenzio. Ricompaio dalla porta.

"Anche questo l'ha deciso Fabiola?"

"No" sorride fiero, secondo lui, della sua scelta. "Io... be', la verità è che anche lei era già iscritta là."

"Ah, ecco..." Me ne torno in bagno e chiudo la porta. Non ci posso credere. Non c'è niente di peggio che andare in palestra con la propria donna. Stai lì che pensi a lei anche sotto i pesi, che controlli chi le si avvicina, che cosa le dicono, quello magari negato che invece fa finta di insegnarle il movimento giusto... e cosa fa lei e come risponde. Terribile. Le vedo ogni tanto quelle coppie. Un bacio alla fine di ogni serie. E poi alla fine dell'allenamento la domanda d'obbligo: "Che facciamo stasera?".

Perché una coppia deve già avere il suo programma. E certo, sennò che coppia è. Eh... Se invece sei uno "scoppiato" allora la Roman è perfetta. Automaticamente il muscolo lavora doppio, deve mettersi in mostra lui stesso per acchiappare. Le macchine e i bilancieri fingono quasi di lavorare, silenziosi spettatori di chissà quanti amori calcolati. Eh sì, perché finita ogni serie ci si guarda, ci si spizza, un sorriso e poi vai con la chiacchiera inutile. Chi sei, dove sei stato ieri, che locale è stato aperto oggi, che progetti hai per la serata, cosa fai domani e quanti soldi hai. Insomma, se vale o no la pena di scoparti.

Apro l'acqua della doccia e mi ci infilo sotto. Acqua fredda. Poggio le braccia contro il muro e spingo fino a cercare inutilmente di abbatterlo. Mi si gonfiano le spalle e l'acqua rimbalza ora più tiepida. Poi porto la testa all'indietro, bocca semiaperta... E l'acqua cambia improvvisamente corso. Piccolo fiume impetuoso che trova anse e nascondigli tra i miei occhi, tra il naso e la bocca, tra i denti e la lingua. La sputo fuori dalla bocca, respirando. Mio fratello. Mio fratello che va alla Roman Sport Center. Mio fratello con la sua Audi 4 nuova. Mio fratello con la sua donna. Mio fratello che si allena con lei e tra una risata e l'altra decide cosa fare per la serata. Ora è tutto chiaro. Lui è papà, senza ombra di dubbio. Più cresce e più la fotocopia si definisce. Io invece rimango sbiadito in un angolo. Vorrei sapere chi si è fottuto il mio toner. Esco dalla doccia. Mi infilo l'accappatoio e mi asciugo i capelli con l'asciugamano azzurro proprio come vuole lui. Mi friziono forte i capelli corti appena rasati e in un attimo sono asciutti. Mi lascio l'asciugamano poggiato sulla testa e vado in camera. Paolo mi vede.

"È impressionante come somigli a mamma. Chiamala, la farai felice."

"Sì, più tardi." Oggi non ho voglia di far felice nessuno.

6.

Dal fondo del corridoio, si sente il rumore delle chiavi che girano nella toppa della porta di casa. Raffaella si volta.

"Oh... ecco Claudio!"

La porta in fondo al corridoio si apre lentamente. E in tutta la sua nuova bellezza invece entra Babi.

Raffaella le corre incontro.

"Ma che hai fatto!"

"Come che ho fatto?"

"Sì, hai fatto tardi e in più hai tagliato i capelli!"

"Oddio mamma, mi hai fatto prendere un colpo! Chissà che pensavo! Sì, me li sono tagliati stamattina. Sto bene? Ha detto Arturo, che me li ha fatti, che così mi donano molto di più."

"Sì... ma avevamo impostato un po' tutto sui tuoi capelli lunghi!"

"Mamma, ma sono solo scalati," Babi le sorride, "lo sapevo che avresti detto così. Guarda..." Apre una piccola borsa di Furla e tira fuori tre polaroid. "Ecco, ho fatto apposta i provini. Allora? Non sto meglio?"

Raffaella le guarda. Poi sorride contenta e soddisfatta della figlia e del suo nuovo taglio di capelli insieme a tutto il resto in quelle foto. Ma non vuole dargliela vinta. No, non vuole essere esclusa da nessuna decisione, soprattutto per una cosa così importante.

"Sì, stai bene. Ma la scelta che avevamo fatto mi sembrava più giusta... quella coi capelli lunghi."

"Ma dai, non fare la difficile! Mamma, vedrai che per allora saranno anche ricresciuti. Piuttosto, sono tornata prima perché stasera abbiamo la cena da Mangili, giusto?"

"No, l'ho spostata alla settimana prossima."

"Ma mamma, scusa, allora potevi avvisarmi! Ho fatto presto apposta perché dovevamo andare da lui! Fammi una telefonata, no? Ho sempre il telefonino dietro! Mi chiami per le cose più stupide e poi non mi chiami per questo!"

"Non ti chiamo mai per cose stupide."

"Sì, lo so, ma ci tenevo un sacco a risolvere questo problema."

Babi sbuffa, si mette le mani sui fianchi. Quando perde la calma torna proprio bambina. Ci manca solo che si metta a battere i piedi.

"Babi, non fare così, dai, da Mangili ci andiamo la settimana prossima..."

"Sì, ma subito! Io voglio essere sicura di questo Mangili, non lo abbiamo mai provato. Non lo conosce nessuno."

"Ma se organizza pure le cene per il Vaticano."

"Sì, lo so, ma quelli non escono mai, non sono abituati a mangiare! Che ne sanno se è buono o no quello che gli passano lì in convento?"

"Babi, non fare così. Vedrai che andrà tutto benissimo."

Raffaella cerca di tranquillizzarla.

"È una semplice cena..."

"Sì, ma è la mia cena e per me è importante! E uno si augura che non sia l'ultima cena ma che, in questo caso, sia almeno l'unica cena!"

E così dicendo Babi se ne va, si chiude in camera sua e sbatte la porta. Raffaella alza le spalle. È normale essere nervosi in questa situazione. Proprio in quel momento si apre la porta di casa ed entra Claudio.

"Amore, eccomi!"

"E meno male. Ma che hai fatto fino adesso?"

Claudio la bacia frettolosamente sulle labbra.

"Scusami, ho dovuto controllare delle pratiche in ufficio." Non le può certo dire che invece ha controllato ogni possibile optional, i consumi e le fantastiche prestazioni della Z4. Non solo. Ha anche fatto fare una valutazione praticamente irrisoria della sua Mercedes.

"Cambiati la camicia e mettiti anche un'altra cravatta. Veloce. Ti ho preparato tutto sul letto."

"Ma scusa, non dobbiamo andare a provare il catering del mio amico Mangili? Che bisogno c'è che mi cambio?"

"Claudio, ma dove hai la testa? Ti ho chiamato apposta stamattina in ufficio. Mi ero completamente dimenticata che stasera dovevamo andare dai Pentesti. Mangili l'ho spostato alla settimana prossima! Forza, preparati, che siamo già in ritardo."

"Ah già, è vero."

Claudio va in camera e cerca di recuperare il tempo perduto. Si spoglia veloce, si leva la giacca. Proprio in quel momento un suono insistente arriva dal telefonino. Claudio lo prende dalla tasca della giacca. Ecco la risposta al suo messaggio. Lo legge, sorride, fa appena in tempo a cancellarlo quando entra Raffaella.

"Sbrigati, che cosa perdi tempo con quel telefonino. Chi era?"

"Sì, scusa, era Filippo Accado che mi aveva mandato un messaggio."

"Filippo? E da quando in qua vi scrivete messaggi?"

"Oh, per fare prima."

Claudio si leva la camicia e s'infila quella pulita, sbottonando solo il colletto per fare più veloce, ma anche per nascondere il viso.

"Niente, mi diceva che lunedì non si gioca a bridge, non so cos'è successo."

"Meglio. Vuol dire che allora organizziamo per lunedì la prova del catering da Mangili. Forza sbrigati, che t'aspetto in salotto."

Claudio finisce d'infilarsi la camicia e s'accascia stravolto sul letto. Non se l'era mai vista così brutta. Ecco, è saltato pure il bridge. Be', è stata la prima cosa che m'è venuta in mente, a qualcosa bisogna pur rinunciare. Si mette la cravatta, alza il colletto della camicia e prepara il nodo. E se dai Pentesti ci fossero anche gli Accado? Cazzo, a questo non c'avevo proprio pensato. E se Filippo, che è un coglione, non capisse al volo? Già gli sembra di sentire la sua voce: "Ma Claudio che dici? Io veramente non t'ho mandato nessun messaggio". E in quel momento vorrebbe non andare a quella festa. Si stringe intorno al collo l'elegante cravatta blu scelta da Raffaella. Poi si guarda allo specchio. E per un attimo quella cravatta gli sembra una terribile corda da impiccato.

7.

Paolo è lì che guarda la tv mentre parla al telefono, steso sul suo letto con le gambe che sporgono un po' fuori e il suo pollice che saltella sul telecomando cercando qualcosa che lo interessi più di chi sta dall'altra parte del telefono.

"Ciao, io esco."

"Dove vai?"

Lo guardo per una volta senza sorridere: "A fare un giro".

Si pente di avermelo chiesto e cerca subito di recuperare.

"Il doppio delle chiavi lo trovi in cucina dentro l'armadio a sinistra prima della porta in un vasetto di cotto." La sua solita precisione. Poi spiega a chi sta dall'altra parte del telefono cosa sta facendo, per chi e perché. Sono il fratello tornato dall'America. Poi mi urla da lontano. "L'hai trovato?" Mi metto le chiavi in tasca e ripasso davanti a lui. "Trovato." Sorride. Sta per riprendere a parlare quando copre d'improvviso la cornetta con la mano sinistra, poi teso come una corda: "Ma... Vuoi che ti presto la macchina?". È preoccupatissimo nel dirlo, pentito nell'averlo proposto, disperato all'idea di un mio sì. Lascio passare apposta qualche secondo. E ne godo. D'altronde non gliel'avevo mica chiesta io.

"No, lascia perdere."

"Ah, ok, ok." Fa un sospiro. Ora è più rilassato. Poi cerca comunque in qualche modo di risolvere la mia vita. "Hai visto, Step? Ho fatto portare la tua moto qui sotto in garage."

"Sì, l'ho vista, grazie." Ma la mia vita non si risolve così facilmente. Prendo l'ascensore e scendo in garage. Sotto un telo grigio, lì in fondo al cortile, vedo spuntare una ruota. La riconosco. Leggermente consumata ma ancora viva, un po' di polvere e tanti chilometri fatti. Con una mossa da torero sfilo via il telo. Ecco-

la. L'Honda Custom VF 750 blu metallizzata. Accarezzo il serbatoio. La mia mano dipinge un segno morbido nella polvere che
dorme su quel blu. Poi alzo la sella, attacco i cavi della batteria, e
la richiudo. Ci monto sopra. Tiro fuori le chiavi dal giubbotto e le
infilo lì sotto. Vicino al motore. Il portachiavi penzola leggero,
oscilla, rimbalza, toccando ogni tanto il freddo motore. Più su, una
luce fioca colora di verde e rosso il dispositivo dell'accensione. La
batteria è scarica. Provo per sfizio, ma sarà impossibile accenderla. Spingo il pulsante rosso con la mano destra. Vane speranze ora
confermate. Niente da fare. Devo spingere. Esco fuori dal garage
con la moto inclinata, poggiata al corpo, sulla mia destra, contro
le gambe. I quadricipiti si gonfiano. Uno dopo l'altro, passi leggeri, sempre più veloci. Il battito dei passi si alterna al rumore del
brecciolino, uno, due, tre, sempre più veloce. Esco dal cortile e la
spingo per la strada. Ora più veloce. Ancora qualche passo. La seconda è già inserita. Tengo con la sinistra la frizione. Ecco, è il momento. Lascio andare la frizione. La moto frena quasi di colpo.
Ma io continuo a spingere, e lei borbotta. Tiro la frizione e la lascio di nuovo. E lei tossisce. Ora, ancora, con forza. Sto sudando.
Un'ultima spinta, me lo sento. E infatti si accende di botto. Fa uno
scatto in avanti. Tiro la frizione e do gas con la destra. Il motore
prende vita e ruggisce nella notte, sotto le case, nella strada buia.
Ancora gas. Esce fumo vecchio dalle marmitte, grandi nuvole che
tossiscono di passato, di lungo riposo. Ancora gas. Ci monto sopra e accendo le luci. Poi lascio andare la frizione e via nel vento
notturno. Sudato mi asciugo correndo via veloce per la Farnesina. Passo sotto il cavalcavia. Affronto la curva scalando piegato,
senza frenare. Levo un po' di gas per ridarlo a metà curva e stringere di nuovo. La moto scodinzola. Do ancora gas e come un cane ubbidiente lei corre via con me verso Ponte Milvio, dopo la
chiesa, il Pallotta, le mille pizze mangiate lì, il Gianfornaio sulla
sinistra e quel fioraio lì vicino. Cazzo, quanti fiori mandati da quel
fioraio, quello che fa più sconti di tutti. Tanti fiori, sempre diversi, sempre per la stessa lei. Non ci penso, non ci voglio pensare.
Pistola, il cocomeraio, è lì fuori che prova un telefonino. Due clac-
sonate e mi guarda. Lo saluto ma non mi riconosce. Lo andrò a
trovare più tardi per ricordargli chi sono. Me ne frego, do gas, e
scivolo via nella notte. Cazzo... Che bella, Roma. Mi sei mancata.
Do ancora gas e giù per il Lungotevere. Dribblo le macchine. Destra, sinistra... Infine allargo portandomi veloce sul bordo della
strada. Sfioro i pini del Foro italico. Qualche mignotta sta prendendo posto accanto al suo fuocherello ancora spento. Gambe

grasse rotolano giù frenate solo da qualche gambaletto troppo stretto. Una, finta o vera colta, legge un giornale. Ride con una bocca sgangherata per qualche idiozia trovata tra quelle pagine. Magari è una notizia triste e non l'ha capita. Un'altra e già seduta su una piccola sedia pieghevole, ha in mano le parole crociate e con una penna le riempie veloce. O scrive a caso o sa veramente quelle risposte. Do ancora gas e contemporaneamente scalo. Quinta, quarta, terza, curva a gomito a destra. Freno poco più in là davanti al cineporto. Metto il cavalletto e scendo dalla moto. Gruppi di ragazze ridono divertite fumando una sigaretta non viste da qualche illuso genitore. Una bionda con i capelli corti e il trucco troppo pesante mi guarda, dà di gomito alla sua amica. Bruna, occhi nocciola, capelli a caschetto, seduta a gambe incrociate su un SH 50 grigio petrolio. Quest'ultima mi guarda sbigottita e rimane a bocca aperta. Mi tocco i capelli corti dietro la testa. Sono abbronzato, magro, sorrido, mi sento bene. Sono tranquillo. Ho voglia di una birra fredda e di vedermi un film. Ho voglia di un'altra cosa a essere sincero ma so di non poterla avere.

"Step, non ci posso credere!"

La bruna scende dall'SH 50 e mi corre incontro gridando come una pazza. La guardo cercando di metterla a fuoco. Poi a un tratto la riconosco: Pallina. Non ci credo... Pallina. Pallina, la donna del mio amico, del mio migliore amico. Di Pollo, il compagno delle prime sbornie, delle prime donne, di mille cazzate, di risate e cazzotti, e lotte per terra, nella pioggia, nel fango, nelle notti, nel freddo, nel caldo, nelle vacanze della vita. E sigarette a mezzi e centinaia di litri di birra, sì, Pollo delle mille corse in moto e di quell'ultima...

"Pallina." Mi salta al collo abbracciandomi con forza. E con quella forza che mi ricorda proprio lui, il mio amico che non c'è più. Cerco di non pensarci. La stringo forte, più forte, e respiro tra i suoi capelli, cercando di riprendere fiato, di ritornare al presente, alla vita. "Pallina." Si stacca e rimane a guardarmi con gli occhi lucidi. Mi viene da ridere.

"Cazzo, ma sei diventata una strafiga!"

"Oh, ce l'hai fatta a capirlo!"

Ride divertita, ride e piange, al solito, pazza com'è, bella com'è diventata.

E si asciuga con la mano il naso e tira su.

"E chi ti riconosceva!"

Gira davanti a me sorridendo, con amore negli occhi. Mi fa una specie di sfilata.

"Allora come sto? Sono dimagrita eh, e il capello corto ti piace? Che ne dici? Questo taglio lo conosci?"

"No assolutamente."

"Cazzo! Ma dai, questa è l'ultima moda! Ma come, proprio tu che sei stato in America e non lo sai!" Ride come una pazza.

"Sono fashion! L'ho copiato da 'Cosmopolitan' e 'Vogue'. Hai presente Angelina Jolie e Cameron Diaz, ecco, le ho mischiate e superate!"

È passato il momento difficile. Mi dà un cazzotto.

"Quanto mi sei mancato, Step." E mi abbraccia di nuovo.

"Anche tu."

"Ehi, pure tu stai una favola. Fatti vedere. Sei dimagrito. Questi ci sono ancora?"

Mi tocca la maglietta e mi passa la mano sugli addominali.

"Eccome se ci sono... E più che mai!"

Mi fa il solletico.

"Ahia, ferma."

Ride.

"Mazza come stai messo. Vieni che ti presento. Questa è la mia amica Giada."

"Ciao."

"Lui è Giorgio e lei Simona." Ci guardiamo facendo cenni di saluto. Mi fermo per un attimo di troppo sul viso di Giada che arrossisce dando quell'ultimo tocco di fard alle sue guance già troppo truccate. Pallina se ne accorge.

"Andiamo bene. Manco sei arrivato che già fai una strage."

Giada si gira facendo cadere i capelli sul viso. Si nasconde, sorride, gli occhi verdi spuntano tra le foglie chiare di un capello divertito. Alla Bambi. Pallina scuote la testa.

"Mah... Eccola lì... È andata. Andiamo anche noi, va'. Noi entriamo a farci una birra. Oh, caso mai dopo ci raggiungete, eh? Che dobbiamo parlare dei tempi passati."

Non faccio in tempo a salutare, che Pallina mi trascina via: "Cavoli, ti devo raccontare mille cose. Oh, m'avessi scritto due righe, una telefonata, una cartolina. Ma almeno il numero mio te lo ricordi?".

Glielo dico perfettamente a memoria. Poi mi tradisco: "È lì che cercavo sempre Pollo". Cazzo, vorrei non averlo detto. Per fortuna siamo al cancello. Pallina mi salva. O non ha sentito o fa finta. Saluta un buttafuori mingherlino: "Ciao Andrea. Che, ci fai entrare?".

"Certo Pallina, stai sola con il tuo amico?"

"Sì, ma sai chi è lui?"

Andrea non risponde.

"Dai, è Step, ti ricordi, ti ho raccontato..."

"Come no." Sorride: "Cazzo, ma sono vere tutte le cose che ho sentito su di te?".

"Riduci al sessanta per cento e qualcosa di buono c'è."

Pallina scuote la testa, mi tira per un braccio ed entra.

"È modesto." Pallina gli dà una pacca sulla spalla: "Grazie Andrea".

La seguo divertito.

"Certo che sono proprio cambiati i tempi..."

"Perché?"

"Ma è così che li prendono i buttafuori adesso?"

Pallina guarda Andrea che ci segue con lo sguardo incerto. Forse non è del tutto convinto che io sia quello Step di cui ha tanto sentito parlare.

"Ma guarda, Step, che quello è uno preciso."

"Sì, preciso. Che vuol dire preciso? Ai bei tempi, prima di stare su una porta ti facevano vedere i sorci verdi per capire se te la cavavi o no. Sai che una volta al Green Time mi hanno detto di consegnare i soldi in una stanza in fondo... Sono entrato e mi sono piombati addosso in tre." Comincio a raccontare. C'era anche Pollo. Stavolta però riesco a tenerlo fuori, a farlo stare tranquillo, al suo posto, dovunque sia. Spero solo che stia ascoltando, e che si diverta a questo ricordo.

"Insomma, col cavolo che mi hanno preso i soldi. Mi sono tolto la cinghia al volo e pum! In faccia a tutti e tre. A uno l'ho preso con la fibbia e gli ho spaccato uno zigomo. Gli altri due poca roba. Ma certe sganassate in faccia. E da quel giorno ho fatto quattro mesi filati sulla porta del Green Time. 100 a sera. Era un sogno e rimorchiavi che era una meraviglia."

"Pollo aveva un segno sulla faccia sotto lo zigomo sinistro. Mi ha detto che era stata una cinghiata."

Non le sfugge niente: "Forse sarà stato il padre".

Mi guarda e sorride. "Bugiardo. Non sei cambiato."

Ci sediamo a un tavolino di plastica con delle sedie bianche e rimaniamo in silenzio. Mi giro a guardare intorno. Dietro di noi c'è una specie di gommone gigante riparato alla meno peggio che funziona da piscina. Persone di tutti i tipi schiamazzano e si schizzano là dentro. Uno dal bordo, urlando come un pazzo, raccoglie le gambe e si lancia in mezzo a bomba. Schizza tutt'intorno. Una signora grassa con un costume blu si copre i capelli come può: "E santissima...". Impreca alzando le mani verso il ragazzo che ride tra i suoi amici. La donna blatera qualcos'altro e riprende la sua passeggiata in quella piscina dall'acqua calda e schiumosa. Il marito al bordo opposto, mezzo pelato e obeso, ride guardandola. Scuote la testa e fuma una sigaretta. Sicuramente sta anche pisciando. Poi comincia a tossire. La sigaretta gli cade in acqua e si spegne, gli dà una botta leggera con la mano spingendola più in là nell'acqua dove un bambino nuota tentando un goffo stile libero.

"Allora come stai?"

"Benissimo e tu?"

"Bene. Bene." Rimaniamo un po' in silenzio, imbarazzati per quel tempo che non c'è più. Per fortuna, dalle casse distribuite ovunque arrivano le note di una canzone, *The lion sleeps tonight*. E chissà chi è adesso il leone tra noi. E, soprattutto, se dorme davvero. Un cameriere viene a prendere le ordinazioni.

"Aspetta, fammi indovinare. Una Corona con una fettina di limone."

Sorrido: "No, adesso Bud".

"Ma dai, anche a me piace un casino. Due Bud, grazie."

Chissà se l'ha detto sul serio.

"Sai, ti ho pensato spesso mentre stavi laggiù... A New York, vero?"

"Sì." Mi fa ridere, non è cambiata, parla a raffica e a volte tanto per farlo. Mi ha pensato così spesso che non era neanche sicura dov'ero. Cazzo Step, è Pallina. Lasciala stare. È la donna del tuo amico Pollo. Non giudicare anche lei, non analizzare le sue parole in continuazione. Dai, molla. Mi schiaffeggio il cervello: "Sì, a New York. E mi sono divertito un casino".

"Lo immagino. Hai fatto bene ad andartene. È stato tutto così difficile qui." Arrivano le Bud. Le alziamo. Sappiamo a cosa stiamo per brindare.

"A lui..." Lo dico a bassa voce. E lei annuisce. Ha gli occhi velati d'amore, di ricordi, del passato. Ma qui è presente. E le Bud si urtano con violenza. Poi la butto giù gelata che è una meraviglia. Vorrei non staccarmi più, ma a metà freno e prendo fiato. Poggio la Bud sul tavolo. "Buona." Cerco nel giubbotto. Pallina è più veloce di me. Tira fuori un pacchetto di Marlboro light dalla camicia verde chiara con spalline militari e tasche con zip. Ne tira fuori una e mi passa il pacchetto. Ne prendo una e mi accorgo che non c'è più la sigaretta girata. Quella del desiderio. Sogni finiti? Mi prende la tristezza. Richiudo il pacchetto e glielo do. Me la metto in bocca. Poi lei mi allunga un accendino, anzi no, insiste per accendere. Ha le mani fredde, ma sorride. "Sai che da allora non sono più stata con nessun uomo." Tiro una boccata e la mando giù, piena, pesante.

"Uomo? Ragazzo!" cerco di banalizzare.

"Va be', insomma, quello che è." Forse la Bud, la sigaretta, il casino, tutto quello sporco intorno a noi. Ridiamo. E tutto diventa come un tempo, senza problemi. Ci raccontiamo di tutto, ricordi, novità nostre, degli altri. Cazzate. Solite cazzate. Ma stiamo bene. Mi informa di fatti romani. "Eh dai, quella lì, te la ricordi, no? Non sai che è diventata!"

"Bona?"

"'Na botte." Risate.

"Frullino, invece, è finito dentro di nuovo."

"No, giura!"

"Sì, ha fatto a botte col Papero perché s'era messo con la donna sua e quello l'ha denunciato."

"Non ci posso credere, ma non c'è più religione."

"Te lo giuro."

Ridiamo.

"I fratelli Bostini hanno aperto una pizzeria."

"Dove?"

"Al Flaminio."

"E com'è?"

"Buona, ci trovi un po' tutti ma anche un sacco di gente nuova. È forte sai, e poi non spendi molto. Giovanni Smanella invece non s'è preso ancora la maturità."

"No, non ci posso credere, ma che c'ha nel cervello?"

"Boh, pensa che quest'inverno mi veniva dietro."

"Ma dai... Che pezzo di merda!"

Riaffiorano i bei tempi. Pallina mi guarda preoccupata.

"Ma no, era una cosa carina. Eravamo diventati amici, mi faceva compagnia. Mi parlava spesso di Pollo."

"Pure!" Rimango in silenzio.

"Cazzo, Step," Pallina dà un lungo sorso alla birra, "ma non sei cambiato di una virgola!"

Sto teso, ma poi lascio perdere. Ma sì, che mi frega. Non ha fatto niente di male. In fondo la vita continua.

"Sono cambiato." Sorrido.

"Eh, meno male, allora si possono toccare anche altri argomenti?" sorride e mi fa la faccia furba, indimenticabile. "Ahia..." Si capisce che cambio faccia. "Ecco la nota dolente. Oh, te la sei cercata." Si scola l'ultimo sorso di birra, poi appare completamente donna: "Allora... l'hai più sentita? Quant'è che non la senti? Hai provato a chiamarla da laggiù?".

È una macchinetta, sembra non fermarsi.

"Ehi calma, cazzo. Neanche fossi la pula che m'ha beccato!" Cerco di non sembrare più di tanto toccato dal discorso. Ma non so se ci riesco: "No, mai sentita".

"Più?"

"Più."

"Giura!"

"Giuro."

"Non ci credo."

"E che cavolo. Ma pensi che ti dico le bugie? Allora l'ho sentita."

"No, no, va bene, ci credo. Io invece l'ho incontrata."

Poi fa una pausa. Lunga. Troppo lunga. Non dice niente. Lo fa apposta. Mi guarda e sorride. Vuole che io dica qualcosa. Aspetta ancora, troppo. Ma perché? Che palle. Che stronza. Non resisto.

"Allora dai, Pallina, forza. Sputa. Racconta."

"Sempre molto carina ma..."

"Ma?"

"Diversa. Non so come dire. Ecco, è cambiata."

"Be', su questo non avevo dubbi, tutti siamo cambiati."

"Sì, lo so... Ma lei... Lei è cambiata in un modo... Che ne so, ecco, in un modo diverso."

"Ma l'hai già detto! Ma che vuol dire 'sto modo diverso?"

"Senti, non lo so. È diversa e basta. È così, non so come dirlo. O lo capisci o la devi vedere per capirlo."

"E grazie."

Poi non so come ma faccio la domanda. Mi viene normale. L'ho pensata ma non volevo dirla. Eppure mi sfugge, mi esce così, senza volerlo, che quasi non la dico io.

"Ma... era da sola?"

"Sì. E sai dove stava andando? A fare shopping."

Mi viene da ridere. La ricordo, la immagino e improvvisamente la vedo. Babi. "Tu aspetta qui. Non ti muovere Step, non mi sparire come al solito. No, sul serio, non te ne andare che poi voglio il tuo consiglio..." Mi lascia davanti alla vetrina. Entra, guarda, sceglie, poi mi chiama. "Guarda, ho deciso, prendo questo. Ti piace?" Ma non mi dà il tempo di rispondere. Ci ripensa, cambia il modello. Ne prova un altro, le sta bene. Ora sembra di nuovo decisa. Fa una specie di sfilata, poi mi guarda: "Allora?... Eh, che ne dici?".

"Mi sembra che ti stia benissimo."

Si riguarda allo specchio. Ma trova qualcosa che non va, che solo lei sa.

"Mi scusi ma voglio pensarci ancora un po' su."

Allora esce dal negozio e mi abbraccia.

"No, no, ho deciso di no. Viene troppo."

E si sente felice perché comunque ha deciso per il meglio. E alla fine glielo regalavo io qualche giorno dopo. E lei rideva. Ed era diventato un gioco. Un altro gioco. Babi, perché hai voluto smettere di giocare? Ma non faccio in tempo a trovare la risposta.

"Oh, ma lo sai che non sta più con quello?"

"No, non lo so. Come potrei saperlo poi? Te l'ho detto che non l'ho più sentita. E che, c'ho gli informatori segreti?"

"Credo che non stia con nessuno." Lo dice apposta, sorridente, pensa di farmi piacere. Non so cosa pensa o non lo voglio pensare: "Be', Babi non mi interessa".

Fa la faccia incredula alla mia risposta. "Cosa?"

"Non mi interessa. Sul serio. D'altra parte qualcuno ha detto che se ce la fai a New York, ce la puoi fare ovunque. E io credo d'avercela fatta."

"Ho capito. Non era qualcuno. Era *Qualcosa è cambiato*. Va be', ti credo." Sorride e alza il sopracciglio. Mi bevo un altro sorso di birra.

"Guarda che non mi interessa veramente."

"Ma perché me lo ripeti, scusa."

Un telefonino comincia a squillare. Non è uno squillo normale. Sembra una suoneria polifonica, ma bassa, distorta, brutta. Un ragazzo seduto al tavolo vicino al nostro lo tira fuori dalla tasca e lo avvicina all'orecchio. Non è il suo. Continua a parlare con la ragazza seduta di fronte a lui, leggermente arrossito. Chissà quale telefonata poteva ricevere. La ragazza fa finta di niente. Il telefonino continua a squillare. La suoneria insiste e diventa più alta. Un uomo grasso tira fuori un telefonino minuscolo dalla camicia e lo guarda. Non ci vede bene e se lo porta vicino all'orecchio. No, non è il suo. Quasi lo butta sul tavolo. "Che palle 'sti telefonini."

"Io l'ho lasciato a casa," fa Pallina, "quindi non può essere il mio. Qualche volta, quando non c'ho voglia, lo stacco, ma stasera me lo sono proprio dimenticato." Lo squillo insiste.

"Guarda che mi sa che è il tuo." Finisco l'ultimo sorso di birra che quasi mi va di traverso. Cazzo, è vero, non c'avevo pensato. Lo tiro fuori dalla tasca. È lui. Ora suona più forte. La suoneria deve averla scelta Paolo. La gente mi guarda. Anche Pallina. Cerco di giustificarmi. "Me l'ha regalato stasera Paolo." Pallina annuisce.

"Pronto." È proprio il mio.

"Meno male, credevo fossi in discoteca. Ma non sentivi?" Una bella voce di donna che alla fine si mette a ridere. "Ti starai chiedendo chi può avere il tuo telefonino. Tuo fratello mi ha spiegato tutto. Spero solo di essere stata io la prima a inaugurarlo. Sono Eva."

Rimango per un attimo in silenzio. Eva? Ma certo... Eva, la hostess. Eva che mi porta le birre, Eva che saltella su e giù per l'aereo. Eva la gnocca. Ecco quando serve un fratello. E un telefonino.

"Allora... Ci sei?"

"Come no."

"Hai capito chi sono o sei riuscito sul serio a dimenticarmi?"

"Come posso dimenticare..." Vorrei dire Eva la gnocca ma capisco che non è il caso. "Eva. È che credevo che questo telefonino non funzionasse. Non aveva ancora chiamato nessuno."

"Perché a quante hai già dato il tuo numero?"

Leggermente già gelosa. Rido: "A nessuna...".

"Dove sei?"

"Sono qui con una mia amica."

Silenzio dall'altra parte. "Qui dove?"

"Qui in giro..."

La cosa strana del telefonino è che sei dappertutto e da nessuna parte.

"E com'è questa tua amica?"

"Una mia amica."

"La tua amica cosa dice che stai così a lungo al telefono?"

Pallina si guarda in giro e saluta degli amici che sono appena entrati.

"Non dice. Te l'ho detto. È un'amica." La sento più sollevata.

"Senti, se ti va, ci incontriamo da qualche parte. Magari andiamo a fare un giro."

"C'è un problema."

"La tua amica?"

"No, la mia moto. Sono in moto."

"Ah, allora sì che è un problema."

"Hai paura?"

"Non ho paura, dovrei averne?"

"No." Mi piace questa ragazza.

"Il problema è che non posso andarci. Ho il divieto dell'assicurazione di volo."

Non so se crederle. Ma non è importante.

"E certo, se fai un volo in moto loro non pagano."

"Perché non vieni a trovarmi? Sono all'Hotel Villa Borghese."

Pallina mi guarda e fa un segno con la mano come a dire "Oh, ma quanto dura 'sta telefonata?".

"E dopo usciamo in taxi? O non sei assicurata neanche per quelli?"

Eva ride: "E dopo decidiamo".

Chiudo la telefonata.

"E meno male. Discussione con donna?"

"Sei diventata curiosa, eh?"

Mi alzo e prendo lo scontrino.

"Che fai, te ne vai?"

"Sì, ma pago."

Pallina rimane un po' delusa: "Ci vediamo uno di questi giorni o riparti subito?".

"No, resto."

"Dammi il numero, così ti rintraccio io."

"Non lo so a memoria."

Mi guarda con la sua faccia buffa. La piega da un lato. E mi fissa. È più carina, più donna. E le voglio bene. Ma non c'è niente da fare. Non mi crede.

"Dai, allora ti faccio uno squillo io. Oppure telefona a casa, mi trovi lì, sto da mio fratello, il numero è sempre lo stesso."

Si tranquillizza. Si alza e mi dà un bacio: "Ciao Step. Bentornato". E raggiunge gli amici.

8

La moto si accende subito. La batteria si è ripresa senza problemi. Prima, seconda, terza. In un attimo sono sotto il cavalcavia di corso Francia. Mi viene in mente una cosa e torno indietro. A una come Eva forse può piacere. E soprattutto ne ho voglia io. Cinque minuti dopo. Corso Francia, piazza Euclide, viale Parioli. Una casba di ristoranti e macchine in doppia fila. Finti posteggiatori eleganti, probabili polacchi dall'italiano stentato. Una signora più o meno negata tenta una manovra per posteggiare bene. Secondo lei. In realtà ha bloccato un'intera curva. Ragazzi e ragazze fuori dal Duke ostacolano il traffico. Svicolo veloce fra le macchine, evito un tentativo di curva a U e sono a piazza Ungheria. A destra e poi dritto fino allo zoo. In fondo a sinistra e poi di nuovo a destra. Hotel Villa Borghese. Posteggio la moto e scendo con la busta. "Buonasera." Cazzo, non ci avevo pensato. Non so il cognome. "Buonasera..." Ci riprovo. Chissà da dove può arrivarmi l'ispirazione. Il portiere, un uomo sui sessant'anni dall'aria pacioccona e simpatica, decide di salvarmi.

"La signorina l'aspetta. Camera 202, secondo piano."

Vorrei chiedergli perché pensa che io vada proprio da lei. E se volevo invece una stanza o qualcos'altro? Una semplice informazione, per esempio. Ma capisco che è meglio stare zitti. "Grazie." Mi guarda andar via. Fa un mezzo sorriso, poi sospira. Fa su e giù con la testa. Invidia per Eva o per quegli anni ormai passati, più belli perfino di lei. Salgo le scale. 202. Mi fermo e busso.

"È lo champagne?" chiede divertita venendo verso la porta.

"No, la birra."

Apre: "Ciao, entra". Mi bacia due volte sulla guancia. Cammina tranquilla, leggermente altera ma più morbida di come passeggiava sull'aereo. E un'altra cosa. Ha i capelli sciolti.

"A parte gli scherzi, vuoi qualcosa da bere? Me la faccio portare da giù."

"Sì, te l'ho detto. Della birra."

"Quella è nel frigo." Mi indica un piccolo frigorifero nell'angolo opposto al suo. Vado a prenderla. Quando mi giro è già seduta sul divano. Ha le braccia aperte, poggiate sul bracciolo e sul cuscino. Le gambe lasciate andare giù, con le ginocchia che si stringono vicine. "Sono stravolta. Ho fatto un giro per fare shopping come mi avevi detto tu."

"E come è andata?"

"Bene. Ho comprato una camicia da notte e un completo molto carino di un blu particolare, 'blu perso', così l'ho chiamato io. Ti piace?"

"Molto."

Sorride, si tira su, sedendosi più dritta: "Vuoi vedere come mi sta?".

Vivace, attenta, divertita. E mi sorride. Mi guarda in maniera più intensa. Con una strana malizia. Per dimostrare qualcosa, la sua ipotetica eleganza o chissà cos'altro. È una sfida? L'accetto. "Ma certo."

Prende una busta. Mi guarda, poi alza il sopracciglio e divertita si allontana. Ma so che vuole sentirselo dire.

"Dove vai?"

"In bagno. Che pensavi?" E chiude dietro di lei la porta con un ultimo sorriso della serie: "Ma tra poco sono qui, cosa credi".

Finisco la birra appena in tempo. Eccola. Eva.

"Come sto?" Ha la camicia da notte trasparente che le scivola sul corpo come un'onda leggera, così leggera che mi sembra quasi di sentire quel mare. È color blu polvere. Blu perso, come ha detto lei. Ha pettinato anche i capelli. Perfino il sorriso, non so, è cambiato.

"Carina. Molto. Se questa è la camicia da notte... ora vorrei vedere il completo."

Ride. Poi cambia espressione e si avvicina con fare professionale. È tornata hostess. "È lei che ha suonato? Cosa desidera?" Non mi vengono battute. Me ne affiora una: "Come direbbe la signora: 'Te, gnocca'". Ma la trovo pessima. E l'abbandono. E faccio bene.

Ma lei insiste.

È vicinissima al mio viso. E mi torna in mente per un attimo quella canzone dei Nirvana, "If she ever comes down now...".

"Allora, cosa desideri?"

"Perdermi nel tuo blu perso."

E questa le piace. Eva ride. Me la dà buona. La battuta. Decide di sì, di farmi perdere subito. Mi bacia. Meravigliosamente bene, tranquilla, morbida, a lungo. Gioca con il mio labbro inferiore succhiandomelo, lo tira leggermente a sé, alla sua bocca. Poi, a un tratto, lo lascia andare. Ne approfitto.

"Ti ho portato una cosa."

D'altronde non c'è fretta. Non è previsto l'atterraggio. Non adesso. Mi stacco da lei e prendo la busta. Rimane sorpresa a guardarmi. Ha i capezzoli che affiorano tra le pieghe leggere della sua camicia da notte. Ma non voglio perdermi ora tra quelle correnti. Apro la busta sotto i suoi occhi.

"No, stupendo. Due fette di cocomero!"

"Le ho prese da un mio amico a Ponte Milvio. Era una vita che non lo vedevo, me le ha regalate."

Gliene passo una.

"Ha i cocomeri più buoni di Roma." Dopo i tuoi, vorrei aggiungere. Ma sarebbe peggio dell'altra. Addenta la fetta e subito con un dito raccoglie un po' di succo che le scivola dalle labbra e succhia cercando di non perderne neanche una goccia. Rido. Sì. Non c'è fretta. Addento la mia anch'io. È fresca, dolce, buona, compatta, non farinosa. Eva continua a mangiare. Le piace. Le divoriamo guardandoci, sorridendo. Diventa quasi una gara. Le mezze lune rosate alla fine ci rimangono in mano. Mentre con la bocca continuiamo a masticare. Il succo ci scivola giù fino al mento. Lei poggia la sua fetta finita sul tavolo e, senza asciugarsi la bocca, mi bacia di nuovo.

"Ora sei tu il mio cocomero." Mi morde sul mento e mi dà una leccata tutt'intorno alla bocca, frenata solo dalla mia barba ancora leggera. E lei decisa, affamata, divertita. Ancora più donna.

"Sai, ti ho desiderato in aereo e ti desidero adesso..."

Non so cosa risponderle. Mi fa strano sentirla parlare. Rimango in silenzio mentre lei mi sorride. "È la prima volta che vado con un passeggero."

Tranquillo tiro fuori il telefonino dalla tasca. Penso alla suoneria e lo spengo. Certo, visto come stanno andando le cose, è il più bel regalo che Paolo mi potesse fare.

"Invece tu eri l'unica hostess che mi mancava."

Prova a darmi uno schiaffo. Le blocco al volo la mano e la bacio, dolcemente. Si arrabbia, fa la finta imbronciata, sbuffa.

"Però sei anche il cocomero più buono che abbia mai assaggiato."

Scuote la testa divertita e si libera dalla presa. Si siede davanti

a me con le gambe incrociate. Decisa, sfrontata, spavalda. Mi infila apposta la mano lì davanti. Lentamente, con dolcezza. Dove sa
lei. Dove so io. Mi guarda negli occhi, con sfida, senza pudore. E
io la guardo, senza cedere, sorridendo. Allora mi tira a sé, con desiderio, avida, aggrappandosi quasi alle mie spalle. E mi lascio andare, così. Mi perdo in quell'ex blu perso, piacevolmente rapito
dalla dolcezza del tutto, cocomero compreso.

9.

Lontano. Sull'Aurelia, prima di Fregene, a Castel di Guido. Un vecchio castello abbandonato è stato tirato a nuovo. Cinquanta writer hanno passato due giorni a graffitarlo. Cinque americane tirate su con lampade d'ogni tipo, tanto da poterlo, in un attimo, illuminare a giorno. All'interno, tre consolle con duecento casse da 100 kw sparse lungo i saloni abbandonati, su, nelle rocche, nelle stanze con gli antichi affreschi ormai scoloriti dal tempo e perfino nelle cantine. Cinquemila candele disseminate a caso tra il giardino e gli interni. E come se non bastasse, due camion con più di duecento materassi ancora coperti dal cellophane. Sì, perché non si sa mai... E quel non si sa mai Alehandro Barberini non se lo lascia certo scappare. Questa è la sua serata. Per i suoi vent'anni il padre gli ha regalato una carta nera della Diners. E quale migliore occasione per inaugurarla se non questa? 200.000 euro, una strisciata et voilà, il gioco è fatto. E Gianni Mengoni non si è certo lasciato scappare l'occasione di un evento come questo. È lui che ha preso in mano la situazione. Ha ordinato più di mille bottiglie di alcolici e trecento di champagne, quarantacinque vasche gonfiabili piene di ghiaccio e venti camerieri... d'altronde, perché andarci cauti? Lui, solo per l'organizzazione, si è fatto staccare un assegno da 30.000 euro. Già incassato. "Sai, con questi nobili un po' decaduti un po' no, non si sa mai" ha detto al povero Ernesto, che si è dovuto occupare sul serio di tutta l'organizzazione. Per Ernesto invece 1800 euro e una faticata che dura da più di un mese. Ma per lui quei 1800 sono una manna dal cielo. Vuole colpire al cuore la bella Madda. È un mese che trescano ma ancora non gliel'ha data. Stasera sente di poter andare sul sicuro. Le ha comprato il giubbotto che le piaceva tanto. 1000 euro suonati per della pelle rosa anticata graffiata. Ma contenta lei... contento pure lui. Il pacchetto l'ha nascosto in macchina e quando tornerà a fine serata, all'alba... o quando sarà, sarà... è già sicuro di quel suo sorriso. Di quel sorriso che l'ha tanto colpito, che l'ha convinto a prenderla come aiutante anche per questa serata. E per "soli" 500 euro. Insomma, se tutto va bene, alla fine della serata Ernesto si metterà in tasca 300 euro ma avrà qualcosa in cambio che non ha prezzo. Certe felicità non fanno caso agli zeri.

"Dani, ma dov'eri finita? È un'ora che t'aspetto qua fuori."

"Lo so, ma abbiamo dovuto lasciare la macchina in fondo. Ha sempre paura che gliela rigano."

"Ma perché, con chi sei venuta?"

"Come con chi? Te lo avevo detto, con Chicco Brandelli!"

"Non ci credo!"

"Guarda che quando io dico una cosa è quella."

"Ma ancora gira... Guarda che quello t'ha puntato solo per vendicarsi di tua sorella!"

"Sentila. Ma quanto sei acida. Con me è carino invece. Ma poi che ne vuoi sapere tu. Ma perché, scusa, Giovanni Franceschini, quello che ha sempre fatto il filo a cosa... a quella della IIIA, come si chiama?"

"Cristina Gianetti."

"Eh. Non si è messo poi con la sorella più piccola, quando l'ha conosciuta?"

"E grazie, la prima è una suora patentata, l'altra dicono che fa dei numeri che in confronto Eva Henger è noiosa!"

"Be', a me Brandelli mi piace un casino e poi te l'ho già detto, tra quattro giorni è il mio compleanno e ormai ho deciso."

"Ancora con questa storia? Guarda che non è che a diciott'anni scadi! Tu ti sei fissata. Anche se la tua prima volta ce l'hai fra due anni, ma che ti frega?"

"Due anni? Ma che sei matta? E quando recupero? Ma come, ora che ho preso coraggio, tu mi sfondi così? E poi scusa, tu quando l'hai fatto?"

"Sedici."

"Vedi e ti credo che parli come ti pare."

"Ma che c'entra, io con Luigi ci stavo già da due anni."

"Senti, non rompere. A me Chicco Brandelli mi piace un casino e io stasera ho deciso che lo faccio con lui. Cavoli e fai l'amica per una volta!!"

"Ma infatti, è proprio perché ti sono amica."

Dani si gira e lo vede da lontano.

"Dai basta, basta. Eccolo che arriva. Dai, adesso entriamo e non ne parliamo più."

"Ciao Giuli." Chicco Brandelli la saluta con un bacio sulla guancia. "Come stai bene, è una cifra che non ti vedevo. Stai proprio un fiore... Allora? Sono stato bravo a trovare i biglietti per questa serata? Siete contente, bambole? Dai, andiamo dentro."

Chicco Brandelli prende per mano Daniela e va verso l'entrata. Alle sue spalle Giuli incrocia lo sguardo di Daniela e fa il verso a Brandelli mimandolo... "bambole". Poi fa una smorfia di schifo come a dire "mamma, ma è terribile". Daniela da dietro, senza farsi vedere, prova a tirarle un calcio. Giuli si sposta ridendo. Chicco tira di nuovo a sé Daniela.

"Ma che fate? Dai, state buone, state sempre a giocare. Adesso entriamo." Si avvicina ai quattro buttafuori, dei tipi enormi, di colore, dai capelli rasati e rigorosamente vestiti di nero. Il tipo controlla i biglietti. Poi annuisce vedendo che è tutto a posto. Sposta una corda dorata facendoli passare. La piccola comitiva entra, seguita da altri ragazzi appena arrivati.

10.

Poco più tardi o forse molto più tardi. Quando ci si addormenta su un letto non si sa più che ora è. Mi sveglio, è lì accanto. I capelli sciolti le sprofondano tra le pieghe del cuscino, lì dove la sua bocca imbronciata cerca respiro. Mi comincio a vestire in silenzio. Mentre mi infilo la camicia Eva si sveglia. Allunga veloce la mano vicino a lei. Vede che non ci sono. Poi si gira. Sorride trovandomi ancora lì.

"Vai via?"

"Sì, devo andare a casa."

"Mi è piaciuto molto il cocomero."

"Anche a me."

"Sai qual è una cosa che mi è piaciuta moltissimo?"

Mi ricordo tutte quelle che abbiamo fatto e mi sembrano tutte perfettamente belle. E poi perché sbilanciarsi?

"No, qual è?"

"Che non mi hai chiesto come sono stata."

Rimango zitto.

"Sai, è una cosa che tutti mi chiedono sempre e mi sembra così... stupida, non so come dire."

Tutti. Tutti chi? vorrei dire. Ma non è poi così importante. Quando fai solo sesso non cerchi ragioni. È quando non fai solo quello che cerchi tutto il resto.

"Non te l'ho chiesto perché so che sei stata bene."

"Cretino!" Me lo dice con troppo amore. Mi preoccupo. Si avvicina e mi stringe le gambe, baciandomi subito dopo la schiena.

"Perché, come sei stata?"

"Benissimo."

"Hai visto?"

Lei rincara: "Di più".

"Lo so" e le do un bacio veloce sulle labbra, poi infilo la porta.

"Ti volevo dire che rimango ancora qualche giorno..."
Donna leggermente dispiaciuta.

"Per fare shopping?"

"Sì..." Sorride ancora un po' intontita di piacere. "Anche..."
Non le do il tempo di aggiungere altro.

"Chiamami, il mio numero ce l'hai" poi esco in fretta. Rallento giù per le scale. Di nuovo solo. Mi infilo il giubbotto e tiro fuori una sigaretta dalla tasca. Faccio il punto della situazione. Sono le tre e mezzo. Nella hall il portiere è cambiato. È uno più giovane. Sonnecchia appoggiato alla sedia. Esco per strada e accendo la moto. Ho ancora addosso il profumo del cocomero e di tutto il resto. Peccato. Avrei voluto ringraziare il portiere che c'era prima. Che ne so, lasciargli una mancia o ridere con lui, fumarmi una sigaretta. Magari gli avrei raccontato qualcosa, quelle solite cazzate che si raccontano su quello che si è combinato. Chissà, nel passato l'avrà fatto anche lui con qualche amico. Non c'è niente di più divertente che raccontare i dettagli a un amico. Soprattutto se lei non ha preso il nostro cuore. Non come allora. Lei. Di lei non ho mai raccontato nulla a nessuno, nemmeno a Pollo. Ma è un attimo. Niente, non c'è niente da fare. Quando fai solo del sesso, l'amore di un tempo ti viene a cercare. Ti trova subito. Non bussa alla porta. Entra così, all'improvviso, maleducato e bello come solo lui può essere. E in un attimo infatti sono di nuovo perso in quel colore, nell'azzurro dei suoi occhi. Babi. Quel giorno.

"Dai muoviti, ma quanto ci metti."

Sabaudia. Lungomare. La moto è ferma sotto un pino, vicino alle dune.

"Allora? Step, non ho capito. Ma tu lo vuoi o no il gelato?"

Sono piegato, sto chiudendo la moto con la catena.

"Ma come non hai capito, ma guarda che sei forte. Ti ho detto di no, Babi, grazie no."

"Ma sì che lo vuoi, lo so."

Babi, dolce testarda.

"Ma allora scusa, perché me lo chiedi? Ma poi ti pare, Babi, che se lo volessi non me lo prenderei? Non costa niente."

"Ecco, vedi come sei... Pensi subito al denaro, sei venale."

"Ma no, lo dicevo nel senso che il ghiacciolo costa poco. Che ti frega Babi, uno lo prende lo stesso e al massimo lo butta."

Babi si avvicina con due ghiaccioli in mano.

"E infatti ne ho presi due. Tieni, uno per me all'arancia e uno per te alla menta."

"Ma a me non mi piace per niente alla menta."

"Ma scusa prima non lo volevi per niente e ora ti lamenti pure per il gusto! Ma guarda che sei forte. E poi comunque vedrai che ti piacerà."

"Ma lo saprò o no se una cosa mi piace!"

"Adesso fai così perché ti sei impuntato. Dai, ti conosco bene."

Prima scarta il mio e comincia a leccarlo. Poi me lo passa dopo averlo assaggiato.

"Uhmm... Il tuo è buonissimo."

"E allora prendi il mio!"

"No, ora mi va quello all'arancia."

E lecca il suo ghiacciolo, guardandomi, ridendo. E poi diventa spinta, perché il ghiacciolo si scioglie velocemente e se lo mette tutto in bocca. E ride. E poi vuole assaggiare per forza di nuovo il mio.

"Dai, dammi un po' del tuo" e lo dice apposta, ridendo, e si struscia, e siamo poggiati sulla moto, e allargo le gambe, e lei ci si infila dentro, e ci baciamo. I ghiaccioli cominciano a sciogliersi, lungo il palmo delle mani giù per il braccio. E ogni tanto andiamo con la lingua a raccogliere un po' d'arancia, un po' di menta. Sulle mani, tra le dita, lungo i polsi, lungo l'avambraccio. Morbida. Dolce. Sembra una bambina. Ha un pareo lungo, celeste chiaro, coi disegni più scuri. Lo tiene avvolto in vita. Ha i sandali azzurri e sopra solo un due pezzi, azzurro pure quello, e una collana lunga con delle conchiglie bianche, arrotondate, alcune più piccole, altre più grandi. Si perdono e ballano tra i suoi seni caldi. Mi bacia sul collo.

"Ahia!" Mi ha poggiato apposta il ghiacciolo sulla pancia.

"Piccolino mio, ahia..." Mi fa il verso. "Ma che, ti ho fatto male? Hai freddo?"

Irrigidisco i muscoli e lei si diverte ancora di più. Fa scivolare il ghiacciolo sui miei addominali, uno dopo l'altro. Ma io mi vendico.

"Ahi."

"Ecco, tieni un po' di menta sui tuoi fianchi." E continuiamo così, a pennellarci di arancia e menta sulla schiena, dietro il collo, sulla gamba e poi tra i suoi seni. Il ghiacciolo si spezza. Un pezzo s'infila dentro il bordo del costume.

"Ahia, ma che sei cretino, è gelato!"

"E certo che è gelato, è un ghiacciolo!"

E ridiamo. Persi in un bacio freddo sotto il sole caldo. E nelle nostre bocche arancia e menta si trovano mentre noi naufraghiamo.

"Dai, Babi, vieni con me."

"Ma dove?"

"Vieni..."

Guardo a destra e a sinistra, poi attraverso la strada velocemente tirandola via con me e lei corre, quasi inciampa, strappando i sandali all'asfalto caldo. Lasciamo il mare, la strada, per salire su, tra le dune. E correre ancora verso l'interno. Poi, poco lontani da un campeggio di turisti stranieri, ci fermiamo. Lì, nascosti tra la macchia bassa, tra il verde brullo, sulla sabbia quasi rarefatta, sotto un sole guardone, mi distendo sul suo pareo. Ora siamo a terra. E lei viene su di me, senza il costume, mia. E con il caldo, gocce di sudore scivolano giù, portate da rivoli di capelli biondo cenere, perdendosi sulla sua pancia già abbronzata, più giù, tra i suoi riccioli più scuri e ancora più giù, tra i miei... E quel dolce piacere, il nostro. Babi si muove su di me, su e giù, lentamente. Poi lascia andare indietro la testa, sorridendo verso il sole. Felice di essere amata. Bella, in tutta quella luce. Menta. Arancia. Menta. Arancia. Menta... Aranciaaaaa...

Basta. Sono fuori. Dai ricordi. Dal passato. Ma sono anche fuori di testa. Prima o poi le cose che hai lasciato indietro ti raggiungono. E le cose più stupide, quando sei innamorato, te le ricordi come le più belle. Perché la loro semplicità non ha paragoni. E mi viene da gridare. In questo silenzio che fa male. Basta. Lascia stare. Metti tutto di nuovo a posto. Ecco. Chiudi. Doppia mandata. In fondo al cuore, lì dietro l'angolo. In quel giardino. Qualche fiore, un po' d'ombra e poi dolore. Mettili lì, ben nascosti, mi raccomando, dove non fanno male, dove nessuno li può vedere. Dove tu non li puoi vedere. Ecco. Di nuovo sotterrati. Ora va meglio. Molto meglio. E mi allontano dall'albergo. E guido piano. Via Pinciana, via Paisiello, dritto verso piazza Euclide. Non c'è nessuno in giro. Una macchina della polizia è ferma davanti all'ambasciata. Uno dorme. L'altro legge chissà cosa. Accelero. Supero il semaforo, poi giù per via Antonelli. Sento il vento fresco che mi accarezza. Chiudo gli occhi per un attimo e mi sembra di volare. Un respiro lungo. Bello. Il servizio della hostess poi è stato impeccabile. Eva. Persa in quel "blu perso". Bella. Ha un corpo perfetto. E poi mi piace una donna che non si vergogna del suo desiderio. Dolce. Dolce come un cocomero. Anzi, di più. Imbocco corso Francia. È notte fonda. Allungo sul cavalcavia. Ora fa quasi freddo. Alcuni gabbiani si alzano in volo dal Tevere. Si affacciano sul ponte. È come se timidi salutassero. Poi si rituffano giù, verso il fiume. Fanno dei versi leggeri, un richiamo, una richiesta. Piccoli gridi soffocati, quasi avessero paura di svegliare qualcuno. Scalo e giro su per via di Vigna Stelluti. Poi mi metto a ridere da solo. Eva... Che strano. Non so neanche il suo cognome.

11.

A Castel di Guido la festa impazza. All'interno la musica è assordante. Luci rosse, viola, blu. Delle cubiste ballano su balle di fieno, completamente nude. Un culturista incatenato con un cappuccio in testa, dal corpo oliato coperto solo da un perizoma grecoromano, finge di ringhiare, di staccarsi dalle catene del muro per cercare di prenderle. Dani e Giuli gridano divertite. Un cavaliere e la sua donna nuda attraversano il salotto a cavallo. Su un divano abbandonati ragazzi e ragazze bevono, ridono, si baciano nascosti dalla penombra, illuminati a tratti da un piccolo faro verde che attraversa le stanze seguendo la musica. Camerieri in perfetta giacca bianca passano con vassoi servendo da bere a tutti alcolici al top, dal rum John Bally al gin Sequoia. Chicco ne prende al volo due e se li scola. Poi balla sul posto alzando le braccia al cielo.

"Ma questo posto è stupendo! È l'inferno per soli ricchi, quindi è solo per noi... Grande!" Poi prende Daniela e le fa fare un giro a tempo di musica, ride con lei, l'abbraccia e la bacia delicatamente sulle labbra. Poi la lascia andare così, con un piccolo volteggio di danza più o meno azzeccato.

"Aspettate qui, bambole, che vado a prendervi qualcos'altro da bere!"

Giuli lo guarda andare via, poi si gira verso Daniela e la fissa in silenzio.

"Dani... ma sei veramente decisa?"

"Non ce la posso fare..."

"Ah, ecco!"

"Ma no, mi piace un casino, è solo che mi devo lasciare andare, e tu mi rendi tutto ancora più difficile."

"Io?"

"E chi sennò! Mi devo stonare. Solo che se bevo, poi mi sento male."

"Dani guarda, ma quello non è Andrea Palombi?"

"Sì, è lui. Mamma! È una vita che non lo vedo!"

"Si è trasformato. Ma che gli hanno fatto? Gli hanno menato?"

"No, da quando ci siamo lasciati ha avuto un crollo."

"Totale! Ecco, con lui dovevi avere la tua prima volta, con uno che almeno ti amava sul serio, ma quanto siete stati insieme?"

"Sei mesi."

"E in sei mesi non c'è stata occasione?"

"Ci sarà pure stata, ma se sto così vuol dire che alla fine non c'è stata! Quindi... E comunque non è che sono cose che si possono stabilire a tavolino!"

"Ma che dici! Ma se stasera stai facendo tutto a tavolino!"

"Basta, mi stai intortando. Non ce la farò mai. Devo prendere un'ecstasy! Ecco, quello mi ci vorrebbe."

"Sì, fichissimo. Io l'ho presa alla festa di Giada, quella sì che t'aiuta"

"Che t'ha fatto?"

"Niente. Stavo benissimo. C'era pure Giovanni e abbiamo fatto l'amore. È stato bellissimo con lui."

"E ti credo, stavi sotto ecstasy."

"Ma che c'entra, io con Giovanni sto sempre benissimo! Mi sono sempre trovata bene con lui da quel punto di vista, abbiamo una grande intesa sessuale, che ti credi?"

"Certo, lui l'intesa sessuale ce l'ha con chiunque respiri!"

"Be', adesso l'acida sei tu, eh. Allora scusa potevi andare con Giovanni direttamente invece di farti tanti problemi, no?!"

"Basta, dai, non litighiamo. Ma dove la trovo?"

"Che cosa?"

"Giovanni?! Macché... un'ecstasy! Ma oh, ti sei rincoglionita?"

"Guarda, lì c'è una gangsta."

"Chi?"

"Una gangsta. Sei proprio out. Le gangste sono quelle toste, quelle che hanno la roba. La vedi quella lì coi capelli a treccine? Dai cavoli! È lì vicino alla consolle? Ecco, lei c'ha di tutto. L'ho vista all'entrata. Hai capito qual è? Eccola là, l'hai vista?"

"Sì, ma sta vicino a Madda."

"A chi?"

"A Madda Federici. Quella che ha fatto a botte con mia sorella due anni fa."

"Ma che ti frega. Ma tu poi che c'entri, scusa? E comunque

quelle lavorano insieme. Tu salutala e vedrai che non ci saranno problemi."

"Dici?"

"Vai."

Daniela prende coraggio e attraversa il salone. Madda da lontano la vede arrivare. E la riconosce. Non le ha mai dimenticate. Nessuna delle due. Si rivolge alla gangsta.

"Sophie, che t'è rimasto?"

"Un'ecstasy e uno scoop."

"Oh, vedi quella che arriva adesso?"

La gangsta guarda verso Daniela.

"Sì, embe'?"

"Be', se ti chiede qualcosa dalle comunque lo scoop."

"E quanto le chiedo?"

"Cazzi tuoi."

Daniela arriva. Si ferma davanti alle due. La gangsta alza il mento come a dire "cerchi qualcosa?". Daniela saluta per prima Madda.

"Ciao, come stai?"

Madda non risponde. Daniela continua.

"Scusa, volevo sapere se hai un'ecstasy."

"E io voglio sapere se hai i soldi" fa la gangsta.

"Quanto ti dovrei dare?"

"50 euro."

"Ok, tieni." Daniela li prende dalla tasca dei pantaloni e glieli passa. La gangsta li fa sparire in un attimo nelle sue saccocce davanti. Poi tira fuori dal bracciale una pasticca bianca. Daniela la prende e fa per andarsene.

"Ehi, ferma." Madda la blocca. "Quella roba non la porti in giro. La prendi ora e qui. Tieni" e le allunga la mezza bottiglia di birra che stava bevendo.

Daniela la guarda preoccupata.

"Ma non mi farà male con la birra?"

"Se sei venuta fino qua, non può che farti bene!"

Daniela s'infila la pasticca in bocca e dà un lungo sorso. Poi torna giù e riprende fiato. Deglutisce e sorride.

"Fatto."

Madda la ferma.

"Fai vedere? Alza la lingua."

Daniela ubbidisce. Madda controlla per bene. Sì, ha preso sul serio la pasticca.

"Ok, ciao e divertiti."

Daniela si allontana proprio mentre Chicco Brandelli ha raggiunto Giuli con due bottiglie di champagne. Madda e Sophie restano a guardarla.

"Capirai, quella va fuori di testa. Se non hai mai preso nulla, uno scoop ti sfonda. Non ti ricordi neanche quello che hai fatto."

"Je sta bene. Così porta i miei saluti a sua sorella!"

"Mai mettersi contro di te, eh?"

"Mai. È solo questione di tempo."

"Be', Madda, io vado."

"E con l'ultima ecstasy che ci fai?"

"Me la frullo a casa. C'è Damiano che torna presto stasera. Almeno facciamo un po' di sesso."

"Ok, godi sore'. Mi fai un ultimo piacere? Hai presente la macchina di Ernesto?"

"Sì, quella blu sfondata."

"Ecco, vieni che ti spiego cosa devi fare."

La musica sembra salire. Lo scoop sta facendo effetto. Dani balla sfrenata davanti a Giuli.

"Come stai?"

"Da sogno."

"E che effetto ti fa?"

"E che ne so? Non lo so. Non capisco più niente, so solo che voglio scopare! Voglio scopare!"

Daniela salta come una pazza gridando, coperta a volte dal suono della musica, a volte no. Proprio come quando finisce davanti ad Andrea Palombi.

"Io voglio scopare!" urla Daniela a squarciagola. Andrea le sorride.

"Finalmente!" Le fa eco. "Anch'io!"

"Sì, ma io non con te!"

E Daniela continua a correre urlando, saltando di gioia, facendo casino, persa tra le braccia che la toccano, bevendo bicchieri che le passano davanti, ballando con sconosciuti, fino a trovare quelle mani, quelle labbra, quel viso, quel sorriso... Ecco. Cercavo te. Mi piaci. Sei proprio bello. E lo vede biondo e poi bruno e poi non lo vede più. E poi si trova in una camera e lo vede spogliarsi. E si vede spogliarsi. Il cellophane del materasso viene sfilato via come la carta di un gelato, di un gelato da leccare. Ed è quello che lei fa. Poi si perde distesa su quel materasso freddo. Delle mani la prendono da sotto, le allargano le gambe. E piano piano si sente accarezzare. Ahi, mi fa male... Fa male... Ma deve far male? È così, pensa. Sì, è così. È bello anche perché fa male. E continua a vedere quello strano mare intorno a sé. E tutto ondeggia. E su e giù. E su e giù. Come quel corpo su di lei. E poi sorride. E ride. E ha un'unica domanda. Ma domani mattina qualcuno scriverà qualcosa sul muro per me? È così che funziona, no? Una scritta d'amore solo per me... E sorride. Addormentandosi. Non sapendo che non ci sarà nessuna scritta, di nessun genere. E neanche un nome, se è per questo.

Più tardi. È l'alba.
"No, non ci posso credere!" Ernesto corre distrutto verso la sua macchina blu.
"Mi hanno sfondato il finestrino!"
"Capirai," fa Madda salendo in macchina, "è già tutta sfondata!"
"No, ma non hai capito, m'hanno fregato un bellissimo regalo che avevo preso per te! Non sai, avevo speso un sacco di soldi. Era quel giubbotto rosa, quello che ti piaceva tanto!"
"Sì e tu hai scucito ben 1000 euro per me?! E cosa volevi mai in cambio? Eh? A furbo! Domani ce credo. Portami a casa, va', che sono stanca e ho sonno!"
"Te lo giuro, Madda! Te l'avevo preso."
"Sì sì, va bene. Senti, io devo andare a casa che domani mattina parto presto."
"Per dove?"
"Firenze, starò fuori una settimana. Magari ci sentiamo quando torno."
"A fare che?"
"Ma, per lavoro, altre serate, altre cose. Ma che, me stai a fa' l'interrogatorio? Senti, oh, guarda che così mi stressi... mi stai sempre addosso, e mollami!"
E così Madda scende al volo e sale sulla prima macchina che passa. È quella di Mengoni ed è ancora più felice di andare via con lui. Ernesto le corre dietro gridando.
"Dove vai? Aspetta!"
Madda sorride tra sé. Ma aspetta che? Il giubbotto rosa è già a casa che m'aspetta. E senza dartela. Che serata. Da sogno! Ho pure conciato per le feste la Gervasi piccola. È stato veramente un sogno! E Madda non sa, invece, a quale incubo ha dato vita.

12.

Dormiveglia. Sento i rumori di Paolo dalla cucina. Mio fratello. Muove le cose cercando di non fare rumore, lo capisco da come vengono poggiati i piatti sul tavolo e richiusi i cassetti. Mio fratello è una donna. Ha le stesse attenzioni che aveva mia madre. Mia madre. Sono due anni che non la vedo, chissà come avrà adesso i capelli. Li cambiava spesso nell'ultimo anno. Seguiva la moda, i consigli delle amiche, una foto su un giornale. Non ho mai capito perché una donna è sempre così fissata sui capelli. Mi viene in mente un film con Lino Ventura e Françoise Fabian, *Una donna e una canaglia*. 1970. Lui finisce in prigione. Lei va a trovarlo. Buio. Si sentono solo le loro voci.

"Cosa c'è?... Perché mi guardi così?"

"Hai cambiato taglio di capelli."

"Non ti piaccio?"

"No, è che quando una donna cambia taglio di capelli vuol dire anche che sta per cambiare uomo."

Sorrido. Mia madre ha visto molte volte quel film. Magari ha preso sul serio quelle parole. Una cosa è sicura: ogni volta che la incontro non ha mai lo stesso taglio. Paolo compare sulla porta, la apre piano, attento a non farla cigolare: "Stefano, vieni a fare colazione?".

Mi giro verso di lui: "Hai preparato roba buona?".

Rimane un momento perplesso: "Sì, credo di sì".

"Va bene, allora vengo." Non capisce mai quando scherzo. In questo non ha preso da mia madre. Mi infilo una felpa e rimango in mutande.

"Ammazza come sei dimagrito."

"Di nuovo... Già me lo hai detto."

"Dovrei trasferirmi anch'io per un anno in America." Si tocca un rotolo della pancia prendendolo tra due dita: "Guarda qui".

"Il potere e la ricchezza regalano la pancia."

"Allora dovrei essere magrissimo." Cerca di buttarla sullo scherzo. Anche in questo è diverso da mamma perché non gli riesce.

"A che pensi?"

"Che sei forte ad apparecchiare."

Si siede soddisfatto: "Be' sì, mi piace...". Mi passa il caffè. Io lo prendo e a occhio ci aggiungo un po' di latte freddo, senza neanche provarlo, poi addento un grosso biscotto al cioccolato: "Buono".

"È cacao amaro. Li ho presi per te. A me non piacciono. Sono troppo amari. Mamma te li prendeva sempre quando stavamo a casa tutti insieme."

Rimango in silenzio a bere del caffellatte. Paolo mi guarda. Per un attimo vorrebbe aggiungere qualche cosa. Ma ci ripensa e si prepara il suo cappuccino.

"Ah, ieri sera ti ha chiamato quella ragazza, Eva Simoni, ti ha trovato sul telefonino?"

Eva. Ecco come si chiama: Simoni. Mio fratello sa pure il cognome.

"Sì, mi ha trovato."

"E l'hai vista?"

"Che sono tutte queste domande?"

"Sono curioso, aveva una bella voce."

"All'altezza del resto."

Finisco di bere il caffellatte: "Ciao Pa', ci vediamo".

"Beato te che stai così."

"Che vuol dire?"

Paolo si alza e comincia a mettere tutto a posto: "Dai, che stai così, libero, te la diverti, fai quello che ti pare. Sei stato fuori, sei ancora sul sospeso, non definito".

"Sì, sono fortunato." Me ne vado. Gli dovrei dire troppe cose. Gli dovrei spiegare in maniera gentile che ha detto un'ignobile, grande, terribile cazzata. Che uno cerca la libertà solo quando si sente prigioniero. Ma sono stanco. Ora non mi va, non mi va proprio. Entro in camera, guardo la sveglia sul comodino e riesco di botto.

"Cazzo, ma tu mi hai svegliato e sono solo le nove?"

"Sì, fra poco devo stare in ufficio."

"Ma io no!"

"Sì, lo so, ma visto che devi andare da papà..." Mi guarda perplesso. "Ma... non te l'avevo detto?"

"No, non me l'avevi detto."

Continua a mantenere una certa sicurezza. Poi mi guarda col dubbio di averlo fatto o meno. È veramente sicuro di avermelo detto, oppure è un grande attore.

"Be', comunque ti aspetta alle dieci. Ho fatto bene a svegliarti, no?"

"E certo, come no. Grazie Paolo."

"Figurati."

Niente. Ironia zero. Continua a mettere le tazze e la caffettiera nel lavabo tutto ordinatamente nella vasca a destra, sempre e solo in quella a destra.

Poi torna sull'argomento.

"Ehi, ma non mi chiedi perché papà ti vuole vedere alle dieci, non sei curioso?"

"Be', se mi vuole vedere immagino che poi me lo dirà."

"E già, certo."

Vedo che è rimasto un po' male.

"Ok. Allora... Perché mi vuole vedere?"

Paolo smette di lavare le tazze e si gira verso di me asciugandosi le mani su uno straccio. È entusiasta.

"Non dovrei dirtelo perché è una sorpresa."

Si accorge che mi sto incazzando.

"Però te lo dico perché mi fa piacere. Credo ti abbia trovato un lavoro! Sei felice?"

"Moltissimo."

Però, sono migliorato. Riesco a fingere bene anche davanti a una domanda così.

"Allora che ne dici?"

"Che se continuo a chiacchierare con te faccio tardi."

Vado a prepararmi.

Sei felice? La domanda più difficile. "Per essere felici," dice Karen Blixen, "ci vuole coraggio." Sei felice... Una domanda così poteva farla solo mio fratello.

13.

Dieci meno un minuto. Guardo il mio cognome scritto sul campanello. Ma è casa di mio padre. È scritto a penna in modo irregolare, senza fantasia, senza calore, allegria neanche a parlarne. In America non sarebbe passato. Ma cosa importa. Siamo a Roma, in una piccola piazza a corso Trieste, vicino a un negozio che vende roba di finta classe. La accatasta in vetrina al prezzo di 29,90 euro. Come se un coglione qualsiasi non capisse che avere quella roba da schifo equivale ai suoi 30 euro. Animo da commercianti, finti furbi e un sorriso obbligato. Suono.

"Chi è?"

"Ciao papà, sono io."

"Sei puntuale. L'America ti ha cambiato." Ride.

Vorrei tornarmene a casa, ma ormai sono qui: "A che piano stai?".

"Al secondo."

Secondo piano. Entro e mi chiudo il cancello alle spalle. Che strano, il secondo piano non mi è mai piaciuto. L'ho sempre considerato una via di mezzo tra l'attico e il giardino, un posto al buio per chi sopravvive. Spingo il due. Il discorso vale anche per l'ascensore. Un tragitto corto a metà. Inutile per chi vuole fare un po' di sport, scomodo comunque per chi non ce la fa. Papà è sulla porta che mi aspetta: "Ciao". È emozionato e mi stringe forte. Un po' a lungo, troppo a lungo. Mi viene un piccolo nodo alla gola ma lo prendo a calci. Non ci voglio pensare. Mi dà un cazzotto leggero sulle spalle: "Allora... come va?".

"Benissimo." I calci sono serviti. Parlo normalmente: "E tu? Come stai?".

"Bene. Che te ne sembra di questa casetta? Mi sono spostato da sei mesi ormai e mi ci trovo bene, l'ho arredata io."

Vorrei dire "e si vede", ma lascio stare. Non che me ne freghi niente.

"Poi è comoda, non è tanto grande, sarà un'ottantina di metri quadri, ma per me va benissimo, ci sto quasi sempre da solo."

Mi guarda. Crede o spera che quel "quasi sempre" porti da qualche parte. Invece no. Se è per me... Giace lì, insabbiato. Sorride inutilmente, poi riprende: "Ho trovato quest'occasione e l'ho presa, poi la sai una cosa? ho sempre pensato che un secondo piano non mi piacesse invece è meglio, è più... coibentata".

Spero che non mi chieda cosa signifi chi. L'avrò sentito migliaia di volte. È uno di quei termini che odio.

"E poi è più comoda, più tranquilla."

Troppi aggettivi sono quasi sempre per giustificare una scelta sbagliata.

Mi ricorda una frase di Sacha Guitry: "Ci sono persone che parlano, parlano... finché non trovano qualcosa da dire".

"Sì, sono d'accordo con te." Magari lo fosse sulla citazione, ma non può. L'ho solo pensata. Non gliela dirò.

Mi sorride.

"Allora?"

Lo guardo sconfortato. Allora? Cosa vuol dire la domanda "allora?". Mi ricordo che quando stavo in classe al liceo c'era Ciro Monini, quello del primo banco, che diceva sempre: "Allora? Allora?". E Innamorato, quello dietro a lui, rispondeva sempre: "Allora? Sessanta minuti!". E rideva. E la cosa terribile è che rideva anche l'altro. Andavano avanti così quasi ogni giorno. Non so se si vedono ancora. Ma temo che facciano lo stesso gioco magari con qualcun altro... Allora? Allora io voglio bene a mio padre. Cazzo, sto male e scomodo in questa poltrona. Ma mi sforzo. "Non sai quanto sono stato bene a New York, benissimo."

"C'era gente?" Lo guardo. "Dico, italiani." Per un attimo mi ero preoccupato.

"Sì, molti, ma tutta gente diversa da quella che uno è abituato a incontrare qui."

"In che senso diversa?"

"Ma, non lo so. Più intelligenti, più attenti. Dicono tutti meno cazzate. Girano, parlano senza problemi, si raccontano..."

"Che vuol dire si raccontano?"

Se almeno fossimo a cena. A tavola perdonerei chiunque. Anche i miei parenti. Chi l'ha detto? Ero al liceo e mi ha fatto ridere. Forse Oscar Wilde. Non credo di farcela. Ma ci provo.

"Che non si nascondono. Affrontano la loro vita. E poi... ammettono le loro difficoltà. Non a caso hanno quasi tutti uno psicanalista."

Mi guarda preoccupato: "Ma perché, tu ci sei andato?".

Mio padre, sempre la domanda sbagliata al momento giusto.

Lo tranquillizzo. "No papà, non ci sono andato." Vorrei aggiungere "Ma forse avrei dovuto. Forse quello psicanalista americano avrebbe capito i miei problemi italiani". O forse no. Vorrei dirglielo, ma lascio stare. Non so quanto dureremo. Cerco di semplificare.

"Io non sono americano. E noi italiani siamo troppo orgogliosi per ammettere di aver bisogno di qualcuno."

Rimane in silenzio. Si preoccupa. Mi dispiace. Allora cerco di aiutarlo, di non fargli credere che abbia lui qualche colpa.

"E poi scusa che facevo, buttavo i miei soldi? Andare da uno psicanalista e non capire quello che ti dice in inglese... allora sì che hai problemi di testa!" Ride.

"Ho preferito spenderli in un corso di lingue, almeno li ho buttati, ma senza sperare di stare meglio!"

Ride di nuovo. Ma mi sembra che si sforzi. Chissà cosa vorrebbe che gli dicessi.

"Comunque, a volte non siamo capaci di raccontare i nostri problemi neanche a noi stessi."

Diventa serio.

"Questo è vero."

"È la stessa ragione per la quale ho letto che sono sempre meno quelli che in chiesa si confessano."

"Già..."

Non ne è convinto. "Ma dove l'hai letta?"

Come sospettavo. "Non me lo ricordo."

"Allora torniamo a noi."

Perché dove eravamo andati? Torniamo a noi... Che modo di dire. Sto male. Sto scomodo. Mio padre. Mi sto innervosendo.

"Ti ha detto niente Paolo?"

"Di cosa?" Mentire al padre. Io non rientro in quell'articolo sulla confessione. Non vado in chiesa. Non più. "No, non mi ha detto niente."

"Be'..." Mi sorride superentusiasta. "Ti ho trovato un lavoro."

Cerco di fingere alla meglio: "Grazie". Sorrido. Dovrei fare l'attore.

"Potrei sapere di che si tratta?"

"Ma certo. Che sciocco. Allora, ho pensato, visto che sei stato a New York e hai fatto un corso di computer grafica e di fotografia, giusto?"

Andiamo bene. Non è sicuro neanche lui su cosa ha fatto suo figlio a New York. E dire che la scuola la pagava proprio lui ogni mese.

"Sì, giusto."

"Ecco, l'ideale era che ti trovassi qualcosa che ha a che fare con quello che hai studiato. E l'ho trovato! Ti hanno preso in un programma televisivo come addetto alla computer grafic e alle immagini!"

Lo dice con un tono che sembra la traduzione italiana dell'oscar americano: And the winner is... il vincitore è... sono io?

"Be', naturalmente sarai l'assistente, cioè la persona che segue chi fa tutti i disegni grafici al computer e cura le varie immagini, credo."

Quindi non sono il vincitore. Solo un secondo classificato.

"Grazie papà, mi sembra un'ottima cosa."

"O qualcosa del genere, insomma, non so spiegarti."

Approssimativo come sempre. Impreciso. Vicino alla verità o qualcosa del genere. Mio padre. Ma ha mai capito sul serio quello che è successo con mamma? Credo di no. A volte mi domando cosa c'è di lui in me. Mi immagino la scopata che mi ha generato. Lo guardo, lui sopra la mamma. Mi viene da ridere. Se sapesse cosa sto pensando. Suona il citofono. "Ah, deve essere per me." Si alza frettoloso, leggermente imbarazzato. E certo, per chi può essere? Io non abito più qui, come Alice. Papà ritorna ma non si siede. Rimane lì in piedi, muove le mani in modo nervoso: "Sai, non so come dire, ma c'è una persona che vorrei farti conoscere. È strano dirlo al proprio figlio, ma diciamo che siamo fra uomini, no? È una donna". Ride per sdrammatizzare. Non voglio rendergliela difficile.

"Certo papà, che problema c'è... siamo tra uomini."

Resto in silenzio. Rimane lì in piedi a guardarmi. Non so che dire. Vedo che evita il mio sguardo. Suonano alla porta e va ad aprire.

"Ecco, lei è Monica."

È bella. Non tanto alta, troppo truccata. Ha un profumo forte, un vestito di media eleganza, i capelli troppo bombati, sulle labbra troppa matita. Sorride, i denti non sono un granché. Non è poi così bella. Mi alzo in piedi come mi ha insegnato mia madre e ci stringiamo la mano.

"Piacere."

"Mi ha tanto parlato di te, sei tornato da poco vero?"

"Ieri."

"Come sei stato fuori?"

"Bene, molto bene."

Si siede tranquilla e accavalla le gambe. Gambe lunghe, molto belle, scarpe leggermente consumate, un po' troppo. Dalle scarpe, ho letto, si riconosce la vera eleganza di una persona. Leggo un sacco di cose ma non mi ricordo mai dove. Ah sì, era "Class", sull'aereo. Era un'intervista a un buttafuori. Diceva che dalle scarpe decide sempre se far entrare una persona nel suo locale o no. Lei sarebbe rimasta fuori.

"E quanto tempo sei stato a New York?"

"Due anni."

"Tanto" sorride guardando mio padre.

"Ma sono passati così, senza problemi."

Spero non faccia altre domande. Forse lo capisce. E si ferma. Tira fuori dalla borsa un pacchetto di sigarette. Diana blu. Anche su questo il buttafuori sarebbe rimasto indeciso. Poi se ne accende una con un Bic colorato e dopo aver dato la prima tirata si guarda in giro. Lo fa solo per far capire, non cerca niente in realtà.

"Ecco, Monica" si precipita vicino a lei mio padre con un portacenere preso al volo da un comò lì dietro.

"Grazie" tenta di far cadere della cenere nel portacenere. Ma è ancora troppo presto. Sulla sigaretta c'è stampata mezza sua bocca sotto forma di rossetto rosso, con tutte le sue zigrinature. Odio il rossetto sulla sigaretta.

"Be', io vado, arrivederci."

"Ciao Stefano, mi ha fatto piacere conoscerti" sorride un po' troppo. E mi segue mentre mi allontano.

"Aspetta, ti accompagno."

Vado con mio padre verso la porta.

"Ci conosciamo da qualche mese. Sai, in fondo sono quattro anni che non uscivo con una donna." Ride. Ogni volta che deve far passare qualcosa che gli sembra difficile, ride. Ma che cazzo c'avrà da ridere? E poi si giustifica troppo. Sembra sempre che cerchi di convincere se stesso delle scelte che fa. Comunque non me ne frega niente. Non vedo l'ora di farla finita.

"Sai, è simpatica..."

Mi racconta qualcosa di lei. Ma non lo sto a sentire. Vedo che parla, parla, parla. Ma penso ad altro. Mi ricordo che ero piccolo e mia madre scherzava con lui in camera da pranzo. Poi ha cominciato a correre e lui subito dietro nel corridoio, inseguendola fino alla porta della camera da letto e io correvo dietro a papà e gridavo: "Sì, prendiamola, catturiamola!". Poi hanno lottato un po' sulla porta. Mamma rideva e si voleva chiudere dentro e lui invece cercava di entrare. Alla fine mamma ha lasciato andare la porta ed è corsa verso il bagno. Ma lui l'ha raggiunta e l'ha buttata sul letto e papà rideva perché lei ha iniziato a fargli il solletico. Ridevo anch'io quel giorno. Poi è arrivato Paolo. Allora mamma e papà ci hanno fatto uscire dalla stanza. Hanno detto che dovevano parlare ma ridevano mentre lo dicevano. Allora io e Paolo siamo andati in camera nostra a giocare. Poi, un po' più tardi anche loro due sono venuti da noi. Ma chiacchieravano piano, lenti, erano come morbidi in viso. Li ricordo con una luce diversa, come se fossero luminosi. Perfino nei capelli, negli occhi, nel sorriso. E si sono messi a giocare con noi e mamma mi abbracciava e rideva e mi pettinava sempre i capelli. Me li mandava indietro, un po' con forza, per scoprire il viso. Mi dava fastidio ma glielo lasciavo fare. Perché le piaceva. E perché era la mia mamma.

"Scusa papà, ma devo proprio scappare..." Tronco chissà quale discorso.

"Ma mi hai sentito? Hai capito allora? Alle due da Vanni. Ti aspetta il signor Romani per il programma." Stava parlando di questo.

"Sì, certo, ho capito. Il signor Romani alle due da Vanni." Sbuffo. "Scusami, eh?"

Poi scendo veloce per le scale, non mi fermo a guardare indietro. Poco dopo sono sulla moto. Ho fretta di allontanarmi. Ho voglia di andare lontano. Cambio le marce e la velocità, non so perché, mi piace più del solito.

14.

Babi, che fine hai fatto? Una bella canzone diceva che è facile incontrarsi anche in una grande città. Sono giorni che giro. Non volendo, la cerco. Mi ha preso in giro quella canzone. Non c'è traccia di lei. Senza accorgermene, mi ritrovo sotto casa sua. Fiore, il portiere, non c'è. C'è la sbarra abbassata. Un nuovo negozio di vestiti lì vicino, dove prima c'era un'autorimessa. Perfino Lazzareschi non c'è più. C'è un nuovo ristorante, Jacini. Elegante, tutto bianco. È come se qualcuno volesse quasi costringerci a migliorare. Ma io resto così, come sono, con il mio giubbotto Levi's un po' strappato e la moto con le marmitte allentate.

"Ehi, ma tu non sei Step?"

Mi giro e non ci credo. E mo', chi è questa qua? Sono seduto sulla moto davanti al giornalaio quando mi si avvicina questa strana "sgnappetta" castana chiara, con la faccia divertente, da impunita, le mani sui fianchi come se non avessi capito.

"Allora? Sei tu o no?"

"Ma tu chi sei?"

"Mi chiamo Martina, abito qui agli Stellari. Potresti rispondere?"

"Perché me lo chiedi?"

"E tu rispondi... che, hai paura?"

Mi fa quasi ridere, è forte. Avrà sì e no undici anni.

"Sì, sono io Step."

"Veramente sei Step? Non ci credo. Non ci credo. Non ci posso credere... Non ci credo."

La guardo divertito. Sono io che non riesco a crederci.

"Allora?"

"Tu forse non ti ricordi di me, sarà stato due anni fa, ero sulle scalette del comprensorio con due mie amiche e stavo mangiando la pizza rossa e tu salivi di corsa e hai detto 'Mmmh, mi sembra buona quella pizza' e io non ti ho risposto, ma ho pensato un sacco di cose, e te l'avrei fatta assaggiare!"

"Forse avevo fame..."

"No, ma questo non c'entra."

"Non ci sto capendo più niente."

"No, ti volevo dire che per me, anzi per noi, c'è una cosa pazzesca che tu hai fatto. Ne parliamo sempre con le mie amiche, ti giuro, quella scritta sul ponte di corso Francia... Io e te... Tre metri sopra il cielo. Mamma, lo pensiamo sempre. Ma come ti è venuto in mente? Cioè, ma veramente l'hai fatta tu?"

Non so cosa rispondere, ma non importa. Tanto non me ne dà neanche il tempo.

"Cioè, per me quella è la scritta più bella del mondo. Quando mamma mi accompagnava a scuola la guardavo. Ma poi lo sai che qualcun altro ha fatto quella stessa scritta? Cioè, ti hanno copiato! C'è quella scritta anche in altri posti di Roma, ti giuro, è pazzesco, sta in un sacco di posti! E una mia amica quest'estate al mare mi ha detto che l'ha vista anche nella sua città!"

"Veramente non volevo lanciare una moda."

Immagino per un attimo se ora passassero i miei amici, quelli di un tempo e mi vedessero stare qui intrattenuto da questa specie di "sgnappetta"... Eppure mi piace.

"Be', comunque è pazzesco, noi tutte sogniamo un ragazzo che faccia una scritta così per noi. Ma mica è facile trovare un tipo così!"

Mi guarda e sorride. Mi ha fatto un complimento secondo lei.

"Ecco, lo vedi quello lì..."

Mi indica, senza farsi vedere troppo, un ragazzino vicino all'uscita del comprensorio. È seduto sulla catena che va da un pilastro all'altro. Si dondola dandosi una spinta con le sue grosse scarpe da ginnastica. Ha i capelli lunghi, una specie di codino con un nastro colorato alla fine, ed è un po' cicciotto.

"Si chiama Thomas, mi piace un casino e lo sa." Il tipo la vede. Sorride da lontano. Alza il mento come per salutarla. Sembra anche incuriosito che Martina parli con un ragazzo più grande.

"Sì, secondo me lo sa. Fa apposta il cretino con le mie amiche, e mi dà un fastidio! Se becco chi gliel'ha detto... Ma fino a quando non sono sicura... Ma a quello lì quando gli verrebbe in mente una scritta bella come la tua, eh?"

Guardo Martina e penso a tutto quello che ha ancora da vivere. Alla bellezza del suo primo amore, di quello che sarà, di quello che non pensi mai possa finire.

"Al massimo fa una scritta da deficiente per la sua squadra. E poi la sai una cosa? Questa te la devo proprio raccontare. Una volta mio padre e mia madre, che stanno insieme da un sacco di tempo, almeno da poco prima che nascessi io, be' un giorno stavano litigando come pazzi per casa, io stavo in camera mia e li sentivo benissimo, e mia madre a un certo punto ha detto a mio padre: 'Il tuo non è amore, ti sei fatto due conti, hai visto che ero una brava ragazza e che potevo andar bene... ma l'amore non è questo, hai capito? L'amore non è come fare i conti dall'alimentari. L'amore è quando fai una cosa pazza, come quella scritta sul ponte. Io e te... Tre metri sopra il cielo. Ecco, quello è amore'. Così gli ha detto, hai capito? Bello, no? Eh? Che pensi Step, ha ragione mia madre, vero?"

"Quella scritta era per una ragazza."

"Oh lo so, come no, era per Babi. Abita qui agli Stellari, nella palazzina D, la conosco e la vedo ogni tanto, lo so che era per lei, che ti credi, so tutto."

Inizia a infastidirmi. Cosa può sapere? Cosa sa? Non voglio sapere.

"Be', grazie Martina, ora devo proprio andare."

"Lo dicevamo sempre noi amiche che lei era fortunatissima. Una scritta così poi. Io un ragazzo che mi fa una scritta così non lo lascerei mai. Ti posso fare una domanda?"

Non mi dà il tempo di rispondere.

"Ma perché vi siete lasciati?"

Rimango per un po' in silenzio. Poi accendo la moto. È l'unica cosa che posso fare.

"Non lo so. Se avessi la risposta ti giuro che te la darei."

Sembra dispiaciuta sul serio. Poi viene rapita di nuovo dalla sua allegria.

"Be', comunque, se passi un'altra volta da queste parti magari ci mangiamo insieme un pezzo di quella pizza rossa, eh?"

La guardo e le sorrido. Io e Martina, undici anni, che ci mangiamo la pizza. I miei amici impazzirebbero. Ma non glielo dico. Almeno lei, con la sua età, che si tenga stretta i suoi sogni.

"Certo, Martina, se passo di qua."

15.

Paolo non è tornato. Forse non torna per pranzo. La casa è perfettamente in ordine. Troppo in ordine. Preparo la sacca. Calzettoni, maglietta, pantaloncini, una felpa e mutandine. Mutandine. Pollo mi prendeva sempre in giro perché usavo i diminutivi per ogni cosa. "Facciamo un giretto. Ti va un caffettino? Mi andrebbero due pennette..." Questa cosa deve avermela attaccata mia madre. Gliel'ho detto una volta a Pollo. Lui si è messo a ridere. "Quanto sei donna," mi diceva, "hai una donna dentro." E mia madre ha riso quando gliel'ho raccontato. Chiudo la zip della borsa. Mi manchi, Pollo. Mi manca il mio migliore amico. E non posso far niente per farlo tornare. Non posso incontrarlo. Prendo la sacca ed esco. Affanculo, non voglio pensare. Mi guardo allo specchio mentre l'ascensore scende. Sì. Non voglio pensare. Mi metto a cantare una canzone americana. Non mi ricordo le parole. Era l'unica che sentivo sempre a New York. Una vecchia di Bruce. Cazzo, cantare fa bene. E io voglio star bene. Esco dall'ascensore con la sacca sulle spalle. Canticchio: "Needs a local hero, somebody with the right style...". Sì, era qualcosa del genere. Ma non importa. Pollo non c'è più. Piccolo eroe. "Lookin' for a local hero, someone with the right smile..." Vorrei tanto parlare un po' con lui ma non è possibile. Mia madre invece abita da qualche parte ma non ho voglia di parlare con lei. Ci provo di nuovo... "Lookin' for a local hero." Cazzo non ho imparato niente di quella canzone.

Flex Appeal, la mia palestra, la nostra palestra. Nostra, dei nostri amici. Scendo dalla moto. Sono emozionato. Cosa sarà cambiato? Ci saranno altre macchine? E poi chi incontrerò? Mi fermo un attimo nella piazzetta prima dell'ingresso. Guardo nella vetrata appannata dalla fatica e dal sudore.

Delle ragazze ballano al ritmo di una canzone americana nella sala grande. Tra loro ci sono solo due uomini che tentano disperatamente di andare a tempo con il bodywork di Jim. Così leggo sul foglio attaccato all'entrata che indica la speciale lezione o quel che deve essere. Indossano scarpe, body, tutine e top quasi tutte di marca. Pare una sfilata. Arabesque, Capezio, Gamba, Freddy, Magnum, Paul, Sansha, So Danca, Venice Beach, o Dimensione Danza. Come se nascoste dietro un nome potessero ballare meglio. Come cazzo fanno due uomini a non vergognarsi per quel miserabile tentativo di ginnastica. In mezzo a tutte quelle donne poi. Body stretti e colorati, trucchi perfetti, calzamaglie nere, pantaloncini o tute aderenti... e poi, due uomini in calzoncini. Uno pelato, l'altro quasi. Hanno la maglietta larga che nasconde la pancia. Saltano scoordinati, affannati, disperatamente alla rincorsa del ritmo. Ma non lo trovano. Anzi, qualcuno deve averglielo nascosto per bene fin dall'infanzia. Insomma, fanno pena. Vado oltre ed entro. In segreteria c'è un ragazzo mezzo tinto, capello lungo, faccia abbronzata. Parla sommessamente al cellulare con un'ipotetica donna. Mi vede e continua per un po' a chiacchierare, poi alza lo sguardo e si scusa con una certa "Fede" al telefono.

"Prego?"

"Vorrei fare la tessera. Tutto il mese."

"Sei già stato qui da noi?"

Mi guardo in giro, poi guardo lui.

"Ma non c'è Marco Tullio?"

"No. È fuori. Lo puoi trovare domani mattina."

"Ok, allora mi iscrivo domani, sono un suo amico."

"Come vuoi..."

Non gliene frega più di tanto, d'altronde i soldi non sono suoi. Vado nello spogliatoio. Due ragazzi si stanno cambiando per allenarsi. Ridono e scherzano. Parlano del più e del meno e di una certa ragazza. "Niente, siamo stati a cena alla Montecarlo, la pizzeria. Oh, non sai... Ogni due minuti le squillava il cellulare. Era l'uomo che sta facendo il militare. E lei giù che gli raccontava cazzate."

"Ma no, giura!"

"Te lo giuro."

Ascolto mentre mi cambio, ma già immagino come va a finire: "E lei che diceva 'ma no, no, sto a cena con Dora. Dai, te la ricordi quella che c'ha il negozio, è una parrucchiera'...".

"Ma dai, e lui?"

"E lui che poteva fare? Le credeva. Alla fine siamo andati a casa sua e mentre lei mi faceva un pompino, ha squillato di nuovo il suo telefonino."

"No! E tu che hai fatto?"

"Io? Ho risposto, che dovevo fare?"

"E che gli hai detto?"

"Mi dispiace ma in questo momento non può proprio rispondere, sta discutendo con Dora!"

"Ma dai! Troppo forte." E giù risate.

"Da allora Dora è il soprannome che ho dato al mio uccello. Eccolo qui..." lo tira fuori e lo mostra all'amico. "Ciao Dora, saluta Mario!"

Ridono come pazzi mentre il tipo con "Dora" in mano saltella a piedi nudi sul bagnato. Alla fine scivola e cade per terra. L'altro ride ancora di più mentre io vado ad allenarmi.

"Tienimi le chiavi, le metto qui." Infilo le chiavi con le quali ho chiuso l'armadietto in un portapenne sulla scrivania. Il tipo alla segreteria mi fa un cenno con la testa e continua a chiacchierare al telefonino. Poi ci ripensa. Mette la mano sopra il telefonino e decide di dirmi qualcosa.

"Ehi capo, per oggi puoi allenarti, ma domani devi fare la tessera."

Mi guarda soddisfatto con la faccia un po' da paraculo, un po' da duro. Poi con un sorriso ebete torna a parlare. Si gira e mi dà le spalle. Si vanta. Ride. Sento le sue ultime parole: "Hai capito, Fede? È arrivato e crede di stare a casa sua".

Non fa in tempo a finire. Lo prendo per i capelli. A mano piena. Quasi lo alzo dalla seggiola. Si mette sull'attenti con la testa leggermente piegata verso di me. I capelli tirati in gruppo fanno un male cane. Lo so. Me lo ricordo. Ma ora sono i suoi.

"Chiudi il telefonino, coglione." Abbozza un "Ti richiamo eh, scusami". E chiude.

"Allora, per prima cosa questa è casa mia. E poi..." gli tiro i capelli più forte. "Ahia, ahia mi fai male."

"Invece io voglio che senti bene: non chiamarmi mai più *capo* in vita tua. Hai capito?"

Cerca di fare un sì con la testa ma accenna solo un piccolo movimento. Tiro più forte per esserne sicuro.

"Non ho sentito... Hai capito?"

"Ahia, ahia... Sì."

"Non ho sentito."

"Sì" quasi urla dal dolore. Ha le lacrime agli occhi. Mi fa anche un po' pena. Lo lascio andare con una piccola spinta. Si accascia sulla sedia. Si massaggia subito la testa.

"Come ti chiami?"

"Alessio."

"Ecco, sorridi," gli do due schiaffetti leggeri sulla guancia, "ora puoi richiamarla se ti va, dille pure che hai reagito, che mi hai cacciato dalla palestra, che mi hai menato, di' pure quello che ti pare, ma... non te lo dimenticare. Non mi chiamare mai più *capo*."

Poi una voce alle mie spalle.

"Anche perché dovresti saperlo. Lui si chiama Step." Mi giro sorpreso, anche leggermente in difesa. Non mi aspettavo di sentire il mio nome. Non ho visto nessuno dei miei amici, nessuno che possa sapere il mio nome. E invece c'è qualcuno. Lui. È magro, anzi magrissimo. Alto, braccia lunghe, capelli con un taglio comune, sopracciglia un po' folte, unite al centro sopra un naso lungo che sporge su delle labbra strette di una bocca larga. Forse è così larga perché sorride. Sembra un francese. Sicuro di sé, tranquillo, ha le mani in tasca e lo sguardo divertito. Porta i pantaloni lunghi della tuta e una felpa sbrindellata sul rosso stinto. Sopra ha un giubbotto Levi's chiaro. Non so classificarlo.

"Non ti ricordi di me, vero?" No, non mi ricordo. "Guardami bene, forse sono cresciuto." Lo guardo meglio. Ha un taglio sopra la fronte, nascosta dai capelli, ma niente di grave. Si accorge cosa sto guardando. "È stato l'incidente in macchina, dai, sei anche venuto a trovarmi all'ospedale."

Cazzo come facevo a non ricordarmi!

"Guido Balestri! È una vita... Stavamo alle medie insieme."

"Sì e abbiamo fatto i due anni del liceo. Poi ho abbandonato."

"Sei stato bocciato? Non mi ricordo proprio tutto."

"No, ho seguito mio padre."

Ah, è vero. Come no! Balestri. Il padre è un grande non so che, uno che sta sempre in mezzo a tutte quelle cose, società per azioni o roba del genere. Stava sempre in giro per il mondo.

"Allora... come stai?"

"Bene e tu?"

"Bene anch'io. Bello rivederti. Ho sentito tanto parlare di te, Step, qui a Vigna Clara ormai sei un mito."

"Be', non direi proprio."

Rivolgo lo sguardo ad Alessio. Sta mettendo a posto dei fogli e fa finta di non sentire. Non riesce a non toccarsi i capelli. Guido ride divertito.

"Che c'entra, sei un mito per chi conosce le nostre storie. Si parla ancora di quelle risse mitiche... Mi ricordo di quando hai fatto a botte col Toscano dietro a Villa Flaminia nel boschetto."

"Eravamo dei ragazzini..."

Guido rimane un po' deluso.

"So che sei stato a New York."

"Sì, sono stato fuori due anni."

"Stasera ci vediamo. Siamo un po' di gente, andiamo a mangiare una pizza. Perché non vieni anche tu?"

"Chi siete?"

"Un po' di gente del Villa Flaminia. Li ricordi senz'altro, dai... Pardini, Blasco, Manetta, Zurli, Bardato, tutti loro. Insomma con donna o senza. Dai vieni, cazzo, farà piacere a tutti rivederti. Andiamo a Bracciano all'Acqua delle donne."

"Mai stato."

"È un posto bellissimo, anzi se c'hai la donna portala. Posto incantevole. Una volta mangiato lì, dopo... è tutta una passeggiata... e in discesa. Il dessert ti spetta di diritto... ma a casa sua."

Riesce a farmi ridere: "A che ora andate?".

"Verso le nove."

"Vengo a mangiare ma evito la passeggiata..."

"Cioè senza donna." Ride in maniera strana. Me lo ricordavo più sveglio. Ha un dente davanti spezzato e non dava mai troppa confidenza. Ora me lo ricordo meglio. Lo chiamavamo Scorza. Era tutto un programma. Correva che era uno sfacelo. Quando ci allenavamo a scuola nel campo da corsa del Villa Flaminia, gareggiava nell'ultimo gruppo. "I porcellini" li chiamava Cerrone, il nostro prof di Educazione fisica. Anche il prof era strano forte. Mentre facevamo ginnastica si metteva a leggere il giornale sportivo e per controllarci ci faceva due buchi al centro. Come se noi non ce ne accorgessimo. Però sui tre porcellini era imbattibile. Arrivavano al traguardo in tre, lui, Biello e Innamorato, bianchi cadaverici, con la lingua di fuori. "Porcellini da latte!" gridava il prof. "Vi dovremmo mettere allo spiedo e farvi rosolare." E rideva come un pazzo. Ma questo a Balestri non glielo ricordo. Forse è meglio di no. In fondo mi ha invitato a cena. Anzi ci tiene a ricordarmelo.

"Oh, allora alle nove all'Acqua delle donne, eh, con donna o senza."

"Va bene."

Mi saluta e scappa via. Che verrà a fare in palestra? Non ha un chilo, non sale di peso, è magro come il mio ricordo più sbiadito. Cazzi suoi. Però è simpatico.

Ecco. Lo sapevo! Lo sapevo che Step veniva ad allenarsi qui in palestra. Ne ero sicura. Ed ero sicura che veniva proprio in questa palestra! Sono troppo forte. E lui è troppo conservatore. Troppo. Spero che almeno in qualcosa cambi!!! Be', ora me ne vado. Non mi ha visto. Io invece ho sentito quello che dovevo sentire.

Attacco con le prime macchine, mi scaldo veloce, ripetizioni a raffica, per ammorbidire i muscoli. Carico poco, il minimo indispensabile. Vedo uscire una ragazza di fretta con un cappellino arancione mezzo calato in testa. Certo che ce ne sono di persone strane al mondo. Lì vicino due altre ragazze parlano fra loro e ridono di qualcosa. Racconti della serata prima o di quello che deve ancora accadere. Una è leggermente truccata, porta i capelli corti mesciati e se li tocca in continuazione. Ha un bel fisico e sta a gambe larghe perché sa di averlo. L'altra è più cicciotta e non tanto alta, capello alle spalle, più scuro del solito forse perché sporchi. Ha le mani sui fianchi e una tuta grigia leggermente macchiata dalla quale spunta fuori anche un po' di pancia.

"Lavorate! Qui in palestra si viene per lavorare..." Sorrido mentre passo. Quella bassa mi risponde facendo una specie di smorfia.

L'altra è più tranquilla: "Siamo in fase recupero".

"Da che?"

"Stress da pesi."

"Pensavo qualcosa di meglio."

"Quello più tardi..."

"Non ne dubito." Ora ridono tutte e due. In realtà sull'altra ho qualche dubbio. Ma una donna qualcosa la spunta sempre. Non c'è niente da fare, noi dovremmo essere più compatti, almeno in certi casi. La guardo meglio. Dice qualcosa all'amica indicandomi con lo sguardo. L'altra mi guarda. La vedo riflessa nello specchio che sorride. È bella con i capelli corti, ha un seno piccolo perfettamente disegnato sotto il suo body. Le s'intravedono i capezzoli. Lo sa ma non si copre. Sorrido e penso ai miei addominali. Faccio subito una prima serie da cento. Quando ho finito le due ragazze non ci sono più. Saranno andate a farsi la doccia. Chissà se le riconosco quando le incontro. È incredibile come una donna che esce dagli spogliatoi può essere diversa da quella che hai visto poco prima sotto i pesi. Ma non c'è verso, migliorano tutte. Al massimo te la potevi immaginare elegante e invece quella che t'esce la vedi con degli stivali con le borchie d'oro o roba del genere. Ma comunque diverse. Miracoli del trucco. Ecco perché la spuntano. Seconda serie da cento. Guardo il soffitto senza fermarmi, uno dopo l'altro, con le mani dietro la testa, con i gomiti allineati, tesi, aperti. Uno dopo l'altro. Ancora più forte. Non ce la faccio più, il dolore inizia a sentirsi, penso a mio padre, alla sua nuova donna. Continuo senza fermarmi. 88, 89, 90. Penso a mia madre. 91, 92. Quant'è che non la vedo. 94, 95. Devo chiamarla, dovrei chiamarla. 98, 99, 100. Finito.

"Non ci posso credere, Step!" Mi giro, quasi non riesco a parlare dal dolore agli addominali. Per un attimo mi ricordo il film di Troisi quando lui, pur di vedere la donna che gli piace tanto, corre intorno al palazzo e quando la incontra non ha il fiato per parlarle. Troppo forte Troisi.

"Che ci fai? Aho, sei tornato... Mi avevano detto che eri fuori a New York!"

Ancora? Oh, non c'è niente da fare. Non sono proprio riuscito a passare inosservato.

Finalmente mi sono ripreso e lui lo riconosco facilmente.

"Ciao Velista, come stai?"

"Ancora con questo soprannome. Lo sai che non mi ci chiama più nessuno?"

"Vuol dire che sei cambiato?"

"Ma di che poi? Io non ho mai capito perché mi chiamavate tutti il Velista, manco a dire che amo le barche, non ci so' quasi mai andato."

"Veramente non sai il significato del tuo soprannome?"

"No, ti giuro."

Lo guardo. Denti un po' larghi, come allora, una felpa sdrucita, un paio di pantaloncini verde chiaro, i calzettoni calanti, sbrindellati, perfettamente in linea con un paio di Adidas stansmith ormai decrepite. Il Velista.

"Allora?"

Mento. "Ti chiamavano Velista perché amavi tanto il mare."

"Ah, ecco! Ora ho capito, quello è vero. Mi piace proprio tanto."

È soddisfatto ora, fiero del suo nome. Sembra quasi guardarsi allo specchio, tanto l'ha rivalutato. In realtà non c'aveva mai una lira, veniva con noi solo per mangiare la pizza e scroccare. Per questo tutti dicevano che "andava a vela". Povero Velista. Una volta prese un sacco di botte da una mignotta giù al bowling, vicino all'Aniene perché dopo non so quale lavoretto, voleva pure lo sconto. Aveva solo 10 euro in tasca e aveva goduto per almeno 20.

"Oh, so' proprio felice di rivederti."

Mi guarda contento, lo sembra davvero.

"Hai già visto qualcuno?"

"No, sono arrivato ieri. Non ho visto nessuno qui in palestra."

"Ma sai, adesso s'allenano un po' da tutte le parti. Qualcuno poi s'è messo a lavora', qualcun altro se ne è andato fuori all'estero. Oh ecco, guarda chi arriva."

Fuori dalla finestra si vede passare una borsa blu scuro sopra le spalle di un uomo dai capelli corti.

"Non lo riconosco." Lo guardo meglio. Niente. Il Velista prova a darmi una mano.

"Ma dai, è il Negro. Non te lo ricordi?"

"Ah, ho capito, sì, ma lo conoscevo solo di vista."

Il tipo entra e saluta il Velista: "Ciao Andre'. Che fai, t'alleni?".

Il Velista incredulo mi indica fiero. "Ma hai visto con chi sto? È Step."

Il Negro mi fissa per un po'. Poi sorride. Ha la faccia simpatica, uno zigomo un po' ammaccato, mi viene incontro: "Ma dai, Step... Certo, come no. È una vita che non ci vediamo".

Ora lo riconosco. Porta i capelli corti. Prima li teneva sempre un po' lunghi, oliati, stava fisso con un giubbotto blu all'Euclide di Vigna Stelluti.

"Non sapevo avessi questo soprannome. Il Negro. Mi ricordo che ti chiami Antonio."

"Sì, dopo la storia di Tyson, dicono che ci somiglio."

Ha il collo un po' taurino, la pelle porosa e il naso un po' ammaccato, capelli corti alla Tyson. Ha gli occhi un po' a palla e il labbro superiore più grosso del solito.

"Be', insomma mica ci somigli tanto."

"Ma no fisicamente!" Ride sguaiato e comincia per un po' a tossire. "Per la storia della rissa! Pure io so' andato a un concorso di miss a Terracina e poi c'ho provato con una che stava a partecipa'. Hai capito? Per questo dicono che so' Tyson. 'Sta stronza, mi ha invitato su in camera, io volevo scopa' e lei pensava che je volessi raccontà' le barzellette. S'è offesa pure e non ci voleva sta'. Ma io jo fatto capi' che il suo era solo un problema di capoccia. E da allora mi chiamano il Negro." Ridono come pazzi lui e il Velista.

"No, sai, è uscita la storia su tutti i giornali di Borgo Latino, giù prima di Latina. Il Tyson della Pontina, un mito. Che poi alla fine c'avevo ragione io, a questa je pure piaciuto."

Il Velista ci mette il carico: "Mejo de Tyson" e continuano a ridere e a tossire.

"A proposito, so che sei stato in America, a New York, se non sbaglio."

Si ricomincia.

"Sì, sono stato laggiù. C'ho passato due anni, ho fatto un corso e sono tornato ieri. E ora c'ho voglia di allenarmi." Cerco di troncare.

"Oh, ti va di fare due tiri? Mi dicevano tutti che eri forte a boxare."

Il Negro sorride della sua proposta. È sicuro di sé e continua: "Be', magari è un sacco di tempo che non t'alleni, se non ti va non ti sta' a preoccupa'. È che tutti parlavano di 'sto mito, 'sto mito, e mo' che ce l'ho davanti...".

Il Negro ride divertito, troppo sicuro di sé. Deve essere uno che s'allena tutti i giorni almeno un'oretta e mezza.

"Ma no, figurati. Mi va."

"Allora vado subito a cambiarmi."

Vedo una luce diversa nei suoi occhi, più svegli, acuti, leggermente socchiusi.

Il Velista rimane invece idiota come prima: "Aho, forte 'st'incontro. C'ho una sete pazzesca, Negro. Che, te posso segna' un Gatorade che oggi non c'ho una lira?".

Il Negro fa segno di sì con la testa e va dritto negli spogliatoi. Il Velista va allegro verso il bar confermando così il suo soprannome. Io invece rimango solo. Alessio alla segreteria mi fissa. Sta succhiando un Chupa-Chups e mi guarda in maniera diversa da prima. Abbassa gli occhi e si rimette a leggere un "Parioli Pocket" che ha poggiato sul tavolo. Sfoglia due pagine, poi mi guarda di nuovo e sorride. "Scusa, Step, per prima. Non ti conoscevo. Non sapevo chi fossi."

"Perché, chi cazzo sono?"

Rimane per un attimo perplesso, cercando qualche risposta nell'aria. Ma non trova niente. Poi ci ripensa e prende coraggio.

"Be', sei uno che si conosce."

"Uno che si conosce..." Ci penso un attimo. "Sì, è un argomento interessante. Bravo. Vedi a volte... Non lo avevo considerato."

Sorride felice, per niente cosciente del fatto che lo prendo per il culo.

"Senti..."

"Dimmi, Step."

"Sai se c'è qualcosa per boxare?"

"Come no."

Esce da dietro la segreteria e si muove veloce verso una panca all'ingresso. Alza i sedili. "Qui sotto c'è la roba di Marco Tullio. Lui non vuole mai che nessuno la usi."

"Grazie."

Mi guarda con entusiasmo. Mi siedo sulla panca e comincio a infilarmi i guantoni. Non lo guardo, ma sento i suoi occhi su di me.

"Vuoi che te li stringo?"

Lo guardo per un attimo. "Ok."

Viene veloce verso di me. Prende i lacci con cura, li avvolge intorno ai guantoni, lo fa con precisione. Ora non ride, è serio. Si morde leggermente le labbra mentre i capelli lunghi gli coprono ogni tanto gli occhi. Con l'altra mano li butta all'indietro mentre continua a fare il suo lavoro. Lentamente, con cura, stringendo con precisione. "Fatto!" Sorride. Mi alzo in piedi. Sbatto i guanti uno contro l'altro.

"Vanno bene, no?"

Vuole essere sicuro di aver fatto un buon lavoro.

"Ottimi!"

Dallo spogliatoio femminile escono le due ragazze di prima. Quella alta ha un paio di pantaloni neri stretti fino alle caviglie, un trucco leggero e un rossetto che rende le sue labbra tranquille e accoglienti. Una borsa a tracolla su una camicia bianca con piccoli bottoni perlati, il tutto si intona con il suo passo elegante. Quella bassa invece ha una gonna scozzese a quadri blu e marrone troppo corta per le sue gambe e due mocassini neri che rendono ingiustizia alla sua camicia celeste. Del trucco ha cercato in qualche modo di miracolare il suo viso. Ma almeno per oggi quelli di Lourdes dovevano essere in vacanza. Si fermano alla segreteria. Alessio fa il giro e dà loro le tessere.

Quella alta mi si avvicina: "Ciao, io mi chiamo Alice".

"Stefano." Allungo il guantone, come per darle la mano.

Lei lo stringe sorridendo: "Lei è la mia amica Antonella".

"Ciao."

"Che fai, combatti?"

"Sì, ci provo."

"Ti dispiace se restiamo a vedere un po' l'incontro?"

"Perché mi dovrebbe dispiacere. Be', se poi fate il tifo per me, certo che non mi dispiace."

Ridono. "Va bene, puntiamo su di te. Che si vince?"

In quel momento esce il Negro. Ha un paio di calzoncini blu morbidi e lunghi, quelli da vero pugile. Ha già infilato i guantoni. Ha qualche segno sulle braccia e due o tre tatuaggi di troppo. È ben messo. Non me lo ricordavo così.

Alice mi si avvicina: "Ma combatti contro il Negro?".

Allora è conosciuto anche lui.

"Sì, perché?"

"Mi sa che abbiamo sbagliato a puntare su di te."

Mi guardano, sembrano realmente preoccupate.

Cerco di tranquillizzarle. "Va be', animo ragazze, al massimo durerà poco."

Il Negro ci interrompe. "Allora... entriamo?"

Ha fretta.

"Come no. Vai avanti tu."

Entra nella sala dell'aerobica. Due ragazze stanno facendo un po' di addominali su dei tappeti di gomma blu. Sbuffano vedendoci entrare.

"Oh, non mi dite che ce ne dobbiamo andare."

Cerco di metterla sullo scherzo: "Be', a meno che non volete combattere pure voi due".

Il Negro non ha il senso dello spirito: "Forza uscite". In un attimo sono fuori. "Tre round serrati, ti va?" Me lo dice con tono eccessivamente duro.

"Sì, mi va. Facciamo un buon allenamento."

"Facciamo un bell'incontro." Sorride in maniera antipatica.

"Ok, come vuoi tu." Alice è vicino alla finestra. "Ci prendi il tempo?"

Sorride annuendo. "Sì, ma come si fa?"

"È facile. Ogni minuto e mezzo gridi 'Stop!'."

"Ho capito." Guarda l'orologio aspettando di dare il via. Intanto saltello sul posto. E scaldo le braccia. Mi viene in mente una cosa. Antonella, quella bassa, alla fine di ogni minuto e mezzo potrebbe entrare con un cartello con scritto il numero di round e sculettare intorno alla sala dell'aerobica come nei migliori film americani. Ma qui non siamo in America. E neanche in un film. Siamo in palestra. Anche il Negro comincia a saltellare, dà di continuo dei colpetti tra i suoi guantoni, fissandomi. Alice alza il viso dall'orologio. Incrocia il mio sguardo. È leggermente preoccupata. In qualche modo si sente responsabile. Ma poi decide che non può più aspettare. E quasi lo urla quel: "Via!".

Il Negro mi viene subito incontro. Sorrido fra me. L'unica cosa che non ho mai smesso di fare in America in questi due anni è stata proprio andare in palestra. Per essere precisi, fare boxe. Solo che lì sono dei veri uomini di colore e sono tutti veloci e potenti. È stato duro tenergli testa. Durissimo. Ma l'avevo presa a cuore. E non è andata troppo male. Ma che sto facendo? Mi sto distraendo... Appena in tempo. Il Negro mi sferra due pugni potenti al viso. Schivo destro e sinistro. E mi abbasso al suo tentativo di gancio. Poi respiro e saltello allontanandomi. Schivo altri due colpi e comincio a saltellargli intorno. Il Negro fa una bella finta di corpo e mi colpisce basso in pieno stomaco. Ho un sussulto, mi piego in due. Cazzo, mi manca l'aria. Faccio una specie di rantolo e vedo girare intorno a me la stanza. Sì, mi ha preso proprio bene. Faccio appena in tempo ad alzarmi che vedo calare da destra il suo guantone. Lo schivo d'istinto. Ma mi colpisce di striscio spaccandomi il labbro inferiore. Cazzo. Cazzo. Non ci voleva. Che figlio di mignotta. Lo guardo. Mi sorride.

"Allora, come va, mitico Step?"

Fa sul serio lo stronzo. Mi metto a saltellare: "Ora meglio, grazie".

Sto recuperando. Tutto torna lucido. Gli giro intorno. Alla finestra della sala si è accalcata un po' di gente. Riconosco Alice e la sua amica Antonella, Alessio, il Velista e qualcun altro. Smetto di guardare e torno concentrato su di lui. Ora tocca a me. Mi fermo. Il Negro saltella e viene in avanti, affonda con un sinistro e carica il destro. Lo lascio passare schivando a destra e poi colpisco forte con il sinistro proprio sopra il sopracciglio. Rientro e con tutta la mia forza lo colpisco con il destro in pieno viso. Sento il naso scricchiolare sotto il guantone. Non fa in tempo a indietreggiare che lo colpisco due volte all'occhio sinistro, il primo lo para bene, poi abbassa la guardia e il secondo gli arriva dritto come un bolide. Indietreggia e scuote la testa. Riapre gli occhi giusto in tempo per vedere il mio gancio che arriva. Gli spacco il sopracciglio destro. Il sangue gli cola giù subito sulla guancia come se piangesse lacrime rossastre. Prova a coprirsi con i guantoni. Gli do un uppercut in pieno stomaco. Si piega in due e lascia andare giù i guantoni. Errore. Vedi... Errore. L'ho visto fare in America una volta e mi viene istintivo rifarlo. "Ehi, Negro e a te, eh, ora come va?" Non aspetto la sua risposta. La so già. Carico il destro e lo faccio esplodere. Dal basso verso l'alto, sul suo mento, da sotto. Il Negro salta quasi all'indietro, preso in pieno dal colpo. Vola via che è una meraviglia. Finisce sopra gli step rosa e lilla e li rovescia per terra. Poi si accascia con la faccia sullo specchio e scivola lento lasciando una leggera scia. Alla fine arriva a terra, sul linoleum beige, che subito si copre di sangue.

Guardo Alice: "Allora, quanto manca?".

Alice guarda l'orologio. Mancano pochi secondi.

"Stop. È finito adesso."

"Hai visto, che ti avevo detto? Non durava molto."

Esco dalla sala di aerobica. Il Velista si precipita dentro per vedere come sta il Negro.

"Non ti preoccupare. Ho già guardato, respira."

Il Velista si tranquillizza: "Mazza Step, l'hai sfonnato".

"Lui ci teneva tanto a fare un incontro serio... e l'ha fatto."

Vado davanti allo specchio. Mi guardo il labbro. È spaccato e già gonfio. Il sopracciglio invece è a posto. Alice mi si avvicina.

"Se fosse stato un vero incontro di boxe e avessi puntato tutti i miei soldi avrei perso."

"Che c'entra, in quel caso ci mettevamo d'accordo e io mi buttavo giù alla prima ripresa."

Alessio mi si avvicina: "Io invece i miei soldi li avrei vinti tutti. Aho, non so perché, ma me lo sentivo che vincevi tu".

"Come non so perché." Lo vedo di nuovo in difficoltà, vorrebbe dire qualcosa ma non sa bene cosa. Lo aiuto.

"Dai, toglimi i guanti, va'..."

"Tieni. Ti ho preso un po' di ghiaccio per il labbro."

È Alice. Mi si avvicina con un fazzoletto di carta con dentro alcuni cubetti.

"Grazie, di' alla tua amica di prendere un po' d'acqua fredda da mettere sulla faccia del Negro, gli farà bene."

"Lo sta già facendo."

Alice mi guarda con un sorriso strano. Mi affaccio. Antonella è nella sala dell'aerobica che aiuta il Velista a mettere impacchi sulla faccia del Negro. Trucco o miracoli, se tutto va bene la ragazza la spunta. Il Velista o il Negro. Non so con chi capita peggio. Uno magari non paga, l'altro invece la violenta. Ma non sono affari miei. Allora mi siedo sulla panca. Mi metto il fazzoletto sul labbro. Vedo Alice che mi guarda. Vorrebbe dire qualcosa anche lei. E anche lei non sa bene cosa. Non gliene do il tempo. Non ne ho voglia. Non adesso almeno. "Scusa, ma vado a fare la doccia." E così sparisco di scena. Li lascio soli. Immagino per un attimo una cena tra Alessio e Alice, i loro tentativi di fare un po' di conversazione. La Fede ci rimarrà male. Ma anche questi non sono affari miei. Poi, senza pensieri, mi infilo sotto la doccia.

16.

Chi non ha visto Vanni, non può capire. Forse anche chi l'ha visto. Fermo la moto lì davanti e scendo. È una specie di casba di persone colorate. Una donna dalle labbra pronunciate, quasi quanto il suo seno, parla con uno stempiato dal riporto totale. Ha una gonna corta, la donna, e due gambe perfette che si spengono più in su tra le sue bocce, anch'esse rifatte. Naturalmente ride al racconto del "riportato", poi risponde a un telefonino dove sicuramente mentirà. Il riportato si finge distratto, si infila tutte e due le mani nelle tasche di una giacca di un gessato scolorito. Trova una sigaretta e l'accende. Dà un tiro fingendosi soddisfatto, ma i suoi occhi fissano in continuazione il seno della donna. Lei gli sorride. Chissà, magari riuscirà a fumarsi pure lei. Poco più in là il caos. Tutti parlano, qualcuno chiede un frozen yogurt, ragazzi seduti sul motorino preparano la serata. Qualche Maserati passa lì davanti cercando posto. Una Mercedes opta per la doppia fila. Tutti si salutano, tutti si conoscono. C'è Gepy seduto su un SH 50, capelli cortissimi, bracciale tatuato al braccio, stile maori, e il segno sbiadito di un altro, fatto tanto tempo prima sulle nocche della mano destra. Si legge ancora la parola. "Male." Forse spera che così i cazzotti che tira siano più efficaci. Sorriso inesistente come sempre. Si guarda intorno senza cercare niente di preciso. Ha una felpa sdrucita, tagliata alta per mettere più in risalto un 48, 50 al massimo, di un braccio male allenato, troppo poco definito. Mi guarda distratto e non mi riconosce. Meglio così. Io devo incontrare il potere e lui non fa parte di questo giro. Il potere poi. Almeno questo mi immagino dalla descrizione che ne ha fatto mio padre. Ha parlato di un uomo coltissimo, alto, elegante, magro, sempre perfettamente vestito, con i capelli lunghi, gli occhi scuri, una cravatta Regimental e almeno una punta del colletto slacciata. Mio padre ha insistito su questo punto. "Il colletto slacciato ha un vero significato, Step, ma mai nessuno è riuscito a capirlo."

Immagino che nessuno glielo abbia neanche mai chiesto. Mi guardo intorno. Non c'è nessuno che corrisponde al "potere". Guardando meglio non c'è proprio neanche nessuno di magro. Gepy. Be', in effetti Gepy un po' magro lo è. È che gli manca tutto il resto. È sempre lì, seduto sull'SH 50. Passa una zingara grassa sui cinquanta. Gepy è distratto, la zingara gli strappa di dosso la sua mano e gliela prende tra le sue.

"1 euro per il tuo futuro. Ti porterà bene."

"Aho, ma che voi? Ma chi ti ha chiesto niente. Ma che, sei scema?"

"Fidati di me, fatti leggere la mano, signore."

La zingara comincia a toccare la mano di Gepy con il dito come per leggerla. "Allora, ecco vedo la sorte positiva..."

Gepy si spaventa e fa per ritrarla.

"Ma vaffanculo! Non lo voglio sapere il mio futuro."

Ma la zingara insiste e la trattiene.

"Fammi vedere bene, solo 1 euro te l'ho detto."

"Aho, ma hai finito o no? Mi stai rompendo i coglioni e molla!"

Ma la zingara insiste. Ci tiene a parlargli del suo futuro. Mica per niente, per soldi! Diventa quasi una lotta ridicola. Poi Gepy prende e le sputa in faccia e comincia a ridere. La zingara alza un pezzo della gonna mostrando dei gambaletti marroni e si pulisce il viso. Una striatura più chiara compare sulla sua guancia mentre le labbra scure cominciano a vomitare disgrazie. "Maledetto! Vedrai che cosa..."

"Cosa? Che vuoi dire, eh? Cosa? Sentiamo cosa, mo' ti do un calcio..." Gepy scende veloce dall'SH 50 per darle un calcio, ma la zingara si allontana. Qualcuno guarda la scena. Poi tutti fanno di nuovo finta di niente e ricominciano a parlare tra loro. Quello è stato solo un aneddoto divertente da raccontare a qualche cena o da usare per chissà quale altro motivo. Una cosa è sicura. Gepy non è certo l'uomo che cerco. Poi lo vedo. Eccolo là. Sembra quasi estraneo a quello che accade lì intorno. Seduto da solo a un tavolino sorseggia qualcosa di chiaro, lì dove galleggia un'oliva. Ha i capelli lunghi come da descrizione, il vestito di lino blu scuro, una camicia bianca, dalla stiratura impeccabile. Una cravatta leggera a strisce blu e nere scivola morbida lungo il petto fino ad adagiarsi oltre la cinta, lì tra le gambe incrociate. Poco più in giù dal risvolto dei pantaloni spuntano delle Top-Sider, né troppo nuove, né troppo vecchie, consumate quanto basta per essere in linea con la cinta dei pantaloni. Se ancora mi fosse rimasto qualche leggero dubbio, quel colletto di camicia, solo da una parte slacciato, li cancella tutti. È lui. "Salve."

Si alza in piedi. Sembra felice di vedermi: "Oh, buongiorno, lei è Stefano?". Ci diamo la mano.

"Suo padre mi ha parlato benissimo di lei."

"Che altro poteva fare."

Ride. "Mi scusi." Gli suona il telefonino: "Ciao. Certo non ti preoccupare. Ho già detto tutto. Ho già fatto tutto. È tutto a posto. Vedrai che firmano".

Uomo di potere, ama la parola "tutto".

"Ora scusami che sono in riunione. Sì, ciao. Ma certo. Ma certo mi fa piacere, te l'ho detto..."

Chiude il telefonino. "Un rompicoglioni." Sorride.

"Mi scusi, eh? Allora mi diceva?"

Riprendo a parlare e racconto del corso che ho fatto a New York.

"Quindi grafica in 3D."

"Sì."

"Perfetto." Annuisce compiaciuto. Sembra conoscere perfettamente la materia. Risquilla il telefonino. "Mi scusi, ma oggi è proprio una giornataccia."

Annuisco, fingendo di capirlo. Immagino che per lui sia sempre così. Mi ricordo che anch'io ho un telefonino. Stupidamente quasi arrossisco. Lo tiro fuori dal giubbotto e lo spengo. Se ne accorge. O forse no.

Finisce la telefonata: "Bene, lo spengo anch'io, così possiamo chiacchierare tranquilli".

Se n'era accorto.

"Allora, farai da assistente al grafico di ruolo. Si chiama Marcantonio Mazzocca. È bravissimo. Lo conoscerai tra poco, sta venendo qui, era lui poco fa al telefonino."

Spero non fosse quello della prima telefonata, ha chiuso il telefono chiamandolo "rompicoglioni".

"Pensa che è un nobile, ha sconfinate colline di vigneti su al Nord. A Verona, cioè, il padre ce l'ha. Poi ha iniziato a dipingere, a fare quadri. È venuto giù a Roma e ha cominciato a girare per locali e a fare, sai, i biglietti di invito per le varie feste e altri lavoretti del genere? Poi pian piano si è specializzato nella computer grafic e alla fine l'ho preso io." Lo ascolto. Certo, per citare, un grande film, *Nella morsa del ragno*, "Uno fa ciò che è". Ma decido di non dirlo. Prima voglio conoscerlo, questo Mazzocca. Beve un sorso di aperitivo. Saluta qualcuno che si trova a passare di là. Poi si asciuga con un tovagliolo di carta. Sorride. È fiero del suo potere, delle sue decisioni, di avere preso un nobile semplicemente per fare il grafico nelle sue produzioni televisive.

"Allora, spero che ti troverai bene con lui. Certo è un po' rompicoglioni..."

Era quello della prima telefonata.

"...Ma è precisissimo nel suo lavoro e poi..."

Non fa in tempo a finire la frase. "Step, ma sei tu?" Alzo lo sguardo. Questa non ci voleva. Gepy è di fronte a me con la faccia da ebete, sorridente, le braccia aperte sollevate in alto. Sembra un predicatore un po' idiota se non fosse per i pelacci che gli escono fuori da quella felpa tagliata male e i suoi capelli corti.

"Non ci posso credere, sei tu!" Sbatte il palmo delle mani uno contro l'altro con forza eccessiva. "Sei proprio te. Ma dove cazzo eri finito?"

"Ciao Gepy, come stai?"

"Sto benissimo e non sai come sono felice di vederti. Ma che ci fai qui tutto agghindato. Aho, non riesco a crederci. Step è di nuovo su piazza!"

Vorrebbe urlarlo a qualcuno, si guarda in giro, ma non capisce che il suo show non è destinato proprio a nessuno. Se non a me. Il signor Romani poi... Non credo proprio che appartenga al suo target.

"Scusami Gepy, ma stiamo parlando." Guardo il signor Romani cercando, non so perché, il suo appoggio. Mi sorride divertito e fa una faccia come a dire non ti preoccupare, sono cose che succedono, non sai quanti me ne capitano a me di coglioni come questo. Almeno questo è quello che mi fa piacere leggere.

"Aho Step, ancora mi ricordo quando hai sfondato il Mancino. Eravamo su da Giovanni, il gelataio, ti ricordi, eh? Quello stava lì che faceva il capo, poi sei arrivato tu. Non hai fatto in tempo a scendere dalla moto, oh, manco l'hai visto, che quello ti è partito. Hai preso una sveglia, mamma santa. Il Mancino credeva che eri finito, invece..."

Gepy ride sguaiato.

"Bum, l'hai preso con un calcio in pancia e non gli hai dato tempo. Bum, bum, bum, che serie impressionante al viso."

Gepy saltella lì davanti tirando cazzotti nell'aria. "Bum, bum, bum, me lo ricordo come fosse ieri. Una carneficina, l'hai sdraiato. E quella volta al benzinaio di corso Francia, da Beppe. Quando sono arrivati quei due bori sulla Renault 4, che poi mi hanno detto pure che erano amici del Mancino, che t'hanno circondato..."

"Gepy, scusa, te lo ripeto, stavo parlando con il signore."

"Ma no, non ti preoccupare."

Romani sorseggia l'aperitivo, sembra sinceramente interessato. "Lascialo parlare."

Gepy mi guarda interrogativo, poi senza aspettare neanche un minimo cenno riparte tranquillo: "C'avevano pure una catena. Aho, niente, eh?... ja detto male... Sembra che non sono neanche più rimasti amici con il Mancino! Ahhhhh!".

Riprende a ridere ancora più sguaiato di prima.

"Che mito! So' finiti quei tempi, so' passati. Adesso tutti tranquilli, tutti a bivaccare come pecore, senza nome, senza regole, senza onore... Pensa che adesso se ci provi con la donna di uno, quello non si incazza neanche. Non c'è più religione."

Quest'ultima specie di discorso tra il nostalgico e l'amaro mi convince a darci un taglio.

"Senti, magari ci vediamo una di queste sere, eh?!"

"Come no. Tieni, ti lascio il mio numero." Tira fuori un bigliettino dalla tasca posteriore dei jeans. Quasi mi rifiuto di guardarlo. C'è il numero del suo cellulare e dietro la foto di Gepy perfettamente stampata in bianco e nero con lui a torso nudo, in finta posa da culturista o qualcosa del genere. "Forte, no? Me ne so' fatti fa' duemila," poi serio, "mi servono pure per lavorare, eh!"

Poi si allontana all'indietro, mettendosi in posa classica. Pollice, mignolo, orecchio, bocca.

"Chiamami, Step, che ci facciamo 'sta pizza. Ci conto!"

Annuisco abbozzando un sorriso.

Gepy scuote la testa e si allontana saltellando.

"Mi sembra un tipo simpatico." Romani mi guarda incerto. Non è del tutto convinto della sua affermazione.

"Be', a modo suo... È tanto che non lo vedo. A quei tempi era molto divertente."

"A quei tempi? Sembra che sia passata un'era. Si tratterà di qualche anno."

La sua domanda rimane nel vuoto. Un'era in fondo è passata.

Romani finisce di bere il suo aperitivo. "Eccolo. Sta arrivando. È Marcantonio."

Uno strano incrocio tra Jack Nicholson e John Malkovich cammina sorridendo verso di noi fumandosi una sigaretta. Stempiato, con i capelli corti sopra l'orecchio e le basette lunghe che gli accarezzano la guancia chiudendosi a virgola. Un bel sorriso, uno sguardo furbo. Con una schicchera lancia lontano la sigaretta, poi quasi piroetta su se stesso e si siede sulla sedia libera vicino a noi: "Allora, come va? Sono stato un po' rompicoglioni al telefono, eh?".

Non permette a Romani di rispondere.

"Ma è la mia dote principale. Sfinire, lentamente ma sfinire. La goccia cinese, tac, tac, fino a corrodere anche il metallo più duro. È questione di tempo, basta non avere fretta e io non ne ho." Tira fuori un pacchetto di Chesterfield light azzurre e le poggia sul tavolino sotto un Bic nero. "Marcantonio Mazzocca, nobile decaduto ma in netta ripresa." Gli do la mano: "Stefano Mancini, credo il tuo assistente".

"Assistente, che termine ignobile hanno coniato per darci dei ruoli." Romani lo interrompe: "Può essere ignobile quanto ti pare, ma lui sarà il tuo assistente. Be', ora vi lascio. Spiegagli tutto e bene. Perché da lunedì si comincia. Andiamo in onda fra tre settimane. E tutto deve essere perfetto!".

"E sarà perfetto, boss! Ho portato un logo per il titolo, se gentilmente può controllarlo..." gli allunga una piccola cartellina comparsa come per miracolo da una tasca interna della sua giacca leggera. Romani la apre.

Marcantonio lo guarda tranquillo, sicuro del suo lavoro.

Romani è compiaciuto, poi se ne accorge: "Ehm, un po' più chiaro il logo e poi... Via tutti questi ghirigori, queste frecce qui... Tutto più leggero!".

Romani si allontana con la cartellina sotto il braccio.

"Vuole sempre dire la sua, lo fa sentire più sicuro. E noi stiamo al gioco."

Si accende un'altra sigaretta. Poi si rilassa, si lascia andare sulla sedia e tira fuori dalla tasca un'altra cartellina. La apre. "Et voilà." C'è lo stesso disegno col logo più chiaro e senza le frecce proprio come aveva chiesto Romani.

"Hai visto? Già fatto!"

Poi si stira guardandosi in giro. "È fantastico qui, non trovi, assistente? Guarda i colori, le donne... guarda quella!"

Indica una bionda dai capelli corti, corpo muscoloso e sicuro. Sedere alto che si perde sotto una gonna stretta, il naso un po' troppo grande a confronto di due labbra che raccontano il peggio ipotizzandone un piacevole impiego.

"L'ho conosciuta in maniera profonda. Fa parte del giro, sai..."

"Cioè?"

"Il giro... quello del nostro lavoro, donne di immagine" tira una boccata ridendo. "Hai visto le labbra? Mi ha prosciugato!"

Ne conferma il piacevole impiego. "Cioè? Vuoi dire che sono tutte così?"

"Non sono tutte così. Sono di più, sono bellissime. Le vedrai, le vedrai. Sono vere. Sono donne fantastiche, nascoste tra vestiti colorati, ballerine, vallette, comparse. Ridono, si accendono come niente, come piccole bombette dalla miccia corta. E dietro quei seni, stretti da corpetti impossibili, quei sederi sodi, strozzati da costumi minuscoli, ci sono le loro storie. Tristi, allegre, assurde. Sono ragazze che ancora studiano, che hanno già un figlio e non più un marito, che non hanno mai studiato, che stanno per sposarsi o separarsi, che non si sposeranno mai o che ancora sognano di farlo. Tutte lì raccolte con un'unica cosa in comune: apparire nella magica scatola. Apparire..."

"Be', ti piacciono eccome se riesci a raccontarle così. Sembri un poeta."

"Io sono Marcantonio e vengo dal Nord, oltre Milano, dal Veneto più ricco. E non ho più un soldo. Mi è rimasto il sangue nobile e la voglia di amarle tutte, in questo sarò sempre ricco. Le devi vedere... E le vedrai, giusto?"

"Penso di sì."

"No, è sì. Sei il mio assistente o no? E allora ti divertirai un mondo!"

Mi dà una pacca sulla spalla alzandosi. "Be', ti saluto."

Prende sigarette e accendino e se li mette in tasca. Poi sorride e alza il sopracciglio. Va verso la ragazza dai capelli corti biondi e le gira intorno. Rimango per un po' a guardarlo. Fa un altro giro intorno alla ragazza, poi si ferma e si pianta di fronte a lei con le mani nelle tasche della giacca. Comincia a parlare, tranquillo, sicuro, sorridente. Lei lo ascolta incuriosita, poi comincia a ridere. Lei scuote la testa. Lui le fa un cenno, lei ci pensa un attimo, poi sembra optare per il sì e si incammina per entrare da Vanni. Marcantonio mi guarda, sorride e mi fa l'occhiolino. Poi la raggiunge. Le mette una mano dietro la schiena per "aiutarla" a entrare nel bar. Lei si lascia guidare e scompaiono dalla mia vista.

17

Volume al massimo. "What if there was no light, nothing wrong, nothing right, what if there was no time..." La voce di Chris Martin dei Coldplay riempie la stanza. Forse per coprire un altro suono. Quello cupo e continuo che ora sta sentendo dentro come un pungolo, un richiamo che non smette di tormentarla man mano che passano le ore.

"Daniela, che sei sorda? Vuoi abbassare per favore? O lo fai perché anche Fiore dal cancello impari la canzone?"

Per un attimo l'immagine di Fiore che canta in inglese-romanesco mentre pota le piante la distrae e la fa sorridere. Per un attimo. Perché poi quel dubbio, il suo dubbio, torna a parlare, a chiamarla. Sì, mamma, magari fossi sorda, magari non sentissi più quella voce che continua a dirmi l'unica verità che non voglio sentire. Anzi, è meglio alzare un altro po', è meglio cantare con Chris quelle parole che ora sembrano così vere, così adatte... Daniela inizia a tradurle mentalmente. Cosa accadrebbe se non ci fosse luce, niente di sbagliato, niente di giusto, cosa accadrebbe se non ci fosse tempo... Già. Se non ci fosse tempo. Se non ce ne fosse più. Basta. Bisogna fare qualcosa, bisogna chiarire una volta per tutte.

"Pronto, Giuli? Ti disturbo? Che fai?"

"Ciao! No tranquilla, anzi ti pensavo!"

"Pensavi a me? Be', credevo fossi messa meglio!"

"Brava eh, vedo che la simpatia dilaga. Vuoi sapere perché?"

"Dimmi."

"Stavo scaricando dal telefonino sul computer le foto che ho scattato alla festa. Sono fichissime! Sono venute bene anche se non c'era tanta luce. Ci sei anche tu mentre balli e fai la scema!"

"Davvero?! Non mi sono accorta che mi fotografavi."

"E ti credo, eri completamente fuori! Ci sei tu con Brandelli, poi tu con due pazzi scatenati che ti saltavano intorno, poi ancora tu che gridi non so cosa a chi... poi basta perché a un certo punto sei sparita! Non ti ho vista più! Ma dove cavolo eri, eh? Ora mi devi raccontare tutto quello che non ho potuto fotografare!..."

"Già! È stata una festa forte, vero? Mi sono divertita un sacco! E finalmente ce l'ho fatta! Visto? Chicco è stato proprio carino, e tu che ne parli sempre male... Ma a che ora sono sparita di là con lui?" Giuli non ci fa caso. Perché dovrebbe? La voce di Daniela sta tremando un po' mentre lo chiede, nel tentativo di sembrare il più sicura e naturale possibile. "Sì, insomma, quanto sono stata di là con lui? Tu eri lucida, c'avrai fatto caso, no?! Dopo quanto tempo sono tornata da te e siamo andate via?"

"Cavolo, ma davvero non ti ricordi proprio nulla?! L'ecstasy a te fa proprio uno strano effetto! Con lui non lo so, perché sinceramente Brandelli l'ho visto seduto su un divanetto che parlava con delle tizie, ma tu non c'eri già più. Forse siete spariti prima insieme. Da me sei tornata almeno dopo un paio d'ore. Quindi penso che vi siate divertiti! Dai, mi racconti? Com'era lui? Com'è stato? Ti è piaciuto?"

"È stato diverso da come credevo, ma in fondo come fai a immaginare per filo e per segno una cosa che non hai mai provato? Finché non ti ci ritrovi... dai, ti racconto tutto la prossima volta che ci vediamo. Tutto... quel poco che mi ricordo! Come faccio ora al telefono? Lo sai che qui mi sentono. Se passa mamma è la fine. Anche se tengo lo stereo alto, quella c'ha le orecchie di un indiano. Dai, vengo a trovarti presto. Ora devo andare."

"Va bene, scappi sempre sul più bello. Ti aspetto, donna navigata! Mandami un sms prima, così mi faccio trovare in casa. E chi se lo perde il racconto della prima volta della piccola Gervasi?!"

Magari, Giuli, magari fossi scappata sul più bello. Almeno ora dentro sentirei solo i Coldplay, invece di questo dubbio che non mi lascia in pace.

"Ok, ciao."

Niente. Il dubbio è ancora lì. Sottile come un velo che nasconde la verità. Pesante come un macigno che schiaccia la serenità.

"You don't have to be alone, you don't have to be on your own..." Le tracce scorrono. "A message"... "Non devi essere sola, non devi startene per conto tuo..." Già, Chris, perché non vieni qui tu, a darmi il messaggio che aspetto, la notizia che non so? Il volume è sempre alto. Raffaella si è arresa. E Fiore, forse, sta imparando l'inglese. Le parole che escono dal lettore continuano a colpire nel segno. Ma non c'è da stupirsi: l'anima sa sempre scegliersi la colonna sonora migliore. E le canzoni non arrivano mai a caso. Come la verità, del resto.

"Pronto, Chicco? Disturbo?"

"Ciao piccolina, come stai? Forte l'altra sera, eh? Che festa! Stasera? Vengo a prenderti, ci beviamo un caffè?"

"Be', vediamo, dai! Sì, davvero bella la serata, mi sono divertita da matti, non credevo! E tu sei stato carinissimo! Davvero dolce..."

"Ho visto, ti sei sballata di brutto! Carino, dolce, dici? Ma non ho fatto nulla! Anzi, avrei potuto anche esserlo di più se non sparivi come hai fatto! Ti ho persa quasi subito e non ti ho più rivista. Ma dove sei finita? C'era un bel lento, *E...* di Vasco. Lo volevo ballare con te. Dov'eri? Poi volevo riaccompagnarti a casa, ma a quel punto tu e Giuli non c'eravate già più! Perché?"

Non è per il lento mancato. E nemmeno per il passaggio perso a casa che il suo stomaco si chiude e il cuore inizia a battere più veloce del normale. È perché Daniela cerca risposte. E invece arrivano solo domande.

"Sì, infatti, scusa, volevo dirtelo, Giuli ha chiamato suo fratello che ci ha riaccompagnate perché non ti trovavamo più e non rispondevi al cellulare! Forse avevi la batteria scarica. Scusa se sono sparita... ho fatto mille giri, ho ballato, ho riso e così ho perso la cognizione del tempo! Va be', dai, ci sentiamo dopo, così decidiamo se prenderci quel caffè."

"D'accordo, piccolina, a dopo allora!"

Piccolina. Magari... Essere ancora come allora, quando giocavo qui in camera con Babi. Quando non mi dovevo preoccupare di nulla. Quando trovavo tutte le risposte, perché le domande erano più semplici. Mica come questa. Questa è difficile. E pure assurda. Così tanto che nemmeno Giuli o Chicco hanno risolto il dubbio. E loro erano lì. Sì. Lì. Ma non con me, non in quella stanza. Solo il tempo, ora, mi può aiutare. Dovrò solo aspettare qualche giorno... solo... pare facile.

Daniela apre l'armadio e si guarda allo specchio. Prova a scorgere sul suo viso un cenno, un cambiamento, qualcosa che l'aiuti a capire, che le dia almeno una piccola certezza cui aggrapparsi. Nulla. Solo un piccolo brufolo nascosto dalla frangetta, apparso chissà quando, forse di notte. Troppo poco per essere il segnale di una verità profonda che viene a galla. Sarà la cioccolata che ho mangiato ieri. E poi una sensazione diffusa, che non sa definire, qualcosa che l'avvolge dal basso.

Ultima traccia del cd. "How do you see the world?" Un'altra domanda. E neppure a questa è facile rispondere.

18.

"Com'è andato l'incontro?"

Non faccio in tempo a entrare che Paolo mi assale con la sua curiosità.

"Credo bene."

"Che vuol dire, credo bene?"

"Vuol dire che penso che sia andato bene, che forse ho fatto una buona impressione."

"Cioè?"

"Comincio la settimana prossima!"

"Perfetto, e vai! Dobbiamo festeggiare. Ti preparo una cena favolosa. Sono diventato un drago in cucina. Sai che mentre non c'eri ho fatto un corso da Costantini..."

"Stasera non posso."

"Come mai?"

"Esco con amici."

"O esci con Eva?"

Mi guarda malizioso come se io potessi avere qualche ragione per mentirgli. Mi fa ridere. "Ho detto con degli amici. Fai proprio come mamma."

"A proposito è passata, ti voleva salutare."

Sono in camera e non ho voglia di ascoltarlo. Almeno non su questo. Ma Paolo naturalmente non ne vuol sapere e mi urla da lontano. "Ma mi senti? Sto parlando con te."

"E certo, con chi sennò? Siamo noi due in casa."

Che tipo. Compare sulla porta.

"Guarda qui." Ha un sacchetto trasparente in mano. Mi guarda sorpreso: "Ma come, non li riconosci? I morselletti! Te li ricordi? Sono quei biscotti che ha sempre fatto mamma con il miele e le nocciole. Dai, come fai a non ricordarteli?! Ce li metteva sempre sul termosifone per ammorbidirli e noi lì a mangiarli come pazzi quando ci dava il permesso di vedere il film del lunedì sera". Ne tira fuori uno: "E dai, non ci credo che non te li ricordi".

Gli passo davanti urtandolo.

"Sì, me li ricordo, ma ora non mi vanno. Sto andando a cena."

Paolo è dispiaciuto. Rimane lì con il morselletto in mano a guardarmi mentre mi infilo il giubbotto e prendo le chiavi.

"Dai, me ne mangio qualcuno domani mentre faccio colazione, va bene?"

"Ok, come vuoi."

Paolo mi guarda uscire, poi sposta la sua attenzione sul morselletto e prova a morderlo: "Ahia, è duro...".

"Mettili un po' in forno."

Sono in ascensore e mi chiudo il giubbotto. Che palle. Mi passo la mano nei capelli corti e li muovo un po', per quel poco che si può fare. I morselletti sono i biscotti più buoni del mondo, non troppo dolci, difficili da masticare all'inizio ma poi... Sembrano come una gomma, leggermente più duri, prendono sapore e ogni tanto incontri qualche nocciola.

Mamma. Mi ritorna in mente lì in cucina. "Mischiare il miele dentro la pentola, girare, rigirare e ogni tanto assaggiare..." Portava appena la punta di un lungo cucchiaio di legno alla bocca, poi alzava gli occhi verso l'alto socchiudendoli per concentrarsi meglio sul sapore. "Qui ci vuole un altro po' di zucchero. Tu che ne dici?" E mi invitava così a far parte del gioco, assaggiare con il cucchiaio di legno. Io annuivo. Sempre d'accordo con lei, con mamma. La mia mamma. Allora lei canticchiava: "E la pillola va giù, la pillola va giù". Apriva il coperchio rosso del barattolo dello zucchero e giocando con il polso ne faceva scivolare un po' nella pentola. Quanto bastava, almeno secondo lei. Poi richiudeva il coperchio del barattolo, lo posava, si strusciava le mani sul grembiule a fiori e veniva lì vicino a me a vedere come andava: "Se finisci presto di studiare ti do un morselletto in più di Paolo... tanto lui non lo sa". E ridevamo insieme e lei mi baciava dietro il collo mentre io tiravo su le spalle, stringendole per il brivido...

Che palle! Com'è difficile dimenticare le cose belle.

Corro via veloce con la moto. Il vento è piacevole e caldo in questa serata di settembre. Ci sono poche macchine. Imbocco corso Francia giù da Vigna Stelluti e arrivo fino al semaforo, poi giro e prendo la Flaminia. Accelero dando gas. Il semaforo in fondo è verde, accelero ancora di più prima che cambi colore. Fa più freddo qui, ho un brivido. È il verde ai bordi della strada. Tra le colline più alte, con qualche grotta nascosta e alti alberi che nascondono ogni tanto la luna. La moto rallenta da sola. Sto entrando in riserva. Strano. Avevo fatto il pieno. Sarà sporco il carburatore. Per questo consuma più del solito. Do più gas e senza scalare scendo giù con la mano sulla sinistra del serbatoio fino a trovare la levetta. La sposto in basso verso la riserva. Devo fare benzina. Supero il grande Centro Euclide sulla destra e poco più in là mi appaiono le luci di un self-service. Mi fermo di fianco al distributore. È acceso. Spengo la moto e infilo le chiavi nel tappo del serbatoio. Poi mi alzo e mi sfilo il portafoglio dalla tasca dei jeans. Sempre tenendo la moto tra le gambe, prendo due fogli da 10 euro e li infilo nella macchinetta. I secondi 10 euro vengono risputati fuori. Li rinfilo e mentre entrano do un cazzotto sopra il distributore. Qualche secondo e una pernacchia meccanica mi avvisa che ha preso anche quelli. Indietreggio un po' con la moto e faccio per staccare la pompa. Cazzo, non è possibile. Non è possibile. C'è un lucchetto sul distributore della super. È bloccata. Non è il solito lucchetto dei distributori. È più grande. E ha bloccato anche il pulsante per prendere la ricevuta. È un trucco! Un trucco di qualche piottaro del cazzo che vuole fare il pieno alla faccia mia. M'ha fregato 20 euro 'sto piottaro... Cazzo. Cazzo. Cazzo. Non ho tempo. Devo andare all'appuntamento. Questa non ci voleva proprio. Chiudo il serbatoio, rinfilo le chiavi nella moto e parto incazzato a tutto gas. La pompa di benzina rimane sola nel silenzio della notte. Qualche macchina sfreccia veloce verso chissà quale magico weekend o più semplicemente una cena a poco dalle parti di Prima Porta. Un gatto attraversa la piazza del benzinaio. Improvvisamente si ferma come se avesse sentito qualche strano rumore. Rimane immobile così nella penombra con la testa girata, il collo un po' piegato e gli occhi socchiusi. È come se cercasse qualcosa. Ma non c'è niente. Il gatto si rilassa e riprende a camminare per la sua strada, diretto chissà dove. Alcune nuvole passano veloci. Un vento leggero scopre ogni tanto la luna. Da dietro la casupola del benzinaio una macchina si mette in moto. Sbuca da lì dietro una Micra blu scuro con solo i fari di posizione. Avanza lentamente verso la pompa di benzina. Posteggia, spegne il motore e scende un tipo non troppo alto, con un cappello nero in testa un po' da donna e un giubbotto Levi's scuro. Si guarda intorno. Poi non vedendo nessuno, tira fuori dalla tasca la chiave del lucchetto e lo apre. Non fa in tempo a prendere in mano la pompa che gli sono addosso, lo scaravento sul cofano della macchina e gli monto sopra. "Col cazzo che fai benzina coi soldi miei!" Gli blocco il collo ma si agita. Nella colluttazione il cappello gli vola via. Un'ondata di capelli neri lunghi si riversa sul cofano blu. Carico il destro per colpirlo in piena faccia, ma una luna pallida illumina di botto il suo viso.

"Cazzo... Ma sei una donna!"

Cerca di divincolarsi da sotto. La tengo ancora un po' mentre abbasso il braccio destro: "Una donna, una fottuta donna".

La lascio andare. Si rialza dal cofano e si risistema il giubbotto.

"Ok, sono una donna e allora? Cazzo c'hai da ridere, vuoi fare a stecche? Non mi fai mica paura."

Troppo forte questa tipa. La guardo meglio: ha le gambe divaricate, un paio di jeans a vita bassa e delle Sneakers Hi-tech. Ha una T-shirt nera sotto il giubbotto di jeans scuro. Ha stile la tipa. Raccoglie il cappello e se lo infila nella tasca dei pantaloni: "Allora?".

"Allora che? Guarda che eri tu che ti stavi fottendo i miei soldi."

"E allora?"

"Ancora? Allora niente." Mi infilo nella Micra e le sfilo le chiavi dal cruscotto. "Così non facciamo anche un inseguimento." Me le metto in tasca, poi vado più avanti. Sbuco un attimo dopo con la moto. Ero tornato fin dietro la siepe del benzinaio a motore spento. L'accendo e in un attimo sono davanti a lei. Spengo e apro il serbatoio.

"Passami la pompa."

"Non ci penso minimamente."

Scuoto la testa, la prendo da solo e faccio benzina. Poi mi viene un'idea, metto solo 10 euro nel mio serbatoio e mi fermo. Faccio il giro della sua Micra con la pompa in mano, apro il tappo e metto i restanti 10 nella sua macchina. Lei mi guarda, incuriosita. È bella, con un'aria un po' da dura. Forse è semplicemente scocciata di essere stata beccata. Ha i capelli tutti sfilati in avanti, sembrano molto scalati, gli occhi grandi e scuri e un bel sorriso, per quel poco che si è potuto vedere. Fa una strana smorfia di curiosità.

"E ora che fai?"

"Ti faccio benzina."

"E perché?"

"Perché andiamo insieme a una cena." Sposto la moto e la chiudo dietro la casupola del benzinaio.

"Non se ne parla proprio. Io a una cena con te? Ma io ho altro da fare... Ho una festa, un rave, un appuntamento con i miei amici."

Faccio il duro ma mi viene da ridere: "Allora mettiamola così, tu volevi passare la tua serata con i miei 20 euro, invece sei molto più fortunata e la passi con me".

"Ma senti questo."

"Oppure, se ancora non è sufficiente per il tuo fantastico orgoglio... diciamo che passi la tua serata con me sennò ti denuncio. È più semplice così?"

La tipa mi fa un sorrisetto malizioso. "E certo, io monto in macchina, anzi per essere più precisi nella mia macchina, con uno sconosciuto."

"Non sono più uno sconosciuto. Sono uno che stava per essere mezzo rapinato da te."

Sbuffa di nuovo.

"Allora vediamolo da quest'altro punto di vista. Io salgo sulla mia macchina con un possibile mezzo rapinato, ok? E fino a qui ci siamo. Ma perché non dovrei pensare che tu mi porti chissà dove e approfitti di me? Dammi un motivo valido."

Rimango in silenzio. Vaffanculo a tutti quelli che le fanno preoccupare. Pezzi di merda che ci avete rovinato la piazza, vigliacchi incapaci di conquistare, inutili esseri di questo splendido mondo. "Ok... Ok..."

Mi metto a ridere, ma so che ha ragione: "Allora mettiamola così. Lo vedi questo cellulare?".

Lo tiro fuori dalla tasca.

"Sai con una semplice telefonata quanti 'approfitti' meglio di te potevo farmi? Quindi stai zitta e sali."

Ecco quando un telefonino diventa utile! ·

Mi lancia uno sguardo di odio e poi viene verso di me. Mi si pianta di fronte e allunga un braccio con la mano aperta. Alzo al volo il braccio. Penso mi voglia dare uno schiaffo. Ho sbagliato.

"Per adesso non ti schiaffeggio. Dammi le chiavi, guido io."

Sorrido, infilandomi nella sua macchina: "Non se ne parla proprio".

"Ma come puoi pensare che io mi fidi di te?"

"No, come puoi pensare tu che io mi fidi di te? Tu che mi stavi fregando in partenza!"

Mi allungo dall'altra parte aprendole la portiera. Le sorrido.

"Ho ragione o no? Forza, monta."

Rimane un po' perplessa, poi sbuffa e sale in macchina con le braccia conserte e lo sguardo fisso in avanti. Guido per un po' in silenzio.

"Ehi, si porta bene la tua macchina."

"È compreso nell'affare il fatto che dobbiamo parlare?"

Abbiamo appena superato Saxa Rubra.

"No, ma adesso puoi fare un altro affare. Vedi, io potrei scaricarti qui e portarti via la macchina, naturalmente senza 'approfittarne' come dici tu... Semplicemente con la tua macchina... ma la mia benzina. Quindi cerca di essere gentile, divertiti, sorridi, hai un sorriso così bello."

"Ma se ancora non l'hai visto..."

"Appunto... Che aspetti?"

Sorride apposta, digrignando i denti: "Eccolo qua, sei contento?".

"Molto."

Allungo la mano aperta verso di lei. Si scosta veloce.

"Oh, che fai?"

"Madonna, che mal fidata! Mi presento no, come le persone educate, quelle che non rubano. Io sono Stefano, Step per gli amici."

Mi lascia la mano aperta a mezz'aria nella penombra della macchina: "Bene... Ciao Stefano, io invece sono Ginevra, Gin per le amiche. E per te invece, sempre Ginevra".

"Ginevra, forte... Come facevano a sapere i tuoi che avrebbero messo al mondo una principessa di questo tipo?"

La guardo tirando su il sopracciglio, poi non ce la faccio più e scoppio a ridere: "Oddio scusami, mi viene troppo da ridere e non so perché. Principessa".

Continuo così. La guardo e rido. Mi diverte. Mi sta simpatica. Forse perché non è bella. La macchina procede veloce. La luce dei lampioni abbandona e riprende il suo viso. Lo pennella di chiaro, poi di scuro. E ogni tanto la bacia la luna. Ha gli zigomi alti, un mento piccolo. Le sopracciglia leggere, come un punto di fuga, corrono via verso i capelli. Ha degli occhi nocciola, intensi, vivaci e allegri, malgrado sia molto scocciata. Sì, mi sono proprio sbagliato. Non è bella. È bellissima.

"Sono stati forti i tuoi genitori. Ottima la scelta del nome: principessa Ginevra..."

Mi guarda in silenzio.

"Stefano, i miei genitori non ci sono più. Sono morti."

Mi si gela il sangue. Il peggior cazzotto possibile, in piena faccia, allo stomaco, sui denti. Cambio espressione.

"Scusami."

Rimaniamo così per un po' in silenzio. La macchina corre veloce. Guardo dritto la strada cercando di far perdere tra quelle veloci strisce bianche il mio stupido errore. La sento sospirare, forse sta piangendo. Non ce la faccio a voltarmi, ma devo. Devo... La vedo lì in un angolo che mi guarda. Tutta rattrappita contro il finestrino. È seduta di sbieco. Poi, all'improvviso, scoppia a ridere come una pazza: "Oddio, non ce la faccio più, ti ho detto una cazzata! Uno pari va bene? Tregua". E al volo infila un cd nello stereo.

"Hai cercato la guerra, e io te l'ho data. Rimasto male, eh? Fai tanto il duro ma sotto, sotto... sei un sensibilone. Piccolo lui..." Ginevra ride e si muove andando a tempo coi Red Hot Chilli Peppers.

"Allora dove andiamo a mangiare di bello?" Adesso è molto più tranquilla, padrona della situazione. Rimango in silenzio. Cazzo, mi ha fottuto. Bel colpo, ma da stronza. Come si può scherzare su una cosa del genere? Continuo a guidare guardando dritto. Con la coda dell'occhio la vedo ballare. Tiene il ritmo perfettamente, balla divertita su *Scar Tissue*. Si agita muovendo i capelli. Ride ogni tanto mordendosi il labbro inferiore.

"Dai, mica te la sarai presa?"

Mi guarda.

"Ma scusa. Sei alla guida della mia macchina. Certo, con la tua benzina, lo dico io prima che lo ridici tu. Porti una ragazza a cena con i tuoi amici, giusto? O qualcosa del genere... Insomma non hai nessun motivo per prendertela, o no? L'hai detto tu... Divertiti... Sorridi!!! E io l'ho fatto. Perché allora adesso non lo fai anche tu?"

Continuo a non parlare.

"Capirai. La tira lunga. Ha messo il muso. Preferivi che fossero morti sul serio? Va be', allora proviamo a fare un po' di conversation... I tuoi come stanno?"

"Benissimo, sono separati."

"Capirai! Copione. Mamma mia, quanto sei scontato. Ma non riesci a inventarti qualcosa di meglio?"

"Ma che ci posso fare se è così. Guarda che sei forte. Vedi, è colpa tua, hai tolto la credibilità ai nostri dialoghi."

"Non stai dicendo sul serio..."

"Ti ho detto di sì."

Rimane anche lei per un po' in silenzio. Mi guarda con la faccia perplessa. Mi studia quasi di traverso.

"Non è vero."

"Ma ti ho detto di sì."

Non è ancora del tutto convinta di quello che le ho detto. Mentre guido mi volto a guardarla. Rimaniamo per un attimo così, a fissarci negli occhi. È una specie di gara. Poi lei abbassa per prima lo sguardo. Sembra arrossire. Ma c'è troppa penombra per decidere se è vero o no.

"Ehi guarda avanti, guarda la strada. La benzina è tua, ma la macchina è mia, giusto? Quindi non me la sfasciare."

Sorrido senza farmene accorgere.

"Mi hai detto una cazzata, vero? Non sono separati."

"Come no, da diversi anni ormai."

"Be', se è vero mi dispiace. Comunque ho letto da qualche parte che sono più del sessanta per cento i separati con figli grandi. Quindi..."

"Quindi?"

"È un dato che non puoi usare per fare la vittima."

"Ma chi vuole fare la vittima. Ma senti questa..."

Vorrei raccontare tutta la storia, forse perché non sa niente di me o perché mi dà fiducia, oppure per qualche altro motivo che non so. Ma non lo faccio, qualcosa mi frena.

"A cosa stai pensando? Ai tuoi?"

"No, pensavo a te."

"E a cosa pensavi se neanche mi conosci."

"Pensavo a quanto è bello quando non conosci qualcuno, ma ce l'hai lì accanto, a quanti problemi non hai, come te la puoi immaginare, giochi di fantasia, vai dove vuoi."

"E dove sei arrivato?"

Lascio apposta una pausa.

"Lontano."

Anche se non è vero, però mi diverte dirglielo.

"Anzi ci ho ripensato, mi sa che hai ragione tu."

"Cioè?"

"Ne 'approfitto'."

"Idiota. Quanto sei cretino. Mi vuoi far preoccupare, vero? Ma non ce la puoi fare, mi dispiace. Sono terzo dan. Sai cosa vuol dire terzo dan o neanche lo sai? Be', te lo spiego al volo."

Parla a raffica e io l'ascolto divertito.

"Vuol dire che non fai in tempo a mettermi una mano addosso che io già t'ho rovinato, hai capito? Terzo dan, di karate. E ho fatto anche kick boxing. Prova ad allungare una mano e sei finito. Finito."

"Meno male. Allora sono al sicuro."

Non faccio in tempo a finire la frase che il volante mi scappa di mano. La Micra sbanda paurosamente. Controsterzo al volo e levo il piede dal gas. Ginevra mi finisce addosso. Porto la macchina dolcemente verso destra mentre lei si tira su. Si è spaventata. Mi colpisce forte con un pugno sulla spalla, sempre nello stesso punto.

"Deficiente, mi hai fatto paura! Cretino!"

Rido. "Ahia, ferma, stai buona. Guarda che io non c'entro niente. Mi sa che abbiamo bucato."

"Ma che stai a dire! L'hai fatto apposta!"

"Ti dico di no."

Scendo dalla macchina e mi abbasso davanti al cofano per guardare le ruote.

"Ecco qua, hai visto?"

Scende anche lei e vede la gomma bucata.

"E ora?"

"E ora spero che hai la gomma di scorta."

"Certo che ce l'ho."

"Brava!"

Rimaniamo così per un po' a guardarci.

"Be'?"

"Be' cosa? Vai e prendila, no?"

"Ma scusa, stavi guidando tu. Quindi la colpa è tua."

"Forse... Ma la macchina è tua. E quindi la ruota la cambi tu."

Ginevra sbuffa e va verso il cofano del motore.

"È in quello dietro!"

"Stavo controllando che non si fosse rotto niente." Mente.

"Certo... Certo... Come no."

Apre il bagagliaio e solleva il cartone sotto il quale c'è la ruota.

"Ma come si sfila?"

"La vedi quella vite in alto grande? Svitala e poi tira la ruota verso di te."

Segue tutte le mie istruzioni, la ruota è libera. Prova a tirarla fuori, ma a metà la ruota le ricade dentro il bagagliaio rimbalzando. Non ce la fa.

"Scusa, ma perché non mi aiuti?"

"Che c'entra. Io è come se non ci fossi. Hai detto tu che non ero previsto nella tua serata, no? Per non parlare dei discorsi sulla parità, e poi c'è una cosa ancora più importante."

Mi si mette di fronte con le mani sui fianchi. "Sentiamo. Cosa?"

"Hai detto che sei terzo dan, giusto? Pensa se perdi con una ruota... Ah, ah..."

Mi guarda incazzata nera. Quasi si tuffa dentro il bagagliaio, abbraccia la ruota e inarca la schiena all'indietro. Fa un grande sforzo, vado veloce verso di lei, per aiutarla, ma ce la fa prima che arrivi.

"Ce l'ho fatta, cosa credi." Poi, passando, mi spinge apposta di lato con la spalla.

"E levati! Non stare in mezzo che intralci e basta."

Rotola la ruota tenendola dritta, quasi me la manda addosso.

"Allora ti vuoi togliere o no?"

"Come no, anzi vado a sedermi lì sotto l'albero, a fumarmi una bella sigaretta. Ehi, non ci mettere troppo però, eh?!!"

"Ecco, vai, va'."

19.

Mi siedo al bordo della strada, sopra un muretto e mi accendo una sigaretta. Rimango così, nascosto nel buio a guardarla. Poi le urlo da lontano:

"Brava, brava, stai andando benissimo".

Si infila sotto la macchina per piazzare il cric. È inginocchiata, poggia le mani a terra tenendo sollevate le dita e guarda dove deve infilare il cric. Il sedere stretto dai jeans spunta come una piccola collina lì sull'asfalto, stagliandosi contro la carrozzeria della macchina, come se fosse un cielo blu. Lo agita mentre cerca di trovare il punto giusto dove piazzare il puntale del cric. È uno spettacolo.

"Ehi, non sai che panorama si vede da qui. Dovresti vederlo. La luna, tutta tonda, perfetta. È luna piena, sai?"

Si alza pulendosi le mani. Si strofina un palmo con le dita leggere facendo volare via pezzetti di brecciolino incastonati nella pelle morbida.

"Ma quale luna che non si vede niente."

"Due minuti fa c'era, te lo giuro, una luna tutta jeansata, una meraviglia. Stava lì che spuntava da sotto la tua macchina."

"Guarda, neanche ti rispondo."

Inizia a caricare il cric pompando su e giù mentre la macchina oscilla leggermente.

"Avvisami quando hai finito, che magari mi addormento."

Mi lascio scivolare all'indietro sul bordo del muretto. Guardo le nuvole che passano lì sopra nel cielo scuro. Ormai si mischiano con il fumo che lascio fuggire dalla bocca. Nitide, trasparenti, bagnate di luce nascosta, quella luna più alta, che non si vede ma è lì, più su, non jeansata. Faccio un bel respiro. Sorrido e mi giro a guardarla. È lì che sta svitando i bulloni. Prova con forza a girare la croce. Non ce la fa e ci salta sopra con un piede. La croce fissata al bullone rimbalza e cade a terra. Lei sbuffa, con il bordo della mano, per non sporcarsi, si leva i capelli dal viso. Bella e accaldata. Rinfila la croce nel bullone e ci riprova. Sta arrivando una macchina. È scura, passa a media velocità, lampeggia e suona il clacson. Poi sento una frenata poco più avanti e il rumore di una retromarcia accelerata, da boro. È una Toyota Corolla. Torna indietro a tutta velocità, sbandando leggermente. Fa una mezza curva in retromarcia. Poi si ferma davanti alla Micra di Ginevra. Scendono delle persone. Mi metto a sedere sul muretto. Sono tre ragazzi. Butto la sigaretta per terra e rimango lì a seguire la scena.

"Ehi, ciao, che fai qui da sola di notte?"

"Hai bucato eh? Che sfiga."

"Che sfiga noi, per un attimo abbiamo pensato che eri una mignotta."

Si mettono a ridere.

Uno tossisce. Avranno sì e no vent'anni, portano i capelli corti, devono essere militari.

Ginevra non guarda dalla mia parte.

"Sentite, per favore, mi aiutate a cambiare la gomma?"

"Come no... È un piacere."

Il più piccolo si mette a terra e con la croce inizia a svitare i bulloni.

"Ammazza come so' arrugginiti."

"Eh, non ho mai cambiato una ruota di questa macchina... È la prima volta che buco."

"Be', c'è sempre una prima volta."

Uno dei tre ride in maniera sguaiata, gli altri lo seguono.

"Oh, meno male che ti è successo stasera che passavamo noi."

"E già, meno male che ci siete voi." Questa volta Ginevra butta uno sguardo dalla mia parte e senza farsi vedere fa un gesto con la mano come a dire: "Tie', hai visto? Questi mi hanno aiutato".

Il piccoletto cambia la gomma che è una scheggia, leva al volo tutti i bulloni e sposta la gomma bucata. La fa cadere a terra lì vicino facendola rimbalzare e ci infila subito quella nuova. Centra i buchi in un attimo e infila tutti i bulloni. Dà una stretta generale, uno per volta senza stringere troppo, poi li ripassa tutti per la stretta decisiva. Deve fare il meccanico di giorno. Dà un'ultima botta con la croce e si tira su.

"Et voilà, ecco fatto. Tutto a posto, signorina!"

Si pulisce le mani sbattendole sui jeans sopra il ginocchio. Sono talmente sporchi che non lascia impronte.

"Grazie, non avrei saputo come fare senza di voi."

Non c'è niente da fare, penso. È proprio una principessa. La frase giusta al momento giusto. O sbagliata. Un tentativo come un altro per liquidarli in maniera simpatica. Ma non avevo dubbi, non attacca.

"Aho e mo' che fai? Ci mandi via così?"

Il tipo più alto, e anche un po' più grosso degli altri, prende in mano la situazione.

"Be', vi ho detto grazie. Ci avrei messo più tempo, ma guarda che me la cambiavo anche da sola la gomma, eh!"

Il tipo guarda gli altri e sorride. Ha un maglione largo sul bordeaux, con il collo stretto e una striscia nera sul petto. "Va be', ma dacci almeno un bacetto."

"Non se ne parla proprio."

"Aho, t'avessi chiesto de facce 'na pippa..."

Ride divertito, sfoderando un sorriso che intristisce perfino me. Ha dei denti così mangiati che fanno della smorfia del suo viso una maschera grottesca.

"E dai, che ti è andata bene col bacetto."

Il tipo prende Ginevra al volo e la tira a sé. Ginevra è spiazzata. Lui l'abbraccia in vita e prova a baciarla. Ginevra istintivamente allontana il viso. Il tipo gli dà una specie di leccata sulla guancia e continua cercando di infilarle la lingua in bocca. Ginevra si divincola. Il tipo è forte, la stringe deciso. Ginevra prova a colpirlo tra le gambe con una ginocchiata, ma lui le sta troppo addosso. Non ci riesce. Il piccoletto, quello che ha cambiato la ruota sta zitto, guarda la scena in silenzio. Anzi, sembra leggermente infastidito. L'altro, quello cicciotto, ride in un angolo, tutto preso, quasi eccitato, fa il tifo per l'amico.

"Bravo Pie', ficcagli la lingua in bocca."

Pie', immagino Pietro, non ci riesce però. Anzi, Ginevra si agita così tanto che alla fine gli dà perfino una specie di capocciata.

"Ahia, mortacci tua." Pietro si porta le mani sulla fronte.

"Così impari, coglione!" Ginevra si sistema i capelli, ferma in mezzo alla strada poco lontano da lui, senza scappare, senza chiamarmi.

"Coglione a me? Ma mo' te faccio vede' io." Il tipo parte deciso andandole contro. Ginevra abbassa la testa e si protegge con le mani chiudendosi a riccio. Pietro la prende per il giubbotto.

È ora di intervenire: "Ehi, ci hai fatto divertire, ora basta però".

Pietro la lascia andare, gli altri due rimangono sorpresi vedendomi spuntare dall'ombra. Vado verso di loro.

"E tu chi cazzo sei?"

"Uno che passava di qui per caso. E tu invece, chi cazzo pensi di essere?"

Sono arrivato. Pietro mi guarda. Sta soppesando se vale la pena di rispondermi. Se ce la può fare o no, insomma. Opta per il sì: "Ma vedi di levarti dai cojoni, va'". Sbaglia. Parto al volo con un cazzotto dritto per dritto, perfetto. Non riesce neanche a vederlo. Lo prendo di striscio, ma non troppo, quel tanto che basta per sfondargli il naso. Lo vedo oscillare sulle gambe, accenna un disperato tentativo di reazione. Lo colpisco di nuovo, di sinistro, dritto sopra il sopracciglio destro, di impatto pieno, preciso, sordo, con cattiveria. Si accascia a terra con un tonfo secco, non fa in tempo a muoversi che lo prendo d'incontro con un calcio in piena faccia. Pum. Non appena ritiro indietro la gamba si forma una pozza di sangue. Ne scende tanto, morbido e caldo, dal naso sulla strada, lento, nella penombra, si mischia con l'asfalto. Pietro, o come cazzo si chiama, ha la bocca aperta, respira facendo strane bollicine con quel rivolo di sangue che inciampa sulle sue labbra. Ne sputa ogni tanto qualche goccia mista a saliva qua e là. Non ride più, adesso.

"Be'..." Guardo Ginevra. "Andiamo va', sennò facciamo tardi."

Prendo la gomma bucata, la butto dietro nel bagagliaio e richiudo il portellone. Passo vicino al piccoletto che ha cambiato la gomma, lo supero. Quello cicciotto invece sta vicino alla macchina. È lento nell'accorgersene. Lo prendo al volo con la destra. Mi ritrovo il suo orecchio tra pollice e indice, lo stringo forte storcendoglielo con rabbia. Vorrei staccarglielo.

"Ahia, cazzo, ahia."

"Levati di mezzo, coglione. E dimagrisci." Gli do un'ultima tirata micidiale e lo lascio andare. Rimane piegato con le mani a preghiera sull'orecchio mentre salgo in macchina. Aspetto che Ginevra chiuda la portiera e parto veloce. Guardo i tre nello specchietto retrovisore. Ormai sono lontani, avvolti nella notte che ci separa.

"Allora come stai?"

Rimane in silenzio. Cerco di farla ridere.

"Non sanno come sono stati fortunati quei tre. Se si scatenava il terzo dan erano cavoli loro, eh?"

Ma non ci riesco. Niente, non accenna a parlare. La guardo. Ha i capelli che le scivolano giù, come sconfitti, coprendole una parte del viso. Le labbra socchiuse spuntano dal suo nascondiglio, incerte e indecise, tremano un po'.

"Dai Ginevra, è tutto a posto."

"Tutto a posto un cazzo! Pensa se bucavo ed ero sola."

"Ma non è successo."

"Ma poteva succedere. Quei tre si fermavano e come andava a finire?"

"Ma poteva essere che invece passavo io in moto e ti aiutavo semplicemente a cambiare la gomma." Cerco di tranquillizzarla.

"Non ci posso credere che siete così stronzi... In tre approfittarsi di una da sola, che merde!"

Vedo che è andata in fissa. Cerco di sdrammatizzare.

"Allora diciamo che hai un bel culo."

"Perché c'eri tu?"

"No, che c'entro io. Magari c'entrano i tuoi. Hai proprio un bel culo, nel vero senso della parola. Cioè, lo si vedeva mentre cambiavi la ruota. Diciamo che è un po' colpa tua... A stare lì così, in quel modo... Insomma hai scaldato troppo gli animi di quei poveracci."

"Ah, quindi tu vorresti dire che il mio culo, stretto in dei banalissimi jeans, è un attentato alla tranquillità."

"Già, proprio così."

"Ma dove vivi?! Pensa se mai bucasse Jennifer Lopez allora! Che succederebbe? Una guerra mondiale."

"Ma che c'entra. Lei il suo didietro ce l'ha assicurato per milioni di dollari..."

"E allora?"

"Se lo può giocare tranquillamente."

"Ma vattene, va'. Sei proprio un idiota."

"Cercavo solo di farti ridere."

"Be', non ci sei riuscito."

Rimaniamo in silenzio e continuo a guidare. Gin alza il volume della radio, non vuole pensare. "Mi piace molto questa canzone. Sai cosa dice?"

Provo ad ascoltarla. Ma a me non posso mentire. Ho imparato perfettamente a usare il computer, la grafica, il 3D e tutto il resto, ma con l'inglese è stata una scazzottata continua. "Qualcosa capisco..."

"Dice: 'Non so niente di storia, di matematica...'." Gin continua a tradurre, salvandomi.

Ascolto le sue parole. Parla lenta sorridendo, sembra che non le sfugga niente. "Queste parole mi piacciono."

"È molto bella." Non so perché, ma sembra capitata a caso, perfetta per il momento. "Sì, è bella." E subito dopo dalla radio parte un'altra canzone. Ma stavolta non ho problemi. "Tu vestita di fiori o di fari in città, con la nebbia o i colori, cogliere le rose a piedi nudi e poi..." Mi lascio andare. Guardo fuori, nel buio della notte. Una di quelle strane coincidenze, la musica al momento giusto, una macchina che non è tua, una strada senza luci, senza traffico, l'infinito davanti, una ragazza vicino. Tra l'altro bellissima. Si sistema meglio il giubbotto.

"Manca molto all'appuntamento?"

Passiamo proprio in quel momento allo svincolo subito prima del tunnel per Prima Porta. Sono tutti lì, Bardato, Manetta, Zurli, Blasco e un altro po' di gente. Intravedo anche qualche donna. Li supero senza fermarmi.

"No, fra un attimo ci siamo." Accelero, ma tanto non credo mi riconoscano. Sapevano che venivo in moto. E da solo. Invece sono in macchina e con lei. Continuo a guidare come se niente fosse. Gin guarda fuori dal finestrino.

"Hai visto? Lì c'è un gruppo che aspetta qualche ritardatario. Che posto assurdo per darsi un appuntamento."

Mi guarda dopo averlo detto. Mi batte il cuore. Non ci posso credere che abbia capito.

"Già, un posto assurdo."

Continua a guardarmi: "È strana questa situazione vero?".

"Quale situazione?" Spero non voglia parlare di nuovo del gruppo.

"Be', che siamo qui in macchina io e te, due perfetti sconosciuti. E già è successo di tutto. Come ci siamo incontrati stavamo per fare a botte... E per soli 20 euro."

"Che tu mi volevi fregare."

"Sì, ma non ti perdere sempre nei dettagli. Poi buchiamo e io devo cambiare la ruota."

"Vai avanti. Non ti perdere nei dettagli neanche tu." Gin sorride.

"Si fermano in tre, uno ci prova con me, tu gli meni e adesso per chiudere andiamo a cena con un gruppo di amici tuoi. Sembriamo già una di quelle tipiche coppie... La classica serata con qualche imprevisto in più."

"Già, solo che non stiamo insieme."

"Ah, certo."

Continuo a guidare, ma la sua affermazione mi suona strana.

"Che vuol dire: 'Ah, certo?'."

"Vuol dire 'Ah, certo', nulla di più." Si mette a ridere.

"Be', quel 'Ah, certo' non vuole dire solo 'Ah, certo'. Dietro c'è molto di più, giusto?"

La guardo in attesa di risposta.

"Ma tu devi essere un po' fissato con il 'dietro', eh? Il mio 'dietro' è un attentato alla tranquillità, il tuo 'dietro' è un retropensiero che non finisce più. Scusa, eh, ma che stiamo insieme, io e te?"

"Per adesso, no."

"No, la risposta in questo caso, visto che stiamo discutendo, deve essere solo 'no', non 'per adesso no'. È chiaro?"

Si scalda la piccolina.

"Ah, certo."

"Allora non stiamo insieme."

"No."

"Oh, bene."

Aspetto qualche secondo: "Per adesso".

Gin mi guarda infastidita: "La vuoi sempre vinta tu, eh?".

"Sempre."

"Be', allora mettiamola così. Noi non stiamo insieme, per adesso e di sicuro per il resto della serata. E se continui a discutere aggiungo altre date più lontane, posso arrivare perfino a limiti di mesi, è chiaro?"

"Chiarissimo."

Sorrido.

"Ho imparato però che la sicurezza quando viene messa troppo in vista è un sinonimo di insicurezza. Vuoi che sia più chiaro?"

"Sì."

"Era meglio se dicevi solo 'per adesso'." Sorrido. Gin scuote la testa.

"Per adesso la smetto perché mi sono scocciata. E poi ti pare che io e te discutiamo sul fatto che non stiamo insieme?"

"Già, di solito si discute solo quando si sta già insieme. Vuol dire che abbiamo cominciato al contrario."

"Non abbiamo proprio cominciato."

Freno piano piano e accosto.

Gin mi guarda preoccupata: "E ora che fai? Ci provi?".

"No, per adesso. L'appuntamento era qui, ma non vedo nessuno. Se ne devono essere già andati, abbiamo fatto tardi."

"Hai fatto tardi."

"Ok. Ho fatto tardi."

"E come mai mi dai ragione?"

"Se cominciamo a discutere per ogni cosa in questo modo, ci lasciamo prima di metterci insieme."

Gin stavolta scoppia a ridere. Rido anch'io. Ci guardiamo ridendo all'ombra di un appuntamento mai esistito. La musica è alta. Passano una sequenza mista tra vecchi e nuovi successi.

"Che bella! Questa è il massimo!"

E ti credo: stanno dando la mitica *Love me two times* dei Doors.

"Love me two times, girl, one for tomorrow one just for today... Love me two times, I'm goin'away... ma questa non te la traduco."

"Credo d'aver capito cosa dice."

Tutt'intorno è buio. Ma "per adesso", forse ha ragione lei, è meglio andare.

"Dove mi porti?"

"Andiamo a cena, io e te. Vorrà dire che i miei amici li conoscerai un'altra volta."

"Quale altra volta?"

Lo guardo aspettando una reazione. Decido di accettare la tregua.

"Be', se mai capiterà."

"Ecco, se mai capiterà."

Tutta soddisfatta alzo il volume della radio e cambio stazione cercando freneticamente chissà quale altra canzone. Poi senza farmi accorgere, nella penombra della macchina, con la coda dell'occhio guardo Step.

Non ci posso credere... Io, Gin, in macchina con lui. Se lo sapessero i miei. Non so perché, ma è sempre il primo pensiero che mi viene in mente. Cioè, se i miei sapessero che ora sono in macchina con uno sconosciuto, cioè con quello che loro credono uno sconosciuto, cosa potrebbero dire? Già me la immagino mia madre: "Ma che, sei pazza? Ginevra, non devi mai dare confidenza a nessuno. Te l'avrò detto mille volte...". Oh, non c'è niente da fare, qualunque cosa, non si sa perché, ma mia madre dice sempre di avermela già detta mille volte. Boh. Una cosa è sicura: questo non se lo aspetterebbe mai. E poi cosa potrei dirle? Ma sai, era per fare benzina... Come potrei spiegarle come stanno veramente le cose? No, non ci voglio pensare. Non ci posso credere neanche io.

"Sai cosa mi hai ricordato prima?"

"Quando?"

"Quando stavo cambiando la ruota e sono arrivati quei tre deficienti."

"Cosa ti ho ricordato?"

"Richard Gere."

"Richard Gere?"

"Sì, nella scena di *Ufficiale e gentiluomo*, quando lui e il suo amico escono insieme a quelle due ragazze e vanno in un bar. Poi all'uscita c'è quello che va a dare fastidio alle ragazze con altri amici e Richard Gere cerca in tutti i modi di non litigare, ma alla fine non ce la fa più e gli spacca la faccia."

"Anche Richard Gere era un terzo dan?"

"No, scemo. Quelli erano dei colpi da full contact."

"Però, te ne intendi."

"Te l'ho già detto. Ho fatto anche kick boxing e qualche lezione di full contact. Non ci credi? Prima o poi avrò modo di provartelo."

"Ah, quello è sicuro... e comunque più che *Ufficiale e gentiluomo* mi sembra più adatta un'altra citazione. Ezechiele 25:17: 'E la mia giustizia calerà sopra di loro con grandissima vendetta e furiosissimo sdegno su coloro che si proveranno ad ammorbare e in fine a distruggere i miei fratelli e tu saprai che il mio nome è quello del Signore, quando farò calare la mia vendetta sopra di te.'"

"Ah, modestino, eh?! Comunque, ti piace *Pulp Fiction*."

"Sì."

"Anche molto, a giudicare da come li hai sistemati!"

Step sorride e continua a guidare. Chissà cosa avrà voluto dire con quella storia: ah, quello è sicuro... Meglio non indagare. Lo guardo mentre guida. Ha il braccio destro teso e tiene il volante deciso, ma nello stesso tempo con grande tranquillità. Il gomito sinistro è poggiato sul bordo del finestrino, e si tiene il mento con la mano sinistra. La mano destra è in alto, al centro del volante, lo stringe forte e accompagna le curve, dolcemente. Ha un tatuaggio sul polso vicino a un bracciale rigido in oro. Il tatuaggio mi sembra... Mi avvicino senza che se ne accorga e lo guardo meglio.

"È un gabbiano."

"Cosa?"

"È un gabbiano, il tatuaggio che ho sul polso."

Mi sorride perdendo per un attimo di vista la strada.

Mi sento arrossire, ma sono sicura che non si nota: "Guarda la strada".

"E tu guarda i tatuaggi tuoi."

"Non ho tatuaggi."

"Non ti hanno permesso di fartene neanche uno?"

Step sorride in maniera antipatica, mi sfotte.

"I miei non c'entrano niente, è una scelta mia."

"Ah certo, capisco..."

Mi guarda comprensivo e alza il sopracciglio prendendomi per il culo.

"Una tua scelta..."

"Sì, mia."

Rimaniamo in silenzio. Poi dopo un po' mi scoccio.

"E poi ti ho mentito. Ho un tatuaggio, bellissimo, ma dubito che tu potrai mai vederlo."

"È nascosto bene?"

"Dipende dai punti di vista."

"Cioè?"

"Oh, hai capito benissimo."

"Sì, ma non so 'quanto bene' ho capito, o meglio 'dove' ho capito."

"È una piccola rosa alla fine della mia schiena, va bene?"

"Va benissimo. Adoro cogliere i fiori!"

"È l'unico tatuaggio in rilievo."

"Cioè."

"Pieno di spine."

"Hai sempre la risposta pronta, eh? Ma le mie mani sono piene di calli." Sorride anche lui. Ha un bel sorriso. Questo non posso negarlo. Non posso neanche dirglielo. Ha una strana fossetta sulla guancia sinistra. Vaffanculo, mi piace un sacco. E poi è completamente diverso da Francesco. Non so perché mi viene in mente lui proprio in questo momento. Forse perché mi brucia ancora tutta quella storia. Francesco è l'ultimo ragazzo che ho avuto. Cioè, praticamente l'unico. E il più stronzo, per essere precisi.

20.

Francesco. Eppure mi sembrava così carino. È anche vero che la verità sull'amore te la dirà solo il tempo. All'inizio tutto ti sembra carino. Poi, dopo la partenza, quello che sembrava carino può diventare bello. Perfino eternamente bello... Ma il più delle volte, però, diventa semplicemente brutto. Ecco. Francesco era stato l'eccezione. Era riuscito a farlo diventare ancora peggio. Tremendamente brutto. Uno scontato errore di percorso aveva rovinato tutto. Non posso dimenticare quella sera.

"Allora, che dici, facciamo un salto al Gilda, ti va?"

"No grazie France, domani ho l'interrogazione di storia e ancora non ho neanche finito il capitolo."

"Ok, come vuoi... ti porto a casa." Aveva guidato più veloce del solito quella sera ma io, soprappensiero, non ci avevo fatto caso. Scendo dalla macchina.

"Ciao, buonanotte... Che fai tu, ci passi al Gilda?"

"No, no, tanto se non ci vieni tu non mi va di andare. E poi sono stanco anch'io."

Non mi accompagna al portone, non l'aveva mai fatto del resto. Strano, eppure quella sera mi aveva dato fastidio. Non che io sia una di quelle donne che hanno paura o che amano farsi accompagnare dappertutto. Eppure quella perdita di tempo, quei pochi passi fino al portone erano un qualcosa che mi era sempre piaciuto e non avevo mai provato. Forse perché ti fa sentire più importante del tempo e della fretta, forse perché ci può scappare un ultimo bacio. Invece Francesco aveva appena aspettato il girare della mia chiave nel portone, il mio saluto da lontano per partire a razzo con la sua ultima Mercedes 200 SLK. Veloce. Troppo veloce. Sono sensazioni. Sciocche sensazioni. A volte però sagge sensazioni.

Più tardi. Ho studiato e ristudiato il capitolo e alla fine qualcosa mi era entrato in testa. Guardo l'orologio. Le due e mezzo. Uno squillo glielo faccio a Fra'. Ho voglia di sentire le sue parole, di distrarmi un attimo con la sua voce. Non posso andare a letto con ancora il capitolo di storia in testa. Niente, il telefono squilla a vuoto. Che strano. Abita nell'appartamentino sotto i suoi, quello che gli ha lasciato la nonna che si è trasferita a Rieti. Il telefono squilla ancora. Non sente, o dorme profondo oppure... Non può essere che non sente. Cavoli, stando a casa deve sentire per forza. Sono due camere più la cucina e un bagno. La conosco bene quella casa, ci ho passato diversi week-end. L'idea del tempo passato con lui mi innervosisce ancora di più. Week-end così intimi e lui non risponde. Niente, tanto non ho sonno. Sai che faccio? Esco e vado a citofonargli sotto casa. Camuffo alla meglio il letto, un cuscino sotto le lenzuola al posto del mio corpo e il vestito per domani mattina a scuola già preparato sulla sedia. Poi piano piano supero la camera dei miei in punta di piedi, prendo le chiavi della Polo (allora non avevo la mia splendida Micra) e via nella notte. Ma vuoi vedere che quello stronzo è andato al Gilda? Tre e dieci. Meglio passare prima di lì. Posteggio al volo in doppia fila a via Mario dei Fiori e vado alla porta. C'è Massimo, il buttafuori, che mi saluta. "Ehi, ciao Gin, che fai qui a quest'ora?"

"Secondo te?"

"Hai voglia di ballare, giusto?"

Idiota.

"In realtà volevo fare per una notte il buttafuori."

Ride di gusto: "Forte, sei forte".

"Senti, non vedo la Mercedes di Francesco."

"Bella macchina, eh?"

"Sì, bellissima. Ma sai se è dentro?"

"No, stasera non è proprio passato. Lo so perché non mi sono mai mosso dalla porta. E poi l'ha cercato anche Antonello che è entrato mezz'ora fa. L'ha cercato dentro e se ne è andato. Non c'era, gli ha dato buca perché mi ha detto che avevano un appuntamento. Prego." Fa entrare un uomo grasso con una signora vestita più di oro che di tessuto, con un trucco così pesante da spaventare perfino le sue prime rughe.

"Va bene, se lo vedi digli che lo sto cercando."

"Ok, ciao Gin. Buonanotte."

Sì, buonanotte... magari! Questa storia di non trovarlo mi sta innervosendo. Passo sotto casa di Francesco. Niente, la Mercedes non c'è. Di solito posteggia fuori perché tanto lì vicino c'è la camionetta dei carabinieri che controllano qualche politico non ancora indagato o un pentito, boh, non l'ho mai capito. Un carabiniere è vicino alla camionetta. Saluto mentre passo con la Polo. Cerco in qualche modo di allietare la sua serata. Mi guarda mentre vado via. Lo vedo nello specchietto che continua a fissare la mia Polo che si allontana domandandosi sinceramente il perché di quel saluto. Se non altro l'ho incuriosito. Abbandono il carabiniere e ripenso a Francesco. Ma dove cavolo sarà finito? Che palle sono le tre e mezzo. Domani ho l'interrogazione. Mi restano appena quattro ore per dormire. Sempre che riesca a trovarlo in tempo. Prendo il posto del carabiniere nella mia storia d'amore e decido di andare fino in fondo. Peccato che Eleonora non c'è. Ele, come la chiamiamo noi, è la mia migliore amica. È dovuta partire, è andata in Toscana a trovare alcuni suoi parenti. Ele è fiorentina di nascita, poi si è trasferita a Roma. La Toscanaccia, la chiamiamo noi.

"Oh grulla, oh Ele... O turchina fata..." Tutta aspirata. "Ti tocca d'esse' interrogata."

Ci divertiamo a prenderla in giro ogni volta che siamo in classe e che potrebbe toccare a lei. Cavoli, se c'era mi avrebbe fatto compagnia. Qualunque scusa è buona per Ele per stare fuori casa a fare l'alba. Peccato. Be', visto che abita qui vicino provo a passare da Simona. Simona è tutta romana, capello biondo, bel fisico, un po' strana di carattere. Ma è simpatica. È un anno che ci frequentiamo e abbiamo stretto un buon rapporto. Naturalmente mal visto da Ele. Lei dice che sotto sotto quella è una stronza.

"Fidati di me, fidati della Toscanaccia, stavolta la grulla sei tu." Io rido. Ele è gelosa. È naturale, non sopporta che ogni tanto io e Simona ci vediamo. Ecco, sono arrivata sotto casa e qui succede l'inverosimile... O meglio il verosimile visto che mentre citofono a casa di Simona si apre il portone ed esce Francesco. Quattro meno un quarto. Come se non bastasse l'ora, non ha più la cravatta, la camicia sbottonata e, la cosa più tremenda, ha quel viso che ho visto tante volte. Troppe. Ora le rimpiango tutte. Dopo aver amoreggiato tutti ci addolciamo. I nostri tratti del viso si ammorbidiscono, gli occhi sono leggermente umidi, le labbra un po' più carnose e si arriva al sorriso con più facilità, ma più lentamente. Francesco non ha tempo di dire niente.

"Gin, io..." Ci prova, ma gli sputo in faccia. Uno scaracchio perfetto. Lo centro in pieno, non lo guardo neanche. Mentre me ne vado penso solo che si pulirà.

"Gin, fermati, ti spiego tutto."

"Tutto che? Cosa c'è da spiegare?"

Monto sulla Polo che ho lasciato in doppia fila e lui mi rincorre, cerca di bloccarmi la portiera, ma non fa in tempo. Mi chiudo dentro e metto la sicura.

"Gin, non è come pensi tu. È la prima volta che vado con lei. Dai, non te ne andare, Gin." Aspetta un attimo e poi dice quello che non gli avrei mai voluto sentir dire. Almeno non in quel momento. "Gin, io ti amo."

Apro un pezzo del finestrino: "Ah sì? Per questo ti scopi una come Simona. Pensa che io di te amo solo la tua macchina!". Parto sgasando e faccio qualche metro, cercandola. Eccola lì. L'ha posteggiata perfino vicino al portone, senza preoccuparsi neanche di nasconderla. Eccola lì la sua splendida Mercedes 200 SLK grigio metallizzata. Sono ferma nella Polo. Mi sento come un toro prima di affrontare il torero, sbuffo mentre con il piede gioco con l'acceleratore. Do gas e lo spingo più giù due o tre volte. Penso a mamma e alla sua Polo. Be', qualcosa mi inventerò, provo troppo gusto solo a pensarlo. Vedo dallo specchietto Francesco arrivare di corsa. È troppo tardi, è troppo bello... Che gusto! Che sogno! Mi metto la cintura. Nella vita ci sono delle cose alle quali non si può rinunciare. Questo è uno di quei momenti. Lascio andare la frizione e parto a tutto gas. Ecco. La vedo avvicinarsi a velocità spaventosa. La sua Mercedes, la sua bella, nuova, fiammante Mercedes. Freno solo all'ultimo ma d'istinto, tanto per non morire. Boom. Un botto fantastico, rimbalzo sul sedile. Centrata in pieno; sul fianco laterale, sulla portiera. Metto la retromarcia. La Polo si sgancia con fatica, ma riparte che è una meraviglia. La Mercedes è lì davanti a me, completamente tumefatta, perfino un finestrino si è spaccato. Non oso immaginare i miei danni, ma la faccia di Francesco sì. Quella la vedo bene ed è tutto un programma. Che bello... Guarda la sua macchina distrutta. È allibito, non ci crede, non ci vuole credere, ma ci deve credere. Eccome se ci deve credere... E sai che c'è? Ne faccio un altro. Sì. C'è troppo gusto, è troppo bello. Parto a tutta velocità e la punto un po' più avanti. Boom. La prendo in pieno con ancora più forza, senza paura questa volta, senza neanche frenare. Ormai c'ho preso la mano. Ho una voglia pazzesca di distruggergliela tutta. Il parafango davanti è spaccato e si accartoccia perfino il cofano. Francesco è lì, davanti a me, senza parole. Lo guardo, scoppio a ridere e mi allontano salutandolo. Vaffanculo tu e la tua Mercedes. Stronzo di merda. Quando ci vuole, ci vuole. E ora devo pensare a Simona. Oh, ma la sistemo per le feste quella stronza, oh se la sistemo. Ma deve essere una vendetta intelligente, fredda, calcolata, pungente. Geniale. Vorrei trovare ancora più aggettivi se fosse possibile. Posteggio sotto casa e scendo dalla macchina. Povera Polina. L'ho rovinata tutta davanti. C'ha il cofano contratto come se fosse una mano con un crampo, due fanalini rotti e anche il fascione. Porca trota, e ora che racconto a mamma. Continuo a pensare in ascensore. Qualche cosa mi inventerò per la povera Polina e per quella stronza di Simona. Sì, uscirà qualcosa, ne sono sicura. Mi spoglio e mi infilo nel letto. Continuo a pensare ai miei due problemi, alla loro possibile soluzione. Continuo così, ricordandomi il botto, la Mercedes sfondata. Piano piano sto per addormentarmi. Un ultimo pensiero nel dormiveglia. Sorrido. Boom! Che botto, che bello! In tutto questo non ho più pensato a Francesco. Puff. Svanito. E, sorridendo, vengo rapita da Morfeo.

La mattina dopo mi sveglio lucida come non mai. In un attimo ho le due soluzioni. Parto subito con la prima, il problema della Polo. Telefono ad Ale, un mio amico sempre in mezzo ai guai che stavolta però può togliermi dal mio.

"Pronto... Ma chi è?" Ha la voce roca, si sarà addormentato da nemmeno un'ora.

"Ale? Sono Gin."

"Gin, che cazzo succede? Ma che ore sono?"

"Le sette."

"Le sette? Ma che, ti sei rincoglionita?"

"Ale, mi devi aiutare, ti prego, dimmi che c'hai sottomano qualche macchina rubata."

"Gin, non per telefono... porca troia!"

"Scusa Ale."

Torna tranquillo: "Che macchina ti serve?".

"Una qualunque ma che sia rubata. Mi serve solo la targa."

"Solo la targa? Boh, tu sei tutta scema."

"Ti prego Ale, è una cosa importante."

"Tutte le tue cose sono sempre importanti, aspetta un attimo."

Dopo una decina di secondi torna al telefono: "Dai, scrivi. Roma R27031. È una Clio blu".

"Perfetta, grazie Ale."

"Aho, è tutto a posto?"

"Sì, tutto a posto."

"Perfetto. Allora guarda che io mi metto a dormi' e stacco il telefono."

"Ok, ti chiamo nel pomeriggio e ti spiego tutto."

"Non me ne frega un cazzo." E attacca.

Appena in tempo. Arriva mamma in vestaglia appena alzata: "Ginevra, ma che fai? Sei già sveglia?".

"Mamma, non sai che è successo. Ieri sera mi è venuto addosso un pazzo con la macchina."

"Oddio, figlia mia, ti sei fatta niente?"

"No, sto bene. Ha distrutto la Polo però ed è fuggito... Ma guarda, ho preso la targa!" Le passo il biglietto appena scritto. "Era una Clio scura. Lo dobbiamo denunciare." Mamma prende il biglietto.

"Dai qua, lo dico subito a tuo padre. Meno male che non ti sei fatta niente. Ma sei sicura? Non è che hai sbattuto la testa?"

"No mamma, sul serio è tutto a posto."

"Meno male." Mi dà un bacio sulla fronte.

"Vai a fare colazione sennò finisce che fai tardi."

"Sì, mamma." Mi allontano da brava bambina sotto lo sguardo affettuoso di una madre apprensiva. Mi sento in colpa. Scusa mamma, ma dovevo proprio farlo. Chissà, forse un giorno ti racconterò tutta questa storia. Un giorno. Intanto pensiamo a oggi. Ho già trovato anche la seconda soluzione, quella per sistemare Simona. Un attimo dopo sono tra i banchi di scuola. È già passata un'ora, la prima. Religione. Ha incrociato due volte il mio sguardo la stronza e si è girata dall'altra parte. Non ha neanche il coraggio di affrontare le conseguenze delle sue azioni. Il massimo è che è stata perfino interrogata da don Peppino, così chiamiamo noi il pretino di religione, e Simona ha avuto perfino il coraggio di rispondere... Mortacci sua. Be', non voglio chiamare Dio in causa per stronzate come questa. Ma la seconda ora è tutta mia e anche la terza. Ci sguazzo, mi voglio divertire, due ore da sogno. Oggi abbiamo compito in classe di italiano. È facendo la borsa appena sveglia che mi è venuta l'idea. Sublime... Ecco, ho trovato l'aggettivo coniato apposta per la vendetta. E la mia penna scivola veloce sul foglio bianco, riempiendolo di parole, di righe, di fatti, di ricordi, di delusioni, di aggettivi, di sproloqui, di insulti. Vola che è una meraviglia, sembra fatata la mia penna. E dire che io in italiano sono sempre stata un po' frenata. Sono fuori tema, non ho dubbi, ma che piacere, che divertimento dedicare il mio compito in classe alla mia amica, anzi alla mia ex amica. Anzi, per essere proprio precisi, a quella stronza. Le ho dedicato perfino il titolo: *Misera fine di un'amicizia*. Sono sicura che la mia prof d'Italiano me lo passerà, magari prendo anche un bel sette, o forse no, quello no, è un fuori tema. Magari un quattro, ma che bel quattro! Di sicuro però non mi manderà dal preside e forse me lo farà perfino leggere in classe. Sarà dalla mia parte la prof, ne sono sicura. Non tanto perché abbiamo un buon rapporto, ma perché si è separata da poco.

Settimana dopo. Ritiro il tema. Be', da non crederci... Al di sopra delle aspettative. Sette e mezzo! Mai preso un voto così in italiano. E non è finita qui. La prof deve avere una grande simpatia per me o, cosa molto più probabile, deve aver sofferto veramente tanto per la sua separazione. Fatto sta che ha sbattuto con la mano sulla cattedra.

"Silenzio, ragazze. E ora vorrei invitare a leggere il suo tema una ragazza particolare. Una vostra compagna di classe che ha capito che la cultura, l'educazione e l'essere civili sono la più grande arma della nostra società: Ginevra Biro."

Mi alzo e per un attimo mi viene da arrossire. Davanti a tutti. Davanti agli altri. Poi metto da parte quel rossore. Cazzo, no! È la mia giornata, non esiste, mi spetta. Quale pudore, quali altri. Non esistono gli altri in alcune occasioni. E questa è una di quelle occasioni. Vado vicino alla prof e comincio a leggere. Scivolo veloce con enfasi e divertimento. Con rabbia ed entusiasmo. Azzecco le pause giuste, il tono. Poi la storia mi rapisce. Ma l'ho scritto sul serio io questo tema? Cavoli, mi sembra perfetto! E continuo a leggere così, divertita, cantilenando quasi. Una dopo l'altra le parole si succedono, si rincorrono leggere tra le righe, su e giù, senza pausa come onde di un mare azzurro. Corrono vicine, senza spezzarsi mai. Arrivo quasi alla fine in un attimo. Mi mancano due righe. Mi fermo e quando stacco gli occhi dal foglio Simona è lì che mi guarda. Ha la bocca aperta, è sbiancata, attonita. Ho raccontato tutta la nostra storia, la nostra amicizia, la mia fiducia, il suo tradimento. Faccio un'ultima pausa. Un bel respiro e via con il finale:

"Ecco signori. Ora voi tutti sapete chi è Simona Costati. Se sua madre avesse avuto un po' più di coraggio, l'avrebbe chiamata con il suo vero nome: Stronza!".

Piego il foglio e guardo compiaciuta la classe. È un boato. Tutte insieme urlano contente: "Brava, hai fatto bene, sei forte Biro! Sì, ancora, di nuovo, la devi sfondare, così, sei mitica!".

E all'improvviso, partito da non so chi, non certo da me, né dalla prof, meno che mai da Simona, si alza un coro perfetto, ispirato sicuramente dal mio tema pieno di cultura.

"Stronza, stronza, stronza!"

Simona si alza dal banco. Attraversa la stanza trascinando i piedi, con la testa bassa, senza avere il coraggio di guardare in faccia nessuno. Poi scoppia a piangere ed esce dalla classe.

_"Brava, è un bellissimo tema." È la voce della prof. Incredibile. Pensavo che mi avrebbe buttata fuori per, che ne so, diffamazione di un'alunna? Invece no. Si vede che ha apprezzato la forma! O il contenuto... Comunque mi sorride. Chissà, forse per un attimo ha avuto un rimpianto. Avrebbe voluto scrivere anche lei un tema così a suo marito.

21.

"A cosa stai pensando?"

"Alla scuola."

"Cioè, non ci posso credere. Tu vieni in macchina con me, che sono il top del desiderio romano... e che fai? Pensi alla scuola!"

"Be', anche la scuola può avere il suo lato interessante."

"Sì, magari più il lato stressante."

"Io credo che sotto sotto anche a te piaceva studiare."

"Certo, come no: anatomia. Ma direttamente sulle compagne!"

"Mamma... Ma stai in fissa, eh?!"

"Be', è un lato che mi affascina."

"Sì, già ti vedo. Da piccolo giocavi sempre al dottore."

"Da piccolo? Anche ieri! Vuoi che ti visiti subito?"

"Pensa che strano, ti vedo molto di più come una persona divertente che un allupato!"

"Be', è già qualcosa."

"E certo, perché a me le persone presuntuose mi divertono un sacco. Uno poi che si crede il top del desiderio romano. Be', è tutto un programma."

Mi guarda, scoppia a ridere, sinceramente divertita. I capelli scuri le cadono sugli occhi che ridono in perfetta armonia con il suo sorriso: "Oddio, è più forte di me, che buffone che sei. Sei troppo forte!".

Una curva capita a proposito. A gomito perfetto, e dalla mia parte poi. Prendo il volante da sotto e lo giro con forza tutto a sinistra. Gin mi arriva quasi catapultata addosso. Freno di botto, inchiodo con lei fra le braccia. Le prendo i capelli con la destra e li tengo stretti, forte quanto basta. "Nessuno mi ha mai chiamato buffone." E la bacio sulla bocca. Tiene le labbra serrate e prova a divincolarsi. La tengo stretta per i capelli, con forza, si divincola cercando di liberarsi. La stringo più forte. Alla fine si lascia andare e dischiude le labbra.

"Finalmente" sussurro a mezza bocca e poi mi avventuro nella sua. "Ahia" mi morde con forza. Mi porto la mano alla bocca e la lascio andare.

Gin torna al suo posto: "Tutto qui? Pensavo meglio".

Mi passo le dita sulle labbra cercando del sangue. Non ce n'è. Gin è in posa con le mani alzate, pronta alla difesa.

"Allora Stefano, o Step o come cazzo ti pare, hai voglia di litigare?"

La guardo sorridendo: "Hai anche i riflessi pronti, eh?".

Mi colpisce forte sulla spalla, uno dopo l'altro, una serie di pugni dal basso verso l'alto colpendo sempre e di nuovo nello stesso punto.

"Ahia, fai male."

Le blocco al volo il braccio, poi l'altro. La tengo ferma, immobile sul sedile. Poi le sorrido divertito da tutte quelle botte.

"Scusami, Gin. Non volevo farlo apposta. Poi ho visto che un po' ci stavi..."

Prova di nuovo a colpirmi, ma la tengo ben ferma.

"È che siamo arrivati, ok?"

Scendo veloce dalla macchina prima che riprovi a colpirmi.

"Chiudi, se ti va. Oh, poi fa' un po' come ti pare, tanto la macchina è tua, no? Va be', che tanto chi se lo frega 'sto cesso di Micra... Prende pure male le curve."

Gin chiude la macchina al volo e mi raggiunge.

"Stai attento, eh. Non fare il duro con me, che caschi male."

Poi Gin guarda l'insegna.

"Il Colonnello. Ma si chiama proprio così?"

"Già, si chiama così. Che pensavi, che era un soprannome del ristoratore messo al posto dell'insegna?"

"Ma pensi di rimorchiare una ragazza alla tua prima uscita con queste battute così divertenti?"

"No, con te sono rilassato. Vado sul sicuro!"

"Ah certo, proprio sul sicuro... L'hai visto, no?"

"Pace, va bene? Dai, mangiamoci una bella bistecca."

"Ok. Per la pace va bene, ma invece per la cena... paghi tu, vero?"

"Dipende..."

"Da cosa?"

"Da come va il dopo cena."

"Ancora? Guarda che il dopo cena consiste nel fatto che io ti riaccompagno alla moto e fine. Chiaro? Dimmelo subito, che sennò non mangio neanche una bruschetta. Ma ti pare che mi ricatti sulla cena, ma fai schifo!"

Gin entra nel ristorante altera e divertente. La seguo. Non c'è molta gente. Ci sediamo a un tavolo abbastanza lontano dal forno che fa troppo calore. Mi levo il giubbotto. Mi è venuta fame.

Arriva subito un cameriere per le ordinazioni.

"Allora, ragazzi, che vi porto?"

"Allora, per la signorina solo una bruschetta. Per me invece un bel primo di tagliatelle ai carciofi e una bistecca alla fiorentina con un'insalata di contorno."

La guardo divertito: "Oppure la signorina ci ha ripensato e vuole qualcos'altro?".

Gin guarda il cameriere sorridendo: "Le stesse cose che ha ordinato lui. Grazie. E in più mi porta una bella birra".

"Una birra anche per me." Il cameriere segna tutto velocemente e si allontana felice di quell'ordinazione così facile.

"Se vuoi fare alla romana mi dici dove abiti e domani ti faccio riavere i soldi, va bene? Questo per farti capire che non c'è dessert."

"Ah no? Ma guarda che ti sbagli. Qui hanno dei gelati al tartufo che sono una favola da prendere affogati al caffè."

"Ciao Step. Aho, eri sparito. Sei diventato un borghese come gli altri."

Si avvicina Vittorio, il Colonnello, gentile come sempre: "Si va tutti alla Celestina mo', fa fico, se rimorchia. E allora ce annate tutti. Ma d'altronde siete dei pecoroni". Mi si mette con le mani sul tavolo: "Aho, te sei dimagrito, lo sai?".

"Sono stato due anni a New York."

"Ma dai, ecco perché non te sei fatto più vede'. Ma se magna così male?"

Ride divertito della sua battuta.

"A Vitto'... Sei sempre er mejo! Facci portare subito una bruschettina, eh?"

Poggio le chiavi della macchina di Gin sul tavolo, mentre Vittorio si allontana. Con la panza in avanti, ancheggiando come sempre, come allora. Invecchiato ma sempre allegro. Ha la faccia da bambinone con le guance rosse, i capelli arruffati sulle orecchie, piccoli sprazzi di bianco argentato su quella piazza sempre rosolata da braciole e fiorentine. Mi guardo un po' in giro. C'è diversa gente, non molta, non rumorosa, non troppo elegante. Mangiano con piacere, senza chiedere cose troppo difficili, senza essere troppo ricercati, senza pensieri, magari con una giornata faticosa alle spalle e un bel piatto davanti. Una coppia lì vicino mangia senza parlare. Lui sta spolpando la parte dell'osso di una braciola. Lei ha appena infilato in bocca una patata fritta e si lecca le dita. Incrocia il mio sguardo e sorride. Sorrido anch'io. Poi si rituffa sulle patatine senza paura di ingrassare.

Gin passa all'attacco.

"Allora chiariamoci subito: mi hai fottuto le mie chiavi, hai fottuto la mia macchina e soprattutto hai fottuto me."

"Magari! Quest'ultima cosa non mi dispiacerebbe affatto."

Gin è davanti a me con le mani sui fianchi e sbuffa.

"Cretino, nel senso che hai fottuto la mia serata. Mettiamola così, sennò ti fai pure strane idee. Vedi poco fa in macchina..."

"Per così poco... Come te la tiri!"

"Allora passiamo al pratico. Chiariamo una volta per tutte. Chi scuce qui?"

"Cioè?"

"Fai il finto tonto?"

"Vediamo, se tiri fuori argomenti divertenti, pago io. Sennò..."

"Sennò?"

"Pago sempre io."

"Ah, allora rimango."

"Però me la dai!"

Mi dà uno schiaffo al volo. Cazzo, è velocissima. Mi prende in piena faccia.

"Ahia."

Quella delle patate smette di mangiare e ci guarda. E anche due o tre persone dei tavoli più vicini.

"Scusatela." Sorrido massaggiandomi la guancia. "Si è innamorata." Gin non presta neanche attenzione alla gente che la guarda.

"Allora facciamo così, tu paghi la cena senza pretendere niente e in cambio io ti do qualche lezione di educazione. Dai, affare fatto. Che ci guadagni pure."

Vittorio posa la bruschetta sul tavolo: "Allora, ne vuole una anche la signorina?".

Gin mi ruba al volo dal piatto la bruschetta e le dà un morso enorme portandosi via metà dei pomodori, quelli freschi che Vittorio taglia con amore, non come quei pomodori tagliati a pezzettini il pomeriggio e lasciati dentro una cuccuma a freddare nel frigorifero.

"Portamene un'altra, Vit."

"Uhm, che buona."

Gin si infila un pezzo di pomodoro in bocca e si lecca le dita.

"E bravo Step! Mi sa che si mangia pure bene qua. Come va la guancia?"

"Benissimo! Di' la verità, sei rimasta male perché mi sono fermato al bacio? C'è tempo, dai, non te la prendere. Voi ragazzine siete tutte uguali. Volete tutto e subito."

"E tu invece vuoi un'altra pizza in faccia e adesso?"

"Hai i tempi perfetti. Brava. È difficile trovare oggi una ragazza passabile con la battuta pronta come le sue mani."

"Mmm." Gin mi fa un sorriso forzato con la faccia in avanti, come a dire: spiritoso...

"Che c'è?"

"È il passabile che non digerisco facilmente."

"Invece con la mia bruschetta vai forte. Te la sei praticamente ingozzata."

All'improvviso sento delle voci.

"Ma dai, Step! Lo sapevo. Ve l'avevo detto che era lui."

Non ci posso credere. Sono tutti lì, alle mie spalle. Il Velista, Balestri, Bardato, Zurli, Blasco, Lucone, Bunny... Ci sono tutti, non posso crederci. Ne manca uno, il migliore: Pollo. Mi si stringe il cuore, non voglio pensarci, adesso no. Sento un brivido di freddo e per un attimo chiudo gli occhi, adesso no, ti prego... Per fortuna mi salta al collo Schello: "A 'nfamone, che fai il separatista bulgaro?".

"Americano, caso mai."

"Ah già, perché lui è stato in America... Negli States... Ma come mai non sei venuto all'appuntamento? Eravamo lì tutti quanti ad aspettare il mito. Ma il mito è crollato... Ora va a cena, fa il tête-à-tête con la donna."

"Caso mai fa il tette a tette!"

"Guarda che bocce che c'ha..."

"Primo, non sono la sua donna."

"Secondo, attenti ragazzi, che è un terzo dan."

"Hai finito con questa storia del terzo dan? Sei ripetitivo."

"Io? Ma se tu l'hai sottolineato tre volte da quando ci siamo conosciuti. E sei talmente terzo dan che ho dovuto stendere uno per difenderti."

"Ok! San Tommaso... dei bori. L'hai voluto tu." Gin si alza dal tavolo, fa un giro intorno agli amici, li guarda per un attimo. Poi, senza pensarci, si gira di botto, prende Schello con tutte e due le mani per il giubbotto, se lo carica sull'anca, si piega veloce in avanti. Perfetta, senza esitazioni. Schello strabuzza gli occhi, Gin piega la gamba destra e spinge in alto aiutandosi di spalle. Schello vola via come una piuma e atterra di schiena sul tavolo della coppia silenziosa. Ora sapranno di che cosa parlare. Il tipo si scosta di botto dal tavolo.

"Ma come cazzo..." Fine, sia lei che lui. Lo pronunciano all'unisono.

"Le mie patate..." Lei.

"Cazzo, la mia giacca di cammello..." Lui.

Se non altro per quella coppia apatica il botto di Schello diventerà qualcosa da raccontare, al limite del leggendario.

Schello si rialza dolorante. "Ahia, ma chi cazzo è stato?"

"Un terzo dan o giù di lì" risponde Gin prontamente.

Tutti ridono: "Divertente. È troppo forte. Sì, è forte la tua ragazza."

"Ancora... Non sono la sua ragazza!"

"Per ora."

"Be', allora che ci fai a cena con Step?" Carlona, credo la chiamino così, da sempre la ragazza di Lucone. Alza il sopracciglio divertita, come a dire "la so lunga io su noi donne". Gin sorride: "Anche tu hai ragione. Be', vorrà dire che scrocco una cena e poi filo".

"Una cena offerta da Step e poi via. *Mission: Impossible* in confronto è una barzelletta."

"E questa chi me la ripaga?"

Schello lo guarda sbigottito. Il tipo si è tolto la giacca di finto cammello condita di fritto e gliela mette sotto gli occhi.

"Allora, dico a te... chi me la ripaga?"

"Ma che, stiamo su *Scherzi a parte*? Aho, ma che me state tutti a prende' per il culo? Dov'è la telecamera nascosta?"

Schello inizia a saltellare a destra e a sinistra per il locale.

"Eh? Dov'è?... Dov'è?"

Cerca un'ipotetica telecamera un po' dappertutto, sotto i quadri, dietro le porte, nella borsa di qualche donna appoggiata sullo schienale della sedia. Alza le cose e tocca tutto, senza rispetto come al solito, spiritoso e irriverente, al limite del demenziale. Cercare una telecamera sotto il tovagliolo di uno che sta mangiando... il tipo naturalmente si risente.

"Hai finito? Coglione! Ma che cazzo tocchi, eh? Vuoi fare un altro volo?"

Si alza deciso con le mani lungo i fianchi, dure, con le nocche segnate da ore di lavoro, scalfite da ferite, segnate dal tempo, plasmate da polvere e pitture, da gesso e stucchi, da calcinacci, screpolate di fatica sofferta.

"Allora? Hai capito, testa di cazzo?"

"Ehi.... Fly down."

Schello se ne approfitta scommettendo che non capisce una parola di inglese. Naturalmente vince la sua scommessa.

"Che fai, offendi? Ma io ti spacco il culo."

Il muratore gli mette le mani al collo, è la sua maniera elegante per farsi bello agli occhi della ragazza.

"Veramente era un modo di scusarsi, ma in inglese, lo capisci, fa molto lord."

Il muratore carica il pugno, noi ridiamo divertiti, Vit fortunatamente interviene: "Ora basta, su, tornate in riga. Sono il vostro colonnello o no? E basta, su".

Aiuta il tipo a uscirne gratificato. "Ti porto un bel limoncello, dai. Offre la casa." Poi prende Schello per le spalle e lo riaccompagna nel gruppo. "Non siete cambiati, eh? Mi fa piacere rivedervi, sul serio. Non so com'è, Step, ma quando ci sei tu, le serate non sono mai noiose. Forza, accomodatevi. Vi faccio subito un tavolo per dodici?"

"Forse Step vuole continuare la sua cena romantica."

Guardo Gin. Lei apre le braccia.

"Faremo un'altra volta, vero caro?"

Simpatica è simpatica. Però... È quel però che mi lascia perplesso: "Ma sì, cara, faremo la prossima volta. Quando resti di nuovo senza benzina e senza soldi..."

Gin sorride, poi prende e mi dà un cazzotto sulla spalla, con una certa forza anche. Lucone non si perde mai niente. "Cazzo, forte la bimba, ha un jeb niente male, eh!"

Tutti annuiscono. Si siedono facendo un gran casino, spostando le sedie, ridendo, litigando sui posti. Solo le donne si guardano disapprovando Gin con finto distacco. Un'approvazione su un'altra donna dà sempre fastidio, fosse anche la tua migliore amica. Poi la cena vola via veloce. Chiacchiere per mettermi al corrente delle piccole grandi novità. "Oh, non sai... Giovanni si è lasciato con Francesca. Non sai lei che storta che gli ha fatto: s'è messa con Andrea, l'amico suo. E lui manco gli ha sfonnato la faccia. Che tempi! Oh, notizia bomba: Alessandra Fellini finalmente l'ha data! A Davide. Ora lo chiamano 'er Goccia'. E sai perché, Step? Erano quattro anni che stava lì come la goccia cinese. Primavere, estati, in montagna, al mare... lui sempre presente. Regali, regaletti, bigliettini. Andava premiato o no? E lei l'ha premiato! Gliel'ha data. Sì, però ora che ha preso il via sembra de sta' alle Olimpiadi. Vengono premiati un po' tutti!"

"E te credo, cerca di guadagnare il tempo che ha perso."

"Mazza quanto siete cattivi." Carlona cerca di difenderla per solidarietà di categoria.

"Guarda che è vero... Comunque il merito resta der Goccia."

"Sì, il primo è sempre il primo. Grande merito."

Guido Balestri prende le redini del racconto.

"Bel regalo che gli ha fatto al Goccia, ci mancava solo che c'avesse le ragnatele su quella grotta pluviale." E giù risate. "Che poi Davide è venuto in piazza e ha tenuto una specie di comizio pubalgico..."

"Non ci credo."

"Ti giuro. Ha raccontato a tutti che lei ha goduto come una pazza."

"No..."

"Sì!"

"E ti credo, si portava dietro quattro anni di tiraggio... Aho, e poi quando una molla, è giusto che molli alla grande!"

"Oh, l'hanno sentita ululare alla luna. Meglio della mitica Lassie dei *Porcelloni*. Te lo ricordi?"

"Come no! Mitico film."

"Davide in questo è grande."

"Sì, non è solo grande. È glande! In tutti i sensi. Aho, Davide in altri tempi avrebbe umiliato Golia!"

Su questa quasi nessuno ride. Gin sì. Ed è una gran soddisfazione. E continuano così, ridendo e facendo casino.

Li guardo mentre mangiano. Niente. Non sono cambiati. Sono uno spettacolo. Si abbuffano come al solito con la roba appena arrivata, si tuffano con le forchette sulla lonza, sul prosciutto, sul salame. Divorano le fette chiacchierando, lasciandole apposta penzolare dai denti fino giù sul mento. Arrivano gli spiedini. Tutti si tuffano al volo per prenderli. Sono ancora caldi e fumanti: salsicce e peperoni, da poco arrostiti, diventano spade profumate per una disperata schermaglia tra Schello e Lucone. Si unisce anche Hook ai due e iniziano a combattere. Si sente il rumore del ferro attutito a volte dalla carne appena arrostita. Un affondo di Schello, parato al volo da Lucone. E là, vola via una salsiccia. Gin la prende al volo con la mano destra, ottimi riflessi, e in più, ancora calda, se ne mangia un pezzo.

"Allora! Hai visto che velocità? Scommetto che ti ho ricordato un film, dai, spremi le meningi..."

"È vero, qualcosa mi hai ricordato, una scena di un film, sì, ma che film?"

"Ti aiuto va', è la storia di una prostituta, anzi più che una storia è la favola di una prostituta."

Entra Lucone, esagerato come sempre. "Ci sono: Biancaneve e i sette cazzi." Gin lo guarda schifata storcendo la bocca e ingoiando l'ultimo pezzo di salsiccia.

"Come sei sboccato... È *Pretty Woman*. Prova a dire che non l'hai visto e stavolta ti meno sul serio."

Mi guarda alzando il sopracciglio. *Pretty Woman*, come no, con Julia Roberts.

"Allora, te lo ricordi, o no?"

Improvvisamente indietro nel tempo. Io e Babi, Hook e il Siciliano finiti, chissà come, al cinema tutti insieme. Hook e il Siciliano che alla fine del primo tempo sono usciti.

"Ma che è 'sta cazzata. Ma che, siete matti?"

"Sì, noi ce ne annamo."

E finalmente ho potuto prendere la mano di Babi e tenerla per tutto il film mentre lei mi imboccava di pop corn.

"Sì, me lo ricordo."

Ma non le racconto tutto il mio film.

"Dai, la scena era quella del cameriere che prende al volo l'escargot che Vivien, così si chiamava Julia Roberts nel film, cercando di mangiarsela, ha lanciato fuori dal piatto."

"Sì, come no. Malgrado tutti gli insegnamenti del direttore dell'albergo."

"Hai visto che te lo ricordi? Step fa il duro, ma sotto sotto è un tenerone!!"

"Molto sotto sotto."

"Ma a me piace scavare. Chi ha fretta? Da piccola volevo fare l'archeologa. E poi... Poi ho capito che soffro di claustrofobia e non sarei mai riuscita a entrare in una piramide."

"Insomma ti piace stare più sopra che sotto."

"Ma non riesci mai a uscirtene con niente di meglio?"

"Aspetta che mi ci impegno." Mi metto le mani sulla testa come se mi concentrassi. Poi le abbasso sul tavolo e le sorrido.

"No, mi dispiace, non esce nulla di meglio."

Ma proprio in quel momento. Pum. Gin prende in pieno viso una fetta di pane bagnata. Le esplode sulla guancia e pezzetti di mollica le finiscono tra i capelli. Non posso non ridere. Lucone si scusa da lontano.

"Oh, scusami, cazzo, era indirizzato a Step."

"E allora c'hai proprio una mira da schifo!"

Gin si massaggia la guancia, arrossata e ancora bagnata.

"Mi hai fatto male... Adesso vedi!" È come un segnale di battaglia. Tutti cominciano a tirarsi di tutto. Schello come se non bastasse tira fuori il "bambino" e spinge al volo play.

"La battaglia ha bisogno di una buona colonna sonora."

Non fa in tempo a dirlo che una braciola centra in pieno la cassa del suo Aiwa mentre parte a palla *Hair*. Tutti cominciano a ballare da seduti agitando le braccia verso l'alto cercando di schivare a tempo ogni tipo di cibo. Questa volta una patata centra in piena fronte Gin che si alza di scatto come impazzita. Ecco, penso io, ora esce fuori di testa sul serio. E fa di meglio. La cosa più bella che io possa immaginare. Sale in piedi sulla sedia e via... Mimando alla meglio il mitico Treat Williams in *Hair*. Sale con l'altro piede sul tavolo e via così, un passo dopo l'altro. Gin avanza ballando, lasciandosi cadere i capelli davanti e poi scoprendo di nuovo il viso. Sorridendo, poi sensuale, poi di nuovo dura, comunque bellissima. Niente male sul serio. E tutti stanno al gioco. Spostano i piatti ormai vuoti, le forchette e i bicchieri a ogni suo passo. Hook, Lucone, Schello. Perfino le donne ci stanno. Tutti tirano via quello che hanno davanti. Si fingono sconvolti da quella stravagante Gin, proprio come gli invitati di quella lunga tavolata in *Hair*. Gin balla che è una meraviglia. Schello invece rovina tutto come al solito. Sale sul tavolo e inizia a ballare dietro a Gin. Senza grazia, distruggendo tutto con il suo fuoritempo perfetto. Un calcio a destra. Uno a sinistra. E via così. La donna di Hook non fa in tempo a togliergli il piatto di sotto. Una clarks sfondata di Schello centra in pieno da sotto un piatto che vola via liscio così... Preciso. Come calciato dal Di Canio rigorista. E là! Prende in piena fronte la donna del muratore. La tipa stramazza giù dalla sedia. Si porta le mani al viso e lancia un urlo agghiacciante che supera tutti, perfino il "bambino" di Schello. Vit corre come un pazzo.

"Porca puttana, ma che, siete pazzi? Via, scendete da lì. Signora, come va?!"

Vittorio la aiuta a rialzarsi. Per fortuna non ha nulla o quasi... Insomma, non si è aperta. Solo un bozzo enorme lì, sulla destra. Un improvviso corno ingiustificato, o forse no.

"Chi è stato?"

"Ma che c'entra chi è stato."

Schello su certe cose non è mai fuori tempo soprattutto se rischia di andarci lui di mezzo.

"È stato un caso, un incidente."

"Sì, quello che capita a te."

Vit si mette subito in mezzo e ferma il muratore.

"Su, non faccia così. È meglio di no."

"Ah no, e che fai, mi offri un altro limoncello? Sai che ci faccio io con il tuo limoncello? Mi ci pulisco il cazzo."

"Ah, se la mette così. Prego se la sbrighi lei."

Il muratore prende la rincorsa e prova ad acchiappare al volo Schello che indietreggia sul tavolo e cade all'indietro finendo con la gamba incastrata nella paglia di una sedia e poi giù per terra.

Il muratore non si perde d'animo, corre, fa il giro del tavolo. Schello è lì per terra con la gamba incastrata nella sedia che non riesce a rialzarsi. Il muratore, pensando alla sua donna, prende la rincorsa per calciarlo in piena faccia. Forse spera in un pareggio. Ma non è così. Il muratore viene sollevato al volo da dietro. Si ritrova a calciare nel vuoto. Lucone gli fa fare un mezzo giro e lo lascia cadere in piedi poco più in là: "Dai basta, è stato sul serio... un incidente".

"Sì..."

Interviene Hook.

"Scusa eh, ma pensa piuttosto a mettere un po' di ghiaccio alla tua donna che è meglio."

"Sai il ghiaccio dove te lo metto? Te lo ficco in culo!"

"Se la prendi così, allora non c'è proprio rimedio. Poi mi dicono pure che ho fatto pippa."

Hook ride, il muratore non capisce, prova a dire qualcosa ma viene centrato al volo da Hook. Un cazzotto in piena faccia, velocissimo. Bum. È migliorato Hook, però. Ne deve aver fatte di riprese mentre ero fuori. Il muratore vola all'indietro che è una meraviglia. Atterra poco più in là su una sedia che cade, finisce all'indietro, spaccandosi sotto di lui. Steso. Tutti cominciano a gridare. Qualcuno nel locale si agita. Dei signori in fondo si alzano dai tavoli. Una signora prende un cellulare e comincia a telefonare. È il via. Non abbiamo bisogno di guardarci. Lucone, Hook, il Velista, Balestri, Zurli, Bardato si trascinano via le donne.

"Cavoli, ma io non ho mangiato niente."

"Io neanche."

"Stai buona, dai, vieni via che dopo ti offro un bel gelato da Giovanni."

"Lo so io che ti dà. Un Calippo solo crema."

Ridono, perfino Schello si libera, scalciando via la sedia, che sfortunatamente arriva di nuovo addosso al muratore che aveva appena capito, forse, dove si trovava. Tiro giù dal tavolo Gin per un braccio. Sta per cadere ma la prendo al volo.

"Che è, che succede?"

"Per ora niente, ma è meglio andarsene."

"Aspetta... il giubbotto" torna indietro e prende al volo il giubbotto scuro Levi's e poi via.

"Ciao Vit, scusaci ma abbiamo una festa."

"Sì, una festa... sempre così voi, eh? Ve la farei io la festa!!!" Sembra scocciato, ma in realtà è come sempre divertito. È lì fermo sulla porta. Ci guarda tutti uscire correndo, facendo un gran casino. Schello fa un salto, sbatte i piedi lateralmente uno contro l'altro alla John Belushi, gli altri ridono, Lucone e Bunny rubano qualcosa da mangiare dagli altri tavoli: una bruschetta, un pezzo di salsiccia. Balestri cammina lento. Ha lo sguardo stanco, un po' alticcio o chissà cos'altro. Comunque sorride e allarga le braccia come a dire "Son fatti così". Che poi il vero "fatto" è proprio lui. Schello ruba un pezzo di galletto strappandolo letteralmente dalla bocca di una signora che va a vuoto con il morso. Quasi si morde la lingua e sbatte indispettita il pugno sul tavolo.

"Ma non è possibile! Il boccone del re. Me l'ero lasciato per ultimo."

Vit, che stava bevendo un bicchiere di vino, scoppia a ridere e se lo versa addosso. Io passo in quel momento con Gin e per non essere da meno frego alla signora una patata. Do un morso: "Perfetta, ancora calda, patate grosse come le fa Vit, tagliate a mano, non surgelate, tieni".

Passo metà della patata rimasta a Gin.

"E poi non dire che non t'ho offerto la cena."

E corriamo via così, seguendo gli altri, mano nella mano. Lei ride, scuotendo la testa con la mezza patata in bocca.

"Ma scotta..."

Finge di lamentarsi e ride e corre come una pazza. Con le gambe in fuori, i capelli al vento e il giubbotto scuro. E in quell'attimo, di notte, ho un solo pensiero. Sono felice che mi abbia fregato 20 euro di benzina.

22.

Più tardi in macchina.

"Un po' eccessivi ma troppo simpatici i tuoi amici. A volte a noi donne capita di uscire con certi morti."

"A noi donne... A noi donne chi?"

"Ok, allora diciamo che a volte 'a me' è capitato di uscire con certi morti... Va bene così?"

"Un po' meglio."

"Va bene. Allora che dovrei dire: 'Sono mitici i tuoi amici!'. Va meglio così?"

"Mitici. Che brutta espressione. Ancora con mitici. Sembra il titolo di un film vanziniano. Di' epici casomai!"

Gin si mette a ridere: "Ok, touché".

Poi mi guarda e aggrotta le sopracciglia.

"Ops, scusa. Non lo capisci vero il francese?"

"Come no, touché, touché significa..."

Faccio di botto una curva strettissima. Mi arriva dritta fra le braccia. Le sue tette finiscono in qualche modo tra le mie mani.

"Ecco, significa questo touché? Giusto?"

Prova a partire con uno schiaffo, ma questa volta sono più veloce di lei. Lo paro al volo.

"Ops, scusa. Anzi, pardon! Non volevo proprio 'toucharti' ma tu es très jolie! Allora come vado in francese? Comunque 'siamo arrivati'. Ma questo proprio non lo so dire."

Scendo dalla macchina. Gin è infuriata.

"Toglimi una curiosità: se i tuoi amici sono così 'epici', come dici tu, perché quando sei passato davanti all'appuntamento hai fatto finta di non vederli?"

Cazzo. È micidiale. Non le sfugge niente. Cammino e le do le spalle. Ma mi ha preso una fitta allo stomaco.

"E questo, ma forse non lo sai, si dice tombé, cioè colpito e affondato, stronzo!"

Gin rientra nella sua macchina, accende al volo e parte a duemila sgommando. Corro verso la moto. Ancora un metro e sono arrivato.

"Ma guarda questo. Ma vaffanculo. Ma come se la tira, ma chi si crede di essere? Ok, si chiama Step, e allora? Chi cazzo lo conosce... Sì, è un mito o è stato un mito, ma per i suoi amici. Gli epici, come li chiama lui. E allora?"

"E allora un po' ti piace."

Mi ero sempre divertita fin da piccola a fare Gin 1 la vendetta e Gin 2 la saggia. Almeno io le chiamavo così. La prima, Gin 1 la vendetta, è Selvaggia. Tra l'altro da piccola avevo un'amica che si chiamava proprio così e mi sarebbe sempre piaciuto un sacco rubarle il suo nome. La seconda, Gin la saggia, è Serena, quella romantica ed equilibrata. E Selvaggia e Serena discutono in continuazione su tutto.

"Sì, mi piace e allora?"

"E allora hai sbagliato."

"Chiarisci meglio il concetto."

"Ok, mi piace molto! Mi piacciono i suoi capelli corti, le sue labbra carnose, i suoi occhi allegri e buoni, le sue mani e... ah sì, mi piace un sacco il suo gran bel culo."

"Come sei sboccata."

"Mamma quanto rompi."

"Ah, sì?"

"Sì!"

"Ma se ti piace tutta questa roba, allora spiegami... perché gli hai fregato le chiavi della moto?"

"Perché nessuno può toccare le mie tette se non sono io ad autorizzarlo. È chiaro? E Step, il mito, anzi 'l'epico' non era autorizzato. E queste belle chiavi me le tengo per ricordo."

"Sono sicuro che stavi pensando a me."

Cavoli, è Step, è in moto, ma come ha fatto a partire?

"Fermati e accosta sennò ti distruggo a calci questa specie di catorcio."

Avrà fatto i contatti, porca miseria. Gin rallenta e alla fine si ferma. Se ha staccato il blocchetto così velocemente ed è partito, forse non sarà un mito ma è proprio sveglio.

"Allora? Brava, molto divertente."

"Che cosa?"

"Ah, fai pure la finta furba? Le chiavi."

"Ah sì, scusami. Me ne sono accorta solo adesso. Be', si vede che... Sì, insomma, forse hai sbagliato giubbotto e le hai infilate nel mio."

La prendo per il bavero.

"No Step, ti giuro che non me ne sono accorta."

"Non giurare... falsa!"

"Be', forse le ho prese per sbaglio."

"Ah, per sbagliare hai sbagliato di sicuro, hai preso le chiavi di casa."

"No, giura?"

"Ah, su questo giuro proprio."

"Non ci posso credere."

"Credici." La lascio andare: "Che farlocca che sei".

"Non mi chiamare farlocca" tira fuori le chiavi dal giubbotto e me le lancia con forza. Mi sposto al volo e le prendo di lato: "Farlocca, non riesci neanche a colpirmi. Forza, sali in macchina che ti riaccompagno a casa".

"No, non ti preoccupare."

"Mi preoccupo eccome. Tu sei una di quelle ragazze pericolose."

"Che vuoi dire?"

"Che buchi un'altra volta, qualcuno ti aiuta a cambiare la gomma, tu da brava farlocca ti fidi, fai una brutta fine e l'ultimo con il quale sei stata vista sono io."

"Ah, solo per questo?"

"Dicono che mi piace una vita tranquilla, quando si può. Oh, poi non rompere, monta in macchina e basta."

Gin sbuffa e sale in auto. Accende il motore, ma prima di partire tira giù il finestrino. "Ho capito perché lo fai."

Mi accosto con la moto: "Ah, sì e perché?".

"Così scopri dove abito."

"Questo catorcio è targato Roma R24079. Mi bastano dieci minuti e un mio amico al Comune per sapere il tuo indirizzo. E mi risparmierei anche un sacco di strada. Cammina, farlocca presuntuosa!"

Parto sgommando. Cavoli, Step si ricorda la mia targa a memoria. Io non sono ancora riuscita a impararla. In un attimo mi sta dietro. Lo vedo dallo specchietto. Che tipo. Mi segue, ma non si avvicina troppo. Che strano, è prudente. Non lo avrei mai detto. Be', in fondo non è che lo conosco poi tanto... Mah!

Scalo e mi tengo lontano. Non vorrei che Gin facesse qualche scherzo frenando di botto. È il metodo migliore per mettere fuori uso un motociclista. Se ti dice bene non fai in tempo a inchiodare. Ti giochi forcella e moto. Fai un bel botto e non puoi ripartire per l'inseguimento. Corso Francia, piazza Euclide, via Antonelli. Se la tira la presuntuosa. Non si ferma a nessun semaforo. Passa davanti all'Embassy a tutta velocità. Supera le macchine ferme al semaforo, poi ancora dritta e gira a destra e poi a sinistra, sempre senza freccia. Un mezzo rincoglionito le suona il clacson ma in netto ritardo. Via Panama. Si ferma poco prima di piazzale delle Muse. Gin posteggia infilandosi al volo tra due macchine senza toccarle, con una sola manovra. Pratica e precisa. O forse solo culo?

"Ehi, sei brava a fare manovra."

"Perché non hai visto il resto."

"Ma è possibile che non si possa mai dire niente senza che tu debba dare l'ultima battutina?"

"Ok... Allora, grazie della cena, sono stata benissimo, sei stato fantastico, i tuoi amici sono mitici, scusami epici. Scusa per l'errore delle chiavi e grazie per avermi accompagnato. Va bene così? Dimentico niente?"

"Sì, non mi inviti su da te?"

"Cooosa? Ma non se ne parla proprio. Non ho mai fatto salire nessuno dei miei ragazzi, figuriamoci se adesso faccio salire te, uno sconosciuto. Ma figurati!!!"

"Perché, ce ne sono stati?"

"Di ragazzi?"

"Eh, di che sennò."

"Una cifra."

"E come facevano a sopportarti?"

"Erano forti in matematica. Facevano la somma e alla fine c'erano molte più cose positive di tutto il resto. Ma purtroppo in matematica mi sa che invece tu vai male."

"Veramente era l'unica cosa nella quale riuscivo così così."

"Ecco appunto, così così. È che qui ti mancano i numeri... buonasera signor Valiani..."

Mi giro per guardare chi saluta, non c'è nessuno. Sento il rumore del cancello alle mie spalle.

"Ta dan!"

Mi rigiro: Gin è dall'altra parte del cancello che ancora vibra. Se l'è chiuso dietro. È stata velocissima.

"Te l'ho detto, sei epico. Ma mi crolli sul banale."

Gin corre verso il portone. Fruga in tasca per trovare le chiavi. Ci metto un secondo: destro, sinistro, scavalco il cancelletto e corro verso di lei che cerca disperatamente la chiave del portone.

Pum. Le sono addosso e l'abbraccio da dietro. Fa un urlo. La tengo ferma.

"Ta dan! Giocavi da piccola a uno due tre stella? Non hai fatto in tempo a girarti che io ti ho presa. Ora sei mia."

I suoi capelli profumano. Ma non sono dolci. Odio i profumi dolci. Sanno di fresco, di frizzante, di allegro, di vita. Si dibatte cercando di liberarsi ma la tengo stretta. "Se non vuoi farmi salire su a casa possiamo conoscerci qui."

Prova a colpirmi con il tacco all'indietro, ma allargo veloce le gambe.

"Liscio... Ehi, non sto facendo niente di male. Non ti ho messo mica le mani addosso, ti ho solo abbracciata."

"Ma io non te l'ho chiesto."

"Ti pare che chiedi a uno 'dai, per favore, abbracciami'? Gin, Gin... mi sa che una cifra di quei ragazzi lasciavano un po' a desiderare."

Ho la mia guancia vicino alla sua. È liscia, morbida e fresca come una splendida pesca, dolcemente dorata dalla peluria chiara, trasparente, senza trucco. Apro le labbra e mi ci poggio sopra ma senza baciarla, senza morderla. Muove la testa a destra e a sinistra per cercare di allontanarmi ma le sto attaccato come un'ombra. C'è un vento leggero notturno che ci porta il profumo dei gelsomini del giardino.

"Ehi, allora, come va? Ci hai ripensato?"

"Neanche per sogno."

Risponde in maniera strana, a voce bassa, in maniera quasi roca.

"Sì, ma ti sta piacendo..."

"Ma che dici?"

"Lo sento dalla voce."

Si schiarisce la gola.

"Senti, ti vuoi staccare o no?"

"No."

"Come no?"

"Ma scusa, me l'hai chiesto, giusto? E no è la mia risposta."

Ci riprovo. In silenzio. A bassa voce. Portato dal vento notturno.

"Toc toc, Gin, posso entrare?"

"Ma non sai cosa troverai."

"Non entro mai in nessun posto se non so come uscirne."

"Che bella frase."

"Ti piace? L'ho prestata a quelli del film *Ronin*."

"Scemo."

Le sta piacendo, forse. Mentre l'abbraccio la tengo stretta e dondolo con lei leggermente a destra e a sinistra, tenendole le braccia lungo il corpo a bloccare le sue. Canticchio qualcosa. È Bruce ma non so se la riconosce. Le mie note morbide e lente si trasformano in un respiro caldo che si mischia ai suoi capelli poi più giù, sul collo. Gin abbandona le braccia. Sembra essersi lasciata un po' andare. Continuo a cantare lentamente, muovendomi con il corpo. Lei mi segue, ora complice. Vedo la sua bocca, bellissima. È semiaperta, sognante, sospira, ha una leggera increspatura. Forse un brivido. Sorrido. La libero un po', ma non troppo. Mi allontano con il braccio destro. Lo porto su per il suo fianco. Piano piano. E lei mi segue passo passo, con gli occhi nella penombra della notte, con l'immaginazione nel buio delle emozioni. Preoccupata che io possa toccare qualcosa, come un bambino che scopre il trucco di chissà quale splendida magia. Ma non è questo il mio desiderio. Lento, con dolcezza, smarrito tra i suoi capelli. Le accarezzo il collo, mi poggio con il palmo sulla sua guancia. La spingo un po', giocando... Le faccio girare il viso a sinistra. Così, lentamente, Gin lascia andare il suo viso sul vetro, i capelli riversi in avanti, e d'improvviso, seminascosta da quel profumato cespuglio nero, compare la sua bocca. Come una rosa d'amore appena dischiusa, morbida e bagnata. Sospira, abbandonata, e disegna piccole nuvole di vapore sul vetro di quel portone. Allora la bacio. E lei sorride, mi lascia fare, un po' mordicchia, un po' ci sta, ed è bellissimo. È drammatico, è commedia, è paradiso, no... È meglio. È inferno. Perché mi sto eccitando.

"Gin, ma sei tu?"

Una voce di uomo alle mie spalle. Proprio adesso... No! Non ci posso credere. Il cancello, i passi... Non abbiamo sentito niente. Storditi dal desiderio. Mi giro al volo pronto a parare più che a colpire. D'altronde il suo uomo non ha tutti i torti. Lo guardo. È un tipo non troppo alto, e un po' magro.

"Cavoli, non ci posso credere." Ha la faccia divertita più che incazzata. Gin si rimette a posto i capelli, è scocciata ma non più di tanto.

"Be', invece credici o vuoi che ci baciamo di nuovo?"

Cavoli, è dura la tipa.

"Ah, per me."

Sono ancora con le mani alzate.

"Stefano, questo è Gianluca, mio fratello."

Abbasso la guardia, tiro un leggero sospiro, ma non è la preoccupazione del combattimento. Quella meno che mai. Altri pensieri. Il che forse è più preoccupante.

"Ciao."

Gli do la mano e sorrido. Certo non è il modo migliore per conoscersi. Uno che ci prova con la sorella.

"Be', ora sei in buone mani, posso andare."

"Sì, non credo che lui mi violenterebbe."

Sorride, prendendomi in giro.

"Puoi andare, epico Step."

Mi allontano verso il cancello e li lascio così, fratello e sorella, sullo sfondo del portone. Accendo la moto e parto lasciando in quel profumo notturno dei gelsomini un bacio dato solo a metà.

Gianluca guarda Gin strabiliato.

"Ma sul serio, non ci posso credere!"

"Credici, tua sorella è una come tante, e se ti può consolare come hai visto non è lesbica."

"No, non hai capito, non ci posso credere, ti stavi baciando con Step!"

Gin finalmente ha trovato la chiave e apre il portone.

"Perché, lo conosci?"

"Lo conosco? Vorrei sapere a Roma chi non lo conosce."

"Eccomi. Hai l'esempio davanti a te, io non lo conoscevo."

Gin poi pensa tra sé, tanto è mio fratello, bugia più bugia meno.

"Non ci credo. Non è proprio possibile che non ne hai mai sentito parlare. Dai, lo conoscono tutti. È uno che ne ha combinate di tutti i colori, è uscito pure su un giornale, sulla sua moto mentre pinnava con la sua donna dietro, in mezzo alla polizia. Non ci posso credere! Mia sorella che bacia Step." Gianluca scuote la testa.

"È questo che è: il titolo del 'Gazzettino dello sfigato'?"

Entrano in ascensore.

"Comunque non so se ti crollerà un mito, ma il famoso Step, il picchiatore, il duro, quello che fa la pinna con la donna dietro..."

"Sì, ho capito, lui, allora?"

"Bacia esattamente come tutti."

Nello stesso istante Gin spinge il 4. Poi si guarda allo specchio. Arrossisce. Con se stessa non ce la può proprio fare. Ha detto un'altra bugia. Più grossa. E lo sa benissimo.

23

Notte. Corro con la moto a tutta velocità. Piazza Ungheria, dritto verso lo zoo. Non trovo una parola per definire Gin. Ma ci provo lo stesso. Simpatica, no, molto carina, macché! Bella, divertente, diversa. Ma perché definirla poi. Forse è tutto questo messo insieme. Forse è ancora altro. Non ci voglio pensare. Una cosa mi viene in mente però e mi fa sorridere. Con lei sono passato a piazza Euclide, seguendo la sua macchina. Non ho dato neanche uno sguardo alla Falconieri, non ho pensato alle uscite di scuola di Babi, a me che l'aspettavo, al tempo che è stato. Ci sto pensando adesso. Improvviso, come un fulmine a ciel sereno. Un ricordo. Quel giorno. Quella mattina. Come se fosse ora. Sono davanti alla sua scuola. La osservo da lontano, la vedo scendere, ridere con le sue amiche, chiacchierare di chissà che. Presuntuoso sorrido. Magari di me... La aspetto.

"Ciao..."

"Ma dai, che bella sorpresa, mi sei passato a prendere a scuola."

"Sì, fuggi via con me."

"Mamma se lo merita. È sempre in ritardo."

Babi mi sale dietro sulla moto. Mi stringe subito forte.

"Cioè, non ho capito, non è per stare con me che fuggi, è per punire tua madre che è ritardataria! Ma guarda che sei forte..."

"Ma scusa, se si possono ottenere tutte e due le cose, non è meglio?"

Passiamo davanti a sua sorella che è lì che aspetta.

"Dani, di' a mamma che torno a casa più tardi. E tu non correre, eh?"

Poco dopo a via Cola di Rienzo. Rosticceria Franchi. Usciamo con una busta piena di quei supplì vegetali che fanno solo lì, che le piacciono tanto, fritti da far paura, ancora caldi, con un sacco di fazzolettini, una bottiglietta d'acqua in due e una fame incredibile. Ce li mangiamo così, lei seduta sulla moto e io lì di fronte, in piedi, senza parlare, guardandoci negli occhi. Poi improvvisamente comincia a grandinare. Ma di brutto, in un modo incredibile. E allora corriamo, corriamo come pazzi, e ci ripariamo sotto un portone chiuso, quasi scivolando pur di toglierci subito da quella grandine. Rimaniamo così, al freddo, sotto la sporgenza di un terrazzo. Poi la grandinata piano piano si trasforma in neve. Nevica a Roma. Ma non fa in tempo a toccare terra che quella neve si scioglie. Noi ci sorridiamo ancora per un attimo, lei dà un altro morso al suo supplì, io provo a baciarla... E poi pluff, proprio come quella neve anche questo ricordo si scioglie. Non c'è mai un perché a un ricordo. Arriva all'improvviso, così, senza chiedere permesso. E non sai mai quando se ne andrà. L'unica cosa che sai è che purtroppo tornerà di nuovo. Ma di solito sono attimi. E ormai so come fare. Basta non fermarsi troppo. Appena arriva quel ricordo, allontanarsene velocemente, farlo subito, senza rimpianti, senza concessioni, senza metterlo a fuoco, senza giocarci. Senza farsi male. Ecco, meglio... Ormai è passato. Quella neve si è sciolta del tutto.

Spengo la moto ed entro. Il portiere è sempre lo stesso: "Buonasera, che piacere rivederla".

Mi riconosce.

"Piacere mio."

In tutti i sensi, ma non glielo dico.

"Vuole che l'annuncio?"

"Se ce n'è bisogno."

Mi guarda e sorride.

"No, non c'è nessuno con lei."

"Ok, allora salgo e le faccio una sorpresa."

Entro nell'ascensore. Il portiere si affaccia.

"Niente cocomero stasera?" Faccio appena in tempo a rispondere "No, stasera no". È incredibile. Non c'è niente da fare. Ai portieri non sfugge nulla. 202. Sono davanti alla porta e busso. Sento i suoi passi veloci. Mi viene ad aprire senza chiedere chi è. "Ciao! Che sorpresa!" Eva è felice di vedermi: "Ho provato a chiamarti sul tuo cellulare ma era spento. Eri in dolce compagnia?".

"Solo amici."

Mento e mi sento un po' in colpa, ma non so neanche perché. Non ha proprio senso.

"Io non ti ho cercato."

"Be', sei venuto direttamente. Hai fatto bene, perché domani parto di nuovo."

"Per dove?"

"Sudamerica, vuoi venire con me?"

"Magari. Ma devo stare a Roma, sai ho un po' di cose da fare."

"Ah, capisco."

Meno male che non mi chiede quali. In realtà non so neanch'io quali sono queste cose. Iniziare a lavorare, iniziare una storia. Finirne finalmente un'altra. Quella. No. Non adesso. Non è proprio il momento. Il suo ricordo sta tornando, ma lo cancello con facilità. Forse perché Eva ha addosso un altro completo. È carino ed elegante come l'altro. Più trasparente. Le vedo il seno.

"Sai, Eva, non sapevo se passare, magari stavi con qualcuno."

"Dopo ieri sera... Ma per chi mi hai preso?"

Eva si mette a ridere, fa una faccia buffa e scuote la testa. Poi si inginocchia. Mi sbottona i jeans e si bagna le labbra. Non mi lascia più dubbi. Già, per chi l'ho presa?

24.

Mattina. Vanni brulica di gente. Tutti indaffarati, vestiti bene, benissimo, male, malissimo. Eterogenei, fino alla follia. Gli utili e gli inutili del grande paillettato mondo della televisione. Comunque presenti. Sempre.

"Ciao, direttore."

"Buongiorno, dottore."

"Avvocato, si ricorda di me? Non la volevo disturbare, ma che ne è stato di quel progetto?"

"Ma è vero o no che hanno bloccato quella trasmissione?"

"Insomma, parte o non parte questo benedetto programma?"

"Comunque dobbiamo assolutamente metterci dentro questa ragazza."

"Ma com'è, bella?"

"Che importanza ha? Tanto deve esserci."

E giù di lì. Creare, manipolare, guadagnare, ungere, trattare, ricattare, costruire, entusiasmare, produrre e mietere ore e ore di televisione. Comunque vada, con idee nuove, vecchi format, scopiazzature qua e là, ma comunque trasmettere. In mille modi attraverso quel piccolo elettrodomestico che tutti abbiamo conosciuto appena nati. Lei, la tv, il nostro grande fratello, o come sorelle, la nostra piccola seconda mamma. O forse la prima e l'unica.

Ci ha fatto compagnia, ci ha voluto bene, ci ha allattato di generazione in generazione, con lo stesso latte catodico, fresco, a lunga conservazione, andato a male...

"Hai capito?"

"Insomma questo è quello che pensi. E sei venuto fin da Verona per fare tv."

"Per creare immagini e loghi in maniera nobile e... giù di lì."

"E basta con questo 'giù di lì'. È approssimativo, troppo approssimativo." Marcantonio mi guarda. Sorride.

"Bravo, stai migliorando. Aggressivo e figlio di puttana, così mi piaci."

"La riconosco: *Platoon*."

"Cominci sul serio a stupirmi... Vieni, andiamo a vedere a che punto è il TdV."

"E che è il TdV?"

"Ma come, non lo sai? Il Teatro delle Vittorie, tempio storico della televisione che fu."

"Se è 'tempio storico' allora andiamo."

Attraversiamo la strada. Una bancarella di libri occupa lo spazio dei giardini. Ragazzi e ragazze dall'aria più o meno intellettuale sfogliano libri a basso costo. Una ragazza cicciotta ha in mano un libro di ricette. Marcantonio non se la lascia sfuggire.

"Compra sesso e sport, è più gratificante."

Ride da solo mentre lei lo guarda semiavvilita. Marcantonio si accende al volo una Chesterfield e la fuma con avidità mimando chissà quale atto sessuale, secondo lui.

"Buongiorno, Tony."

"Salve conte, come va?"

"Male da quando la monarchia è caduta."

Tony scoppia a ridere. Lui, semplice vigilante del Teatro delle Vittorie, si diverte a stare lì. Nel suo piccolo ha trovato il potere. Gestisce la porta. Fa entrare gente importante, direttori, comparse, attori, ne ferma altra solo perché non ha un pass. Insomma un buttafuori del varietà.

"E c'hai ragione, conte. Almeno me potevi manda' una squadra di plebei per aprire 'sta porta di sicurezza. È una settimana che ho chiamato i tecnici. Aho, non s'è visto nessuno."

Be', comunque, penso, è un preciso. Poi si avvicina e ci confida a bassa voce. "Mica per niente, è che passavo da 'sta porta per andare a piscia' al bagno di sotto. Così invece devo fa' tutto il giro... 'na rottura de cojoni."

E scoppia a ridere, semplice improvvisato, opportunista di comodità.

"Perfetto, Tony, abbiamo finalmente chi risolverà questo tuo problema di fondamentale priorità."

"E chi sarebbe?"

"Lui, Step!"

"E chi è, uno della tua corte?"

"Ma scherzi. Eroe di regale importanza... Straniero nella terra che allora dominava da tiranno... E poi scusa, Tony, vuoi piscia' in fretta o no?"

"Magari... A Step, se ci riesci te devo un favore."

"Tony... Eroe di regale importanza vuol dire solo nobiltà d'animo. Un eroe non è uno che mercanteggia, eh?! Quindi caso mai il favore lo devi a me."

"Va be', che c'entra, la porta l'aggiusta lui... Mi sembrava più carino."

Potrebbero continuare per ore. L'eroe, sì insomma quello che è, comunque, io decido di interromperli.

"Be', quando avete finito e mi spiegate dov'è la porta..."

"Hai ragione, scusa..."

Tony ci fa da guida: "Venite di qua". Dentro al teatro tutti battono, grande rumore di ferro, seghe elettriche, saldatori.

"È quasi finito. Stanno a monta' le luci" quasi si scusa Tony. "Ecco, è questa la porta, c'ho provato in tutti i modi. Niente, nisba. Non c'è un cazzo da fare."

La guardo attentamente. È una di quelle porte a pressione, si deve essere bloccata la serratura laterale. Qualcuno avrà messo il blocco interno. Forse lo stesso Tony e non se lo ricorda o non vuole ammettere di aver fatto questa cazzata. Ci vorrebbe la chiave. Oppure: "Hai una sbarra di ferro non troppo larga?".

"Tipo questa?" ne prende una da una cassetta poggiata lì a terra: "Si capisce che c'ho provato in tutti i modi, eh?".

"Abbastanza." Fisso la sbarra nella serratura e do una botta secca con forza. Neanche tanta poi. "Apriti sesamo."

E la porta si apre d'incanto. "Et voilà, ecco fatto."

Tony è tutto felice, sembra un ragazzino. "A Step, non so come ringraziarti, sei magico."

Gli riconsegno la sbarra.

"Be', non esageriamo."

Marcantonio prende in mano la situazione: "Giusto, non esageriamo. Ricordati solo che ci devi un favore ciascuno, eh?".

"Fattibile, fattibile..." sorride Tony e, rincuorato, inaugura la porta andando a pisciare. Marcantonio mi fa l'occhiolino e mi passa davanti.

"Vieni, ti faccio vedere il teatro." Scendiamo giù, nel palco. Oltre le sedie della platea, sotto il grande arco della galleria. Ed eccole lì. Al suono di una musica avvolgente. Le ballerine. Tute colorate, scaldamuscoli abbassati, capelli lunghi o corti o in parte rasati e disegnati. Le ballerine. Bionde, brune, capelli rossi o pennellati di blu. Con il fisico scolpito, asciutto, magro, con gli addominali definiti. Con le gambe muscolose e un fondoschiena arrotondato ma compresso. Pronto a esplodere in una spaccata su una nota acuta. Perfette, padrone di movimenti agili e scattanti, affaticate ma comunque sorridenti. La musica ad alto volume riempie tutto il palcoscenico. E loro si lasciano portare, si incastrano, si incrociano, si uniscono a tempo, si abbandonano indietro, si lasciano andare, la vivono sottomesse. Grandi proiettori le esaltano vestendole di fasci di luce. Accarezzano le loro gambe scoperte, i loro seni piccoli, quei costumi ridotti. "Stop! Bene, bene, basta così!"

La musica si stoppa. Il coreografo, un piccolo uomo di circa quarant'anni, sorride soddisfatto.

"Bene, facciamo una pausa. Riproviamo più tardi."

"Questo è il balletto."

"Sì, lo avevo capito."

Ci sfilano vicino sorridendo tutte un po' di fretta per non freddarsi, ancora accaldate ma profumate e leggere. Due o tre baciano Marcantonio: "Ciao ragazze". Sembra conoscerle bene. A una addirittura dà una leggera pacca sul sedere. Lei sorride per niente imbarazzata, anzi: "Non mi hai più chiamata".

"Non ho potuto."

"Cerca di potere." E scappa via così, con un sorriso pieno di promesse.

Mi guarda alzando il sopracciglio destro: "Ballerine... Quanto amo la tv!".

Sorrido guardando l'ultima. È un po' più piccola delle altre, esce correndo, è rimasta indietro per prendere la sua felpa. Rotonda e guizzante con un po' di roba in più ma tutta al posto giusto. Mi sorride. "Ciao." Non faccio in tempo a rispondere che è già volata via.

"Comincio ad amarle anch'io."

"Bravo, così mi piaci. Allora questo è il palcoscenico e quello è il nostro logo. Vedi, lì sul boccascena: 'I grandi geni'. Modestamente opera mia..."

"Non avevo dubbi, si riconosce dal tratto..."

Mento spudoratamente.

"Ma che, mi stai prendendo per il culo?"

"Scherzi?" sorrido.

"Be', lo stesso logo è già in 3D in grafica. Il programma è questo: una serie di persone comuni, dei veri e propri inventori, viene qui sul palcoscenico e mostra come ha risolto un piccolo o un grande problema della nostra società con una loro semplice intuizione."

"Forte come idea."

"Noi li presentiamo, ci mettiamo il balletto intorno, ci costruiamo lo spettacolo sopra e loro mostrano l'idea che gli è venuta in mente con tanto di prototipo depositato. È semplice come programma ma credo che interessi alla gente. Non solo, ma quelli che presentano qui da noi le loro invenzioni hanno un trampolino di lancio con la tv che li può portare chissà dove. Possono fare soldi veri con le loro invenzioni."

"Ah certo, se sono interessanti e se servono veramente a qualcosa."

"Lo sono. Guarda che è forte questo programma. È un'idea di Romani... Secondo me sarà un grande successo come tutto quello che fa. Romani... Lo chiamano il re Mida della tv."

"Per quanto guadagna?"

"Per i successi che fa. Tutto quello che tocca dà grandi risultati."

"Bene, allora devo essere felice di lavorare con lui."

"Be', hai iniziato dalla cima. Eccoli."

Li vedo entrare quasi in processione. Romani è davanti al gruppo. Lo seguono due ragazzi sui trentacinque anni, uno robusto, completamente calvo con degli occhiali scuri sulla testa, l'altro magro e un po' stempiato. Dietro di loro c'è un tipo con i capelli lunghi ma ordinati. Ha l'aria furba, si guarda continuamente intorno. Ha un naso aquilino, uno sguardo nevrotico e a scatti. Indossa un completo di velluto verde scuro senza più risvolti. L'orlo dei pantaloni è stato risistemato da poco. Si vede la piega più scura. Sicuramente ha dato alle sue gambe qualche centimetro in più e alla sua eleganza qualcosa in meno. Se questo era ancora possibile.

"Allora, a che punto siamo?" Romani si guarda in giro. "Ma non c'è nessuno?" Arriva di corsa un uomo basso dai capelli biondi e gli occhi celesti. "Buongiorno, maestro. Sto finendo di montare le luci, per stasera è tutto a posto."

"Bravo Terrazzi, lo dico sempre che sei il migliore."

Terrazzi sorride compiaciuto.

"Torno alla consolle per fare i punti luce."

"Vai, vai."

Il tipo con i capelli lunghi si avvicina a Romani: "Bisogna sempre incoraggiarli, eh? Dargliela calda così danno di più, vero?".

Romani stringe gli occhi e lo guarda con durezza.

"Terrazzi è bravo sul serio, il più bravo. Fa le luci da prima che tu fossi nato."

Il tipo con i capelli lunghi torna in silenzio al suo posto.

Si mette in fila, per ultimo. Riprende a guardarsi intorno, finge di interessarsi a un angolo qualunque della scenografia. Alla fine, per sfogarsi con qualcuno, se la prende con la sua mano destra e comincia a mangiarsi le unghie.

"Quelli sono gli autori. Romani è anche il regista, te lo ricordi no?" me lo dice in modo ironico.

"Come no. È quello che ci dà lavoro."

"Gli altri due, quello robusto e quello magro, sono Sesto e Toscani, il semipelato e il pelato. Li chiamavano 'il Gatto e la Volpe', e da sempre sono i due schiavi di Romani. Poi hanno provato a fare un programma da soli, gliel'hanno chiuso dopo due puntate e da allora li abbiamo ribattezzati 'il Gatto & il Gatto'. In quel gruppetto l'unica vera volpe è solo Romani, e di razza. Poi oltre a il Gatto & il Gatto, c'è Renzo Micheli, il Serpe. Quello bassetto e un po' cicciotto con i capelli lunghi e il naso adunco, è di Salerno, ha le mani in pasta dappertutto e un fiato da imbarazzare perfino un topo. Romani se lo porta dietro da più di un anno. Credo sia figlio obbligato di un favore costato troppo. Lo chiamano Serpe perché parla male di tutti, perfino di Romani, anzi soprattutto di lui che è il suo unico skipass in quest'ambiente. E la cosa più assurda è che Romani lo sa benissimo."

"Serpe, forte come soprannome."

"Step, attento a lui, ha quasi quarant'anni, molti amici nel potere e ci prova con tutte, soprattutto con le ragazzine."

"Allora ti sbagli Mazzocca, se è così, è lui che deve stare attento a me. E ora fammi vedere dove è la nostra postazione."

25.

"Gin, non ho capito perché ti ostini a portarmi con te ai provini, non hai capito che sono l'eterna scartata?"

Guardo Eleonora e sorrido. Lei invece scuote la testa.

"Cioè, secondo me, tu Gin ci godi a vedermi bocciare. Ti devo aver fatto qualcosa in un'altra vita o chissà cosa in questa."

"Ma Ele, non dire così. È che mi porti fortuna."

"Ho capito, ma non potevi essere come tutte, che ne so, portarti un cornetto in tasca, un animaletto tipo una ranocchia, un porcellino, l'elefante con la proboscide in su?"

"No, I want you."

"Sembri lo zio Sam con i poveri soldati americani. Ci manca solo che decidi di fare un provino in Vietnam."

"E tu naturalmente mi seguiresti."

"Certo, come no... ti porto fortuna!"

Poi uno scontro improvviso.

"Porca puttana, il mio frozen."

Marcantonio ha tutto lo yogurt versato sulla giacca. Gin scoppia a ridere: "Porti fortuna, ma non a lui".

"Ehi, ragazze, ma perché non guardate avanti mentre camminate?"

"Ma perché scusa tu invece che guardavi? Il tuo yogurt?"

"Sì, solo che adesso vivo di ricordi."

"E allora perché devi dare la colpa a noi?"

Esco poco dopo con il mio frozen ancora intatto. E vedo Gin. Non ci posso credere. Anche lei qui. Mi viene da ridere. Mi avvicino.

"Guarda, guarda chi si vede. Aspetta, ho capito. Vuoi che ti offra anche il pranzo."

"Io? Ma che, scherzi? Una cena basta e avanza. Piuttosto, che ci fai qui da Vanni? Aspetta, ah, ho capito, mi hai seguito."

"Calma, calma. Perché pensi sempre che tutto ruoti solo e sempre intorno a te? Non lo vedi? Prendo un frozen con un mio amico."

"Strano. È una vita che vengo qui e non ti ho mai incontrato."

"Una vita non credo. Forse sei venuta in questi ultimi due anni che ero fuori."

Marcantonio interviene: "Scusate, non è che vi dispiace se mentre fate tutta la vostra cronistoria io entro a pulirmi... E poi sbrigati, Step, che noi abbiamo un appuntamento importante".

Marcantonio rientra da Vanni scuotendo la testa. Eleonora alza le spalle: "Che cafone il tuo amico, non si è neanche presentato".

"Non ho capito, gli fai rovesciare addosso il suo frozen e pretendi pure che ti faccia l'inchino. Mi sembra di capire che sei una degna amica di Gin." Poi mi rivolgo a lei.

"Be', allora? A parte fare danni, che combinate da queste parti?"

Eleonora risponde spavalda: "Siamo venute a fare un provino". Gin le dà una gomitata. "Ahia."

"Non ti sbilanciare, non lo conosci neanche e lo metti al corrente delle nostre cose."

Do un'assaggiata al mio frozen. Buono, non c'è male: "E chi siete, un nuovo gruppo? Le Spy Girls?".

"Ah, ah... Sai Ele, lui ha delle battute fenomenali. Tutto sta a capire quando sono o non sono battute."

"Ah, ecco."

"Be', no, questa non era una battuta, è una realtà. Molte ragazze vengono prese per lavorare in agenzie investigatrici. E i tipi come voi danno poco nell'occhio."

"Sì, un cazzotto nell'occhio ti dovevo dare. Ieri sera quando ci provavi come un disperato..."

Ele ci guarda sorpresa: "Questa non me l'avevi raccontata!".

Gin sorride guardandomi.

"È stata una cosa così poco importante, che mi era passata di mente!"

Mi levo il cucchiaino dalla bocca e cerco di raccogliere del frozen sul fondo della coppetta.

"Le hai detto che a un certo punto sospiravi?"

"Vaffanculo!"

"Questo ieri sera non mi sembra che lo hai detto."

"Te lo dico oggi, due volte: vaffanculo!"

Sorrido. "Adoro la tua eleganza."

"Peccato che non puoi apprezzarla del tutto. Be', noi dobbiamo andare, mi dispiace solo di una cosa... Ele, scusa ma non potevi rovesciarlo addosso a lui lo yogurt, acido per acido."

Si allontanano. Le guardo andare via. Gin la dura e l'amica sua, un po' più bassa. Ele come la chiama lei, Elena, Eleonora o chissà cos'altro. Fanno ridere. "Ehi salutatemi Tom Ponzi!"

Gin senza neanche voltarsi alza la mano sinistra e in particolare indica il cielo con il dito medio alzato. Arriva Marcantonio giusto in tempo per vedere quel saluto.

"Ti adora, eh?"

"Sì, è in visibilio per me."

"Ma che gli farai tu alle donne, devo temerti, cazzo, devo temerti."

Gin ed Ele continuano a camminare. Ele sembra sul serio scocciata.

"Si può sapere come mai non mi hai raccontato nulla?"

"Ma ti giuro Ele, mi è passato di mente, sul serio."

"Sì, senz'altro... Cioè, tu ti baci con quel bono della miseria e ti passa di mente!"

"Sul serio ti piace così tanto?"

"Be', bono è bono, però non è il mio tipo. Io preferisco quell'altro. Sembra Jack Nicholson da giovane. Secondo me ha un sacco di pensieri spinti. Mi dà più l'idea del porco."

"E ti piace un porco?"

"Be', il sesso deve essere anche fantasia e io l'avrei sbalordito... Mi mettevo a leccargli tutti i vestiti che gli ho sporcato di frozen e poi cominciavo a strapparglieli via con i denti."

"Sì, e poi ti arrestavano davanti a Vanni."

"Piuttosto chi è quel bono della malora?"

"Della miseria avevi detto."

"Va be', quello che è. Che fa, dove abita, come l'hai conosciuto, sul serio vi siete baciati, ma come si chiama?"

"Altro che Tom Ponzi, sei molto peggio. Ma che, devo rispondere veramente a questa smitragliata?"

"E certo, che aspetti?"

"Allora rispondo a tutte, eh? Non lo so, non lo so, l'ho conosciuto ieri sera, c'è stato un bacio, si chiama Stefano."

"Stefano?"

"Step."

"Step? Step Mancini?"

Eleonora strabuzza gli occhi e mi guarda.

"Sì, si chiama Step e allora?"

Mi prende per il giubbotto e mi scuote tutta.

"Non ci posso credere, yaoo! Passeremo agli annali. Minimo quando racconto la notizia usciamo su 'Parioli Pocket'. Step il picchiatore, il duro. Ha una Honda 750 Custom blu scura, corre come Valentino Rossi, ha fatto a botte con mezza Roma, stava fisso a piazza Euclide, amico di Hook, di Schello e per la sua donna ha litigato perfino con il Siciliano. Step e Gin incredibile!"

"Oh, ma lo conoscete tutti 'sto Step, l'unica a non conoscerlo ero io."

"E lui con chi si mette? Con te!"

"A parte che non ci siamo messi insieme, primo. Secondo, chi è questa sua donna?"

"Ah, allora ti interessa. Sei crollata!"

"Macché! Sono curiosa e basta."

"Stava con una un po' più grande di noi, credo, una bella ragazza, andava alla Falconieri. È la sorella di Daniela, quella cicciotta che stava con Palombi, quello che stava..."

"Ho capito che stava con Giovanna che stava con Piero che stava con Alessandra eccetera eccetera. La tua rete infinita. Va be', non conosco nessuna di queste persone e soprattutto non me ne frega niente. E ora andiamo a fare il provino che ho bisogno di soldi. Mi voglio comprare il motorino per me e mio fratello."

"Ma non puoi chiedere i soldi ai tuoi?"

"Non se ne parla. Dai, tira fuori i documenti."

Gin ed Ele prendono la carta d'identità e la mostrano al tipo alla porta. "Ginevra Biro ed Eleonora Fiori, dobbiamo fare il provino come centraliniste, ma in video, cioè appariamo."

Il tipo dà un'occhiata ai documenti, poi controlla sul foglio di una cartella. Segna con una penna al bordo del foglio. "Aho e meno male. Entrate che cominciano fra poco. Mancavate solo voi."

26.

Ragazze schierate al centro del palcoscenico. Alte, bionde, brune, leggermente rosse, appena tinte di henné. Più o meno eleganti, casual o pseudokitsch nel disperato tentativo di mettere insieme due cose fintamente intonate. Scarpe da ginnastica sotto perfetti completi grigi, la moda del momento, vecchie zeppe troppo alte per una moda ormai smussata. Nasi dritti o malamente rifatti, o non ancora ritoccati per insufficienza di soldi. Alcune tranquille, altre nervose, altre ostinate con quel piercing spavaldo, altre ancora, più timide, rimaste bucate da un piercing sbullonato da poco. E tatuaggi più o meno scoperti, chissà quanti altri nascosti. Le ragazze dei provini. Gin ed Ele si infilano di nascosto tra le ultime.

"Allora..."

Romani, il Gatto & il Gatto, il Serpe e qualche altro addetto ai lavori sono tutti seduti in prima fila pronti al piccolo grande spettacolo, un po' di divertimento prima delle vere fatiche.

Mi siedo in fondo alla fila, con il mio frozen ancora da due cucchiaiate e mi gusto da lontano la scena. Gin non mi vede. Sembra sicura di sé, tranquilla, con le mani in tasca. Non so dire a che gruppo appartiene. Mi sembra unica. Pure la sua amica non scherza. Muove ogni tanto la testa nel tentativo di portare indietro i capelli. Il coreografo ha un microfono in mano.

"Allora, adesso fate un passo in avanti, vi presentate, nome e cognome, età e che lavori avete già fatto. Guardate la telecamera centrale, la due, quella con la lucetta rossa dove c'è sopra quel signore che ora vi saluta. Saluta Pino!"

Il tipo seduto sulla telecamera centrale, senza staccare il volto dal suo monitor, lascia per un attimo la telecamera, alza la mano e saluta verso di loro.

"Ok! Avete capito?"

Qualche ragazza accenna un sì incerto con la testa. Gin naturalmente, come potevo immaginare, non si muove.

Il coreografo deluso butta giù le braccia, poi al microfono: "Ehi ragazze, fatemi sentire la vostra bella voce, ditemi qualcosa... Fatemi sentire che esisto". Dalle ragazze si alza un mezzo coretto scoordinato di sì, va bene, d'accordo, perfino qualche sorriso.

Il coreografo sembra più soddisfatto.

"Bene, allora cominciamo."

Marcantonio mi si avvicina.

"Aho, Step, che fai qui dietro? Andiamo avanti, ci mettiamo nelle prime file, si vede meglio."

"No, io me la gusto da qui."

"Come vuoi."

Si siede vicino a me.

"Vedrai che Romani ci chiama. Su ogni cosa vuole anche il nostro parere."

"Eh, e quando ci chiama ci andiamo."

Una alla volta le ragazze si passano un microfono e si presentano. "Ciao sono Marelli Anna, ho diciannove anni. Ho partecipato a diverse trasmissioni come valletta e sto studiando Legge. Ho fatto anche una particina in un film di Ceccherini..."

Renzo Micheli, il Serpe, sembra sul serio interessato.

"Che parte facevi?"

"La prostituta, ma era solo una posa."

"E ti è piaciuta la parte?"

Tutti sghignazzano ma senza farsi vedere troppo.

Solo Romani rimane impassibile. Marelli Anna risponde:

"Sì, mi piace il cinema. Ma secondo me ho più futuro in televisione".

"Bene, andiamo avanti con la prossima."

"Buongiorno, sono Francesca Rotondi, ho ventun anni e sto per laurearmi in Economia. Ho fatto..."

Romani si gira a destra e a sinistra guardandosi in giro, poi ci vede.

"Mazzocca, Mancini, venite più vicino."

Marcantonio mi guarda alzandosi. "Che ti avevo detto?"

"E noi andiamo, sembra un po' di stare a scuola, ma se fa parte del gioco..."

Le ragazze dei provini hanno la luce in faccia e non possono vedere. Un'altra ragazza si presenta e un'altra. Poi comincia quella vicino a Gin. Finisco per sedermi in prima fila a destra. Lei ancora non mi ha visto. Ele invece, la sua amica, sì.

Ele naturalmente non si lascia scappare l'occasione.

"Ehi, Gin." Sottovoce. "Guarda chi abbiamo in prima fila." Gin coprendosi con la mano gli occhi dalla luce si sposta un po' e mi vede. Mi porto la mano destra vicino al viso e senza farmi vedere la saluto. Non la voglio prendere in giro. Lo capisco che è lì per lavoro. Ma lei niente, non la prende bene e di nuovo, come al solito, con la mano sinistra, stesa lungo i fianchi mi mostra il suo dito medio mandandomi affanculo. E tre.

"Tocca a te, bruna."

È il suo momento ma distratta viene presa alla sprovvista.

"Che è, oh? Ah, sì." Prende il microfono che la ragazza alla sua destra le allunga. "Sono Ginevra Biro, diciannove anni, studio Lettere indirizzo spettacolo. Ho partecipato a diverse trasmissioni nel ruolo della valletta. Ta dan." Gin spinge le mani in avanti e poi in alto facendo un passo in avanti e mezzo inchino. "Se avevo la solita busta era volata via."

Poi ritorna al suo posto. Tutti ridono divertiti.

"Forte questa."

"Sì, simpatica e pure carina."

"Già, molto in gamba."

Rimango così a guardarla anch'io divertito. Lei mi guarda, spavalda e sicura, per niente intimorita di trovarsi lì davanti a tutti, sotto i riflettori. Anzi, mi fa anche una smorfia. Mi sporgo verso Romani. "Scusi dottor Romani..." lui si gira verso di me.

"Posso fare una domanda a questa ragazza, sa, per conoscerla meglio."

Mi guarda incuriosito.

"È una domanda professionale o vuoi il suo numero?"

"Assolutamente di lavoro."

"E allora, certo, siamo qui per questo."

Ritorno seduto, la guardo e mi concedo un attimo. Poi parto.

"Quali sono le sue prospettive per il futuro?"

"Un marito e tanti bambini. Tu se vuoi puoi fare il bambino."

Cazzo. Ko, mi ha steso. Tutti ridono come pazzi. Si sbellicano più del dovuto. Perfino Romani ride e mi guarda allargando le braccia come a dire "ha vinto lei". E ha vinto sul serio. Neanche mi fossi incontrato con Tyson. Mi avrebbe fatto meno male. Ok, come vuoi Gin. Me ne frego degli altri e riparto.

"E allora scusi, perché è qui a fare provini invece di darsi alla sana e giusta ricerca di quest'uomo?"

Gin mi guarda e sorride. Si finge buona, ingenua e risponde come la più santa delle donne.

"E perché non potrebbe essere proprio qui il mio uomo ideale? La vedo preoccupato, ma non dovrebbe, perché lei naturalmente dalla mia ricerca è escluso."

Qualcuno ancora sghignazza.

"Ok, adesso basta" dice Romani. "Abbiamo finito?"

"No, veramente ci sarei ancora io."

L'amica di Gin, Ele, fa un passo avanti mostrandosi.

"Bene, si presenti."

"Sono Eleonora Fiori, vent'anni. Ho tentato di partecipare a diverse trasmissioni, con scarsi risultati, però studio disegno, lì invece ottengo ottimi risultati."

Qualcuno sottovoce se ne esce con una stupida battuta.

"E perché non continui, allora?"

Deve essere stato Sesto, quello del Gatto & il Gatto. Ma nessuno ride. Allora Micheli, il Serpe, si guarda intorno. Romani finge di non aver sentito. E naturalmente fa così anche lui. Toscani, l'altro Gatto, ride per un attimo. Poi, quando capisce che non gli conviene, si spegne in una specie di tosse leggera, una finta raucedine improvvisata.

"Benissimo, grazie signorine."

Romani si avvicina al coreografo, guarda il foglio che ha in mano e segna con il dito alcuni nomi. Poi ci guarda e viene verso di noi.

"Avete qualche preferenza?"

Guardo il foglio. Ci sono alcune crocette al lato delle ragazze. Cinque o sei sono state scelte. Guardo giù, a fine lista. Eccola lì. Ginevra Biro ha già la sua crocetta. Incredibile, io e Romani abbiamo gli stessi gusti, sorrido. Non è così difficile, poi. Sesto e Toscani ne indicano una per uno, Romani li accontenta. Il Serpe ne indica addirittura due, ma Romani gliene passa una sola. Poi arriva anche Mazzocca e dà la sua indicazione.

"Romani, ti potrà sembrare assurdo, ma dobbiamo prenderne una. Può non piacerti, ma se ci rifletti bene, sceglierla è geniale."

"Sentiamo, qual è?"

"Piacerà a tutte le persone insicure, a quelle che a casa pensano di non potercela fare. Quella la devi prendere, Romani."

"Qual è?"

"L'ultima."

Il Gatto & il Gatto seguiti dal Serpe partono quasi all'unisono. "Buuu." È un'indignazione generale la loro. Romani non dice niente, i tre non sentendolo si fermano. Il Serpe ormai si è pronunciato troppo.

"Ma è un'assurdità. Ma che, facciamo una miss Italia al contrario? Ci mandate i sottotitoli con la spiegazione a casa..." Decide di tenere il punto. Mazzocca scuote la testa.

"È un'idea forte. Ci stavi già pensando Romani, vero?"

Romani rimane per un po' in silenzio. Poi all'improvviso sorride. "No, non ci avevo pensato, ma è giusta, molto giusta. Ok, segna anche questa, Carlo." Il coreografo non ha capito nulla ma mette quell'ultima sospirata crocetta!

"Ok, allora, ragazze..."

Il coreografo abbandona le prime file e si porta al centro del palcoscenico. "Ringrazio fin da adesso quelle che hanno partecipato ma che non sono state scelte..."

Ele alza le spalle "Prego".

Gin le dà una botta con il gomito.

"E non fare sempre la pessimista. Sii costruttiva, positiva, tu te le chiami certe sfighe."

Il coreografo inizia a leggere. "Allora, Calendi, Giasmini, Fedri..." E alcune delle ragazze improvvisamente si accendono, sorridono, fanno un passo in avanti. Altre, il cui nome è stato ormai superato nella fila, si spengono vedendo nuovamente lontano il sogno di brillare anche se solo per un attimo in tv. "Bertarello, Solesi, Biro e Fiori." Gin ed Ele fanno per ultime un passo in avanti. Ele la guarda.

"Non ci posso credere. Ora fanno come in *Chorus Line* che quelle che fanno un passo in avanti vengono mandate via e le altre rimangono."

"Allora, quelle che ho chiamato iniziano da lunedì prossimo. Mi raccomando, a mezzogiorno negli uffici per il contratto e alle due qui in teatro che cominciano le prove. Le prove vanno dal lunedì pomeriggio al sabato. Il sabato sera c'è la diretta, è tutto chiaro?"

Una delle ragazze scelte, una delle più carine, con degli occhi enormi e un'espressione un po' tonta alza la mano.

"Che c'è?"

"Veramente io non ho capito."

"Che cosa?"

"Quello che ha detto."

"Cominciamo bene. Allora tu stai attaccata a quella con i capelli rossi che ti sta vicino e fai sempre quello che fa lei. Questo l'hai capito?"

"Più o meno." Fa la ragazza scocciata guardando la rossa che le sorride cercando di darle più o meno sicurezza. Forse anche lei non ha capito bene qualcosa.

Ele si mette la mano nei capelli.

"Non ci posso credere, mi hanno presa!"

"E invece credici. L'hai finita con questa storia della scartata."

Ginevra ed Ele vanno verso l'uscita.

"Diventerò una star! Yaooo! Non ci posso credere!"

"Be', su questo mi manterrei sul calmo."

Tony le vede, le saluta divertito.

"Allora com'è andata?"

"Benissimo."

"A tutte e due?"

Ele lo guarda storcendo la bocca.

"Eh già, prese tutte e due e per prime" ed escono ridendo divertite e prendendosi a spinte. "Ogni tanto bisogna sapersela vendere bene, no?"

"Porca trota... la macchina!"

"Dov'è?"

"Non c'è più." Ginevra si guarda in giro preoccupata. "L'avevo parcheggiata qua davanti. Mia... Me l'hanno fottuta. Ladri di merda!"

"Ehi, non te la prendere con i ladri." Le dico spuntando alle sue spalle insieme a Marcantonio. "Ma chi se lo fotte quel catorcio?"

"Non ti ci mettere pure tu adesso. Mo' devo fare la denuncia."

"Ma te la sei chiamata. Ti pare che dai come soprannome alla macchina Mia?"

"Ma se è Mia!"

"Era tua, ora è loro o sua. Insomma, basta solo che le cambi nome e torna tutto a posto!"

"Io penso che dovrai pagare semplicemente la multa, te l'hanno portata via, quindi se proprio vuoi prendertela con qualcuno prenditela con i vigili. Poi, se proprio vuoi essere precisa, cosa che mi sembra una tua grande prerogativa, prenditela con te stessa."

"Senti, io sono incavolata nera e tu mi stranisci ancora di più con questo fiume di parole. Ma che vuoi dire?"

"Che hai posteggiato davanti all'uscita di sicurezza del teatro. Niente di più facile."

"Il signore ha ragione." Una vigilessa passa vicino a noi. Ha sentito tutta la nostra chiacchierata e decide di partecipare divertita.

"Gliela abbiamo dovuta portare via."

"Be', 'dovuta' mi sembra un po' troppo, potevate aspettare due minuti. Ero dentro il teatro per lavoro."

La vigilessa smette di sorridere.

"Che, vuole questionare?"

"Le sto solo raccontando come stanno le cose."

La vigilessa si allontana senza rispondere. Ginevra non perde l'occasione, fa una linguaccia e anche se a bassa voce dice "Stronza vigilessa di merda. Ma fai più sesso di notte, che poi al mattino sei meno acida". Rido alzando un fischio verso il cielo.

"Fiuu... Finalmente una ragazza che rispetta le nostre istituzioni! Brava, sana e soprattutto rispettosa. Mi piaci."

"Tu per niente!"

"Ma è un consiglio che segui anche tu?"

"Quale?"

"Quello di fare sesso per essere meno acida. No, perché sennò, lo sai, ti aiuto io, eh?"

"Certo, come no."

"Guarda che lo farei solo per il tuo umore."

"Sto già al massimo, grazie."

Marcantonio decide di interrompere al volo.

"Ok, basta così. Avendo il pomeriggio libero e soprattutto avendo passato tutte e due la selezione opterei per andare a bere e brindare tutti insieme, d'altronde..." Marcantonio sorride a Ele, poi scuote la testa. "Eh, eh, d'altronde vi abbiamo votato noi, giusto?"

"Hai ragione. E allora, andiamo a bere."

Guardo Ele e allargo le braccia.

"Ehi, se fai così è come dire: 'Purtroppo mi tocca'."

Gin mi si para davanti molto determinata.

"Ehi, mitico Step di 'sto cavolo, non riprendere la mia amica, è chiaro?"

Per un attimo la temo sul serio.

"Ok, allora vediamo come rispondi tu al nostro invito."

"E che è, un altro provino? Ma pagate pure?"

La guardo sorridendo. "Se vuoi."

"Non ho dubbi che faresti anche questo. Ma mi dispiace, te lo sogni."

Marcantonio si mette in mezzo a noi. "Ma possibile che qualunque cosa si dica finite sempre per litigare? Ho solo detto andiamo a bere qualcosa. Un po' di entusiasmo e che cavoli!"

Ele urla come una pazza. "Yaooo! Sì, bellissimo! Andiamo a scolarci di tutto, divertiamoci come pazzi..." Si alza i capelli lanciandoli verso l'alto e agita le braccia verso il cielo, poi si mette a ballare e fa un giro su se stessa. Poi si ferma e mi fissa. "Sono andata bene così?"

Sorrido. "Può andare!"

Ma che mi potevo aspettare? D'altronde sono amiche.

Marcantonio scuote la testa, poi prende Ele per un braccio: "Andiamo va', che sennò qui facciamo l'alba... e ci sono modi migliori per farla". E se la porta via, trascinandola quasi. Ginevra rimane lì a guardarla.

"Ohi, ohi. Ti hanno portato via l'amichetta."

"È grande e vaccinata, il problema era se andava via con te."

"Perché? Eri gelosa?"

"Ehi, a convinto! Ero disperata per lei. Ok, dove hai la moto?"

"Perché?"

"Mi accompagni a casa e mani a posto, sennò ti prendi un'altra sberla come al ristorante."

"Ah, incredibile. Cioè, io ti devo accompagnare fino a casa e non tocco neanche? Questa poi. Non l'avevo mai sentita. Roba da pazzi!"

27.

Arriviamo alla moto, ci salgo sopra e l'accendo. Lei fa per salire ma io scatto in avanti.

"Niente da fare, sono un tassista innovativo io."

"Cioè?"

"Si paga prima di iniziare la corsa."

"E che vuol dire?"

"Che mi dai un bacio."

Mi sporgo in avanti con le labbra e gli occhi chiusi. In realtà il destro lo tengo mezzo aperto. Non vorrei mi partisse come al solito. Gin mi si avvicina e mi dà una slinguazzata pazzesca dal basso verso l'alto sulle labbra, tipo frenata di caduta di cono gelato mezzo sciolto.

"Ehi, e che è?"

"Bacio così! Sono anch'io una ragazza innovativa." E mi sale al volo dietro. "Forza, con quello che ho pagato minimo mi dovresti portare a Ostia."

Mi metto a ridere e parto in prima impennando con la ruota davanti. Ma Gin è velocissima. Si stringe forte in vita e appoggia la testa sulla mia spalla. "Vai mitico Step, adoro correre in moto." Non me lo faccio ripetere due volte. Volo via che è una meraviglia e lei unisce le gambe, stringendomi forte. Sembriamo un unico corpo su quella moto. Destra, sinistra, piegamenti morbidi e leggeri, dando gas. Giriamo davanti a Vanni e poi dritti verso Lungotevere. Una curva in fondo a destra. Rallento per un attimo al semaforo rosso che quasi d'incanto vedendoci scatta sul verde. Supero in velocità due macchine ferme. Destra, piegato, sinistra, piegato, ed eccoci di fianco al Tevere e via veloci, con il vento in faccia. Vedo nello specchietto una parte del suo viso. I suoi occhi socchiusi, l'attaccatura dei capelli, leggero bordo del suo viso bianco. Capelli lunghi e scuri si confondono accarezzando il sole laggiù che tramonta alle nostre spalle, morbidi si colorano di rosso, ribelli lottano con il vento, ma quando do gas, finiscono per arrendersi, e vinti si lasciano prendere dalla velocità. Ha ancora gli occhi chiusi.

"Eccoci signorina, siamo arrivati."

Mi fermo davanti a casa sua, metto il cavalletto laterale e resto seduto.

"Ammappela, ci abbiamo messo un attimo."

La guardo divertito. "Ammappela? E che significa?"

"È un misto tra ammazza e capperi, il tutto alleggerito in 'la'."

Non l'avevo mai sentito. "Ammappela. Lo userò."

"No. È mio, ho i diritti sull'Italia."

"Pure?"

"Certo. Be', allora grazie, potrei usarti qualche altra volta. Devo dire che come tassista non sei niente male."

"Be', allora dovresti invitarmi a salire."

"E perché?"

"Così facciamo la tessera, risparmi sulla corsa singola."

"Non ti preoccupare. Mi fa piacere pagare."

Questa volta Gin crede di essere più veloce di me e si chiude al volo dietro il portone pensando di fregarmi. "Eh no! Scherzetto!" Tiro fuori dalla tasca dei jeans le sue chiavi e gliele faccio penzolare davanti agli occhi.

"Me l'hai insegnato tu, no?"

"Ok, mitico Step, ridammele!"

La guardo divertito. "Epico... Non lo so mica. Mi sa che mi vado a fare un giro e torno più tardi, magari una corsa notturna."

"Non ti conviene. Tempo mezz'ora e ho cambiato tutte le serrature."

"Ma spendi più soldi di dieci corse di quelle vere..."

"Ok, vuoi trattare?"

"Come no."

"Allora, cosa vuoi in cambio delle mie chiavi?"

Alzo la testa e le lancio uno sguardo divertito.

"Non me lo dire va', saliamo. È meglio chiudere con 'ti offro qualcosa' come nei film, quelli belli. Ma prima ridammi le chiavi."

Apro il portone e me le chiudo strette nella mano destra.

"Te le ridò su a casa, fammi fare da chaperon."

Gin sorride divertita "Cavoli, non finirai mai di stupirmi."

"Per il mio francese?"

"No. Hai lasciato la moto aperta." Ed entra camminando sostenuta. Metto il blocco in un attimo e dopo un secondo sono davanti a lei. La supero ed entro nell'ascensore.

"Allora signorina vuole entrare in ascensore o ha paura e va a piedi?"

Entra sicura e si mette di fronte a me. Vicina, molto vicina. Troppo vicina. Però. È proprio forte. Poi si allontana.

"Bene, si fida del suo chaperon. Che piano, signorina?"

Ora è appoggiata alla parete e mi guarda. Ha degli occhi grandi, fortemente innocenti.

"Quarto, grazie." Sorride divertita di quel gioco. Mi sporgo in avanti verso di lei fingendo di non riuscire a trovare il pulsante. "Oh, finalmente. Quarto, fatto."

Ma rimane così, schiacciata contro la parete di quel legno antico, consumato dal continuo su e giù nel cuore di quella tromba delle scale. Saliamo in silenzio. Sono lì, appoggiato a lei, senza spingere troppo, respiro il suo profumo. Poi mi scosto e ci guardiamo. I nostri volti sono così vicini, lei sbatte gli occhi per un attimo, poi continua a tenere lo sguardo fisso su di me. Sicura, spavalda, per niente intimorita. Sorrido, lei mi guarda e muove le guance, un accenno di sorriso anche lei. Poi si avvicina e mi sussurra all'orecchio, calda, sensuale.

"Ehi, chaperon..."

È un brivido forte.

"Sì?" La guardo negli occhi. Lei alza il sopracciglio.

"Siamo arrivati." E sguscia da in mezzo alle mie braccia agile e veloce. In un attimo è fuori dall'ascensore. Si ferma davanti alla porta. La raggiungo e tiro fuori le chiavi.

"Ehi, sono peggio di quelle di San Pietro."

"Dai qua."

Diciamo un po' tutti questa storia delle chiavi di San Pietro. Mi sento sciocco per averla tirata fuori, lì, in quel momento. Boh... Forse per ingannare quel tempo. Chissà perché lo diciamo. San Pietro deve avere una sola chiave e forse non ha bisogno nemmeno di quella. Ma poi ti pare che lo lasciano fuori? Gin dà un'ultima mandata. Io sono pronto a mettere il piede in mezzo alla porta e bloccarla quando cercherà di farmi restare fuori. Invece Gin mi spiazza. Sorride allegra, apre gentilmente la porta. "Forza, entra e non fare casino." Mi lascia passare e richiude la porta dietro di me, poi mi supera e comincia a chiamare: "Ehi, sono qui! C'è nessuno?". La casa è carina, umile, non troppo carica, tranquilla. Alcune foto di parenti sopra una cassapanca, altre ancora su un piccolo mobile semirotondo appoggiato al muro. Una casa serena, senza eccessi, senza quadri strani, senza troppi centrini. Ma soprattutto, ore diciannove, semitramonto, senza nessuno dentro.

"Ehi, hai proprio culo, mitico Step."

"Hai finito con questa storia del mitico? E poi perché ho culo? A parte che qui se c'è qualcuno che ha culo e non in senso figurato quella sei tu. Rotondo, tosto, perfetto."

Allungo la mano sorridendo verso il suo fondoschiena.

"Oh, hai finito? Sembri un carcerato uscito di galera dopo sei anni che non vede una donna."

"Quattro."

Mi guarda aggrottando le sopracciglia.

"Cosa quattro?"

"Sono uscito ieri dopo quattro anni di galera."

"Ah sì?" Non sa se prendermi sul serio o no. Mi guarda incuriosita e comunque decide di giocare.

"A parte che sicuramente sarai innocente... ma che cosa hai fatto?"

"Ho ucciso una ragazza che mi aveva invitato a casa sua precisamente alle..." faccio per guardare l'ora, "be', suppergiù a quest'ora e aveva deciso di non darmela."

"Presto, presto... Ho sentito un rumore, sono i miei. Cavoli!" Mi spinge verso un armadio.

"Entra qua dentro."

"Ehi, ancora non sono il tuo amante, non sei neanche sposata. Dov'è il problema?"

"Shhh."

Gin mi ci chiude dentro e poi corre di là. Rimango così, in silenzio, non so bene cosa fare. Sento un rumore lontano di porta che si apre e si chiude. Poi più nulla, silenzio. Ancora silenzio. Cinque minuti, nulla. Ancora nulla. Otto minuti. Niente. Ancora niente. Guardo l'orologio. Cazzo, sono passati quasi dieci minuti. Che faccio? Be', io mi sono scocciato. D'altronde non è successo niente di male. Io esco. Apro piano piano l'anta dell'armadio. Guardo attraverso la fessura. Niente. Alcuni mobili e uno strano silenzio, almeno per me. Poi d'improvviso un pezzo di un divano. Apro un po' di più l'anta. Un tappeto, un vaso e poi la sua gamba, così, accavallata. Gin è distesa sul divano, ha la testa indietro appoggiata allo schienale e si fuma una sigaretta. Ride divertita.

"Ehi, mitico Step, ce ne hai messo. Che hai fatto tutto questo tempo chiuso nell'armadio? Hai fatto roba da solo, eh? Egoïste!"

Cazzo, mi ha fottuto! Esco fuori con un balzo e cerco di prenderla. Ma Gin è più veloce di me. Ha appena spento la sigaretta e si dà alla fuga. Sbatte contro l'angolo di una porta, quasi scivola su un tappeto che si arriccia sotto il suo passo ma recupera in curva. Due balzi ed è in camera sua, si gira di colpo e prova a chiudere la porta. Ma non ce la fa. Ci sono sopra con tutte e due le spalle. Gin prova a resistere per un attimo, poi abbandona il tentativo. Lascia la porta e si butta sul letto con i piedi alzati verso di me. Scalcia ridendo come impazzita. "Ok scusa, mitico Step, anzi no, epico Step, anzi Step solo, Step e basta, Step perfetto. O meglio, Step come vuoi tu! Dai, stavo scherzando. Ma almeno i miei scherzi sono più divertenti, non come i tuoi."

"Perché?"

"I tuoi sono lugubri! Te che ammazzi una ragazza mentre stai a casa sua da solo. E dai!"

Giro intorno al letto cercando di entrare nella sua difesa, ma lei mi segue scalciando verso l'alto. Veloce e attenta segue le mie mosse distesa sul letto e ruotando senza perdermi di vista. Poi scarto a destra, faccio una finta, e mi lancio addosso a lei. Entro nella sua guardia e lei subito ritira le braccia e le porta davanti al viso. "Ok, ok... mi arrendo, facciamo pace."

"E certo che facciamo pace."

Ride e poggia la guancia sulla spalla sinistra. "Ok..." Mi fa un piccolo sorriso e viene verso di me. E si lascia baciare morbida, tenera e calda, ancora affaticata ma tranquilla. Si lascia baciare, sì, e bacia anche lei, scivola e ritorna su fra le mie labbra con attenzione, con impegno, con passione, con il suo essere piccola. Apro gli occhi per un attimo e la vedo navigare così, così vicino al mio viso, così presa, così partecipe, così impegnata. No, stavolta non ha scherzi nascosti nelle sue piccole tasche. Richiudo gli occhi e mi lascio andare con lei. Viaggiamo insieme, piccoli surf della nostra stessa onda, morbide lingue, mano nella mano che ridendo si prendono a spinta per poi abbracciarsi di nuovo. Labbra che giocano all'autoscontro cercando di farsi un po' di posto, di incastrarsi alla meglio, in quella stretta e morbida macchina targata bacio. Poi Gin comincia a scuotersi un po'. Continuo a baciarla. Si scuote di nuovo. Cos'è, passione? Si stacca da me. "Oddio scusami." Scoppia a ridere. "Non ce la faccio più... Tu undici minuti e trentadue secondi chiuso nell'armadio del salotto, non ci posso pensare. Cavoli, è da leggenda! Scusami ti prego, scusami." E salta giù dal letto prima che possa aguantarla. "Però baci bene se può consolarti." Rimango disteso sul letto, mi appoggio sul gomito e rimango a fissarla. È difficile trovare una ragazza così carina e per di più divertente e spiritosa. Anzi no, ho sbagliato. Così divertente, spiritosa e così bella. Anzi no, ho sbagliato di nuovo. E così... bellissima. Ma non glielo dico.

"Lo sai qual è la cosa più incredibile? Che faremo un lavoro insieme tutti i giorni per chissà quanto e siccome tutto torna, tu sarai lì e io ti punirò."

"Ah, bravo, passi alle armi più basse, mi minacci... molto bene! Che volevi invece? Che ti si faceva vedere la casa, ti si offriva qualcosa da bere... Puro formalismo? Facile!" Fa una voce in falsetto. "Cosa vuoi Stefano? Un aperitivo? Con anche delle patatine magari..." E finge perfettamente una risata "Ah... Ah!"

"Guarda che come patata tu vai benissimo."

Continua con la voce in falsetto.

"Oh, non ci posso credere. Che battuta favolosa! Neanche Woody Allen nei suoi giorni migliori..."

"Sì, magari dopo una scopata con la finta figlia coreana!"

"Ma perché sei sempre così greve? Non pensi che possano essersi semplicemente innamorati? Accade sai."

"Certo, nelle favole, in quasi tutte mi sembra, o no?"

"In tutte!"

"Le conosci bene."

"Certo, e ho deciso di vivere la mia vita come una favola. Solo che questa non è stata ancora scritta. Sono io che decido, passo per passo, momento per momento, sono io che scrivo la mia favola."

Decido di non rispondere. Mi guardo in giro per la stanza. Qualche peluche, le foto di Ele, almeno mi sembra, qualche altra ragazza e poi due o tre tipi fighissimi. Se ne accorge.

"Quelli sono modelli di pubblicità. Abbiamo lavorato insieme e nient'altro." Segue tutto Gin.

"Ma chi ti ha chiesto niente."

"Ti vedevo preoccupato."

"Assolutamente no, non conosco questa parola."

"Oh, certo, mi ero dimenticata, tu sei un duro. Brr, che paura!"

Mi alzo e faccio un giro per la camera.

"Sai che si può capire tutto di una donna guardando nel suo armadio? Fammi vedere!"

"No!"

"Di che hai paura, dello scheletro? Ammazza oh, ma quanta roba hai? E tutta nuova di zecca! Ci sono ancora i cartellini attaccati. E poi tutto di marca, la signorina! Dotata e non solo di curve, eh?!"

"Lo vedi che sei scemo? E per nulla aggiornato. È tutta roba che non pago."

"Sì, eccola, la ragazza immagine di qualche griffe."

"No. Uso Yoox. Ordino tutto in internet su questo sito che è un outlet. Ci sono tutte le marche più importanti. Scelgo quello che voglio, me lo faccio arrivare a casa. Lo indosso qualche giorno stando attenta a non sciupare nulla e a non togliere il cartellino. Poi glielo rimando entro il decimo giorno, dicendo che non sono soddisfatta, che magari la taglia era troppo grande."

Continuo a scorrere i vestiti. C'è di tutto: top di Cavalli e Costume National, una longuette Jil Sander, gonne Haute, due borse D&G, una maglia chiara in cachemire di Alexander McQueen, un soprabito Moschino in jeans, una divertente giacca a quadri di Vivienne Westwood, una blusa Miu Miu, jeans Miss Sixty Luxury...

"Una griffata diabolica."

"Già."

È forte. Bella, divertente, spregiudicata. Sa come fare a vivere alla grande. Ma guarda cosa si è inventata. Ecco una che naviga con intelligenza. Yoox per vestirsi sempre diversa, sempre alla moda, senza spendere un euro. Mi piace.

"Fermo così! Hai un'espressione assurda! A che pensi?!"

Prende qualcosa dal tavolo e me la punta contro. "E sorridi, duro!" Una polaroid. Alzo il sopracciglio proprio mentre scatta. "Dai, in fondo starai benissimo tra quei due modelli. Certo, non hanno le tue storie alle spalle ma saranno felici di vivere accanto alla 'leggenda'!"

"Be', sì, come i due ladroni sulla croce accanto a Gesù."

"Be', il paragone mi sembra un po' azzardato."

"Sì, ma sono diventati famosi anche loro."

"Ma non erano certo felici! Loro non erano lì per amore."

Le rubo la polaroid e gliene scatto una.

"Anch'io!"

"Dai, fermo! Vengo male nelle foto!"

Scatto e tiro via la polaroid appena fatta.

"Vieni male nelle foto? E perché dal vivo invece?"

"Scemo, cretino, ridammela." Cerca di strapparmela in tutti i modi. Troppo tardi. Me la infilo nella tasca del giubbotto. "Vedrai, se non ti comporti bene, se provi a raccontare la storia dell'armadio. Ti trovi i manifesti con la tua faccia su tutta Roma."

"Va be', era per dire!"

"E questo cartellone che significa?" Indico un foglio perfettamente diviso per giorni e settimane e mesi attaccato sopra il tavolo, con scritti diversi nomi di palestre.

"Questo? Sono le palestre di Roma, vedi, una per ogni giorno. Sono divise per maestri, lezioni e zone. Hai capito?"

"Sì e no."

"Cavoli, Step, ma che leggenda sei?! Dai, è facile. Una prova di lezione per ogni palestra, ogni giorno un posto diverso ce ne sono più di cinquecento a Roma, anche non troppo lontane. Hai voglia ad allenarti gratis!"

"Cioè, domani per esempio..."

Guardo il cartellone, incrocio con il dito il giorno come se stessi giocando a battaglia navale.

"Fai lezione da Urbani e non paghi una lira."

"Bravo, affondato. E così via! È un sistema che ho inventato io. Forte, eh?"

"Già, tipo quello di fare benza con il lucchetto."

"Sì, fanno parte del mio grande manuale della risparmiatrice. Niente male, vero? Ehi, guarda come sei venuto bene."

La polaroid è più nitida ora. "Dai, la metto in mezzo a questi due. Non sfiguri poi tanto. Invece ho visto che guardi tanto il mio cartellone. Che c'è, 'leggenda', vuoi allenarti a vela anche tu? T'ho capito, eh... dai, preparo un cartellone anche per te, scalo di un giorno e veleggi tranquillo senza che ci incontriamo mai."

"Non ne ho bisogno."

"Ricco?"

"Macché! È che le palestre ormai mi usano come immagine!"

"Sì certo, come no! E io ancora che ci casco. Be', è finita la visita guidata. Ti accompagno perché fra poco ritornano i miei, o vuoi nasconderti di nuovo nell'armadio? Ormai sei allenato."

Mi sorpassa e mi guarda alzando il sopracciglio. "Sereno. Te l'ho detto, non lo dico a nessuno."

Mi accompagna alla porta e rimaniamo così in silenzio per un attimo. Poi parte lei. "Be', non facciamolo pesante questo saluto. Ciao tassinaro, tanto ci vediamo, no?"

"Come no."

Vorrei dire qualcosa. Ma non so neanche io bene cosa. Qualcosa di bello. A volte, se non si trovano le parole, è meglio fare così.

La tiro e me la bacio, Gin resiste per un attimo, poi si lascia andare. Morbida come prima. Anzi, di più. Qualcuno alle nostre spalle...

"Scusate, eh? Ma vi salutate proprio sulla porta..."

È il fratello, Gianluca, appena uscito dall'ascensore. Gin è più che imbarazzata. È scocciata.

"Certo che tu hai dei tempi perfetti."

"Oh, adesso è colpa mia! Forte mia sorella. Senti, Step, fammi un favore. Tra un bacio e l'altro dalle una raddrizzatina a questa!"

E si fa strada fra di noi entrando in casa. Gin ne approfitta e mi dà un pugno sul petto.

"Lo sapevo che con te ci sono sempre e solo casini."

"Ahia! Adesso è colpa mia."

"E di chi sennò? Ancora un bacio e un bacio e un bacio. Ma che, non resisti? Già sei così drogato di me? Mah..." E mi chiude la porta in faccia. Divertito prendo l'ascensore. In un attimo sono giù nell'androne.

Gianluca entra in camera di Gin.

"Forte Step, ma ormai fate coppia fissa, eh?"

"Ma di che? E poi forte che?"

"Be', state sempre a baciarvi."

"Capirai, per un bacio..."

"Due, per quello che io ho potuto contare."

"Oh, ma che, fai lo scrutatore anche qui? Va be' che per arrotondare vai a fare i conteggi delle schede."

"Ma quella è politica."

"Step deve essere ancora più una sòla."

"Che vuoi dire?"

"Che non mi fido di uno come lui, simpatico anche divertente ma chissà cosa nasconde."

"Se lo dici tu."

"Certo Luke. Da un bacio si vede tutto. E lui è... è strano."

"Cioè?"

"Non si concede, non si fida e quando uno non si fida, vuol dire che è il primo che non merita fiducia."

"Sarà."

"È!"

Gianluca esce e finalmente mi lascia sola. Ok. Basta. Ora voglio riordinarmi le idee. Scuoto la testa e agito i capelli. Gin ti prego, torna in te. Non ci credo che hai scuffiato per il mito, per la leggenda. Step non fa per te. Problemi, casini, chissà qual è il suo vero passato. E poi ci hai fatto caso? Ogni volta che lo baci, sul più bello, cioè sii più precisa, sul più meraviglioso, sul più fantastico, sul più superfavola andante, arriva sempre Luke, tuo fratello. Che vorrà dire? Un segno del destino, un santo mandato dal paradiso per evitarti l'inferno, un'ancora di salvezza? O semplice sfiga? Porca trota, potevamo continuare a baciarci per ore. Come bacia. Come bacia lui. Come dire... non so che dire! Un bacio è tutto. Un bacio è la verità. Senza troppi esercizi di stile, senza intorcinamenti estremi, senza funambolici avvitamenti. Naturale, la cosa più bella. Bacia come piace a me. Senza doversi rappresentare, senza doversi affermare, semplice. Sicuro, morbido, tranquillo, senza fretta, con divertimento, senza tecnica, con sapore. Posso? Con amore! Oddio! No, questo no. Vaffanculo Step!

28.

"Ciao Pa'."

"Stefano, ma dove sei stato? Sei sparito."

"Ehi," lo supero andando in camera, "lo sai in America qual è la prima legge che ti insegnano?"

"Sì, se vuoi campare fatti gli affari tuoi."

"Bravo. E la seconda?"

"Questa non la so."

"Fuck you!"

Entro in camera e mi chiudo dietro la porta.

"Lo vedi allora che un po' di inglese lo hai imparato sul serio, bravo. Sai anche qualche altra parola, spero."

Non gli rispondo e mi butto sul letto. Proprio in quel momento sento suonare il citofono. Riesco dalla camera veloce. Paolo è già nel salotto e va verso il citofono.

"Rispondo io."

Quasi glielo strappo di mano. Rimane interdetto.

"Ma non ho capito, è casa mia, ti ospito, e tu ti impadronisci di tutto."

Lo guardo male, poi sorrido.

"Dai, ti faccio da maggiordomo." Un altro squillo. Alzo il citofono. Mi batte forte il cuore.

"Salve, c'è Step?" Voce femminile. I battiti aumentano. "Sono Pallina!"

"Ohi, sono io, che fai?"

"Vengo a vedere la tua nuova casa e poi ti trascino in un local-tour."

"Di quest'ultima se ne discute. Ok, sali. Quinto piano."

Spingo il tasto per l'apertura del portone. Paolo mi guarda e sorride.

"Donna?"

Annuisco.

"Vuoi che ti lascio la casa? Mi chiudo in camera e faccio finta di non esserci?"

Mio fratello. Ma cosa può capire lui, cosa sa veramente di me?

"È Pallina, la donna di Pollo."

Rimane in silenzio. Poi sembra rattristarsi.

"Scusami."

Se ne va in camera sua, in silenzio. Mio fratello. Che soggetto, l'uomo del fuoritempo. In quello ha un tempismo perfetto. Campanello. Vado ad aprire la porta.

"Ehi!"

"Cazzo, Step."

Mi si butta con le braccia al collo e mi stringe forte.

"Ancora non posso crederci che sei tornato."

"Se fai così riparto, eh?"

"Dai, scusa."

Pallina si ricompone.

"Fammi vedere la casa."

"Vieni con me."

Chiudo la porta e la precedo, le faccio da guida.

"Questo è il salotto, tessuti chiari, tende, eccetera eccetera."

Parlo descrivendole il tutto. La guardo muoversi dietro di me, guardare le cose con attenzione, ogni tanto toccare per valutare meglio, per pesare qualche oggetto. Pallina, come sei cresciuta, dimagrita, un taglio diverso di capelli. Anche il trucco sembra un po' più forte o sono i miei ricordi a essere sbiaditi?

"E questa è la cucina... Vuoi qualcosa?"

"No, no, per adesso no."

"Oh, te che fai i complimenti fa veramente schifo, eh?"

Scoppia a ridere.

"No, no sul serio."

La sua risata non è cambiata. Sembra sana, riposata, tranquilla. Se solo Pollo ti vedesse ora. Sarebbe fiero di se stesso. Dai suoi racconti è stato il tuo primo uomo, Pallina. E a me Pollo non diceva bugie, non ne aveva bisogno, non doveva esagerare per farsi bello, per farsi figo, per me il suo amico, il suo più grande amico. Pollo ha modellato quel bruco di cera, lui, più che un alito, un sospiro d'amore per quella giovane farfalla al suo primo volo... Eccola qui, davanti a me. Cammina sicura Pallina. Poi, d'improvviso, Pallina cambia espressione.

"E non mi fai vedere la camera da letto?"

Improvvisamente diversa. Sensuale e maliziosa. Una stretta al cuore. Ha un altro uomo? Dopo di lui ha avuto altri uomini? Cosa è successo dopo Pollo? Step, sono passati quasi due anni. Sì, ma non voglio ascoltare. Step, è una ragazza, è giovane, carina... Sì, lo so. Ma non mi interessa. Non la vuoi giustificare? No, non ci voglio pensare.

"Ecco una è questa."

Apro una porta bussando leggermente.

"Si può?"

Paolo che si stava sfilando la camicia si ricompone subito e viene alla porta.

"Come no, ciao Pallina!"

"Ecco, lui è l'arredatore di tutto quello che hai visto."

"Ciao."

Si danno la mano. Pallina sorride un po' imbarazzata.

"Complimenti, è bellissima, ottimo gusto. Pensavo che avesse scelto tutto una donna."

Paolo fa per rispondere ma non gliene do il tempo.

"Ma lui è un po' donna."

E chiudo piano la porta tagliandolo fuori dal nostro percorso.

"Ehi, ma io intendevo la 'tua' camera da letto."

Mi dà una botta sulla spalla spingendomi in avanti.

"Non si era capito. Ecco è questa."

Apro la porta della mia camera.

"Ehi, non male."

Pallina entra e si guarda intorno.

"Un po' spoglia però, manca colore."

Mi accorgo che la polaroid di Gin è appoggiata sul mio comodino. Senza farmi vedere la copro.

"Be', ma ha un suo fascino così. E poi c'è tempo per dare colore."

Mi guarda incuriosita cercando una spiegazione a quella frase, ma proprio in quel momento squilla il telefono. Pallina lo tira fuori dalla tasca del giubbotto, lo guarda, poi se lo porta all'orecchio.

"Ehi, ma non è il mio."

Prendo il telefonino dal tavolo lì vicino.

"Infatti è il mio!"

Non conosco il numero.

"Sì?"

"Bentornato."

Arrossisco. Ascolto la sua voce.

"Spero che ci vedremo adesso che sei di nuovo a Roma."

"Sì."

"Ti piace la tua nuova casa?"

"Sì."

"Sei stato bene fuori?"

"Sì."

Annuisco, poi ascolto altre sue parole, sempre dolci, cortesi, piene di un amore delicato, preoccupato di rompere quel sottile cristallo, il nostro passato, il nostro segreto. Continuo a rispondere. Riesco a dire anche qualcos'altro oltre ai miei semplici sì.

"Tu come stai?"

E continua a parlare. Pallina mi guarda ma non mi dice nulla. Accenna un chi è muovendo la testa. Ma non le do il tempo. Mi giro verso la finestra. Guardo lontano rincorrendo la sua voce.

"Sì, promesso, ti richiamo io e ti vengo a trovare, sì..."

Poi un difficile silenzio cercando qualcosa da dire per salutarsi.

"Ciao." E chiudo.

"Ohi, ma chi era? Un'altra delle tue donne?"

"Sì e no."

Sorrido fintamente divertito, cercando di scrollarmi di dosso quella difficile telefonata. Ma non le do il tempo di ribattere. "Era mia madre. Allora, usciamo o no per questo local-tour?"

29.

Il sole è tutto vestito di tramonto. Ma non dipende dai suoi raggi quella luce che ora le illumina il viso. Babi esce di casa. Si muove leggera, rapida. Come quando si va incontro a qualcosa che si aspetta da tanto. Forse da sempre. Indossa il suo completo nuovo, color carta da zucchero. Ha raccolto i capelli, scoprendo due guance leggermente arrossate. E non certo per la velocità con cui ha sceso le scale. Non ha preso l'ascensore perché oggi le sembrava troppo lento. A volte le cose non vanno a tempo con la nostra felicità. È per questo che ora sta per andare in garage a prendere la Vespa. A quest'ora, col traffico che c'è, sarebbe da pazzi usare la macchina. La Vespa è più veloce. O almeno, sta al passo del suo cuore. Lo diceva anche Cremonini quando cantava coi Lunapop... "Ma com'è bello andare in giro con le ali sotto i piedi, sei hai una Vespa Special che ti toglie i problemi..." Ma Babi di problemi non ne ha. Anzi. Ha solo bisogno e voglia di correre, di non fare tardi al suo appuntamento. Chissà come andrà, se sarà come se lo aspetta.

Uno strano fruscio interrompe i suoi pensieri. Non sembra un gatto. Né il vento. E nemmeno Fiore.

"Ciao."

Quante volte ha sentito quella voce. Solo che oggi sembra diversa. Più roca. È come se arrivasse da lontano, da un posto che forse lei non ha mai visitato. Dove si arriva solo quando ci si sente soli. Troppo soli. E lì la voce non serve più, perché non c'è nessuno ad ascoltare.

"Alfredo. Ciao... come va? Ma che ci fai dietro il cespuglio?"

"Ciao, ti aspettavo."

"Ah, e scusa, ti nascondi?"

"Non ero nascosto, ero lì dietro, bastava guardare e mi vedevi subito. Dove vai? Sei bella, stai bene."

"Be', grazie... ho un appuntamento. Come stai?"

"Perché non hai risposto al mio sms di ieri? Ho tenuto acceso il cellulare tutta la notte, ma non mi è arrivato nulla."

"Già, scusa, ho finito il credito e ora che me lo ricordi è meglio se dopo ricarico. Sì, il messaggio l'ho visto. Senti, però ora non ho molto tempo per parlarne, possiamo rimandare? Magari uno dei prossimi giorni sali su e con calma..."

"Con calma un cazzo."

"Alfredo, che hai? Che è questo tono?"

"Alfredo che hai, che è questo tono. Ma sentila. Insomma, dove stai andando? Ti vedi con qualcuno tipo a Vigna Stelluti? Oppure a corso Francia? O magari davanti alla Falconieri per un tuffo nei ricordi?"

"Alfredo, non capisco... e comunque non mi piace il tono che usi, mi dici che è successo? Che hai? Sei strano."

"Veramente che è successo dovresti dirmelo tu, ti pare?"

"Guarda che non è il caso di farne una tragedia."

"Ah, non importa! Tanto a te che te ne frega, eh? È felice lei, sta bene lei. Esce di casa tutta bella lei, tutta veloce e se ne va a vedersi con chissà chi. O forse lo so chi è, il chissà chi?"

"Si può sapere che vuoi? Che sono tutte queste domande?"

"Perché non posso chiederti qualcosa io? È vietato? Ti ricordi chi sono, vero? Sono Alfredo, quello che..."

"Quello che cosa? Quello che si nasconde dietro i cespugli e mi fa il terzo grado? Quello che sta cercando di farmi sentire in colpa e non si capisce per cosa? Quell'Alfredo?"

La raffica di domande termina quasi in un urlo. Le guance di Babi, adesso, sono rosse davvero. E non per l'entusiasmo.

"Sì, proprio quell'Alfredo. Quello che hai preso per il culo così bene. E brava Babi!"

"Se continui così è peggio, lo capisci? È peggio anche per te. Guarda che a volte le cose semplicemente non vanno come vorremmo, tutto qua, non è colpa di nessuno, non devi fare così... Non sciupare tutto."

Quando le parole non bastano più. Perché dentro brucia qualcosa che non si può dire. Che non si riesce a dire. Quando chi hai di fronte, invece di darti la risposta che vorresti, dice altro. Dice di più. Dice troppo. Quel troppo che è niente. Che non serve a nulla. E fa male il doppio. E l'unico desiderio è restituire quel dolore. Fare male. Sperando così di sentirsi un po' meglio. Alfredo le molla uno schiaffo in pieno viso, forte, bello, preciso, rabbioso, maleducato. Non riesce a trovare altri aggettivi tanto gli è piaciuto.

"Alfredo, ma sei pazzo?"

Non lo sa. Sta lì a guardarsi la mano come se non fosse sua. Però è la sua. Ed è finita nel posto sbagliato. E non è sicuro di stare meglio, ora. Babi è sconvolta. Ha gli occhi pieni di lacrime. Una delle sue guance è più rossa di prima. E non dipende dalla rabbia.

"Tu sei matto, sei un violento. Tu sì che lo sei. Step non si sarebbe mai azzardato, lui non l'avrebbe mai nemmeno pensato di farmi una cosa del genere! Sei un cretino, altro che bravo ragazzo posato e tranquillo, sei un animale. Una bestia! Me ne vado, non dico altro. E sì, se lo vuoi sapere sto andando a fare una cosa importante. Molto importante. Che riguarda la mia vita futura. E l'amore. E non ti perdonerò mai d'avermi fatto fare tardi."

Tenendosi la mano sulla guancia se ne va, veloce ma meno leggera di quando è uscita di casa. Cerca di ricomporsi, di calmarsi. Alza la saracinesca del garage e si guarda nello specchietto della Vespa. Chissà, pensa, forse il vento riuscirà a rinfrescarmi la guancia. Magari il rossore andrà via. Sennò, che figura ci faccio quando arrivo? Accidenti a lui, ma è matto davvero? C'avevo messo una vita a prepararmi per bene e guardami ora, ho la faccia sconvolta e gli occhi lucidi.

Non si è voltato. Non ha risposto. La mano gli trema ancora. Ma non c'è paragone col terremoto che ha dentro. Non sa che dire. E non dirà niente. Quel silenzio in cui vive da giorni lo sta abbracciando di nuovo, si sta rubando quell'ultima goccia di speranza che lo aveva portato ancora lì, a nascondersi dietro un cespuglio per aspettarla. Per sapere una verità che già dovrebbe conoscere. Perché i fatti parlano più chiaro delle persone. Ma lui non li ha ascoltati. Né prima né adesso. E mentre sale le scale, sente alle spalle il rumore della Vespa che parte a tutta velocità, nervosa come chi la guida.

Scusa, Babi, non volevo. Davvero, non volevo. La prossima volta andrà meglio. La prossima volta parleremo con calma, magari verrò su da te e ci prenderemo un tè. E mi racconterai dove sei andata oggi.

30

Siamo fuori nella notte in moto, io e Pallina. Lascio andare la 750. Una velocità tranquilla, pensieri al vento. Lei si stringe a me, ma senza esagerare. Due equivoci umani, congiunzioni astrali di uno strano destino. Io, il migliore amico del suo uomo, lei, la migliore amica della mia donna. Ma tutto questo appartiene al passato. Scalo e corro via veloce, il vento rinfresca. Porta via i miei pensieri. Ah, sospiro. Così bello a volte non pensare. Non pensare. Non pensare... Vento, velocità e rumori lontani. Non pensare. Una serie di locali. Akab come prima tappa.

"Dai, qui conosco tutti, saranno felici di vederti."

Mi lascio guidare. Entriamo, saluto. Riconosco qualcuno.

"Un rum, grazie."

"Chiaro o scuro?"

"Scuro."

Un altro locale. Charro caffè. Mi lascio andare.

"Un altro rum, con ghiaccio e limone."

Poi all'Alpheus. E un altro rum. Ghiaccio e limone. Qui fanno di tutto: musica anni '70 e '80, hip-hop, rock, dance. Poi al Ketum bar. Mi dimentico dove ho posteggiato la moto. Cosa importa. "Un altro rum. Ghiaccio e limone." Ridiamo. Saluto qualcuno. Uno mi salta addosso.

"Cazzo, Step, sei tornato! Si ricomincia coi casini, eh?"

Sì, si ricomincia. Ma chi cazzo era quello lì? Un altro locale e un altro rum e poi ancora un altro e un altro ancora. E altri due rum. Ma chi era quello che mi è saltato addosso. Ah sì, Manetta. Si era addormentato una volta in montagna. Sì, eravamo a Pescasseroli. Sotto il piumino, con i piedi di fuori. Gli abbiamo messo tra le dita dei piedi dei cerini con la capocchia in fuori e li abbiamo accesi. Cazzo, che balzo che ha fatto quando si è svegliato sentendosi bruciare. E noi giù per terra a ridere come matti. Io e Pollo. E lui che saltava per la stanza con i piedi bruciacchiati, che gridava. "Cazzo che incubo! Che incubo, cazzo!" E noi giù a ridere, da sentirsi male. Io e Pollo. Che risate. Da matti. Io e Pollo. Ma Pollo ora non c'è più. Una tristezza mi prende forte. Un altro rum, tutto d'un sorso, giù. Mentre ballo con Pallina, la sua dama, la donna del mio amico, l'amico che non c'è più. Ma ballo, ballo soltanto e rido, rido con lei. Io rido e penso a te. Un altro rum e, non so come, sono sotto casa.

"Ehi, siamo arrivati."

Scendo dalla moto un po' traballante. Quell'ultimo rum di troppo.

"Dove hai messo l'SH?"

"No, sono venuta in macchina, ora ho una 500 modello nuovo."

"Ah, carina." In realtà è una delle macchine che mi piace di meno. Ma serve a qualcosa dirglielo? No, e quindi sto zitto, anzi rincaro la dose.

"Vanno benissimo, non consumano niente e i pezzi di ricambio sono a buon prezzo."

"Sì, infatti."

"Serata divertente, eh?"

"Fortissima." Su questo sono sincero. "Sono cambiati i locali giù al Testaccio."

"Cioè?"

"Meglio. Buona musica, la gente sembra divertirsi sul serio. Pezzi forti, si balla una cifra. Sì, una bella serata."

Pallina si fruga in tasca e nel giubbotto.

"Ehi, mi sa che mi sono dimenticata le chiavi su da te."

"Non c'è problema, saliamo."

In ascensore, uno strano silenzio. I nostri sguardi si incrociano. Rimaniamo senza parlare. Pallina sorride. Lo fa con tenerezza. Io tamburello sul ferro della parete, sullo specchio. Cazzo, a volte l'ascensore sembra non arrivare mai. O sono i troppi rum che rallentano quel viaggio? O altro ancora? Arrivati. Apro la porta di casa e Pallina si infila dentro. Si guarda in giro, poi va verso il tavolo. "Eccole, trovate!" Mi copre la visuale però, non ho visto niente. Erano sul serio sul tavolo le chiavi, se l'era dimenticate o era una scusa per salire? Ma che ti viene in mente? Stai male. Perché pensi queste cose, Step? Troppi rum. Le chiavi erano sul tavolo, dovevano essere lì.

"Ehi, ma hai anche il terrazzo."

"Sì, sai che non c'avevo fatto caso."

"Ma dai! Sei sempre il solito distratto."

Apro la finestra ed esco fuori. C'è una luna bellissima. Alta, tonda, lì tra i palazzi lontani, tutti bagnati dal suo pallore. Silhouette di vecchie antenne, moderne parabole e poi, quasi un controsenso, panni stesi del giorno prima. Respiro forte, profumo di gelsomini estivi, aria notturna settembrina, grilli lontani, silenzio tutto intorno. Arriva Pallina alle mie spalle.

"Tieni, te ne ho portato un altro." Mi passa un bicchiere.

"Per chiudere bene la serata."

Lo prendo e lo porto alla bocca, annusandolo.

"Un altro rum. Sembra anche buono."

Paolo mi stupisce sempre di più. Rum in casa. Sta migliorando. Ne prendo un sorso. Deve essere un Pampero. No, un Havana Club, vejo sette anos, almeno. "Buonissimo."

Torno a guardare lontano. Poi un rumore di macchina sparisce da qualche parte.

"Sai, Step, ti devo dire una cosa."

Rimango in silenzio. Continuo a guardare lontano. Do un altro sorso senza girarmi. Pallina continua a parlare. La sento dietro di me, vicino alle mie spalle.

"Non ci crederai. Da quando Pollo è morto non sono stata più con nessun altro ragazzo. Ci credi?"

"Perché non dovrei crederci?" Rimango girato.

"Neanche un bacio, te lo giuro."

"Non giurare. Non credo tu mi dica bugie."

"Una te l'ho detta."

Mi giro e la guardo negli occhi. Lei sorride.

"Le chiavi le avevo nel giubbotto."

Una folata leggera di vento caldo della notte agita morbida i suoi capelli scuri. Pallina. Piccola donna cresciuta. Ha la pelle d'oca e chiude gli occhi, regalandosi un respiro profondo. Poi si avvicina e mi abbraccia. Poggia la testa sul mio petto. Dolce amica profumata. La lascio fare.

"Sai, Step, sono così felice che tu sia qui."

Tengo le braccia larghe non sapendo bene che fare. Poi poggio il bicchiere sul davanzale e la abbraccio piano. La sento sorridere. "Bentornato. Ti prego, stringimi forte."

Rimango così, senza trovare la forza di stringere ancora. Cerco di scusarmi.

"Senti..."

Ma è un attimo. Lei alza la testa dal mio petto e mi dà un bacio. Spinge sulle mie labbra e dischiude la bocca. Poi prova a muoversi, si agita lenta, con gli occhi chiusi. Sposta la bocca a destra e a sinistra, cercando l'incastro giusto, la posizione, lo svolgersi naturale. Ma è impossibile. Io sono fermo. Immobile. Non so che fare, non vorrei ferirla. Rimango così, con le labbra chiuse, sicuramente fredde, forse di pietra. Pallina lentamente rallenta il suo disperato agitarsi. Poi china di nuovo la testa sul petto e comincia a piangere. In silenzio. Piccoli sussulti della sua testa, poi singhiozzi più brevi, disperati. Mi stringe per non staccarsi da me, vergognosa del mio sguardo. Io piano piano le accarezzo i capelli. Poi le sussurro all'orecchio: "Pallina... Pallina, non fare così".

"No, non avrei mai dovuto farlo."

"Ma cosa hai fatto? Non è successo niente. Non c'è stato nulla. È tutto a posto."

"No. Ho provato a darti un bacio."

"Sul serio? Non me ne sono accorto. Dai, che il nostro amico sicuramente ci starà guardando e starà ridendo di noi."

"Di me magari."

"Con me è arrabbiato perché non ci sono stato."

Pallina scoppia a ridere. Ma è una risata nervosa, tira su con il naso e si asciuga con la manica del giubbotto. Un po' ride e un po' ancora piange.

"Scusami Step."

"Oh ancora... Ma scusami di che? Guarda che se continui con questa storia ti porto a letto."

"Sì, magari."

Ride di nuovo più tranquilla stavolta. Le agito davanti al viso l'indice minaccioso.

"A fare la nanna, che ti credevi, eh?" Sorride di nuovo.

"Quella la vado a fare sul serio."

E senza dire più nulla, ancora imbarazzata si dirige verso la porta. Si ferma un attimo. "Ti prego Step, dimenticatelo e chiamami." Le sorrido e le faccio cenno di sì. Poi chiudo gli occhi e un attimo dopo Pallina non c'è più. Rimango così in silenzio in piedi nel salotto, poi mi guardo in giro e vedo la bottiglia di rum. Avevo ragione. È un Havana Club. Tre anni soltanto però. Taccagno di un Paolo. Esco in terrazzo. Guardo giù e faccio appena in tempo a vedere la 500 di Pallina che gira in fondo alla strada. Mi scolo l'ultimo sorso della bottiglia senza passare per il bicchiere e rimango lì. Con le braccia incrociate, appoggiate sul davanzale, con la bottiglia vicino ormai vuota. "Porca troia." Ho una rabbia dentro e non so con chi prendermela. Cazzo e vaffanculo. Perché? Perché? Perché? Merda. Non posso fare niente. Neanche bestemmiare. No, non servirebbe a niente. Ma non ci voglio pensare. Sto male, cazzo. Guardo giù. Eccola. Grazie. Sono più felice ora. Prendo la bottiglia per il collo, raccolgo tutta la mia forza e la lancio giù come un boomerang, perfetto, veloce, speriamo solo che non ritorni. La bottiglia rotea a duemila e pum, centra il parabrezza della Twingo in pieno, disintegrandolo. Era una Twingo nuova, perfetta. Nera credo o comunque scura. L'insieme di tutto ciò che odio. Un colpo solo. Come *Il cacciatore*.

31

Un vento leggero si perde tra piccole case ordinate, tra marmi bianchi e grigi, tra fiori appena appassiti e altri appena messi. Foto e date ricordano qualcuno. Amori passati, vite spezzate o naturalmente recise. Comunque, andate. Strappate. Come quella del mio amico. E a volte tutto questo accade senza un perché e il dolore è ancora più grande. Cammino tra le tombe. Ho un mazzo di fiori in mano, i girasoli più belli che ho potuto trovare. In amicizia, come nell'amore, non si bada a spese. Ecco. Sono arrivato.

"Ciao, Pollo."

Guardo quella foto, quel sorriso che tante volte mi ha fatto compagnia. Quell'immagine piccola, così come grande e generoso era il suo cuore.

"Ti ho portato questi."

Come se non mi vedesse, come se non sapesse. Mi piego, tolgo dei fiori appassiti da dentro un piccolo vaso. Mi chiedo chi glieli ha portati e quando. Forse proprio Pallina. Ma poi abbandono questo pensiero, lo butto via lontano proprio come coi fiori appena tolti. Sistemo alla meglio quei grandi girasoli. Sembrano ancora forti di quei campi, sani di quei soli. Li dispongo con cura, facendo spazio tra loro. Sembrano quasi accomodarsi naturalmente. E subito si rivolgono verso il sole, come un sospiro lungo, di soddisfazione, come se da sempre avessero cercato quel vaso.

"Ecco, ecco fatto."

Rimango per un po' in silenzio, quasi preoccupato di poter esser stato interpretato male, di poter aver avuto qualche pensiero sbagliato, non puro come invece è la nostra amicizia.

"Ma così non è, Pollo, e tu lo sai. Così non è stato neppure per un attimo."

E poi quasi prendo le difese di Pallina.

"La devi capire, è una ragazzina e le manchi. E tu sai, o forse non sai, quanto cavolo le davi, cos'eri per lei, quanto la facevi ridere, quanto la facevi felice. E noi possiamo dircelo. Quanto l'amavi..."

Mi guardo in giro, quasi preoccupato che qualcuno possa sentire quella confidenza.

Lontano, più lontano, c'è una donna anziana vestita di nero. Prega. Un po' più in là un giardiniere e il suo rastrello cercano di raccogliere alcune foglie ormai ingiallite. Torno dal mio amico. E a lei.

"Devi capirla, Pollo. È una bella ragazza. È diventata una donna. È incredibile come si trasformano. Tu le vedi, le rincontri, ed è bastato un po' di tempo, un attimo, per trovare al posto loro qualcun'altra. Ieri non ho avuto dubbi, non so, non potrei mai. Lo so che mille volte abbiamo riso e scherzato su 'mai dire mai', ma è bello poter avere qualcosa nella vita che rappresenti una certezza, no? Cazzo, la verità è che solo noi possiamo essere una nostra certezza. E mi piace un sacco dire 'no', hai capito? Mi piace un sacco dire di 'no'. E mi piace un casino dire 'mai'! Cazzo, mi piace dirlo per te, per quello che è stata ed è la nostra amicizia. Perché è una certezza. È la mia certezza. Già t'immagino, starai ridendo. Mi prendi per il culo, eh? Anzi no, lo so. Se ti avessi fatto tutto questo discorso mentre stavamo da qualche parte insieme alla fine mi facevi uno scherzo. Ma siccome non mi puoi rispondere... be', te la devi prendere così com'è tutta 'sta storia, ok? E comunque già la so la domanda che mi avresti fatto. No. Non l'ho vista e non ho intenzione di farlo, va bene? Almeno non ora. Non sono pronto. Sai, a volte penso se le cose fossero andate diversamente. Se se ne fosse andata lei al posto tuo. Io e te come amici non ci saremmo mai lasciati, mentre lei, forse, così non avrei mai potuto dimenticarla. Lo so, sono egoista, ma almeno adesso ho ancora qualche possibilità di dimenticarla. Invece ti volevo raccontare qualcosa di questa Gin. È una boccata di aria nuova. Ti giuro, cazzo, è allegra, simpatica, intelligente, è forte. Non ti posso dire di più perché, perché... non ci sono stato a letto."

In quel momento passa lì vicino l'anziana signora. Ha finito tutte le sue preghiere. Mi guarda incuriosita. Fa uno strano sorriso. Non si capisce bene se è un sorriso di solidarietà o di semplice curiosità. Fatto sta che sorride e si allontana.

"Be', Pollo, ora vado anch'io. Spero di poterti raccontare presto qualcosa su Gin, qualcosa di buono."

Poco lontano è appena arrivato un nuovo ospite. Alcune persone scendono dalle auto in silenzio. Occhi lucidi, fiori freschi, ultimi ricordi. Parole dette a mezza voce cercando di capire bene cosa fare. Il tutto confuso dal dolore. Poi mi piego per un'ultima volta. Sistemo meglio quel grosso girasole. Gli concedo un altro po' di spazio e l'occasione di fare compagnia al mio amico del cuore. Mi torna in mente una frase di Winchell: "L'amico è colui che entra quando tutto il mondo è uscito". E tu, Pollo, sei ancora dentro me.

32

"E quindi che hai fatto, ci sei uscito?"

Lo guardo sorridendo.

"Macché, sono uscito con una mia vecchia amica."

"E hai intinto il biscotto nel passato..."

Lo guardo. Marcantonio ha una faccia alla Jack Nicholson e cerca di carpire con simpatia i miei segreti. Ma non sa la storia. Non sa chi è Pallina. Non sa nulla di me e Pollo. Gli sarebbe stato simpatico?

"Io invece mi sono visto con la Fiori."

"E allora?"

"Oh, io non capisco le donne. Un bacio, un altro bacio, una strusciatina, la cominci a toccare come si deve, ma alla fine, scusa, non è meglio scopare direttamente? Eh, no, è troppo presto, è troppo presto. Ma di che, oh?!"

Poco più in là. Stessa città, stessa storia. O meglio, al femminile.

"E quindi che hai combinato?"

Silenzio. Prendo Ele da dietro intorno al collo e le punto il mio fermaglio alla gola.

"Se non parli ti sgozzo."

Ele quasi tossisce.

"Va bene, va bene, ma che sei cretina? Quasi mi strozzi. E poi chi te le racconta queste prudité?"

"Che cosa?"

"Prudité: piccole cose spinte, sei proprio out."

Ele scuote la testa guardandomi.

"Senti Ele, a parte che nel caso è pruderie, ma possibile che non riesci a mettere in fila tre parole d'italiano che ci devi subito sbattere dentro uno stranierismo!"

"Yes, I do."

Sollevo gli occhi al cielo. Incorreggibile. "Ok, racconti o no?"

"Allora sai che ha fatto? Mi ha invitato a cena a casa sua."

"Ma chi?"

"Marcantonio, il grafico."

"L'amico di Step!"

"Marcantonio è Marcantonio e basta. E non sai che carino, come si è dato da fare, mi ha preparato una cena splendida."

Marcantonio sorride. Come uno che la sa lunga. O meglio, la sa a memoria, tante devono essere le volte che la mette in pratica.

"Allora, per cominciare sono andato giù da Paolo, il giapponese di via Cavour, e ho preso un po' di roba. Tempura, sushi, sashimi, passion fruit. Roba che sfizia, alto contenuto erotico. Li ho portati su, ho dato una riscaldatina al tempura, et voilà, tutto fatto. Ho apparecchiato con le classiche bacchette giapponesi più forchetta se hai poca dimestichezza con l'uso del mangiare orientale..."

"Avevi preso pure dal marocchino al semaforo i classici fiori da 5 sacchi?"

"Be', certo, quelli sono ideali: minima spesa per effimero centrotavola!"

Ele sembra entusiasta della serata.

"Be', continua. Quindi aveva apparecchiato con amore, tutte cose scelte con gusto..."

"Con molto gusto."

"Sei pronta? Domanda fondamentale: fiori ce n'erano?"

"Certo! Rose piccole, bellissime, ha giocato pure sul mio cognome..."

Scoppiamo a ridere, poi torno seria.

"Ele, ora dimmi la verità." Ele alza gli occhi al cielo.

"Ecco lo sapevo. Dadà e arrivederci alla prossima puntata." Le salto di nuovo al collo: "Questa volta ti sgozzo sul serio".

"No, ok, d'accordo parlo, parlo."

La libero dalla stretta. Ele mi guarda con occhio preoccupato, alzando anche il sopracciglio.

"Ehi, non è che poi mi sgozzi sul serio?"

La guardo preoccupata. "Cosa hai combinato?"

"Ok... Gli ho fatto un pompino!"

"No, Ele, non è possibile! Alla prima uscita! Questa non si è mai sentita."

"Ma di che parli?! Benedetta, quella che tu giudicavi una santa, la Paoletti te la ricordi, no? È stata beccata al Piper in bagno inginocchiata in santa adorazione orale con tale Max conosciuto su pista da ballo. Tempo di conoscenza mezzo disco di Will Young... La cover dei Doors, *Light my fire*. Dopo di che è stata presa sul serio da uno strano fuoco. Ha cantato al microfono e si è fatta pure beccare. E Paola Mazzocchi? Lo sai che l'hanno beccata in bagno a scuola con il prof di Educazione fisica, Mariotti? Eh, lo sai o non lo sai, dopo appena una settimana di scuola. L'adoratrice di cannoli siciliani! Ti ricordo che quel soprannome ha girato per tutta la scuola. E sai perché? Perché Mariotti ha i capelli biondo tinti, ma è di Catania."

"Sì, ma queste sono leggende metropolitane. Mariotti è rimasto a insegnare. Ma ti pare che veniva beccato e non lo allontanavano?"

"Ah, non lo so. So solo che la Mazzocchi aveva comunque quattro in Educazione fisica..."

"Che c'entra?"

"C'entra, c'entra... Vuol dire che non sapeva neanche fare bene un pompino."

"Ele, ma tu sei fuori! Vuoi dire che invece tu ti vanti della tua bravura? Mo' ti sgozzo sul serio."

Marcantonio ci prova gusto a raccontare.

"Le ho fatto body art."

"Che vuol dire?"

"Tu che vieni da New York non lo sai? Cioè, io sarei giustificato, ho passato le mie vacanze a Castiglioncello... Ma tu invece lì, nella Big Apple e non sai di che stiamo parlando?"

Sbuffo e sorrido guardandolo.

"So cos'è. Ma che vuol dire è un'altra domanda."

"Oh, ecco, così mi piaci. Le ho dipinto il corpo. L'ho spogliata tutta, poi ho cominciato a dipingerla. Pennelli a tempera calda, leggeri, sul suo corpo, su e giù, intingendoli ogni tanto nell'acqua calda di una boccetta. Scivolavo su di lei dandole piacere, guardandola. Anche le sue guance acquistavano colore, senza che io me ne occupassi. Le ho dipinto addosso quelle mutandine che le avevo appena tolto, poi piano piano del chiaroscuro sui suoi capezzoli, che, sempre più turgidi, sembravano impazzire a quelle pennellate calde di piacere."

"E poi?"

"Presa da un orgasmo cromatico ha voluto dare lei colore al mio pennello."

"Tradotto?"

"Mi ha fatto un pompino."

"Fiuuu. Se tanto mi dà tanto..."

"Hai qualche buona speranza con l'amica, su questo stai ragionando?"

"Ragionavo ad alta voce, sbagliando... E poi?"

"Poi niente, siamo rimasti a chiacchierare del più e del meno, abbiamo piluccato un po' di giapponese rimasto e l'ho accompagnata a casa."

"Ma dai, dopo il pompino non te la sei scopata?"

"No, non ha voluto."

"Cioè spiegami un po', il pompino sì e la scopata no, che ragione c'è?"

"Ha tutta una sua filosofia. Almeno questo mi ha detto lei."

"E non ti ha detto altro?"

"Sì, mi ha detto: 'Bisogna sapersi accontentare'. Anzi no, meglio. Ha detto che chi si accontenta, gode. E poi si è messa a ridere."

"Ma Ele scusa... Allora tanto valeva che ci andavi a letto. Sesso per sesso..."

"Ma che c'entra, scopare è un'altra cosa, l'unione perfetta. Coinvolgimento totale. Lui che è dentro di te, l'ipotesi di un figlio... Ti rendi conto? Altro discorso è un pompino."

"E certo! Come no!"

"Senti, per me è come un saluto più affettuoso. Ecco, tipo stretta di mano."

"Una stretta di mano? Vallo a raccontare ai tuoi."

"Certo, se uscisse nel discorso... Ma perché scusa loro non l'hanno fatto? Siamo noi che non riusciamo a vedere la normalità del sesso, se ne dovrebbe parlare come di tutto, è che siamo borghesi, per esempio, immagina tua madre che fa un..."

"Ele!!!"

"Ma perché, anche tua madre fa la difficile?"

"Ti odio."

"Be' Step, ora ti saluto. Quando abbiamo appuntamento con Romani, il Serpe, e il resto del sottobosco?"

"Domani alle undici. Cioè, questo è il massimo... Ora ti devo ricordare io gli appuntamenti."

"Certo. È questa la vera 'assistenza'. Allora ci vediamo domani a quell'ora meno qualche minuto."

Lo vedo allontanarsi così, un po' ciondolante, con una sigaretta già in bocca. Dopo neanche un passo si gira. Mi guarda e fa un sorriso. "Ehi... Fammi sapere se hai novità anche tu con la Biro. Non fare l'ermetico, eh? Aspetto i tuoi racconti e non t'inventare niente. Tanto un pompino si batte facilmente!"

33.

Un pomeriggio come tanti altri. Ma non per lei. Raffaella Gervasi gira inquieta per casa. Qualcosa non le torna. Uno strano malessere. Un fastidio di fondo. Qualcosa che ha dimenticato... o qualcosa che non riesce a ricordare. Raffaella cerca di calmarsi. Che sciocca, forse sono così per mia figlia Babi. È così cambiata. Così piacevolmente cambiata. Finalmente sa quello che vuole. Ha fatto la sua scelta e ora non ha più dubbi. Ma io? Io cosa voglio? E improvvisamente si ritrova davanti allo specchio del salotto. Si avvicina preoccupata alla sua immagine, si guarda, cerca con le mani di lisciarsi la pelle, di aiutarsi, si tira un po' indietro le guance per cancellare dal viso quel tempo passato, quegli anni che giacciono lì, depositati ormai intorno ai suoi occhi. Ecco, vorrei meno rughe, ma questo è facile. Basta farsi un po' di botulino. Va di moda adesso. Fanno delle specie di feste dove si correggono queste "imperfezioni estetiche". Passano con un vassoio d'argento, una serie di siringhe... le prendono e ci danno dentro che sembra champagne. Leggere, indolore, costano perfino meno di un Moët. Ma è veramente questo il tuo problema? Raffaella si guarda negli occhi e cerca di essere sincera almeno con se stessa. No, hai quarantotto anni e per la prima volta in vita tua, nei confronti di tuo marito hai un dubbio. Cosa gli sta accadendo? Torna sempre più spesso tardi dal lavoro. Ho perfino controllato il conto in banca che abbiamo in comune. Ci sono molti prelievi, troppi. Come se non bastasse si è comprato dei cd. Lui... dei cd? Ho controllato in macchina. Ascolta un certo *Maggese* di Cesare Cremonini, un ragazzino, poi una compilation di Montecarlo Nights, quella musica notturna strana e sensuale e, colmo dei colmi... Buddha Bar VII, ancora peggio! Per uno che ha sempre e solo ascoltato musica classica e che al massimo si è avventurato in un jazz delicato, tutto questo è una specie di rivoluzione. E dietro a ogni rivoluzione così non ci può essere che una donna. Ma com'è possibile? Claudio... e un'altra! Be', non ci posso credere. Perché non ci puoi credere? Quante coppie del vostro gruppo si sono sfasciate? E per cosa? Diverbi sulle scelte di lavoro? Discussioni su dove andare per le vacanze estive, se al mare o in montagna? Contrasti sull'educazione dei figli? O in che modo cambiare l'arredamento di casa? No. Dietro c'è sempre e solo un'altra persona. Una donna. E quasi sempre più giovane. E mentre se lo confessa, Raffaella passa in rapida successione le schede, le ipotesi, le facce di tutte quelle donne, quelle amiche, vere o false che siano. Niente. Non esce niente. Non le viene in mente niente. Neanche una minima ipotesi, un nome, un indizio qualsiasi. Allora, presa dalla gelosia più folle, si tuffa nell'armadio di Claudio e fruga in ogni giacca, nei giubbotti, nei cappotti, nei pantaloni, cercando una qualsiasi prova, respirando i baveri, gli interni, per sentire, per cercare di trovare quel profumo colpevole, quel capello di troppo, quello scontrino, un biglietto d'auguri, una frase d'amore, un accenno di desiderio... un piano di fuga! Qualsiasi cosa che possa dare pace a questa sua follia isterica, a questa sua insicurezza rabbiosa. Claudio e un'altra. Perdere tutto quello che sembrava per lei e la sua vita una certezza quasi banale. Poi improvvisamente una luce, un lampo, un'idea. Forse la soluzione. Raffaella si scapicolla in sala da pranzo in cerca di quella cuccuma d'argento dove finisce la posta appena arrivata. Eccola là. C'è tutta. E non è stata ancora aperta. La prende a piene mani e comincia veloce a sfogliarla. Per Babi, per Daniela, per me, per Babi di nuovo... ecco, per Claudio! Ma è l'Enel, per me una promozione di saldi e sconti. Ma cosa vuoi che me ne freghi ora. Eccola. Claudio Gervasi. L'estratto conto della carta di credito Diners. Raffaella corre in cucina, prende un coltello e la apre delicatamente. Se trovo qualche prova, poi la richiudo e metto tutto a posto e faccio finta di niente. Così poi lo becco in flagrante e lo rovino. Lo rovino. Giuro che lo rovino. Tira fuori l'estratto e comincia a spizzarlo come la più grande partita di poker mai giocata al mondo. Ogni riga è un sussulto. L'ipotesi che l'avversario possa avere in mano quattro donne. O anche semplicemente una, ma comunque un'altra. Raffaella controlla frenetica tutti gli importi. Niente. Tutti pagamenti regolari. Rid del mutuo, pagamento del gasolio per la macchina... ecco! Una nota strana. Acquisto in un negozio di cd. Quanti ne avrà presi? Be', per il prezzo che vedo devono essere i tre che ha in macchina. Niente da fare. Ecco il completo di Franceschini, quello a via Cola Di

Rienzo. È quello che ha preso ai saldi e poi Teresa, la sarta, gli ha fatto l'orlo ai pantaloni. Sì, è tutto a posto. Raffaella ora guarda più tranquilla le ultime due righe, pagamento del telefono di casa... mamma mia, questo bimestre abbiamo speso 435,00 euro. Ma non fa in tempo ad arrabbiarsi. A pensare a quello che dirà alle figlie, le sole colpevoli di quell'intera cifra. Perché improvvisamente i suoi occhi cadono su un'altra spesa. 180,00 euro per qualcosa che lei non si sarebbe mai aspettata.

34

Ai Prati vicino alla Rai, all'angolo tra via Nicotera e viale Mazzini, c'è il Residence Prati, casa e albergo di tante piccole stelle del cinema, della fiction, della soap, del varietà, di tutta la tv italiana. Ecco, poco più in là c'è anche una palestra. Scendo giù, è un seminterrato. Non sembra, ma sono quattrocento metri quadri buoni se non di più, ben dislocata, diversi specchi, bocche di lupo, un'areazione perfetta, un grosso tubo d'acciaio che serpeggia a testa in giù dal soffitto sbuffando e respirando.

"Ciao, cerchi qualcuno?"

Una ragazza con i capelli corti dalla pettinatura buffa mi sorride nascosta dietro una strana scrivania. Nasconde un libro di diritto, chiuso con una matita in mezzo e due evidenziatori lì vicino, classico da primo anno di università.

"Sì, sto cercando una mia amica."

"Chi è? Forse la conosco. È iscritta da molto tempo?"

Mi viene da ridere e vorrei risponderle: "Da mai!". Ma sarebbe come buttare all'aria ogni possibilità con Gin. Farla scoprire nella sua rete di palestre, il massimo.

"No, mi ha detto che oggi voleva fare una lezione di prova."

"Dimmi il nome che te la chiamo al microfono."

"No grazie." Sorrido, finto ingenuo. "Voglio farle una sorpresa."

"Ok, come vuoi."

La ragazza si rimette tranquilla e riprende a studiare. Codice penale. Ho sbagliato, deve essere minimo al terzo anno, se non c'è di mezzo qualche fuori corso. Poi rido fra me e me. Chissà, magari un giorno potrebbe essere il mio avvocato. Probabile.

Eccola lì, Ginevra. Gin. La Biro. Roba da pazzi. Facendo onore al suo cognome, descrive nell'aria traiettorie perfette prima di colpire il sacco. Saltella di continuo. Pseudoprofessionista pugile. Improvvisamente mi ricorda Hilary Swank quando va a festeggiare in palestra, da sola, il suo compleanno. Gira attorno al sacco veloce e Morgan Freeman decide di darle alcuni consigli su come si colpisce. Avevo sentito dire che le donne italiane si erano fissate per la boxe. Ma pensavo fossero dicerie. Questa invece è una realtà.

"Vai ancora, brava così, colpisci dritto." Qualcuno la allena. Ma non somiglia a Clint Eastwood. Sembra perfino soddisfatto, forse se la vuole solo portare a letto. Eppure la guardo. Eppure, perché mi sembra di guardarla in modo diverso. Che strano. Quando da lontano guardi una donna, ne scorgi i minimi particolari, dettagli, come muove la bocca, come si imbroncia, come si morde il labbro, come sbuffa, come si aggiusta i capelli, come... tante altre cose. Cose che da vicino perdi, cose che a pochi passi magari vengono messe da parte dai suoi occhi.

Gin continua a sbuffare colpendo ripetutamente il sacco. "Destro sinistro e giù! Brava ritorna indietro, destro sinistro e giù... Così ancora..."

Continua a sudare mentre colpisce e agita i capelli neri all'indietro. Poi, sembra quasi un rallenty, si sposta i capelli dalla faccia con il guantone e li porta lì, dietro le orecchie. Ci manca solo che si rifà il trucco. Donne e boxe, roba da pazzi. Mi avvicino piano, senza farmi vedere.

"Ora prova un affondo e giù."

Gin colpisce due volte di sinistro poi prova l'affondo di destra. Le sposto al volo il sacco e le blocco il braccio destro. "Pum." Vedo la sua faccia sorpresa, quasi attonita. Veloce, chiudo la mia mano a pugno e la colpisco leggero sul mento. "Ciao, Million Dollar Baby. Pum, pum, eri morta." Si divincola liberandosi.

"Che cavolo ci fai qui?"

"Volevo provare questa palestra."

"Ma guarda! Proprio questa."

"Si dà il caso che può capitare, mi è comoda e siccome anch'io 'lavoro' qui vicino..."

"Sono stata presa a prescindere da te."

"Ma chi ti ha detto niente."

"Eri allusivo."

"Sei malata."

"E tu sei stronzo!"

"Basta, calma... Non vi metterete a discutere proprio qui in palestra, no?"

Si mette in mezzo l'allenatore.

"E poi scusa, Ginevra... per te questa è la prima lezione di prova qui da noi, no? Non sei iscritta qui alla Gymnastic. Quindi lui non poteva sapere, non poteva essere sicuro di trovarti. È stato un caso."

La guardo e sorrido. "È stato un caso. La vita è fatta di casi. E mi sembra assurdo trovare delle ragioni al perché di quel caso. Giusto? È un caso e basta."

Gin sbuffa con le mani poggiate sul fianco ancora prigioniere dei guantoni.

"Ma che 'caso' stai dicendo?"

"Buona Ginevra" si rifà sotto l'allenatore. "C'è troppo astio fra di voi. Sembra che vi odiate."

"No, non sembra. È!"

"Allora dovete stare attenti. Tu che dovresti essere ancora fresca di scuola te lo dovresti ricordare: 'Odi et amo. Quare id faciam..., nescio...'."

Gin alza gli occhi al cielo.

"Sì, sì, grazie, la conosco. Ma qui i problemi sono altri."

"Allora dovete risolverli fuori di qui."

La guardo e sorrido.

"Giusto, vero... Ecco una buona idea. Esci?"

"Devi stare attento. Non la sottovalutare, Ginevra è forte, sai?"

"E come se non lo so. È pure terzo dan."

"Ma dai..." L'allenatore si fa curioso. "Non lo sapevo questo. Sul serio?"

"Sì, stranamente sta dicendo la verità."

L'allenatore si allontana scuotendo la testa.

"C'è astio, c'è astio. Così non va, così non va."

Poi torna indietro sorridente, come se avesse trovato la soluzione a tutti i problemi mondiali. Quanto meno a quelli miei e di Gin.

"Perché non fate un piccolo incontro? Scusate, è l'ideale, un sano scarico di tensioni."

Gin alza la mano con il guantone aperto verso di me, indicandomi.

"Tse, ma figurati se questo qua si è portato la roba per cambiarsi."

"E invece 'questo qua' se l'è portata."

Le sorrido divertito e prendo da dietro la colonna la mia sacca. "E ora, seguendo i consigli del tuo allenatore, vado subito a cambiarmi. Non ti preoccupare comunque, ci vediamo fra poco."

Gin e l'allenatore rimangono lì a guardarmi mentre mi allontano.

"Non c'è niente di meglio, in fondo quel ragazzo mi sembra simpatico e così puoi mettere in pratica parte dei colpi che oggi ti ho spiegato, comunque mi sembra che tu li abbia perfettamente capiti."

"Sì, ma tu hai capito chi è quello?"

L'allenatore mi guarda perplesso. "No, perché chi è?"

"Lui è Step."

Rimane per un po' soprappensiero con gli occhi socchiusi, cercando nel suo immaginario, tra i suoi ricordi e il sentito dire delle tante leggende metropolitane. Niente. Non trova niente.

"Step, Step, Step. No, mai sentito."

Lo guardo preoccupata mentre lui mi sorride compiaciuto. "No, sul serio, mai. Ma stai tranquilla, gli terrai testa!"

E in quel momento capisco due cose. Uno, sicuramente non è un buon allenatore e due, proprio per questo dovrei iniziare a preoccuparmi.

Una maglietta leggera, pantaloncini, calzettoni e le nuove Nike prese alla Nike Town di New York. "Ehi, Step, ciao." Negli spogliatoi incontro uno che conosco, ma del quale non ricordo il nome. "Che fai, ti alleni qui?"

"Solo per oggi. Voglio fare una lezione di prova tanto per vedere un po' come cammina questa palestra."

"Cammina bene, eccome! A parte che è piena di fighe. Hai visto quella al sacco? Una bona da paura."

"Fra poco tiro due colpi con lei."

"Ma dai!"

Il tipo del quale non mi ricordo assolutamente il nome mi guarda sorpreso, poi un po' preoccupato.

"Non è che ho sbagliato? Non dovevo dirlo?"

"Che cosa?"

"Che è una bona da paura?"

Chiudo a chiave l'armadietto, mi metto il lucchetto in tasca.

"E perché mai? È vero!" Gli sorrido ed esco.

"Allora, terzo dan, si comincia?"

Gin mi guarda facendo un finto sorriso.

"A parte che qui non c'entra niente il terzo dan e poi come sei ripetitivo, non riesci a trovare niente di nuovo?"

Rido come un pazzo e allargo le braccia.

"Non ci posso credere. Stiamo per fare un combattimento di pugilato, un bell'incontro di quelli tosti... e tu che fai? Sfruculi."

"Bello, sfruculi, mi mancava."

"Tu non lo puoi usare, in questo caso i diritti sono miei!" E proprio subito dopo... Bum. Questo non me l'aspettavo. Mi prende in piena faccia con un destro, veloce, preciso, posso dire inaspettato come giustificazione. Comunque mi ha preso.

"Brava, benissimo."

L'allenatore salta divertito.

"Destro, sinistro affondi e ti richiudi."

Muovo la mascella e me la sposto a destra e a sinistra, leggermente indolenzita.

"Niente di rotto?"

Gin saltella sulle gambe guardandomi e alza un sopracciglio. "Se vuoi, cominciamo sul serio."

Poi saltellando mi viene più vicina.

"Questo era solo un assaggio, mitico Step. Ah, il mio allenatore non ha mai sentito il tuo nome."

La guardo mentre mi infilo i guantoni.

"Se è per questo non ha visto neanche la foto che ti ho fatto con la polaroid. Certo, se la vedesse..."

"Se la vedesse?"

"Be', forse ci ripenserebbe. In quella foto fai così paura che di colpo gli passerebbe perfino la voglia di portarti a letto!"

"Ora mi hai veramente stufato."

Gin mi salta addosso come una furia e comincia a colpirmi. Paro ridendo pugni che volano da tutte le parti, a guantone aperto, poi chiuso, largo, stretto. Alla fine mi entra con un calcio dritto per dritto.

"Ehi..."

Colpito e affondato. Basso ventre. Mi prende lì in pieno. Mi piego in due dal dolore. Riesco a trovare un po' di fiato.

"Ahia! Non vale!"

"Con te vale tutto."

"Ecco, Gin, se anche volessi dimostrarti il mio amore, in questo momento non sarei proprio all'altezza."

"Non ti preoccupare... Mi fido sulla parola."

Porca puttana, mi ha distratto, mi ha fatto ridere e poi mi ha sfondato. Rimango piegato in due cercando di recuperare. Si avvicina l'allenatore. "Problemi?"

Mi poggia la mano sulla spalla.

"No, no, tutto a posto... O quasi."

Sbatto i piedi e mi porto le mani sui fianchi, respiro profondamente mentre mi tiro su.

"Ecco, vedi, ora potrei finirti, se non provassi pena per te."

"Come sei caritatevole. Ci spostiamo sul ring?"

"Certo."

Gin mi sorride tranquilla. Mi passa sicura davanti. L'allenatore si porta ai bordi del ring e alza le corde aiutandoci a passare sotto.

"Ehi, ragazzo, mi raccomando... Nessun colpo proibito e andateci piano, eh? Un bell'incontro, su."

Gin mi raggiunge al centro del ring, ci diamo un colpetto sui guantoni. Tutti e due insieme, come nei film.

"Sei pronta?"

"Sono pronta a tutto. E non gli dare retta, lui non è il mio allenatore e tu sei finito! Ti avviso che sono ammessi tutti i colpi soprattutto quelli proibiti, almeno da parte mia!"

"Ohi, ohi, ohi... Che paura!"

Di risposta cerca di colpirmi in pieno volto, ma stavolta sono pronto, paro di sinistro e le do un bel calcio nel culo, senza farle troppo male però.

"Eh, eh, eh... Adesso ci sono anch'io. Allora si comincia?"

Saltelliamo su e giù, girandoci intorno, studiandoci mentre Nicola, l'allenatore, ha fatto partire il tempo su un suo cronometro Swatch o qualcosa giù di lì. Gin comincia a colpirmi e sorride mentre lo fa.

"Ehi, ti diverti ancora, eh? Brava, fai bene perché fra un po'..." Poi un colpo dritto per dritto in pancia mi toglie per un attimo il respiro. Veloce l'amica.

"Risparmia il fiato, mitico Step, che ne hai bisogno. Ti avevo detto che ho fatto anche molto full contact?" Continuo a saltellare mentre recupero. "Prima regola, devi sempre attaccare dopo un colpo andato a fondo, sennò..."

Le parto da vicino ma non troppo forte, non troppo veloce. Destro, ancora destro, poi driblo di sinistro e poi di nuovo destro. I primi tre li para perfettamente il destro finale entra. Poi vedo Gin accusare il colpo, si sposta verso sinistra e quasi scivola. L'ho colpita troppo forte. Faccio per prenderla prima che cada per terra.

"Ehi, scusa, t'ho fatto male?" Sinceramente preoccupato. "È che..."

Gin mi risponde con un uppercut prendendomi il mento di striscio. Mi spezza le parole in bocca, per fortuna solo quelle.

"Non mi hai fatto niente." Sbuffa inorgoglita e gira veloce la testa portandosi indietro i capelli, poi salta all'attacco. Una doppia sforbiciata. Destro, sinistro e di piatto col piede mi spinge indietro e poi ci dà sotto. Destro, sinistro e ancora destro. Sinistro, destro, gancio, li paro come posso, per non colpirla ancora, paro sorridendo e ogni tanto anche un po' in difficoltà, a essere sincero. Sempre più vicini. Mi mette all'angolo, attacca ancora. "Ehi, troppa foga." Mi copro con i guantoni e lei continua a colpire, poi tenta un colpo dritto per dritto di destro e tac, ecco fatto. Allargo il sinistro al volo e lo raccolgo al corpo. Le blocco il braccio destro sotto il mio e lo tengo ben stretto. "Imprigionata!"

Rimane bloccata così, leggermente più lontana con il sinistro.

"Ci vai con troppa foga, vedi che succede?"

Gin prova a liberarsi in tutti i modi. Si tira indietro, si appoggia alle corde, mi viene contro, si rilancia indietro, sbatte contro di me divincolandosi. Le do un pugno leggero con il destro sul viso. "Pum... Vedi che potrei farti?" Continuo a colpirla. "Pum, pum, pum. Gin pungiball... Eri finita!"

Di tutta risposta, come impazzita prova a colpirmi con il sinistro libero. Lo paro con facilità, non si arrende, pum, pum, pum, glieli paro tutti, uno dopo l'altro. Gin tenta da sotto, poi con un dritto, un gancio, di nuovo da sotto, sale con un piede sulla corda e si dà una spinta per colpire con ancora più slancio. Niente da fare, sono fermo contro l'angolo e le tengo il destro ben stretto a me. Gin è fuori di sé. "Iaooo!" Prova a colpirmi con il ginocchio, ma alzo al volo il mio parando anche quello. Prova a colpirmi di nuovo con un gancio sinistro ma lo fa con meno velocità, forse un po' stanca. Ecco l'errore che aspettavo. Allargo il braccio destro e blocco anche il suo sinistro tenendolo ben stretto a me. "E ora?" Rimane così a guardarmi per un attimo di fronte a me, completamente bloccata. "Dove va adesso Gin, la tigre?" Prova a liberarsi. "Buona, stai buona. Qui, tra le mie braccia." Prova di nuovo a liberarsi ma non ce la fa. Mi avvicino e la bacio, sembra starci per un attimo. "Ahia!" Mi ha morso. La lascio al volo liberandole tutte e due le braccia. "Porca troia." Mi porto i guantoni alla bocca per vedere se butto sangue. "Ma così mi stacchi un labbro. E poi le altre?!! Guarda che quelle menano e non sono poche."

"Te l'ho già detto. Io non ho paura."

E per confermarmelo, prova un waikiki. Gira su se stessa per colpirmi con un calcio rotante. Ma io sono più veloce, scivolo per terra e le faccio una spazzata facendola cadere giù vicino a me.

"È inutile, Gin, è come quando Apollo in *Rocky 4* dice: 'Io t'ho insegnato quasi tutto. Tu combatti alla grande, ma io sono grande!'."

E in un attimo le sono sopra, le blocco il corpo con le gambe avvinghiate intorno alla vita e con il destro la tengo stretta a terra con la faccia sul pavimento, proprio lì, vicino alla mia.

"Allora? Sai che sei bellissima così? È un sentimento sincero il mio." Non so perché, ma mi ricorda tanto *Arma letale*. Quando

Mel Gibson e René Russo si confrontano sulle cicatrici e poi cadono a terra. Ma noi siamo più belli, siamo veri.

"Gin, ti va di fare l'amore?"

Gin sorride e scuote la testa. "Qui? Adesso, sul parquet della palestra, davanti a Nicola e agli altri che ci stanno guardando?"

"Il trucco è solo non pensarci."

"Ma che dici, Step, ma sei scemo? Poi magari senti pure che fanno il coro dandoci il tempo."

"Ok, allora riprendiamo il combattimento, come vuoi tu. Io ti avevo dato una chance."

Ci rialziamo insieme. Questa volta però, divertito, attacco io. La stringo nell'angolo e comincio a colpirla. Senza andarci troppo pesante però. Gin è veloce e cerca di uscirne. Con una spinta la rimetto all'angolo. Lei si abbassa, schiva, fa per uscirne, ma io la riblocco e la ributto lì. Poi finge un sinistro, in realtà allarga. Io tiro al corpo lentamente. Lei velocissima richiude il braccio bloccandomi il destro. Subito dopo, quasi al volo fa la stessa cosa con il mio sinistro.

"Ta ta... Ti ho bloccato io. E adesso?"

In realtà con una capocciata me ne libererei subito, ma non mi sembra proprio il caso. Gin sospira.

"Al solito... sei mio prigioniero, non ti azzardare a mordere, però. Giuro che se lo fai ti stendo."

Prende e mi bacia. La lascio fare, divertito, saliva e sudore, baci lisci e morbidi, desiderosi e sfuggenti. La lascio fare, sì. Gioca con le mie labbra, la stringo tra i guantoni, lei si strofina a me, pantaloncini e maglietta, sudata al punto giusto. I suoi capelli mi si attaccano al viso nascondendomi da sguardi indiscreti.

Ma Nicola, che ci seguiva tenendo il tempo, non può certo perdersi questo strano incontro.

"Prima si vogliono sfondare e poi buttano tutto in cagnara. Che gioventù assurda."

E si allontana scuotendo la testa. In cagnara quello che stiamo facendo? Questa è arte, uomo. Arte fantastica, sopraffina, mistica, selvaggia, elegante, primordiale. Continuiamo a baciarci nell'angolo del ring, fregandocene, ora più liberi nella stretta ed eccitati, almeno io. Fuori tempo... massimo. Lascio scivolare il guantone che finisce guarda caso fra le sue gambe, ma Gin si sposta. Poi, come se non bastasse salgono sul ring due tipi sui quarant'anni con un paio di capezze al collo, i capelli grigi e un'aria consumata.

"Scusate, eh, non vorremmo disturbare questo match. Ma noi vorremmo boxare sul serio, se ve potete leva' di qua."

"Sì, portate 'st'idillio da un'altra parte, va'."

Ridono. Prendo Gin per un braccio stringendola con il dito del guantone e l'aiuto a uscire dal ring. Quello più grosso, che sa ancora di fumo, non se la lascia scappare.

"Aho, ma che ce troverai poi a combattere con una donna..."

Gin mi sfugge dalle mani e si rinfila veloce sotto la corda rientrando nel ring.

"Ci trova, ci trova... vuoi vedere?" E si mette in posa. Mi metto in mezzo prima che vada tutto a scatafascio.

"Ok, ok. Come non detto, vi lasciamo combattere. Scusateci. La ragazza è nervosa."

"Io non sono nervosa."

"Ehm, quindi è meglio che ci andiamo a prendere un gelato."

Piano a Gin, sussurrandole all'orecchio: "Offro io, ma ti prego piantala".

Gin allarga le braccia. "Ok, ok."

"Ecco bravi, andate a prendervi il gelato, va'."

"Sì, un gelato al bacio."

Ridono tutti e due. Uno poi con una tosse catarrosa. Ci mancava pure la battuta. Gin prova a girarsi di nuovo, ma la spingo via con forza.

"A cambiarsi, doccia, e poi gelato. Forza e senza discutere."

"Ehi, mi fai più paura del mio papi. Guarda, tremo tutta." E simula una specie di balletto di sedere imitando le donne africane. Però. Le do una pacca forte sul culo.

"Forza, ho detto. A cambiarsi."

E con un'ultima spinta riesco, a viva forza, a spedirla dentro gli spogliatoi. Fiuu, che fatica. Se tanto mi dà tanto. Mission impossible. Non ci credo. Gin sbuca di nuovo fuori dalla porta degli spogliatoi.

"Guarda che mi cambio solo perché sono le undici e ho finito la mia ora di allenamento."

"Sì, certo."

Mi guarda un attimo perplessa, con il sopracciglio tirato su, poi lo lascia andare e sorride.

"Ok." Capisce che gliel'ho data vinta.

"Ci metto un attimo, ci vediamo al bar della palestra, lì in fondo."

Vado anch'io a cambiarmi. Che lotta. Non so se è meglio dentro il ring o fuori. Tiro fuori le chiavi dell'armadietto e comincio a cambiarmi. Ma che c'avrà poi di speciale? Mi butto sotto la doccia. Sì, ok, un bel culo, un bel sorriso... Trovo uno shampoo lasciato da qualcun altro e me lo rovescio in testa. Sì, è anche una tipa divertente, le palestre a vela. La battuta pronta. Però è uno sfinimento. Sì, ma quant'è che non ho una storia come si deve? Due anni. Però come si sta bene. Libero e bello. Rido come un coglione mentre lo shampoo dolciastro mi si infila negli occhi, cazzo. Brucia. Niente rotture: che fai stasera, che facciamo domani, che si fa per il week-end, ti richiamo dopo, dimmi che mi ami, tu non mi ami più, ma come non ti amo, chi era quella, perché c'hai parlato, con chi stavi al telefono? No, non esiste. Mi sono ripreso da poco, sempre che mi sia ripreso. Voglio le "calendarine". Il primo di ogni mese quella, il due l'altra, il tre un'altra ancora, il quattro chissà, anche niente magari, il cinque quella figa straniera incontrata per caso, il sei... Il sei... Sei solo, lo sai. Sì certo, ma che mi frega, non voglio impaludarmi. Mi asciugo e mi infilo i pantaloni. Non voglio dare spiegazioni. Mi chiudo la camicia e prendo la borsa. Vado verso l'uscita. Non la saluto neanche, tanto la becco più tardi al Teatro delle Vittorie. Ah, no. Oggi non c'è convocazione per loro. Va be', glielo dico domani quando la vedo. Capirai, quella è capace di ripiombare a casa mia e farmi la piazzata. Se non ci sono io, becca Paolo. Con Paolo ha gioco facile, lo sfonda. Capirai, la prenderebbe per una belva umana, una furia, una tigre. Che palle! La devo pure aspettare. Chissà quanto ci metterà a prepararsi. Che tipo di donna sarà? Sofisticata, menefreghista, spendacciona, attenta al soldo, folle, cocainomane, mignotta, impossibile? Arrivo al bar e ordino un Gatorade non troppo freddo.

"A cosa mi scusi?"

"All'arancia."

Poi le risposte arrivano quasi da sole. Gin è naturale, selvaggia, elegante, pura, appassionata, antidroga, altruista, divertente. Poi rido. Ma che palle! Magari è ritardataria e la dovrò aspettare.

Sborso 2 euro, levo il tappo e bevo il Gatorade. Mi guardo intorno. Un tipo agghindato da post allenamento legge "il Tempo". Mangia a ripetizione piegato su un riso scondito, colorato qua e là da qualche chicco di mais e da un peperone capitato lì per caso. Al tavolo vicino un altro pseudomuscoloso chiacchiera con una ragazza con tono falso. Si mostra eccessivamente allegro a qualunque cosa lei gli risponda. Due amiche progettano chissà cosa per un'ipotetica vacanza. Un'altra racconta alla sua amica del cuore quanto si sia comportato malissimo un lui. Un ragazzo al bancone ancora sudato per la serie appena fatta, uno già cambiato. Una ragazza che beve un frullato e va via, un'altra che aspetta chissà che cosa. Cerco il viso di quest'ultima nello specchio di fronte al bancone. Ma è coperta dal ragazzo addetto al bar. Poi lui serve qualcosa e se ne va scoprendola. Come la carta che ti arriva per un poker sperato, come l'ultimo rimbalzo della pallina di una roulette che forse si ferma su quel numero che tu hai puntato... esce lei. Eccola. Mi guarda e sorride. Ha i capelli davanti agli occhi appena truccati, sfumati di un grigio leggero. Le labbra rosa e un poco imbronciate. Si gira verso di me.

"Be', che fai, non mi riconosci?" Poker. En plein. È Gin. Ha un tailleur azzurro. Su un risvolto si leggono due piccole cifre. D&G. Sorrido. Yoox. Poi scarpe alte dello stesso colore. Elegantissime. René Caovilla. Dei legacci leggeri liberano a tratti le sue caviglie. Alle dita dei piedi, unghie velate di un pallido azzurro più chiaro, come piccoli sorrisi divertiti, si affacciano da un'abbronzatura leggera. Occhiali Chanel sempre azzurri appoggiati sulla testa. È come se un velo di miele fosse stato lasciato colare, perfettamente modellato sulle sue braccia, sulle sue gambe scoperte, sul suo viso che sorride.

"Allora?"

Allora... Allora tutti i miei propositi vanno a farsi fottere. Cerco qualche parola. Mi viene da ridere e insieme in mente quella scena di *Pretty Woman*. Richard Gere che cerca Vivien al bar dell'albergo. Poi la trova. Pronta per andare all'opera. Gin è perfetta come lei, di più. Sono messo proprio male. Prende la borsa e viene verso di me.

"Stai pensando a qualcosa?"

"Sì." Mento. "Che il Gatorade era troppo freddo."

Gin sorride e mi supera.

"Bugiardo, pensavi a me."

Decisa e divertita si allontana, non troppo ancheggiante ma sicura su per le scale che portano fuori dalla palestra. Le gambe scendono giù dalla gonna leggera, leggermente plissettata e si perdono, toniche e guizzanti, forse un po' incremate, sparendo sottili più giù per lasciar posto a un tacco deciso e squadrato.

Si ferma in cima alle scale e si gira. "Allora che fai, mi guardi le gambe? Dai, non stare in fissa. Andiamo a prendere un aperitivo o quello che vuoi tu che poi ho il pranzo con i miei e mio zio. Due palle. Sennò, con il cavolo che mi conciavo così."

Donne. Le vedi in palestra. Piccoli body, strane tute inventate, pantaloncini stretti e magliette sbrillentate. Aerobica a più non posso. Sudate su un viso senza trucco, capelli impiastricciati, incollati al viso. E poi pluff... Peggio della lampada di Aladino. Escono dagli spogliatoi miracolate. Quel cesso slavato che hai visto prima non c'è più. Il brutto anatroccolo si è truccato. È nascosto in vestiti ben scelti, ha le ciglia più lunghe, arcuate da un mascara costoso. Labbra perfettamente disegnate, a volte perfino tatuate, fanno uscire ancora di più quella bocca che non è stata ancora pizzicata dalla costosa zanzara collagene. Le donne, giovani cigni mascherati. Certo non sto parlando di Gin. Lei è...

"Oh, ma a che pensi?"

"Io?"

"E chi sennò? Siamo io e te."

"Niente."

"Sì, ancora. Be', deve essere un niente molto particolare. Sembravi imbambolato. Te ne ho date troppe, eh?"

"Sì, ma mi sto riprendendo."

"Io vengo con la mia macchina."

"Ok. Seguimi."

Monto in moto, ma non resisto. Piazzo lo specchietto per poterla vedere salire in macchina. La supero. La tengo al centro della mia vista. Eccola, sta salendo. Gin si piega in avanti, si siede sul sedile, morbida e leggera fa volare via da terra una dopo l'altra le sue gambe. Veloci e scattanti, quasi unite se non per un attimo, quel piccolo frame di pizzo che però per me è come un film. Che sensuale fotoflash. Poi torno alla realtà. Metto la marcia e via. Gin mi segue senza problemi. Guida come una pilota provetta. Non ha problemi nel traffico, allarga, supera e rientra. Suona il clacson ogni tanto per prevenire qualche errore altrui. Segue oscillando la macchina nelle sue curve, agitando la testa, immagino, a tempo di musica. Gin selvaggia metropolitana. Ogni tanto mi lampeggia quando si accorge dal mio specchietto che la sto controllando, doppi fari come a dire... ehi, stai tranquillo, ci sono. Ancora qualche curva e ci siamo. Mi fermo, la lascio sfilare, mi accosto. "Dai, posteggia qui, che lì non si entra." Non chiede altre spiegazioni. Chiude la macchina e mi monta dietro tenendosi la gonna bassa per quella strana operazione da cavallerizza.

"Troppo forte questa moto, mi piace. Ne ho viste poche così."

"Nessuna. L'hanno fatta solo per me."

"Sì, senz'altro, ancora. Sai quanto costerebbe un solo modello per una sola persona?"

"415.000 euro..."

Gin mi guarda sinceramente strabiliata.

"Così tanto?"

"E calcola che a me hanno fatto pure un grosso sconto."

Mi vede sorridere nello specchietto che ho girato verso di lei per incrociare il suo sguardo. Cerco di fare una piccola lotta a braccio di ferro con gli sguardi. Poi crollo e sorrido. Lei mi batte forte sulla spalla. "Ma va', che cavolo dici, sei proprio un cazzaro!" Questa, dai tempi delle mitiche risse a piazza Euclide, dalle scorribande sulla Cassia fino giù a Talenti e ritorno, non mi era mai capitata. Step, un cazzaro. E chi si è permesso di dirlo? Una donna. Questa donna, questa qui dietro a me. E continua poi.

"A parte il suo costo, mi piace veramente tanto questa moto. Un giorno o l'altro me la devi far portare."

Roba da pazzi, qualcuno che mi chiede di guidare la mia moto, e chi poi? Sempre una donna. La stessa che mi ha dato del cazzaro! Ma la cosa più incredibile di tutte è che io le dico: "Sì, certo".

Ci infiliamo a Villa Borghese, guido veloce ma senza troppa fretta e mi fermo davanti al piccolo bar vicino al laghetto.

"Ecco, siamo arrivati, qui non ci viene tanta gente, è più tranquillo."

"Che c'è, non ti devi far vedere?"

"Ehi, hai voglia di litigare oggi? Se lo sapevo, in palestra ci andavo giù più duro."

"Guarda che ti ha detto bene."

"Ancora."

"Ok, ok, pace dai, ci si prende un aperitivo 'tregua', ci stai?"

35.

Claudio posteggia la macchina in garage. Per fortuna non c'è la Vespa. Ancora nessuna delle figlie è tornata. Meglio. Almeno non corre il rischio di rovinare di più la fiancata. Anche se è difficile scendere al di sotto di quello che gli hanno offerto per la Mercedes. E con questo ultimo pensiero di libertà, dedicato al sogno della sua Z4, chiude il garage e sale a casa.

"C'è nessuno?"

L'appartamento sembra in silenzio. Un sospiro di sollievo. È bello concedersi un attimo di tranquillità. Anche per organizzare ancora meglio l'uscita serale. Non sarà facile. C'ha pensato tutto il pomeriggio, ma vuole ripassare il piano, perfezionarlo anche nei minimi dettagli. Vuole essere sicuro che non ci sia nessun imprevisto. Ma proprio in quel momento gli piomba alle spalle Raffaella.

"Ci sono io, e c'è anche questa."

Gli sbatte davanti alla faccia l'estratto conto della sua carta di credito, con la penultima riga sottolineata con l'evidenziatore giallo. Claudio la prende per le mani sbigottito. Raffaella gli si fa ancora più sotto.

"Allora, che vuol dire? Mi sai dare una spiegazione?"

Claudio si sente un giramento di testa. Il suo estratto conto aperto. Schiaffato lì, davanti a tutti. A tutti... a sua moglie. Oddio, pensa, cosa avrà trovato? Fa una veloce ricognizione mentale. No. Non ci dovrebbe essere nulla. Poi la vede. In fondo al conto la penultima riga risalta su tutte le altre. Prova inconfutabile della sua colpa, dell'essere voluto tornare sul luogo del delitto. Ma lei non può sapere, non può immaginare.

"Ah, questa... ma niente, non è niente."

"180 euro per niente? Non mi sembra un buon affare."

211

"Ma no, è che ho comprato una stecca da biliardo."

"Ah sì? Questo lo so. Nell'estratto conto si legge perfettamente: La bottega del biliardo. Quello che non so è da quando tu giochi a biliardo. E soprattutto chissà quante altre cose allora non so."

"Ma Raffaella, ti prego. Guarda che ti sbagli, non è per me."

Poi una specie d'illuminazione, un faro nella notte, la possibilità di uscire illeso da quel mare in tempesta, da quel navigare a vista tra scogli appuntiti nascosti dall'uragano Raffaella.

"Non sapevo che regalare al dott. Farini, e siccome so che nella casa al mare ha un biliardo, ho pensato che questo fosse un bel regalo! Infatti gli è piaciuto molto. Pensa che stasera ci vediamo, andiamo a cena e poi facciamo anche una partita!"

Non era proprio questo il piano che aveva pensato tutto il pomeriggio, ma a volte l'improvvisazione crea delle bugie miracolose. Raffaella non sa se crederci.

"Cioè, andate a giocare a biliardo tu e lui?"

"Sì, ma tu non sai. Dice che con la stecca che gli ho regalato gli si è riaccesa un'antica passione. Da quando ha ripreso a giocare anche le cose in azienda gli vanno meglio, capisci? Il biliardo lo rilassa, non è un miracolo?" Poi tutto fiero, quasi gonfiandosi. "Pensa che mi ha affidato dei finanziamenti per centinaia di migliaia di euro grazie a una stecca da biliardo da soli 180 euro. Non sono stato bravo?"

La vede ancora dubbiosa. Allora decide di giocare il tutto per tutto, spericolato funambolo della menzogna, trampoliere della più bassa bugia, stuntman della falsità più assurda.

"Senti, non so come convincerti, guarda, ecco, potremmo fare così, vieni anche tu con noi! Facciamo la cena e poi ci tieni i punti nella sala da biliardo, eh, ti va?"

Raffaella rimane per un attimo in silenzio.

"No, grazie."

Di fronte a questo tuffo nel vuoto, si tranquillizza. Anche Claudio. E se avesse detto di sì? Dove lo trovavo alle sette di sera Farini? È almeno un anno che non lo sento, sarebbe stato difficile organizzare una cena così, su due piedi, e soprattutto una partita a biliardo, visto che Farini non ha proprio l'aria del giocatore. Claudio decide di non pensarci. Sta troppo male anche solo all'idea. Così le sorride, cercando di fugare del tutto ogni sua minima perplessità. Ma Raffaella ha un ultimo guizzo.

"Scusa, ma se era un regalo di lavoro, perché non hai usato la carta dell'ufficio?"

"Oh, ma tu lo sai com'è fatto Panella, quello spulcia tutto, e se poi Farini non decideva d'affidarsi al nostro studio? Già lo so, me l'avrebbe rinfacciato tutto l'anno! Ho pensato che per 180 euro potevo correre il rischio!" E proprio mentre lo dice, Claudio si rende conto di quanto ha rischiato anche lui questa volta. Si leva la giacca, sta sudando. Va verso la camera da letto per nascondere in qualche modo la tensione drammatica del momento.

"Ah, Raffaella, ma non ti preoccupare, eh? Ora che Farini è venuto da noi, io quei 180 euro me li faccio rimborsare, cosa credi!"

Raffaella lo segue e lo raggiunge in camera. Sta per dire ancora qualcosa ma Claudio non ce la fa più. Si avvicina e la prende per le braccia.

"Sai, mi piace che dopo tutti questi anni tu sia ancora gelosa. Vuol dire che il nostro rapporto è vivo."

Raffaella sorride. Le sembra in qualche modo di essere tornata ragazza, be', se non altro più giovane, è come se in un attimo quelle rughe, viste nello specchio, fossero sparite. Claudio si avvicina e le dà un bacio. Piano piano cominciano a spogliarsi, come non facevano da tempo, da troppo tempo. E Claudio si sente colpevolmente eccitato. Raffaella lo guarda.

"Sì, mi sembrava assurdo che tu potessi fare una cosa del genere e ora m'è venuta una voglia pazzesca, sento la rabbia che diventa desiderio."

Claudio si abbassa i pantaloni e le solleva la gonna, la lascia scendere lentamente sul letto e le sfila le mutande, alzandole le gambe con ancora le scarpe. Nella penombra della stanza, con l'aria ancora incerta, rarefatta da dubbi e bugie, da menzogne, dalla disperata ricerca della verità, iniziano a toccarsi. Poi Claudio si tira giù le mutande, le allarga le gambe e prende sua moglie. Claudio va su e giù. Ansima e suda nella camicia. Raffaella se ne accorge.

"Ma spogliati del tutto."

"E se poi arrivano le nostre figlie?"

Raffaella sorride e chiude gli occhi, godendo, tirandolo a sé.

"Hai ragione... è bello così... continua ancora... dai..."

E Claudio spinge con forza, cercando di soddisfarla, eccitato ma preoccupato. Come sarà più tardi la sua prestazione sul tavolo da biliardo-letto con la controfigura di Farini? Preferisce non pensarci. Ha letto un articolo sull'ansia da prestazione. Va evitato proprio come pensiero. Una cosa è sicura: i graffi della settimana prima sono rimasti ben nascosti sotto la camicia tutta sudata. All'improvviso dal fondo del corridoio si sente la voce di Babi.

"Papà, mamma... ci siete?"

Raffaella dalla camera, con la voce leggermente rauca, cerca di prendere tempo.

"Un attimo, arriviamo."

E proprio in quel momento Claudio, eccitato dall'assurdo di tutta quella situazione, viene. Raffaella rimane così, interrotta sul più bello. È costretta suo malgrado a sorridere. Poi Claudio le dà un bacio sulle labbra.

"Scusami..." e s'infila nel bagno. Si sciacqua velocemente. Anche la faccia. Se l'è vista brutta, bruttissima. Invece è andato tutto bene. Ora spera solo di essere all'altezza della serata, visto che perfino il piano è perfetto. Poi si ricorda che non ci deve assolutamente pensare. Altrimenti già lo sa. Ti prende l'ansia da prestazione.

36

Gin sorride e ci sediamo a un tavolino. Poco lontano un intellettuale con occhialini e libro sul tavolo sorseggia un cappuccino, poi riprende in mano un articolo di "Leggere". Più in là una donna sui quarant'anni con i capelli lunghi e un bastardino sotto la sua sedia fuma svogliata una sigaretta, triste e nostalgica forse di tutte quelle canne che non si fa più.

"Bell'ambientino, eh?"

Gin si è accorta di quello che stavo guardando.

"Be', lo teniamo su noi. Che prendi?"

Alle sue spalle si è "concretizzato" un cameriere.

"Buongiorno, signori."

Ha circa sessant'anni e ci tratta in maniera elegante.

"Per me un Ace."

"Per me invece una Coca-Cola e una pizzetta bianca prosciutto e mozzarella."

Il cameriere facendo un piccolo inchino con la testa si allontana.

"Ehi, dopo la palestra ti tratti niente male, eh? Pizzetta bianca e Coca-Cola, la dieta degli atleti!"

"A proposito di atleta, tu che sei un'atleta a scrocco mi devi far avere la lista delle tue palestre dei 365 giorni."

"Come no, senz'altro ti faccio subito la fotocopia."

"Complimenti comunque, è un'ottima idea..."

"Non solo, ma se sei attento riesci anche a fare lo stesso tipo di lezione ogni settimana, l'unica cosa è che devi diventare amico degli istruttori perché quelli prima o poi ti sgamano."

"E allora?"

"Dopo la lezione gli offri due Gatorade, esponi la tua difficoltà finanziaria e vai a vela tranquilla che è una meraviglia. Facile no?"

"C'è qualcun altro che usa questo metodo?"

Ritorna il cameriere.

"Ecco qua, l'Ace per la signorina e per lei pizzetta bianca e Coca-Cola."

Il cameriere posa tutto al centro del tavolo, mette uno scontrino sotto il piattino finto argento e si allontana.

"No, penso di no."

Gin addenta una grossa patatina e se la mangia. Poi ridendo si copre la bocca con la mano. "Almeno spero..." Continuiamo così a chiacchierare, a conoscerci, a ridere e a provare a indovinare cosa abbiamo in comune.

"Ma dai, non sei mai stata fuori dall'Europa?"

"No, Grecia, Inghilterra, Francia, una volta perfino in Germania all'Oktober Fest con due amiche mie."

"Ci sono stato anch'io."

"Ma quando?"

"Nel 2002."

"Pure io."

"Pensa che forza."

"Sì, ma la cosa più assurda è che una delle mie amiche era pure astemia. Non sai che è diventata: ha preso una birra da un litro, quei boccaloni ripieni che lavano dentro a quelle vasche enormi. Se n'è scolato metà e dopo neanche mezz'ora era su un tavolo che ballava una specie di tarantella e poi si è messa a gridare 'la fontanella, la fontanella...' e se l'è fatta sotto, un disastro."

La guardo mentre beve l'Ace. C'era una ragazza che ballava sul tavolo nella sala dove eravamo noi. Ma chi non ballava quella sera sul tavolo all'Oktober Fest? Mi ricordo che quando ho detto a Babi che partivo con Pollo e Schello e un'altra macchina di amici per andare a Monaco si era arrabbiata come una pazza.

"Cioè parti per Monaco, e io?"

"Tu no... Siamo solo uomini."

"Ah sì? Voglio proprio vedere."

E poi quel coglione di Manetta nell'altra macchina che fa? Ti arriva con la donna. E al ritorno giù discussioni del cavolo con Babi perché naturalmente, come tutto, prima o poi, anche quello si era venuto a sapere.

"A che stai pensando?"

Mento. "Alla tua amica che ballava sul tavolo. L'avreste dovuta filmare. Sai le risate poi."

"Ma noi abbiamo riso come pazze sul momento, che ti frega del poi. Poi, poi... Ora!"

E beve un altro sorso di Ace guardandomi allusiva. Ahia, che vuole dire? La cosa si mette male. Male. Insomma si mette. Gin vuole l'"ora". Ma non adesso, adesso ancora no. Forse domani, sì insomma, tra un po', dopo...

"A che stai pensando? Ancora alla mia amica che balla sul tavolo? Non ci credo, secondo me hai conosciuto qualcuna all'Oktober Fest e ti stai ricordando una delle vostre bravate."

"Ci vedi male."

"Io ci vedo benissimo. Ho dieci decimi."

"No, vedi male il nostro gruppo. Ci hai presi per non so cosa. Noi siamo persone tranquille, serene. Certo siamo tipi allegri, non di quelli che vanno al ristorante e stanno lì solo a pensare alle buone maniere 'No questo non si fa, questo neanche...', sì insomma quei rompicoglioni." Mi giro e ho culo. Una coppia si è appena seduta. Hanno un setter inglese, dei vestiti di marca e, come il più naturale dei controsensi, hanno tutti e due sotto il braccio "il manifesto". Arriva il cameriere e ordinano qualcosa.

"Ecco, guarda quei due. Non si rivolgono la parola." Ordinano infatti separatamente, senza darsi la precedenza, senza chiedere l'uno all'altra e viceversa cosa gli va in questo momento. Distrattamente, scontatamente, galleggiando così alla deriva.

"Guarda, il cameriere se ne va e loro riprendono a leggere, tutti e due 'il manifesto' poi... Non che io abbia qualcosa contro quel giornale..."

O meglio ce l'ho ma Gin non so bene come la pensa, qualcuno potrebbe dire: quindi non ti vuoi esporre? Sì, rompicoglioni, è proprio così.

"Ma nemmeno se lo dicono che hanno comprato tutti e due lo stesso quotidiano? Cosa c'è di peggio? Indifferenza totale..."

Il cameriere ritorna veloce a quel tavolo. Hanno preso tutti e due un semplice caffè.

"E ora l'uomo paga solo perché tocca a lui, così è la regola." Il tipo si alza un po' dalla sedia, sposta il peso sulla gamba destra, il portafoglio evidentemente lo tiene a sinistra, infila la mano nella tasca e paga mentre la donna senza neanche guardarlo continua a bere il suo caffè.

"Distratti e annoiati. Ben vengano i miei amici, o no? E che cazzo! Fanno casino, rutti, fanno a botte, non pagano, o lo fanno urlando chiedendosi 1 euro a testa e altro, ma almeno per loro la vita non è sopravvivere, cazzo."

Gin sorride.

"Sì, sì, hai ragione, almeno su questo hai ragione."

E questo mi basta, non voglio di più. Non per adesso almeno.
"Va bene, ma rilassati ora, Step, anche perché hai altro da fare."
"Cioè?"
"Devi risolvere il problema con il signore."
Mi giro, dietro alle mie spalle c'è il cameriere che sorride. Non me ne ero accorto.
"Permette?"
Non riesco neanche a rispondere. Il tipo si sporge in avanti e prende lo scontrino da sotto il piattino di finto argento. Non l'avevo sentito arrivare alle mie spalle. Strano, non è da me. Ecco, con Gin sono per la prima volta rilassato. È un bene?
"Sono 11 euro, signore."
Faccio esattamente la stessa mossa del tipo squallido della coppia abulica ed estraggo di tasca il portafoglio. Lo apro e sorrido.
"Meno male."
"Che cosa?"
"Che siamo diversi da quei due squallidoni."
"Cioè?"
Gin mi guarda alzando il sopracciglio. "Spiegati meglio!"
"È molto semplice. Devi pagare tu, non ho soldi."
"Preferirei non eccedere in stravaganze pur di essere diversi. Cioè era meglio se eravamo uguali a quei due e pagavi tu."
Gin tutta elegante e sorridente, perfettamente vestita e truccata, mi fa una smorfia, finta ironica. Poi sorride ancora al cameriere, scusandosi per l'attesa. Apre la borsetta, tira fuori il portafoglio, lo apre e questa volta non sorride più. Anzi un po' impacciata, arrossisce.
"Siamo proprio diversi da quei due. Anch'io non ho soldi." Poi guardando il cameriere: "Sa, mi sono cambiata perché ho un pranzo con i miei parenti e quindi, siccome pagano loro, non ci ho pensato".
"Male..."
Il cameriere cambia tono, espressione. Quella sua cortesia sembra svanire nel nulla. Forse, uomo maturo, anziano si sente preso in giro da questi due ragazzi.
"A me non interessa tutto questo."
Prendo in mano la situazione.
"Guardi, non si preoccupi, accompagno la signorina alla macchina, vado a prendere i soldi a un Bancomat e torno qui da lei a pagare."
"Sì, certo... e io mi chiamo Joe Condor! Vi sembro così allocco? Tirate fuori i soldi o chiamo la polizia."

Sorrido a Gin. "Scusami." Mi alzo e prendo il cameriere per un braccio gentilmente all'inizio, poi alla sua ribellione "Ma che vuoi, sta' fermo" stringo un po' di più e me lo porto più lontano.

"Ok, signor cameriere. Siamo in difetto, ma non farla lunga. Non intendiamo fregare 11 euro. È chiaro?"

"Ma io..."

Stringo più forte, questa volta in maniera decisa. Vedo sulla sua faccia una smorfia di dolore e subito lascio andare.

"Per favore, glielo sto chiedendo per favore. È la prima volta che esco con questa ragazza..." Forse commosso e convinto più di ogni altra cosa da questa mia ultima confessione, annuisce.

"Ok, allora l'aspetto più tardi."

Torniamo al tavolo. Sorrido a Gin. "Tutto risolto." Gin si alza e guarda il cameriere sinceramente dispiaciuta.

"Mi dispiace sul serio."

"Oh, non si preoccupi. Sono cose che capitano."

Io sorrido al cameriere. Lui mi guarda. Credo che cerchi di capire se tornerò o meno.

"Non torni troppo tardi per favore."

"Non si preoccupi."

E andiamo via così. Con un sorriso gentile e un briciolo di dignitosa speranza.

37

Sono dietro a Step, sulla moto, sulla sua moto, i miei pensieri al vento. Ma guarda questo. Ma dove ti sei ficcata, Gin? È assurdo. Prima uscita o meglio la seconda. La prima però lui e i suoi amici sono fuggiti da quel posto. Come si chiama? Il Colonnello. E ora, oggi, stamattina che ha la possibilità, la grande esclusiva di uscire con te, Gin l'unica, l'irripetibile, la formidabile. Che fa? Si presenta senza soldi. Ci manca poco che ci sbattono pure dentro. Roba da pazzi. Mio zio Ardisio direbbe: "Attenta, attenta Ginevra, quello non è il principe della terra". Già mi immagino la sua voce, tutta roca, tutta in su, con le "e" strette e le "t" che diventano facilmente delle "d"... "Addenda, addenda, principessa..." Zio Ardisio. "Quello è il principe dei porci... Neanche un fiore per la mia principessa, devi chiudere gli occhi e costringerdi a sognare... Addenda, addenda... principessa..." Scuoto la testa, ma lui se ne accorge, fingo di guardare da un'altra parte. Ma mi segue nel suo specchietto e si sporge indietro per farsi sentire.

"Che c'è? Ho fatto la classica figuraccia?"

"Ma di che?"

"Prima uscita, non pago io, quasi ti faccio pagare, anzi peggio, quasi venivamo arrestati. So già cosa pensi..."

Step sorride e fa la voce in falsetto per imitarla. "Ecco, lo sapevo questo è un poco di buono."

Come una tiritera continua. Io sto sulle mie.

"Ma guarda con chi sono capitata. Ah, se lo sapessero i miei..."

Step sorride e continua imperterrito. Oh, ha beccato tutti i miei pensieri. Però è pure simpatico. Cerco di non sorridere ma non ce la faccio.

"C'ho preso, vero? E di' la verità, dai."

"No, stavo pensando a quello che poteva dire mio zio Ardisio."

"Lo vedi? Va be', insomma qualcosa di vero c'era in quel tuo sorriso."

"Ti chiamerebbe il principe dei porci!"

"A me?" Fingo di fare il duro. "Ci dovrebbe solo provare."

Mi fermo. Gin scende davanti alla sua macchina. È serena, divertita, veramente elegante. Rimane così, con le gambe leggermente divaricate e i capelli che le scendono sugli occhi mentre cerca le chiavi nella borsa. Ha una borsetta piccola, eppure ci deve essere dentro un sacco di roba. Gin fruga, smacina, sposta delle cose di qua e di là. Intanto la guardo, incorniciata da un arco di travertino, all'entrata di via Veneto, risplende tutta la sua bellezza moderna in quella cornice antica.

Un vento leggero accarezza le trasparenze della sua gonna. Sotto quel leggero celeste, tra quei disegni di fiori appare un azzurro unito e deciso che nasconde più su, tra le sue gambe ancora abbronzate, il fiore proibito.

"Eccole! Oh, non so com'è, finiscono sempre in fondo."

Tira fuori dalla borsetta delle chiavi attaccate a una pecorella nera.

"È il regalo di Ele, la pecora Embè! Forte vero? Ma stai attento alla pecora Embè..."

"Perché?"

"Prende a calci tutti i lupi che le si avvicinano."

"Tranquilla, praticamente me la sono già mangiata..."

"Cretino... Be', grazie dell'aperitivo, è stato come dire... unico. Vuoi che ti porto qualcosa da mangiare dopo che ho finito con i miei zii?"

"Capirai, never ending story, peggio del film. Ehi, può accadere di dimenticarsi dei soldi, no?"

"Come no... strano però che capiti sempre tutto a te."

E con questa bella frase, si allontana e sale in macchina.

"Passaci da quel cameriere. Ti aspetta. Nessuno andrebbe illuso."

Poi parte quasi sgommando, guidando a modo suo. Mi verrebbe da urlarle: "Aho, a bella! Mi devi ancora 20 euro di benzina..." ma finisco per pentirmi perfino del mio pensiero.

38

"Eccola che arriva! Gin!"

Li saluto da lontano. Che strano gruppo tutti insieme, di altezze sfalsate, dai vestiti così diversi. Mio fratello jeans e maglietta Nike, mia madre un vestito scuro a fiori con sopra una mantellina blu, mio padre impeccabile in giacca e cravatta e mio zio Ardisio con una giacca arancione e una cravatta nera con i pois bianchi. È incredibile dove riesce a trovare certa roba. I costumisti della televisione, Fellini stesso, andrebbero pazzi per lui. Con quei capelli arruffati, bianchi e capricciosi che incorniciano quel viso buffo sottolineato da quegli occhialetti tondi. Come un punto esclamativo dopo la frase: Che tipo mio zio!

"Ciao" ci baciamo tutti con affetto, con amore, con tenerezza e mamma come al solito mi bacia mettendomi la mano sulla guancia come a imprimere ancora più amore a quel suo semplice bacio, come se volesse fermarlo per un attimo in più rispetto a tutti gli altri. Mio zio invece come al solito esagera e mentre mi bacia mi tira unendo pollice e indice sotto il mento, obbligandomi a scuotere la testa a destra e sinistra.

"Eccola qua la mia principessina." Poi mi molla lasciandomi un po' di dolore. Mi devo per forza passare la mano sotto il mento per allisciarmelo e lo zio si becca uno sguardo di odio leggero. Ma è un attimo. Poi sorrido al suo sorriso. Mio zio è fatto così.

"Allora?" Cominciano sempre così i nostri incontri. "Chi ha scelto questo posto?"

Alzo timidamente la mano. "Io, zio..." E resto in attesa. Zio mi guarda con il sopracciglio leggermente alzato, un'espressione un po' dubbiosa e il labbro che trema. Passa qualche attimo di troppo, comincio a preoccuparmi.

"Brava, è bello, brava figlia mia, è bello. Sul serio. Un tempo si mangiava in mezzo all'arte..."

Sospiro, fiuu... È andata, anche se non sono "figlia sua", voglio bene a mio zio. Speravo gli piacesse mangiare qui con tutti noi al Caffè dell'arte vicino a viale Bruno Buozzi.

Zio Ardisio comincia uno dei suoi racconti.

"Mi ricordo quando volavo sull'accampamento, quello con i miei soldati..." La sua voce si fa più roca quasi modulata dalla pressione dei ricordi, spezzata a tratti dalla forza della nostalgia. "E io gli gridavo e gridavo 'studiate, leggete'. Ma loro erano troppo preoccupati dalla morte. E poi facevo un giro con il mio aereo bimotore e poi tornavo indietro per dare notizie e atterravo sull'erba lì vicino. Burubu, burubam, sballottato arrivavo, con quell'aereo che era un miracolo dell'avazione..."

Luke che naturalmente fa il preciso nei pochi momenti quando non dovrebbe esserlo. "Aviazione zio, aviazione con la i."

"E io c'ho detto? Avazione, eh?"

Luke scuote la testa e sorride. Meno male che Luke stavolta rinuncia.

Al tavolo arriva un cameriere giovane e composto con i capelli corti ma non troppo, con uno sguardo ingenuo ma lucido. Quasi perfetto oserei dire, se non fosse che spinge un carrello con dei flûte lucidi, tirati a nuovo e una bottiglia già infilata in un secchiello pieno di ghiaccio. È un Möet, ottimo champagne e certo, ci mancherebbe, tanto paghiamo noi.

"Mi scusi, eh? Ma non ci siamo proprio. Nessuno ha ordinato..."

Vedo già mamma che mi guarda preoccupata. Il giovane cameriere interviene sorridendo.

"No, signora, questa bottiglia la offr..."

"Grazie per la signora, ma non esiste proprio."

"Se gentilmente mi fa finire, la offre quel signore laggiù."

Il cameriere, ora più serio, indica alcuni tavoli lontani, quasi sul fondo del ristorante. Incorniciato dagli alberi nella vetrata alle sue spalle c'è lui, Step. Si alza dal tavolino e sorridendo muove la testa accennando a un inchino. Non ci posso credere, mi ha seguito fin qui. E certo, voleva vedere dove andavo, ha voluto scoprire se ero veramente con la mia famiglia. E questo è il pensiero di Gin la vendicativa. Gin-Selvaggia. Ma Gin non è così! Una parte di me si ribella. Magari voleva solo scusarsi per l'aperitivo, in fondo hai fatto una figuraccia anche tu. E questo è il pensiero di Gin la saggia. E qualcosa, non so bene perché, mi rende più simpatica Gin-Serena.

"Questo biglietto è per lei, signora."

Il cameriere mi porge un biglietto e questo ancora di più mi fa pensare che la mia scelta sia giusta. Lo apro leggermente imbarazzata, con gli occhi addosso di tutti, papà, mamma, Luke, zio Ardisio. Prima di leggere arrossisco. Che palle. Ma perché proprio adesso. Leggo. "È bellissimo guardarti da lontano... ma da vicino è meglio... Ci vediamo stasera? P.S. Non ti preoccupare, ho trovato un Bancomat e ho già pagato il cameriere del nostro aperitivo."

Chiudo il biglietto e sorrido e quasi mi dimentico che ho tutti gli occhi addosso. Zio Ardisio, papà, mamma, Luke. Tutti vogliono sapere che c'è scritto, a cosa è dovuta quella bottiglia e naturalmente il più irrequieto, quello che resiste meno di tutti è proprio zio Ardisio.

"Allora, principessa... A che cosa la dobbiamo questa bottiglia?"

"Be'. Quel ragazzo l'ho aiutato... non era capace, non sapeva, insomma si sta preparando per un esame."

"Ardisio, ma che ti importa?" Mamma mi salva in calcio d'angolo. "C'è qua una bella bottiglia, brindiamo e pace! No?"

"Ecco appunto..."

Guardo Step e gli sorrido, lui mi vede da lontano, si è seduto di nuovo. Ma che fa ora? Perché non se ne va? È stato carino, ma basta. E vattene Step, che aspetti?

"Mi scusi?"

Il cameriere mi guarda sorridendo, non ha ancora aperto la bottiglia.

"Sì?"

"Mi ha detto il signore che mi dovrebbe rispondere."

"Cosa?"

"Non lo so, credo al biglietto."

Tutti mi guardano di nuovo, ancora più attenti di prima.

"Gli dica di sì." Poi guardo loro. "Sì, voleva sapere se l'ho iscritto all'esame."

Tutti tirano un sospiro di sollievo. Tranne mamma naturalmente che mi fissa, ma evito il suo sguardo. Finisco di nuovo a guardare il cameriere che tira fuori un altro biglietto. "Allora le devo dare questo."

"Un altro?"

Crollano un po' tutti.

"Ma stavolta ce lo dici che c'è scritto?"

"Ma che è, una caccia al tesoro?"

Arrossisco di nuovo naturalmente e lo apro. "Allora, alle otto io sono sotto casa tua. Ti aspetto, non fare tardi, non combinare casini... P.S. Porta i soldi, non si sa mai."

Sorrido fra me e me.

Il cameriere ha finalmente stappato la bottiglia, finisce veloce di versare lo champagne nei flûte e fa per andarsene.

"Senta, scusi..."

"Sì?"

Fa un piccolo giro su se stesso e mi guarda.

"Ma se le rispondevo di no aveva un altro biglietto?"

Il cameriere sorride e scuote la testa. "No, in quel caso mi ha detto che dovevo semplicemente portarmi via la bottiglia."

39

Raffaella ha raggiunto Babi in salotto.

"Ciao Babi, dimmi... allora che c'è?"

"No, è che ti volevo far vedere questi, mamma, ma che hai? Sei tutta arrossata..." Babi la guarda preoccupata. "Ma che avete litigato?"

"No, tutt'altro..."

Raffaella la guarda sorridendo. Ma Babi non le dà soddisfazione e le mostra un giornale.

"Ecco, ti dicevo, ti piacciono questi sui tavoli? Non sono carini? O preferisci questi altri che sono più naturali? Spiga e grano, bello no? Meglio questo, vero?"

"Mi ci fai pensare stasera?"

"Devi uscire, vero?"

"Sì, vado dai Flavi."

"Mamma, guarda che dobbiamo decidere, la stai prendendo troppo sottogamba!"

"Domani decidiamo tutto, Babi, ora sono in ritardo."

Raffaella va in bagno e comincia a truccarsi velocemente. Proprio in quel momento arriva anche Daniela.

"Mamma, ti devo parlare."

"Sono in ritardooo..."

"Ma è importante!"

"Domani! Non c'è niente che non possa essere risolto domani!"

In quell'istante passa Claudio. Va di corsa anche lui. Daniela cerca in qualche modo di fermarlo.

"Ciao papà, ti puoi fermare un secondo? Ti devo raccontare una cosa, è molto importante!"

"Ho una cena con Farini. Ho già detto tutto alla mamma. Scusami, ma è un affare di lavoro importantissimo e poi c'è di mezzo anche una partita..."

Claudio bacia frettolosamente Daniela. Raffaella lo raggiunge sulla porta.

"Claudio, aspettami, scendiamo insieme."

Daniela rimane così, in mezzo al corridoio a guardare i suoi genitori che vanno via. Poi si avvicina alla camera di Babi. Ma la porta è chiusa. Daniela bussa.

"Avanti, chi è?"

"Ciao... scusa, ti devo raccontare una cosa. Possiamo parlare?"

"No, guarda. Sto uscendo. Mamma se n'è andata e dovevamo decidere una marea di cose importanti. Scusami, ma non è proprio il momento. Vado da Smeralda, almeno mi dice qualcosa lei. Se hai bisogno cercami sul telefonino."

Ed esce così anche lei di scena. Daniela, rimasta sola, si avvicina al telefono di casa e compone un numero.

"Pronto Giuli... ciao... che stai facendo? Ah, bene... senti, scusami, ma non è che posso passare? Ti devo dire una cosa, sì, una cosa importante. Sì, ti giuro, ti rubo solo due minuti. Sì, scusa eh, ma non so proprio che fare. Ti giuro, sì, ne parliamo tra una pubblicità e l'altra. Ok, grazie."

Daniela attacca, chiude veloce la porta di casa e scende a razzo le scale. Apre il portone ed esce.

Proprio in quel momento, da dietro una siepe: "Dani!".

È Alfredo.

"Oddio, m'hai fatto prendere un colpo... mamma mia, ho il cuore a duemila. Ma che, ti nascondi così!"

"Scusami, ho visto uscire ora Babi."

Daniela si accorge che è pallido, dimagrito, nervoso.

"Ecco, no... volevo parlare un po' con te che sei sua sorella."

Daniela lo guarda. Oddio, questo qua mo' m'attacca un bottone su Babi.

"No scusami, Alfredo, guarda io non so niente... devi parlare solo con lei."

"Ok, scusa, hai ragione. E tu come stai?"

"Bene, grazie..." Daniela lo guarda meglio. Alfredo potrebbe essere la persona giusta con la quale parlare. È un medico, è maturo, magari mi dà anche un consiglio giusto.

"Sai, scusami se ti ho spaventato."

"Oh figurati, non ti preoccupare, è passato."

"Eh, invece a me non passa. Penso sempre a tua sorella e sto malissimo. Pensa che prendo anche degli ansiolitici."

"Mi dispiace."

Rimangono per un po' in silenzio. Poi Daniela decide di chiudere quella conversazione impossibile.

"Be', ora scusami, ma devo proprio andare, mi sta aspettando una mia amica..."

"Ok, scusa tu..."

Daniela se ne va di corsa a prendere in garage la Vespa. Spera di arrivare da Giuli che non è ancora cominciato il film. Poi ripensa ad Alfredo. Poveraccio, guarda come sta. Certo che la passione di Babi distrugge proprio. In questo momento è un uomo finito, instabile, psicolabile. E sulla sua decisione Daniela non ha dubbi. Alfredo era l'ultima persona alla quale avrebbe potuto dire di essere incinta.

40

Comodo e tranquillo, elegante come non mai, almeno credo. Mi guardo nello specchietto e non riesco a riconoscermi. Capelli ancora freschi dalla doccia appena fatta, giacca blu, camicia bianca e pantaloni di lino beige con delle scarpe americane marrone scuro, dalla cucitura in corda che non risalta troppo però, regalando un'immagine moderna. Cinta alta con fibbia grossa, di un marrone scuro identico alle scarpe. Ah, dimenticavo, camicia abbottonata fino al penultimo e telefonino nella tasca. Io con il telefonino. Ancora non ci posso credere. Rintracciabile sempre, dovunque, mai libero quindi e come per magia o per sfiga naturalmente suona. Cazzo proprio adesso, lo apro, vuoi vedere che Gin ha un problema? Se è così, non me ne frega niente, passo a prenderla sotto casa, anzi no, salgo su e la rapisco. Continuo frenetico con i miei pensieri.

"Pronto?"

"Step, meno male che rispondi..."

È Paolo, ma certo come ho fatto a non pensarci?

"Che succede?"

"Step, è successa una cosa tremenda, mi hanno fregato la macchina."

"Porca puttana... Mi hai fatto pensare a mamma e papà..."

"No, loro stanno bene. Sono sceso giù e non c'era più la mia Audi 4. Cazzarola, ma come avranno fatto? Non c'è vetro per terra, non hanno spaccato il finestrino quindi. Ma pure il garage era aperto e senza forzature. Ma come avranno fatto?"

"A Pa', guarda che ormai i ladri hanno tecniche perfette, eh? I garage con telecomando poi non li sfonda più nessuno. Hanno un variatore di frequenze. Girano finché il garage non si apre."

"Ah già, non ci avevo pensato. Porca troia!"

Mi fa piacere sentire mio fratello così incazzato, mi sembra più vivo, e finalmente, cazzo, si riscalda. Ma sempre per roba da poco però... la sua macchina. Che sarà mai.

"Proprio adesso me l'hanno fregata. Porca pupazza."

Ecco, porca pupazza. Che vuol dire "Porca pupazza"?

"Ho pagato l'altra settimana l'ultima rata del finanziamento. Potevano fregarmela prima, almeno mi risparmiavo quei soldi."

Bleah! Che schifo. Infido calcolatore. Commercialista fino in fondo.

"Va be', Pa', insomma che vuoi fare?"

"No, io speravo..."

"Che te l'avessi fregata io?"

"No, ma che scherzi? Anche perché le chiavi e il doppio stanno ancora qui."

"Ah, allora per un attimo l'hai pensato, eh?"

"No, perché, cioè..."

"Eh no, se sei andato a controllare il doppio, vuol dire che ci hai pensato. Solo io potevo prenderlo."

Pausa di silenzio.

"Be' sì, per un attimo l'ho pensato. Ma mi avrebbe fatto piacere, cioè, sì insomma, sempre meglio tu..."

Mio fratello. "Pa', stai zitto va', che è meglio."

"Perché?"

Già, perché mi dice. E io stupido che tento di farglielo capire.

"Niente Pa', tutto a posto."

"Ecco io volevo sapere Step, no, senza che ti offendi, eh?"

"Che cosa? Dimmi..."

"No, siccome tu bene o male conosci un sacco di gente in quei giri. Ecco se non hai problemi... se puoi sentire in giro se si sa di qualcuno che l'ha presa."

"Ehi, ma quelli vogliono soldi, eh? Mica vorrai che vado a fare a botte con gente di quella portata per una macchina qualsiasi."

"Qualsiasi... Per una Audi 4!"

"Sì, sì, per una Audi 4."

"No, no questo no, assolutamente... Ecco io ci avevo già pensato, sono disposto a dare anche 4300 euro..."

"E perché proprio questa cifra?"

"Ho pensato che con la franchigia e tutto il resto..."

Mio fratello, grande commercialista. Il migliore.

"Ok Pa', se posso ci provo."

"Grazie Step, lo sapevo che potevo contare su di te."

Mio fratello che può contare su di me, questo è il massimo. Due curve e sono sotto casa sua. Vado a citofonare, mentre sto per farlo mi ricordo che ha un telefonino. Le faccio due squilli per avvisarla. Avrà capito? Nel dubbio aspetto un attimo. Prima o poi scenderà. Prima o poi. Le donne e il loro prepararsi. Forse è meglio se citofono. Ancora un minuto. Mi concedo un altro minuto per aspettarla. Mi accendo una sigaretta. Ecco, finisco di fumarmi la sigaretta e poi citofono. Strada tranquilla. Mi guardo in giro. Qualche macchina che passa sullo sfondo. Uno che inchioda perché un altro ha fatto il prepotente non facendolo passare. Ma poi anche quest'ultimo riparte e tutto procede, tranquillo, sperso in questa grande città. Che palle! Che riflessioni del cavolo. Ma dove la porto stasera? Che strano, ho pensato a tutto ma non a questo. Dove la porto? Questa era una cosa alla quale pensare. Mi viene un'idea, ma poi mi preoccupo. Mi preoccupo di quello che sto pensando. Io che mi preoccupo dove portarla a mangiare? Non mi starò preoccupando un po' troppo? Quando esci con una donna se ti metti a scalettare la serata è lì che toppi.

E toppi alla grande, eh! Non ci siamo. Ci vuole disinvoltura, casualità, quello che è, è. Poi improvvisamente mi viene un'idea. Cazzo però, mi piace la mia idea. Un altro tiro e poi citofono. Ma il cancello in quel momento si apre. Un rumore, uno scatto di serrature. Il portone in fondo si dischiude lentamente. Della luce filtra dall'androne, leggermente arancione. Illumina le foglie lì intorno nel giardino, i gradini lontani, i motorini posteggiati. Poi esce una signora anziana. Cammina lenta, sorridente, con le gambe leggermente ricurve sotto il peso degli anni. Poi, subito dopo, lei. Lei che l'ha fatta passare, lei che ancora le tiene il cancello, lei che l'aiuta a uscire, che le parla sorridendo, che annuisce a qualche domanda occasionale, lei gentile, lei bella, lei sorridente. Lei. La signora mi passa davanti e anche se non la conosco mi scappa un "Buonasera".

Mi sorride. Come se mi conoscesse da sempre.

"Buonasera a lei" e si allontana lasciandomi solo con Gin. Ha i capelli raccolti, un giubbotto corto di pelle, con zip e cinturini, una divertente cintura azzurra 55 DSL, i pantaloni scuri a vita bassa, a cinque tasche e cuciture a contrasto. Borsa grande in tessuto Fake London Genius. Ha stile. E per averlo non ha speso nulla. Incredibile come noti tutto quando ti piace qualcuno. Ha la faccia buffa. Ma che dico? Bella.

"Ma la moto? Non sei venuto in moto?"

"No."

"E io che mi sono conciata così." Mi fa una specie di piroetta davanti. "Non sembro un po' il 'Selvaggio' Marlon Brando?"

Sorrido. "Più o meno."

"Ma allora come sei venuto?"

"Con questa, ho pensato che stavi più comoda."

"Una Audi 4! E a chi l'hai fregata?"

"Ah, mi sottovaluti, è mia."

"Sì, e io sono Julia Roberts."

"Dipende dal film. Ho capito, *Pretty Woman*."

"Tsk."

Gin va verso la portiera e mi dà al volo un pugno sulla spalla. "Ahia."

"Cominciamo male. Non mi è piaciuta quella battuta."

"Ma no, *Pretty Woman* nel senso che vuole un sogno."

"E allora?"

"Allora hai trovato il tuo sogno..."

"Ma chi, la Audi 4?"

"No, io." Sorrido, entriamo in macchina e parto sgommando.

"Più che un sogno, questo mi sembra un incubo. Dai, di' la verità, a chi l'hai fregata?"

"A mio fratello."

"Ecco così mi piaci, sarà sempre una bugia, ma almeno è più credibile."

Accelero leggermente e ci perdiamo nella notte. E penso al doppio delle chiavi comprato da quel tipo vicino al bar dei Sorci Verdi a corso Francia, quello che ha le copie di tutte le chiavi di tutte le macchine possibili e immaginabili. Penso a Pollo e alla prima volta che mi ci ha portato, penso agli scherzi che facevamo, penso a mio fratello preoccupato per la sua macchina rubata, penso alla serata, penso alla mia idea, penso al mio passato. Un qualche pensiero veloce, più forte degli altri. Passo davanti all'Assunzione. Mi voglio distrarre. Mi giro verso Gin. Ha acceso la radio, canticchia una canzone e si è accesa una sigaretta. Poi mi guarda e sorride.

"Allora dove andiamo?"

"Be', è una sorpresa."

"Era quello che speravo che dicessi."

Mi sorride e piega di lato la testa, si scioglie i capelli. E in quel momento capisco che la vera sorpresa è lei.

41

"Allora? Qual è la sorpresa? È una bella sorpresa?"

"Sono più sorprese."

"E dimmene una."

"E no. Non è più una sorpresa."

Posteggio e scendo giù dalla macchina. Un marocchino o qualcosa giù di lì mi corre incontro con la mano già aperta. Gliela prendo al volo e gliela stringo. "Ciao capo..." ride divertito e sguaina una specie di dentatura alla "ecco perché i dentisti sono così cari!".

"Sono 2 euro."

"Senz'altro. Ma pago quando torno." Gli stringo un po' più forte la mano. "Così sono sicuro che la ritrovo perfetta, vero? Si paga a servizio fatto."

Mi guarda preoccupato. "Quindi tienila bene d'occhio, non voglio graffi. Chiaro?"

"Ma io dopo mezzanotte sono..."

"Torniamo prima." E mi allontano.

"Allora aspetto, eh?"

Non rispondo e guardo Gin.

"Ci tiene proprio a questa macchina tuo fratello, eh?"

"Maniacale. In questo momento sta disperato perché pensa che gliel'abbiano rubata."

"Non è che ci ferma la polizia e finiamo in galera?"

"Mi ha dato una notte per ritrovargliela."

"E poi?"

"Poi parte la denuncia. Ma non ti preoccupare, gliel'ho già ritrovata, no?"

Gin ride e scuote la testa.

"Poveraccio tuo fratello, mi immagino cosa gli hai fatto passare."

"Veramente lui non lo sa, ma l'ho sempre salvato da molte situazioni."

Penso a mia madre per un attimo. Mi viene voglia di raccontarle... Ma questa è la nostra serata, io e lei. E basta.

"A che pensi?"

"Che ho fame... vieni!"

E la trascino via, prendendola per mano. Da Angel, un aperitivo, un Martini ghiacciato per tutti e due, shakerato, ghiaccio e limone alla James Bond o giù di lì e a stomaco vuoto è un sogno. Gin ride e mi racconta. Storie del passato, amiche sue ed Ele e come si sono conosciute e le litigate e le gelosie dell'amica. E io la prendo poi per mano e saluto un tipo con l'orecchino che sembra conoscermi e poi me la porto in bagno.

"Ehi, ma che vuoi fare? Non mi sembra proprio il caso, eh?"

"No guarda..." Le passo 20 centesimi o forse 50 o forse 1 euro, magari 2, non li vedo nemmeno. Glieli metto in mano. Penso al tipo del parcheggio. A quando torno e gli dirò che non ho più monete.

"Questo è il pozzo dei desideri, vedi quanti soldi ci sono sul fondo?" Gin guarda dentro una specie di pozzo in quel bagno pieno di piante e tappeti colorati, rosso, viola, arancione e una luce blu e gialla e muri bianchi e color mattone. "Dai... Hai espresso?" Lei sorride, si gira e butta via la mia moneta con un desiderio tutto suo che finisce sul fondo nella speranza di avverarsi. La seguo a ruota e faccio volar via la mia sopra la mia spalla. E vola giù che è una meraviglia e sparisce ondeggiando in mezzo all'acqua con uno strano zigzag per poi posarsi sul fondo tra mille altri sogni e qualche desiderio, forse, più o meno realizzato.

Usciamo in silenzio, mentre un tipo entra veloce quasi urtandoci mentre già si sbottona i pantaloni, ma poi ci ripensa e si tuffa sul lavandino vomitando. Ci guardiamo e scoppiamo a ridere, schifati e imbividiti... Bleah... Chiudendoci la porta alle spalle e via.

Lascio 15 euro sul tavolo e in un attimo siamo fuori. Incontro Angel che mi saluta.

"Ciao Step, quanto tempo..."

"Sì, sì. Dopo, caso mai, ripasso."

In realtà si chiama Pier Angelo, ancora me lo ricordo, vendeva strani quadri a piazza Navona agli stranieri, croste improbabili per delle cifre ancora più improbabili. Un tedesco, un giapponese, un americano, una sua strana spiegazione in inglese non proprio perfetto, maccheronico e inventato, e via un altro "pacco" per potersi comprare un giorno, come poi ha fatto, il suo Angel's.

"Allora? Tutto qui?"

"Stai tranquilla... ho capito, non vuoi faticare."

La prendo al volo e me la carico sulle spalle. "No dai, che fai?" Ride divertita e prova a picchiarmi, ma lo fa senza cattiveria.

"Ti porto io... Basta che non fai più domande."

"Dai, mettimi a terra!"

Passiamo davanti a un gruppetto di ragazze e ragazzi che ci guardano più o meno divertiti, sognanti le prime, imbarazzati i secondi. Questo è quello che mi sembra di leggere sulle loro espressioni. E voliamo via. Cul de sac.

"Ecco ora puoi scendere. Qui un aperitivo di formaggi e vini."

Gin si sistema giù il giubbotto che le si era alzato e anche la maglietta che le ha scoperto la pancia, morbida ma compatta senza strani piercing all'ombelico, naturale e rotonda.

"Che fai guardi? La mia pancetta non è il massimo."

Bella e insicura. "Vuoi dire che c'è dell'altro?"

Gin sbuffa.

"Sono calamitato, attratto, inevitabilmente risucchiato e..."

"Sì, sì, ok. Ho capito il concetto."

Ci sediamo al primo tavolo e ordino a uno di colore vagamente francese con tanto di grembiule bianco.

"Allora un formaggio di capra agro e stagionato e due bicchieri di Traminer."

Il tipo annuisce e io nella sua incertezza spero tanto che abbia capito sul serio.

"Dove l'hai letta questa storia del Traminer e formaggio di capra? Te l'ha suggerita tuo fratello?"

"Perfida..."

Faccio con la mano il segno di vittoria rivolto in basso verso di lei.

"Viperetta acida. No, mi dispiace, ho fatto un corso personale con un sommelier francese. Una sommelier per essere precisi. Da Epernay, nello Champagne. Calze velate grigie. Leggerissime e sempre rigorosamente autoreggenti. Vuoi altri dettagli?"

Sbuffa scocciata.

"No grazie, sennò ricominci, sai io sono naturalmente attratto... eccetera eccetera e quelle altre cavolate lì..."

Il tipo vagamente francese le poggia un piatto in legno sul tavolino e "voilà". Ci ha preso: formaggio di capra e Traminer freddo. Incredibile e non si ferma lì.

"Vi ho portato anche del miele naturale..."

"Grazie."

Che bello quando uno ama il suo lavoro. E non c'è niente di più bello invece di una ragazza che mangia con gusto. Come lei. Sorride e spalma il miele su del pane ancora caldo, appena tostato, perfettamente abbronzato, non bruciato. Ci poggia sopra un pezzo di formaggio e dà un grosso morso, deciso ma lento, mentre con l'altra mano si protegge dalla caduta libera di briciole impazzite. Poi si tocca con la punta delle dita il palmo e come suonando uno strano motivetto le lascia cadere giù nel piccolo piatto, vicino al pane rimasto, mentre con l'altra mano prende il Traminer e con un piccolo sorso accompagna il tutto.

È perfetta, cazzo, è perfetta, lo so. Piccoli spunti... Che senso hanno non lo so... Ma in realtà... Lo so. Il Traminer scende giù veloce, freddo con il suo retrogusto. Gelato. Un bicchiere dopo l'altro. Sì. Lo so, è perfetta. E da quello che penso, da come mi intorto, su quel "lo so, non lo so", capisco già di essere mezzo ubriaco. Aspetto che finisca l'ultimo morso, metto dei soldi sul tavolo e la rapisco.

"Vieni andiamo."

"Ma dove?"

"Un posto per ogni sua specialità."

E corriamo via, così, un po' di vino, un po' di risate. Tra sguardi indiscreti, persone agli altri tavoli, teste che fanno capolino per guardare, spiare, osservare, quei due sconosciuti... Noi due, meteore di una qualsiasi notte, in un locale qualsiasi, un momento più che qualsiasi, ma solamente nostro. Come questo cibo-tour.

"Ehi Step?"

"Sì?"

"Quanti punti base toccheremo?"

"Che vuol dire?"

"Visto che mangiamo una cosa in ogni posto, per capire quanti saranno, sennò ho paura che scoppio. Sì, insomma, in quanti locali ci fermiamo?"

"Ventuno!"

Rispondo deciso, leggermente scocciato, cazzo. Ma scusa, neanche un accenno, che ne so: carina l'idea, originale, divertente. Gin improvvisamente si stoppa. Si ferma in mezzo alla strada e punta i piedi.

"Che succede?"

Mi prende al volo per il giubbotto e mi tira a sé con tutte e due le mani, tenendolo per i baveri.

"Dimmi a chi l'hai rubata?"

"La Audi 4? Te l'ho detto, a mio fratello..."

"No, questa idea. Mangiare una cosa diversa in ogni posto, da chi l'hai presa?"

Rido scuotendo la testa, più ubriaco che mai, anche di divertimento etilico.

"L'ho pensata io."

"Vuoi dire che è un'idea tutta tua, che non l'hai rubata da qualche parte? Da qualche libro scemo, da qualche film romantico, da qualche leggenda metropolitana?"

Allargo le braccia e tiro un po' su le spalle. "Tutta mia." Sorridendo "Mi è venuta in mente così...". Schiocco le dita. Gin mi tiene ancora per il bavero e mi guarda con la faccia ancora un po' dubbiosa.

"E non l'hai già fatta a qualcun'altra?"

"No. È solo per te. Se è per questo, neanche nei posti che ho scelto sono mai stato con qualcun'altra."

Mi lascia andare al volo, spingendomi all'indietro.

"Ma va'! Questa l'hai detta grossa!"

"Pum!" Fa esplodere un finto palloncino soffiando con tutta la bocca. "Pum."

"Cazzata! Ah, ah, Step ha detto la cazzata."

Quasi ne fa una tiritera. La prendo io al volo per il bavero, la rigiro su se stessa prima che si allontani troppo. Fa una mezza giravolta e finisce vicino al mio viso. La sua bocca.

"Ok, detta la cazzata. Ma sempre in gruppo. Mai da solo, come sono ora qui con te..."

"Ok, già va meglio. Così ci posso credere."

"Ci devi credere."

La voce mi si abbassa e mi sorprendo anch'io nel sentirla così soffocata, sussurrata quasi, alle sue orecchie, intorno al suo collo, tra i suoi capelli. Guardo i suoi occhi, le sorrido sincero. Lo apprezza, mi crede. Ma voglio sigillare. "Giuro..." e stavolta si fida. Sorride anche lei e si lascia andare. Bacio. Bacio morbido, bacio lento, bacio non irruento. Bacio al Traminer, bacio leggero, bacio di lingue in lotta, bacio surf, bacio sull'onda, bacio con morso, bacio vorrei andare avanti ma non posso. Bacio non si può. Bacio c'è gente...

42

Non ci posso credere. Io, Gin, qui a via del Governo Vecchio che mi bacio per strada. Gente che passa, gente che mi guarda, gente che si ferma, gente che mi fissa... E io in mezzo alla strada. Senza pensare, senza guardare, senza preoccuparmi. Occhi chiusi. Gente intorno. Ecco, penso che ci potrebbe ora anche essere uno che mi sta fissando a cinque centimetri dal nostro bacio. Apro di pochissimo l'occhio destro. Niente. Tutto tranquillo. Lo richiudo. Chissà se dall'altra parte... Ma me ne frego! Io e Step. Di questo sono sicura. Lo abbraccio più forte e continuiamo a baciarci così, senza problemi, senza pensieri. Poi scoppiamo a ridere, chissà perché. Forse perché ha mosso un po' la mano, mi ha toccato il fianco, scivolando verso chissà dove. Ma sono onesta. Io non ci avevo neanche pensato. Mi è solo venuto da ridere e basta. E così a lui. E lo abbiamo fatto! Siamo scoppiati a ridere. Mi sono toccata con la guancia destra la spalla, sorridendo, appoggiandomi di lato, lasciando passare un brivido... O forse un desiderio.

"Dai, vieni ci aspettano i Primi della classe."

"E chi sono, degli amici tuoi secchioni?"

"Macché! È un posto dove si mangia solo pasta."

"Ah, be', che ne sai. Magari il cuoco si è laureato in Filosofia." Cerco di risolvere così quella mia battuta vanziniana. Con Step ci riesco. Chissà, forse perfino quei due fratelli, malgrado tutti i loro successi, sentendola avrebbero sorriso.

Il proprietario si presenta come un certo Alberto. Saluta, è gentile, ci fa accomodare, ci suggerisce un "trittico" dice lui. "Trofie al pesto, tortelloni alla zucca e riso champagne e gamberi."

Ci guardiamo e facciamo sì con la testa, ok, va bene, sì. Insomma, senti Alberto, ma perché non te ne vai?

"E da bere?"

Step chiede se c'è un vino bianco, almeno credo. Ma non ho sentito bene... Farfallina o qualcosa del genere.

"Benissimo." Alberto invece, che ha capito, si allontana.

Mi guardo intorno nel locale. Archi fatti di mattoni antichi, pietre che escono dai muri, bianco, marrone, rosso, luci rivolte verso l'alto. Guardo giù. Cotto, perfetto e nuovo. Poco più in là la cucina. Finta antichità, ferro, pezzi più scuri, ghisa o altro e due porte che sbattono insieme tipo saloon mentre esce un ragazzo con un piatto caldo fumante e nessuno gli spara. Anzi a un tavolo gli fanno segno felici di raggiungerlo. Chissà da quanto stavano aspettando.

"Ecco la vostra Falanghina."

Alberto porta una bottiglia di vino bianco in mezzo al tavolo e la stappa con facilità. Falanghina... No farfallina. Sono fuori. Step la prende e ne versa un po' nel mio bicchiere. Poi aspetto che faccia la stessa cosa con il suo e li alziamo per bere.

"Aspetta, brindiamo."

Lo guardo preoccupata.

"Sentiamo," sorrido, "a cosa brindiamo?"

"A quello che vuoi tu. Ognuno decide e poi si brinda insieme."

Mi concentro un attimo. Lui mi guarda negli occhi. Poi allunga il suo bicchiere verso il mio e lo urta.

"Magari è lo stesso desiderio."

"Magari un giorno ce lo diciamo."

"Se si avvera."

Guardo Step cercando di capire. Lui mi sorride. "Si avvera... si avvera..."

E butto giù d'un fiato con la certezza che prima o poi quel desiderio, almeno il mio, si avvererà. Faremo l'amore... Mah! Aiuto! Ma che dico? Oddio. Mi distraggo. Mi guardo in giro. Come sembrano diverse le coppie che mangiano agli altri tavoli. Chissà com'è, ma crediamo sempre di essere i migliori. È il mio caso almeno. Sì, Gin la presuntuosa. Ma non potrei mai stare al tavolo con uno con il quale non mi rivolgo parola. Mangiare in silenzio. Ma che senso ha? Così fanno quei due. Ogni tanto, fra un boccone e l'altro guardano fuori, fuori dalla loro vita, dai loro pensieri. In cerca di qualcos'altro. Annoiati da quello che hanno accanto. Da quella stessa vita che proprio loro hanno scelto! Sbirciano negli altri tavoli, fra le altre persone, continuando a masticare in cerca di curiosità. Ma ti rendi conto?

"Ahhh!!"

"Ma che fai, urli?" Step mi guarda preoccupato, ma io rido.

"Tu sei tutta matta."

"No, sono tutta felice!"

E urlo di nuovo mentre la tipa annoiata al tavolo ha smesso per un attimo di masticare e mi guarda sorpresa, incuriosita. E io, be', io la saluto. Prendo un boccone dai piatti appena arrivati e me lo metto in bocca. "Uhm, buono..."

Giro l'indice sulla guancia sempre guardando la vicina annoiata che scuote la testa, non capendo. E pensare che l'uomo, quello di fronte a lei, non si è neanche accorto di niente. E Step ride. E mi guarda. E scuote la testa. E io gli sorrido.

"Ehi, ma non stai pagando un po' troppo?"

"La cena è offerta da mio fratello. In realtà, lui è un po' tirato, ma non ha problemi di soldi."

"Forte, e perché lo fa?"

"Mah, forse per aiutare me, il fratello più piccolo che ha problemi con le donne."

"Ma smettila! Sì, senza dubbio è per questo."

E via di nuovo correndo veloci, ridendo. Poi montiamo in macchina. Non so come trovo altri 2 euro in tasca. Li do al marocchino che forse sperava qualcosa in più. Ma poi ci ripensa, si ritiene comunque soddisfatto e ormai da adottato romano mi aiuta a fare manovra: "Venga, venga dotto', tutto a posto, gliel'ho guardata come un fiorellino".

Non trova risposta se non il mio fare cenno di sì con la testa. Sì, sì, va bene, va bene così.

Musica. 107, 10. Tmc. Le parole del dj lasciano spazio alle note degli U2. E Gin, ovviamente, conosce la canzone. "And I miss you when you're not around, I'm getting ready to leave the ground..."

"Ma le sai proprio tutte!"

"No. Solo quelle che parlano di noi due."

Lungotevere. Poi passiamo il ponte. Destra, sinistra, piazza Cavour, via Crescenzo. Papillon. Mario il proprietario ci saluta. "Salve, siete in due?"

"Sì, ma due speciali, eh?" Sorrido a Gin stringendola a me. Il tipo ci guarda. Stringe un po' gli occhi. Starà pensando: "Ma io questo lo conosco? Chi è? È uno importante?".

Ma non trova risposta, anche perché non c'è.

"Prego venite, vi metto di qua così state più comodi."

"Grazie."

Nell'indecisione ha optato per due che comunque vanno trattati bene. A prescindere, insomma. Attraversiamo una sala con una tavolata piena di gente, per lo più donne e anche carine. Bionde, brune, rosse, sorridono, ridono, tutte truccate parlano ad alta voce, ma mangiano educate, spezzettano pezzi di pizza appena fatta da un piatto centrale. Poco più in là forchette fameliche si tuffano su alcune fette di prosciutto appena tagliate, rosa e leggere, figlie di chissà quale maiale.

"Porco..."

"Ahia, che è?"

Gin mi ha appena colpito al fianco con un cazzotto dritto per dritto.

"Mi hai preso alla sprovvista."

"Ti ho visto come guardavi quella."

"Ma che? Stavo pensando al prosciutto."

"Sì, senz'altro, ancora. Mi hai preso per scema?"

Mario fa finta di non sentire. Ci fa accomodare a un tavolo ad angolo e ci lascia subito.

"Sì, al prosciutto... lo so io a cosa pensavi. Quelle devono essere le ballerine del Bagaglino. Festeggiano la prima o qualcosa del genere. Quello lì con pochi capelli è il regista e quelle due al suo fianco sono le prime ballerine."

"Che ne sai?"

"Si dà il caso che io ogni tanto faccio dei provini... Sei tu l'infiltrato nel mondo dello spettacolo."

Una del gruppo si alza dal tavolo, si dirige verso il bagno, ci passa davanti, sorride e poi si gira perdendosi in fondo alla sala ma lasciando un perfetto panorama, due gambe muscolose, un sedere tondo imprigionato con qualche difficoltà in una gonna troppo stretta.

"Sì, guarda come sbavi e tu pensavi al prosciutto! Peccato!"

"Peccato che?"

"Ti sei giocato la serata."

"Cioè?"

"Se avevi qualche minima chance con me, e guarda che ce n'era un filino, be' l'hai persa."

"E perché?"

"Perché sì. Anzi, ti do un consiglio. Infilati al bagno, segui quella, al massimo ci ricavi una sveltina o due biglietti per il Bagaglino."

"E poi ci andiamo insieme."

"Neanche morta."

"Non ti piace il Bagaglino?"

"Non mi piaci tu."

"Benissimo."

"Che vuol dire benissimo?"

"Che ho una chance..."

"Cioè?"

"Che sei gelosa, un po' rompipalle, ma in definitiva..."

"In definitiva?"

"Ci stai!"

Gin sta per ripartire quando la fermo al volo con la mano.

"Aspetta. Almeno ordiniamo."

Mario è comparso alle spalle di Gin.

"Allora, che faccio preparare?"

"Siamo venuti per provare quelle buonissime tagliate, grandi e al sangue. Ne abbiamo sentito tanto parlare."

"Perfetto."

Mario sorride felice di essere famoso almeno per le tagliate.

"E ci porti un buon cabernet."

"Va bene il Piccioni?"

"Faccia lei."

"Benissimo."

E si sente ancora più soddisfatto del fatto che si possa contare su di lui anche per la scelta del vino.

"Gin, dai, non litighiamo, vuoi cambiare posto? Vuoi sederti di qua?"

"Perché?"

"Così le guardi tu quelle ragazze, le ballerine."

"No, no." Sorride. "Mi diverte che le guardi tu, anzi mi fa piacere."

"Ti fa piacere?"

"Certo, più coppia aperta di così. A, perché non siamo coppia. B, dopo quel panorama di tette e culo sarai più sereno nel sentirti un bel no da una misera mortale..."

"Terzo dan in tutto e per tutto, eh?"

La ragazza che era andata in bagno ripassa davanti a noi per tornare al suo tavolo. Mi giro d'istinto senza volere. Gin non aspettava altro e la chiama.

"Scusa."

"Sì."

"Puoi venire un attimo?"

La ragazza, sorpresa, annuisce.

"Dai, Gin, lascia stare. Passiamo almeno una volta una serata tranquilla."

"Ma di che ti preoccupi? Io sto semplicemente lavorando per te."

La ragazza si avvicina gentile e curiosa al nostro tavolo.

"Grazie eh... Vedi questo ragazzo, Stefano, Step il mito per alcuni, voleva il tuo numero di telefono ma non ha il coraggio di chiedertelo."

La ragazza rimane sorpresa, la bocca mezza aperta completamente presa in contropiede.

"Veramente..."

Gin sorride.

"No, no, non ti devi preoccupare per me. Io sono sua cugina."

"Ah."

Ora sembra più rilassata. La tipa mi guarda, valuta se è il caso di darmelo o no e io, forse per la prima volta in vita mia, arrossisco.

"Pensavo stavate litigando o magari uno scherzo..."

"No, assolutamente."

Gin rimane decisa sulla sua affermazione.

"Ok, ci hai pensato troppo. Non fa niente. Carina questa gonna. È di Ann Demeulemeester?"

"Di chi?"

"No, mi sembrava. Taglia 40, vita con passanti, bottoni nascosti, una tasca..."

"No, è Uragan."

"Uragan?"

"Sì, è la marca nuova di un mio amico."

"Ah, ho capito e tu sei una specie di testimonial."

La ragazza sorride allisciandosi la gonna e cercando di sistemarsela un po'.

"Sì, diciamo di sì."

Fatica inutile. La gonna rimane fissa bloccata, semplicemente avvinghiata ai suoi fianchi, non mostrando, per un pelo, le mutandine.

"Be'..."

Cerco di prendere in mano la situazione.

"Scusaci. Ma vedo che ti chiamano al tavolo."

La ragazza si gira. Effettivamente se ne stanno andando.

"Ah sì, scusate."

"Be', ciao."

"Sì, ciao."

La tipa si allontana.

Rimaniamo così a fissarla nel suo incedere e, non si sa perché, sculetta più di prima.

"Complimenti."

"Per che cosa?"

"Be', è la prima volta che una donna riesce a mettermi in imbarazzo... e per di più con un'altra."

"Be', io ce l'ho messa tutta. Strano... ma se non ti dà il suo numero, figuriamoci il resto."

"Be', se non altro potrò giocare su questo senso di colpa..."

"Per cosa?"

"Non crolla tutti i giorni un mito come il mio... Step che non riesce ad avere il numero di una che veste Uragan. Non è roba da tutti i giorni."

"Non so se questo ti può consolare, ma aveva le tette rifatte."

"Non ci ho fatto caso. Ero più affascinato dal suo culo naturale." Sorrido malizioso. "Su quello non hai niente da dire, vero?"

"Veramente ho qualche dubbio anche su quello. Mi dispiace solo che non potrai mai averne la prova."

"Mai dire mai."

Proprio in quel momento Mario posa i due piatti di tagliate davanti a noi.

"Eccole qua."

"Grazie, Mario."

"Dovere." Ci sorride. Gin prende subito a tagliarla.

"Be', intanto Step accontentati di questa carne qua."

"Ah, se questa però non è naturale, siamo fottuti tutti e due."

A quelle parole Mario rimane interdetto.

"Ma che, state scherzando? Qui solo carne doc. Oh, non mettete in giro strane storie che vado fallito."

Scoppiamo a ridere.

"No, no, non ti preoccupare. Si parlava d'altro, sul serio!"

E continuiamo a mangiare, versandoci del cabernet, mangiando lentamente, ridendo, raccontandoci dei fatti insignificanti ma che ci sembrano così importanti. Sprazzi di vita, dell'uno o dell'altra, ai quali non abbiamo mai partecipato. Momenti euforici e diversi con amici del passato che oggi però, a rivederli bene, non sembrano poi così un granché. O forse è il timore di non essere abbastanza divertente. Gin mi versa del vino. E solo il fatto che sia lei a farlo già mi fa dimenticare tutto.

43

Giuli guarda Daniela a bocca aperta.

"Chiudi quella bocca, mi fai sentire ancora più in colpa così!"

Giuli la chiude. Poi deglutisce e cerca di riaversi.

"Sì, ho capito... ma com'è possibile?"

"Com'è possibile? Eppure dovresti saperlo, visto che anche tu e prima di me lo hai fatto. Vuoi che ti spiego?"

"Ma no, cretina. Questo lo so, sei tu caso mai che non lo sai. Dicevo, com'è possibile che sei rimasta incinta?!"

"Senti, Giuli, ti prego non fare così, sto malissimo. Cioè, ti prego. E pensa che lo sto dicendo a te... pensa a quando lo dirò ai miei!"

"Perché, glielo dici?"

"E certo che glielo dico, come faccio sennò?"

"Ma guarda che non ci vuole nulla, eh? Basta una giornata di clinica e la tua cavolata puff, sparisce. Hai capito?"

"Macché, sei pazza? Io il bambino voglio tenerlo."

"Vuoi tenerlo? Allora tu sei proprio pazza!"

"Giuli, da te questo proprio non me l'aspettavo. Mi obblighi a venire tutte le domeniche a messa con te e poi... hai il coraggio di dire una cosa del genere!"

"Oh senti, vieni a fare la predica tu a me! Hai voluto farlo per forza prima dei diciotto anni sennò ti sentivi una sfigata e sei stata pure punita, lo vedi? Ti sembra un discorso religioso il tuo? Ma fammi il piacere! Comunque fai come ti pare, la vita è tua..."

"Ti sbagli. La vita è anche sua. Vedi, è a questo che non pensi. Ora c'è un'altra persona oltre a me."

"E a tutto il resto invece tu non ci pensi, vero? Per esempio, glielo hai detto a lui?"

"A lui chi?"

"Come a chi? Al padre!"

"No."

"Brava! E non pensi allora a come la prenderà Chicco Brandelli quando avrà la notizia, eh, no, non ci pensi?"

"No, non ci penso."

"E certo, non te ne frega niente a te, quello secondo me s'ammazza!"

"Non credo che sia lui il padre."

"Cosa? E chi è? Ho capito. Ti prego, no, dimmi di no. Andrea Palombi. Ma è diventato un mostro, è terribile, uno sfigato, pensa come diventa questo povero bambino."

"Il mio bambino sarà bellissimo, prenderà tutto da me..."

"Guarda che non lo sai, non lo puoi sapere, magari invece viene identico a Palombi. Mamma, se è così, io non faccio la madrina, te lo dico fin da adesso, io non la faccio!"

"Oh, non ti stare a preoccupare. Non viene uguale a lui."

"E perché?"

"Perché non è lui il padre."

"Non è neanche lui il padre? E allora chi è? Cavolo, sei sparita dalla festa a un certo punto ma pensavo fossi andata via con Chicco."

"No, mi ricordo solo che ho preso un'ecstasy bianca dalla gangsta dove mi hai mandato tu e poi..."

"Un'ecstasy bianca? Ma tu hai preso uno scoop!"

"Uno scoop, e che è?"

"E ti credo che non ti ricordi niente. Meno male che non sei rimasta sott'acqua. Quello ti sfonda, ti leva tutti i freni inibitori, fai di tutto, diventi la porca più porca del mondo e poi puff, a momenti non ti ricordi neanche come ti chiami!"

"Be' sì, è andata proprio così... credo..."

"Non ci posso credere, hai preso uno scoop."

"Quella è stata Madda che ha voluto punire in qualche modo mia sorella."

"Sì, facendo godere te!"

"Ma lei mica lo sapeva che poi sarei stata così bene."

"Cavoli, riesci sempre a stupirmi."

"Sono forte, eh?"

"Insomma... ma possibile che non ti ricordi nulla, niente, non un indizio?"

"Niente, ti giuro, buio totale. È stato bello, sì, questo me lo ricordo!"

Giuli rimane per un attimo in silenzio sul divano. Poi beve un sorso d'acqua, guarda Daniela e ritrova la forza di parlare.

"Be', una cosa però riesco a immaginarla..."

"Che cosa?"

"La faccia dei tuoi."

"Io no."

"E secondo me ti gonfiano così tanto che alla fine tu non assomigli neanche più a loro."

"No. Secondo me invece la prenderanno bene. Scusa, ma è in queste situazioni che si vede il vero amore di una famiglia, no? Se va sempre tutto benissimo, che bravura c'è? Sarebbe fin troppo facile in quel caso, giusto?"

"Sì, sì, certo. A me m'hai convinto, vediamo se riesci a convincere anche loro!"

"Be'..." Daniela si alza dal divano. "Io vado. Voglio dirglielo stasera stessa, non ne posso più di tenermi questo segreto. Sarà una liberazione. Ciao, Giuli..."

Si danno un bacio sulla guancia. Poi Giuli la saluta e mentre esce le dice:

"Fammi sapere, eh? Chiamami se hai bisogno".

"Ok, grazie."

Giuli sente sbattere la porta di casa. Alza il volume della tv e si rimette a guardare il film. Dopo poco spegne la televisione. Decide di andare a letto. Una cosa è sicura: dopo la storia di Daniela, qualunque altro film è noioso.

44

Mario arriva preoccupato al nostro tavolo.

"Ma che fate? Già ve ne andate? Avete preso solo un secondo. Ho un dolce buonissimo fatto in casa, con le mie mani. Anzi, per essere sincero, con quelle di mia moglie."

E quest'ultima confessione mi prende alla sprovvista. Vorrei raccontargli tutto, spiegargli che non è che si è mangiato male, ma che ho avuto questa grande idea, grande... Un'idea. Un piatto particolare da ogni parte, in ogni posto famoso per quel piatto. Anche il cabernet ha fatto il suo effetto e partecipa alla festa. Così preferisco una semplice bugia.

"No, è che abbiamo un appuntamento con i nostri amici, sennò quelli scappano."

Mario sembra accettare con tranquillità questa spiegazione.

"Arrivederci allora... ma tornate presto."

"Certo, certo."

Anche Gin partecipa. "La tagliata era buonissima."

Ma mentre usciamo succede qualcosa d'imprevisto.

"Aspettate, aspettate!"

Un ragazzo dall'aria buffa con i capelli gonfiati a mo' di cappello da cuoco ci corre incontro.

"Step, tu sei Step, vero?"

Annuisco.

Sorride soddisfatto di aver fatto centro.

"Tieni, questo è per te."

Prendo un foglietto ma non faccio in tempo a leggerlo perché Gin più veloce me lo strappa di mano mentre il ragazzo continua.

"Me l'ha dato una ragazza bionda, una ballerina." Sorride felice. "È una di quelle del Bagaglino. Mi ha detto di darlo a te o a tua cugina."

Mario lo guarda preoccupato e poi, quasi a scusarsi con noi "È mio figlio. Vieni andiamo di là che c'è ancora gente da servire".

"Ma se hanno finito tutti."

Mario lo strattona.

"Ma non capisci un cavolo!" E lo spinge in avanti. "E forza! Muoviti."

E il ragazzo, mortificato, piega la testa in giù già pronto a sentire la solita ramanzina del padre chiedendosi perché sempre e solo a lui.

"Tieni." Gin mi passa il foglio.

"Mastrocchia Simona... Già una che mette prima il cognome e poi il nome..."

Poi mi guarda con una certa aria di sufficienza.

"Telefonino, fisso ed e-mail sul biglietto. Vuole essere rintracciata. Visto, sa anche usare il computer. È tecnologica. Come la gonna Uragan. Meno male che hai svoltato la serata."

"Veramente non l'ho ancora svoltata. Comunque in tempo di guerra non si butta via niente!"

Piego il biglietto e me lo metto in tasca.

"Ah, ah, molto divertente, sul serio."

Rimaniamo un po' in silenzio, camminando. Vento di primi d'ottobre, qualche foglia qua e là tra i marciapiedi. Quel silenzio mi infastidisce.

"Ma guarda che sei forte, hai fatto il casino, le hai chiesto il numero, fai la mia cugina preoccupata, quella sorride e poi infine ce lo dà, e tu t'arrabbi. Guarda che sei insuperabile."

"Insuperabile, hai detto bene. Allora? È finito questo cibo-tour, o come cavolo si chiama? Non hai messo neanche un titolo a questa tua grande idea!"

Fa risuonare il tutto con eccessiva enfasi e continua a guardarmi per un po'. Poi apre la bocca, fa la smorfia come se imitasse un "boccalone", uno stupido pesce, o un semplice umano qualsiasi che comunque non trova le parole per rispondere. Insomma mammifero o anfibio, sta parlando di me. Mi brucia pure sui tempi. E dire che avevo pensato di chiamarlo proprio cibo-tour... Be', tiro fuori il foglietto con il numero di Mastrocchia Simona, il telefonino che mi ha regalato Paolo e comincio a digitare sui tasti. In realtà lo faccio a caso, senza guardare. Con gli occhi, ma senza farmene accorgere, la sto controllando. E la piccola tigre parte in quarta.

"Ma guarda che stronzo!"

Mi si avventa contro. Chiudo al volo il telefonino e lo metto in tasca mentre con la destra paro un suo colpo, forte a calare, dritto sulla faccia, mentre Mastrocchia Simona con il suo numero scritto in maniera incerta cade a terra. Le prendo il polso e veloce glielo giro portandole il braccio dietro la schiena. Una mezza giravolta ed è attaccata a me. "Ahi." Quasi sorpresa da quella velocità e da quel dolore. Allento un po' la presa. La tiro a me. Con la sinistra le prendo i capelli, infilo le dita tra le ciocche. E come un pettine selvaggio, un po' grezzo, un po' naturale, le fisso i capelli indietro. Le libero la fronte. I suoi occhi sono grandi, intensi, spaziosi. Mi guardano. Come mi piace. Poi li chiude. Li riapre e si ribella. Prova a divincolarsi. Ma registro un po' la presa.

"Buona... Shh." Sussurro. "Sei troppo gelosa..."

A quella parola sembra quasi impazzire, scalpita, si agita, tenta di colpirmi con i piedi, con le ginocchia.

"Io non sono gelosa! Mai stata e mai lo sarò. Sono famosa per non esserlo!"

Rido parando più o meno i suoi colpi. Si getta con la bocca aperta sul mio viso, prova a mordermi. Comincia una guerra di guance, un alternarsi di strusciate, i suoi denti si aprono e si chiudono, cercandomi, non trovandomi, mi avvicino e mi allontano, la sua bocca mi insegue, io mi spingo giù, spostandole la testa, liberandomi, nascosto tra i capelli, fino al collo. Apro la bocca, tanto, più che posso. Vorrei quasi inghiottirla tutta e insieme respiro catturandole la pelle, il collo, la giugulare e con un morbido morso gigantesco la blocco, la prendo, la posseggo.

"Ahia. Ahia. Ok, basta!" Scoppia a ridere. "Mi fai il solletico, ti prego, il collo no."

Si piega verso di me con la testa cercando di liberarsi. Fa uno strano balletto, piccoli passi che si spostano verso sinistra mentre continua a ridere. E brividi e sorrisi, piega la testa sulla sua spalla, chiude gli occhi, debole, sconfitta, abbandonata, conquistata da quel sensuale solletico. E io la bacio. Morbidissima, dalle labbra calde come non ho mai sentito. Come una febbre. Di desiderio. O la lotta che è stata... Ma tutto il resto mi sembra fresco, compreso lì, sotto il giubbotto, sotto la maglietta che mi lascia visitare. Poi, il suo seno... Lo accarezzo per un attimo con la mia mano, morbida e gentile. Ma è solo un attimo, sento il suo cuore battere veloce, più veloce. E non so perché, vi giuro che non lo so, li lascio lì, tutti e due. Non voglio disturbare. Le prendo la mano.

"Vieni, ci manca il dolce..."

Tranquilla si lascia portare. Poi all'improvviso si ferma un attimo. Mi blocca tenendomi per mano e muove le labbra spingendole in avanti, smorfiosa paperina, leggermente imbronciata.

"Perché come dolce io non andavo?"

E provo a dire qualcosa ma non me ne lascia il tempo. Mi scappa via di mano e mi supera correndo, con il petto spinto in avanti, quel seno che era mio prigioniero, con le gambe indietro, ridendo, libera. E io la inseguo mentre poco più in là, ormai preda del vento, forse di un altro destino, rimane un numero di telefono e un nome. Anzi un cognome e un nome: Mastrocchia Simona.

45.

Claudio è fermo con la sua Mercedes a via Marsala. Si guarda in giro preoccupato. Poi si chiede: ma che pericolo c'è a stare in macchina? Uno può essere stanco, magari ha viaggiato tanto, il rischio di un colpo di sonno. Oppure ha voglia di una sigaretta. Ecco, sì. Mi fumo una bella sigaretta. Non c'è niente di male. Claudio tira fuori dal pacchetto una Marlboro ma la rimette subito dentro. No. Meglio di no. Ho letto su un giornale che riduce certe prestazioni. No. Non ci devo pensare. Non ci devo pensare. Devo allontanare questo pensiero altrimenti s'innesca l'ansia da prestazione. Ecco. Arriva. Cammina saltellando. Ha un lettore cd tra le mani e la cuffia alle orecchie, sorride tenendo il tempo con la testa, i capelli sciolti e la pelle leggermente abbronzata, com'è naturale. Un vestito leggero sul verde con dei girasoli gialli e il suo seno piccolo. Bella. Come sempre. Come l'ha vista la prima volta. Giovane come l'ha continuata a desiderare da quella sera, da quel bacio dato in macchina, dopo la partita vinta a biliardo con Step, il ragazzo con cui stava allora Babi. Simpatico, quel tipo, un po' violento, forse... ma che partita che abbiamo fatto quella sera! Claudio ha continuato a giocare da allora. Per una passione ritrovata. Ma non per il biliardo. Per lei, per Francesca, la giovane brasiliana che sta arrivando. In fondo è per lei che si è iscritto a quel club, è per lei che ha comprato la stecca nuova, una Zenith, è per lei che vorrebbe vincere quel torneo sulla Casilina. Che follia. Non meno di questa. Andare quasi tutte le settimane all'Hotel Marsala con lei. Ormai è più di un anno che va avanti questa storia. Certo, è un piccolo albergo, fuori dal giro delle sue amicizie, frequentato solo da giovani turisti, da marocchini o albanesi che magari hanno voglia di spendere poco. Ma che ci può fare? Lui di voglia invece ne ha tanta... e di lei. E questo è il solo modo per vederla. Pagando naturalmente cash la stanza.

"Francesca!"

La chiama da lontano. La ragazza, col Sony alle orecchie, sembra non sentire. Allora Claudio clicca due volte sulla leva delle luci, lampeggiando. Francesca se ne accorge, sorride, si leva le cuffiette e corre veloce verso di lui. S'infila nella macchina. Gli monta sopra, quasi un tuffo sulle sue labbra.

"Ciao! Ti desidero!" ed è sincera. E ride. E fa la pazza. E lo bacia con forza, con voglia, con passione, morbida, leccandolo, sorprendendolo come sempre. Più di sempre.

"Francesca, ma dov'eri tutt'oggi, t'ho cercato."

"Lo so... vedevo il tuo numero, ma non ti volevo rispondere."

"Come non mi volevi rispondere?"

"Sì, non ti devi abituare. Io sono la musica e la poesia... libera come il mare, come la luna e le sue maree." E così dicendo Francesca gli inizia a sbottonare la camicia e lo bacia sul petto. Poi gli apre la cinta dei pantaloni e continua a baciarlo, e il bottone, e la zip, e poi più giù, ancora più giù, fino ad allargargli le mutande e andare avanti, senza paura, senza problemi, come la luna e le sue maree. Ma questa è una mareggiata! pensa Claudio e si guarda intorno, abbassandosi un po' sul sedile, nascondendosi più che può. Certo che se lo beccano adesso. Altro che una sigaretta e un po' di riposo. Questi sono atti osceni in luogo pubblico. Una cosa è sicura, dell'ansia da prestazione nessuna traccia. Spera solo che non chiami Raffaella in quel momento per sapere come sta andando la partita di biliardo. Non saprebbe cosa rispondere. È una partita meravigliosa. Claudio chiude gli occhi, si lascia andare. E sogna un panno verde e le palle che vanno in buca, una dopo l'altra, senza che neanche le colpisca, così, come per magia. E poi per ultimo vede anche se stesso su quel panno. Rotola dolcemente, scivola, su e giù, fino a sparire dentro l'ultima buca in fondo... ah, sì, così... che partita!

Francesca si rialza da sotto il cruscotto.

"Vieni, andiamo..." e lo prende per mano e lo tira via senza neanche fargli chiudere bene il finestrino. Claudio riesce a malapena ad abbottonarsi i pantaloni e a mettere l'allarme da lontano alla Mercedes. Ma che importa? Tanto per 4000 euro, ma vuoi mettere con la Z4... quello sì che è un sogno. Proprio come lei, come Francesca, che saluta il portiere.

"Buonasera, Pino, la diciotto per favore."

"Certo, buonasera signori." Il portiere non fa in tempo a dirlo. Francesca gli ruba le chiavi dalle mani e spinge Claudio nell'ascensore.

"Dobbiamo stare attenti..."

Francesca ride e lo zittisce baciandolo, non lo vuole sentire.

"Shht... zitto!"

Ma non può immaginare cosa sta pensando Claudio. Ma scusa, eravamo già stati in macchina, potevamo andare a prenderci semplicemente un gelato o una birra o anche un prosecco, che ne so, e l'ansia da prestazione, poi? Scusa, eh? Claudio sente che sta tornando. Cerca di allontanarla.

"Francesca..."

"Sì, tesoro?"

"Mi raccomando, non parlarne mai a nessuno, eh? Neanche alle persone che pensi non possano mai incontrarmi."

"Ma di cosa?"

"Di noi."

"Noi chi? Non so di chi parli." E ride e lo bacia di nuovo. "Vieni, siamo arrivati." E lo trascina nel corridoio e Claudio quasi inciampa e la segue e alla fine si lascia andare scuotendo la testa. Ma mentre cammina le guarda il sedere. È un tutto "brasileiro". Sodo, forte, allegro, vivace, ballerino, pazzo... altro che ansia da prestazione! Questa è voglia di mareggiata, di cavalcare le onde, di fare surf, perso in quel mare brasiliano... Un ultimo barlume.

"No, sai, è che mia moglie ha scoperto il fatto che ho comprato una stecca da biliardo."

"Embe'?"

"Io ho subito detto che era un regalo per una persona che conosco..."

"Bravo, vedi? Ma ti pare che poi si ricorda di quella sera che hai giocato a biliardo e ci siamo conosciuti? Ne è passato di tempo, che ne può sapere? E poi quel posto è stato chiuso, per questo ora sto sulla Casilina!"

"No. Non hai capito. Non è che lei sa, lei indovina!"

"Voglio proprio vedere se indovina cosa sto per farti..." e così dicendo apre la porta, spinge dentro Claudio e chiude la diciotto alle sue spalle. Claudio finisce sul letto e lei gli salta sopra, padrona, selvaggia, oltre la luna e le sue maree. Claudio dimentica ogni preoccupazione, anche dove si trova. La lascia fare. Poi ha un'unica certezza. No, questo non l'avrebbe indovinato mai nessuno. Neanche sua moglie.

46

"Allora, entriamo?"

"Certo, perché no?"

"Ma mi sa che non ci fanno passare. Guarda, hanno una lista."

"Ma io qui al Follia li conosco."

"Che palle, ma tu conosci tutti."

"Va be', se proprio ti fa piacere ci mettiamo in fila e paghiamo. Tanto è il conto di mio fratello."

"Poveraccio. Anche se è ricco, non dilapidare il suo patrimonio."

Una ragazza esce spintonata da dietro. I due buttafuori sulla porta fanno appena in tempo a levare la catena. Una specie di energumeno dai capelli lunghi esce dietro di lei e le dà un'altra spinta.

"E muoviti, che hai rotto il cazzo!"

La ragazza prova a dire qualcosa, ma non fa in tempo. Un'altra spinta spezza al volo le sue parole e si ritrova sul cofano di una macchina posteggiata. Il tipo sudato con i capelli unti le mette la mano sulla faccia.

"Allora? T'ho visto che guardavi quello biondo."

Gin non riesce a parlare, guarda incredula la vicenda.

Il toro scatenato chiude la mano trasformandola in un pugno pieno di rabbia e di violenza, digrigna i denti, ha la faccia da pazzo.

"Te l'ho detto mille volte, porca troia!"

E senza pietà la colpisce in pieno petto.

La ragazza si piega in due e si porta le braccia al volto coprendosi impaurita. Gin non si trattiene ed esplode, sembra fuori di sé.

"Oh, ma basta... Falla finita."

Il tipo si gira verso di noi, stringe gli occhi e mette a fuoco Gin che lo guarda spavalda.

"E te, che cazzo vuoi?"

"Che la lasci perdere. Vigliacco schifoso!"

Fa un passo verso di lei, ma non gliene lascio il tempo, la tiro per un braccio portandola dietro di me.

"Ehi, calma. Le dà fastidio la tua scena. È chiaro?"

"E 'sti cazzi!"

Rimango per un attimo in silenzio, provo a contare, non voglio partire. La prima vera uscita con Gin... Non mi sembra proprio il caso.

Il tipo: "Allora?".

Allarga le gambe. È pronto a litigare. Che palle... I due buttafuori si mettono in mezzo.

"Calma, è tutto sotto controllo."

Sembrano preoccupati. Strano. Non mi conoscono. Forse conoscono il tipo. È bello grosso, piazzato, tosto. Devono temere lui. Ma è nervoso, rabbioso, cattivo. Non sembra lucido. La rabbia a volte offusca e fa perdere la calma, la freddezza. La cosa più importante. Grosso è grosso comunque.

"Calma, Giorgio. Non t'ha detto niente di male. Stai litigando con la tua ragazza qui davanti a tutti e può capitare che qualcuno..."

Lo conoscono. Questo non va bene.

"Non è che può capitare, deve capitare! Sta massacrando quella poveraccia."

Gin non riesce proprio a star zitta. E questo è ancora peggio. Non solo. Continua.

"Bravo, ti credi figo? Pensa che invece sei solo un coglione."

I due buttafuori impallidiscono. Mi guardano con una faccia come a dire "E mo', come cazzo la mettiamo?". Il toro sembra non aver sentito. È attonito, privo di parole, scuote la testa rintronato, come se quelle parole fossero state un tir in pieno viso, un mantello rosso aperto all'improvviso in piena arena. La ragazza alle sue spalle si massaggia il petto, piange e tira su con il naso. Sembra non riuscire a respirare bene, il suo petto fa su e giù con uno strano asincronismo in quel grande silenzio che si è creato.

"Ehi, cazzo Step, che succede? Forza, vieni dentro. Eri sparito eh? Raccontami..."

Mi giro, è il Ballerino. Lui sta da sempre qui al Follia, non si è mai allontanato, lui.

"Ma da quanto sei tornato?"

"Be', sarà un mesetto..."

"E non ti sei neanche fatto sentire! Che stronzo! Dai, vieni dentro dai che c'è una festa, stiamo tagliando una torta buonissima, alla mimosa. Dai. Te ne freghi un bel pezzo per te e la tua signora. È bona, dolce e in più non paghi, no?"

"Ma che la mia signora?"

"No, la torta."

Ride e comincia a tossire. Che le mille sigarette spente e assopite giù nei suoi polmoni si siano divertite anche loro come pazze a quella battuta così scema?

Faccio per girarmi ed entrare, seguito da Gin, dai due buttafuori. Ma in realtà è come se guardassi ancora indietro. È come se i miei occhi non lo perdessero mai di vista. Ho le orecchie tese, i sensi svegli, in guardia. Infatti. Non mi ero sbagliato. Tre passi veloci alle mie spalle, uno scalpiccio strano e d'istinto mi piego in avanti girandomi su me stesso. Ecco che arriva come una furia. Il toro scatenato batte via di spalla i due buttafuori e fa per avventarsi su di me, ma io mi porto di lato. Lo colpisco di striscio, di sinistro e il tipo finisce contro il muro. Poi urla e velocissimo si rigira. Ha la faccia segnata dalla polvere di muro giallo misto alle escoriazioni della strusciata. Un po' di sangue comincia a colargli dall'occhio sinistro, da sopra il sopracciglio. Sta per ripartire. Ma questo non se l'aspetta. Scatto in avanti colpendolo di destro, velocissimo anche perché è enorme, non potrei fare altro. Lo centro in pieno viso, naso e bocca. Si porta le mani in faccia. Non perdo tempo, gli assesto un calcio nei coglioni meglio di tutti i lanci che io abbia mai fatto in una partita di football. Bum. Si accascia come se niente fosse e d'istinto lo colpisco appena tocca terra. In faccia. Un calcio dritto, sordo, definitivo. Ma il tipo è duro. Potrebbe riprendersi. Allora faccio per caricare di nuovo...

"E basta Step, che cazzo te ne frega?" Il Ballerino mi tira per la giacca. "Vieni a mangiarti la torta prima che se la finiscano."

Mi riaggiusto il giubbotto e faccio due respiri lunghi. Sì, è meglio basta. Ma che cazzo m'ha preso? Ma che me ne frega poi di questo boro.

Eccola, la ritrovo dopo un attimo. È lì che mi guarda in silenzio. Gin. Ha uno sguardo... Non so definirlo. Forse non sa che pensare. Le sorrido cercando di rompere quel ghiaccio.

"Ti va un po' di torta?"

Annuisce senza rispondere. Le sorrido. Vorrei dimenticasse che c'è gente così... Ma Gin crede ancora in tante cose. E capisco che è difficile. Allora la scuoto, l'abbraccio, la spingo. "E dai..."

E finalmente sorride. Poi la faccio passare avanti. Le tengo la mano, in maniera elegante, forse un po' stonata dopo tutto quello che è successo, e l'aiuto a scavalcare il tipo rimasto a terra.

47

Raffaella posteggia la macchina nel cortile del palazzo. Il loro garage è aperto. Claudio non è ancora tornato. Guarda l'orologio. È mezzanotte. Vuol dire che la partita di biliardo è andata per le lunghe... be', se questo porta lavoro, allora è un bene. Chiude la macchina e guarda in alto. La luce della stanza di Babi è ancora accesa. Raffaella va verso il portone. Non sa com'è, ma in questo periodo non riesce mai a essere del tutto serena. Forse ha troppi pensieri. Alfredo è ancora nascosto in giardino, dietro una pianta. Vedendola, fa un passo indietro, si infratta nel verde, nel buio del parco. Raffaella sente il crack di un pezzetto di legno. Si gira di botto.

"C'è qualcuno?"

Alfredo smette quasi di respirare. Sta come immobile, paralizzato. Raffaella cerca frenetica le chiavi nella borsa, le trova, apre il portone e lo chiude veloce alle sue spalle. Alfredo si rilassa. Fa un sospiro e comincia a respirare di nuovo. No, così non può andare avanti. Ma se quella notizia è vera, niente può più andare avanti.

"Babi, ci sei?" Raffaella vede la porta socchiusa con un po' di luce che esce dalla camera. "Posso?"

Babi è sul letto. Sta sfogliando delle riviste.

"Ciao mamma. Scusa, non ti avevo sentito. Guarda, sto scegliendo questi, ti piacciono?" Le fa vedere alcune foto.

"Molto. Mi sono presa uno spavento. Ho sentito un rumore nel boschetto vicino al portone e m'è preso un colpo."

"Ah, non ti preoccupare. È Alfredo."

"Alfredo?!"

"Sì, sono due giorni che si nasconde di notte là dietro."

"Ma non può fare così, terrorizza la gente. E poi la settimana prossima io ho una cena qui a casa. Molti lo conoscono, se lo vedono così, cosa penseranno?"

"Ma che t'importa." Ma vedendo che Raffaella resta della sua idea, Babi continua. "Va bene. Se fa così anche la prossima settimana, vuol dire che ci parlo. Ok, mamma?" Le mette davanti un altro giornale. "Allora guarda, ho deciso e mi ha aiutato anche Smeralda. Prendiamo questi: spiga e grano che portano pure bene, ok?"

"Sì, ma..."

"No, mamma. Sei uscita e te ne sei andata a giocare, lo so. Basta, abbiamo deciso, no? Sennò qui non si va mai avanti. Ti giuro, io sto troppo male, mi sembra ancora tutto per aria, per favore..."

Raffaella la guarda e sorride.

"Va bene Babi, mi sembrano perfetti." La vede rilassarsi, più tranquilla.

"Sul serio?"

"Sì, sul serio."

"Non è che me lo stai dicendo solo per farmi contenta?"

"No, davvero, questi sono i più belli."

Babi torna raggiante. Raffaella decide di farsi un regalo anche lei.

"Senti Babi, ti volevo chiedere una cosa."

"Sì, dimmi."

"Ti ricordi quella volta che papà si doveva vedere con Step, che doveva dirgli di lasciarti perdere?"

"Mamma, ma ancora stai pensando a quella storia? Sono passati più di due anni, stiamo decidendo una cosa importantissima e tu ci pensi ancora?"

"Lo so, lo so, ma non è che ci penso, è solo una curiosità. Ecco, non è che ti ricordi se quella sera, per caso, hanno giocato a biliardo?"

"Sì, certo che me lo ricordo e hanno pure vinto! 200 euro mi sembra."

"E con chi stavano?"

"Come con chi stavano?

Babi squadra la madre. Vede che è strana, assorta. Babi sorride scuotendo la testa.

"Mamma, ma ti pare che alla tua età ti fissi e fai la gelosa... ma dai, mamma!"

"Scusa, hai ragione. È che ha comprato una stecca da biliardo proprio qualche tempo fa. Però sembra che l'abbia regalata a qualcuno."

"E allora, scusa, che male c'è? E poi quel posto dove hanno giocato credo l'abbiano anche chiuso!"

Raffaella a questa notizia si tranquillizza del tutto.

"Va bene, hai ragione. Allora, fammi vedere le altre cose belle che hai scelto." Apre il giornale. Babi le indica le sue preferite.

"Allora, queste mi piacciono moltissimo, ma mi sa che costano tanto."

Proprio in quel momento compare Daniela sulla porta.

"Mamma, ti devo parlare."

"Oddio, non t'avevo sentito, m'hai fatto prendere uno spavento. Ma che stasera ce l'avete tutti con me! Comunque ora no Daniela, che stiamo decidendo delle cose importanti."

"La mia è molto più importante credo. Sono incinta!"

"Cosa?" Raffaella si alza dal letto, seguita da Babi. "È uno scherzo?!"

"No. È così."

Raffaella si mette le mani nei capelli, passeggia su e giù per la stanza. Babi si lascia cadere sul letto.

"Proprio adesso..."

Daniela la guarda senza parole.

"Eh, proprio adesso, proprio adesso... ma sentila. Scusami se ho scelto proprio questo momento!"

Raffaella si avvicina e la scuote.

"Ma com'è possibile? Non sapevo neanche che uscissi fissa con un ragazzo!" Poi capisce che la sta trattando troppo duramente. Allora lascia cadere le braccia lungo i fianchi e le fa una carezza. "Mi hai colto alla sprovvista. Ma chi è lui?"

Daniela guarda la madre, poi Babi. Tutte e due aspettano la sua risposta. Anche loro hanno la bocca semiaperta in questa attesa spasmodica, esattamente come Giuli. Ma loro la prenderanno meglio. Sono sicura. Almeno mia madre. Della sua reazione Giuli rimarrà sorpresa. Lo so.

"Ecco mamma, vedi... c'è un piccolo problema... cioè, per me non è un problema poi, eh, spero che non lo sia neanche per voi."

Proprio in quel momento, sul pianerottolo di casa, è arrivato Claudio. Ha visto la macchina di Raffaella e quella di Babi posteggiate, e perfino la Vespa. Sono tutti a casa. Dovrebbero già stare dormendo. E la sua serata è stata perfetta... di più. Altro che lo Spaccone o lo Scuro di Nuti. È stata la partita di biliardo più bella della sua vita. Ma non fa in tempo a finire di pensarlo che un grido frantuma la sua serata. Un urlo nella notte, una sirena, un allarme. Peggio. Lo strillo di Raffaella. Claudio passa in rassegna ogni possibilità: hanno chiamato dall'albergo perché abbiamo fatto troppo casino, ci ha visti una sua amica che la odia e le ha spifferato tutto, c'ha messo dietro un detective da quattro soldi che le ha appena consegnato delle foto. Ma non gli viene in mente niente se non scappare. Troppo tardi. Raffaella lo vede.

"Claudio, vieni subito qua, vieni qua!" Raffaella continua a urlare come una forsennata. "Vieni subito a sentire cosa è successo!"

Claudio non sa più che fare. Ubbidisce, totalmente assoggettato a quell'urlare che sbriciola ogni sua possibile reazione, ogni sua certezza o tentativo di difesa.

"Allora, vuoi sentire cos'è successo? Daniela è incinta!"

Claudio tira un sospiro di sollievo. La guarda. Daniela è in silenzio. Ha gli occhi abbassati. Ma Raffaella non si ferma lì.

"Aspetta eh, aspetta! Mica è finita qui! Vuoi sentirla tutta? È incinta e non sa di chi!"

Daniela a quel punto alza gli occhi e guarda Claudio, implorando un qualsiasi tipo di perdono, un po' d'amore, una solidarietà di qualunque genere. Poi c'è Babi, che guarda schifata la sorella pensando che abbia deliberatamente deciso di rovinare il suo momento. E dall'altra parte della stanza c'è Raffaella. Anche lei si aspetta qualcosa da Claudio. Uno schiaffo, un urlo, una qualsiasi reazione. Ma Claudio è completamente svuotato. Non sa che dire, che pensare. In parte è sollevato. Per un attimo ha temuto di essere scoperto. Allora decide di uscirsene così, anche se è sicuro che la pagherà per molti anni.

"Io vado a dormire. Scusate, ma ho anche perso a biliardo."

48

Musica. Prima sala. Gente che entra, gente che esce, gente che scherza, gente che beve, gente che ride. Ragazzi che cercano di farsi sentire, donne che ascoltano e ogni tanto una risata. Gente immobile, gente che guarda, gente che spera, gente che chissà cosa pensa.

Seconda sala.

Uno strano dj, troppo normale per esserlo veramente, mette della bella musica. Ballano tutti ed è difficile farsi strada. Qualche esibizionista si è portato su un terrazzino. Su qualche altra sporgenza, abbandonata a caso da chissà quale architetto, ballano delle ragazze. Una cubista spogliata. Una donna marinaio. Una solo vestita di reti. Una ragazza militare. Belle. Almeno così sembrano. Musica e luci a volte però giocano brutti scherzi. Il Ballerino si fa strada, spinge, in modo gentile, altri ballerini meno muscolosi di lui ma forse più ritmati. Piano piano avanziamo in questa specie di trincea umana.

Terza sala. La sala Vip.

Un tipo con la benda sull'occhio e dall'aria potente canta a più non posso, ultimo baluardo di quell'ipotetica band alle sue spalle. Non canta male.

Qualche Vip sufficientemente sconosciuto siede su un divano nella sala Vip ricavata da un mezzo soppalco. Un tipo all'entrata di questo piccolo ring controlla che nessuno entri in quell'eden privato. O forse che quei pochi Vip entrati non se ne vadano prima di una certa ora. Il Ballerino ci porta due fette di torta.

"Adesso Walter vi dà un tavolino e due bicchieri di champagne. Oh, scusa Step, ma io devo tornare all'entrata."

Mi fa l'occhiolino e sorride. È migliorato, però. Non me lo ricordavo anche con questa strana ironia.

Rimaniamo così in mezzo alla sala, con quelle due fette di torta in mano. Gin con la forchetta di plastica, in uno strano equilibrio, prova a piluccarne un po'.

"Che c'è, sei arrabbiata?"

Mi sorride.

"No, che c'entra. Quello era proprio uno stronzo. Lo avrei fatto anch'io se avessi potuto. Magari con meno violenza."

La guardo e divento serio. Mi fa tenerezza. Cerco di essere gentile.

"A volte non puoi scegliere. Allora è meglio abbozzare, fare finta di niente. Ma nel mio caso sei tu che hai scelto..."

"E non ho fatto bene?"

"Certo. Comincio a conoscerti. So solo che se esco con te devo essere in forma."

"Secondo te gli servirà di lezione?"

"Non credo, ma non potevo fare altrimenti. Magari era pieno di coca. Con i tipi così non puoi parlare. O lui o io. Con chi la volevi mangiare questa torta?"

Prende veloce un altro pezzo di torta. "È buona." Mi sorride mangiandola di gusto. Ha la bocca piena e riesce appena a farsi capire.

"La voglio mangiare con te..."

Arriva Walter, un tipo sui quarant'anni dalla camicia bianca con qualche fronzolo. Sembra uscito dal Settecento francese.

"Questi sono per voi."

E lascia su un tavolino due calici di champagne. Poso la torta. Mi finisco il mio. Anche Gin beve il suo tutto d'un fiato. Ne prendiamo un altro al volo da una ragazza che passa con un vassoio. Gin fa quasi cadere il suo, ma riesco ad afferrarlo. Sono un po' ubriaco ma ancora lucido.

"Vieni, andiamo."

La prendo per mano e la porto verso l'uscita di sicurezza. In un attimo siamo per la strada. Vento notturno, vento leggero, vento di ottobre. Qualche foglia per terra o poco più. Mi guardo in giro. Poco lontano c'è l'entrata del Follia, il tipo è ancora steso per terra. Ora è poggiato sui gomiti, mentre la sua ragazza è lì davanti che lo fissa con le braccia sui fianchi a mo' di anfora. Chissà cosa pensa. Magari sotto sotto è soddisfatta che qualcuno l'abbia conciato così. Certo non glielo può far vedere. Magari le cose fra i due cambieranno. Magari, sì, magari... È difficile. Ma non me ne frega più di tanto. L'ha scelto lei mica io.

"Ehi, si può sapere a cosa stai pensando? Non mi dire che ti stai ancora beando di come hai ridotto il tipo. È stato solo sfigato, l'hai detto tu. Lui o te. Questione di attimi. E lui è partito dopo. L'hai preso alla sprovvista. In un incontro normale non so come sarebbe finita."

"Io non so come finisci tu se non la smetti. Monta in macchina, va'."

"E ora dove mi porti? Abbiamo preso anche il dolce, e pure a sbafo."

"Manca la ciliegina."

"Cioè?"

"Cioè tu."

Alzo la musica in maniera che Gin non possa rispondere, la metto al massimo e ho culo. "Un'altra come te ma neanche se l'invento c'è... Mi sembra chiaro che..." Gin sorride scuotendo la testa. Riesco a prenderle la mano e portarmela alla bocca. La bacio dolcemente. È morbida, è fresca, è profumata. Vive di una vita tutta sua, malgrado tutto quello che ha toccato. E la bacio ancora. Solo labbra. Tra le sue dita. Frugando, strusciando, slittando, senza frenare, lasciandomi andare, cadendo. Le vedo chiudere gli occhi, lasciare andare la testa all'indietro sullo schienale. Ora, perfino i capelli sono ormai abbandonati. Le giro la mano e le bacio il palmo. Mi stringe il viso dolcemente, mentre respiro tra le sue linee... La vita, la fortuna, l'amore. Respiro piano piano senza far rumore. Lei d'improvviso apre gli occhi e mi guarda. Sembrano diversi, come cristallini, appena appannati da un velo leggero. Felicità? Non so. Mi sbirciano nella penombra. Sembrano sorridere anche loro.

"Guarda la strada..."

Mi rimprovera. Io ubbidisco e poco dopo giro a destra, giù, lungo il fiume, Lungotevere, tra le macchine, fra gli altri, veloce, con la musica e la sua mano nella mia, che si muove ogni tanto, ballerina, invitata a chissà quale danza. Cosa starà pensando? E se ha indovinato, quale sarà la sua risposta? Sì, no... È come una partita di poker. E lei è lì davanti a me, la guardo un attimo. I suoi occhi, leggermente abbassati, mi sorridono da sotto, dolci e divertiti. Non c'è che andare al piatto, perché tiri giù le carte. Sarà un sì... sarà un no... è troppo presto? Non è mai troppo presto. Non c'è tempo per queste cose e poi non è una partita a poker, non c'è piatto. Ma... Magari sono servito? Che bello essere una "davanzalina" come lei. Una piccola donna al davanzale, è lì che mi guarda, pensa, ragiona, si diverte. Ride di quel giovane uomo che cammina sotto il suo terrazzo, che non sa che fare, se far finta di niente, semplicemente sorridere o chiedere l'aiuto di una treccia... Per salire... Beata te che puoi aspettare le mie mosse.

"Mi gira un po' la testa."

Mi sorride mentre lo dice. È una piccola giustificazione se per caso accadesse qualcosa? O è una grande giustificazione se già sa che accade qualcosa. Oppure le gira semplicemente la testa e me lo voleva dire. Semplicemente. Ma cosa c'è di semplice? Nulla che valga... Chi l'aveva detta questa? Non mi ricordo. Mi sto intortando, giri complessi e complicati, ragionamenti estremi per vedere le effettive possibilità. Che percentuali ho di riuscita? Basta, cazzo... Non mi piace ragionare su tutto questo.

"Gira anche a me."

È la mia semplice risposta. Semplicemente. Gin mi stringe un po' più forte la mano e io, stupidamente, ci vedo un segno. O forse no. Che palle. Ho bevuto troppo.

Aventino.

Una curva e su per la salita. Questa macchina va che è una meraviglia. Mio fratello sarà felice che gliel'ho ritrovata. Mi viene da ridere. Lei mi guarda, mi giro e me n'accorgo.

"Che c'è? A che pensi?"

Gin, dalle sopracciglia un po' abbassate, Gin dallo sguardo un po' aggrottato, Gin preoccupata.

"Niente, questioni familiari."

Gianicolo. Orto botanico. Mi fermo al volo, tiro il freno a mano e scendo.

"Ehi, ma dove vai?"

"Niente... non ti preoccupare, torno subito."

Chiude la portiera stendendosi dalla parte mia e si chiude dentro. Gin serena. Gin sicura. Gin previdente. Mi guardo in giro. Niente. Perfetto, non c'è nessuno. Uno, due e... tre. Scavalco il cancello e sono dentro. Cammino in silenzio. Profumi leggeri, profumi più forti, un poco pungenti. Future colonie non ancora esistenti. Distillati in boccetta, essenze costose. Ecco. Ecco la mia preda. La scelgo d'istinto, la prendo con cura, la stacco con forza ma senza maltrattarla. Un desiderio che ho sempre avuto e ora... Ora sei mia. Uno, due, tre passi e sono di nuovo fuori. Mi guardo in giro. Niente. Perfetto, non c'è nessuno. Torno alla macchina. Gin mi vede all'improvviso. Si spaventa. Poi mi apre.

"Ma dove sei andato? Mi hai fatto paura."

Allora apro il giubbotto, scoprendola. Come uno spinnaker che prende vento all'improvviso in mare aperto. E in un attimo tutto il suo profumo inonda la macchina. Un'orchidea selvaggia. Compare così, tra le mie mani, con un semplice gesto, più di un prestigiatore che di un ladro imbranato.

"Per te. Da fiore a fiore, direttamente dall'Orto botanico."

Gin la annusa, si tuffa al centro dell'orchidea selvaggia per respirarne il profumo più intenso. Lei, giovane donna in apnea, appare di nuovo tra quei grandi petali. Mi ricorda un cartone. Bambi, ecco sì, Bambi. Quegli occhi grandi, lucidi, emozionati che compaiono dietro quei petali delicati di un fiore. Quegli occhi spaventati e incerti su un futuro prossimo. Non uno qualunque, il suo.

Prima, seconda, terza, siamo di nuovo in viaggio. Piccole curve e su per una salita. Schivo una transenna che ci obbligherebbe a fermarci e posteggio poco più su. Campidoglio.

"Vieni!"

La faccio scendere dalla macchina e lei come rapita mi segue.

"Ma guarda che..."

"Shh! Parla a bassa voce, qui ci vivono."

"Sì, va bene. Ma volevo dirti... Guarda che di sera qui non sposano. E poi non ne abbiamo ancora parlato. Ma io voglio la favola, te l'ho detto."

"Cioè?"

"Abito bianco, un po' scollato, fiori misti al grano e una bella chiesa nel verde anzi no, in riva al mare."

Ride.

"Lo vedi che sei ancora indecisa?"

"Perché?"

"Nel verde o al mare?"

"Ah, pensavo che dicevi che ero indecisa se sposarti o meno."

"No, per quello sei decisissima. Faresti carte false."

La tiro a me e provo a baciarla.

"Presuntuoso e poco romantico."

"Perché poco romantico?"

"Non si fanno richieste indirette. Ah ah!" Finge di ridere e mi scappa dalle braccia, come un pesce salta fuori dalla mia rete e corre via veloce, svoltando dietro l'angolo. Le sono dietro. È un attimo. Siamo nella piazza grande del Campidoglio. Luce più alta. Una statua centrale con attaccato un cartello. Naturalmente stanno facendo dei lavori. Ci fermiamo vicini ma divisi. Sembra tutto bellissimo, soprattutto lei. Fa capolino da dietro la statua.

"Allora che fai? Non ce la fai già più?"

Fingo di partire, e lei scappa dietro la statua. Corro dall'altra parte e pum, la prendo al volo. Lei strilla.

"No... no dai!"

La sollevo e me la porto via. Tipo ratto delle Sabine o giù di lì. Via dalla luce, via dal centro. Finiamo sotto il colonnato, nella penombra. Le faccio ritoccare terra e lei si sistema il giubbotto coprendosi la pancia, morbida e compatta, appena scoperta. Le prendo i capelli e le scopro il viso leggermente arrossato, per la corsa appena fatta, per qualche imbarazzo segreto o chissà che. Il suo petto va su e giù veloce, poi piano piano rallenta.

"Ti batte forte il cuore, eh?"

La mia mano sul suo fianco. Sotto il giubbotto, sotto la maglietta, leggera, quasi come un semplice brivido, sulla sua stessa pelle. Lei chiude gli occhi e io piano piano salgo, sul bordo, sui suoi fianchi, su, dietro la schiena. Apro la mano e la tiro a me, stringendola, spingendola verso il mio corpo, baciandola. Alle nostre spalle una colonna più bassa delle altre, dal diametro più largo. Lì, dolcemente, la spingo, lasciandola scendere giù, piano piano. E lei si lascia andare. I suoi capelli, la sua schiena persi su quella base così antica, corrosa dal tempo, dalle venature sbiadite, dal marmo poroso ormai quasi stanco, e sì che ne avrà viste di cose... Si tiene stretta ai miei fianchi con le sue gambe, stringendomi in una morsa leggera, facendole dondolare a destra e sinistra. E io mi lascio portare. Mentre le mie mani naufragano tranquille lungo la sua cintura, i pantaloni, i suoi bottoni. Senza fretta, senza... Senza liberare niente. Senza troppa voglia. Per adesso. Poi all'improvviso Gin si gira verso sinistra e apre gli occhi, sgranandoli.

"C'è qualcosa lì!"

Spaventata, determinata, forse un po' seccata. Guardo meglio nell'ombra ancora intontito dalla leggera sbronza d'amore.

"Non è niente. È un barbone..."

"E dici niente? Ma tu sei pazzo."

Si tira su decisa. E io che non ho sentito niente, e soprattutto non ho voglia di litigare, la prendo per mano. L'aiuto. Scappiamo così, lasciando quella mezza colonna antica e quella figura più o meno presente, dimenticati nell'ombra. Come in un labirinto procediamo tra il verde nascosto e le luci più o meno soffuse dei Fori romani. Sotto di noi, in lontananza, antiche colonne e travi e monumenti. Un viottolo si inerpica su dalla piazza del Campidoglio. Terrazze sbalzate con piccoli parapetti, della ghiaia per terra, del verde curato, dei cespugli selvaggi. Tutt'intorno più sotto, un'altezza. "Tarpea."

Così, sospesi nel vuoto di quelle rovine, sotto un muretto, in un cono d'ombra perfettamente protetta, una panchina nascosta. Gin ora più tranquilla si guarda in giro.

"Qui non ci può vedere nessuno."

"Mi vedi tu."

"Ma se vuoi chiudo gli occhi."

Non dice no, non dice sì. Non dice. Ma respira vicino al mio orecchio mentre si lascia spogliare. Via il giubbotto, via la maglietta, scomposti cadono dalla panchina, in un'ombra ancora più scura. Via le scarpe, via i pantaloni. Ognuno toglie qualcosa all'altro. Poi ci fermiamo. È davanti a me, si copre il seno abbracciandosi da sola con le mani incrociate sulle spalle, orlata tra i capelli dalla luce della luna, coperta più giù solo dalle sue mutandine. Non ci posso credere. Lei, Gin. Quella Gin che mi voleva fregare 20 euro.

"Ehi, che fai, mi guardi?"

"Non mi hai detto di no. E poi ti sbagli, ho gli occhi chiusi."

Da qualche parte, da un locale o da una finestra lasciata aperta, note di uno stereo in lontananza. "Won't you stop me, stop me, stop me..." No. Non vuoi, Gin. Lo sanno anche i Planet Funk.

"Come sei bugiardo."

E allarga le braccia lasciandosi guardare, sorridendo. Poi mi si avvicina, ha le gambe semiaperte. Rimane così a fissarmi.

"Senti..."

"Shh... non diciamo nulla."

La bacio e piano piano le sfilo le mutandine.

"No, ho voglia di parlare. Primo hai... sì, insomma... quello che serve?"

"Ce l'ho..." rido. "Ce l'ho."

"Ecco, lo sapevo, lo porti in tasca o nel portafoglio? O l'hai comprato prima di venirmi a prendere? Perché magari tu eri già sicuro che andava così! Be', se vuoi non lo mettiamo..."

"Di' la verità, vorresti avere subito un bel bambino, bello come me, intelligente come me, forte come me?"

"Ma scusa di me non ha niente?"

"Va bene... E con qualche difetto come te."

"Quanto sei scemo. No, a parte gli scherzi ce l'hai o no... il coso!?"

"Calma, calma, veramente prima non ce l'avevo..."

"Sì, e ora invece ce l'hai, e chi te l'ha dato? Il barbone?"

"No, il Ballerino, il mio amico del Follia. Si è avvicinato e me l'ha infilato in tasca e mi ha detto..."

"Che ti ha detto?"

"In bocca al lupo... È veramente carina, ma non credo ce la farai."

"Quanto sei bugiardo..."

"Ma è vero! Be', non ha usato proprio queste parole, ma il significato voleva essere un po' questo, più o meno."

"E poi un'altra cosa..."

"No, ora basta parlare..."

La tiro a me. Le bacio il collo, lancia i capelli indietro e io piccolo vampiro continuo a succhiarla assaporando lei, il suo profumo, il suo respiro. La mia mano sembra andare da sola, sui suoi fianchi, sulla sua vita, tra le sue gambe, nella vita che sarà. La sento sospirare piano, poi leggermente più veloce, mentre si agita tra le mie braccia quasi ballando, dolcemente, su e giù, senza pensieri, senza falsi pudori, sorridendo, aprendo gli occhi, guardandomi, con una tranquillità e una serenità che mi mettono in imbarazzo. E come se non bastasse mentre muovo la mano per prendere la nostra sicurezza...

"Lascia, voglio farlo io."

"Ma guarda che sono io che devo indossarlo."

"Lo so... cretino. Vuoi sapere quanti ne ho infilati? Aspetta, fammi pensare..."

"Non lo voglio sapere."

"Questo è il sedicesimo che infilo."

"Ah... Meno male."

"Perché?"

"Be', se era il diciassettesimo mi preoccupavo, porta sfiga!"

Non mi dà soddisfazione però mi fa divertire. Lo sbuccia come se fosse una caramella, prova con le unghie ma non ci riesce, se lo porta in bocca e questa volta lo fa con malizia.

"Stai tranquillo... non lo mangio."

Uno strappo deciso ed è lì tra le sue mani. Lo gira e lo rigira sorridendo. "È buffo..." È tutto ciò che dice. Poi muove la testa verso di me.

"E allora?"

Nudo allargo le gambe e lì mi accarezza piano piano, su e giù... poi me lo infila tranquilla.

"Sono brava?"

"Troppo!"

Ma non dico altro. Ora astronauta perfetto di questo viaggio tra congiunzioni astrali sotto un cielo stellato, sopra una donna incantata, tra rovine del passato, nel piacere del presente.

Galassia. Interspazio. Natura. Profumi. Niente di selvaggio... Un po' di resistenza, forse troppa... È strano. Vado avanti mentre lei chiude gli occhi.

"È fredda la panchina."

Ma si lascia andare stendendo del tutto la schiena. Alza un po' le gambe aiutandomi.

"Ahi..."

"Ti faccio male?"

"No, non ti preoccupare..."

Non ti preoccupare... Non ci posso credere, non ci posso credere, io, Gin, lo sto facendo... Rimango in silenzio, sospesa, quasi ascoltando la mia vita che scorre su di me, sotto di me, dentro di me. In questo momento decisivo, così importante per la mia vita, unico, per sempre. Non lo potrò più cancellare. La mia prima volta. Ed ho scelto te. Ed ho scelto te. Sembra quasi quella canzone... Ma non lo è. È realtà. Sono qui, io, in questo momento. E Step. Lo vedo, lo sento. È sopra di me. Lo abbraccio, lo stringo, lo stringo forte, più forte. Ho paura, come tutte le volte che si fa qualcosa che non si conosce. Ma è una paura normale, più che normale... O no? Porca trota Gin, non ti far prendere adesso da tutte le tue fisse, dai film che ti fai, da tutto insomma... Porca miseria, Gin, ma che mi combini? Gin la saggia e Gin la ribelle... Dove siete? Niente, sono andate a farsi fottere... Ma come? Pure loro! Che battuta... la odio, oddio, no, era per sfatare... Ho paura, aiuto. Chiudo gli occhi, respiro, sospiro, comunque mi piace. Sono appoggiata al suo collo, alla sua spalla, non più tesa, non più preoccupata... In silenzio, così, portata, abbandonata, naufragata... E mi piace. Lo sento. Sento le sue mani, sento che mi tocca tutta, che mi sfila via anche l'ultima cosa di dosso, dolcemente, sì, quasi non me ne accorgo... E ora che fa? No, aiuto... Si sta infilando. Oddio, che parola, non ci voglio pensare. Non voglio essere qui a ragionare, a vedermi da fuori, a controllarmi, a sdoppiarmi, ad avere questa mente che continua a parlare, a dirne... Oh, ma che vuoi... E basta, e mollami... No! Voglio lasciarmi andare. Nella culla del suo amore, in questo mare, nel desiderio, lentamente lasciarmi portare, dalle sue correnti. Persa. Sì, senza più pensieri. Perdermi così tra le sue braccia... Ora. Ecco.

La sento ancora tesa, no, ecco, si sta lasciando andare... Un ultimo movimento seguendo a tempo una musica che non c'è, ma ancora più bella forse per questo. Cuori e sospiri...

Un improvviso silenzio. Oddio penso, Gin stai per farlo... Sento il profumo del suo respiro, del suo desiderio. E cerco la bocca di Step, il suo sorriso, le sue labbra. Le trovo, e quasi mi ci tuffo, per nascondermi, per trovarmi, in un bacio più lungo, più profondo, più avvolgente, più... Più tutto.

Un gemito più forte e ora è mia. È strano pensarlo. È mia, mia. Mia adesso, mia ora... Mia in questo momento, solo mia. Mi viene da pensarlo. Mia. Mia per sempre... Forse. Ma ora, certo. Ora è amore... Dentro di lei. E ancora e di nuovo e ancora, senza fermarmi... Ora sorride, dolcemente, senza strappi al motore.

E proprio in quel momento lo sento, è lui, è dentro di me... È un attimo. Un salto, un tuffo al contrario... Un dolore acuto, un buco all'orecchio, un piccolo tatuaggio, un dente caduto, un fiore sbocciato, un frutto strappato, un passaggio rimediato, una caduta sugli sci... Sì, ecco, una caduta sugli sci, nella neve fresca, fredda, bianca, appena arrivata, direttamente dal cielo, e tu sei lì, con la faccia in avanti, che scivoli ancora, che ridi, che ti vergogni, che spalanchi la bocca ancora piena di neve, tu negata, tu divertita, tu alla prima caduta, alla tua scivolata... Su quella neve, soffice e pulita, così come mi sento io in questo momento. Finalmente. È dentro di me, lo sento, nella mia pancia, aiuto, mi aiuto... Ma che bello. E sorrido, allontano il dolore, ritorno a sentire, a provare, e assaggio il piacere, un piccolo morso... Sto bene, mi piace, lo voglio. Come le sue lettere, a pelle, da oggi, incise per sempre dentro di me.
"Step, ho voglia di te."
"Cosa hai detto?"
"Non mi prendere in giro."
"No, ti giuro non ho capito."
Step continua a muoversi sopra di me. Dentro di me. E gli guardo gli occhi e mi perdo rapita, dal suo sguardo, da quegli occhi che contengono amore o forse no, ma non me lo chiedo, adesso no... E mi parla e non si capisce, e sospira nelle mie orecchie, e il vento, e il piacere, che ruba, che porta le sue parole, e sorride, e ride, e continua a muoversi, e mi piace, e mi piace un sacco, e non capisco, e mi bacio le mani, e sono affamata, e glielo ripeto... "Step, ho voglia di te..."

Più tardi, non so quanto più tardi, Gin mi abbraccia seduta sulle mie gambe mentre cerco di levarmi la nostra sicurezza. Me lo sfilo. Una traccia di leggero inchiostro rosso tra le mie dita. Firma indelebile. Mia... Per sempre mia. Per sempre mia. Non ci posso credere.
"Ma..."
"Era quello che ti stavo per dire..."
"Cioè, tu non avevi mai...?"
"No, non avevo mai...!"

"Perché non lo dici?"

"Sì, non avevo mai fatto l'amore, e allora che problema c'è? C'è sempre una prima volta per tutto, no? Be', questa era la mia prima volta."

Rimango senza parole, non so che dire. Forse perché non c'è nulla da dire.

Gin che si riveste. Mia... Mi guarda e sorride alzando le spalle.

"Hai visto che strano? Fra tanti è toccato proprio a te. Non te ne farai una colpa, vero? E neanche un vanto spero."

Si infila la maglietta e il giubbotto senza rimettersi il reggiseno. Ancora non riesco a dire nulla. Si infila il reggiseno in una delle tasche del giubbotto.

"E poi che ne so... Sarà stata la serata... da domani però non ti fare strane idee, devo recuperare il tempo perduto. Anche perché statisticamente sono indietro di quattro anni. La maggior parte delle ragazze l'ha già fatto a quindici."

Ormai completamente rivestita è già sulla scala sotto il lampione mentre io finisco di chiudermi il giubbotto. Poi si mette a ridere. Sicura, serena, perfettamente a suo agio.

"Ma è anche vero che oggi c'è un po' il ritorno a certi valori del passato. Insomma diciamo che io mi colloco tranquillamente nel mezzo."

Poco dopo le sono vicino e cominciamo a camminare. Questa volta finalmente in silenzio, anche perché io non sono riuscito a dire più nulla. Poi, a un certo punto, mi passa il braccio dietro la schiena. Io l'abbraccio stringendola a me. Continuiamo così, mentre la respiro. Lei, Gin, ancora profumata del suo primo amore. Mia. Mia. Mia.

"Sai Step, stavo pensando una cosa..."

Eccola lì, lo sapevo. Era troppo bello! Le donne e le loro riflessioni. Finiscono per rovinare anche i momenti più belli, gli unici che meritano di essere vissuti in silenzio. Fingo di non essere preoccupato.

"Cosa?"

Poggia la sua testa sulla mia spalla.

"Mi è venuto un pensiero strano, cioè in realtà è una curiosità... Ma ci pensi? Chissà se dai tempi dell'antica Roma a oggi in quel posto l'aveva già fatto qualcuno."

"Nessuno."

"Ma come fai a esserne così sicuro!"

"Non c'è niente da fare, certe cose le senti, le senti e basta."

Si ferma. Mi guarda. Ha degli occhi così intensi. E sorride in un modo...

"Ne sono sicuro... nessuno. Fidati."

Allora poggia di nuovo la sua testa sulla mia spalla. L'ho convinta sul serio. Forse per come l'ho detto. Cavoli, mi piacerebbe sul serio sapere se c'è mai stato qualcuno in quel posto. Ma non c'è modo. Eppure non so com'è ma sul serio ne sono convinto anch'io. Gin riprende a parlare.

"Allora abbiamo scritto un pezzo di storia... la nostra." Mi sorride e mi dà un bacio sulle labbra. Morbida. Calda. Amorevole. La nostra storia... Altro che 20 euro. Mi sa che alla fine mi ha fregato sul serio.

49

"Fermati qui, frena." Non ci penso due volte e lo faccio. Di botto, al volo, così come è lei. Meno male che non arrivava nessuno da dietro. Mio fratello... E chi lo sentiva poi. Va be' che se la poteva prendere sempre con il ladro. Gin scende veloce dalla macchina.

"Vieni."

"Ma dove?"

"E seguimi, quante domande che fai."

Siamo di fronte a Ponte Milvio, in una piccola piazza sul Lungotevere da dove parte via Flaminia che arriva fino a piazza del Popolo. Gin corre sul ponte e si ferma a metà, davanti al terzo lampione.

"Ecco, è questo qui."

"Ma che cosa?"

"Il terzo lampione. C'è una leggenda su questo ponte, Ponte Milvio o Mollo come lo chiamava il Belli..."

"Ma che, ora mi fai la colta?"

"Sono colta! Su pochissime cose, ma lo sono. Come questa per esempio, la vuoi ascoltare o no?"

"Prima voglio un bacio."

"E dai ascolta... È una storia bellissima."

Gin si gira e sbuffa. L'abbraccio da dietro. Ci appoggiamo al parapetto. Guardiamo lontano. Poco più in là un altro ponte. Quello di corso Francia. Mi perdo con lo sguardo. E nessun ricordo disturba questo momento. Perfino i fantasmi del passato sanno avere rispetto di alcuni momenti? Sembra di sì. Gin si lascia baciare. Sotto di noi il Tevere, buio e scuro, scorre silenzioso. La luce fioca del lampione ci illumina leggera. Si sente lo scrosciare lento del fiume lungo gli argini. Il suo corso si spezza all'improvviso intorno alle colonne del ponte. L'acqua gorgheggia, si innalza, ribolle, borbotta. Poi, subito dopo, si unisce di nuovo e continua in silenzio la sua corsa verso il mare.

"Allora, mi racconti?"

"Questo è il terzo lampione di fronte all'altro ponte... La vedi questa qui intorno?"

"Sì... Mi sa che qualcuno si è sbagliato a legare il motorino..."

"Macché, scemo. Si chiama 'la catena degli innamorati'. Si mette un lucchetto intorno a questa catena, lo si chiude e si butta la chiave nel Tevere."

"E poi?"

"Non ci si lascia più."

"Ma come nascono queste storie?"

"Non lo so, questa esiste da sempre, la racconta perfino Trilussa."

"Te ne approfitti perché non lo so."

"È vera... È che tu hai paura di mettere un lucchetto."

"Io non ho paura."

"Quello è il libro di Ammaniti."

"O il film di Salvatores, dipende dai punti di vista."

"Comunque tu hai paura."

"Ti ho detto di no."

"E certo, te ne approfitti perché non abbiamo un lucchetto."

"Stai qua e non ti muovere."

Torno dopo un minuto. Con un lucchetto in mano.

"E questo dove lo hai trovato?"

"Mio fratello. Si porta il lucchetto con tanto di catena per bloccare il volante."

"Già, non può mica immaginare che è suo fratello poi che gliela frega."

"Guarda che sei responsabile quanto me. E fra l'altro mi devi ancora 20 euro."

"Che rabbino."

"Che ladra!"

"Ma di che? Oh, ma che vuoi, pure i soldi del lucchetto? Facciamo tutto un conto finale..."

"Troppi me ne dovrai allora."

"Va be', stop, finiamola qui. Allora te la senti o no?"

"Certo che sì."

Metto il lucchetto alla catena, lo chiudo e sfilo la chiave. La tengo un po' tra le dita mentre fisso Gin. Lei mi guarda. Mi sfida, mi sorride, alza un sopracciglio. "Allora?"

Prendo la chiave tra l'indice e il pollice. La faccio penzolare ancora un po', sospesa nel vuoto, indecisa. Poi all'improvviso la lascio. E lei vola giù, a capofitto, rotea nell'aria e si perde tra le acque del Tevere.

"L'hai fatto veramente..."

Gin mi guarda con aria strana, sognante, anche un po' emozionata.

"Te l'ho detto. Non ho paura."

Mi salta addosso, a cavalcioni, mi abbraccia, mi bacia, urla di gioia, è folle, è pazza, è... È bella.

"Ehi, sei troppo felice. Ma non è che funziona sul serio questa leggenda?"

"Scemo!"

E corre via, gridando sul ponte. Incontra dei signori che camminano in gruppo. Tira il cappotto del più serio, lo fa girare su se stesso, lo costringe quasi a ballare con lei. E scappa via di nuovo. Mentre gli altri ridono. Spingono scherzosamente il signore che si è arrabbiato e vorrebbe sgridarla. Passo vicino al gruppo e allargo le braccia. Tutti condividono la felicità di Gin. Perfino il signore serio alla fine mi sorride. Sì, è vero, è così bella che obbliga un po' tutti a esserne felici.

50.

Mattina. "Non ci posso credere!" Paolo entra come una furia in camera. "Pazzesco non avevo dubbi, lo sapevo che sei sempre il mitico Step. Ma come cavolo hai fatto?"

Non capisco ancora niente, so solo che "cazzo" ci sarebbe stato meglio. "Cavolo" proprio non lo sopporto. Mi rigiro nel letto e affioro tra i cuscini.

"Di che?"

"La macchina, l'hai ritrovata e in così poco tempo poi. Ti è bastata una serata. Sei troppo forte."

"Ah sì... ho fatto qualche telefonata. E ho dovuto 'dare' quello che sai."

"Che so? No, non lo so..." Paolo si siede sul letto: "Che hai dovuto dare?".

"Ehi, non fare il finto tonto... I soldi."

"Ah certo. Ma no, che c'entra sai, la felicità... Non ci capisco più niente. Senti, ma com'era il tipo che me l'ha fregata? Uno furbo, uno stronzo, un tipo duro, uno di quelli con la faccia..."

Interrompo questa falsa ipotesi di identikit.

"No, non l'ho visto. Me l'ha portata uno che conosco, ma che non c'entrava niente con il furto."

"Be', meglio così. Cosa fatta, capo ha."

"Che vuol dire?"

"Be', si dice."

Mi rigiro nel letto e infilo la testa sotto uno dei cuscini. Mio fratello. Dice cose che non sa neanche cosa vogliano dire. Sento che si alza dal letto.

"Ancora grazie, Step..."

Fa per uscire dalla camera. Mi tiro su.

"Paolo..."

"Eh, che c'è..."

"I soldi..."

"Ah sì, quanto abbiamo dovuto pagare?"

"Abbiamo? Hai dovuto pagare 2300. Molto meno di quanto avevi previsto."

"Così tanto, ma porca troia."

Quando si tratta di soldi ecco che riescono le parolacce vere.

"Che ladri, mi verrebbe da non darglieli."

"Veramente ho già pagato io. Ma se vuoi facciamo la denuncia di furto e gliela riporto subito."

"No, no, che scherzi? Anzi, grazie Step, tu non c'entri niente. Te li lascio sul tavolo."

Poco dopo mi alzo, ormai la mattina è cominciata e ho voglia di fare colazione. Incrocio Paolo in salotto. È seduto che sta finendo di riempire l'assegno.

"Ecco qua." Perfeziona la sua firma con un ultimo ritocco. "Ti ho lasciato qualcosa per il tuo fastidio."

Prendo l'assegno e lo guardo. Paolo fa una faccia tutta allegra come a dire "Allora... sei contento?".

2400. Cioè 100 euro di più di quello che avrei dovuto dare al ladro. 100 euro per uno che si è sfondato a ritrovargli la sua macchina. Almeno questo è quello che pensa lui. Che accattone! Ma vivi alla grande! Fai almeno 2500 e via, no?! Ma siccome in realtà mi ha dato una mancia enorme per "prestarmi" la sua macchina e per una splendida uscita, una bella cena e tutto il resto... non posso che dirgli: "Grazie Paolo".

"Ma figurati, grazie a te."

Queste sono le frasi che odio.

"E poi Step, non sai l'assurdo, mi hanno fregato anche un lucchetto."

"Un lucchetto?"

Faccio finta di cadere dalle nuvole.

"Eh, sì, ero così preoccupato per la macchina che quando mi fermavo mettevo anche una catena intorno al volante. Ieri non l'avevo messa, ma potevo pensare che riuscivano a fregarmi la macchina anche in garage? Ma che ci farà un ladro con un lucchetto poi."

"Eh, che ci farà? Boh."

A questa domanda non so veramente cosa rispondere. Vagli a spiegare. Ma sai, era per la "catena degli innamorati".

"Ma non è finita qua Step, eh? Guarda."

Me lo butta sul tavolo. Lo prendo in mano, lo guardo meglio. Delicato. Semplice. Ne riconosco la chiusura che ho aperto ieri sera. Un reggiseno. Il suo reggiseno.

"Capisci... 'sti stronzi mi hanno rubato la macchina e sono andati a scopare! Spero solo che lei non gliel'abbia data a quel ladro di merda. Anzi, che se lo sia messo lei il lucchetto."

"Be', se hai trovato questo reggiseno nella macchina, non credo che le cose siano andate come ti auguri."

"Ah, già, anche questo è vero."

Mi alzo e faccio per andare in cucina.

"Ma che fai, te lo tieni?"

Faccio finta di non capire.

"Che cosa?"

"Come che cosa? Il reggiseno!"

Sorrido facendolo penzolare davanti al mio viso.

"Be', perché no, farò una nuova edizione di Cenerentola! Invece della scarpetta cercherò colei che riuscirà a indossare questo reggiseno."

"A parte che andrà a tutte quelle che portano la terza."

"Che occhio che hai. Meglio, non sarà più difficile."

Paolo mi guarda e alza il sopracciglio.

"Step, scusa la domanda... Ma tu ti credi un principe azzurro?"

"Dipende da chi è stavolta Cenerentola."

51.

"Allora?" Ele mi corre incontro e quasi mi salta addosso. Sembra impazzita.

"Raccontami tutto, dai... che hai combinato?"

Poi mi monta sopra, spinge forte, quasi a torturarmi.

"Sono sicura che hai combinato..."

"Ma chi te la dà questa sicurezza?"

"Lo sento... Lo sento... Tu lo sai che io sono sensitiva."

Si risiede composta vicino a me.

"Sì, sensitiva. Va be', te lo racconto, però non dirlo a nessuno, ok?"

Ele annuisce, sorridendo, strabuzza gli occhi, non sta nella pelle.

"Abbiamo fatto l'amore."

"Cosa?"

"Hai sentito."

"Non ci credo."

"Credici."

"Sì, va be', questa poi l'hai sparata proprio grossa."

"Allora va bene, non abbiamo fatto niente."

"Sì, niente! Non ci credo."

"E allora lo vedi? Non ci credi comunque."

"Va bene, ma c'è anche una via di mezzo."

"Sì, ma se non c'è stata? Che vuoi da me?"

"Voglio la verità."

"Ma la verità te l'ho detta."

"Cioè?"

"La prima!"

"Cioè...? Avete scopato!?"

"Ma perché la devi sempre mettere così?"

"Perché è quello che avete fatto, o no?"

Mi guarda allusiva non credendoci ancora.

"Allora mi hai mentito."

"Va bene, allora abbiamo scopato, abbiamo fatto l'amore, abbiamo fatto sesso, insomma dilla come vuoi. Ma l'abbiamo fatto."

"Cioè, così di botto, l'hai fatto con lui?"

"Sììì, e con chi sennò!"

"Ma scusa avevi aspettato tanto."

"Appunto! Ma guarda che sei assurda. Delle volte mi dicevi: 'Ma quando lo fai, ma vai con lui, mi buttavi sotto uno qualunque, vai con quello, ma che ti frega poi se non ti va non lo vedi più...' e ora rompi perché sono andata con Step, ma guarda che sei strana forte."

"No, è che mi fa strano... E come è stato?"

"Com'è stato? E che ne so, non ho paragoni, io."

"Sì, insomma sei stata bene, ti ha fatto male, hai goduto, in quanti modi l'avete fatto? Dove siete stati?"

"Oddio non ci posso credere, sembri un fiume in piena, una marea di domande e che è?"

"Lo sono!"

"Che cosa?"

"Un fiume in piena."

"Ok, siamo stati al Campidoglio. Lì abbiamo iniziato... poi ci siamo spostati al Foro romano..."

"E lì ti ha 'forato'."

"Ele!!! Perché mi devi sempre rovinare tutto? È stato bellissimo. Se continui così, non ti racconto più niente."

"Ehi, guarda che se continui così, sono io che chiedo i diritti."

Non ci posso credere. La sua voce. Io ed Ele ci giriamo di botto. Ce li abbiamo proprio lì, seduti due file dietro. Step e Marcantonio. Hanno ascoltato tutto. Ma da quanto sono lì? Cosa ho detto? Di cosa ho parlato? In un decimo di secondo ripercorro velocemente tutta la mia ultima mezz'ora... la mia vita, le mie parole. Oddio! Cosa le avrò mai raccontato? Qualcosa sì, l'ho detta. Ma da quanto stanno lì? Sono rovinata, finita, vorrei scomparire sotto la sedia. D'altronde questo è il TdV, il Teatro delle Vittorie, il Tempio del varietà. Qui c'era quel pupazzo. Provolino. Com'era la sua frase? "Boccaccia mia statti zitta." E se fossi la Carrà vorrei fare come quel personaggio in bianco e nero. Maga Maghella. E scomparire. Invece incrocio lo sguardo di Step che alza il sopracciglio: "Be', insomma, siamo andati benino, no? Vero Gin?". Sorride divertito. Non so cosa dire... No, non deve aver sentito più di tanto. Almeno spero.

Marcantonio frantuma quel drammatico silenzio. "Allora che facciamo stasera? Be', dopo tutti questi bei racconti potremmo essere di 'privé'." Marcantonio mi guarda. Ha uno sguardo molto intenso. Prende in giro. Almeno spero... "Scambio coppie?" Ele scoppia a ridere guardandomi. "Però non sarebbe male. Con te, Gin, roba da pazzi!" Marcantonio si avvicina e mi accarezza i capelli. Step rimane seduto sulla sedia e gioca con il sedile facendolo dondolare avanti e indietro. Io non so più cosa fare. È come se mi mancasse il respiro. Divento rossa almeno credo. Abbasso gli occhi, sbuffo. I capelli diventano quasi elettrici. Poi il miracolo.

"Allora, tutti pronti? Cominciamo le prove!"

Un fuggi fuggi generale a quelle parole dell'assistente di studio. O forse l'ispettore, non lo so. Chiunque sia, mi ha salvato. Scappo via ma dopo un attimo torno indietro. Lo vedo impreparato al mio gesto, meglio così. Mi avvicino e lo chiamo. "Step?" Si gira. Gli do un bacio leggero sulle labbra. Ecco fatto. Step mi guarda. Fa un sorriso come sa fare solo lui.

"Tutto qui?"

Non gliela voglio dare vinta.

"Sì, tutto qui. Per adesso."

Senza dire niente di più, mi allontano tranquilla. L'ispettore di studio si avvicina a Step.

"Forte quella ragazza."

"Molto forte."

"Come si chiama?"

"Ginevra, Gin per gli amici."

"È proprio forte."

L'ispettore di studio si allontana. E io, nel dubbio, lo richiamo.

"Ehi..."

"Sì?"

"È vero, è forte. Ed è mia."

52.

Pomeriggio di prove. Sto in sala regia con Marcantonio. Vicino a noi, divisi semplicemente da un vetro, ci sono Mariani e tutti gli altri. Il Serpe si agita nervosamente. Il Gatto & il Gatto sono seduti come avvoltoi alle spalle di Romani. Guardano i monitor della consolle, come impazziti, schizzano da un angolo all'altro della sala, cercando l'inquadratura perfetta, quella ideale da offrire a casa per rendere al meglio quello che vedranno. Romani no. Romani è calmo. Fuma lentamente una sigaretta, la tiene sospesa nel vuoto a pochi centimetri dal suo viso in uno strano gioco d'equilibrio. La cenere fa un difficile arco partendo dalle sue dita, si prolunga nel vuoto rimanendo così, sospesa nel nulla, senza cadere. Romani con l'altra mano fa dei leggeri movimenti, schiocca le dita. Alterna le camere prontamente offerte dal tipo al mixer. Il tipo è impassibile. Spinge dei bottoni su una tastiera, come se suonasse un piccolo pianoforte, leva dai monitor più piccoli le immagini e le passa al monitor grande davanti a Romani. Uno, due, tre, dissolvenza, quattro, cinque, sei, totale dall'alto. "Ecco Step, questa è la tv." Marcantonio mi dà una pacca sulle spalle. "Vieni andiamo in postazione, stiamo per iniziare."

"Ma che si fa adesso?"

"Be', niente di speciale. È solo una prova prima della generale. Praticamente siamo in un ritardo fottuto. Ma è così quasi sempre."

"Ah, capisco."

Alzo le spalle, non è che poi mi sia così chiaro. Ma deve essere un momento importante, c'è una strana tensione. I cameramen iniziano a indossare le cuffie, se le calano sulla testa come soldati pronti ad andare in trincea. Muovono veloce la manopola dello zoom, una botta secca, facendola rollare e impugnano le camere al volo, allargano le gambe e si mettono in posizione, proprietari di mitragliatrici pronte a sparare su qualsiasi immagine venga chiamata dal loro generale Romani.

"Tre, due, uno... Via con la sigla!" La musica parte. Il monitor a colori, immobile di fronte a noi, prende improvvisamente vita. Entrano quei loghi colorati che abbiamo fatto noi. Poi scompaiono di botto. E sotto di loro una serie di sipari si apre in successione, perfettamente a tempo. La camera due, dove un unico cameraman ha il piacere e la possibilità di stare seduto, avanza lentamente al centro dello studio. Nel monitor a colori vedo quello che sta riprendendo. La sua luce rossa è accesa. È il segnale che è in onda. Avanza inesorabile come un perfetto fucile da caccia. Ha preso di mira l'ultimo sipario, quella piccola porta sullo sfondo che improvvisamente si apre. Eccole. Una dopo l'altra, bionda, bruna, rossa, escono come piccole farfalle da quella piccola porta, come foglie colorate che cadono da un autunnale albero televisivo, loro, le ballerine. Coperte, scoperte, velate. Dai muscoli nascosti, dai sorrisi improvvisati, dai capelli pettinati o colorati, dai visi truccati. Leggere si portano al centro. Prendono posto con eleganza. Poi con un unico passo, partono insieme come piccoli soldatini delicati. Ballano su se stesse, allontanandosi e ritrovandosi, allargano le braccia e sorridono, spegnendosi e accendendosi davanti a ogni camera che si illumina di rosso mandandole in onda. E i cameramen impeccabili ballano con loro, cambiano inquadratura, le portano per mano, le lasciano e le riprendono. E Romani dirige il tutto, perfetto maestro di una musica appena creata, composta di immagini e luci. Marcantonio in silenzio batte a tempo sui tasti del computer liberando, uno dopo l'altro, i titoli che appaiono e scompaiono muovendosi in 3D ora sul volto di quella ragazza bruna, ora su un totale dall'alto, ora su una panoramica in dissolvenza. Bravissimo. Non sbaglia un colpo. Un ultimo battito e la musica si stoppa. Silenzio. Le ragazze schierate tutte insieme allargano le braccia e con un solo gesto indicano il fondo del teatro. Da quella piccola porta compare il presentatore. "Buonasera... buonasera. Oh, eccoci qui... Che vuol dire *I grandi geni*? Vuol dire, vuol dire. Per esempio essere geniali vuol dire stare qui con queste bellissime ragazze e oltretutto essere pagati per starci..."

Guardo Marcantonio. "Ma veramente dirà queste cose?"

"Ma no, che c'entra... Lo fa in prova per divertirsi, per fare il simpatico e magari beccare una di quelle ballerine, ma quando va in onda è tutta un'altra cosa. Il più classico dei presentatori. Magari fosse così. Anzi non capisce che sarebbe molto più simpatico a tutti. Ormai la gente è abituata, tutti leggono tutto, seguono tutto e sanno tutto. E invece lui crede che a guardarlo ci siano solo coglioni."

"Be', se lo guardano così tanto, un po' coglioni sono."

Marcantonio si gira e alza il sopracciglio.

"Uhm, vedo che stai imparando. Niente male. Siediti qui va che ti spiego bene cosa devi fare."

"Come cosa devo fare, ma non ci sei tu?"

"Ma un giorno potrei non esserci, posso avere da fare e poi... Questa è la gavetta, domani sarà tutto nelle tue mani e tu devi avere la padronanza del mestiere."

Padronanza del mestiere. Mi suona male. È come essere stato risucchiato su da un enorme aspirapolvere che ti prende e non ti molla più. Mi siedo vicino a Marcantonio che inizia a spiegarmi. "Allora con questo tasto resetti, con questo mandi di nuovo il logo in 3D..." Cerco di seguire, poi per un attimo mi distraggo. Nel monitor è comparsa Gin, ha portato qualcosa al presentatore che le sorride e la ringrazia. Guardo il suo primo piano che Romani gentilmente ci concede. Poi Gin si allontana e il presentatore continua a spiegare qualcosa. Anche Marcantonio spiega qualcosa. Io penso a Gin e al contratto che ho firmato per questo lavoro. Maledetto aspirapolvere. In tutti e due i casi mi sento fottuto.

Più tardi. Finite le prove. Dietro le quinte le ragazze si cambiano in fretta, riaccendono i telefonini che cominciano a squillare. Gin si avvicina a Ele che è piegata in due in un angolo degli spogliatoi.

"Ele, ma che fai?"

"Niente riprendo fiato, mi viene da vomitare. Che fatica! Però è divertente. Ma è sempre così?"

"Questo non è niente, devi vedere quando c'è la diretta. Questa è solo una prova."

"Oh, qui anche le altre sono tutte distrutte. Eppure è una vita che lo fanno. Io altre due prove e sto perfetta. Forse perché di base c'ho il fisico."

Sorride e le dà una pacca sulla spalla e poi fa pure l'occhiolino. È al settimo cielo. Be', d'altronde finalmente è stata presa. Almeno questa volta. Chissà se c'è stato lo zampino... Gin non lo vuole nemmeno pensare. La guarda mentre si cambia. Si tira via la roba in un modo, Ele... pensa Gin. Mi ha sempre divertito la sua maniera di vestirsi o svestirsi... Non tanto quello che si mette, ma come lo fa. Sembra una lotta fra lei e quello che deve indossare. Le va sempre tutto sbrindellato, se lo sistema alla meglio, lo calza un po', si tocca i capelli, li butta indietro e via, è pronta.

"Ehi, Gin, che fai dopo?"

"Boh, non lo so."

"Di' la verità."

Mi guarda alzando il sopracciglio.

"Hai già il programmino?"

"Ma di che!" Le lancio il sopra della felpa e la prendo in pieno.

"Ma ti pare che se c'ho il programmino, come dici tu, non lo dico proprio a te? Ma che me ne frega!"

"Ho capito, hai il programmino."

Prende la felpa, la usa a mo' di fazzoletto e fa finta di soffiarcisi il naso dentro. Le altre la guardando sbigottite. Al solito. È il suo scherzo preferito, lo fa da quando ci conosciamo. Ma io non dico nulla. Ele finge di asciugarsi il naso con la mano mentre le altre, schifate, continuano a fissarla.

"Grazie, sei proprio un'amica..."

E così dicendo, mi lancia la felpa, sorride e scappa via. Un po' più tardi. Ho fatto pure la doccia. È un mito questo teatro. Tutte le comodità respirando quello che è stato il debutto della Carrà, di Corrado, di Pippo Baudo, di Celentano e di chissà quanti altri. Esco con la sacca sulle spalle e mi guardo in giro. Niente, non lo vedo. "Signori'... Le sue amiche sono già andate via..."

La guardia giurata mi sembra sinceramente dispiaciuta. Ingenuo. Come se io cercassi sul serio loro.

"Vuole che le do un passaggio, fra poco stacco che tanto arriva il mio collega." E ride mostrando dei denti gialli, storti lottatori di qualche sigaretta a basso prezzo. Poi si perde giustamente inciampando in una risata cafona.

"Per me sarebbe un piacere..."

Non più ingenuo, anzi anche un po' viscido.

"No, grazie. Molto gentile."

E come mamma mi ha insegnato, mi allontano senza dare troppa confidenza.

53

Ho trovato la mia Cenerentola. Step, che cazzo pensi? Ti sei bevuto il cervello... la tua Cenerentola. Mamma, sei a pezzi. Va be', mi piace. È forte, è simpatica, è divertente, è bella! È in ritardo... Sono sotto casa sua, le ho fatto lo squillo con il telefonino e me ne ha fatto uno di risposta. Quindi ha capito che sono qui sotto. Basta! Ora le citofono, che poi che me ne frega a me che i suoi non devono sapere nulla della sua vita privata! Gianluca il fratello ci ha già visto che ci baciavamo. Due volte. Capirai. E se i suoi ci vedono che usciamo... Che problema c'è? Ci avessero beccato che scopiamo, capirei! Be', lì il problema ci sarebbe. Basta, io citofono.

Mi avvicino al portone, cerco sul citofono Biro, il suo cognome.

"Fermo che fai?"

"Come che faccio? Citofono a una ritardataria."

"E invece sono puntualissima! Mi hai fatto lo squillo e sono scesa. Solo che pensavo che ripassavi con la Audi 4 e invece tu sei in moto e io in gonna."

"Al massimo saranno felici quelli delle altre macchine... Ma ce le hai le mutandine sotto?"

"Cretino!" Mi dà un pugno sempre sulla stessa spalla. Ormai avrò il livido.

"Mi dispiace, ma ho discusso a lungo con il ladro, ho trattato il prezzo e poi l'ho riconsegnata a mio fratello che è stato felicissimo."

"Poveraccio."

"Ma come poveraccio. A parte che economicamente sta benissimo e poi scusa voleva spendere fino a 4300 euro per la sua macchina, sì insomma, l'ho fatto risparmiare."

"Cioè?"

"Poco più della metà."

"Quindi, secondo te, gli è andata pure bene?"

"Moltissimo, sali va'."

"Be', ha fatto proprio un affare ad avere un fratello come te."

"Lo puoi dire forte."

Gin alza la voce. "Ha fatto un affarone con un fratello come te!"

"Ma dicevo per dire, ti ho sentito."

Mi dà un bacio sulle labbra e monta dietro incastrandosi per bene la gonna sotto le gambe.

"Tu a spirito niente, eh? Era per scherzare."

Le passo il casco. "Ah senti, mi è venuta un'idea... Ma tuo fratello come è messo a soldi?"

"Caschi male. E comunque chi tocca la mia famiglia è fuori, out, compreso? Anzi solo il fatto che l'hai potuto pensare cambia già le cose."

Gin scende dalla moto e mi si para davanti.

"Anzi, cambiamo subito!"

"Cioè? Mi dai meglio il bacio di prima che era un po' sfuggente e per niente lungo?"

"Macché! Cambio programma, smonta dai!"

"No, non mi dire che facciamo di nuovo a botte. Per quello vediamoci in palestra."

"Ma che hai capito. Per stavolta la passi liscia. Cambio programma. Vuol dire smonta dalla moto che guido io."

"Cosa?" Penso dentro di me, lei, Gin, vuole guidare la moto. La mia moto. Guidare la mia moto. E chi poi? Una donna. Sì d'accordo, è Gin. Ma è sempre la mia moto e lei, anche se è Gin, è sempre una donna. Poi mi rendo conto dell'assurdo. Non credo alle mie orecchie. "Sì d'accordo, mi diverte vedere come te la cavi."

Ma questo invece sono io. Step! Ma che, ti sei impazzito? Niente. Non ragiono più, non ci credo. Porca troia. Sono fuori. Scorro sul sellino tenendo alte le gambe. Mi faccio scivolare la moto sotto e finisco sul posto di dietro, lasciando spazio a Gin che monta davanti. E io, colmo dei colmi, l'aiuto! Ah... Sono proprio impazzito.

"Allora, sai come si guida?"

"Certo! Per chi mi hai preso? Guarda che ne ho fatte di cose anche se non ti conoscevo."

"Sì certo..." Mi viene da sorridere ma mi trattengo. Penso alla panchina, al buio dell'altra notte, alla "nostra storia"... Vorrei dirle "Sì infatti, come l'altra sera" ma non lo faccio. Sarebbe una battutaccia. Puf. "Ahia!" Mi ha dato una gomitata in piena pancia. "Lo so a cosa hai pensato."

"Cosa?"

"Hai pensato 'Sì come l'altra sera' ne hai fatte di cose... Si è visto, eh? Come no!? Non eri mai stata con nessuno e se non c'ero io...' Vero? Di' la verità, hai pensato questo."

Oh, non c'è niente da fare, le becca tutte. Mento spudoratamente.

"Ma guarda che tu stai proprio male. Hai la coda di paglia. Assolutamente no, non ci pensavo proprio! Ora tu stai in fissa che io penso sempre a quello. Ma ti sbagli!"

"Sì... e a cosa pensavi allora che ti vedevo sorridere dallo specchietto?"

"Ma niente... Alla benzina... che ti faccio guidare la moto."

"Sì va be'... ci credo. Andiamo va', che è meglio! Come si accende 'sto coso?"

"'Sto coso è una 750 Custom dell'Honda con la ruota lenticolare... Tocca i duecento come niente e si accende così." Mi spingo in avanti, prendo il manubrio e tengo Gin tra le braccia, come se la stessi abbracciando da dietro. Poi con il pollice destro accendo la moto. Do un po' di gas e faccio un respiro lungo tra i suoi capelli. Morbidi e profumati, leggeri, quasi mi accarezzano. Chiudo gli occhi. Mi perdo.

"Ehi!" Li riapro.

"Sì? Che c'è?"

"Se stai così, non riesco a guidare." Sorride.

"Ah, certo." Levo le braccia e mi sposto indietro. Gin si infila il casco e se lo chiude. La seguo facendo la stessa cosa.

"Allora Step, sei pronto?"

"Sì. Sai come si mette la marc..." Non faccio in tempo a finire la frase che Gin ha già messo la marcia, è scattata in avanti dando gas. Quasi cado dalla moto per il contraccolpo all'indietro. Mi ha preso alla sprovvista. Non capiterà più. Spero. La stringo forte, mi abbraccio al suo giubbotto e le passo le braccia intorno alla vita. Ehi però. Non guida male. Incredibile. Cambia le marce tranquilla, giocando di frizione. L'ha già portata sul serio la moto. E pure spesso. Rosso, frena al semaforo con la marcia troppo alta. Come non detto. La moto si spegne di botto e quasi inchioda. Cadiamo a destra se non fosse che tiro giù veloce la gamba. Reggo tutti e due. Compresa la moto. La mia moto...

"Ehi, come va? Sicura che vuoi portarla tu?"

"Non ho visto che era rosso. Non capiterà più." Scala la marcia in su per riportarla in folle.

"Sicura che..."

"Te l'ho già detto, non capiterà più. Hai deciso dove andiamo?"

"Alla Warner. Ci sono un sacco di sale e fanno..." Non mi lascia finire.

"Ok, bellissimo. Così posso tirare lungo il raccordo." E parte velocissima in prima, fregandomi di nuovo.

Warner Village. Quattordici e più sale, film diversi che partono a orari diversi. Due ristoranti, un pub e tanta gente.

"Ehi Gin, non credevo ce l'avremmo fatta."

"Che cosa? Nel senso se finivamo benzina o se trovavamo la Warner?"

"Diciamo che la mia preoccupazione era proprio alla base... se restavamo vivi!"

"Ah ah! Ma non sei soddisfatto di come ti ho portato fino a qui? E con la tua moto poi? Non ti ho dato emozione e tranquillità? Acceleravo, prendevo una curva troppo stretta... Quando superavo tra due macchine e ti sentivo stringere il mio giubbotto levavo gas, frenavo un pochino e ti sentivo abbandonare la presa. Era bellissimo per me guidare così. Tu e le tue emozioni. Era come se io ti sentissi appeso al filo del mio gas."

Rimango in silenzio mentre andiamo verso la cassa per fare i biglietti.

"Ehi Step, ma l'hai capita?"

"Che cosa?"

"La storia del filo del gas."

"Be', non è che ci vuole poi tutta questa applicazione."

"Che ne so? Mi rimani perplesso, lì, in silenzio. Come se avessi perso il controllo della situazione. Animo, animo! Fai i biglietti va', che io vado a prendere il pop corn."

"Sì, ma per quale sala?"

"Che ne so!"

"Sì, ho capito, ma quale film vuoi vedere? Uno comico, uno sentimentale, uno del terrore?"

"Ma scegli tu... scusa! Io ti ho portato fino a qua, adesso devo pure scegliere il film! Mi sembra troppo! Fai qualcosa anche tu. Calcola solo che il film del terrore mi sembra che l'hai già visto."

"Guarda che ti sbagli Gin, non l'ho visto."

Guardo la locandina e lo trovo. *Le verità nascoste*. No. Non l'ho visto. E poi che ne sa lei di quello che ho visto o no.

"Ma come, l'hai detto tu, l'hai anche interpretato. *Sul raccordo dietro a Gin!*, un vero film del terrore. Brrr. Ancora tremi tutto. Ti vedo. Vai sul sentimentale, va'... che come caschi, caschi bene e non ti fai male!"

Due ragazze davanti a me ridono. Gin si allontana scuotendo la testa. "Roba da pazzi..." Io mi metto le mani in tasca. Le ragazze davanti a me mi guardano ancora un po' e sorridono di nuovo. Poi per fortuna una delle due attacca un discorso che le porta da qualche altra parte. Per la prima volta capisco cosa vuol dire sentirsi "soggetto". E poi fatto soggetto da una donna, da Gin, Gin che ha guidato la mia moto, che l'ha portata bene, tranquilla, sicura, veloce, che ci si è trovata, che è arrivata fino a qui... Lungo tutto il raccordo, di notte, in gonna, cambiare le marce con le scarpe eleganti, con il freddo, con le macchine veloci. Gin... la prima donna che ha guidato la mia moto. E la prima che mi ha fatto soggetto! Mi viene da ridere. Poi tocca a me. Torno serio, compro i biglietti e non ho dubbi sulla scelta.

Gin è ferma all'entrata della sala con due bicchieroni di pop corn tra le braccia e una Coca-Cola poggiata su un secchio lì vicino con infilate dentro due cannucce.

"Allora ce l'hai fatta..."

Prendo la Coca-Cola, tiro un sorso e la supero.

"Andiamo va'."

Gin scuote la testa e mi segue cercando di non far cadere i pop corn.

"Si può sapere che film hai scelto?"

"Perché? Tanto avresti comunque da ridire."

"Io?!? Ma perché la leggi così. Non è vero. Io sono una che si adatta. Non sono una rompicoglioni. E poi non ne ho visto ancora nessuno. Quello comico, quello sentimentale e perfino quello del terrore. Andavano bene tutti."

"E infatti... li ho presi tutti."

Tiro fuori dalla tasca sei biglietti.

"Prima quello del terrore, poi quello comico così ti riprendi e poi quello sentimentale così magari alla fine mi riprendo io."

"Con quello sentimentale... E da cosa?"

"Mi riprendo te, in senso fisico... Ma scusa, tutta questa uscita, tu che porti la mia moto, tre film al posto di uno, tra il secondo e il terzo c'è un buco di venti minuti e magari mangiamo pure... E in tutto questo io non ci guadagno niente? Eh no, non vale. Tu sei un investimento. Cioè a me, qualcosa, o meglio 'una cosa', cioè 'quella cosa' mi spetta... o no? Eh?"

"Una cosa sola? Ma tu vali molto di più. Tieni te li meriti tutti!"

Gin mi lancia il bicchierone dei pop corn. Io li prendo alla meno peggio considerando che ho in mano pure la Coca-Cola. Il risultato non è dei migliori. Rimango con alcuni pop corn attaccati al golf, uno perfino sulla spalla e molti, troppi, ai miei piedi. Gin si allontana alzando le spalle.

"Non ti preoccupare, offre la casa!"

Proprio in quel momento passano le due ragazze che stavano davanti a me in fila. Si mettono di nuovo a ridere. Mi scrollo qualche pop corn di dosso, poi sorrido anch'io. "Dovete capirla. Non lo vuole ammettere ma si è innamorata!" Annuiscono. Be', mi sembra che la mia spiegazione l'abbiano presa per buona. E un po' più soddisfatto entro nella prima sala. È buio.

"Gin... Gin, dove sei?" Chiamo sottovoce, ma comunque qualche tipo preciso di troppo c'è sempre. "Shhh."

"Ma non sono neanche partiti i titoli di testa... e che sarà mai!" Alzo la voce. "Gin! Dammi un segno."

Da destra mi arriva un pop corn e mi colpisce sulla guancia. "Sono qui..."

Mi siedo vicino a lei che subito mi offre il suo bicchierone. "Se già ti sei mangiato tutti i tuoi pop corn, prendi pure i miei. Io sono generosa, lo sai."

"E come no! Più che offrirli tu li tiri direttamente!"

Infilo una mano tra i suoi pop corn e ne prendo un po' prima che facciano la stessa fine degli altri. "Step, di' la verità. Ma quest'idea dei tre cinema l'hai presa da Antonello Venditti?"

"Antonello Venditti? Ma che, sei matta? Ma chi lo conosce?"

"Ma che c'entra! Dalla sua canzone. Quella che parla anche di Milan Kundera, che parla della scuola, del Giulio Cesare."

"Mai sentita."

"Mai sentita?"

"Sì, mai sentita!"

"Ma dove vivi? È che non fai caso alle parole..."

"No, non faccio caso a un cantautore romanista..."

Un tipo davanti a noi si gira deciso.

"Invece noi facciamo caso alle vostre parole, solo che vorremmo anche sentire cosa dicono nel film. O anche stavolta ci sono i titoli secondo voi?"

Preciso, pignolo e pure vendicativo. Capirai, non gli è sembrato vero. Ha aspettato apposta che parlassimo proprio per dire la sua battuta sui titoli. Poteva rifare semplicemente "shhh". Saremmo stati zitti e basta. Invece è andato lungo, troppo. Faccio per alzarmi. "Scusa eh, ma..." Non faccio in tempo a finire la frase che Gin mi tira giù per il giubbotto facendomi ricadere sulla poltrona.

"Step... mi fai un po' di coccole?" Mi tira a sé sorridendo e io non me lo faccio ripetere due volte.

Dopo il primo film, *Le verità nascoste*, andiamo a bere una birra al pub della Warner prima che cominci quello comico.

"Ma di' la verità Gin... Hai avuto paura?"

"Io? Non conosco quella parola."

"Allora perché ti stringevi tanto a me e poi sul più bello mi levavi la mano?"

"Avevo paura."

"Ah, hai visto? Te l'ho detto..."

"Avevo paura che quello dietro se ne accorgesse e poi ci denunciasse... o per rissa o, peggio, per atti osceni in luogo pubblico."

"Meglio la seconda allora."

"E certo, così ci andavo di mezzo pure io."

"Ma no, mica per quello. È che faccio la collezione di denunce. Atti osceni mi manca!"

"Ah be', con me l'album non lo finisci."

"E perché? Mancano ancora due film."

Si muove di scatto. Le fermo la birra prima che me la tiri addosso.

"Ehi, niente paura. Volevo solo finirla perché sta cominciando l'altro film. Se perdi tempo, poi come fai con il tuo album?"

Sorride, beve tutto d'un sorso e finisce la sua birra. Poi si alza asciugandosi apposta la bocca con il polso del giubbotto.

"Andiamo... o non ti va più?"

E allusiva entra nella sala. *Scary Movie*. Prima il film del terrore. Ora un film comico sul terrore. Chissà come trova la mia scelta. Ma non glielo chiedo, troppe domande. Gin si agita sulla sedia. Ogni tanto ride a qualche scena di comicità demenziale. Be', il fatto che rida già è incoraggiante. Ride di me? Troppe domande, Step. Ma che fai, sei diventato insicuro?

Gin si alza. "Ohi, io vado in bagno."

"Ok."

"Hai capito?"

"Sì, me l'hai detto, vai in bagno."

Gin scuote la testa e sorride uscendo dalla fila, tenendosi bassa, per non disturbare quelli dietro. O senza dare troppo nell'occhio? Mi giro. Dietro è vuoto. Non c'è nessuno. Mi rimetto a guardare il film. Un tipo con la maschera corre inciampando dappertutto. Ma non mi fa ridere. Forse perché sto pensando a Gin. E al bagno. O forse perché non fa proprio ridere. Comunque, devo andare anch'io al bagno. Be', "devo" è una parola grossa. Mi va, è meglio, se non altro per capire se ho capito o no.

Al massimo se Gin mi dice "Ma che hai capito?" le dico "Ma

che hai capito tu? Dovevo andare semplicemente al bagno. Oh che, non può scappare anche a me?". Uhm, non ci crederà mai. Attraverso la fila senza far troppo rumore. Le risate di qualcuno più avanti coprono il fatto che ho sbattuto contro una poltrona mezza abbassata. Mi massaggio il quadricipite e mi infilo nel bagno. Non la vedo. Si sarà chiusa nella toilette sul serio?

"Ehi meno male."

Mi spunta all'improvviso da dietro la pesante tenda bordeaux.

"Per un attimo ho pensato che non avessi capito." Ride. Non le dico che per un attimo non avevo capito sul serio. "Mi hai messo paura!" Gin mi si avvicina e mi bacia. È calda, morbida, bella, profumata, desiderabile e... da finire l'album!

"Be', non dici niente?"

"Sì. Che facciamo? Ci chiudiamo in bagno?"

Lei sorride. "No, rimaniamo qui." Poggia le mani indietro, si spinge sugli avambracci e quasi si arrampica sul lavandino, salendoci sopra. Poi allarga le gambe e mi avvicina. Mentre sto per baciarla vedo uscire dalla tasca del suo giubbotto le sue mutandine. Se l'è già sfilate e questo mi eccita ancora di più. Una risata dalla sala arriva improvvisa proprio mentre mi apro i pantaloni. Anche questo mi eccita ancora di più. Poi eccomi in lei. Lei. Tutto. Ridiamo insieme mentre la penetro. Poi lei, a un tratto, fa un gemito e sospira mentre di là scoppiano a ridere. Poggio le mani sulle sue natiche, quasi mi aggrappo a lei e mi spingo dentro perché sia ancora più mia. Di là ridono di nuovo. Anche lei. Anzi no, non ride, sorride. Poi sospira. Si appoggia al mio collo e mi morde leggera. "Dai Step continua, non ti fermare..." Io continuo lentamente, lei si muove sul lavandino. Le si scoprono le gambe. La gonna scivola di lato. La sua pelle sulla porcellana bianca e fredda del lavandino. Gin ha un fremito. Sposta le mani indietro, appoggia la testa allo specchio. Io le tiro le gambe più su, verso l'alto e la raggiungo ancora più dentro. Sospira. Sempre più forte. Sospira mentre la sento venire. Poi una risata grossa dalla sala. Il rumore della porta vicina. Chiudo gli occhi, riesco a malapena a sfilarmi e vengo anch'io. Gin però perde l'equilibrio, quasi scivola di lato dal lavandino. Per aggrapparsi si tiene a un rubinetto e lo apre bagnandosi tutta la gonna di dietro. "Ah! È gelata!" Ridiamo. Chiudo al volo l'acqua. Subito dopo mi chiudo anche i pantaloni sistemandomi per quanto è possibile. Gin si guarda allo specchio. Dietro la gonna è completamente bagnata. Incrocio il suo sguardo. "Ti è piaciuto eh?" Una risata dalla sala arriva in tempo perfetto. "Spiritoso!"

"Be', a loro ha fatto ridere."

La tenda pesante bordeaux si muove agitandosi e poi puff! Come tirata fuori da un prestigiatore un po' goffo, compare una signora. "Oh non riuscivo più a uscirne, 'sta tenda è di un pesante. È qui il bagno, vero?"

"Sì, quella porta a destra è quello nostro." Le dice Gin senza incrociare troppo a lungo il suo sguardo. Poi scompare anche lei nella tenda. "Grazie" risponde la signora e mi supera senza accorgersene. Io, che invece me ne sono accorto, mi chino al volo e seguo Gin nella sala.

"Ehi, ti sei persa queste." Me le sfila dalla mano al volo.

"Dammele subito." Seduta al suo posto Gin si infila le mutandine spingendosi indietro sulla poltrona con le spalle.

"Mamma mia, pensa se le trovava la signora, che figura!"

"Sì, se la signora trovava prima come aprire la tenda era la vera figuraccia! Sai che succedeva..."

"Sì, che finivi il tuo album!"

E anche stavolta la sala ride.

Poco più tardi, finito il secondo film. In un ristorante della Warner, stile californiano o giù di lì. Petto di pollo grigliato misto a parmigiano e foglie di spinaci freschi. Una Caesar salad da dividere. "Ehi quella foglia era mia!" Gin mi dà una botta con la forchetta.

"Ma chi c'aveva fatto caso, oh!"

"E questa?" Ne infilzo una al volo proprio dalla sua parte.

"Anche questa." Ma non fa in tempo a fermarmi che l'ho già infilata in bocca. Rido masticandola a bocca aperta come uno strano cane erbivoro ma divertitamente vorace.

"Che schifo... fai proprio schifo!"

"Bleah!" rispondo alla sua accusa facendo un salto in avanti per spaventarla. Proprio in quel momento...

"Siete troppo divertenti... così devono essere le coppie! L'amore non è bello se non è litigarello..." Rimaniamo a bocca aperta. O meglio io la richiudo quasi subito con tutti quegli spinaci. Non ho poi troppa confidenza con quella signora. Anzi per dire la verità, non ce ne ho per niente. L'ho vista una volta sola e... al bagno. È la signora di prima, quella che ci stava per scoprire... in erotici atteggiamenti. Gin la riconosce e abbassa lo sguardo arrossendo. È buffa. Che poi è stata proprio lei a desiderarlo e ora se ne vergogna.

"Scusate se ve lo chiedo, ma sapete per caso qui dov'è il bagno?" Gin sembra aver trovato nel piatto uno spinacio interessante ma lo abbandona immediatamente e indica con la forchetta in fondo alla sala. Io faccio la stessa cosa ma senza forchetta. "Di là!" Diciamo all'unisono e poi, subito dopo, scoppiamo a ridere.

"Perché ridete, dovete andarci anche voi?"

Guardo Gin ironico. "Dobbiamo andarci anche noi?"

Gin scuote la testa, fa una strana smorfia con la bocca e riesce però a non arrossire. "No, ora no. Fra poco comincia il nostro film!"

"Di nuovo, ne vedete un altro? Che bella coppia, siete proprio uniti! Ecco!"

"Sì..." Guardo Gin sorridendo. "Devo dire che il cinema ci unisce proprio. Anzi, soprattutto il bagno del cinema!"

"Cioè, non ho capito."

Gin mi guarda e scuote la testa, poi sorride alla signora intenerita dalla sua ingenuità. "Niente... scherzava!"

"Be', scusate. Ora vi lascio che mi scappa proprio, forse ho bevuto troppo. Oppure sarà l'età."

"Macché, signora. Anche noi andiamo spessissimo al bagno..."

Gin mi dà una botta sulla spalla. "E basta! Dai che comincia il film, andiamo va'!"

E in un attimo, salutata la signora, siamo in un'altra sala. Qui si danno film di stagioni passate. È una novità, al Warner. Si stringe a me, segue il film con una mano sulla bocca. Accovacciata, mangiucchia un po' di unghie e si appoggia di nuovo a me. *Le parole che non ti ho detto*. Kevin Costner ha perso sua moglie e non vuole rimettersi in gioco. Non vuole riprendere a vivere. Scrive lettere in bottiglie che si perdono in mare, una dopo l'altra, il suo amore che naufraga. Ma non scrive a nessuno. Poi qualcuno trova quel messaggio in una bottiglia. Una giornalista. La lettera commuove anche lei e diventa un caso. Si accendono le luci. Primo tempo. Gin ride tirando su con il naso e si copre con i capelli e non si fa vedere e si gira dall'altra parte e mi guarda da sotto e scoppia a ridere di nuovo e tira su con il naso. "Hai pianto!" La indico colpevole.

"Embe'... allora? Mica me ne devo vergognare."

"Va be', ma è un film!"

"Sì, e tu invece sei un insensibile."

"Ecco lo sapevo... come al solito la colpa è mia! Andiamo in bagno a fare pace?"

"Cretino... Adesso non c'entra proprio."

Gin mi dà un pugno sulla spalla. "Ma perché, c'è un momento che c'entra o non c'entra? Va be', a parte che 'c'entra' suona male."

"Vedi, sei fuori luogo! Fai pure le battutacce. Pesaaaante! Ma io..."

"Shhh! Ora basta che ricomincia il film!"

E scivola giù sulla poltrona, tuffandosi su di me, abbracciandomi e ridendo ferma la mia mano che cercava qualche distrazione.

Poco più tardi davanti a una birra. "Ti è piaciuto?"

"Bellissimo. Sto ancora male."

"Ma Gin... è troppo!"

"Oh, ma che ci posso fare? Sono fatta così. Certo che se non affondava con la barca e tutto il resto... Ora finalmente che aveva cominciato a riamare... ad amare la giornalista... che cattivi gli sceneggiatori."

"No, perché? È perfetto! Ora sarà la giornalista a scrivere lettere d'amore e a metterle nella bottiglia così le trova un altro e la storia ricomincia... Oppure ci mette un peso dentro, così le bottiglie finiscono in fondo e se le legge Kevin Costner."

"Mamma mia. Sei di un macabro!"

"Cerco di sdrammatizzare questo dramma che stai vivendo."

"A parte che non sto vivendo nessun dramma. E poi il pianto è liberatorio, fa bene, sfoga le ghiandole, capito? È un equilibratore proprio come i baci."

"I baci?"

"Sì. I baci contengono degli enzimi, delle strane sostanze... Tipo... Endomorfina credo, insomma tipo della droga. I baci tranquillizzano... Perché credi che ti bacio io?"

"Mah pensavo... pura attrazione sessuale."

"E invece no, puro effetto tranquillante."

"Quindi vedi, mi stai facendo conoscere un lato nuovo di me stesso, dovrei baciare più donne, magari scoprirebbero che sono meglio di qualunque camomilla, dovrei buttarmi sul mercato! Sai i soldi..."

"Sai le botte!"

"Ah, vedi? Solo a pensarlo sei già gelosa."

"Step ma tu ci hai mai pensato..."

"A che, essere geloso?"

"Ma no, a scrivere, che ne so un biglietto, una poesia..."

"Sì e a metterla in una bottiglia."

Veramente avevo provato a scrivere a Babi. Era Natale. Me lo ricordo come fosse ieri. I fogli di carta appallottolati sotto il tavolo. Tentativi disperati di cercare parole adatte. Adatte a un disperato. Io. Io che correvo affannato nell'inutile rincorsa, nell'impossibilità di riconquistare un amore che se ne va, che se ne è andato. E poi incontrare lei, lei con un altro e non trovare neanche la parola più semplice. Che ne so... Ciao. Ciao come stai. Ciao fa freddo. Ciao è Natale. Ciao auguri. O peggio... Ciao ma come... Oppure: ciao non te l'ho detto mai... Ciao, io ti amo. Ma che c'entra adesso? Non c'entra più niente.

"No. Mai scritto niente. Neppure un biglietto d'auguri."

"Ma non c'hai neanche provato?"

"No. Mai."

Ma che vuole? Perché insiste? Mi guarda di traverso.

"Uhm..." Perplessa. E poi riattacca. "Be', peccato! Secondo me sarebbe bellissimo!"

"Cosa?"

"Ricevere qualcosa scritto da te. Ecco io vorrei una poesia... Una bella poesia."

"Pure bella! Cioè non basta che la scrivo... deve essere pure bella."

"E certo... soprattutto bella! Mica lunga. Una bella poesia sentita, piena d'amore... magari per farti perdonare!"

"E ti pareva! Neanche ho scritto la poesia che comunque ho già combinato qualcosa."

"Perché? Prima non mi hai forse mentito?"

Sorride, alza il sopracciglio e si alza lasciandomi al tavolo. "Falso!"

Finisco l'ultimo sorso di birra e in un attimo sono vicino a lei. "Ehi, ma dimmi la verità. Da cosa lo hai capito?" Le dico confermando che c'ha preso in pieno. "I tuoi occhi, Step. Mi dispiace, ma i tuoi occhi dicono tutto... o almeno abbastanza!"

"Cioè?"

"Mi hanno fatto capire che almeno una volta hai provato a scrivere una lettera o una poesia o altro. Non lo so io, lo sai tu."

"Ah... certo."

"Ecco vedi. Hai detto certo."

Mannaggia mi sono fregato con quel certo. Ma poi che c'entra certo? Camminiamo vicini, in silenzio, verso la moto. Una cosa è sicura. Devo portare più spesso gli occhiali. Quelli scuri. Magari anche di notte. Oppure non dire più bugie. No. È più facile portare gli occhiali... Ah, certo.

54

10 ottobre

Uaooo! La prima puntata è andata benissimo. Io, Gin, non ho toppato niente. Ci mancava pure. Avevo un'unica entrata alla fine della puntata dove dovevo portare semplicemente una busta con il nome del vincitore. Cosa potevo sbagliare? Be', potevo anche inciampare. Ele invece è stata grande. Doveva entrare a metà puntata per dare la busta con la classifica provvisoria. Non ha inciampato. È stata perfetta. È entrata, ha raggiunto il presentatore al momento giusto, al posto giusto solo che... si è dimenticata di portare la busta! Grande! Ma che dico, grandissima! Ele è sempre Ele. Però tutti hanno riso, il presentatore ha fatto una bella battuta (non doveva essere bellissima però, visto che ora non me la ricordo). Ele è diventata subito simpatica a tutti! Alla fine invece di arrabbiarsi con lei tutti le hanno battuto le mani, hanno riso. Qualcuno ha detto perfino che l'ha fatto apposta! Ele... figuriamoci. Il mondo dello spettacolo... Vogliono vederci per forza qualcosa di male. Come ha detto mio zio Ardisio quando ha saputo che ci lavoravo "Attenta, nipotina mia. Che lì il più pulito c'ha la rogna". Forse è vero. Step comunque profuma sempre...

5 novembre

Ormai sono una scheggia! Mi hanno fatto fare una delle ragazze aggiunte al balletto. Roba da pazzi... E andavo pure a tempo nelle prove! Domani abbiamo la puntata, bisogna vedere come me la cavo lì. Il peso della diretta è un'altra cosa, mi hanno detto. "Lì sbagli con più facilità e il tuo errore arriva direttamente nelle case di tutti!" Aiuto! Non ci voglio pensare. Mi vedrà pure mia madre. Non se ne perde una. Le vede fino in fondo e riesce sempre a notarmi. L'altra volta mi ha detto: "Ti ho visto stasera!". "Ma guarda mamma che ti sbagli, non ho fatto niente." "Come no! Sei entrata nel finale per i saluti... Eri l'ultima a destra in fondo a tutti al palcoscenico..." Mia madre! Non riesci a nasconderle niente. Più o meno.

6 novembre

Perfetta! Il coreografo mi ha detto: "Perfetta!". Ho alzato il sopracciglio e gli ho detto: "Ma chi, quella davanti a me?". Carlo, il coreografo, ha riso come un pazzo. "Sei troppo simpatica" mi ha detto. Ma non si è fermato lì. Mi ha chiesto il numero di telefono. "Dai, così ti chiamo ad allenarti, puoi migliorare se vieni in sala prove con le altre..." Perfetto, mi piace ballare! Sarebbe stato tutto perfetto se proprio mentre Carlo si segnava il mio numero sul suo telefonino non fosse passato Step. Step e il suo tempismo. Perfetto anche lui. Solo che si è arrabbiato da morire. Step geloso. Come lo devo leggere? Ele dice che Step è fantastico, meraviglioso. E certo, con lei! Non solo, ma Ele dice che Marcantonio è in fissa con la coppia aperta.

Step invece... con la coppia blindata! Ma non ci può essere una via di mezzo?

Per fortuna sul tempismo abbiamo fatto pace. Ultimo piano del mio palazzo, il modo migliore per fare pace... e per migliorare... come dice Step. Per fortuna lì non arriva l'ascensore e non credo neanche che alle due di notte qualcuno decida di stendere dei panni su in terrazzo. Mio fratello questa volta non si è visto. Ah, e neanche la signora del bagno del cinema. "Be'," ha detto Step, "buonanotte, il mio album dovrà aspettare..." Se continuiamo così però prima o poi lo finisce sul serio!

10 dicembre
Uffa! Ma perché va sempre a finire così! Non ci può essere un buon rapporto sereno e tranquillo e soprattutto professionale, tra un uomo e una donna che lavorano insieme? Evidentemente no. Carlo, il coreografo, c'ha provato. E di brutto. È andato sul pesante. M'ha sfiorato la tetta. Pensava di farmi venire un brivido sessuale. Invece mi ha fatto vomitare e ci ha rimediato una spinta. E di quelle forti. Ha sbattuto contro l'asta a metà dello specchio ed è rimasto piegato in due. Forse ho esagerato. No. Non ho esagerato, anzi. Solo che mi ha detto di non presentarmi più in sala prove. "A meno che..." mi ha detto. A meno che...! Ma ti rendi conto? A meno che... cosa?! Mah! Gli avrei voluto rispondere: "Sì, a meno che non mi presento con Step!". Altro che spinta poi... Ho deciso. A Step non dirò niente di Carlo. Per il suo album non gli servono doppioni.

20 dicembre
Non ci posso credere. È sempre distratto su tutto e su tutti per quanto riguarda il lavoro, invece su questo Step si è impuntato. "Come mai non sei più nel balletto?" "Mah," gli ho detto, "Carlo ha voluto provare qualche altra ragazza..." Non ci ha creduto. Non ha smesso un attimo, ha continuato fino alla fine delle prove! Non solo, ma con perfetta lucidità razionale. Anche un po' preoccupante...
"Sì e guarda caso chi ha scelto Carlo? Arianna, la più facile di tutte!" E tu che ne sai? Avrei voluto rispondergli, ma ho pensato che era meglio non alzare altra polvere. Mi ha tempestato di domande. "Ma come? Ma ti piaceva tanto bal-

lare... Ma non vi salutate più, ma in puntata non avevi mai sbagliato... Ma non è che ci ha provato?" Su quest'ultima domanda ho avuto uno scatto improvviso. Non vorrei che Step l'avesse notato. Alla fine mi ha detto: "Ok basta!". Meno male ho pensato. Mi stavo rilassando quando ha aggiunto: "Lo chiederò direttamente a lui... Qualche cosa in più mi saprà dire no?". "Fai come ti pare" gli ho detto... non ce la facevo più. E poi ho pensato: cosa dirà Carlo non lo so e sinceramente non me ne frega niente. Una cosa è sicura. Se parla rimpiangerà la mia spinta.

24 dicembre

Abbiamo fatto le prove fino alle sei e poi tutti a casa per il... Natale! Carlo c'è ancora ed è intero quindi non ha parlato. La cosa strana è che ora mi saluta tutto carino. Boh... i miracoli di Step. Forse. Meglio non indagare comunque. Abbiamo deciso una cosa fighissima io e Step. Prima tutti a casa con i genitori per il cenone e poi, dopo mezzanotte, tutti a casa di Step o meglio del fratello per scartare i regali. Vengono anche Ele e Marcantonio che stranamente ancora durano! Stranamente per Ele, che conosco bene, e stranamente per Marcantonio, che conosco poco. Comunque, per quello che lo conosco, non credevo durasse così tanto. Mah! Forse hanno messo in pratica sul serio lo schema della coppia aperta... Boh! Meglio per loro. Rileggo adesso quello che ho scritto e vedo che è pieno di boh, forse, mah... sono diventata troppo incerta? Mah, forse, boh! Una cosa è sicura. Nella vita è meglio non avere troppe certezze. Per adesso va... con Step. E va che è una bellezza!

25 dicembre

Mi sono svegliata a mezzogiorno e ho fatto una colazione fantastica, tutto panettone e cappuccino! Uaooo! Sono troppo felice! Un sacco di gente dice che le feste di Natale intristiscono... a me invece piacciono da morire. L'albero con le lucette, il presepe, la cena tutti insieme e piena di roba buona. Certo si mette su qualche chilo, ma dov'è la tristezza? Poi si perdono. Un po' di movimento e li perdi. E con Step hai voglia a perdere chili, e quando ingrassi? Che battutaccia! Speriamo che nessuno lo trovi questo diario. E poi comunque se adesso per caso tu che lo hai preso, lo stai leggendo... stai sbagliando tu! Hai capito fottutissimo/a ladro/a, curioso/a! Comunque non ci voglio pensare. Ieri sera è stato tutto bellissimo, troppo! A mezzanotte e mezzo eravamo tutti a casa del fratello di Step. Paolo, suo fratello, non c'era. Era andato anche lui a festeggiare dalla sua donna, una certa Fabiola. E così eravamo soli. Bellissimo! Marcantonio ha portato un cd meraviglioso. Café del mar (o altro) l'ha messo su. Atmosfera perfetta, struggente ma non troppo, morbida oserei dire. E osa Gin, osa! Rum, brandy, champagne c'era di tutto. Ho dato due sorsi dal rum di Step ed ero già ubriaca! Abbiamo fatto il gioco della bottiglia per vedere chi scartava per primo. È uscito Marcantonio e così è toccato a loro. Solo che Marcantonio ha approfittato del gioco della bottiglia e "memore" come ha detto lui "dei bei tempi" quando solo grazie a quella bottiglia si superava la nostra timidezza... si è buttato su Ele. Avvinghiato tipo polipo. L'ha baciata slinguazzandola tutta ed Ele rideva, rideva... Stanno benissimo! Forti davvero! Sono felice per Ele. Bei regali poi, carinissimi. Ele, sempre esagerata, gli ha regalato un programma di grafica particolarissimo, arrivato dall'America e costato un sacco di soldi (questo me l'ha detto Step che l'aveva usato quando era stato fuori). Marcantonio vedendolo è letteralmente impazzito, l'ha abbracciata e ha iniziato a urlare: "Sei tu la donna della mia vita, sei tu!". Ele, invece di essere felice, si è arrabbiata e gli ha detto: "Allora il tuo amore si può comprare... basta un programma di grafica!". "Eh no!" ha risposto Marcantonio. "Non un programma di grafica... un Trambert xd americano! Eh!" Ele di risposta gli è saltata addosso. Sono caduti sul divano e hanno cominciato a lottare. Poi Marcantonio l'ha bloccata e le ha detto "Non fare così, tu devi essere più spiritosa, più gentile, più servizievole, ti dona di più, ti rende più bella, ecco così sei bella, cioè sei ancora più bella...". Insomma l'ha talmente imbambolata che alla fine a Ele le è pure piaciuto il regalo! E che regalo! Un vestito da geisha! Be', certo, in seta, blu scuro, bellissimo, con la giacca alla coreana, molto elegante. Ma sempre da geisha è. Ele si è poggiata la giacca sul petto e si è guardata allo specchio. Le sono venuti gli occhi lucidi e mi ha detto piano "Era il mio sogno". Il suo sogno. Essere una geisha... mah! Tornano i dubbi. Ma sono passati in un attimo. Anche perché toccava a me. Ho scartato il regalo che mi ha fatto Step. "No! Non ci posso credere. Non ho parole." "Che c'è, non ti è piaciuto?" ha pensato Step. Io l'ho guardato e ho sorriso. "Apri il tuo..." Step ha iniziato ad aprire il pacco ma intanto continuava "Guarda che si può cambiare... Se ti va piccolo si cambia, eh? O non ti piace il colore?". "Apri, muoviti" gli ho detto. "No!" Ha detto Step. "Non ci posso credere!" Mi ha copiato la frase e non solo quella. Ci siamo regalati due giacche Napapijri blu scure, identiche, perfettamente identiche... Mamma... ero senza parole. "È bellissimo!! Step siamo simbiotici! Cioè ti rendi conto, abbiamo avuto la stessa idea. Oppure, come al solito, mi hai seguito?" "Ma di che?" Ho riso un sacco! Non si voleva far vedere geloso davanti al suo amico-collega Marcantonio! Come se Ele non raccontasse a Marcantonio tutto quello che io racconto a lei. Quindi... morale... tutti sappiamo tutto di tutti!!! Ma intanto, che importa? Ci vogliamo bene! Questo conta! Chiusura serata bellissimo. Musica, torroncini, chiacchiere per un po', poi Marcantonio ed Ele se ne sono andati. Mi tolgo gli stivali, mi stendo sul divano, mi appoggio a Step e infilo i piedi sotto un cuscino, al caldo. Posizione da sogno. Parliamo un sacco. O meglio, parlo un sacco io. Gli racconto degli orecchini che ho ricevuto dai miei, del regalo di zio Ardisio, di quello delle zie, di nonna ecc. Poi quando chiedo a lui come è andata lo sento indurirsi. Insisto e alla fine, con fatica, scopro che lui e Paolo hanno cenato con il padre e la sua nuova donna. Step mi racconta che ha ricevuto delle scarpe nere da suo fratello, molto belle, e un golf verde da suo padre, unico colore che mi dice non sopportare (buono a sapersi! Meno male! C'era una giacca verde Napapijri. Ma anche a me, il verde non piace! Fiuuu! È andata bene... Fortuna simbiotica). Step mi sottolinea il fatto che il biglietto del regalo suo padre l'ha fatto firmare anche dalla sua nuova donna. Cerco di giustificarlo, ma Step non ha dubbi. Ma chi la conosce quella lì? Tu lo vorresti un regalo da uno che non conosci? Da questo punto di vista non ha tutti i torti. Poi, cosa più assurda (dopo mia lunga insistenza), mi dice che ha ricevuto anche un regalo da sua madre ma che non l'ha aperto. E sulla mia battuta "Be' ma tua madre la conosci, no?" credo di aver sbagliato tutto. "Pensavo di conoscerla." Oddio. Gli ho rovinato il Natale. Per fortuna recupero. Con dolcezza, con tranquillità, con passione, con il tempo... Abbiamo sentito perfino Paolo che rientrava. Certo, farlo a Natale va un po' contro i miei principi, ma mi sentivo in colpa. Be', piccola giustificazione. Diciamo che è entrato in gioco un altro lato dell'essere cristiano. Speriamo che non sia entrato in gioco però nient'altro. Anche perché dare un natale... proprio a Natale! be', sarebbe il massimo. Abbiamo riso su questo con Step. Per fortuna lui si sentiva tranquillo, anche se ha fatto delle battute sulla scelta del nome. Facile! Gesù o Madonna, dipende se viene maschio o femmina. Blasfemo... Anzi, scontato! Sei scontato come Maria Luisa Ciccone, gli ho risposto. Comunque il regalo di sua madre non l'ha aperto.

55

Cappuccino e cornetto, la cosa più tranquilla che c'è da Vanni.

"Step! Non ci posso credere." Pallina mi corre incontro. Non faccio in tempo a girarmi che quasi mi rovescia tutto addosso. Mi abbraccia. Qualcuno ci guarda. Incrocio gli occhi di una signora riflessi nello specchio davanti a me. Mangia un cornetto e sospira. Occhi leggermente lucidi. Fan nostalgica di *Carramba che sorpresa!* e di tutte le trasmissioni simili. O è commozione da cappuccino troppo caldo? Boh.

"Pallina, contegno."

Sorrido abbracciandola. "Ci manca solo che ci propongono di partecipare a qualche reality show."

Pallina si stacca e mi guarda. Mi tiene il braccio sui fianchi e piega la testa un po' di lato.

"Reality show, ma come parli? Step, sei proprio cambiato! Mio padre direbbe che sei entrato nell'imbuto."

"Cioè? In che imbuto?"

"Ma guardati, termini tecnici..."

Mi fa fare un mezzo giro e mi riferma davanti a lei sottolineando il mio stop con una risata. "Vesti quasi alla moda."

"Sì, pure..."

"Be', comunque hai abbandonato il giubbotto boro da pregiudicato temerario."

"Ma perché..." Mi guardo il giaccone blu scuro che indosso tranquillo su un paio di jeans e un maglione a collo alto. "Così non vado bene?"

"No. Non ci posso credere. Step che cerca conferme! Ahia, siamo messi male..."

"Si cambia. Ci si modifica, si è più elastici, si ascolta..."

"Allora siamo messi molto male. Sei entrato del tutto nell'imbuto!"

"Ancora? Ma che vuol dire 'sta storia dell'imbuto?"

"Mio padre paragona la vita sociale a un imbuto appoggiato su un tavolo. All'inizio ci si aggira liberi nella parte larga senza pensieri, senza troppi doveri, senza dover fare ragionamenti, ma poi quando ci si incammina nell'imbuto, si entra nella parte più stretta, allora bisogna andare avanti, le pareti si stringono, non si può tornare indietro, non ci si può aggirare, gli altri spingono, bisogna stare in fila, ordinati!"

"Mamma. Un incubo! E tutto questo perché ho cambiato giubbotto? Pensa allora se mi vedi domani."

"Cioè?"

"Abbiamo la puntata in diretta, vestito d'ordinanza: giacca e cravatta!"

"No. Non ci posso credere, domani sono qui. E chi se lo perde. Step in giacca e cravatta! Neanche venissero a fare il concerto a casa mia Boy George e George Michael e decidessero di venire tutti e due a letto con me!"

"Va bene tutto, Pallina. Ma mi spieghi il paragone? Due rinomati gay della musica che attinenza hanno con il fatto che io mi vesta in giacca e cravatta. Avessi detto una cosa tipo culo e camicia."

"Boh, non lo so. È vero. È strana come attinenza, ci devo ragionare su. Ma da 'quel punto di vista' per quanto ti riguarda invece... non è cambiato niente vero? Perché dicono che in tv, dopo la moda, c'è la più alta percentuale..."

Per un attimo penso all'incontro che abbiamo avuto sul terrazzo l'altra sera. Ma è solo un attimo. Rido. È passata. Rido sul serio.

"No. No. Stai tranquilla. E tranquillizza soprattutto le tue amiche!"

"Presuntuoso!"

Mi dà una leggera spinta. Chissà se anche lei ha pensato all'altra notte.

"E di' un po', ma tu cosa fai in questo programma?"

"Quello che ho studiato in America. Loghi, computer grafica, messa in onda dei titoli di testa, sottopancia dei risultati o soldi che si possono vincere. Sai quelle scritte che vedi sotto la faccia di qualche presentatore. Be', ecco, io mi occupo di quella roba lì."

"Capirai... tv! Quindi ballerine, vallette, strafighe, bonazze di tutti i tipi e donne che la danno per lavoro. E quando cambi idea, anzi, immagino che lì sia un paradiso di conferme..."

"Be', no. Diciamo che quello è il lato più piacevole del lavoro."

Proprio in quel momento passa una delle ballerine. Una... la più bona.

"Ciao Stefano."

"Ciao."

"Ci vediamo dentro."

"Certo."

Se ne va sorridendo, bella e sicura, con un passo deciso, tranquillo, certa delle attenzioni più o meno delicate, dei pensieri, i più diversi, che accompagnano il suo allontanarsi di schiena.

"Capirai, hai capito tutto."

Pallina è in ottima forma, non perde un colpo.

"E poi... 'Stefano'?! È la prima volta che sento chiamarti Stefano. Oddio, sei pure in incognito."

"Sai, Step è troppo confidenziale."

Proprio in quel momento mi sento chiamare. "Step!"

Mi giro. È Gin. Avanza sorridendo e solare, bella nella sua trasparenza selvaggia. Pallina alza il sopracciglio. "Sì, è vero! Step è troppo confidenziale!"

Gin arriva e mi bacia veloce sulle labbra. Poi si mette di lato come a dire: sono pronta per conoscere questa tua amica... Perché è un'amica, vero? Donne.

"Ehm, sì scusa, ti presento la mia amica Pallina. Pallina questa è Ginevra."

"Ciao." Gin le dà veloce la mano. "Chiamami pure Gin."

"Io invece per amici e non, sono comunque Pallina."

Si scrutano per un attimo dal basso verso l'alto, veloci. Poi non si sa come, né perché, ma per fortuna, decidono di starsi simpatiche. Scoppiano a ridere. "Step," fa Gin, "io vado. Non fare tardi che ti hanno cercato dentro."

"Ok, grazie, arrivo subito."

"Ciao Pallina" la saluta sorridente e si allontana. "Piacere di averti conosciuto."

Rimaniamo per un attimo in silenzio a guardarla andare via. Pallina poi curiosa "È un'attrice?".

"No. Ha un ruolo semplice semplice, fa la valletta."

"Cioè?"

"Porta le buste."

"Peccato, è un talento sprecato."

"Che vuoi dire?"

Pallina fa la voce in falsetto "Piacere di averti conosciuto".

"Ma guarda che a Gin magari le stai simpatica sul serio."

"Vedi, sarebbe un'attrice perfetta! Ha fregato anche te."

"Ma sei troppo prevenuta."

"Siete voi uomini troppo sprovveduti. Vedrai se non ho ragione io. Quando la rivedi?"

"Fra poco."

"Ecco allora o starà zitta e farà il muso oppure ti tempesterà di domande. 'Chi era quella Pallina? Che fa? Da quanto la conosci?' E preoccupati soprattutto se ti chiede: 'Ma che, c'hai avuto una storia con lei?'."

"Perché?"

"Perché allora non è solo curiosa... è anche innamorata."

E Pallina si allontana così, come fa lei, come ha sempre fatto, saltellando.

Raggiunge una sua buffa amica che non conosco e scompare così. Mi lascia, ancora una volta, semplicemente preoccupato.

Poco dopo sono dentro al Teatro delle Vittorie. Saluto Tony, la guardia all'entrata e mi guardo in giro cercandola. "Tieni" gli lancio il pacchetto. Tony lo prende al volo come il miglior quarterback di una squadra americana. Tutto bene se non fosse per il fisico e che di solito sono di colore.

"Ehi, grazie Step. Te ne sei ricordato."

Guarda felice il suo pacchetto di MS.

"Quant'è?"

"Lascia stare, al massimo, se finisco le mie, me ne offri tu qualcuna."

Falsi tutti e due. Io non fumerei mai una MS neanche se finisco le mie e ti pare che lui non sa il costo di un pacchetto visto che, a quanto vedo, ne fuma quasi due al giorno? Be', comunque mi fa piacere offrirgliele. In fondo mi è simpatico.

Mi guardo in giro. Forse è andata alla macchinetta della Coca-Cola o dei caffè. Non faccio neanche in tempo a guardare. "Se cerchi Gin, è andata a cambiarsi." Sorride Tony facendomi l'occhiolino. Oh, non c'è niente da fare. Non sfugge niente a nessuno. A una guardia poi... sarebbe un controsenso. "Grazie." È inutile dire "Ma non cercavo lei" oppure, ancora peggio, "No, veramente stavo cercando Marcantonio". Non farebbe altro che peggiorare la cosa.

"Ciao Step, ti ho visto da Vanni che parlavi con una bruna bassetta." È Simona, una delle vallette del programma.

"Era Pallina, una mia amica."

"Sì, sì certo... come no! Guarda che lo dico a Gin."

Capirai, peggio di così. Simona si allontana. Proprio in quel momento arriva Marcantonio. "Ohi, proprio te cercavo, vieni nella nostra postazione che gli autori ci vogliono parlare."

"Ok! Sono da te tra cinque minuti."

"Due."

"Tre."

"Ok! Non uno di più!"

Marcantonio lancia al volo la sigaretta davanti alla sua camminata, la spegne come tocca terra e scompare per uno dei corridoi. Io non faccio in tempo a girare l'angolo che ci sbatto contro. Pum, come una furia. Quasi cade all'indietro, la prendo al volo.

"Gin!... Ma dove corri?"

"Ma niente, per fare un po' di movimento, per tenermi in forma. Non sono riuscita ad andare in palestra. Anzi a dire la verità..." Si avvicina e mi sussurra all'orecchio dopo essersi guardata in giro per bene che non ci sia nessuno. "Oggi alla Urbani mi hanno beccata."

"No?"

"Sì. Uno mi è venuto con un foglio vicino e mi ha detto: 'Ma lei è già venuta a fare la lezione di prova a febbraio e a giugno?'."

"No!"

"Sì, che te lo devo giurare?"

"No, che c'entra? È che tu non ce la puoi fare..."

"Perché?"

"Non passi mai inosservata..."

"Uhm, che carino! Secondo me hai spifferato tutto tu."

"Io? Ma che, sei matta!"

"No, sei matto tu che mi rispondi pure."

"Ah, senti un po'..." Capirai. Adesso parte con le domande. Lo sapevo. Pallina ha ragione. Pallina ha sempre ragione.

"Hai visto Marcantonio? Ti cercava, ha detto che avete una riunione importante!"

"Sì, grazie. L'ho incontrato prima."

La guardo e sorrido. Gin fa per andare e la fermo.

"Non mi devi dire niente altro?"

"No, perché? Ah, sì..."

Ecco lo sapevo. Pallina non può non avere ragione. Gin mi guarda di traverso, fa un occhio come a dire allusivo. Ecco che parte, lo sapevo... "Stasera c'è mio zio a cena e quindi purtroppo... dopo non possiamo fare le nostre 'prove generali'."

"Ah!" Rimango deluso. Non tanto per le prove quanto per la sua non curiosità.

"Che c'è?" Mi guarda incuriosita.

"No, niente..."

"Step... Ricordati gli occhi."

"Cioè?"

"Non devi mentire, stai mentendo."

"No, cioè sì. È che mi chiedevo..."

"Sì, lo so... Ma come mai Gin non mi chiedi 'Ma chi era quella? Ma come la conosci... Ma che c'hai avuto una storia', giusto?"

"Sì... giusto."

"Ma è scontato. Primo, qualunque persona sia, cosa importa? Vuoi stare con me? Quello è importante. Secondo, potresti dirmelo... come non dirmelo... qualunque storia ci sia. Quindi perché rischiare con i tuoi occhi? Una cosa è sicura, tu le piaci."

"Io? Ma è la ragazza del mio amico." E mi viene quasi naturale usare il presente per il mio amico Pollo e questo mi fa star meglio.

"Tu le piaci, Step, fidati! Magari ci ha anche provato. Ricordati, donna vede donna. Fidati Step. A me poi, a volte, purtroppo devo dire, non mi sfugge niente."

Si allontana così cercando di rimediare con una corsa veloce alla sua palestra mancata. È vero, Gin. A te non sfugge niente. Be', andiamo a questa riunione di autori. Ah, e un'altra cosa. Pallina non ha sempre ragione.

Entro nella nostra stanza appena in tempo per vedere la scena. Renzo Micheli, il Serpe, è in piedi davanti a Marcantonio. Ha dei fogli in mano e li agita in perfetta sintonia con la sua voce. Agitata. Sesto e Toscani, il Gatto & il Gatto, sono lì dietro accovacciati che se la ridono in silenzio lanciandosi ogni tanto delle occhiate divertite da non si sa poi cosa.

"Hai capito? Non toppare più. Non ti devi permettere di sbagliare. Non puoi permettertelo. Se ti dico una cosa, è quella. I risultati vanno dati in ordine da sinistra a destra e non incolonnati."

"Ma siccome con Romani non si era parlato di come renderli visivi, ho pensato..."

Micheli, il Serpe, lo interrompe al volo. "Ecco l'errore. Ho pensato! Lo sapevo che ti eri spinto oltre, ma non capivo dove. Tu devi eseguire e bene. Non ti azzardare a pensare!"

E così dicendo, Micheli, il Serpe, gli lancia i fogli ancora caldi di stampa in faccia. "Tie', rifalli e fammeli vedere!"

Marcantonio riesce a parare i primi fogli, ma gli altri gli arrivano sul viso e, come una violenta pioggia cartacea, si aprono a ventaglio. Toscani, con il suo solito stecchino in bocca, finge uno strano stupore divertito. "Ohh."

Poi, non soddisfatto, lecca lo stecchino come fosse un Chupa-Chups. Sesto, poggiato a un tavolo poco distante si alza curioso di vedere come reagirà Marcantonio. Ma niente. Non accade niente. Micheli aspetta ancora un attimo. Poi "Andiamo va'..." Sembra quasi dispiaciuto di non ottenere risposta a quella sua provocazione. Quei semplici fogli di carta, come guanti di seta di uno spadaccino appartenente al passato, non hanno ottenuto risposta nel loro schiaffeggiare. Marcantonio raccoglie qualche foglio sparso sul suo tavolo. Renzo Micheli, seguito da il Gatto & il Gatto, fa per uscire dalla stanza quando trova me sul suo passaggio. È un attimo. Un'esitazione. Mi guarda alzando il sopracciglio, stringe un po' gli occhi come a dire: vuoi risponderne tu per caso? Ma è solo un attimo. Mi sposto di lato lasciandoli passare. Quegli strani padrini di un duello andato a male escono divertiti dalla stanza. Subito dopo mi chino per raccogliere i fogli sparsi tutto intorno, per spezzare quel fastidioso silenzio, per dare una mano, lì dove posso, a Marcantonio. Sarebbe stato assurdo decidere al posto suo di reagire a quella inutile sfida. È Marcantonio ad aiutarmi a uscirne.

"E così, caro Step, oggi hai imparato un'altra lezione. A volte, sul lavoro, la tua forza, le tue ragioni devono essere messe da parte quando incontri il potere... Litigare con Micheli sarebbe come cancellarsi, buttare a fiume un'ipoteca sul futuro. Sarà lui il dopo Romani."

Cominciano ad annebbiarsi le sue parole.

"E io, sai, ora ho comprato una casa, ho il mutuo e... non sono più il nobile di una volta... Insomma lì era diverso."

Faccio cenno di sì con la testa. Continuo a fingere di ascoltare. Pezzi di parole un po' ciancicate. Una strana giustificazione incollata lì, nell'aria, alla meglio. Sembrano quelle lettere di giornale, diverse fra loro, incollate e poi spedite per chiedere il riscatto che deve essere pagato. Ma io non ho quei soldi. Io non posso fare niente. Raccolgo gli ultimi fogli, li batto sul tavolo e li poggio lì, delicatamente. Poi con un "Certo Marcantonio, ti capisco, hai ragione..." esco di scena con un "Sì, forse anch'io avrei agito in quel modo..." lasciando così, con quel forse, un dubbio rassicurante in lui, un piccolo spazio per la sua dignità. Gin non avrebbe avuto dubbi. Lei avrebbe scoperto subito la mia bugia. Forse. Magari! Magari mi tirassero i fogli in faccia, tutti e tre, insieme. Non aspetto altro. Mi stanno sul cazzo. E cullando questo piccolo sogno mi allontano. Chiudo la porta e mi metto gli occhiali. Poi mi viene da ridere. Che stupido, non c'è mica Gin.

56.

Entro a casa e poggio la borsa. Mi levo la giacca e sento Paolo di là che sta chiacchierando. Sarà con qualcuno o è la televisione? Paolo arriva sorridente verso di me. "Ciao... c'è una sorpresa." Non è la televisione. C'è qualcuno. Poi all'improvviso compare. Incorniciata dallo stipite della porta del salotto, con un po' di luce della finestra alle sue spalle che le rende i contorni più sfuocati ai miei occhi, così delicata visione, forte e presente invece nella mia vita, in tutta la mia vita passata. Mia madre. Mamma.

"Ho preparato qualcosa se hai fame, Step." Dice Paolo prendendo il giaccone dall'armadio e infilandoselo. "È tutto lì sul tavolo, se hai fame." Ribadisce, preoccupato di quella situazione. Non so se è nel dubbio che io abbia fame o nell'avermi servito quel piatto che magari non mi andava in quel momento. Incontrare mamma. Forse non ne aveva voglia, potrebbe aver pensato o forse no. Ma è un attimo. Paolo è uscito lasciandoci così, soli. Soli come siamo sempre rimasti da quel giorno. Almeno io. Solo senza di lei. Senza la madre che mi ero disegnato prendendo spunto proprio da tutti i suoi racconti, da quelle favole che mi aveva letto da piccolo, da tutte quelle storie che mi aveva raccontato vicino al mio letto dove io, con appena poche linee di febbre, amavo rifugiarmi rannicchiandomi in quel calore, quello delle coperte e il suo. Sapendo che lei era lì, vicino a me, a raccontare, a tenermi la mano, a sentirmi la fronte, a portarmi un bicchier d'acqua. Quel bicchier d'acqua... Quante volte, pur di averla vicino ancora un secondo, sul limite dell'addormentarmi le avevo chiesto quell'ultimo favore, per vederla rientrare ancora una volta, incorniciata da uno stipite di un'altra porta, di un'altra casa, di un'altra storia... Quella con mio padre. E questo splendido disegno proprio da lei creato, pieno d'amore, di favola, di sogni, di incanto, di luce, di sole... Puff, cancellato in un attimo. Averla scoperta lì, a letto con uno. "Ciao mamma..." Uno qualsiasi, uno sconosciuto, un uomo diverso da mio padre con la mia stessa madre e da allora buio. Buio completo. Sto male. Mi siedo al tavolo, dove i piatti sono già preparati. Non vedo neanche cosa c'è e solo all'idea di mangiare mi viene da vomitare. Ma è la mia unica fuga. Calma Step. Passerà. Tutto passa. No, non tutto. Con lei il dolore non è ancora passato. Quel bicchier d'acqua... Calma Step. Sei cresciuto. Bevo un po' d'acqua. "Allora, so che stai lavorando... sei felice?" Felice? Detta da lei questa parola mi fa venire da ridere. Ma non lo faccio. Rispondo qualcosa così come alle altre sue domande. "Come sei stato in America? Hai avuto problemi? Ci sono molti italiani? Pensi di tornarci?" Rispondo. Rispondo a tutto più o meno bene credo, cercando di sorridere, di essere gentile. Proprio come mi aveva insegnato lei. Gentile.

"Guarda, ti ho portato questi."

E tira fuori qualcosa da una borsa, non quella che le avevo regalato io quella volta a Natale o per il suo compleanno, quand'era non mi ricordo. Ma mi ricordo che quella borsa la trovai lì, sulla poltrona di quella casa. In salotto... Il letto di un altro che ospitava lei, la mia mamma. Ospitava. Ospitava. Ospitava. Basta Step. Smettila, smettila.

"Li riconosci? Sono i morselletti che ti piacevano tanto."

Sì. Mi piacevano tanto. Mi piaceva tutto di te, mamma. E ora per la prima volta, dopo averla più volte guardata, la vedo di nuovo. Mia madre. Sorride con questa piccola busta trasparente tra le mani. La posa leggera sul tavolo e mi sorride di nuovo piegando la testa di lato. Mia madre. Ha i capelli più chiari ora. Anche la pelle sembra più chiara. Lei, delicata come sempre, sembra ancora più fragile. Dimagrita. Ecco, sembra dimagrita e la pelle leggermente increspata da un vento leggero. E gli occhi. I suoi occhi un po' appannati è come se avessero un po' di luce in meno. È come se qualcuno, cattivo con me, avesse girato di poco quell'interruttore tenendo in penombra il nostro amore. Il mio amore. Bevo un altro po' d'acqua.

"Sì, me li ricordo. Mi piacevano tantissimo."

E uso il passato senza volerlo, senza sapere, con la paura che perfino quei semplici biscotti abbiano perso quel sapore che mi piaceva tanto.

"Hai aperto il mio regalo?"

"No, mamma." Non riesco a mentirle. Ancora adesso non riesco a dirle una bugia. E non è solo la paura di essere scoperto... Mi viene in mente Gin e la storia degli occhi. Per un attimo mi viene da sorridere. Ed è un bene.

"No, mamma, non l'ho fatto."

"Non è educato, lo sai."

Ma non aspetta la mia richiesta di perdono, non ce n'è bisogno. Il suo sorriso mi fa capire che è tutto a posto, è già passato, e lei non me lo fa pesare.

"È un libro e vorrei tanto che tu lo leggessi. Ce l'hai qui?"

"Sì."

"Allora prendilo."

E le sue parole sono così cortesi che non riesco a non alzarmi, andare in camera mia e tornare subito dopo con quel pacchetto, poggiarlo sul tavolo e scartarlo. "Ecco. È di Irwin Shaw. *Lucy Crown*. È una storia molto bella. Mi è capitato per caso sottomano. E mi ha colpito molto. Se hai tempo, vorrei che tu lo leggessi."

"Sì, mamma. Se ho tempo lo farò."

Rimaniamo per un po' in silenzio e, anche se è solo un attimo, mi sembra lunghissimo. Abbasso lo sguardo, ma anche la copertina del libro non mi aiuta a far passare quell'infinità. Piego la carta del regalo, ma anche quello non fa che aumentare il peso dei secondi che sembrano non passare mai. Mia madre sorride. Mi aiuta lei finalmente a superare quella piccola eternità.

"Anche mia mamma piegava sempre la carta dei regali che riceveva. Tua nonna." Ride. "Forse hai preso da lei." Si alza. "Be', io vado..."

Mi alzo anch'io. "Ti accompagno."

"No... non ti disturbare."

Mi dà un bacio leggero sulla guancia, poi sorride.

"Ce la faccio. Ho la macchina qua sotto."

Va verso la porta ed esce di spalle, senza più girarsi. Mi sembra stanca e io mi sento sfinito. E non trovo più tutta quella forza che mi è sempre sembrato di avere. Quel bacio, forse, non era così leggero.

Poco più tardi.

"Oh, stavo proprio pensando a te... siamo simbiotici! Sul serio ti stavo per telefonare!" Gin è disarmante sempre così allegra.

"Dove sei?"

"Qui sotto. Mi apri?"

"Ma ho appena finito di mangiare, c'è ancora mio zio. E poi che fai, vuoi venire a casa, presentarti ai miei, approfittare che c'è anche mio zio per chiedermi qualcosa?" Ride allegra.

"Dai Gin, inventati qualcosa. Che ne so... che devi ritirare il bucato su in terrazzo, che devi andare a prendere qualcosa dalla tua amica al piano di sopra, che devi fuggire con me, di' anche questo se vuoi, ma liberati... Ho voglia di te."

"Non hai detto ho voglia di vederti, hai proprio detto 'ho voglia di te'?"

"Sì, e confermo!" Mi sembra di essere uno dei partecipanti a quegli stupidi quiz. Spero di non aver sbagliato la risposta. Gin fa una pausa lunga. Troppo lunga. Forse ho sbagliato la domanda.

"Anch'io ho voglia di te."

Non aggiunge altro e sento aprire il portone. Non prendo l'ascensore. Salgo su le scale veloce come un fulmine fino all'ultimo piano, senza fermarmi, a volte addirittura a quattro a quattro. E quando arrivo si apre l'ascensore. È lei. Simbiotici anche in questo. Mi tuffo sulle sue labbra e cerco lì il mio respiro. Baciandola senza tregua, non facendola respirare. Le rubo la forza, il sapore, le labbra, le rubo anche le parole. In silenzio. Un silenzio fatto di sospiri, della sua camicetta che si apre, del gancio del suo reggiseno che salta, dei nostri pantaloni che scendono, della ringhiera che si muove, di lei che ride facendo "Shh" per non farci sentire, di lei che sospira per non farmi venire. Non subito almeno. E strane posizioni in quella trappola di gambe, in quel groviglio jeansato che mi eccita di più, che mi affascina, che mi fa morire. Smettere per un attimo e in ginocchio, sul freddo marmo del pianerottolo, baciarla tra le gambe. Lei Gin, cowgirl stranamente scomposta, mima un rodeo tutto suo per non cadere dalle mie labbra. Per poi cavalcarla di nuovo e correre insieme, noi stupidi, selvaggi, appassionati, cavalli innamorati tenuti a terra da una ringhiera di ferro. Vibra in silenzio come la nostra passione. Per un attimo sospesi nel vuoto. Rumori lontani. Rumori delle case. Una goccia che cade. Un armadio che si chiude. Dei passi. Poi più niente. Noi. Solo noi. La sua testa indietro, i suoi capelli sciolti, abbandonati in caduta nella tromba delle scale. Si muovono frenetici, quasi vorrebbero saltare, come il nostro desiderio. Ma un ultimo bacio ci fa venire giù insieme, tornare a terra proprio mentre l'ascensore viene chiamato. "Shh" lei ride accasciandosi per terra. Quasi stremata, sudata, bagnata e non solo di sudore. Con i capelli che si attaccano al viso e ridono con lei. Ci abbracciamo così uniti, pugili suonati, spompati, sfiniti, accovacciati a terra, vinti. Nell'attesa di un inutile verdetto: pari ai punti... Sorridendo ci baciamo. "Shh" fa ancora lei. "Shh." Si bea di quel silenzio... Shh. L'ascensore si ferma a un piano più sotto. I nostri cuori battono veloci e non certo per paura. Mi nascondo tra i suoi capelli. Mi appoggio al suo morbido collo. Mi riposo tranquillo. Le mie labbra stanche, felici, soddisfatte in cerca solo di un'ultima risposta.

"Gin..."

"Sì?"

"Non mi lasciare."

E non so perché. Ma lo dico. E quasi mi pento. E lei rimane per un po' in silenzio. Poi si scosta da me. E mi osserva curiosa. Poi lo dice piano, quasi sussurrandolo.

"Hai buttato la chiave del lucchetto nel fiume."

Poi morbida tiene la mia testa tra le mani e mi guarda. Non è una domanda. Non è una risposta. Poi mi dà un bacio e un altro e un altro ancora. E non dice più niente. Mi continua solo a baciare. E io sorrido. E accetto volentieri quella risposta.

58

Un pomeriggio caldo, stranamente caldo per essere dicembre. Il cielo azzurro, intenso come quelle giornate in montagna dove non vedi l'ora di sciare. Solo che io devo lavorare. Sono entrato nell'imbuto come dice Pallina, ma è l'ultima puntata o meglio l'ultimo giorno di prove prima dell'ultima puntata. Eppure mi sembra un giorno particolare. Sento qualcosa di strano e non capisco perché. Sesto senso forse. Ma non avrei mai potuto immaginare.

"Buongiorno Tony..."

"'Giorno Step."

Entro frettolosamente nel teatro. Un gruppo di fotografi più o meno scalcagnati, dalle macchine fotografiche più diverse così come i loro vestiti, mi taglia la strada. Non sono certo come quei precisi gruppi di giapponesi che si incontrano per le piazze di Roma. A loro non sfugge nessuna immagine.

"Di là, è andata di là... presto, che la becchiamo."

Rimango interdetto e Tony questo, naturalmente, non se lo fa scappare.

"Stanno a insegui' la Schiffer. È arrivata prima perché deve prova' l'entrata dal palcoscenico. Che poi che c'avrà da prova', è una camminata, manco ci so' le scale. Che deve prova', è una vita che cammina. Boh! Forse è pe' giustifica' i soldi che prende, mortacci sua."

E già che c'è Tony aggiunge: "Aho, se cerchi Gin è andata su proprio nel camerino vicino alla Schiffer. L'ha chiamata uno degli autori. Magari la fa entra' con la Schiffer. Metti che impara a cammina' bene pure lei, sai i soldi che se fa. Altro che camminate... vannate a fa' subito il giro del mondo. Viaggi gratis pure te e con l'autista."

Tony. Ride un po' sguaiato inciampando in una strana tosse tutta fumo e niente salute. Ciò nonostante si accende al volo un'altra MS, buttando via il pacchetto finito. Era quello che gli avevo portato ieri o uno nuovo? Cosa importa. Ah, se non importa a lui. Be', meglio che vado a vedere come sta Marcantonio e come va il nostro lavoro. Quello, se non altro per contratto, mi dovrebbe interessare. Eccolo là. Seduto al computer, concentrato. Lo guardo da lontano attraverso la porta semiaperta. Poi sorride tra sé, spinge un tasto, dà l'invio alla stampa e soddisfatto si accende una sigaretta giusto in tempo per vedermi arrivare.

"Ehi, Step, ne vuoi una?" Be', almeno lui a differenza di Tony la offre e non sembra star poi così male.

"No grazie."

Richiude il pacchetto. "Meglio così!" Se lo infila nella tasca del suo giubbotto e si alliscia i pochi capelli che ha ai lati della testa portandoli all'indietro. "Ce l'ho fatta... Sono riuscito a impostare tutto proprio come volevano."

"Ah, bene." Mi accorgo che evita volutamente di dire come volevano gli autori, ma non è il caso di farglielo notare. Se non altro perché mi ha offerto la sigaretta. Rimaniamo per un attimo in silenzio a guardare i fogli che escono dalla stampante. Vrrr. Vrrr. Uno dopo l'altro. Precisi, puliti, ordinati. Colori chiari e leggeri, perfettamente leggibili, proprio come volevano, immagino. Marcantonio aspetta l'uscita dell'ultimo foglio, poi li prende delicatamente dalla macchina e ci soffia sopra leggero per far asciugare quell'ultimo inchiostro appena stampato.

"Ecco fatto. Mi sembrano perfetti."

Mi guarda cercando approvazione. "Sì, credo di sì."

Non è che non ne sono poi tanto sicuro. Il lancio di quei fogli in faccia a Marcantonio mi ha tolto completamente qual era la ragione della discussione.

"Sì, perfetti!"

Mi limito a dire cercando così di uscirne in qualche modo. Ma non basta. Non è sufficiente, purtroppo.

"Senti Step, mi fai un favore? Puoi portarli tu di sopra agli autori?"

È riuscito a pronunciarla quella parola finalmente. Ma è una vittoria, come si dice? Di Pirro! Perché comunque tocca a me affrontarli. Che palle! Ma non posso tirarmi indietro. Ormai sono nell'imbuto. Eh già. E poi mi ha chiesto un favore Marcantonio, il mio maestro. Come posso dirgli di no.

"Certo, figurati."

Mi guarda sollevato. Mi passa i fogli e mentre esco dalla stanza si ributta indietro sulla sedia, spegne la sigaretta e se ne accende subito un'altra. Che palle! Di una cosa sola sono sicuro. Fuma troppo. Be', lo devo fare. Non c'è niente di più bello di una cosa che devi fare. Devi, prima legge dell'imbuto. Sto iniziando a odiarlo 'st'imbuto. Tony mi saluta con il suo solito sorriso divertito. Sempre lo stesso, ogni volta che passo. Ma fosse che Tony non fuma solo MS? Dove ha detto che sono gli autori? Ah sì, al primo piano, dove c'è anche il camerino della Schiffer. Faccio veloce le scale. Eccoli. I fotografi sono tutti seduti o meglio stravaccati su piccoli divani sbiaditi. Aspettano l'uscita della diva nell'ipotesi di poterla sorprendere struccata ma pur sempre bella. Tutto per poter dare un po' più di valore alle loro eventuali foto rubate. Strano mestiere. Faticoso e ferocemente legato a troppe ipotesi. Quando arrivo non mi degnano neanche di uno sguardo, giustamente. Solo un fotografo, o meglio una lei, mi dedica un attimo della sua semplice attenzione. Curiosità femminile forse. Ma neanche quella è sufficiente per risollevare in qualche modo la macchinetta fotografica che le penzola annoiata dal collo. Meglio. Già mi pesa portare quei fogli. Sicuramente gli autori avranno qualcosa da dire. Ci manca solo l'interesse di qualcun altro. Mi guardo in giro cercando dove saranno. "Schiffer." La scritta, perfettamente stampata a caratteri grossi da una laser write, risalta nitida sulla prima porta. La seconda porta è priva di indicazioni. La scelta mi viene abbastanza naturale. Busso. Non sento risposta. Dopo qualche secondo la apro. Niente. Silenzio. Se non il fatto che compare un piccolo corridoio. In fondo un'altra porta. Stesso tipo, stesso colore. Avanzo con i fogli tra le mani. Forse sono laggiù. In quell'altra stanza. Be', visto che ci sono, tanto vale provare. Ma mentre mi avvicino sento un rumore. Uno strano rumore. Qualche risata soffocata. Poi dei movimenti disordinati, sordi, ribelli. Come calci scoordinati di un bambino sollevato in aria che cerca di colpire un pallone sotto i suoi piedi. Ma quel pallone è troppo lontano per dargli il piacere di quel tiro. E così apro la porta. Senza bussare. Semplicemente maleducato. Ma mi viene spontaneo. Così come mi sembra irreale quello che vedo. Toscani tiene abbracciata Gin da dietro. Sesto è appoggiato a un tavolo con il suo solito stecchino in bocca e sorride divertito dalla scena, Micheli è davanti a Gin e si muove con uno strano tempo. Poi d'improvviso metto meglio a fuoco la scena. Gin ha la camicetta strappata. Il suo seno è nudo, scoperto da un reggiseno finito di traverso. Ha un pezzo di scotch da pacchi sulla bocca. Toscani la sta leccando sul collo con la sua lingua rasposa. Micheli, il Serpe, ha i pantaloni aperti davanti, l'uccello di fuori e si sta masturbando. Gin, con i capelli bagnati dal sudore per la lotta, si gira all'improvviso verso di me. È disperata. Mi vede. Sospira. Sembra avere un attimo di sollievo. Toscani incrocia il mio sguardo e smette di leccarla. La sua lingua rimane sospesa nell'aria come la sua bocca aperta. Sesto non è da meno. Assume un'aria sbigottita e anche lui apre la bocca. Il suo stupido stecchino rimane così sospeso a mezz'aria, appeso al labbro inferiore. Finalmente quei fogli hanno una loro ragione. È un attimo. Li scaglio con forza in faccia a Sesto, l'unico che potrebbe intervenire per primo. Lo prendo in pieno. Cerca di evitare il colpo. Scivola dal tavolo. Finisce per terra. Micheli, il Serpe non fa in tempo a girarsi. Lo colpisco con il pugno chiuso da destra verso sinistra con il braccio aperto come per allontanarlo. Lo prendo in pieno vicino alla trachea. Vola all'indietro finendo a gambe all'aria con uno strano rantolo. Mentre il suo uccello timido si ritrae subito. Si vergogna perfino di aver tentato di mettere in scena quella ridicola erezione. Toscani smette di abbracciare Gin. In un attimo sono su di loro. La libero definitivamente strappandole dalle labbra il pezzo di scotch. "Stai bene?"

Muove su e giù la testa come per dire sì, con le lacrime agli occhi, con le sopracciglia aggrottate. Le labbra le tremano in un disperato tentativo di parlare. "Shh" le faccio io. La allontano gentilmente, la sospingo con dolcezza verso la porta d'uscita. La vedo andar via, così di schiena. Intuisco che si sta rimettendo a posto il reggiseno. Si sistema la camicetta. Riordinando le idee per quello che le è possibile. Vuole trovare un posto per il suo dolore. Cerca di piangere. Ma non ci riesce. Comunque non si gira indietro. Si allontana semplicemente. Incerta sui suoi passi, traballante sulle gambe, pensierosa sul da farsi. Per quanto mi riguarda io, invece, non ho dubbi. Pum. Mi giro di scatto e colpisco Toscani con una violenza che non pensavo di avere. Lo prendo in piena faccia, da sotto, colpendo il labbro, il naso, la fronte, strusciandolo quasi, ma poggiandoci tutto il mio peso, tutta la mia rabbia. Finisce contro il muro e non fa in tempo a fermarsi che gli sono addosso. Dritto per dritto con il mio piede destro in piena pancia, levandogli il respiro, dandogli appena il tempo di cadere giù per poi prendere una corta rincorsa ma piena di potenza e colpirlo quasi come una palla al rimbalzo. Pum. In piena faccia. Come un calcio di rigore, come il miglior Vieri, o Signori, o Ronaldo e tutti gli altri insieme, tutti, senza escluderne nessuno. Con un unico urlo e una minaccia. È un rigore da non sbagliare. Pum. Di nuovo. Contro il muro. Gli si spappola la guancia. C'è una schizzata di sangue meglio di qualsiasi rabbioso interprete della più sudicia pop art. Scavalco Micheli che ancora rantolando sta recuperando fiato. Gli sorrido involontariamente. Gusto il fatto che si stia riprendendo. Deve essere in forma per quello che naturalmente decido di tenermi come gran finale. Poi sono da Sesto. Si copre la faccia con tutte e due le mani sperando in chissà quale miracolo... Che però non avviene. Pum! Lo colpisco con il destro, largo, bello, teso, aperto. Da destra verso sinistra con tutto il peso del mio corpo. Pum! Di nuovo. Lì, sul suo orecchio, con una violenza tale che mi sorprendo che non salti. Ma poi mi tranquillizzo. Bene, sanguina. E lui stupido, sorpreso, ancora incredulo, si toglie le mani dal viso, le porta davanti ai suoi occhi. E le guarda senza volerci credere, cercando chissà quale assurda spiegazione a quel dolore, a quel sangue, a quel rumore. Ma non fa in tempo a realizzare niente. Pum! Ora è libero il suo volto. Pum. Pum. Uno dopo l'altro gli piazzo una serie di colpi in faccia. Uno dopo l'altro, dritto per dritto senza tregua, sugli occhi, sul naso, sulle labbra, sui denti, sugli zigomi, pum! Pum! Pum! Uno dopo l'altro, sempre più veloce, sempre più veloce, sempre più veloce, come un pazzo, come uno normale. Pum! Pum! Pum! Sono i miei colpi che lo tengono su, che sostengono quel viso che si sta smaciullando. Pum! Pum! Pum! E non provo dolore e non provo pietà e non sento più niente se non il piacere. Non capisco più a chi appartiene tutto quel sangue tra le mie mani. Sorrido. Mi fermo. Respiro. Mentre lui si accascia come un sacco morto. Scivola giù, floscio, inebetito, forse felice a sua insaputa di esserci ancora. Forse. Ma è un dettaglio. Poi lo vedo per caso. Mi sembra la giusta chiusura. Mi piego, lo prendo tenendolo tra le dita con disgusto e disprezzo. E pum. Gli pianto il suo stecchino su quello che è rimasto del suo labbro inferiore. Non faccio in tempo a girarmi. Strash. Mi arriva da dietro una sedia. Mi prende in pieno sulla nuca. Sento solo il botto. Mi giro. Micheli è in piedi davanti a me. Ha ripreso fiato. Alle sue spalle sono comparsi tutti quei fotografi inutili. Famelici, ravvivati, increduli, quasi slinguettano assatanati su quell'imprevisto piatto caldo appena servito. Agitano voraci le loro macchine fotografiche inondandoci di flash. Avranno visto Gin andar via. L'avranno vista sconvolta, con la camicetta strappata, in lacrime. Ma l'hanno vista andar via. Questo mi fa star meglio. Strabuzzo gli occhi, cerco di rimettere a fuoco dopo il colpo appena ricevuto. Giusto in tempo. Vedo arrivare di nuovo la sedia. Mi piego d'istinto facendola passare sopra la mia testa. Fshhh, è un attimo. Sento un vento leggero appena sopra i miei capelli. Schivata. Di poco ma schivata. Mi rialzo di botto bloccandogli il braccio, gli stringo il polso facendogli cadere la sedia e poi lo tiro a me andandogli incontro di testa. Pum! Una capocciata perfetta, in pieno sul naso, spaccandoglielo. La raddoppio al volo. Pum. Sul sopracciglio. E di nuovo. Pum. In pieno viso. Si accascia sotto i flash dei fotografi che continuano imperterriti a scattare. Micheli è lì per terra. Preso dalla foga, dalla sua idea secondo lui geniale di colpirmi con una sedia, non ha pensato minimamente a nascondere quello stupido arnese che lo ha spinto a fare tutto questo. Ha ancora il suo uccello di fuori. Il mandante di quello sporco attentato andato a male penzola grinzoso tra degli inutili pantaloni grigi. Come se bastasse un po' di flanella a dargli eleganza. E io non ho dubbi. È lui il vero colpevole. E allora è giusto che paghi. Non aspetto altro. Mi preparo. Come quel tiro da fuori. Sta per scadere il tempo. Il pivot è fermo con la palla in mano. È l'ultima partita di basket, decisiva per la vittoria del campionato. E improvvisamente lui tira... O come un saltatore che si prepara per l'ultimo salto. Ondeggia sui suoi passi, cerca di trovare il tempo giusto dentro di sé, di battere il record del saltatore precedente. O più facilmente come la campana, quel puro gioco da cortile, dove dopo aver lanciato un sasso bisognava saltellare in maniera corretta lungo un difficile percorso. O come in *Gunny*... "Sta' attento a quello che cerchi, potresti trovarlo..." Ecco, voi avete trovato me. Non ho dubbi e senza scagliare la prima pietra, io mi preparo, mi elevo e salto, andando a tempo con i flash dei fotografi. Me ne frego. Pum! Ci salto sopra e ancora pum. Pum. Di tacco, al centro mentre Micheli si dimena e quel buffo arnese tra le sue gambe si accartoccia sempre di più. Pum, ancora, senza pietà, schiacciando con il peso quell'uccello approssimativo ormai spezzato delle sue eventuali ali. Pum, sanguina l'uccello o quello che ne rimane... Prendo la rincorsa e, pum, chiudo così, in perfetta sintonia con gli ultimi flash dei fotografi disintegrandogli le palle, sempre che uno che agisce così ce le abbia sul serio. Ma io nel dubbio preferisco mettermi al sicuro. Non sia mai che uno come Micheli possa generare un altro verme di quella stirpe... E così per sigillare la chiusura di questo incontro-scontro, sono fortunato. D'altronde era la stanza degli autori. Usarla fa parte del loro mestiere. La vedo. Piccola, rossa, di ferro. Richiama la mia attenzione quasi lampeggiando. La prendo. Mi piego su Micheli. Qualche flash mi accompagna curioso. Cosa vorrà fare? E allora li accontento. Clack! Un'unica stretta. Con forza, determinata, precisa, perfetta. Micheli urla come un pazzo, mentre quella cucitrice sigilla del tutto la voglia di quello stupido uccello di uscire ancora fuori a fare cucù. Micheli si accascia. Cerca disperato tra le sue gambe cosa è rimasto di quell'improbabile araba fenice. E non riesce a darsi una risposta. Ma come? La mia cucitrice... Ribellarsi così proprio a me! A me che sono un autore. Già. Sorrido uscendo. Ma io no. Io non sono un autore. E uso la cucitrice "a cazzo"... Tanto per rimanere in tema. Fotografi preoccupati si spostano lasciandomi passare. Sorrido divertito a qualche flash. La fotografa, che prima mi aveva guardato leggermente incuriosita, mi dedica ora tutta la sua attenzione. È affascinata dallo scoop. Poi torna subito professionale a immortalare la scena. Fa un'ultima foto. Ma è diventata troppo per lei. Vomita appoggiandosi alla porta. Qualcuno si sposta. Qualcuno riesce a farmi una foto da vicino. Già vedo in grande il titolo di un ipotetico gazzettino: "Ultima notizia. Step è uscito dall'imbuto!". Sì. Bravi. È proprio così. E ne sono felice. Poi esco di scena.

59

Non faccio in tempo a scendere giù. La notizia è arrivata prima di me. Una strana agitazione ha reso febbrile il teatro. Sembra di essere in una improvvisa diretta. Tutti corrono da qualche parte. Curiosi, impazziti, urlando, smaniosi di sapere, già padroni di una storia. La colorano come meglio credono, aggiungendo notizie, ingrandendola, cambiandone la partenza, la fine. "Hai saputo?" "Ma che è successo?" "Una rissa, un marocchino... un polacco... i soliti albanesi... una guardia ha sparato... Ci sono feriti? Tutti!" Chiedo di Gin. Una ragazza mi dice che è andata a casa. Meglio. Vado verso l'uscita. Tony mi viene incontro. Sembra agitato anche lui. Lo deve essere sul serio, visto che non ha la sigaretta in bocca.

"Vai via Step. Sta arrivando la polizia."

Sembra l'unico ad aver capito qualcosa. "Comunque sia, hai fatto bene. Mi sono sempre stati sul cazzo tutti e tre." E ride divertito della sua sincerità. Lui, semplice custode dell'ingresso dell'imbuto, se lo può permettere. Vado verso la moto. Mi sento chiamare. "Step, Step!" È Marcantonio che corre verso di me. "Tutto a posto?" Mi guardo per un attimo le mani insanguinate e senza volerlo me le massaggio. Strano. Non mi fanno male. Marcantonio se ne accorge. Lo rassicuro.

"Sì, tutto a posto."

"Ok. Meglio. Vai a casa allora. Io rimango qui. Ci sentiamo più tardi e ti racconto tutto. Gin sta bene?"

"Sì, è andata a casa."

"Perfetto." Poi cerca di sdrammatizzare. "Ma non è che non gli è piaciuto il lavoro che ho fatto e hanno tirato i fogli in faccia pure a te? Sai, mi sentirei in colpa se è successo tutto questo per causa mia..."

Ridiamo.

"No. Gli è piaciuto molto. Avevano solo un piccolo cambiamento da fare. Magari riusciranno pure a dirtelo."

"Sì, magari..."

Torna quasi professionale.

"Be', per quest'ultima puntata può anche andare in onda senza cambiamenti, no?"

"Sì, credo di sì. Devi solo ristampare quei fogli, quelli che ho portato su da loro si sono un po' rovinati."

"I fogli, eh? Da quello che ho sentito sono loro rovinati e non solo fisicamente. È una brutta storia. Vedrai che ne uscirai vincente."

Accendo la moto. "Grazie, Marcantonio. Ci sentiamo."

Metto la prima e mi allontano. Vincente? Ma su che cosa? Sinceramente non me ne frega niente. Gin sta bene. Di questo mi importa.

Poco più tardi. Sono a casa e la chiamo. Ci sentiamo per telefono. È ancora scossa. Ha parlato con i suoi. Ha raccontato tutto. Parla piano. Non ha ritrovato tutta la forza. Sento le sue parole qualche tono più basso del solito. Ma è normale.

"Per fortuna è arrivato un ragazzo che mi ha salvato, così ho raccontato ai miei." Ride un po'. Mi rende felice. Mi viene da pensare: "Non hai detto è arrivato il 'mio' ragazzo...". Mi sembra troppo. È ancora presto per scherzarci sopra... Continuo ad ascoltarla tranquillo.

"Mi hanno detto di denunciarli. Tu mi farai da testimone, vero?"

"Sì, certo." Mi diverte aver cambiato ruolo. Mi ero scocciato del solito film dove recitavo sempre la solita parte. "Be', da imputato a testimone. E dalla parte della giustizia poi. Contro il sistema! Non è male. Dovrei iniziare anche a cambiare genere però, sempre di processo si tratta."

L'ascolto ancora per un po'. Poi le consiglio di prendersi una camomilla e di cercare di riposare. Non faccio in tempo ad attaccare. Il telefono comincia a squillare. Non ho voglia di rispondere e poi c'è Paolo, magari è per lui.

"Vado io?" Mi sembra felice di rispondere.

"Certo." Mi passa davanti. Annuisco e decido di farmi una doccia. Mentre mi spoglio capisco che non era per lui. Lo sento parlare dal salotto. "Cosa? Sul serio! E come stanno? Ah, niente di grave, quindi. Come gravissimo? Ah, abbastanza grave. Mi stava facendo preoccupare... Ma come è successo? Ah... Cosa? Lo volete invitare da Mentana? Ah, da Costanzo? Anche da Vespa? Ma ci sarà stata una ragione..."

Dal tono capisco che cerca di salvarmi. "Be', è fatto così... Ah... lei dice che ha fatto bene? Come? Cioè, lo volete presentare come un eroe? Ah, una specie di eroe, un paladino, il giustiziere sul lavoro... Be', non lo so se accetterà... No, io non sono il suo agente... sono solo suo fratello."

Mi viene da ridere e mi infilo sotto la doccia. Che sciocco Paolo, poteva dire che era il mio agente. Oggi tutti i fratelli fanno gli agenti dei divi. C'è un solo problema. Aumento il getto dell'acqua calda. Io non sono un divo e non ho intenzione di diventarlo. Su questa mia ultima scelta però nessuno sembra essere d'accordo con me.

Il giorno dopo, dalle sette di mattina il telefono comincia a squillare. Arrivano le richieste più assurde. Una dopo l'altra. Si presentano tutte le radio, le più svariate televisioni, inviti per ogni tipo di programma, di ogni formato, di ogni genere, a ogni ora, su qualsiasi tema. E poi ancora giornalisti, critici, opinionisti, semplici curiosi. E Paolo risponde a tutti. Dopo la doccia di ieri sera Paolo ha voluto sapere la storia per filo e per segno... Mi ha tenuto più di un'ora davanti a uno pseudointerrogatorio offrendomi però, al posto della solita luce in faccia, un buon piatto di spaghetti. E questo non è stato male. Cucina bene però, il fratello. Ho parlato e mangiato con gusto. C'era pure una bella birra gelata. Ne avevo bisogno. Faccio colazione mentre lo guardo. È al telefono. Prende appunti e risponde, si segna numeri di telefono, appuntamenti, orari per partecipare a eventuali trasmissioni. "Ah, mandereste l'autista. Sì, sì... E per il compenso? 1500 euro... Sì... No... No... Va bene... Anche se a *Fatti e fattacci* ce ne hanno offerti 2500..." Mi guarda sorridendo e mi strizza l'occhio. Scuoto la testa e addento il cornetto. Ho sentito dire che di solito sono quegli avvocati stanchi del diritto che si trasformano in agenti. Ma un commercialista che diventa agente... Questa non si è mai sentita. Potrebbe essere una buona idea però.

L'avvocato che diventa agente in fondo parte da un concetto di diritto e di giustizia per poi perderlo di vista. Il commercialista invece no. Il commercialista parte dal concetto di fisco, frode e risparmio e diventando agente non fa altro che perfezionarlo. Mio fratello. Sarebbe di sicuro un ottimo agente, ma io un pessimo divo.

"Ciao Pa', io esco."

Paolo rimane così, con il telefono sospeso nell'aria e la bocca semiaperta.

"Non ti preoccupare, vado a trovare Gin." E su questo sembra capire.

"Sì, sì, certo." Lo vedo subito piombare sul suo foglio. Fa una somma veloce di tutti quelli che potrebbero essere i suoi ipotetici guadagni. Poi mi guarda. E in un attimo li vede sfumare. Chiudo la porta. Sono sicuro che sta pensando alla giornata di vacanza che si è preso dall'ufficio. Soprattutto a tutti quegli altri soldi che ha perso. Mio fratello. Mio fratello il commercialista che diventa il mio agente. Certo che è buffa la vita.

60

Gin sta bene. Ha gli occhi ancora un po' arrossati, è un po' sbattuta, ma sta bene. La camicetta strappata e il reggiseno li ha messi da parte in una busta. Come prova dice lei. Non li voglio vedere. Mi fa male ripensare alla scena. Le do un bacio leggero. Non ho voglia di incontrare i suoi. Non saprei che dire. Ma hanno capito chi sono. "Quello della bottiglia di champagne" ha detto Gin ai suoi per farglielo capire.

"Vorrebbero ringraziarti."

"Sì, lo so. Di' che accetto volentieri... No, di' che ho dei problemi, che devo andare a casa. Insomma di' quello che vuoi."

Non ho voglia di sentire il loro grazie. Grazie. Grazie a volte è una parola fastidiosa. Ci sono cose per cui non vorresti essere ringraziato. Ci sono cose che non sarebbero dovute accadere. Cerco di farglielo capire con gentilezza. Mi sembra di esserci riuscito. Più tardi sono a casa. Paolo intuisce che mi deve lasciar stare. Non mi propone appuntamenti né l'idea di facili guadagni. Non mi passa papà né mamma. Sono uscite anche delle foto su alcuni giornali e un sacco di gente ha telefonato per salutarmi. Per starmi vicino. O forse solo per dire: "Io lo conoscevo bene...". Ma io non voglio nessuno. Voglio vedermi la puntata. Ecco. Sono le nove e dieci. Inizia la sigla. Dopo soli due cartelli con i soliti titoli, la sorpresa. I nomi e cognomi dei tre autori non ci sono più. Le ballerine continuano a ballare perfettamente sorridenti e tranquille malgrado quello che è successo. D'altronde loro che c'entrano e poi si sa... the show must go on. L'ultima puntata poi. Ti pare che non va in onda. Ragioni di mercato. Qualcosa ho imparato. È facile capire di che materiale è fatto l'imbuto. Di soldi. I titoli continuano. Le ragazze ballano. La musica è la stessa. Il pubblico sorride. C'è un'altra sorpresa. Il mio titolo c'è ancora. Mi squilla il telefonino. Vedo il numero. È Gin. Rispondo. Ride. Sembra molto più allegra, in piena ripresa.

"Hai visto? Avevo ragione io. Lo pensavo, ma non te l'ho detto, è come dire che non avrai problemi. Sono felice per te."

È felice per me. Lei che è felice per me. Che tipo. È incredibile. Riesce sempre a sorprendermi. La saluto. "Ci sentiamo dopo, quando finisce." Attacco. Non avrai problemi. Che problemi posso avere io? Al massimo una denuncia per rissa. Un'altra. L'unico problema è che non finisco l'album. Mi apro una birra e in quel momento suona il telefonino. Un numero coperto. Non dovrei fidarmi eppure, non so perché, me la sento e rispondo. E non mi sono sbagliato. È Romani. Riconosco la voce. Butto un occhio alla tv. Infatti sono in pubblicità. La prima della trasmissione, quasi sempre alle nove e quarantacinque. Guardo l'orologio. Sono in anticipo di qualche minuto. Chissà chi ha fatto la scaletta. Forse l'avevano già fatta quei tre. Sicuramente non hanno potuto rimetterci le mani. Ma lascio perdere tutti questi pensieri. Cerco di sentire cosa sta dicendo e rimango sorpreso ascoltandolo.

"Quindi ti volevo dire, Stefano, che mi dispiace. Non sapevo. Non avrei mai potuto immaginare."

E continua con la sua solita tranquillità, con la sua eleganza, con la sua voce calma e ferma, dal suono pieno. Una voce che dà sicurezza. Ascolto in silenzio e rimango senza parole se anche avessi voluto dire qualcosa. Altre due ragazze hanno denunciato lo stesso fatto accaduto tempo prima. Non avevano avuto il coraggio di parlare per paura di perdere il lavoro o peggio, semplicemente di apparire. E forse ce ne sono altre.

"E dopo quello che hai fatto tu, Stefano, stanno acquistando sicurezza. Non si sarebbe scoperto chissà per quanto tempo ancora, forse mai. Quindi, Stefano, mi sento in colpa per averti fatto trovare in una situazione come questa. Proprio la tua ragazza poi..."

Scuoto la testa. Non c'è niente da fare. Anche Romani lo sa. Deve essere stato Tony.

"Quindi ti prego, accetta le mie scuse e grazie, grazie sul serio, Stefano." Ancora un grazie. Grazie da Romani. Grazie. L'unica parola che non volevo sentire.

"Be', ora ti saluto, devo riprendere la puntata. Vienimi a trovare però. Ho una cosa per voi. È un regalo. Tanto io non lo posso usare. Ho un'altra trasmissione che parte tra due mesi e non posso staccare."

Cerca di non dare troppa importanza al suo gesto. Non c'è niente da fare, è un grande.

"Così state un po' tranquilli. Poi, se vi va, lavoriamo di nuovo insieme..."

Fa una pausa.

"Se vi va... Ma mi farebbe piacere. Ti aspetto... Stefano?"

Per un attimo teme che sia caduta la linea. Non ho detto niente. Neanche un intercalare, però chiudo in bellezza.

"Sì, Romani, va bene, passo domani, grazie."

Chiudiamo così la telefonata. Guardo la tv. Come per incanto la pubblicità finisce e la trasmissione ricomincia. Mi scolo la birra. Be', almeno un grazie sono riuscito a dirlo anch'io.

Al TdV stanno già smontando tutto. Pezzi di scena vengono tirati via uno dopo l'altro con una facilità estrema. Una squadra di distruttori agisce implacabile. Con determinazione, senza alcun dubbio, con rabbia quasi. Ridono tra di loro, sembrano quasi provare piacere nel farlo.

"È più facile distruggere che costruire..."

La sua voce mi sorprende alle spalle. Ma è sempre rassicurante. Sorrido dandogli la mano. Anche la sua stretta mi piace. Sincera, serena, forte, che non ha bisogno di dimostrare niente. Non più. Romani. È stata la persona più interessante da conoscere. La più diversa, la più inaspettata. Vero proprietario di quell'imbuto, deludente e preoccupante per tanti lati, alla fine riesce anche a fartelo apprezzare. Camminiamo. Pezzi di scenografia continuano a cadere dall'alto. Piccoli crolli di colossi di Rodi pittorici, domani già dimenticati. Andare avanti per forza, l'importanza e la stupidità del successo, la droga del successo, la bellezza del successo. Credere per un attimo di non venire dimenticati. Ma non sarà così. Non sarà così. "Tieni." Mi passa una busta. "Sono i contratti per te e Ginevra per la prossima trasmissione che faccio. Se vi va, siete già dentro. A marzo, un gioco sulla musica. Una trasmissione facile facile e già collaudata in diversi paesi d'Europa. Fa più del trentacinque per cento in Spagna. C'è Marcantonio, c'è lo stesso coreografo. Ho riconfermato alcune ballerine. Ho escluso altri..." sorride alludendo ai tre. "Anche perché non credo lavoreranno più in quest'ambiente. Ho chiesto una campagna stampa contro quei tre da far impallidire. Mica per niente... per far risaltare tutti noi che siamo i buoni!" Ride. "Poi ho scritto un pezzo speciale su di te. Uscirà tra qualche giorno. Diventerai famoso."

Di nuovo. Niente. Non c'è niente da fare. Sono abbonato a diventare famoso per rissa. "Allora io vorrei che tu e Ginevra accettaste questo contratto. Vi ho fatto aumentare i compensi, a tutti e due. Diciamo che è un contratto... riparatorio. Non per colpa nostra, ma visto che la rete ha accettato il mio suggerimento... Voi perché dovreste rifiutarlo?" Ride. Poi rimane in silenzio. "Be', pensateci..."

"Senta Romani, posso chiederle una cosa?"

"Certo."

Lo guardo per un attimo. Ma che mi frega. Io glielo chiedo.

"Ma perché porta sempre uno dei due bottoni del colletto slacciato?"

Mi guarda. Rimane per un po' in silenzio. Poi sorride.

"È molto semplice: per capire il carattere di chi mi sta di fronte. Tutti hanno questa curiosità, la voglia di chiedermelo, di sapere. Ma molti non lo fanno. Così la gente si divide in due: chi non osa farmi questa semplice domanda e chi osa. I primi rimarranno sempre con quella curiosità. I secondi invece avranno scoperto la ragione di questa stronzata!"

Ridiamo. Non so se è vera. Ma come spiegazione mi piace un sacco e decido di accettarla così.

"Questa invece è una busta da parte mia. Un ottimo posto dove andare a pensare al contratto... Qualche spiaggia al caldo aiuta a far dire di sì."

E sorride allusivo per tutti quegli ipotetici sì che si possono dire. Poi si allontana veloce fingendo di avere qualcosa da fare. Dà qualche inutile ordine alla squadra. Tanto ormai hanno già distrutto tutto. Così però mi ha fregato. Questa volta non ho fatto in tempo a dirgli grazie.

62

Non ci posso credere. Gin ha detto di sì. Ha dovuto inventare che oltre a me ci sono altre tre o quattro persone, ma i genitori hanno detto sì. Non solo. Una frase rassicurante. "Se poi c'è lui..." Quel lui sarei io. Cosa assurda. Per la prima volta dei genitori immaginano al sicuro una figlia vicino a me. Be', l'imbuto a qualcosa è servito. Gin al sicuro... Sì, tra le mie braccia! Un sogno. Come la busta di Romani. Un altro sogno. Volo in prima classe. Thailandia, Vietnam e Malesia. Tutto pagato, tutto organizzato. A volte fare la cosa giusta paga. Anche in un mondo spesso troppo indifferente e ingiusto. A volte. Quando incontri qualcuno di coraggioso e onesto. Come Romani. I migliori voli. I migliori bungalow. Le spiagge più belle. Il sole, il mare e un contratto che ci aspetta quando torniamo per dire sì o no. E la libertà. La libertà di dire sì ogni minuto se ci va di fare qualcosa oppure no, senza impegni, senza "è pronto a tavola", senza si "deve" fare, senza telefonate inaspettate, senza problemi, senza incontri di chi non vuoi incontrare. Saliamo sull'aereo liberi, tranquilli.

Io un po' meno. Mi guardo in giro. Che sciocco. No, non c'è. Non ci può essere. Eva, la hostess, non lavora per la Thai. Una signorina dagli occhi a mandorla, la pelle leggermente ambrata e dalla divisa perfetta ci fa accomodare. Le sorrido. È molto gentile. È anche molto carina. Ci dà qualcosa da bere. Quando se ne va Gin mi dà una gomitata.

"Ahia!"

"Ti voglio maleducato e scortese con le hostess."

"Certo, lo sono sempre stato."

"Fai vedere gli occhi..."

Mi infilo ridendo gli occhiali. "C'è troppa luce!"

Prova a togliermi gli occhiali. "No, sul serio, levami una curiosità... hai mai avuto a che fare con qualche hostess?"

Sorrido. Bevo qualcosa dal bicchiere che la signorina della Thai ci ha gentilmente offerto. Poi la bacio al volo. Champagne leggero colora le nostre labbra. Lo faccio durare un po'. Le bollicine di champagne sembrano rassicurarla. Forse il mio bacio. Soprattutto il mio "mai". Più che altro il fatto che l'aereo comincia a rullare. Gin mi stringe forte dimenticando un mio eventuale passato e preoccupandosi soprattutto dell'imminente presente. Statap. Siamo in volo. Il carrello rientra. L'aereo prende quota. Raggiunge le nuvole. Un tramonto più vicino ci accarezza dal finestrino. Gin allenta il suo abbraccio e posa la testa su di me. "Ti dispiace se sto così?" Non faccio in tempo quasi a rispondere. La sento addormentarsi, abbandonare tutte le ultime tensioni, lasciarsi andare tra le mie braccia, su un aereo in volo, tra le nostre nuvole, leggere. Si sente sicura. Tenera. Cerco di muovermi il meno possibile. Prendo dalla sacca che ho lì vicino *Lucy Crown*, il libro che mi ha regalato mia madre, e comincio a leggere. Mi piace come è scritto. Almeno per le prime pagine non fa male. Per ora.

"Oh happy day..."

Della musica improvvisa. Mi accorgo di essermi addormentato. Il libro è poggiato sul tavolino. Gin è lì vicino a me che mi guarda e sorride. Ha una macchinetta fotografica tra le mani.

"Ti ho fatto qualche foto mentre dormivi." Ancora. "Eri bellissimo... sembravi buono!" L'abbraccio portandola a me.

"Ma io sono buono..." E la bacio. Più o meno convinta della mia affermazione decide comunque di partecipare. Poi ci accorgiamo della presenza di qualcuno. Ci stacchiamo per niente intimiditi. Almeno io. Lei invece arrossisce. È l'hostess di prima, con due bicchieri in mano. Gentile e professionale, non ci fa pesare il nostro amore.

"Sono per voi... Manca poco..."

Li prendiamo curiosi. La hostess delicata e leggera si allontana così come era apparsa.

"È vero non ci pensavo più: è il 31 dicembre..."

Gin guarda il suo orologio. "Mancano pochi secondi."

Uno strano conteggio dall'accento americano parte dalla cabina di pilotaggio. "Tre, due, uno... Auguri!"

La musica si alza. Gin mi dà un bacio. "Auguri Step il buono..."

Brindiamo con i due bicchieri arrivati giusto in tempo. Poi ci diamo un altro bacio. E un altro. E un altro ancora. Senza più paura di essere interrotti. Tutti sull'aereo cantano e festeggiano felici dell'anno passato o di quello che sarà, di essere in vacanza o di tornare a casa. Comunque felici. Con il loro champagne. Con la testa, e non solo, già tra le nuvole. L'aereo scende un po' di quota e non è un caso.

"Guarda..." Fa Gin indicando fuori dal finestrino. In qualche paese lì sotto stanno festeggiando. E fuochi d'artificio abbandonano la terra per venirci a salutare. Per festeggiare il nostro passaggio. Si aprono sotto di noi come fiori appena sbocciati. Dai mille colori imprevisti. Dai mille disegni pensati. Polveri, perfettamente incastrate, si liberano prendendo fuoco nel cielo. Una dopo l'altra. Una dentro l'altra. E per la prima volta li vediamo da sopra. Io e Gin abbracciati, con i visi incorniciati nel finestrino, ne scorgiamo la fine, la parte da sempre nascosta, da sempre conosciuta solo alle stelle, alle nuvole, al cielo... Gin guarda estasiata i fuochi. "Che bello!" Luci lontane riescono a dipingerla. Delicate pennellate di colore luminoso accarezzano le sue guance. E io timido pittore improvvisato, la stringo a me. E la bacio. Mi sorride. Continuiamo a guardare fuori. Uno strano gioco di fusi orari, di ore legali, di passaggio veloce su paesi lontani, ci regala un altro Capodanno e un altro, e un altro ancora. Ogni ora è di nuovo mezzanotte e di nuovo Capodanno, e di nuovo e di nuovo ancora. E fuochi diversi, di diverso colore sparati da un diverso paese, vengono a noi. Sorridono avvicinandosi, portando l'augurio di chissà quale fuochista. E la musica continua. E l'aereo, veloce e tranquillo, procede spedito. Attraversa il cielo, le felicità e le speranze di chissà quanti paesi. E la hostess, precisa e ordinata, appare e scompare puntuale a ogni Capodanno, portando champagne. Noi, ubriachi di felicità e non solo, ci facciamo gli auguri e ancora e ancora gli auguri. Brindiamo più volte per quello stesso nuovo anno, con un'unica grande certezza. "Che sia un anno felice..." E dopo averlo festeggiato così tanto, stanchi di tutti quegli anni passati in un attimo, ci addormentiamo sereni e tranquilli. Ci risvegliamo in spiaggia. E ci sembra quasi di sognare ancora. Davanti a quel mare, a quell'acqua cristallina sempre calda, a quel sole e a quei tramonti.

Thailandia, Koh Samui.

"Hai visto Step, è uguale alle cartoline che ricevevo. Ho sempre creduto che magari uno strano falsario le avesse lavorate al computer."

Gin perennemente a mollo.

"Anche lavorandoci non avrei potuto immaginarmi tanto."

"Certo che grande fantasia ha Dio. Dal nulla poi, mica aveva esempi ai quali riferirsi Lui... Grande pittore..."

Ed esce così, lasciandomi in acqua, tra mille pesci colorati e nessuna risposta. Poi qualcosa mi viene in mente.

"Be', ma un grazie anche a Romani però è dovuto."

Nel suo piccolo. Ride e si allontana verso il bungalow. Senza pareo. Serena e tranquilla come poche. Ancheggiando apposta divertita, salutando una piccola bambina thailandese, che la chiama per nome, già amici, e non solo perché Gin le ha regalato una maglietta.

Vietnam. Phuquoc.

Ancora in acqua, ora abbracciati, ora schizzandoci, ora una piccola battaglia sulla sabbia sotto gli occhi divertiti di bambini incuriositi da questi due strani turisti che prima lottano e poi si baciano! E continuiamo così. Baciandoci un po' di più, cullati dal sole, bagnati di desiderio e prima che la curiosità di tutti quei bambini diventi malizia rientriamo nel bungalow. Una doccia. Tende abbassate ballano al ritmo del vento ma senza allontanarsi troppo dai vetri. Qualche onda si rompe sugli scogli e noi, vicini, ne seguiamo il tempo.

"Ehi, ma sei un miracolo della natura... sei diventata bravissima."

"Scemo!"

Mi dà un pugno leggero prendendomi in pancia.

"Mi dimentico sempre che sei terzo dan."

"Ora voglio guidare io."

"Ricordati quella volta che hai voluto guidare la mia moto... al semaforo un altro po' cadevi."

"Cretino. Poi l'ho portata bene però, no? Fidati."

"Ok, voglio fidarmi."

Si sfila da sotto salendomi sopra, sigillando quel passaggio con un bacio pieno, tanto, lungo. Mi scavalca con la gamba, me lo prende con la mano e lo porta dentro di sé morbida e decisa. Con sicurezza. Continua a baciarmi. Piegata su di me mi tiene le braccia aperte e spinge in giù il bacino con forza, accogliendomi fino in fondo, nella sua pancia più lontana. Ho fatto bene a fidarmi. Mi stringe forte i polsi e abbandona per un attimo il suo bacio. Apre la bocca. Rimane sospesa sulle mie labbra. Sospira più volte per poi pronunciare quella fantastica parola. "Vengo." Lo dice piano, lentamente, staccando quasi ogni piccola lettera, con una voce bassa... troppo bassa. Di quell'erotico incolmabile... E in un attimo vengo anch'io. Gin lancia i capelli all'indietro, spinge ancora due o tre volte il bacino verso di me, poi si ferma e apre gli occhi. Fssh. Come se fosse tornata improvvisamente. Di nuovo lucida d'incanto.

"Ma sei venuto anche tu?"

"Sì, certo! Che faccio, mi perdo per strada?"

"Ma tu sei pazzo?" Ride. "Tu sei proprio pazzo."

Scivola vicino a me, si poggia su un gomito e mi fissa divertita. "Cioè sei venuto dentro di me?"

"E per forza, di chi sennò? Eravamo io e te."

"Ma scusa io non prendo niente, non prendo la pillola."

"Oddio! Veramente? Non sei tu che prendi la pillola o no... Mi sono confuso! T'ho preso per l'altra!"

"Cretino... scemo!"

Mi risale sopra e comincia a colpirmi.

"Ahia! Ahia! Basta Gin, stavo scherzando."

Si tranquillizza. "Ho capito, ma scherzavi anche quando dicevi che sei venuto?"

"No, su quello no! Certo che no!"

"Che vuol dire certo che no?"

"Che era un momento così bello, così unico, così fantastico, che mi sembrava stupido interromperlo. Come dire, fuori luogo..."

Si ributta vicino a me, sprofonda quasi con un tuffo sul cuscino. "Tu sei pazzo... E ora che facciamo?"

"Be', prendo ancora un po' di fiato e poi se vuoi ripartiamo. Guidi sempre tu?"

"Ma no, dico che facciamo, che facciamo, dai, hai capito! Non scherzare sempre... dove la troviamo qui la pillola del giorno dopo, in Vietnam? Mi sembra un assurdo, non la troveremo mai!"

"E allora non la cerchiamo."

"Come?"

"Se non la troveremo mai, è inutile che la cerchiamo, no?"

La bacio. Rimane per un attimo interdetta. Però si lascia baciare. Non partecipa più di tanto. Mi stacco e la guardo.

"Allora?" Ha il viso buffo. È sorpresa e perplessa al tempo stesso. "Il tuo ragionamento non fa una grinza e allora..."

"E allora l'ho già detto, non la cerchiamo. Riprendo fiato e ricominciamo."

Scuote la testa e sorride, pazza anche lei, mi bacia. Mi accarezza e mi bacia ancora. E il fiato torna presto. E decido di guidare io, senza fretta, senza strappi al motore, accelerando. E mentre il tramonto ancora una volta gioca a nascondino, noi veniamo di nuovo, senza nasconderci stavolta, ridendo, uniti, come prima, più di prima. Folli d'assurdo. Pazzi d'amore. E di tutto quel che sarà.

Più tardi. In uno strano pub chiamato da ironici padroni vietnamiti Apocalipse Now beviamo della birra. Gin scrive a tutto spiano sul suo diario.

"Ehi, si può sapere che razza di *Divina Commedia* stai tirando giù? È da quando ci siamo seduti che non fai che scrivere e la conversazione dove la lasci? La coppia è anche dialogo, eh?"

"Shh! Sto fermando il momento."

Gin scrive un'ultima cosa rapidamente, poi chiude il diario.

"Fatto! Altro che Bridget Jones. Sarà un best seller mondiale!"

"Che hai scritto?"

"Quello che abbiamo fatto."

"E ci metti così tanto a descrivere una scopata?"

"Cafone!"

È un attimo. Gin mi lancia la sua birra addosso. Alcuni vietnamiti si girano. Prima ridono, poi rimangono in silenzio preoccupati, un po' indecisi su quello che accadrà. Io mi scrollo la birra dalla faccia. Mi asciugo per quanto è possibile con la maglietta. Poi rido rassicurandoli.

"Tutto a posto... è fatta così! Per dire ti amo, siccome non ci riesce, tira la birra."

Non capiscono ma sorridono. Anche Gin fa un sorriso "simpatico", ma è finto. Si beve un altro sorso.

"Vuoi sapere cosa ho scritto? Tutto! Non solo l'amore che abbiamo fatto, ma anche quello che è successo. È un pezzo del nostro destino. Magari grazie a quell'attimo avremo un figlio. Staremo insieme per sempre."

"Per sempre? Sai, ci ho ripensato. Secondo me anche in Vietnam potrebbe esserci la pillola del giorno dopo. Cerchiamola subito!"

Scatto veloce verso il basso proprio mentre Gin mi lancia quel po' di birra rimasta nel suo bicchiere. Stavolta non mi prende. I vietnamiti ridono divertiti e battono le mani. Hanno capito il gioco, più o meno. Mi inchino verso di loro. Mi inneggiano uno strano coro: "Ti amo... ti amo... ti amo". Lo pronunciano buffo ma hanno capito sul serio. Non faccio in tempo a rialzarmi. Il bicchiere di birra mi prende in piena pancia. "Ahia!" Questa volta è Gin a inchinarsi e le donne vietnamite esplodono in un boato. Non so se avremo un figlio. Una cosa è sicura. Se le cose dovessero andar male possiamo sempre mettere su una compagnia e dare spettacolo.

Malesia. Perentian. Tioman.

Dorati, sani, leggermente abbrustoliti da un sole che non ci ha mai abbandonato. Camminiamo. Un pomeriggio di un giorno qualsiasi. Come sono tutti i giorni quando sei in vacanza. Ci fermiamo da un pittore disteso all'ombra di una palma e scegliamo senza fretta.

"Ecco, quello!"

Uno dei tanti quadri infilati nella sabbia come grandi conchiglie colorate lasciate essiccare all'aria. Lo scegliamo insieme, divertiti che proprio lo stesso ci abbia colpito.

"Come siamo simbiotici, eh Step?"

"Già."

Lo pago 5 dollari, ce lo avvoltola e ce lo portiamo via camminando lenti verso il nostro bungalow.

"Sono preoccupata."

"Perché? Per la tua pancia? È presto."

"Cretino! Mi sembra strano. Dieci giorni e non abbiamo mai litigato! Neanche una volta. Tutto il giorno insieme e mai una discussione."

"Be', allora scusa meglio dire: 'tutte le notti insieme e abbiamo sempre...'."

Gin si gira al volo. Fa la faccia da dura.

"Fatto l'amore! Non t'arrabbiare. È inutile che mi guardi male! Stavo per dire proprio questo. Tutte le notti insieme e abbiamo sempre fatto l'amore."

"Sì... sì... certo."

"Anche se..." Continuiamo a camminare. "Scusa eh, Gin. Ma abbiamo sempre scopato rende molto meglio l'idea."

Comincio a correre. "Cretino. Allora dillo che vuoi litigare!"

Comincia a correre anche lei cercando di raggiungermi. Apro veloce la porta del bungalow e mi ci infilo dentro. Poco dopo arriva anche lei.

"Allora... vuoi proprio litigare."

"No vedi..." le indico la finestra, "è quasi buio. Ormai è tardi, se si litiga, si litiga di giorno!" La tiro a me. "Perché di notte..."

"Di notte?" Mi riprende Gin.

"Si fa l'amore, va bene? Si dice come preferisci tu."

"Ok."

Sorride. La bacio. È bellissima. L'allontano un po' dal mio viso. E sorrido anch'io. "Però adesso scopiamo!" Mi picchia ancora. Ma è un attimo. Ci perdiamo tra fresche lenzuola che profumano di mare. E facciamo l'amore, scopando.

63

Abbiamo passato diversi giorni sull'isola. Ed è vero, non abbiamo mai litigato. Anzi. Ci siamo anche divertiti. Non avrei mai immaginato che fosse possibile così, con una lei poi... L'altra sera mi sono ritrovato disperso tra le onde del mare. Sembravano dolci per come erano morbide e calde, in quell'acqua bassa, senza corrente. O forse è stato tutto per la bellezza e la semplicità di quel bacio che ci siamo dati. Così, in silenzio, guardandoci negli occhi, abbracciati sotto la luna, senza andare oltre. Abbiamo riso, abbiamo chiacchierato, siamo rimasti abbracciati. La cosa bella di un'isola come questa è che non hai appuntamenti. Tutto quello che fai, lo fai solo perché ti va, non perché lo devi fare. Mangiamo ogni sera in un piccolo ristorante. È tutto in legno, ed è proprio sul mare, roba che se fai tre scalini, sei già in acqua. Leggiamo il menù senza capire bene cosa c'è scritto veramente. Alla fine chiediamo sempre spiegazioni. Quelli che ci lavorano sono tutti molto gentili e sorridono. E dopo aver ascoltato le loro spiegazioni più o meno comprensibili, fatte di gesti e di risate, ci accordiamo ogni volta su un piatto diverso. Forse perché vogliamo provarli un po' tutti, perché speriamo che almeno uno prima o poi ci piaccia. Ma soprattutto perché stiamo bene.

"E mi raccomando senza sughi strani, senza niente sopra. Nothing, nothing..."

I tipi sentendoci parlare così, fanno cenno di sì con la testa. Sempre. Anche quando diciamo delle cose assurde. Alla fine non sappiamo mai cosa ci porteranno veramente. A volte ci dice bene, a volte male. Cerco di consigliare Gin.

"Comunque sei vai sul 'pescado' arrosto vai sempre sul sicuro."

Ride.

"Madonna, ma sei già vecchio. Il bello è proprio provare tutto."

Mi guardo in giro. Non c'è quasi nessuno su quest'isola. A un tavolino lontano da noi mangia un'altra coppia. Sono più grandi e più silenziosi di noi. È normale che crescendo si abbiano meno cose da dire? Non lo so e non lo voglio sapere. Non ho fretta. Lo scoprirò quando sarà il momento. Gin invece parla un sacco, del più e del meno, di cose divertenti e interessanti. Mi rende partecipe di pezzi della sua vita che io non avrei mai potuto conoscere, neanche immaginare, se non attraverso lei. E io l'ascolto, guardandola negli occhi, senza mai perderci di vista. E poi ha sempre mille proposte.

"Senti, ho avuto una bellissima idea. Domani andiamo su un'isola qui davanti, anzi no, prendiamo una barca e usciamo a pescare, no, no, meglio, facciamo un po' di trekking all'interno... Eh, che ne dici?"

Io sorrido. Non glielo dico che l'isola ha un diametro di appena un chilometro.

"Certo, bellissima idea."

"Ma quale è bellissima? Te ne ho proposte tre!"

"Tutte e tre bellissime."

"A volte mi sembra proprio che mi prendi in giro."

"Perché dici così? Sei bellissima."

"Vedi, mi prendi in giro."

Mi alzo, mi siedo vicino a lei e le do un bacio. Lungo. Lunghissimo. Con gli occhi chiusi. Un bacio totalmente libero. E il vento cerca di passare tra le nostre labbra, il nostro sorriso, le nostre guance, tra i capelli... Niente, non ce la fa, non passa. Nulla ci divide. Sento solo delle piccole onde che si rompono sotto di noi, il respiro del mare, che fa eco ai nostri che sanno di sale... E di lei. E per un attimo ho paura. Che io abbia voglia di perdermi di nuovo? E poi? Cosa succederà? Boh. Mi lascio andare. Mi perdo in quel bacio. E abbandono quel pensiero. Perché è una paura che mi piace, sana. Gin all'improvviso si stacca da me, si allontana e mi fissa.

"Ehi, ma perché mi guardi così? A che pensi?"

Le prendo i capelli portati in avanti dal vento. Li raccolgo dolcemente nella mia mano. Poi glieli porto indietro, liberando il suo viso, ancora più bello.

"Ho voglia di fare l'amore con te."

Gin si alza. Prende la giacca. Per un attimo sembra arrabbiata. Poi si gira e mi fa un bellissimo sorriso.

"Mi è passata la fame. Andiamo?"

Mi alzo, lascio dei soldi sul tavolo e la raggiungo. Cominciamo a camminare sul bagnasciuga. L'abbraccio. La notte. La luna. Un vento ancora più leggero. Barche lontane al largo. Vele bianche sbattono. Sembrano fazzoletti lì a salutarci. Ma no, non partiamo. Non ancora. Piccole onde del mare ci accarezzano le caviglie, senza fare troppo rumore. Sono calde, lente, silenziose. Hanno rispetto. Sembrano un preludio di un bacio che vuole spingersi più in là. Hanno paura quasi di farsi sentire. Un cameriere arriva con dei piatti al nostro tavolo. Ma non ci trova più. Poi ci vede. Ormai lontani. Ci chiama. "Domani, mangiamo domani." Il tipo scuote la testa e sorride. Sì, quest'isola è bellissima. Qui tutti hanno rispetto dell'amore.

64.

Quando ero piccolo e tornavo dalle vacanze, Roma mi sembrava sempre diversa. Più pulita, più ordinata, con meno macchine, con un senso di marcia improvvisamente cambiato, con un semaforo in più. Questa volta mi sembra identica a quando l'abbiamo lasciata. È Gin che mi sembra diversa. La guardo senza che se ne accorga. Aspetta ordinata in fila il nostro turno per prendere il taxi. Muove ogni tanto i capelli, ravvivandoli, li allontana dal viso e loro, ancora insaporiti di mare, ubbidiscono. No, non diversa. Semplicemente più donna. Tiene la sua sacca tra le gambe e uno zaino non troppo pesante sulla spalla destra. Austera e dritta ma morbida nei tratti. Si gira, mi guarda e sorride. È mamma? Oddio, che aspetti sul serio un bambino? Sono stato un pazzo. Mi guarda curiosa cercando forse di indovinare i miei pensieri. Io la guardo invece cercando di indovinare della sua pancia. Sono già in due? Mi ricordo di uno sceneggiato che ho visto da piccolo. La storia di Ligabue. Ma non il cantante. Il pittore. Guardando una sua modella, dipingendola su una tela, Ligabue, dalla diversa luce dei suoi occhi, dai morbidi tratti del suo corpo, capisce che è incinta. Ma io non sono un pittore. Anche se forse sono stato più pazzo di Ligabue.

"Si può sapere a che pensi?"

"Ti sembrerà assurdo ma a Ligabue."

"Oh, ma dai, non sai quanto mi piace sia come cantante che come uomo."

Canticchia allegra perfettamente intonata. Sa tutte le parole di *Certe notti*, ma non ha indovinato uno dei miei pensieri. Per fortuna. Almeno questa volta. "Ehi! La sai una cosa? Ligabue mi piace anche come regista... L'hai visto tu *Radiofreccia*?"

"No."

È arrivato il nostro turno. Mettiamo le valigie nel portabagagli e saliamo sul taxi.

"Peccato, a un certo punto c'è una bella frase... Credo che c'è un buco grosso dentro, ma che il rock and roll, qualche amichetta, il calcio, qualche soddisfazione sul lavoro, le stronzate con gli amici be', ogni tanto questo buco me lo riempiono."

"Sembra forte... certo che te ne ricordi di citazioni tu, eh?"

Gin insiste. "E *Da dieci a zero*?"

"Neanche."

"Ma sei sicuro che pensavi al cantante e non a Ligabue il pittore?"

Mi guarda incuriosita e strafottente. Questa ragazza mi preoccupa. Dico la strada della casa di Gin al tassista che fa cenno di sì con la testa e parte. Oh. Tutti sanno tutto. Io mi infilo gli occhiali. Gin ride.

"Ti ho beccato eh? O non sai neanche chi è?"

Non si aspetta risposta. Decide di lasciarmi stare. Si appoggia sulla mia spalla come durante i voli in aereo. Come tutte queste ultime notti. La vedo riflessa nello specchietto del tassista. Chiude gli occhi. Sembra riposare, poi li riapre di nuovo. Incrocia il mio sguardo anche attraverso gli occhiali. Sorride. Forse ha capito tutto. Forse. Ma una cosa è sicura. Se sarà una bambina la chiamerò Sibilla.

Un ultimo saluto. "Ciao. Ci sentiamo." Con lo zaino in spalla e la sacca in mano entra nel portone. La vedo andar via così, senza poterle dare una mano. Non ha voluto.

"Non voglio essere aiutata e soprattutto non mi piacciono gli addii troppo lunghi. E vattene!"

Gin troppo forte. Risalgo sul taxi e do il mio indirizzo. Il tassista fa un cenno di sì con la testa. Conosce anche questo. Be', d'altronde è il suo lavoro. In un attimo mi tornano in mente tanti momenti del viaggio. È come un album sfogliato velocemente. Allora scelgo le foto più belle. I tuffi, i baci, gli scherzi, le cene, le chiacchierate senza tempo, l'amore senza tempo, i risvegli senza tempo. E ora? Sono preoccupato e non solo per il fuso orario. Mi manca. Lasciarla a casa proprio dopo un viaggio è come partire di nuovo ma senza saper dove andare e soprattutto con chi. Solo. E Gin già mi manca. Di questo sono preoccupato. Sono diventato troppo romantico?

"Siamo arrivati, dotto'."

Per fortuna c'è il tassinaro che mi riporta alla realtà. Scendo. Non aspetto il resto, prendo la mia roba ed entro in casa.

"C'è nessuno?" Silenzio. Meglio così. Ho bisogno di entrare piano piano, senza troppi rumori, senza troppe domande, nella mia vita di tutti i giorni. Metto a posto un po' di roba dalla sacca, butto in bagno nella vasca quello che c'è da lavare e mi faccio una doccia. Non sento il fuso ma per fortuna sento il telefonino. Esco dalla doccia. Lo prendo al volo. Mi asciugo un attimo prima di rispondere. È lei, Gin.

"Ohi, l'ho acceso un secondo fa, prima di fare la doccia. Lo sapevo che non potevi resistere."

"Pensa che io ti avevo chiamato per sapere tu come te la cavavi. Non è che stai dando le capocciate? Sei in crisi totale da astinenza... d'amore?"

"Io?"

Allontano il telefonino di poco e fingo di rivolgermi a un folto pubblico femminile lì di fronte. "Calma ragazze, calma... Arrivo!"

Gin fa finta di essere scocciata.

"Strano che non hai detto vengo. E in un attimo ragazze! Saresti stato più sincero. Non le illudere! Ah! Ah!"

"Uhm! Velenosa. Se la metti su questo piano parliamo con Romani, due partecipazioni a qualche trasmissione come il caso dell'anno e ripartiamo subito per il giro del mondo."

"Senza andar troppo lontano... Comincia a prepararti il discorso per i miei, dovrai passare di qui tra qualche giorno."

"Cosa?"

"Be', se ancora non arrivano 'loro' è meglio che passi tu, no?"

"Cosa?"

"Ma sì, siamo allo scadere, e 'loro' non si vedono, quindi sono incinta! Preparati la promessa di matrimonio, le scuse e tutto il resto."

Rimango in silenzio.

"Ecco bravo! Hai capito! Divertiti con quelle ragazze che hai lì, che ti è rimasto poco tempo!"

"Ma io pensavo che mi sarei dovuto occupare solo della scelta del nome."

"E certo. La cosa più facile! No guarda, a quello ci penso io. Tu preoccupati di tutto il resto. Sai cosa dice sempre la mia mamma? 'Hai voluto la bicicletta? Ora pedala!'"

"Bicicletta... Se è femmina la potremmo chiamare così. Sarebbe sicuramente una ragazza molto sportiva e poi che ne so, in onore di tua mamma."

"Meno male. Credevo fossi già in stato depressivo. Invece ce la fai ancora a dire qualche cretinata."

"Sì, ma sono le ultime. Sai come papà dovrò essere ancora più serio. Ma sei sicura piuttosto che sono io il papà? Mio nonno diceva sempre: 'Mater semper certa est, pater numquam'."

"Ecco bravo, vivi nell'incertezza. Stai sicuro che se è scemo vuol dire che è tuo!"

"Meno male che ero in crisi d'astinenza d'amore!"

"Step... non litighiamo."

"E chi vuole litigare?"

"Mi manchi..." Allontano di nuovo il telefonino.

"Ragazze, volete sapere che ha detto? Che le manco..."

"Dai... non fare lo stupido."

"Sei cambiata?"

"Cioè?"

"Di solito mi dici scemo."

"E cosa è meglio scemo o stupido?"

"Be', diciamo che stupido per me è meglio... e poi scusa scemo hai detto che chiami mio figlio, a me devi chiamarmi stupido per forza sennò in questa casa non si capisce più niente. Sai che confusione?"

"Cretino!"

"Ecco... E adesso cretino chi è? L'altro?"

Ridiamo. Continuiamo a ridere così. A parlare senza più sapere bene di cosa, né perché. Poi decidiamo di attaccare, promettendoci di sentirci domani. È un'inutile promessa. L'avremmo fatto comunque. Quando perdi tempo al telefono, quando i minuti scorrono senza che te ne accorgi, quando le parole non hanno senso, quando pensi che se qualcuno ti ascoltasse penserebbe che sei pazzo, quando nessuno dei due ha voglia di attaccare, quando dopo che lei ha attaccato controlli bene che l'abbia fatto veramente, allora sei fregato. O meglio sei innamorato. Che poi è un po' la stessa cosa...

65.

I giorni seguenti a Roma tornano lentamente normali. Le ore riprendono il loro posto. Torna a far freddo. Ognuno a stare nella propria casa. Il mare si allontana. Così come il suo ricordo. Rimangono solo le foto di quello splendido viaggio. Finiscono in chissà quale cassetto presto anche loro dimenticate. Romani è stato felice di vederci, così allegri e abbronzati, soprattutto grazie a lui. Ancora più felice nel vederci accettare quel contratto di lavoro, sempre grazie a lui. Paolo e Fabiola sembrano andare d'accordo. Paolo ha abbandonato l'idea di fare l'agente. Il mio agente. È tornato a fare il commercialista. Fa prendere tutte le decisioni a Fabiola, la sua donna, così i conti tornano facilmente. Perché se a lui i conti non tornassero sia in ufficio che fuori, potrebbe impazzire. Da quanto sento dai racconti di Paolo, mio padre e la sua donna, della quale non ricordo assolutamente il nome né voglio fare il minimo sforzo per ricordarlo, vanno d'amore e d'accordo. D'amore. Anche su questo non voglio fare il minimo sforzo. Della vita sentimentale di mamma invece Paolo non sa nulla. O almeno non mi dice nulla. È preoccupato però della sua salute. Le ha visto fare diverse ricerche in ospedale. Ma anche di questo Paolo non sa nulla. O anche in questo caso non mi vuole dire nulla di più. E anche su questo non riesco a fare uno sforzo. Non ce la faccio. Già mi è sembrato difficile leggere il libro che mamma mi ha regalato. Una storia simile alla nostra ma con un lieto fine. Un lieto fine, sì. Ma quello è un libro.

"Ciao, che stai facendo?"

"Sto preparando la borsa e me ne vado un po' in palestra..."

Tutto è tornato alla più grande normalità. Anche Gin.

"Ma dai, anch'io più tardi ci vado. Oggi mi tocca." Fa una pausa cercando nel suo calendario delle palestre a vela. "La Gregory

Gym a via Gregorio VII! Meno male che non è troppo lontana. Ci vediamo più tardi?"

"Certo."

"Allora un bacio e a dopo."

Non sapevo cosa sarebbe successo, che di quel "certo" non sarei stato poi più così certo.

In palestra saluto un po' di gente. Poi comincio ad allenarmi. Senza spingere troppo, senza forzare con il peso. Ho paura di stirarmi. È troppo tempo che non mi alleno. "Ehi, bentornato."

È Guido Balestri, magro e sorridente come sempre. Con la sua tuta bordeaux sbrindellata come sempre, con una felpa radical-chic ma di marca come tutte le sue cose, anche quelle come sempre.

"Ciao. Ti alleni?"

"No. Ero passato in palestra proprio con la speranza di trovarti."

"Non ho una lira..." ride divertito forse perché sappiamo benissimo tutti e due che è l'ultima cosa della quale potrebbe avere bisogno. "E per un po' devo evitare risse."

"E certo, a farsi vedere troppo uno si brucia. Ormai sei un divo della rissa!"

Capisco che deve aver seguito tutta la vicenda. Ma lui preferisce farmelo notare. E per bene. "Ho ritagliato tutti gli articoli: l'eroe, il paladino, il giustiziere della tv..."

"Sì, non ci sono andati leggeri."

"Be', neanche tu, dalle foto che ho visto!"

"Non lo sapevo. Hanno pubblicato anche le foto dei tre? Questa me la sono persa."

Ma non è importante. Ho ancora ben presente la scena reale con tanto di originali in carne e ossa. Lascio cadere il discorso.

"Allora, a parte gli scherzi, cosa posso fare per te?"

"Sono io che posso fare qualcosa per te. Ti passo a prendere alle nove Step, ti va?"

"Dipende."

"Ehi, ma sei diventato una di quelle fighette che credono di avere solo loro l'esclusiva del piacere maschile? Della serie 'verrei ma non posso'! Dai, ti porto a una bella festa, gente tranquilla, roba fina, non dirmi che sei finito in qualche gabbietta femminile? Vediamo un po' di amici, roba tranquilla!"

L'idea di fare una rimpatriata mi va. È passato un sacco di tempo. Perché no. Staccare un attimo da tutto. Un tuffo nel passato. Penso a Pollo ma non mi fa male. Una bella nuotata è quello che ci vuole. Pacche sulle spalle di gente che non vedo da troppo tempo. Qualche bel racconto del passato, strette di mano e sguardi sinceri. Amici di risse. Gli amici più veri.

"Perché no."

"Ok, allora dammi l'indirizzo che ti passo a prendere in macchina."

Ci salutiamo. "Alle nove! Mi raccomando..."

Continuo ad allenarmi ancora un po'. Ci metto più foga. Presuntuoso. Che fai? Vuoi tornare in forma per incontrare gli amici di un tempo? Essere all'altezza dei loro ricordi? Step, il mito! E autoironico decido di smettere e farmi una bella doccia.

Poco dopo a casa. Mi squilla il telefonino.

"Ciao, ma non sei passato."

Gin è un po' delusa. "No... è che pensavo fossi ancora in palestra."

"Macché! Ho dovuto aiutare mia madre a portare su la spesa. Poi si è accorta che aveva dimenticato di comprare il latte e allora sono andata io. Poi sono tornata e si è accorta che si era dimenticata il pane e sono andata di nuovo io. Ed era pure rotto l'ascensore."

"Be', non sarai andata in palestra ma ti sei tenuta lo stesso in forma."

"Sì certo. Ho dei glutei fantastici! Vuoi venirli a vedere adesso? Devo giusto andare a ritirare qualche panno in terrazzo che stasera mi sa che piove."

"No, non posso. Mi passa a prendere un mio amico fra poco."

"Ah..." Gin sembra rimanerci male.

"Un mio amico, ho detto, Guido Balestri, quello alto magro... C'era quella sera che siamo andati dal Colonnello." Cerco di rassicurarla.

"Boh, non me lo ricordo. Ok come vuoi. Oh, io su in terrazzo ci vado lo stesso. Poi chi c'è c'è..."

"Dai, non fare la sciocca. Ancora niente?"

"Ancora niente. Per adesso sei ancora un ipotetico papà..."

"Be', allora ne approfitto e ancora per stasera esco. Dai, magari ci sentiamo dopo."

"No magari. Ci sentiamo dopo! E chiamami senza chi!"

"Ok." Rido. "Come vuole il terzo dan." Non faccio in tempo a chiudere con Gin che suona il citofono. È Guido. "Scendo."

66.

Raffaella gira per casa. Niente da fare. Non le tornano i conti. Peggio del salumiere sotto casa che ogni volta ti segna qualcosa in più sul conto della spesa, o il benzinaio giù nella piazza che ti lava la macchina e poi ti fa il pieno. Persone di fiducia che poi si scusano con la solita frase: "Guardi che non è tanto, è l'euro, signo', che c'ha fatto raddoppia' tutto". Sembra che sia stato coniato apposta per le loro truffe. Ma qui si tratta di altro. Di Claudio. Claudio è cambiato. Anche come ha fatto l'amore l'altro giorno, che non ha voluto togliersi la camicia. È strano. Oltre la musica, ha cambiato perfino il tipo di lettura. Ha sempre letto solo "Diabolik" e al massimo "Panorama". E guarda caso questo lo prendeva sempre quando sulla prima pagina c'era una bella ragazza. Naturalmente mezza nuda. E fino a qui è tutto normale. Sosteneva sempre che all'interno c'era un importante articolo sul mondo della finanza. Ma ora? Come si spiega quel libro? Raffaella si avvicina al comodino di Claudio e lo prende in mano. *Poesie* di Guido Gozzano. Lo sfoglia. Niente. Non c'è niente. Poi improvvisamente qualcosa cade ed è in mezzo alle pagine. Una cartolina. La gira subito veloce per vedere cosa c'è scritto. Niente. Solo il timbro e la firma di chi l'ha spedita. Una "F". Solo una semplice "F". E un timbro dal Brasile. Chi può avergliela mandata? Qualcuno che è stato in Brasile. Guarda la data sul timbro. È stata spedita sei mesi fa. Chi può essere andato tra gli amici che conosciamo in Brasile sei mesi fa? Filippo, Ferruccio, Franco. No. Non mi sembra che ci sia andato nessuno. E soprattutto che nessuna moglie ce l'avrebbe mai lasciato andare. A meno che non sia uno di loro che è andato di nascosto... e manda una cartolina a Claudio con una "F"? No. I conti non tornano. Gira la cartolina e la guarda. C'è una bella ragazza brasiliana. La classica foto di una che passeggia sulla spiaggia con un culo in bella mostra e un costume tipo filo interdentale. La cosa strana è che si vede perfettamente il suo viso e sorride. Niente. La rimette nel libro e comincia a sfogliarlo. A un certo punto trova una frase sottolineata in rosso. Ma com'è possibile? Claudio odia il rosso. Non lo avrebbe mai usato. Gli ricorda i tanti errori che faceva a scuola in italiano, proprio perché non leggeva mai niente. E il verso sottolineato, poi: "Non amo che le rose che non colsi". Con aggiunto un punto esclamativo. Punto esclamativo? Qualcuno che oltretutto ha rovinato la sintassi del poeta, l'ha deturpata, violentata. Uno che non ha rispetto di nulla e di niente. Neanche di me. Soprattutto di me. Raffaella va velocemente alle ultime pagine per vedere se c'è il prezzo, se è stato tagliato o coperto. No, il prezzo c'è. Guarda meglio. Lo porta vicino al viso. E improvvisamente se ne accorge. Ci sono tracce di colla. Il prezzo era coperto. L'adesivo è stato tolto. È stato Claudio! Non voleva far vedere il nome del negozio dove questo libro è stato preso. Gliel'hanno regalato! Ed è stata quella "F". Quella stronza di "F". Raffaella mette tutto a posto. Deve escogitare un piano. Purtroppo l'unica persona che conosce alla Telecom è il dott. Franchi, un amico di Claudio. A lei non direbbe mai niente, né le telefonate o i messaggi che Claudio manda. Figurati. Quella stupida solidarietà maschile. Non parlerebbe mai neanche sotto tortura. Raffaella il suo telefono l'ha già controllato, più volte. Non un messaggio, né inviato né ricevuto. Anche le telefonate effettuate, quelle ricevute o perse, sono poche. Troppo poche. È un telefonino pulito, troppo pulito. Quindi è sporco. Ma come può fare? Non è certo come quel deficiente taccagno di Mellini che per risparmiare aveva fatto un abbonamento "You&Me", quello dove scegli il numero che chiami più spesso, e sul contratto aveva fatto segnare direttamente il numero dell'amante. Quello è stato un gioco fin troppo facile da scoprire. Che poveraccio. Almeno in quello poteva avere un po' di stile. Dovrebbe essere felice ora, che risparmia su tutto. È stato lasciato anche dall'amante. Ma forse l'ha fatto apposta per farsi scoprire. Quando un marito lascia un messaggio nel telefonino vuol dire che comunque non gliene frega più niente della moglie. E non sa come dirglielo. Così si risparmia pure la faticaccia. Che poveracci che sono gli uomini. Cioè, per assurdo dovrei essere felice che leva il copriprezzo del libro e che mi nasconde tutto... E così, mentre valuta disperata questa sua ultima considerazione, improvvisamente le viene un'idea. Un lampo, un attimo, un'illuminazione. Socchiude gli occhi e comincia a studiarla in tutti i suoi particolari. E alla fine sorride, perché capisce che è perfetta.

Poco più tardi. Claudio rientra a casa. Raffaella gli va incontro salutandolo.

"Ciao, come stai? È andato bene il lavoro?"

"Benissimo."

"Vieni che t'aiuto."

Claudio si fa sfilare la giacca, ma rimane perplesso. Cos'è questa improvvisa gentilezza? C'è qualcosa che non va. Avrà scoperto qualcosa? Un altro problema delle figlie? Tanto vale affrontarla subito. Claudio la segue in camera da letto.

"Tutto bene tesoro? C'è qualche problema?"

"No, tutto a posto, perché? Vuoi qualcosa da bere?"

Mi chiede anche se voglio qualcosa da bere. Allora un problema c'è. E grosso.

"Ma Daniela come sta?"

"Benissimo, ha fatto gli esami. Dovrebbero consegnarglieli proprio oggi, ma sembra tutto a posto. Ma perché mi continui a fare tutte queste domande?"

"Sai Raffaella, mi sembri così gentile."

"Ma io sono sempre gentile."

"Ma non così gentile!"

È vero, pensa Raffaella. Cavoli, mi sto tradendo.

"Hai ragione, non ti si può nascondere niente! Mi ero completamente dimenticata che mi aveva invitato Gabriella per giocare a burraco da lei. E invece avevamo detto che forse andavamo al cinema coi Ferrini."

"Ah." Claudio sospira, rilassandosi. "Ma figurati, cara, voglio essere sincero. Me n'ero dimenticato anch'io. Non solo. M'ha chiamato Farini che stasera mi dà la rivincita a biliardo, ma ti rendi conto! Ormai è sicuro, viene al nostro studio!"

"Bene, sono felice! Allora fatti una bella doccia, così ti rilassi. Se perdi di nuovo pensa che lo fai apposta per fargli piacere... e non è carino!"

"Hai ragione, stasera lo batto, sono sicuro." Claudio si spoglia del tutto e s'infila nella doccia. Si rilassa sotto il getto dell'acqua. Che bello, pensa, mai niente m'è sembrato così facile. E lei si sente perfino in colpa. Posso andare all'Hotel Marsala senza problemi e godermela fino a tarda notte. Come sono fortunato... E non sa quanto si sbaglia. Raffaella ha appena messo a punto il suo piano. Ora non ha più dubbi. Non è perfetto: è diabolico. Claudio finisce di fare la doccia. Si asciuga velocemente eccitato all'idea d'uscire e la saluta con affetto.

"Ma che fai tu? Non esci?"

"No, noi giochiamo verso le dieci. Così aspetto anche Daniela che torna, mi fa piacere."

"Hai ragione, salutamela e divertiti."

"Anche tu."

Raffaella lo saluta con un sorriso. Claudio esce di corsa. Ma se avesse avuto gli occhi anche dietro la nuca avrebbe visto come quel sorriso, appena si è voltato, si è tramutato in una smorfia terrificante. Quello di una donna che sa il fatto suo. E che andrà fino in fondo. Raffaella prende il telefono di casa e chiama tutt'e due le figlie. Poi tutte le sue amiche più intime, quelle che potrebbero in qualche modo cercarla sul suo telefonino. A tutte dice la stessa cosa. Per tutte inventa la stessa bugia.

67

Poco dopo sono in macchina con Balestri. Gli ho portato una birra. Guida allegro e sportivo, non solo per la birra forse. "Ecco. Siamo arrivati." Via di Grottarossa. Scendiamo. Alcune macchine sono posteggiate di fronte alla villa ma non ne riconosco nessuna. Suona a un citofono. Corsi. Anche il cognome non lo conosco. Guido mi guarda curioso, sembra divertito.

"Oh, Guido, non è che hai sbagliato indirizzo? Non vedo le moto di nessuno, Corsi poi? Ma chi è?"

"È questa la villa, fidati. Stai tranquillo. Almeno una persona sono sicuro che la conosci." Aprono il cancello. Entriamo. La villa è molto bella, vetrate coperte da tende dai diversi colori si affacciano su tutto il giardino. Una piscina semivuota riposa poco più in là aspettando i primi di maggio e lì vicino un campo da tennis con tanto di terra rossa e rete tirata sembra farle da guardia. Un cameriere sorridente ci aspetta sulla porta, si fa di lato e ci fa entrare richiudendola alle nostre spalle.

"Grazie."

Guido lo saluta. Sembrano conoscersi. "C'è Carola?"

"Certo è di là, venga." Ci accompagna per un corridoio. Quadri illuminati si alternano perfetti all'interno di un'impeccabile libreria, tra libri antichi, vasi cinesi morbidamente colorati e oggetti di cristallo. Tutti delicatamente incastonati in quel legno chiaro. Arriviamo in un grande salotto. Il cameriere si fa da parte. Una ragazza ci corre incontro.

"Ciao."

Abbraccia Guido salutandolo affettuosamente ma non sulle labbra. Deve essere Carola.

"Ce l'hai fatta?" Guido si gira verso di me e sorride come a dire: "Certo Carola, non vedi che è qui?". Carola mi guarda. Rimane per un attimo sorpresa. Mi osserva con attenzione come se mi stesse valutando. Socchiude gli occhi, li stringe come se non credesse che io... sono io.

"Ma lui... è lui?"

Guido le sorride. "Sì, è lui."

"Sì, penso proprio di essere io... Di solito mi chiamano Stefano, Step per gli amici... Ma 'lui' non mi avevano mai chiamato... Lui? Mi spiegate cosa sta succedendo?"

E improvvisamente da quella porta semichiusa, da quel salotto fatto di persone sconosciute, di voci lontane e confuse, di libri antichi, di quadri dipinti dal tempo, sento una risata. La sua risata. Di lei che mi è mancata, di lei che ho cercato, di lei sogno di mille notti. Babi. Babi. Babi. Babi è seduta su un divano in mezzo al salotto e tiene banco e racconta qualcosa e ride e tutti ridono. Mentre io, da solo, rimango in silenzio. Ecco il momento che ho tanto atteso. Quante volte in America, frugando nei ricordi, spostando pezzi dolorosi, macigni di delusioni, sono andato giù, in fondo, fino a trovare quel sorriso. E ora eccolo lì, davanti a me. E lo divido con altri. Tutto ciò che era mio, solo mio. E improvvisamente mi ritrovo a correre attraverso un labirinto fatto di momenti: il nostro primo incontro, il primo bacio, la prima volta... L'esplosione impazzita del mio amore per te. E in un attimo ricordo tutto quello che non ti ho potuto dire, tutto quello che avrei tanto voluto che tu sapessi, la bellezza del mio amore. Quella avrei voluto mostrarti. Io, semplice cortigiano ammesso alla tua corte, inginocchiato davanti al tuo più semplice sorriso, di fronte alla grandezza del tuo regno, avrei voluto mostrarti il mio. Su un piatto d'argento, allargando le braccia in un inchino infinito, facendoti vedere il mio dono, quello che provavo per te: un amore senza confini. Ecco, mia signora, vedi, tutto questo è tuo. Solo tuo. Oltre il mare e in fondo, laggiù, oltre l'orizzonte. E ancora Babi, oltre il cielo e oltre le stelle, e ancora, oltre la luna e oltre quel che è nascosto. Ecco, questo è il mio amore per te. E altro ancora. Perché questo è solo ciò che ci è dato di sapere. Io ti amo oltre tutto quello che non ci è dato di vedere, oltre quello che non ci è dato di conoscere. Ecco, questo e chissà quant'altro ancora avrei voluto dirti. Ma non ho potuto. Non ho potuto dirti nulla che tu avessi voglia di ascoltare. E ora? Cosa potrei dire ora a quella ragazza seduta sul divano? A chi posso mostrare le meraviglie di quel grande impero che le appartenevano? Ti guardo e non ci sei più. Dove sei finita? Dov'è quel sorriso che mi rendeva naufrago di certezze, ma così sicuro di felicittà? Vorrei scappare ma non c'è tempo, non c'è più tempo. Eccoti. Babi si gira lentamente verso di me.

"Step! Non ci credo... Che sorpresa..." Si alza e mi corre incontro. Mi abbraccia, mi stringe forte e mi bacia dolcemente. Sulla guancia. Poi si stacca, non andando troppo lontano però. Mi guarda negli occhi e sorride.

"Come sono felice di vederti... Ma che ci fai qui?"

Mi viene in mente *Carramba che sorpresa!* Cosa avrebbe gridato la Raffa nazionale? Ah sì. "Babi è qui!" Ma non mi dà tempo. Comincia a parlare. Ride e parla, parla e ride. Sembra sapere tutto di me. Sa dove sono stato, cosa ho fatto in America, gli studi, il mio lavoro.

"E poi sei tornato in Italia i primi di settembre. Il 3 credo per essere precisi. E non mi hai fatto neanche gli auguri per il compleanno... Non ti sei ricordato, eh? Be', ma ti perdono..."

E continua così, ridendo. Il 6 settembre era il suo compleanno e io, quel giorno, me lo sono perfettamente ricordato, come sempre. Come ogni anno, anche in America, come ogni altra cosa che aveva avuto a che fare con lei, le più belle, le più dolorose. E lei? Lei mi perdona. Di che? Di non averla saputa dimenticare?

"Era il 6 settembre! Vedi che non ti ricordi..."

"Ah già, è vero." Le sorrido e la lascio andare avanti. Parla lei per tutti e due, decide lei, va avanti lei, come ha sempre fatto.

"E poi hai fatto una trasmissione televisiva e poi ho visto quei giornali. Con quelle foto. Per salvare quella ragazza. Come si chiama? Be', ora non mi ricordo. Comunque ti ho cercato ma..."

Per fortuna va avanti. Senza chiedermi il nome. Ginevra. Gin per gli amici. Dovrei chiamarla. Devo chiamarla. Le ho detto che ci saremmo sentiti dopo. Magari. Sì, ha detto magari. Mi posso sempre attaccare a quel "magari". Spengo il telefonino. Mi giro. Mi viene d'istinto. Vedo Guido che mi sorride. Se ne accorge e mi fa l'occhiolino. Lui perfido Lucignolo, io stupido Pinocchio nelle mani di una Fata Turchina. Buona o cattiva? E lo vedo andar via. Chiudersi la porta alle spalle lasciandomi solo. Solo con lei, con Babi, solo con il destino del mio passato. Babi che mi prende la mano.

"Vieni che ti presento i miei amici." E mi trascina così, più ragazza, più donna, più certa, più matura. Più... più non so che.

"Ecco, lui è Giovanni Franceschini, il proprietario del Caminetto Blu... Lui invece è Giorgio Maggi, dai, lo dovresti conoscere, ha quella grande società immobiliare che si occupa di compravendite. Dai, che ora sta andando fortissimo: Casa Dolce Casa si chiama."

"No, non la conosco, mi spiace." E sorrido e saluto come se m'importasse qualcosa di tutto questo. E altri nomi, e altre storie. Titoli commerciali di giovani pseudonobili di questa società che non ha più nessun titolo... Almeno per me.

"E lei invece è Smeralda, la mia amica del cuore!"

Babi mi si avvicina complice, gatta, fa le fusa e mi suggerisce calda all'orecchio: "Diciamo che ha preso il posto di Pallina".

E ride. E io sento solo il suo Caronne. E la guardo. Almeno quello è rimasto. E vorrei dirle: "Chi ha preso invece il posto mio?". Il mio posto. Già. Perché pensavi di averne uno? Mi potrebbe rispondere. Allora sto zitto. Sto in silenzio. La guardo mentre continua questo strano ballo di presentazioni. Lei, abile cortigiana, dama impeccabile di quella sua alta società, della sua corte dorata. E danza, e ride e manda indietro la testa e cascate di capelli e profumo e ancora la sua risata. E ancora... Ancora tu. Ma non dovevamo vederci più... E sento tutto il mio dolore. Quello che non so, quello che non ho vissuto, quello che ormai mi manca. Per sempre. Ma quante braccia ti hanno stretta per diventar quel che sei. Come hai ragione. Come è vero. Che importa. Tanto lei non me lo dirà, purtroppo. Così resto in silenzio. E la guardo. Ma non la trovo. Allora vado a cercare quel film in bianco e nero durato due anni. Una vita. Quelle notti passate sul divano. Lontano. Senza riuscire a farmene una ragione. Graffiandomi le guance, chiedendo aiuto alle stelle. Fuori, sul balcone, fumando una sigaretta. Seguendo poi quel fumo verso il cielo, su, più su, oltre... Lì, dove proprio noi eravamo stati. Quante volte ho nuotato in quel mare notturno, perso in quel cielo blu, portato dai fumi dell'alcol, dalla speranza di incontrarla di nuovo. Su e giù, senza sosta. Lungo Hydra, Perseo, Andromeda... E giù fino a Cassiopea. Prima stella a destra e poi dritto, fino al mattino. E ancora oltre. E a tutte chiedevo: "L'avete vista? Vi prego... Ho perso la mia stella. La mia isola che non c'è. Dove sarà ora? Cosa starà facendo? Con chi?". E intorno a me il silenzio di quelle stelle imbarazzate. Il rumore fastidioso delle mie lacrime sfinite. E io stupido che cercavo e speravo di trovare una risposta. Datemi un perché, un semplice perché, un qualsiasi perché. Ma che sciocco. Si sa. Quando finisce un amore si può trovare tutto, tranne che un perché.

68.

Claudio guida tranquillo. Ogni tanto controlla lo specchietto per vedere se Raffaella lo sta seguendo. Niente. Nessuna macchina dietro di lui, nessun sospetto. Solo una volante della polizia, che a un certo punto accende i lampeggianti e sgomma. Claudio la vede sfrecciare veloce girando a destra, giù per la Cassia. Non l'hanno degnato di uno sguardo. E ti credo, pensa tra sé, io sono un cittadino modello, non ho mai fatto niente di male. E del tutto convinto della sua completa innocenza scala e prende corso Francia, diretto a tutta velocità a via Marsala. Poco dopo è a Porta Pia. Si ferma vicino all'Europa, posteggia e tira fuori il telefonino dalla tasca. Lo apre, controlla. Niente, nessun messaggio. Con Francesca eravamo rimasti che ci vedevamo all'albergo alle nove e mezzo. Se ci fossero stati problemi o avesse finito prima, mi avrebbe mandato un messaggio. Meglio così. Meno messaggi ci si manda, meno probabilità si hanno di essere scoperti. Dopo che Raffaella ha aperto l'estratto conto e mi ha fatto quell'interrogatorio di terzo grado sulla stecca da biliardo, non posso più telefonare o mandare messaggi dal mio telefonino. È troppo rischioso. Raffaella sarebbe capace perfino di chiamare Franchi e di fare un terzo grado pure a lui. Quello non è abituato a una belva come lei, solidarietà maschile o meno, alla fine crollerebbe. Ne sono sicuro. È meglio se chiamo sempre dall'ufficio e se i messaggi li ricevo e basta e poi li cancello. Claudio chiude il telefono e se lo rimette nel taschino dove lo tiene sempre. Poi, tranquillo e rilassato, decide di concedersi una sigaretta. Quando ci vuole ci vuole. Oggi poi non c'è nessun tipo di ansia. Così Claudio si accende una bella Marlboro. Ma se avesse guardato bene il suo telefonino, si sarebbe accorto che è leggermente più nuovo del solito. E in quel caso non ci sarebbe stata ansia. Ma vero e proprio terrore.

Beep. Beep. Il suono dell'arrivo di un messaggio. Il telefonino di Claudio lampeggia sul tavolo. Lo sapeva. Era solo questione di tempo. Raffaella allora sorride e lo prende in mano. Aspetta un attimo. Lo guarda indecisa. Ecco, questo è il momento che potrebbe cambiare totalmente la mia vita. E pensare che quando Claudio ha voluto prendere quei due cellulari identici da 3, perché erano in promozione, io l'ho tanto criticato. Povero Claudio, pensa, oggi aver potuto scambiare il mio telefonino con quello che teneva nella giacca non ha prezzo. Poi il suo viso cambia improvvisamente, s'indurisce. La rabbia lo trasforma. Allora decide di aprirlo. Di scoprire quella carta, quel messaggio che potrebbe mettere definitivamente fine alla più importante partita della sua vita. Lo apre e poi legge.

"Ciao tesoro! Ho finito adesso. Allora ci vediamo lì alle nove e mezzo, come deciso."

Raffaella strabuzza gli occhi, diventano verdi di bile, gli escono dalle orbite, dalla rabbia digrigna i denti, affanna nel respiro. Vorrebbe lanciare il telefonino di Claudio contro il muro, ma sa che perderebbe ogni traccia di quella "F" di merda, di quella donna che si permette di chiamarlo "tesoro". E improvvisamente capisce l'importanza di quel telefonino, unico indizio, unica prova per un processo del domani. Una mappa perfetta per poterla portare ora al "suo" tesoro. Raffaella si ricompone, respira forte, si rilassa. Deve ritrovare la lucidità. Deve agire d'astuzia. Prende il telefonino di Claudio e scrive lentamente la risposta.

"Devo venire in taxi. Mi hanno preso la macchina a casa. Cosa dico al tassista?" poi invia. E aspetta. Spera di non aver commesso nessun errore, nessun modo di scrivere diverso, che non ci fosse nessun segnale tra loro, tipo "passo e chiudo" o qualche altra stronzata del genere. Claudio è stato attento, ma non è poi così geniale. Non poteva mai sospettare che io sostituissi il suo telefonino col mio. E proprio in quel momento il messaggio di ritorno arriva.

"Tesoro che fai mi scrivi? Avevi detto che era pericoloso. Non so la strada esatta, ma basta che gli dici Hotel Marsala e ti ci porta di sicuro. A tra poco. Voglio prenderti come l'ultima volta..."

E alla lettura di quest'ultime parole Raffaella si sente quasi morire. Le si stringe lo stomaco, le si irrigidisce la mascella, le prende un attacco di fegato. Poi va al telefono di casa e compone un numero. 3570. Dopo alcuni secondi la voce della centralinista del radiotaxi le risponde.

"Per favore, subito un taxi a piazza Jacini. È urgente. Aspetto in linea."

Dopo qualche secondo arriva una voce registrata.

"Venezia 31 in due minuti."

Raffaella attacca per confermare. Poi ci pensa su e le viene quasi una risata isterica. Venezia 31. A Venezia è stato il loro primo viaggio. Ed è su un taxi chiamato così che finirà tutto. Poi corre in bagno e vomita anche quello che non ha mangiato.

Poco più tardi. Fermo al piazzale di Porta Pia, Claudio guarda l'ora. Sono le nove. Ho ancora mezz'ora. Ha sete. Decide di andare a prendere una birra a un bar poco distante. Accende la macchina e fa un'inversione a U. Anche se ha commesso un'infrazione, è stato prudente. Aveva controllato che non venisse nessuno. C'era solo un taxi che arrivava da in fondo la strada. Se fosse stato attento avrebbe letto la sua sigla: Venezia 31. Certo, anche quella non gli avrebbe detto niente. Ma se fosse stato ancora più attento, se avesse guardato anche dentro al taxi, allora avrebbe capito che per lui non c'era più scampo.

Raffaella scende dal taxi, paga ed entra nell'Hotel Marsala. Si guarda intorno. Un ambiente orribile. Una pianta finta in un angolo. A terra un tappeto rosso consumato. Vicino al muro c'è una vecchia panchina dal legno mangiato. Lì davanti, un tavolino col vetro rotto e alcune riviste vecchie distrattamente poggiate sopra. Un portiere si affaccia dal bancone.

"Buonasera, posso aiutarla? Le serve qualcosa?"

"Il signor Gervasi mi ha consigliato questo albergo. È in camera?"

Il portiere la guarda. Ma è un attimo. Ne ha viste abbastanza per sapere che a volte è meglio farsi gli affari propri. Poi si gira. Controlla nella cassetta delle chiavi. La diciotto è ancora lì.

"No, non è ancora arrivato." Sorride alla signora in maniera cortese.

"Bene, grazie, allora, se non le dispiace, lo aspetto qui."

Raffaella si siede sulla panchina, stando attenta a non farlo con troppo slancio. Ci mancherebbe solo questo, cadere e rompersi una gamba ed essere portata all'ospedale. Ora che sa la verità, che è arrivata al capolinea, in fondo alla sua corsa. Questo incontro finale non se lo vuole perdere per niente al mondo. Raffaella apre un giornale e lo sfoglia velocemente. Ma è come se non vedesse le foto, le scritte, le pubblicità. Solo pagine colorate. Di rosso sangue. E proprio in quel momento arriva Francesca. Apre la porta a vetri dell'hotel ed entra con la sua solita allegria, salutando il portiere.

"Ciao, Pino! Claudio è arrivato?"

Il portiere guarda lei. Poi Raffaella. Risponde quasi balbettando.

"No... ancora no."

"Allora dammi le chiavi, che lo aspetto su."

Il portiere le dà le chiavi numero diciotto e poi decide di andare nell'altra stanza. In alcuni casi è meglio non aver visto niente.

Raffaella sbatte il giornale sul tavolino e si alza. Va verso di lei, si ferma a un passo e la guarda negli occhi. Francesca rimane senza parole. Spaventata, fa un passo indietro. Raffaella improvvisamente la riconosce. Non ci posso credere. Che stupida che sono stata. Quella non era una cartolina. Era una foto plastificata. È lei quella ragazza sulla spiaggia. Lei è "F".

"Ma che succede?"

Raffaella fa quasi un sorriso di sfida.

"Niente, un controllo. Come ti chiami?"

"Francesca, perché?"

In un attimo quella "F" prende vita. Francesca la stronza.

"Stai aspettando Claudio, vero?"

Francesca non riesce a capire. O forse non vuole capire. Comunque Raffaella non le dà il tempo. Prende il telefonino di Claudio e compone il numero, il proprio numero.

"Aspetta, che ora te lo passo."

Claudio ha appena preso una birra, ne sta bevendo un sorso in macchina, quando quasi si strozza sentendo suonare quel telefonino dalla tasca. Vibra e suona con uno squillo che però non è il suo. Lo prende. Lo guarda sorpreso, non capendo. Poi lo apre. E in quel momento vede quello che non si sarebbe mai aspettato. Il suo nome, "Claudio", che lampeggia enorme sul display. Ma com'è possibile che mi sto chiamando? Non capisce più niente. Quello è il suo ultimo, stupido pensiero, prima di poter realizzare, di capire, di cadere nel baratro del dramma. Continua a guardare il suo nome come ipnotizzato da quello squillo, non capendo che quel suono è la sua chiamata per un'andata senza ritorno nel mondo degli inferi. Poi all'improvviso non ce la fa più e decide di rispondere.

"Pronto?" quasi timoroso, preoccupato di sentire chissà cosa dall'altra parte. E infatti c'è proprio lei, l'ultima persona che avrebbe voluto sentire. Sua moglie.

"Ciao Claudio, aspetta che ti passo una persona."

Claudio resta senza parole, non fa in tempo a dire nulla, mentre Raffaella poggia il telefonino sull'orecchio di Francesca. Claudio non può immaginare, non vuole immaginare quale sarà ora la seconda voce che sentirà... Chi è la persona vicino a sua moglie?

Chi può essere? Allora, completamente disorientato, decide di ritentare lo stesso.

"Pronto...?"

"Claudio sei tu? Sono Francesca... c'è qui una donna che mi ha chiesto..." ma non fa in tempo a finire. Raffaella le leva il telefonino dall'orecchio e riparla con Claudio.

"Ti aspetto a casa."

Proprio in quel momento, Claudio passa in macchina davanti all'Hotel Marsala col telefonino ancora aperto e le vede insieme: Raffaella e Francesca. Claudio non crede ai suoi occhi, rimane sbigottito e accelera, cercando in qualche modo di fuggire. Ma non sa che da questo momento non ha più scampo.

Francesca si rivolge scocciata a Raffaella.

"Ma scusa, gli stavo parlando, perché mi hai chiuso? Tu sei maleducata..."

Raffaella le sorride, poi le prende dalle mani le chiavi della stanza. Francesca la lascia fare. Il grosso quadrato di legno pesante, con sopra il numero diciotto attaccato alle chiavi, ciondola dalle mani di Raffaella.

"Era questa la stanza dove tu 'prendevi' Claudio?" Francesca non risponde. Raffaella alza un sopracciglio. "Io non sono maleducata. Io sono la signora Gervasi. E tu, tu non sei un cazzo!" e le dà il quadrato di legno in piena faccia, rompendole il naso e stampando per sempre nei suoi ricordi quel numero diciotto.

69

"Ehi, Step, ma mi stai sentendo?"

"Certo..." Mento.

"Come sono felice di vederti... ma perché non mi hai chiamato quando sei tornato?"

"Be', non sapevo..."

"Non sapevi cosa?" Ride coprendosi la bocca. Muove i capelli portandoli all'indietro. "Se sono sola?" Mi guarda. Ora con occhi più intensi. Senza quel fiore in bocca. Ma non dice altro, e io ripenso al nostro Battisti. A quando lei si faceva le trecce, alle sue guance rosse, alle nostre cantine buie... Al mare nero. Ma non aspetto risposta.

"Bevo qualcosa."

E per fortuna trovo subito un rum. Un Pampero, il migliore. Ne prendo un bicchiere e lo butto giù. Io vorrei... Ne prendo un altro. Non vorrei... Me lo scolo tutto di un fiato. Ma se vuoi... Un altro bicchiere ancora. Come può uno scoglio arginare il mare? Non ho mai saputo rispondere a quella domanda. Torno da lei, ci sediamo su un divano. E guardandola trovo la risposta. È impossibile. Il mare è infinito. Proprio come i suoi occhi. E il mio scoglio... Be', il mio scoglio è troppo piccolo. Lei mi guarda e ride. Ride.

"Hai bevuto, eh?"

"Sì, qualcosa."

E in un attimo siamo lì, all'ombra, come quelle due biciclette abbandonate. E passa del tempo. Non so quanto. E lei mi racconta tutto, tutto quello che si può raccontare, che decide di raccontarmi. Lei donna. Lei che era chiara e trasparente come me... E prima che le chieda quante braccia l'hanno stretta per diventar quel che è, la serata finisce. Proprio come la mia bottiglia. "Ciao Carola, ciao ragazzi."

E tutti si salutano, si scambiano baci, appuntamenti, si ricordano un impegno futuro. E ci troviamo fuori dal portone. Soli, poco dopo.

"Che fai?"

"Eh, niente. Sono venuto con il mio amico Guido in macchina, ma lui se ne è andato."

"Non ti preoccupare. Ho io la mia. Ti accompagno io, dai."

E salgo su una Minicooper blu ultimo modello con tanto di stereo e cd. "Buffo, eh?" Mi guarda mentre guida.

"Ci siamo conosciuti con un passaggio in moto dove io sono salita dietro di te e ci ritroviamo con un passaggio in macchina dove stavolta sali tu."

"Sì, buffo..." Non so cosa aggiungere. Mi chiedo solo se Guido aveva immaginato anche questo. Lucignolo impeccabile dalla mente geniale. Rivedo il suo sorriso, l'occhiolino e la sua uscita di scena perfetta, da grande confezionatore di destini... Ma perché proprio il mio.

"Tieni." Babi mi allunga la sua sciarpa.

"Grazie. Ma non ho freddo!"

Ride. "Sciocco." Ora mi guarda più seria. "Mettitela sugli occhi. Non devi vedere. Ti ricordi, no? Ora tocca a me. E tocca a te stare al gioco."

Senza parlare me la lego intorno alla testa così come aveva fatto lei. Quella volta in moto dietro di me. Lei e i suoi occhi bendati, volare via tranquilli. Lei abbracciata a me, senza vedere, lasciandosi portare verso quella casa ad Ansedonia, il suo sogno, di notte, quella notte, la sua prima volta... Ora la sento guidare tranquilla, alzare un po' lo stereo, lasciarmi portare così dalla musica, da lei, da quella bottiglia di rum finita dentro di me.

"Ecco, siamo arrivati."

Mi levo la mia sciarpa-benda e nella penombra la scorgo. La Torre.

"Ti ricordi? Quella volta che ti sei addormentato?"

Come posso dimenticare? Poi quando mi sono svegliato abbiamo litigato e poi abbiamo fatto pace. Come facevamo pace. Come si fa pace tra innamorati. E senza neanche accorgermene me la trovo tra le mie braccia. Eppure non abbiamo litigato. Questa volta no... Mi bacia. Morbida, senza pudori, sorride nella penombra.

"Ehi, ma quanto hai bevuto?"

"Un po'."

Ma non sembra importargliene poi più di tanto. E continua così, accarezzandomi. "Mi sei mancato, sai?" Mi sento sciocco, cosa
posso dire? Come posso saperlo? E sarà vero poi? Perché mi dice
così? Perché? E io? Io non so proprio che dire. Vorrei stare zitto.
Ma mi esce un semplice "Sì?".

"Sul serio." Sorride. Poi mi sbottona la camicia, si spinge oltre.
E continua tranquilla. Senza fretta, ma decisa, sicura, ancora più
sicura, se mi ricordo, di come l'avevo lasciata.

"Vieni esci fuori..."

Quasi mi spinge dalla macchina e ride divertita all'idea che ha
iniziato a piovere. Si apre la camicetta, si toglie il reggiseno, sco-
prendosi il seno. Si lascia accarezzare dall'acqua e poi da me che
scivolo con la lingua sui suoi capezzoli bagnati. Con le mani sicure mi apre la cinta, mi sbottona i pantaloni lasciandoli cadere giù,
infila la mano dentro e mi sussurra all'orecchio.

"Eccolo... Ciao... Quanto tempo..."

Spinta come non era mai stata. Non con me almeno. Poi mi bacia sul petto mentre l'acqua dal cielo continua a cadere. E Babi scivola giù lasciandosi portare da quelle gocce fino a trovarlo. E io mi
lascio andare così, portato dal rum, dalla pioggia che cade dal cielo, da lei caduta così in basso. E mi piace. E lo fa bene. Mi piace
da morire e ne soffro quasi nell'ammetterlo. Ormai bagnato, tutto
e dappertutto, rapito dalla sua bocca che mi succhia, quasi con rabbia, io mi lascio portare. Tutto quel tempo passato. Quel dolore
sofferto... Quella donna perduta... Alzo la testa al cielo. Le gocce
di pioggia si vedono all'improvviso, accarezzate da quel fascio di
luce di una luna lontana. Vorrei fare come Battisti... "Ma io gli ho
detto no e adesso torno a te con le miserie mie, con le speranze na-
te morte che io non ho più il coraggio di dipingere di vita..." E invece resto. E lei continua così, senza fermarsi, più veloce, con la
sua bocca quasi avida di tutto ciò che è mio. Poi si stacca, si alza,
mi assale, mi tira a terra e io mi lascio cadere. Mi stendo vicino a
lei, sotto la pioggia. E mi sale sopra e si alza la gonna e sotto non
ha già più nulla. Bagnata dappertutto mi allarga le mani ed è sopra
di me. Comincia a cavalcarmi. L'acqua scende. Mi tengo con le mani al terreno, mi gira la testa, ho bevuto troppo, lei da lassù sorride e gode e mi guarda, vogliosa, sensuale, spinta. E io tocco il grano bagnato, l'erba, e la stringo e, per un attimo, non vorrei essere
lì. Ma come... E quel suo sorriso tanto amato? Non era per questo
che sei tornato? E all'improvviso un lampo. Senza luce. Come un
uccello notturno, un battito d'ali, fragoroso nella sua delicatezza.
La sua voce.

"Mi chiami dopo?"

"Sì, magari ti chiamo."

"Come magari? Mi chiami! Anzi... Chiamami senza chi!"

E allora come dei pixel, dei frame, una foto sovraesposta, un'immagine sfocata, una semplice polaroid... Improvvisamente si forma lucida nella mia mente. Gin. Dolce Gin, tenera Gin, divertente Gin, pulita Gin. Mi appare tutta, in tutta la sua bellezza. E la luna lontana sembra ripropormi un suo nuovo viso. Affranta, dispiaciuta, delusa, tradita. E in quel pallore lunare vedo tutto quello che non avrei mai voluto vedere... Come per incanto la pioggia si infittisce, i fumi dell'alcol si dileguano. E io, improvvisamente lucido, provo a sfilarmi da sotto di lei. Ma Babi mi stringe più forte, mi tiene fermo, va su e giù, quasi con rabbia, continua la sua corsa con ancora più foga, no, non mi lascia scappare. Quasi trascinata da quel mio voler fuggire, mi cavalca e gode, senza darmi respiro, né tregua, né riposo. Ancora, ancora e ancora. Si sfila solo all'ultimo quando ormai io vengo. E soddisfatta, appagata, ormai sazia, si accascia su di me. Si abbandona così, lasciando lì da qualche parte per terra due poveri innocenti. Il mio seme e la mia colpa. Poi mi dà un bacio leggero, che non so di cosa sappia. So solo che mi sento ancora più in colpa. E mi sorride, sotto la pioggia, più spinta di sempre, più donna di allora. Diversa. Specchio deforme di ciò che ho tanto amato.

"Sai Step, ti devo dire una cosa..."

Mentre mi rivesto sotto l'acqua, sotto la pioggia che vorrei purificatrice, sotto le nuvole scure che mi guardano inquisitorie, sotto quella luna che sdegnata mi ha voltato la faccia. Lei continua.

"Spero solo che non ti arrabbi."

Continuo a vestirmi in silenzio. La guardo. Io? Arrabbiarmi io? Ora che non ci sei più? E come potrei arrabbiarmi?

Si porta con tutt'e due le mani i capelli bagnati all'indietro. Poi piega la testa, cercando per un attimo di tornare bambina. Ma non è più possibile. Non ci riesce.

"Ecco... ti volevo dire che tra qualche mese mi sposo."

70.

Notte fonda. Claudio ha girato per tutta Roma. Non riesce a credere a come si è fatto fottere. Come ha fatto a non accorgersi che non era il suo telefonino, ma quello di sua moglie. D'altronde sono identici. Mannaggia a me e a quando ho dato retta a quella pubblicità. Era una trappola. Ho risparmiato, sì... ma ora quanti danni mi toccherà pagare? E per quanti anni? Non riesce a quantificare tutto quello che lo aspetta. Ma tanto vale affrontarlo. Ormai sono le due. Saranno anche tutti andati a dormire, no? Posteggia sotto casa, fuori dal cancello, proprio per non far sentire che rientra. Poi corre su per la salita col passo felpato, nella notte, apre piano il portone, lo richiude sempre senza far rumore. Poi la porta di casa, piano piano, lentamente, piegando la maniglia della porta interna con dolcezza, per non far rumore. Ma lo scatto finale lo tradisce.

"Papà, sei tu?" Daniela compare dal salotto. "Ciao! Ti ho aspettato in piedi perché sono felicissima! Ho fatto gli esami, mi hanno dato oggi tutte le risposte. Il bambino sta bene e soprattutto non ho l'Aids!"

Ma Claudio non fa in tempo a esserne felice. Dal buio della cucina gli si scaraventa addosso Raffaella, lo aggredisce da dietro, montandogli quasi a cavalcioni, urlando, graffiandogli con le unghie le guance, accecandolo, strappandogli i capelli, mordendogli le orecchie. Raffaella è una specie di arpia, uno strano volatile urlante aggrappato sulla sua schiena. Ha le gambe strette intorno alla sua vita e non lo molla. Claudio comincia a urlare pure lui dal dolore e corre come un pazzo per il corridoio, sotto gli occhi esterrefatti di Daniela che non sa assolutamente nulla e che pensava di poter dividere coi genitori la sua felicità. Claudio, arrivato alla fine del corridoio, si gira di botto e si lancia con una spallata dentro al grande armadio, sfondandolo con tutta l'arpia sulle spalle. Finisce sotto cappotti, pellicce e altri abiti che cadono dalle rastrelliere. In mezzo a quell'odore di naftalina, alle scatole di scarpe, ai tanti regali di feste passate ormai andate perdute. Claudio si riesce a liberare da Raffaella, si tira fuori dall'armadio e corre in camera sua. In quel momento esce Babi dalla sua stanza.

"Ma che succede? Che, ci sono i ladri?" Poi vede il padre in faccia, tutto insanguinato. "Ma che ti è successo? Che ti hanno fatto?"

In quel momento arriva Raffaella.

"Che gli hanno fatto? Che ci ha fatto! Erano mesi che scopava con una brasiliana in un albergo alla stazione!" e così dicendo strappa via dall'armadio, distrutto, un pezzo di anta e cerca di colpire Claudio che si chiude in camera. Tira fuori la sua valigia. Poi apre l'armadio ma non crede ai suoi occhi: tutte le camicie, le giacche, i pantaloni, i maglioni e tutti i completi sono strappati, tagliati, lacerati. Una specie di grande, immenso armadio di coriandoli di classe. Claudio allora prende l'unica cosa che gli è rimasta. Apre la porta ed esce dalla stanza. Babi gli corre incontro.

"Papà, ma dove vai?"

"Me ne vado. M'avete rotto i coglioni tutti. Non capite quando una persona ha bisogno di libertà..."

Raffaella gli piomba da dietro e lo colpisce alle spalle, tra collo e nuca, col pezzo dell'anta dell'armadio. Ma Claudio è più veloce e ci mette in mezzo il libro di Gozzano, *Poesie*. E poi dicono che la letteratura non aiuta. Così corre via, attraversa il corridoio e fa per uscire di casa. Ma Babi lo raggiunge sulla porta.

"Papà, ma a me chi mi accompagnerà all'altare?"

"Mamma. Ha sempre deciso tutto lei. Che si occupi pure di quest'ultima rottura di coglioni!"

E così dicendo si libera anche di lei. E scende di corsa le scale. Pffiuu. Claudio tira un sospiro di sollievo. Pensavo peggio. Scende le scalette del portone quando improvvisamente gli piomba addosso un'altra persona.

"Ah!" Claudio si mette in posizione di difesa. Ma è Alfredo, l'ex di Babi, completamente ubriaco con una bottiglia in mano.

"Signor Gervasi, lei mi deve aiutare, guardi come sto! Non può far sposare Babi con questo Lillo solo perché guadagna più di me e come? Vendendo mutande! Ma non se ne vergogna? E tutta la nostra amicizia? I giorni passati a tavola? Dove li mette, eh? Dove li mette? Lei se ne pentirà! Ha capito?"

Claudio lo guarda e sorride sfinito.

"Non sono riuscito a salvare il mio matrimonio, figurati se mi devo preoccupare di quello degli altri."

"Ah sì? Allora ora le faccio vedere io!" Alfredo avanza. Agita minaccioso la birra, facendola roteare e andandogli contro. Claudio non ha più dubbi. Gli sferra un calcio in mezzo ai coglioni. Alfredo si accascia a terra e si piega su se stesso, dolorante. Claudio dà un calcio alla birra, mandandola lontana.

"Non ho avuto problemi con Step, figuriamoci se mi preoccupa uno come te!"

E se ne va via felice, guardando le stelle, sognando la nuova vita che lo aspetta e un po' preoccupato per tutti quei vestiti che si dovrà ricomprare.

"Sì, pronto?"

"Ehi, ma che fine hai fatto ieri sera? Ti ho chiamato un sacco, ma prima non prendeva, poi dava staccato."

Gin. Mi sento morire. Perché ho risposto al telefonino?

"Eh sì... siamo andati con Guido a mangiare in un locale, ma non mi ero accorto che lì non prendeva. Era sotto."

Non so più che dire. Mi viene da vomitare. E lei, cosa assurda, mi salva.

"Sì, sottoterra. Ho provato un po', poi mi sono addormentata. Oggi non ci possiamo vedere. Che pizza! Devo accompagnare mia madre da una zia fuori Roma. Ci sentiamo dopo? Io non lo stacco, eh? Dai scherzo! Un bacio bello e dopo, quando sei sveglio, uno ancora più bello!"

E chiude. Gin. Gin. Gin. Con la sua allegria, Gin con la sua voglia di vivere. Gin con la sua bellezza. Gin con la sua purezza. Mi sento una merda. Sto di merda. Vuoi il rum, vuoi tutto il resto. Mamma quanto ho bevuto. Quanto avevo bevuto può essere preso come giustificazione? Non è sufficiente. Ero capace di intendere e di volere. Di dire di no fin dall'inizio, di non andare con lei, di non mettermi la sciarpa, di non baciarla. Colpevole! Senza ombra di dubbio. Ma un'ombra ce l'ho. E se avessi sognato? Scendo giù dal letto. Quei vestiti poggiati sulla sedia ancora bagnati di pioggia, quelle scarpe ancora sporche di fango non lasciano più dubbi. Altro che sogno. È un incubo. Colpevole. Colpevole oltre ogni ragionevole dubbio. Cerco nella testa una frase, parole a cui aggrapparmi. Perché attorno a me non trovo nulla? Mi viene in mente qualcosa che mi disse una volta il prof di Filosofia: "Il debole dubita prima della decisione; il forte dopo". Mi pare fosse di Kraus.

Quindi secondo lui io sarei forte. Eppure mi sento così stupido e debole. E così stupido artefice di questa mia condanna mi trascino in cucina. Un po' di caffè mi aiuterà. Passerà un giorno e poi un altro e poi un altro ancora. E poi tutto questo sarà lontano, sarà del passato. Mi verso del caffè già pronto. È ancora caldo. Deve averlo lasciato Paolo prima di uscire. Mi siedo al tavolo. Ne bevo un po', mangio un biscotto. Poi vedo un biglietto. La scrittura la riconosco. È di Paolo. Perfetta e ordinata come sempre. Questa volta però mi sembra solo un po' traballante. Forse era stanco e lo ha scritto di corsa. Lo leggo. "Sono andato con papà all'ospedale Umberto I. Mamma è stata ricoverata lì. Vieni presto per favore." Ora capisco la scrittura incerta. Si tratta di mamma. Lascio il caffè e mi vado a fare veloce una doccia. Sì, ora mi ricordo. Paolo me ne aveva parlato, ma non mi sembrava particolarmente preoccupato. Mi asciugo, mi vesto e dopo pochi minuti sono già sulla moto. Un po' di vento in faccia mi fa riprendere subito. Va tutto bene. Va tutto bene, Step. È quel "vieni presto per favore" che mi fa stare male.

72

"Mi scusi, sto cercando la signora Mancini, dovrebbe essere ricoverata qui da voi."

Un infermiere svogliato dall'aria annoiata sottolineata da una sigaretta che pende dalle sue labbra poggia un "Corriere dello Sport" aperto su chissà quale acquisto e butta un occhio al computer che ha davanti.

"Mancini hai detto?"

"Sì."

Poi mi viene in mente che potrebbe aver usato il cognome da giovane. Non mi viene da non sposata. Qual era? Ah sì.

"Potrebbe essere anche Scauri."

"Scauri? Sì, eccola qui. Scauri. Secondo piano."

"Grazie."

Faccio per cercare nel reparto. Ma appena supero la sua postazione, l'infermiere annoiato sembra essersi svegliato di botto e mi si para contro. "No, non puoi andare. Le visite sono alle quindici."

Guarda l'orologio alle mie spalle. "Tra un'ora circa, devi stare fuori."

"Sì, lo so, ma mia madre..."

"Lo so. Non me ne frega niente di tua madre. Alle quindici vale per tutti."

E in un attimo rivedo il biglietto di Paolo. "Vieni presto per favore."

E poi non ci vedo più. Lo afferro alla gola con la mano destra e lo spingo con tutto il peso fino a trovare il muro più vicino e lì lo spalmo. Mi poggio con la mano aperta sulla sua gola con tutto il mio peso.

"Devo vedere mia madre. Ora. Subito. Non voglio creare incidenti. Non mi fermare. Per favore..."

Uso la stessa parola usata da Paolo sperando che possa ottenere qualche risultato. L'infermiere vuole dire qualcosa. Allento la presa. L'infermiere riprende fiato e bofonchia "Secondo piano". Poi tossisce. "Letto centoquattordici." Tossisce di nuovo. "Vai pure."

"Grazie!"

Mi allontano così, velocemente, prima che ci ripensi, prima che dica o faccia qualcosa di giusto che però, in questo momento, mi sembrerebbe profondamente sbagliato. Come fermarmi di nuovo. Troppo profondamente sbagliato. Centoventi, centodiciannove. Destra e sinistra. Avanzo così tra alcuni letti, tra alcune persone distese, tra alcune vite abbandonate sulla soglia di un più o meno felice baratro. Un vecchio sdentato mi accenna un sorriso. Abbozzo una risposta ma non mi viene granché. Centosedici. Centoquindici. Centoquattordici. Eccolo. Quasi ho paura ad avvicinarmi. Mia madre. La vedo lì, distesa tra le lenzuola, pallida, piccola come non mi era mai sembrata. Mia madre. Sembra avere avvertito qualcosa, un leggero rumore che però non ho fatto. Forse solo un battito accelerato, quello del mio cuore nel trovarla così. Si gira verso di me e sorride. Si aggiusta alzandosi sui gomiti, spostando indietro la schiena. Ma un dolore improvviso le dipinge il viso facendole passare quell'idea dalla testa. Si affloscia così, ricadendo sul cuscino, guardandomi imbarazzata per quel tentativo fallito. Le corro subito vicino. La prendo delicatamente da sotto la schiena e la tiro piano verso il capezzale. L'aiuto stando bene attento a non urtare tutti quei fili che penzolano giù con chissà quale medicina, perdendosi nelle sue braccia. Il suo viso è attraversato da una smorfia, dipinto del dolore. Ma è solo un attimo. È passato. Mi sorride mentre prendo una sedia libera da un letto lì vicino e mi metto accanto a lei, al suo capezzale per non farla parlare ad alta voce, per non farla stancare, non più.

"Ciao."

Prova a parlare ma io le faccio "Shh" portando l'indice alla bocca. Rimaniamo così in silenzio per qualche attimo. Poi sembra stare meglio.

"Come stai, Stefano?"

È assurdo. Lei che lo domanda a me. Un suo sorriso delicato. Mi guarda cercando risposta. Provo a parlare ma non mi escono le parole.

"Bene." Riesco a dire prima che accada. Una parola di poco più lunga si sarebbe rotta tra le mie labbra, come un fragile cristallo. Il mio dolore sarebbe andato in mille pezzi, in frantumi, come uno specchio sottilissimo con riflessa tutta la nostra vita, quella mia e di mia madre. Insieme. Le sue parole, i suoi racconti, le sue risate, i suoi scherzetti, le sue corse, le sue sgridate. Il suo cucinare, il suo farsi bella. Scivolano così via, senza possibilità di essere trattenute, come gocce d'acqua sul vetro di una macchina in corsa, sul finestrino di un aereo in partenza, in caduta libera da una doccia di mare lasciata aperta e spazzata dal vento. Mamma. Come lei ha fatto tante volte con me, mi viene naturale. Le prendo la mano. Lei me la stringe come risposta. Sento le sue dita più magre, alcuni anelli più liberi, la pelle quasi posata a caso su quelle ossa sottili. Porto la sua mano alla mia bocca e la bacio. Ride, leggera.

"Cos'è, il bacio del perdono?"

"Shh." Non voglio parlare. Non ce la faccio a parlare. "Shh." Poggio la mia guancia sul dorso della sua mano. Mi lascia tranquillo su quell'umano cuscino piccolo ma pieno d'amore. Il mio, il suo? Non so. Rimango lì a riposare, con gli occhi chiusi, con il cuore tranquillo, con le lacrime sospese, in silenzio. Mi accarezza la testa con l'altra mano e gioca un po' con i miei capelli.

"Hai letto il libro che ti ho regalato?"

Faccio cenno di sì con la testa oscillando leggero sulla sua mano, il mio cuscino. La sento sorridere.

"Hai capito allora che può succedere? Tua mamma è una donna, una donna come tutte... Come tutte? Forse più fragile."

Rimango in silenzio. Cerco un aiuto, qualcosa, non ce la faccio. Mi mordo il labbro inferiore e trattengo le lacrime. Aiuto. Chi mi aiuta? Mamma aiutami. "Ho sbagliato, è vero, e il Signore ha voluto che proprio tu lo scoprissi. Ma è stata una punizione troppo grossa. Perdere per quest'errore mio figlio."

Mi alzo di scatto e riesco a sorriderle, tranquillo, forte, come mi vuole lei, come mi ha fatto lei, mia mamma.

"Ma non mi hai perso. Sono qua."

Mi sorride. Riesce a stendere il braccio e a farmi una carezza sulla guancia. "Ti ho ritrovato allora."

Le sorrido e faccio cenno di sì con la testa.

"E ti perderò di nuovo."

"Ma perché? No... vedrai che andrà tutto a posto."

Mamma chiude gli occhi e scuote la testa.

"No. Me l'hanno detto. Ti perderò di nuovo."

Fa una pausa e mi guarda. Poi sorride piano piano. Vedo sul suo viso la felicità di avermi accanto e poi, invece, il dolore che le viene da dentro. Improvviso. Una piccola smorfia. Chiude gli occhi. Poco dopo li riapre, di nuovo serena. Il dolore è passato. Mi guarda e sorride.

"Ma stavolta non sarà per colpa mia."

Rimango in silenzio. Vorrei trovare qualcosa da dire, tornare indietro, laggiù. Scusarmi per tutto quel tempo passato. Vorrei non essere mai entrato in quella casa, non averla vista con un altro uomo, non averla disturbata, non averne sofferto, essere stato prima capace di capire, di accettare, di perdonare. Invece no. Non riesco a parlare. Non so fare altro che stringerle la mano, leggermente, con la paura che tutto si possa di nuovo spezzare. Ma lei mi salva, mi aiuta, ancora una volta. D'altronde è mia madre. Mamma.

"Parliamo di ciò che ci ha allontanato."

Mi coglie di sorpresa. Rimango in silenzio.

"Non facciamo finta di niente. Credo che non ci sia nulla di peggio che far finta di niente. Se sei qui, vuol dire che in qualche modo lo hai superato."

Niente, non parlo. Allora cerca di aiutarmi.

"Be', non credo comunque che sei andato fino in America per colpa mia, no?" Sorride. E quel suo sorriso rende tutto più facile.

"Avevo voglia di un po' di vacanza."

"Due anni? Te la sei presa comoda. Comunque mi dispiace per quello che è successo. Tuo fratello non ha capito nulla. Tuo padre invece non ha voluto capire. Ci sarebbe dovuto essere lui al tuo posto. Erano successe cose..." si ferma. Improvvisamente una fitta di dolore attraversa il suo sorriso. Come un'onda leggera venuta da chissà dove. Poi sparisce di nuovo e mamma riapre gli occhi. E torna a cercare il sorriso. Lo trova.

"Vedi, non devo parlare. Meglio così. Almeno di lui ti rimarrà sempre un bel ricordo. Sono io la colpevole, quella che ha rovinato tutto, ed è giusto che io paghi." Un'altra fitta. Sembra più forte questa volta. Mi avvicino a lei.

"Mamma..."

"Non è niente, sto bene, grazie..." Fa un lungo respiro. "Mi danno queste medicine così forti. A volte è come se non ci fossi. Sogno anche se sono sveglia, non sento più niente. È bello. Dev'essere una droga. Ora capisco perché voi ragazzi ne prendete così tanta. Fa dimenticare qualsiasi tipo di dolore."

"Io però non l'ho mai fatto."

"Lo so. Hai saputo vivere vicino al tuo dolore. Ora basta però. Non gli permettere più nulla. Fatti restituire la tua vita."

Restiamo per un po' in silenzio.

"Mi sei mancata, mamma."

Poggia la sua mano sulla mia e me la stringe. Cerca di farlo con forza, ma la sento debole, fragile. Guardo la sua mano. È magra. Ha perso molto di quella vita che lei stessa generosamente mi ha dato. Poi mi lascia andare.

"Comunque, Stefano, non volevo parlare di me."

"Cosa vuoi sapere?"

"Mi ricordo che quando ero molto giovane, più piccola di te, avevo avuto un ragazzo che mi piaceva tantissimo. Ero convinta che avrei diviso tutta la mia vita con lui. Invece si è messo con la mia migliore amica e io ero come impazzita. Dovevi vedere i miei genitori. Alla fine me ne sono fatta una ragione. E subito dopo ho incontrato tuo padre. Vedi, sono stata felice che la mia prima volta fosse stata proprio con lui... Ecco, ciò che in un momento preciso ci sembra così perfetto, col passare del tempo può non esserlo più. Magari capiamo che non era poi così perfetto e anche se lo abbiamo perso non è detto che non possiamo trovarlo ancora, o addirittura trovare qualcosa di meglio."

Rimane per un po' in silenzio, mi sorride. Mi vorrebbe felice. Vorrei tanto esserlo. Anche per lei.

"Ho conosciuto una ragazza."

"Ecco, era questo che volevo sentirti dire. Mi racconti com'è?"

"È divertente, è bella, è strana. È... particolare."

Proprio in quel momento: "Step!".

Martina, quella "sgnappetta" di undici anni conosciuta a piazza Jacini, compare sulla porta.

"Non ci posso credere!"

"Oddio..." Mia madre rimane senza parole. "Non mi dire che è lei la ragazza 'particolare' con la quale ti vedi ora?!" Poi comincia a ridere. E alla fine tossisce e di nuovo viene rapita da una fitta di dolore. Ma passa subito. E torna ad aprire gli occhi. E sorride subito.

"Martina, che ci fai qui?"

"Qui lavora mia madre, eccola."

Entra una bella donna con un camice bianco.

"Salve. Io sono la caposala e dovrei cambiare le flebo della signora e comunque questa non è l'ora delle visite."

"Sì, lo so, scusi."

"Ma mamma, lui è un mio amico, hai capito chi è, è Step, quello della scritta sul ponte di..."

"Martina, accompagna fuori il signore. Faccio il mio servizio e poi la faccio rientrare un attimo per salutare la sua parente, va bene?"

"Grazie."

Faccio per uscire dalla stanza quando mamma mi richiama.

"Stefano, mi puoi fare una cortesia? Mi puoi portare un bicchiere d'acqua?"

"Certo" ed esco con Martina.

"Ma quella signora chi è?"

"Mia madre."

"Sta molto male?"

"Credo di sì, non ho ancora capito bene."

"Se vuoi chiedo meglio a mia madre. Lei sa tutto. Mia madre è pazzesca sul lavoro. Oggi non poteva lasciarmi a casa e allora mi ha fatto venire qui. Allora, vuoi che glielo chiedo?"

"No, Martina, lascia stare."

Ci rimane un po' male. Cammina vicino a me in silenzio.

"Dai, fammi vedere invece dove posso prendere l'acqua."

"Certo!" Si accende di nuovo. "Vieni, passiamo di qua che si fa prima." Poco dopo rientriamo nella stanza. La caposala finisce di controllare l'ultimo tubicino. Dà una schicchera precisa su una bottiglietta rovesciata, controllando che il liquido cominci a scendere. Le sembra tutto ok.

"Bene. Signora, passo di nuovo verso la mezzanotte." Poi va verso l'uscita. "Lei può rimanere altri cinque minuti."

"Grazie."

"Vieni, Martina, andiamo." Prende la figlia per il braccio per essere sicura che esca dalla stanza.

"Ahia, mamma, e non mi tirare! Vengo! Ciao Step, ci vediamo."

La saluto con la mano e riprendo posto vicino al letto. Poso il bicchiere d'acqua sul suo comodino.

"Grazie, Stefano. Allora, non sapevo avessi delle fan. La caposala mi ha raccontato, Martina e le sue amiche sono letteralmente impazzite per la tua scritta."

"Già, non credevo di diventare famoso per questo. E dire che non l'ho neanche firmata!"

Mia madre ride. "Ma le voci girano, che non lo sai? Si sa sempre tutto. E lei? Lei che stava con te... tre metri sopra il cielo... che dice?"

"L'ho vista ieri."

"Che vuol dire che l'hai vista ieri? Ma scusa, non ti stai vedendo con l'altra?"

Rimango in silenzio. Mamma allarga le braccia.

"Be', certo... Ora che ci penso, sono la persona meno adatta a dirti qualcosa, no?"

Ci guardiamo. Poi all'improvviso ci mettiamo a ridere. Sembra stare meglio. La medicina ha fatto effetto.

"Non so cosa hai fatto, ma vuoi un consiglio? Non dire niente all'altra. Neanche che l'hai vista. Supera da solo in silenzio il tuo errore. Spero che quello che ho combinato io allora non sia una cosa ereditaria, sennò mi dovrei sentire in colpa anche per i tuoi di errori."

"No, mamma, lascia perdere, già mi sento in colpa io. Ho tanto desiderato incontrarla di nuovo, c'ho pensato giorno e notte, ho sempre immaginato quel momento, come sarebbe stato..."

"E com'è stato?"

"Io e te... tre metri sotto terra!"

"È che a volte facciamo delle cose così stupide. E non quando siamo innamorati ma quando pensiamo di esserlo." Rimaniamo in silenzio.

"Be', meglio così. Almeno una cosa te la sei chiarita. La storia passata è passata. Finita. Non potevi evitarlo, credo."

"Invece avrei dovuto, e come se non bastasse... si sposa."

"Ah, andiamo bene. È per questo che sei rimasto male?"

"No. L'assurdo è che non me n'è fregato niente. M'è sembrata un'altra persona, una che non aveva niente a che fare con me, con tutto quello che mi ricordavo, non era più quella ragazza che mi era tanto mancata, per la quale ero stato così male. E la cosa assurda è che si sposa e che me l'ha detto quando era già tutto successo. Mi sono sentito ancora più in colpa."

"Per quello che ti aveva detto?"

"No, per l'altra ragazza. Per quanto è diversa da lei e per quanto non se lo merita."

Mia madre mi guarda. Poi sorride. E torna proprio a essere quella mamma che mi è tanto mancata.

"Stefano, alcune cose devono capitare e sai perché? Perché se fosse successo più in là poi non sarebbe stato più possibile mettere tutto a posto. Di questo, purtroppo, ne sono sicura."

Rimaniamo così per un po', in silenzio.

"Be', ora vado. Non voglio che torni la caposala e mi veda ancora qui."

"Io al posto tuo sarei più preoccupato se tornasse la piccola fan."

"Ah, questo è sicuro!"

Le do un bacio sulla guancia. Lei mi sorride.

"Vienimi di nuovo a trovare."

"Certo, mamma."

Raggiungo la porta e mi giro di nuovo per salutarla. Mi sorride da lontano e alza la mano. Fa anche l'occhiolino. Forse per farsi vedere più forte.

"Stefano..."

"Sì, mamma, dimmi. Hai bisogno di qualcosa?"

"No, grazie, ho tutto. Bentornato."

73

Ormai è il tramonto. Citofono. Qualcuno mi viene a rispondere.

"Mi scusi, c'è Ginevra?"

"No. È in chiesa, qui vicino, a San Bellarmino. Ma chi parla?"

Mi allontano. Non ho voglia di rispondere. Maleducato per una volta. Perdonatemi anche voi. Ma oggi me lo posso permettere. Entro in chiesa in silenzio. Non so che dire, che fare, se pregare e perché poi. Ora no. Ora non ci voglio pensare. Alcune signore anziane in ginocchio rivolte verso l'altare. Hanno tutte in mano il rosario. Lo muovono ogni tanto nervose tra le mani pronunciando parole al Signore, preghiere che sperano Lui possa esaudire. Lui può, certo. Ma chissà se ne ha voglia. Chissà se lo riterrà giusto, sempre che una giustizia ci sia. Ma non ci voglio pensare. Ho altro da fare. Io ho il mio peccato. Per me è tutto più facile. Eccola. La vedo di spalle. Non è inginocchiata ma prega. Dice qualcosa comunque, di sicuro anche lei al Signore. Mi avvicino piano.

"Gin?"

Si gira e mi sorride. "Ciao... Che bella sorpresa... stavo ringraziando il Signore. Sai..." Si porta la mano sulla pancia. "È tutto a posto. Ero così preoccupata... cioè non è che non volessi... Ma così per caso, mi sembrava brutto. Una cosa così importante, così bella, avere un figlio..."

"Shh" le faccio. Le do un bacio leggero sulla guancia. Mi avvicino poi al suo orecchio e tutto d'un fiato, senza più aspettare, senza paura, io salto. Le racconto tutto, le sussurro il mio peccato, lentamente, sperando che capisca, che possa capire, che mi possa perdonare. Ho finito. Mi tiro indietro. Lei mi guarda in silenzio. Io la guardo. Non ci crede.

"È uno scherzo?" Prova a sorridere.

Scuoto la testa. "No. Perdonami Gin."

Mi inizia a colpire con tutti e due i pugni con rabbia, piangendo, urlando, dimenticandosi di essere in chiesa, o forse, ancora più giustificata per questo. "Perché? Perché? Dimmi perché? Perché l'hai fatto? Perché?" Continua così, disperata, cade in ginocchio e continua a piangere, singhiozzando, cercando quella risposta che io non ho. Poi va via correndo, lasciandomi lì, in quella chiesa ancora più vuota, sotto gli sguardi di quelle signore anziane che per un attimo hanno dimenticato le loro preghiere e si occupano di me. Le guardo e allargo le braccia. Magari voi poteste perdonarmi. Ma non potete, voi no. Contro di voi, non ho peccato. Ho solo forse dato un po' fastidio... Sì, per questo forse potete perdonarmi. Si girano di nuovo verso l'altare e riprendono in silenzio le loro preghiere. Forse mi hanno perdonato. Almeno loro. È con lei che sarà più difficile.

74

Qualche giorno dopo. Casa Gervasi è al buio. Un silenzio e una tranquillità che da tempo non si concedeva. Del profumo leggero di fiori. Babi guarda in cucina e si accorge che ci sono diversi bouquet da sposa per la prova.

"Vattene Lillo, non devi vedere! Rovini tutto, dai. Così ogni cosa sarà una sorpresa per te. Non è più bello?"

"Speravo che potessimo stare un po' insieme, con tutta questa preparazione si perde un altro tipo di allenamento."

"Più tardi magari, credo che ci siano i miei. Dai, vai a casa, magari dopo ti avviso. Se escono passi tu, sennò vengo io da te, va bene?"

"Ok, come vuoi."

Babi dà un bacio leggero al suo futuro sposo. Lillo, leggermente imbronciato, sorride, poi scende velocemente le scale e sparisce nel pianerottolo. Babi chiude la porta.

"Mamma... sei in casa?"

"Sono qui, in salotto."

Raffaella è seduta su un divano, ha le gambe allungate e beve un tè verde che naturalmente oggi va molto di moda. Babi la raggiunge. Le tapparelle sono abbassate. Un pendolo leggero tiene il tempo che passa. Qualche rumore dalla strada come un'eco lontana e nulla più. Babi si siede sul divano di fronte a lei.

"Sai, mamma, pensavo una cosa... Noi non sappiamo niente di cosa accade veramente nelle altre famiglie, come sono diverse, che storia hanno..."

"Be', non lo so, ma di certo non possono superarci."

Si guardano e improvvisamente si mettono a ridere.

"No, questo proprio no. Ti devo dire una cosa. Ho visto Step ieri sera."

Raffaella torna seria.

"Perché me lo dici?"

"Perché avevamo deciso di dirci tutto." La mamma rimane lì a pensare.

"Sì, proprio l'altro giorno mettevo a posto la tua stanza e ho trovato il poster che ti aveva portato, quello che hai tenuto per tanto tempo attaccato sul tuo armadio. Dove facevate 'la pinna' come la chiamate voi."

"Sì, me lo ricordo. Lo hai buttato?"

"No, quando sarà il momento lo butterai tu."

Uno strano silenzio tra loro, improvvisamente spezzato da Babi.

"Ieri ho fatto l'amore con Step."

"Lo dici apposta, eh? Vuoi stupirmi, mi vuoi sorprendere?" Raffaella si alza, perde per un attimo la sua calma.

"Forza, dimmi la verità! Cosa vuoi da me, eh? dimmelo, cosa vuoi?" Sembra volerla prendere a schiaffi, scuoterla con violenza. È vicina, troppo vicina. Babi alza lo sguardo e le sorride tranquilla, serena.

"Cosa voglio da te? Figurati... Non so neanche cosa voglio da me. Pensa se posso sapere quello che voglio da te. E poi tu quello che potevi darmi me lo hai già dato."

Raffaella si rimette seduta. Un respiro lungo. Torna calma. Rimangono per un attimo in silenzio sedute su due divani. Figure femminili di età diversa ma molto simili in tante cose, in troppe cose. Poi Raffaella sorride.

"Stai bene con questo nuovo taglio di capelli."

"Grazie, mamma. Come va con papà?"

"Bene. Figurati... tornerà. Ha voluto dimostrare qualcosa a se stesso, ma tornerà. Non è capace di stare lontano. Lui non è un problema. Piuttosto tu, che hai deciso?"

"Io? Su che cosa?"

"Ma come su che cosa? Dimmi che devo fare. Stasera vado alla festa dei De Marini. Magari qualche amica mi chiede qualcosa, vorranno sapere. Mi hai detto che hai visto Step ieri sera. Allora? Cosa hai deciso? Ti sposi lo stesso?"

"Certo. Perché non dovrei?"

Raffaella fa un sospiro, ora è più tranquilla. Tutto tornerà a posto. È solo questione di tempo e tutto tornerà perfetto come prima, anzi meglio di prima.

Un nipote di chissà chi, un matrimonio come si deve e un marito in punizione per un po'. Sì, tutto tornerà perfetto. Raffaella si alza dal divano.

"Bene, allora posso andare. Stasera giochiamo a burraco. Ci sai giocare?"

"No, ho visto che giocavano a casa della Ortensi ma non mi sono seduta."

"Devi provarlo, è molto meglio del gin. È più divertente. Un giorno che ho un po' di tempo te lo insegno, vedrai che ti piacerà."

"Va bene."

Raffaella la bacia e fa per andar via.

"Mamma..."

"Sì, dimmi."

"C'è un altro problema."

Raffaella rientra nel salotto.

"Sentiamo."

"C'ho pensato. Però non ti devi arrabbiare. Io non voglio chiamare i tavoli degli invitati coi nomi dei fiori. È troppo banale. L'ha fatto anche la Stefanelli per il suo matrimonio."

"Hai ragione."

"Che ne so, potremmo usare il nome delle pietre preziose per esempio. Non è più elegante?"

Raffaella sorride.

"Molto. Hai ragione, è un'ottima idea. Faremo cambiare il cartellone e i segnatavolo. Fossero questi i problemi..."

E così la bacia di nuovo ed esce felice. È in gamba mia figlia. È un po' come me, risolve sempre qualsiasi problema trovando la soluzione migliore. Raffaella va nella sua stanza a prepararsi. Dopo poco tempo esce di corsa, elegante e impeccabile come sempre. Vorrebbe arrivare puntuale a casa dei De Marini. E soprattutto ha un'unica, ultima, grande preoccupazione. Questa sera deve assolutamente vincere a burraco.

75

"Mamma, io esco."

"Va bene Gin. Telefonami però se fai troppo tardi. Fammi sapere se torni per cena. Voglio farti quella pizza che ti piace tanto."

Non sento neanche le sue parole.

"Sì, grazie mamma."

Mi metto una felpa e decido di uscire, di perdermi così, senza tempo. Solo io posso capire. Ho desiderato tanto tutto questo. E ora? Niente, ora mi ritrovo senza niente, senza il mio sogno. Ma era tutto vero poi quello che avevo tanto sognato? Non mi va di pensarci. Sto malissimo. Uffa, non c'è niente di peggio che trovarsi in queste situazioni. Uno ne parla un sacco da fuori quando sente tutte quelle situazioni assurde che riguardano le altre persone, non so perché ma uno non pensa mai che ci possa finire dentro e poi invece tac! Ecco che succede, ti riguarda direttamente, neanche ti fossi portata sfiga da sola. Cavoli, Gin, devi fare i conti con il tuo orgoglio e la tua voglia di stare ancora con lui... Ma non mi va di fare i conti, porca trota! Che palle! In matematica sono sempre stata una negata. E poi in amore non esistono equazioni e conti matematici! Mica c'è il ragioniere dei sentimenti, o peggio il commercialista dell'amore. Che, c'è da pagare anche la tassa sulla felicità? Cavoli come pagherei se fosse vero... Ma che voglia che ho di lui però... Sono a Ponte Milvio. Fermo la macchina e scendo. Mi ricordo di quella notte, di quei baci, la mia prima volta. E poi qui, sul ponte... Mi fermo davanti al terzo lampione. Vedo il nostro lucchetto. Mi ricordo di quando ha buttato la chiave nel Tevere. Era una promessa, Step. Era così difficile da mantenere? Mi metto a piangere. Per un attimo vorrei avere qualcosa dietro per rompere quel lucchetto. Ti odio, Step!

Risalgo in macchina e parto. Me ne vado in giro così, senza sapere bene dove andare. Per un bel po'. Non so quanto. Non lo so. So solo che ora cammino al mare. Persa nel vento, distratta dalle onde, dalla cantilena delle correnti. Ma sto di un male. E poi mi sento così stupida. Non ci credo, non è possibile. Mi manca da morire quello stronzo, mi manca tutto quello che avevo sognato. Sì, certo, lo so, qualcuno mi potrebbe dire: "Ma Gin è normale. Cosa ti aspettavi? Era la sua ragazza! Step è partito per l'America per quanto stava male. È normale che ci sia ricaduto!". Ah, sì? Ma sentilo. Dice così il tipo... Be', allora si dà il caso che io non sono per niente normale, hai capito? Non mi ci sento e soprattutto non me ne frega niente! Sì, è così. E allora? L'hai capito o no, portasfiga che non sei altro... Ah, ma io lo so, ne sono certa... Tu avevi pensato fin dall'inizio che sarebbe accaduto tutto questo, vero? Da quando è iniziata la nostra storia... Be', sai che ti dico brutto jellatore che non sei altro? A me non me ne frega proprio niente di niente. Perché io sono pazza! Va bene? Sì, sono pazza. Pazza di lui è vero, e di tutto quello che avevo sognato. Quindi te lo dico subito, se ti incontro, io ti spacco la faccia. Anzi no, meglio. Visto che proprio lui insisteva tanto su questo, ti faccio un terzo dan che te lo ricordi a vita. E poi tu non puoi neanche immaginare quanto io lo abbia desiderato.

76

L'infermiere di turno è seduto davanti a un monitor. È sempre lo stesso. Finisce di battere qualcosa al computer e poi mi vede entrare. Mi riconosce. S'irrigidisce di botto. Poi allarga le braccia, accenna un mezzo sorriso come a dire: "Certo, certo, non è l'orario ma puoi entrare".

"Grazie." Mi viene da ridere. Ma non è giusto. Mi sento anche un po' in colpa. E non solo per questo. Lo so. Non mi piace cambiare le regole con la violenza. Ma ho bisogno di vedere mia madre. Ora che l'ho ritrovata. Percorro il corridoio in silenzio. Dalle camere ai lati mi arrivano respiri affannati e doloranti. Tutto intorno un odore di pulito e di lavande. Ma un non so che di falso. Un uomo si trascina in pigiama con la barba incolta e gli occhi spenti. Ha sottobraccio una "Gazzetta dello Sport" di un rosa accartocciato. Forse l'acquisto da parte della sua squadra di un nuovo giocatore potrebbe in qualche modo riaccenderlo. Chissà. Nel dolore le cose più semplici e banali assumono un valore inaspettato. Tutto diventa un qualsiasi appiglio per la vita, un interesse che in qualche modo ci possa distrarre. Eccola. Sta riposando. Persa in un cuscino molto più grande del suo piccolo viso. Mi vede e sorride.

"Ciao, Stefano..."

Prendo una sedia lì vicino e mi metto ai piedi del suo letto.

"Allora?"

Mi guarda interrogativa. So già a cosa allude.

"Niente, non ce l'ho fatta. Mi dispiace. Gliel'ho detto."

"E com'è andata?"

"Mi ha picchiato."

"Oh, finalmente una che ti mena. Hai scelto la strada più difficile. È una ragazza molto particolare?"

La descrivo.

"E ho una foto."

Gliela faccio vedere. È curiosa. Piccole rughe appaiono sul suo viso. Poi un sorriso di sorpresa. Poi di nuovo un segno di dolore da qualche parte nel suo corpo, nascosta, ben nascosta. Purtroppo.

"Ti devo dire una cosa..."

Mi preoccupo. Se ne accorge.

"No, Stefano. Non è niente d'importante... Cioè lo è, ma non ti devi preoccupare."

Rimane per un po' in silenzio. Indecisa se dirmelo o no. Sembriamo tornati a tanto tempo prima, quando io ero piccolo e lei, lei stava bene. Mi faceva gli scherzi, mi nascondeva le cose, mi prendeva in giro, ci mettevamo a ridere. Mi viene da piangere. Non ci voglio pensare.

"Allora, mamma, mi dici?"

"Io la conosco, Ginevra."

"La conosci?"

"Sì, hai molto gusto, cioè lei ha avuto molto gusto... insomma è lei che ti ha scelto e tu hai combinato questo guaio..."

Preferisco non pensarci.

"Ma come la conosci? Cioè, come hai fatto?"

"Mi ha fatto giurare di non dirtelo. Come ho fatto? È lei che mi ha voluto conoscere. Vedevo sempre questa ragazza che aspettava sotto casa. Veniva spesso. All'inizio ho pensato che aspettasse qualcuno che abitava nel palazzo. Poi però quando partivo con la macchina la vedevo andar via."

"E allora?"

"Allora un giorno me la trovo al supermercato e ci siamo urtate. Non so se è stato un caso. Abbiamo fatto amicizia... Ci siamo messe a parlare..." Tossisce. Si sente male. Lo sforzo è stato tanto. Cerca nell'aria dell'ossigeno, della vita, qualcosa... ma non trova nulla. Poi mi guarda e i suoi occhi pieni d'amore, di dolcezza, occhi di una donna che vorrebbe gridare. Ehi, che fai? Perché mi guardi così? Sono tua mamma! Non puoi provare compassione per me. E allora io torno suo figlio, egoista, ragazzino, insomma proprio come mi vuole lei.

"Allora, mi racconti bene?"

"Sì. Abbiamo fatto amicizia, non so come, ma abbiamo cominciato a chiacchierare... Lei non sapeva che l'avevo già vista sotto casa. Be', insomma, non ne sono tanto sicura. Fatto sta che le ho raccontato un po' di me, di papà, di Paolo, di te..."

"Cosa le hai raccontato di me?"

"Di te?"

"Eh, di me e di chi sennò?"

"Che ti voglio bene, che mi mancavi, che eri andato fuori, che saresti tornato... alla fine sembrava incuriosita della nostra storia. E chiedeva sempre se avevi telefonato... se ti eri fatto sentire."

"E tu?"

"E io che potevo dirle? Non sapevo mai niente di te. Poi ho saputo che saresti tornato quel giorno, quando me lo ha detto Paolo che ti sarebbe venuto a prendere all'aeroporto... E allora quando con Ginevra ci siamo sentite..."

"Vi siete sentite? Ma perché, vi telefonavate pure?"

"Sì, c'eravamo scambiate il numero. Ma che cosa c'è di strano, scusa? Eravamo diventate un po' come delle amiche."

Non riesco a crederci. Che strano. Sembra tutto così strano.

"Allora?"

"Allora che?"

"Niente, gliel'ho detto."

"E lei?"

"E lei ha continuato a chiacchierare, come se nulla fosse, ha detto che si era iscritta e che andava in piscina... Ah sì, mi ha fatto ridere perché mi ha chiesto se volevo andare con lei... però se ci penso una cosa strana c'è..."

"Cosa?"

"Da quando sei tornato sono andata spesso al supermercato..."

"E allora?"

"Da allora, non l'ho mai più incontrata."

La guardo. Rimango in silenzio. Poi annuisco e sorrido. Lei vorrebbe rispondere al mio sorriso, ma un'altra ondata di dolore le fa chiudere gli occhi. Più a lungo stavolta. Le prendo la mano. Lei me la stringe con forza, una forza inaspettata. Poi allenta la presa e riapre gli occhi, stanca, più stanca di prima, accenna un sorriso.

"Stefano... ti prego..." Mi indica un bicchiere lì vicino. "Mi porti un po' d'acqua, per favore."

Prendo il bicchiere e mi alzo. Faccio alcuni passi e mi sento di nuovo chiamare.

"Stefano..."

Mi giro. "Sì?"

"A questa mia amica Gin... mandale dei fiori, dei bellissimi fiori." Si poggia sul cuscino e mi sorride.

"Sì, mamma, certo..."

Esco dal reparto, trovo subito il bagno con l'acqua potabile che mi aveva indicato Martina. Dopo averla fatta scorrere un po' riempio il bicchiere così come mi aveva insegnato lei, né troppo pieno né troppo vuoto. Poco più della metà, la giusta misura. Rientro nel reparto. Mi bastano alcuni passi. La vedo lì, tranquilla, che riposa. Al centoquattordici. Con un sorriso leggero sul viso e gli occhi chiusi, così come l'avevo lasciata. Ma non mi ha voluto aspettare. Mamma ha sempre odiato gli addii. E non so perché mi viene in mente quando sono partito con il treno per la prima gita scolastica per Firenze. Le altre mamme erano tutte lì con i loro fazzolettini, bianchi o colorati o quello che avevano sottomano, per salutare i ragazzini che si affacciavano dai finestrini degli scompartimenti. Io mi sono affacciato. L'ho cercata giù sulla pensilina tra la gente, tra le altre mamme ma lei non c'era più. Non c'era già più. Proprio come adesso. Se ne è già andata. Mamma. Poggio il bicchiere sul comodino vicino a lei. Ti ho portato l'acqua, mamma. Non l'ho riempito troppo proprio come tu mi hai insegnato. Mamma. L'unica donna che non smetterò mai di amare. Mamma. Quella donna che non avrei mai voluto perdere. E che invece ho perso due volte. Mamma... Perdonami. Ed esco così, in silenzio, tra letti numerati, tra persone sconosciute. Distratte dal loro dolore, non guardano il mio. Un allarme suona lontano. Due infermieri mi superano correndo. Uno mi urta senza volerlo, ma non ci faccio caso. Vanno da mia madre. Stupidi, non sanno che è partita. Non la disturbate. Lei è così, non ama gli addii, non si gira indietro, non saluta. Mamma. Mi mancherai, più di quanto non mi sei già mancata in questi anni. "Se quel che mi ha ferito anche te ferì, io ti penso in un campo di fragole, io ti penso felice così, a ballare leggera, bellissima, così..." Parole di una canzone che riaffiora. Per te mamma, solo per te. Portale via, tienile strette ovunque stai andando. Balla bellissima sul quel prato di fragole, libera finalmente da tutto quello che ti aveva imprigionata qui. Sto piangendo. Scendo giù. Non c'è l'infermiere della postazione. C'è una donna. Mi guarda, curiosa per un attimo, ma non dice niente. Ne avrà vista di gente uscire senza nascondere il proprio dolore. Non ci fa più caso. Le sembriamo tutti uguali, è quasi annoiata dalle nostre stupide lacrime che non possono niente. Esco. Ormai è pomeriggio. Il sole ancora alto, il cielo limpido. Una giornata come tante altre ma diversa da tutte e per sempre. Vedo arrivare mio padre e mio fratello. Sono lontani. Chiacchierano sereni, sorridono. Chissà di cosa parlano. Non lo so e non lo voglio sapere. Beati loro che ancora non sanno. Pochi momenti prima del dolore inevitabile, dell'impotenza totale, dell'accettazione definitiva. Che ne godano ancora. Ancora tranquilli e felici, a loro insaputa. Ancora per poco. Cambio strada e mi allontano. Ho altro da fare adesso. Mi lascio andare, mi perdo nel vento. Vorrei che il mio dolore diventasse leggero. Ma non è così. E ci capito per caso, senza volerlo, giuro. Ora come ora non direi mai una bugia. E vedo quel ragazzino con un suo amico.

"Allora ci si vede al campetto alle quattro, va bene? Ehi, Thomas, dico a te, va bene?!"

"Sì sì, ho capito, alle quattro, mica sono sordo."

"Sordo no, ma scemo sì. Tanto è inutile che stai lì, Michela non arriva."

"Ma chi ti dice che aspetto Michela! Cerco Marco, che mi doveva riportare il pallone!"

"Sì sì, il pallone..."

A volte ci si trova al posto giusto nel momento giusto. Lo guardo. Non mi pare certo uno che ha il diritto di snobbare miss "sgnappetta" degli Stellari. Martina almeno una possibilità se la merita. Almeno una. Mi avvicino. Non ci fa caso più di tanto. Per un attimo mi guarda incuriosito, cerca di mettermi a fuoco per vedere se mi conosce, se mi ha già visto da qualche parte. Allora gli do uno schiaffone in pieno viso. E rimane così senza parole. Mi guarda sbalordito, ma senza piangere, aggrappato alla sua dignità. Poi gli dico quello che dovevo dirgli. E lui ascolta in silenzio, senza fuggire. Mi piace quel ragazzino. Poi mi allontano in moto. Guardo nello specchietto. E lo vedo diventare sempre più piccolo. Formica in un mondo ancora da scoprire e da capire. Con la mano si massaggia la guancia sinistra. Rossa come quella pizza buona che mi aveva offerto Martina. E per un attimo il fatto che sono entrato già in quelli che saranno i suoi ricordi mi fa sentire al sicuro. Vivrò un po' più a lungo. Poi penso a mamma, alle sue ultime parole, al suo consiglio. Sorrido. Sì, mamma. Certo, mamma. Come vuoi tu, mamma. E ubbidiente come non lo sono stato mai, come quel figlio che avrei tanto voluto essere, entro nel negozio più vicino.

77

Poco più tardi. Casa Biro.

"Ginevra, posso entrare?" Gin apre la porta della camera a sua madre. "Che c'è mamma?"

"Oggi pomeriggio hanno portato queste per te."

Avvolta da un grande mazzo di rose rosse la mamma si affaccia nella sua camera, le sorride poggiandole sul letto.

"Hai visto che belle? E poi guarda... c'è una rosa bianca nel mezzo. Sai che vuol dire vero?"

"No, che vuol dire?"

"È una richiesta di scuse. Qualcuno ti ha fatto qualcosa, qualcuno si deve scusare?"

"No mamma, è tutto a posto." Ma alle mamme non sfugge niente. Quegli occhi arrossati di Gin poi non lasciano dubbi.

"Tieni..." Le passa un fazzolettino da naso e le sorride.

"Quando vuoi, siamo a tavola."

"Grazie mamma. Ma ora non mi va di mangiare."

"Va bene. Ma non te la prendere troppo. Non ne vale la pena."

Gin sorride alla mamma. "Magari..."

Prima di uscire la mamma le consegna un biglietto. "Tieni, c'era questo tra le rose. Forse è la spiegazione di quella rosa bianca."

"Forse..."

La mamma la lascia sola, sola con il suo dolore, sola con i suoi fiori, sola con il biglietto. Ci sono momenti che una mamma conosce bene. Forse perché ci è passata. Forse perché sa che una figlia si può amare anche da lontano. Forse perché a volte quando c'è di mezzo il dolore tutto quell'amore non può essere che d'intralcio. Chiude la porta e la lascia lì. Con quel biglietto tra le mani. Il mio biglietto. Gin lo apre. Gin legge curiosa l'inizio.

"Me l'hai chiesta tante volte. Io ho detto sempre di no. Avrei voluto regalartela per il tuo compleanno, per Natale, per una festa qualsiasi. Mai per chiederti perdono. Ma se dovesse servire, se non bastasse, se ne dovessi scrivere ancora mille e mille e mille ancora, farei anche questo perché non posso vivere senza di te." E Gin continua a leggere. "Ecco quello che volevi. La mia poesia." Sorride e legge, legge. Scivola tra le parole, piange, tira su con il naso e ride di nuovo. Si rialza e continua. I nostri momenti, la nostra passione, il viaggio, l'emozione. E continua sorridendo, tirando ancora su con il naso, asciugandosi gli occhi, sbiadendo una mia parola con qualche lacrima sfuggitale di mano. E va avanti così, fino alla fine. Non le dico di mia madre. Solo di noi. Non le parlo di altro se non di me, del mio cuore, del mio amore, del mio errore. Rubo le parole di un film visto e rivisto tante volte a New York... "Voglio che tu leviti, voglio che tu canti con rapimento... Abbi una felicità delirante o almeno non respingerla. Lo so che ti suona smielato, ma l'amore è passione, ossessione, qualcuno senza cui non vivi, io ti dico: buttati a capofitto, trova qualcuno da amare alla follia e che ti ami alla stessa maniera. Come trovarlo? Be', dimentica il cervello e ascolta il tuo cuore. Io non sento il tuo cuore. Perché la verità, tesoro, è che non ha senso vivere se manca questo. Fare il viaggio e non innamorarsi profondamente, be', equivale a non vivere. Ma devi tentare, perché se non hai tentato, non hai mai vissuto..." E io spero di averla convinta che lo aveva già trovato, quel qualcuno. Un qualcuno che spera di essere un giorno perdonato. Ma non ho fretta. "Ti aspetterò. E aspetterò. E aspetterò ancora. Per vederti, per averti, per sentirmi di nuovo felice. Felice come un cielo al tramonto." Gin si mette a ridere. Poi ha una strana sensazione, improvvisa. Si gira di botto. Guarda sul suo tavolo. Lì nell'angolo dove li ha sempre tenuti nascosti. E improvvisamente capisce. E si sente morire. Corre subito di là.

"Mamma! Ma lo hai fatto entrare in camera mia!"

"Ma era quel ragazzo simpatico, quello dello champagne, no? Sembra così per bene. E poi ti aveva portato quei bellissimi fiori... Non potevo dirgli di no, mi sembrava scortese."

"Mamma... Tu non sai cosa hai combinato."

78.

Sono seduto nella mia stanza. Mi sento un ladro. E in effetti lo sono. Ma sono troppo curioso. Quando li ho visti sul suo tavolo non riuscivo a crederci. Tre diari, uno per ogni anno. Dalla sua prima liceo. Gin è incredibile. Sempre disordinatissima, poi improvvisamente precisa. Inizio a sfogliare il primo. Ha fatto un sacco di scritte molto divertenti. Chissà chi è questo Francesco. Fra'. Come lo chiama lei. E tutti cuoricini poi. Comunque non l'ha avuta. Mi ha veramente sorpreso il fatto che non fosse mai stata con nessuno. Non avrei mai creduto, sul serio. È troppo tenera. È bella poi... È com'è. Unica. Ha una forza, una determinazione... A volte sembra distratta, invece sta seguendo tutto, si guarda intorno, anche alle feste, mentre chiacchiera con un'amica magari, e invece controlla con chi parlo, con chi non parlo, cosa succede in fondo al salotto, chi è appena entrato, chi dice cosa e su chi... E ride come una pazza e ha sempre una battuta pronta... Gin. Mi dispiace per quello che è successo. Ma la situazione con Babi mi è sfuggita di mano. Non sapevo che cosa stavo facendo, avevo bevuto. Sì... Dai Step, sembra che ce l'hai davanti e le stai rispiegando tutto... è assurdo. A volte cerchi solo l'amore. Sì, ma non ti accorgi che quella donna che hai tanto amato è fuggita, non c'è più. Eri tu ad averla inventata? Cerchi in quel bacio il disperato sapore di quello che hai tanto sentito, provato... ma non c'è più. Chi te lo ha tolto? Nascosto? Rubato? Chi? Ho ritrovato i suoi occhi, ma non quella luce, non quel sorriso che mi è tanto mancato. Così, staccandomi da lei quella sera, improvvisamente ho capito: la mia Babi non c'era più. Niente, solo i suoi capelli spenti come quel sorriso naufragato chissà dove. Allora ho richiuso gli occhi e sono fuggito lontano, in mezzo ai ricordi, ballando ancora con loro, come un grande, unico carosello, tutti per mano, ridendo, scherzando. E ho rivisto quella ragazza, la Babi di allora, bella come un primo mare a primavera, fresca e impaurita, desiderosa di amare ed essere amata, timorosa anche del semplice togliersi un reggiseno. Eccola, lei per sempre mia e di nessuno più... Ma i ricordi a volte non vanno disturbati. Basta. Non ci voglio più pensare. Quel che è fatto è fatto. Gin capirà. Deve capire. Se non lo avessi fatto avrei sempre vissuto nascosto, non sarei mai venuto allo scoperto. Tornare alla luce dell'amore. Capirà. Deve capire. In fondo non sapeva nulla di me, non mi aveva mai visto.

Ma cos'è qua? Inizio a leggere.

28 maggio 2002
Oggi sono felice, felice come non sono mai stata! Ho finalmente dimenticato del tutto Francesco, cancellato, esploso, via, per sempre...

E ti credo, chissà che gaggio era...

Perché ieri è successa la cosa più incredibile della mia vita. Ero a una festa da Roberta Micchi, una più grande, una che se la tira una cifra del quinto. Mi ero imbucata con altre due amiche (Ele e Simo) e ce la stavamo divertendo un casino quando sono arrivati loro... gli imbucati, i Budokani.

Cavoli, non ci posso credere, dice di noi? Ma di quando sta parlando? Di quale festa? Continuo a leggere velocissimo.

Ho scoperto che si chiamavano così mentre tiravano la torta della festeggiata e hanno centrato Giò (il farlocco che ci prova con Ele) in pieno viso!!! Che mira. Hanno fatto un casino. Secondo me è sparita anche un sacco di roba. Insomma sono fuori. Sono completamente fuori per lui. Mi ha urtato appena entrato. Mi ha chiesto scusa però, e per non farmi cadere mi ha preso al volo e mi ha tenuto abbracciandomi... Cavoli! Ci siamo trovati col viso a un millimetro e sono andata fuori di testa. Chissà se l'ha capito. Ho saputo solo che si chiama Step! Buffo

come nome. Bello da morire come tipo! Spero solo di rincontrarlo presto...

Cioè, ci siamo conosciuti. Ci siamo incontrati. O meglio, ci siamo scontrati... Ma che vuol dire tutta questa storia? Cavoli, ma vuoi
vedere che alla festa dove ho conosciuto Babi, dove ho fatto la doccia con lei sulle spalle, lì c'era anche Gin? Ci siamo scontrati... non
me la ricordo. Ma forse non è quella volta... Continuo a correre veloce, a sfogliare altre pagine, a cercare altri momenti, altri ricordi,
altre verità. E vado avanti come impazzito, sorpreso, imbrogliato.
Sfoglio veloce le pagine del diario. Gli occhi volano tra le righe...
Avanti, indietro. Ecco.

L'ho visto! Sono le due e mezzo di notte e non
riesco a dormire. Sono stata sull'Olimpica e lui
era lì con il suo amico, Pollo credo che si chiami. Ha vinto anche una gara! Mi piace da morire,
ma vedo che scherza un sacco con quella deficiente
del quinto, la Gervasi! Porca trota, Step, se ti
ci metti mi cali una cifra. Quella è una deficiente (mi ripeto...), tutta casa e chiesa! Anzi, non so neanche perché stava lì, ha fatto perfino la Camomilla!!! O tu le trasformi Step, oppure non so che pensare. Devi avere un dono magico e non so proprio dirti quale, non vorrei essere bora, ma certo con quella "bacchetta" ne combini di casini!!! C'era anche quella trucida di
Maddalena. Chissà se è vero quello che dicono,
che hai una storia con lei. Be', non so proprio
che pensare. Ehi, magico principe! 10 e lode o
come cavolo ti chiamano, prima o poi ti accorge-
rai anche di me (spero). Mi ero messa anche la
cinta Camomilla! Mi sei passato davanti e non mi
hai degnato di uno sguardo... Allora? TRASFORMA-
MI... Sennò ti strego io. Be', vado a nanna.

Rimango senza parole e vado avanti. Ecco di nuovo qualcosa
che mi riguarda.

Ecco, lo sapevo, sta con gli altri e sono passati a piazza Euclide. Me lo ha detto Ele che
fanno base fissa qui...

Vado ancora avanti. Sfoglio due, tre pagine veloci...

Non ci posso credere! Si sono messi insieme!!! Step, ti odio!!! Come se non bastasse, quella gnoccolona della Gervasi ha fatto a botte con The Body! Con Madda Federici! Allora è vero che avevi una storia con lei! A Babi le ha detto pure bene... Gliele ha date. Non c'è giustizia, cazzo... Eh, quando ci vuole ci vuole! Ma come cazzo hai fatto a metterti con una così, Step!!! Ti giuro che un giorno me lo dovrai spiegare. Ma non ti accorgi che quella tipa non ha le palle?! Che per lei tu sei un giocattolo che costava troppo? Una volta che ti avrà avuto finirai nell'armadio con tutti quei giocattoli del passato che l'hanno già scocciata! Certo che a volte voi uomini siete di un ridicolo, di un banale, non vi accorgete dell'oro che avete vicino (io!) e andate a cercare il rame lontano (lei!!!). Però che culo che c'ha... voglio proprio vedere come se la caverà. Porca trota se lo voglio vedere!!!

E infatti fa così. Sfoglio le pagine e mi accorgo che non mi ha mai mollato un attimo. Pagina dopo pagina. Gin... Hai segnato tutto. C'eri sempre.

Ieri sono stata a Fregene. Ero da Mastino. È passato. Mamma, da sogno. Già abbronzato, insomma vorrei urlarlo! Step sei bono da paura!! Stavamo giocando a rubabandiera mentre quella morta della Gervasi stava seduta su un pattino e a momenti neanche se n'è accorta che eri arrivato!! Ma quanto può essere scema una così?! E lui troppo fico l'ha fatta salire sulla sua moto e l'ha bendata per portarla chissà dove... Un rapimento da sogno... il MIO sogno! Oddio... mi hanno rubato il mio sogno!!! Ridatemelo, è mioooooooo!

Troppo simpatica. Silenziosa spettatrice. Come posso dimenticare? Quella volta che sono fuggito con Babi lì, alla casa sulle rocce, alla Feniglia, sogni che s'infrangono sugli scogli del passato. Non voglio pensare... Voglio andare avanti. Due pagine dopo.

Non ci posso credere! Non ci volevo credere!!!
E invece è vero. Mi ha chiamato Ele per avvisarmi... Sono andata fino lì per vedere se era vero. Non voglio fidarmi di nessuno in queste occasioni. E invece è proprio così. Lì, su quel ponte, bellissima!

IO E TE... TRE METRI SOPRA IL CIELO! Cioè, se uno mi scrive una cosa del genere e chi lo molla più! Gervasi, che culo che c'hai, porca trota!

E ancora, ancora...

Sono arrivati alla festa dov'ero anch'io, non ci posso credere! Si sono vestiti da Tom e Jerry. Oddio, sto troppo male...

E ancora...

È morto il suo amico Pollo. Ero lì in chiesa. Avrei voluto abbracciarlo. Ho pregato per lui, per il suo amore. Ma lui ha bisogno di lei in questo momento. Non di me.

E continuo in silenzio tra quelle pagine a leggere pezzi della mia vita. A rivederli attraverso la sua scrittura, le sue note colorate, le sue frasi sottolineate.

Si sono lasciati! Ho saputo che si sono lasciati. Me lo ha detto Silvia (la Serva, la chiamano così perché sa sempre tutto di tutti e vive di servate!). È vero! Mi dispiace... so che non dovrei essere così felice. Ma quanto lo sono, da pazzi! Da pazzi! Voglio farti felice io, Step. Voglio farti sentire amato... Ti prego, dammi questa possibilità...

E ancora. Ancora.

È Natale. Sono uscita e sono andata verso casa sua, cioè dove abita adesso, da suo fratello. L'ho visto uscire in moto con dietro suo fratello Paolo. Erano abbracciati, stavano riden-

do. Bene, sono felice. Mi sembra che stia meglio. Se ami veramente una persona devi pensare
al suo bene, a ciò che lo rende veramente felice. Non devi essere egoista... (Mamma, sto diventando di un pesante...). Comunque gli ho visto fare una pinna pazzesca con il fratello dietro che urlava! Mi ha fatto troppo ridere. Sono
tornata a casa. Ho aperto il regalo dei miei. Mi
hanno fatto un pigiama pazzesco! Step, quando lo
vedrai, be', ti leccherai i baffi! (Che bora che
sono!) Poi mi sono messa a letto e ho abbrac-
ciato il cuscino. Sono stupida? L'ho baciato fingendo che fossi tu. Step. Mi piaci troppo! Mi
sono addormentata facendo un sogno... che poi è
anche un desiderio. T'incontrerò prima o poi...

E ancora. Ancora. Vado avanti tra pagine allegre e pezzi di vita che riguardano solo lei. Ecco. Parla di nuovo di me.

Sto a pezzi. Sto malissimo. Ho saputo che parte. Va fuori. Cavoli, dev'essere stata una storia davvero importante la sua se ha preso questa decisione. Mi ricordo però una frase che mia
madre mi ha sempre detto, è una cosa bellissima: "Puoi cambiare il cielo ma non puoi cambiare l'animo". Gli servirà andarsene? So solo che
ti aspetterò, Step...

È vero. A volte non serve stare sotto un altro cielo. Ciò che devi
risolvere è sempre dentro di te, dovunque tu sia. E ancora. Ancora.

Non me ne frega niente, nessuno sa mai nulla di
Step! Cazzo, non è possibile! Ho deciso, voglio
conoscere sua madre. Lei qualcosa la saprà, no?

E ancora. Ancora. Sfoglio appena qualche altra pagina.

Ci sono riuscita. L'ho conosciuta "per caso"
al supermercato. Forse se n'è accorta... (spero
proprio di no!) Abbiamo legato un sacco... mi
piace, ma non so, è come se stesse male per qualcosa, ha una sua tristezza, mi tratta da grande

però, è forte... Certo che è proprio bella. È tutta suo figlio!

Mamma se n'era accorta. A lei non sfugge niente. E ancora. Ancora.

Sono felice. Siamo diventate amiche. Mi ha raccontato un po' di cose di Step. Mi sembra di conoscerlo da una vita. È proprio la persona che avrei voluto incontrare. Sono strafelice perché mi ha detto che torna la prossima settimana!

E ancora. Ancora.

E che cavolo!!! Ho sbagliato tutto... Sono arrivata alle otto e mezzo di mattina... Non avevo capito che arrivava alle otto e mezzo di sera! Ma dicono a.m. e p.m. Ma che, uno sta a guardare questi dettagli quando sa che sta arrivando Step!!! Non ci posso credere! Sono andata all'aeroporto e l'ho aspettato per dodici ore e non ho avuto il coraggio di fare niente! Cioè Step si è girato a un certo punto e io mi sono nascosta di botto dietro una colonna e magari mi ha pure visto! Cavoli, ha avvertito che qualcuno lo guardava! Ma che c'ha gli occhi pure dietro... Però è troppo carino. È dimagrito. È cresciuto. È... è!

Non ci posso credere, è venuta pure all'aeroporto. E ancora. Ancora.

Stasera lo becco, sono sicura. Ho già pensato bene il piano. Sono andata giù nel garage nel pomeriggio, ho aperto il tubetto che congiunge il serbatoio al motore (Paolo mi ha spiegato perfettamente tutto! Troppo forte Paolo, e troppo facile il resto!!!), così non ha più benzina. Dovrà farla per forza. Ho sentito in palestra cosa faceva, quindi ha solo due possibilità: o si ferma al benzinaio sulla Flaminia o a quello su corso Francia. Ma uno subito dopo la palestra vuole subito correre... Per me va lungo. Ha voglia di vento, uno come lui poi che ama tanto la moto... Be', comunque nel dubbio blocco tutti e due i benzinai self-service col lucchetto. Che mi frega! Lo aspetto sulla Flaminia, se vedo che non arriva torno indietro a quello di corso Francia. Piano perfetto... Tanto uno testardo come lui non accetterà mai di farsi fottere... mica per i soldi, per il principio! Uno abituato a fottere... non si fa fottere!

Non credo a quello che sto leggendo. Giro una pagina. E ancora. Ancora.

Ce l'ho fatta!!! Wow wow wow! Sono tornata a casa e ho fatto come Julia Roberts in Pretty Woman, col pugno roteante vicino alla mia faccia per festeggiare lo splendido piano riuscito. L'ho conosciuto! Mitica Gin!!! Un altro po' e mi stendeva sul cofano con un cazzotto in pieno viso. Pfiu pfiu! Me la sono vista brutta. Lo sapevo che si era nascosto, ma che potevo fare? Dovevo far finta di cascarci e invece c'è cascato lui! E di brutto!!! Ho aspettato due anni e poi anche le dodici ore all'aeroporto. Che fatica. Ma sono sicura che ne varrà la pena! Sono sicura che andrà benissimo, da sogno.

18 settembre
Iaoooo! Mi è andata bene ma che dico strabene!!! Ho passato il provino al TdV, dove lavora lui. Roba da pazzi! Ce l'ho fatta!! Non ci speravo proprio. Ma la cosa più assurda è che è passata anche Ele! Oh, non aveva mai superato un provino! Step... Ma portassi fortuna? Di una cosa sono sicura. Ora lo vedrò tutti i giorni. E ora? Ma dove scappi? Ma è troppo giusto così... Troppo forte. Troppo bello. D'altronde ogni tanto c'è giustizia a questo mondo! Oh, ancora non ci credo però... Comunque questa poesia è per te!

Step. Ho sempre avuto voglia di te.

Ho voglia di te.

Per tutto quello che ho immaginato, sognato, desiderato.

Ho voglia di te.

Per quello che so e ancora di più per quello che non so.

Ho voglia di te.

Per quel bacio che non ti ho ancora dato.

Ho voglia di te.

Per l'amore che non ho mai fatto.

Ho voglia di te anche se non ti ho mai assaggiato.

Ho voglia di te, di tutto te. Dei tuoi errori, dei tuoi successi, dei tuoi sbagli, dei tuoi dolori, delle tue semplici incertezze, dei pensieri che hai avuto e di quelli che spero hai dimenticato, dei pensieri che ancora non sai.

Ho voglia di te.

Ho così voglia di te che nulla mi basta.

Ho voglia di te e non so neanche perché...

Uffa. HO VOGLIA DI TE.

Improvvisamente sento un botto. Mi giro di colpo. Gin è sulla porta della camera. Paolo è dietro di lei.

"Scusami Step, ma non sono riuscita a fermarla. Mi si è infilata dentro casa come un razzo e..."

Alzo la mano. Paolo capisce. Si ferma. Sta zitto. Non dice più niente. Rimane con la faccia da ebete, fermo sulla porta mentre Gin entra nella stanza. Cammina lentamente, mi guarda ma sembra passarmi attraverso. È come se il suo sguardo andasse lontano a cercare chissà cosa. Scoperta nella sua verità d'amore. Oltre... Ha gli occhi tristi. Bagnati. Privi di qualsiasi sorriso. Bellissimi. E mi si stringe il cuore. Perché ha una luce che conosco. Vedo tutto quello che ho vissuto, tutto quello che ho passato, tutto quello che è naufragato.

"Gin... io..."

"Shh" mi fa lei. E si porta il dito indice davanti alla bocca, come una dolce bambina. Chiude gli occhi e scuote la testa.

"Non dire niente, ti prego..." Si riprende i diari, uno dopo l'altro, li poggia sul tavolo e li controlla. Li conta e l'infila nella sua borsa. E se ne va via così, di schiena, senza voltarsi, in silenzio.

Una chiesa. Spoglia. Un centinaio di persone. Alcuni in piedi, altri seduti, qualcuno appoggiato a quelle importanti colonne, antiche, scurite dal tempo passato, dalle tante preghiere ascoltate, dai desideri invocati, dai dolori sofferti. Da loro, dai tanti. Dagli altri. E poi il mio dolore. Qui. Presente. Il dolore di non aver saputo essere fino in fondo protagonista della mia vita, di aver solo perso del tempo... E per fare cosa poi? Giudicare. Io, giudicare mia madre. E non riesco a capire come non me ne sia potuto rendere conto allora. Improvvisamente mi accorgo come tutto mi è sfuggito di mano, come accecato da chissà quale ragione ho corso furioso, cieco, rabbioso verso chissà quale giustizia... E solo ora capisco quanto ho fallito. Nel mio ruolo più semplice. Non mi si chiedeva altro, nulla, se non il silenzio. Non esprimermi. Anche perché non avevo titoli, né ruolo, né mandato, né diritto... Niente. Niente che mi desse quella facoltà: perdonare. Perdonare. Chi sono io per perdonare? Chi siamo noi per perdonare, chi siamo per poterci dare questo titolo? E invece no, testardo, egoista, cieco, sono voluto diventare giudice. Senza alcun diritto, senza alcun ruolo, senza meriti, senza un perché. Senza. Prosopopea. Presa da chissà dove, da quale sentito dire, frutto di quella borghesia più insulsa... E poi, la cosa ancor peggiore. Non solo arrogarsi il diritto di perdonare, ma non saperlo neanche fare. Non perdonare. Ecco. Sono qui in questa chiesa. In silenzio. E sto male. Non c'è niente di peggio che sentire la tua vita sfuggirti tra le mani come semplice sabbia che pensavi un tempo fosse tua e che invece non ti appartiene più. Come se tu fossi fermo in piedi, per caso, in uno stabilimento qualsiasi, schiavo del vento e di tutto quello che lui ha deciso per te. Non ho più niente tra le mani, non mi resta nulla. E me ne vergogno. Mi guardo in giro. Mio padre, mio fratello, le loro compagne. Perfino Pallina, Lucone, Balestri e gli altri miei amici. Qualcuno che manca... Qualcuno invece di troppo. Ma non mi va neanche di pensarci. Quelle cose che si devono fare, per formalità, per finto buonismo, perché non si ha mai il coraggio di essere coerenti fino in fondo, perché non si sa mai cosa ci aspetta... No. Non ci voglio pensare. Non oggi. Intorno a me poi tanta altra gente di cui non so neppure il nome. Parenti lontani, cugini, zii, amici di famiglia, persone che ricordo solo attraverso foto sbiadite, ricordi confusi di feste, di momenti passati, più o meno felici, di sorrisi, di baci e di altro ancora, che non so, di chissà quanti anni fa. Un prete ha letto un brano. Ora sta dicendo qualcosa. Cerca di farmi capire come tutto quello che sta accadendo è un bene per noi. È un bene per me. Ma non riesco a seguirlo. No. Non ce la faccio. Il mio dolore è tanto. Non riesco a pensare, a capire, ad accettare, a essere d'accordo... Come può tutto questo essere un bene per me? Come, in che modo, per quale assurda ragione? Ha detto cose, mi ha raccontato storie, mi ha fatto promesse... Ma non riesce a convincermi. No. Solo di una cosa sono sicuro. Mia madre non c'è più. Solo questo mi è chiaro. E questo mi basta. O meglio, non mi basta affatto... Mamma, mi manchi. Mi manca il tempo di viverti di nuovo, di poterti dire quello che ora ho capito. E lo dico in silenzio. Ma tu mi senti. Un organo comincia a suonare. Dal fondo della chiesa vedo arrivare Gin. È vestita di scuro, cammina in silenzio. Passa lungo le arcate, si tiene fuori dalla vista dei molti, ma non dalla mia. Poi appoggia con dolcezza una corona ai piedi dell'altare e mi guarda. Da lontano. In silenzio. Non accenna a niente. Né un sorriso, né un rimprovero. Niente. Uno sguardo pulito come solo il suo può essere. Al di sopra di tutto, capace di non mischiare il dolore e il rispetto con qualunque altra cosa. Un ultimo sguardo. Poi la vedo tornare in fondo alla chiesa. Poco dopo tutto è finito. All'uscita la cerco ma non c'è più. L'ho persa. Persone mi vengono incontro, mi abbracciano, mi dicono cose, mi stringono la mano. Ma non riesco a sentire, a capire... Cerco di sorridere, di dire grazie, di non piangere. Sì, soprattutto di non piangere. Ma non ci riesco. E non me ne vergogno. Mamma, mi mancherai. Sto piangendo. Sto singhiozzando. È uno sfogo, una liberazione, è la voglia di essere ancora bambino, di essere amato, di tornare indietro, di non voler crescere, di aver bisogno del suo amore puro. Qualcuno mi abbraccia, mi tiene le spalle, mi stringe. Ma non sei tu, mamma. Non puoi essere tu. E io mi appoggio, mi piego. Nascondo il mio viso e le mie lacrime. E vorrei che non fosse tardi. Mamma, perdonami.

Alcuni giorni dopo. Non so quanti. Quel dolore che provi. Che non riesci a capire da dove possa arrivare. Che non ti dà spiegazioni. Che ti sbatte giù come una grande onda che non avevi visto, che ti ha preso alle spalle, che ti travolge, ti leva il respiro, ti fa ruzzolare sulla sabbia bagnata, su quei passi che ti sembravano così certi nella tua vita. E invece no. Non lo sono. Non più. Sono giorni che passo davanti al suo portone. Sono giorni che la vedo uscire nei modi più diversi. Nell'unico modo in cui lei è. Bella. Bellissima. Disordinata, confusa, elegante, coi capelli raccolti, coi capelli lasciati andare, giù, pazzi, ribelli. Con due ciuffi, con un vestito a fiori, con una salopette mezza calata, con un completo perfetto, con una camicia azzurra e il colletto tirato su e una gonna blu scura sotto. Con dei jeans chiari, con un pinocchietto, con dei jeans strappati e le cuciture forti, che risaltano, che si fanno notare. Con tutti i suoi vestiti presi su Yoox. Gli accessori. I colori. La fantasia di sapersi reinventare ogni giorno. Così. Così com'è lei. Esce sempre da quello stesso portone e sempre in maniera diversa. Ma ho visto qualcosa che è sempre uguale. I suoi occhi. Il suo viso. Portano i segni lontani di un dispiacere vissuto. Come un sogno bellissimo interrotto da una serranda tirata su da troppa rabbia. Come il suono insistente di un telefonino dimenticato acceso e fatto squillare da uno che ha sbagliato numero o, ancora peggio, da qualcuno che non ha nulla da dire. Come un allarme fatto scattare da un goffo ladro imbranato che è già scappato nella notte. Una vita distratta ha urtato col gomito la sua felicità. E sono stato io. E non posso nascondermi, non posso giustificarmi. Posso solo sperare di farmi in qualche modo perdonare. Ecco. La vedo uscire. La vedo passare. È nella sua macchina. E per la prima volta dopo tanti giorni nascosto nell'ombra faccio un passo in avanti, incrocio il suo sguardo. Fermo i suoi occhi. Li faccio miei per un attimo. E con loro teneramente imbarazzato sorrido. Parlo e spiego e racconto e cerco di non farli andar via. Tutto con uno sguardo. E i suoi occhi sembrano ascoltare in silenzio, annuire, capire, accettare sul serio quello che spero stiano dicendo i miei. Poi, quel silenzio fatto di mille parole, intenso come non mai, viene interrotto. Gin abbassa il suo sguardo. In cerca di qualcosa. Di un po' di forza. Di un sorriso. Di qualche parola detta a voce. Ma non trova niente. Niente. Allora torna a guardarmi. Scuote leggera la testa. La sua guancia fa una piccola smorfia, un accenno di un mezzo sorriso, forse un'ombra di possibilità. Come a dire "no, non ancora, è troppo presto". Almeno questo è ciò che voglio leggere. E si allontana così, diretta verso dove non mi è dato di sapere, verso la vita che l'aspetta, forse verso un nuovo sogno, sicuramente migliore di quello che io le ho rubato. E ha ragione. E se lo merita. Così rimango lì in silenzio. Mi accendo una sigaretta. Do solo due tiri e la butto via. Non ho voglia di niente. Poi capisco che non è vero. Allora la prendo dal bauletto.

Lontano, più lontano, in quella stessa città. Macchine in movimento, clacson, vigili indaffarati, ausiliari inesperti preparati solo in cattiveria. Rina, la cameriera dei Gervasi, esce dal comprensorio degli Stellari. Saluta il portiere col suo solito sorriso dalla peluria eccessiva. E continua decisa verso il cassonetto della spazzatura, accompagnata da un profumo da pochi soldi che nasconde malamente il lavoro di tutta una giornata. Apre il cassonetto spingendo forte col piede deciso sulla barra di ferro. Butta con un arco perfetto, meglio di una pallavolista alla battuta, il sacchetto della spazzatura. Il cassonetto si richiude, come una mannaia lasciata andare da un boia distratto. Ma non può finire la sua corsa. Da un angolo spunta fuori un poster arrotolato. C'è la foto ingrandita di quel ragazzo e quella ragazza a cavalcioni di una moto che "pinna". Il grido ribelle di quel momento di felicità... di quell'amore ormai dissolto nel tempo. Tutto è passato. E ora, come spesso accade, è finito tra la spazzatura.

Pallina esce di corsa dal suo portone. Allegra e decisa, elegante come non è più stata. Sale sulla sua macchina e lo bacia ridendo. Vuole riprendere in mano le redini della sua vita.

"Allora, dove andiamo?"

"Dove vuoi."

Pallina lo guarda e sorride. Ha deciso di buttarsi di nuovo. E lui è la persona adatta.

"Allora decidi tu, andiamo senza meta per una sera."

E Dema non se lo fa ripetere due volte. Sono anni che aspettava questo momento. Ingrana la marcia dolcemente e si perde nel traffico leggero. Poi alza un po' il volume dello stereo e sorride.

Eva, la hostess, è appena arrivata a Roma. Posa la valigia nella camera d'albergo e subito prova a chiamarlo. Niente. Il suo telefonino è spento, peccato, avrebbe tanto voluto vederlo. Fa niente. Ci pensa un po'. Poi sorride e compone un altro numero. Chi viaggia in continuazione ha sempre un altro numero.

Daniela è seduta in camera sua. Ha appena saputo che è maschio. Sfoglia il libro dei nomi, indecisa. Alessandro, Francesco, Giovanni... cerca le origini e i significati di ognuno. Dev'essere un nome importante, di un condottiero, oppure di uno di quelli strani, particolari, che non si dimenticano. E sorride felice tra sé. Almeno questo lo posso decidere da sola. Poi si preoccupa. E se il nome che scelgo è uguale a quello di suo padre? Così rimane perplessa e abbandona quel "Fabio" che le sembrava tanto giusto. Vuole andare sul sicuro... e non sa quant'è inutile questo suo dubbio. Di sicuro quel bambino non saprà mai il nome di suo padre.

Babi è in camera sua. Controlla felice la lista degli invitati. Manca poco. Uffa mamma, hai voluto anche i Pentesti che io non sopporto e dei cugini che non abbiamo mai visto. Mamma e le sue regole. Poi per un attimo pensa che quell'idea le piacerebbe da morire. Sì, sarebbe un'idea bellissima. Invitare Step al suo matrimonio. Sarebbe fighissimo. E non si rende conto di quanto è tutta sua madre. Anzi no. Molto peggio.

Due signore si guardano in giro. Vogliono essere sicure che non ci sia nessuno vicino. Poi tranquille, serve cospiratrici del pettegolezzo inutile, possono finalmente sfogarsi.

"Ti assicuro, l'ho visto con una ragazza giovane e molto abbronzata..."

"Non ci credo... ma l'hai visto tu?"

"No, ma una persona molto fidata."

"Forse ho capito chi te l'ha detto, me l'aveva raccontato anche a me, ma mi aveva detto anche di non farne parola con nessuno. Comunque non è abbronzata, è di colore! È una brasiliana!"

"Sul serio? Che strano, da lui questo non me lo sarei mai aspettato."

"Perché no? Lei è insopportabile!"

Le due donne ridono insieme. Poi rimangono un po' dispiaciute per quella risata. Forse se lo stanno chiedendo: ma perché, noi con i nostri mariti come siamo? Finiscono allora per sentirsi in colpa, per non sapersi dare bene una risposta. Forse non sono poi così tanto diverse da lei. Raffaella è in fondo alla sala. Tutte e due la guardano. Lei incrocia il loro sguardo e sorride da lontano. Anche loro sorridono, complici e un po' goffe. Poi si guardano di nuovo. Che ci abbia scoperte? Che abbia capito che parlavamo di lei? E ognuna resta col suo dubbio, mentre Raffaella non le calcola già più. Dedica ora tutta la sua attenzione all'avversaria.

"Et voilà... chiuso anche il secondo mazzetto. E guarda qui... Ho fatto anche un burraco!"

Inizia a contare veloce i punti, felice, senza perdersi dietro a tutte quelle chiacchiere inutili.

"Ma arbitro, non c'era!" Claudio si alza in piedi, col suo cappelletto con la visiera che quasi gli vola via tanta è la foga del suo entusiasmo, della sua felicità. Si rimette a posto il cappellino e si siede di nuovo vicino a Francesca.

"Hai visto anche tu Fra'... non c'era, no?"

E lei fa segno di sì. Non capendo poi tanto di pallone.

"Non c'è niente da fare, è sempre così! Vogliono far vincere l'Aniene, finisce sempre così qui al Canottieri Lazio! È perché quelli hanno più soci." Claudio, soddisfatto di questa geniale intuizione, abbraccia Francesca dandole persino un bacio sulle labbra, fregandosene di tutto e tutti, di chi lo conosce, di chi potrebbe vederlo, di chi potrebbe giudicare... di chi potrebbe dire "Ma come, ha vent'anni meno di te!". Poi Claudio, rimettendosi a guardare la partita, si accorge che poco più in là ci sono proprio Filippo Accado e la moglie. Lo hanno sentito urlare e ora lo stanno fissando. Lui li saluta con un grande sorriso, sbracciandosi quasi.

"Ciao Filippo. Ciao Marina" e abbraccia di nuovo Francesca, volendo suggellare in tutto e per tutto e definitivamente quella sua ottima scelta. Anche perché, a essere precisi, ha ventiquattro anni meno di lui. I due Accado accennano un sorriso, preoccupati di essere diventati incolpevoli testimoni di quella che, almeno per loro, fino a quel momento era stata semplicemente solo una diceria. Claudio lo sa. Ed è felice d'averla del tutto confermata. Poi guarda Francesca. Bella, morbida, naturalmente abbronzata, giovane e soprattutto... non rompicoglioni! E le sorride.

"Certo, se mi fossi chiamato Paolo... saremmo stati noi i Paolo e Francesca del terzo millennio!"

E lei, che già non capiva nulla di calcio, fa segno di sì anche questa volta. Claudio capisce d'essersi spinto troppo in là. È vero, non si può avere tutto. E allora, per ritrovare la sicurezza della sua scelta, tira fuori una sigaretta. Sta per accenderla ma questa volta Francesca sa cosa dire.

"Ma Claudio, ne hai fumata una poco fa..."

"Hai ragione cara." Sorride e rimette la sigaretta nel pacchetto, poi riprende a guardare la partita. Con la coda dell'occhio, senza farsi accorgere, osserva ancora Francesca. Lei ciancica una gomma a bocca aperta, canticchiando una strana canzone brasiliana. Ha lo sguardo un po' fumato, perso in chissà quale pensiero. Ho fatto bene? È veramente questo quello che volevo? Claudio ha un attimo di panico. Be'... sì, penso proprio di sì. Almeno finché dura. Poi ripensa alla sua grande decisione. Al grande salto fatto appena una settimana prima. In fondo è stata proprio Francesca a convincermi del tutto. Sì, è lei la donna che aspettavo. Devo tutto a lei. È merito suo se la Z4 celeste ora è parcheggiata fuori dal circolo. Allora Claudio riprende a guardare la partita entusiasta e felice.

"Forza ragazzi! Pareggiate! Fateci un bel goal!" e non sa che proprio in quel momento un semplice boro della Garbatella si è portato via la sua Z4. Con un semplice spadino da 1 euro se n'è portati via 42.000... Euro più, euro meno.

Paolo e mio padre hanno deciso di andare al cinese a via Valadier. Quello dove vanno tutti e da dove tutti escono puzzando di fritto. Sono seduti a un tavolo. Ridono e scherzano in compagnia delle loro donne. Hanno ordinato un sacco di roba. Dalle alghe fritte agli immancabili involtini primavera, dal maiale in agrodolce alla anatra pechinese. Passando per la zuppa di squalo, il manzo croccante, i ravioli al vapore e quelli alla griglia, il piatto novità. Hanno assaggiato di tutto. Si sono rimpinzati provando ogni tipo di salsa su quello strano piatto girevole che i cinesi ti mettono apposta al centro del tavolo per farti sentire un perfetto orientale. Ma quando ti arriva il conto anche se è scritto in cinese e ha una strana linea finale a indicare uno pseudosconto, dovresti capire che per loro sarai sempre e solo un occidentale. Paolo e mio padre si rubano di mano il foglietto. I cinesi stanno lì davanti. Si divertono e sorridono a guardarli. Che gliene frega a loro... Dopo quella solita ridicola pantomima, comunque vada, uno dei due pagherà il conto.

Martina e Thomas sono seduti sulle scalette del comprensorio. Mangiano un pezzo di pizza. Rossa.

"Però... è proprio buona. Dove la compri?"

"Qua vicino. Ti piace?"

"Molto."

"Sai, volevo offrirtela già da tanto tempo, ma non sapevo se ti andava."

"E certo che mi va! Anzi, magari domani la compro io e facciamo ancora merenda qui. Si sta bene seduti sugli scalini. Ti va?"

"Forte, ok."

Poi Thomas, pulendosi come può la bocca con la maglietta, decide di raccontarglielo.

"Sai Marti, qualche giorno fa stavo passeggiando in piazza quando mi è successa una cosa stranissima."

"Cosa?"

"Mah, proprio qui. Stavo aspettando Marco che doveva riportarmi il pallone e a un certo punto s'è fermato uno su una Honda blu. Ma uno grande, almeno vent'anni. È sceso, m'ha dato una pezza in faccia e poi lo sai cosa mi ha detto?"

"No, cosa?"

"Lascia stare Michela. È risalito in moto e se n'è andato. Ma ti rendi conto? Michela che sta con uno di vent'anni!"

È un attimo. Martina sorride senza farsi vedere. Non ci può credere. Step. È proprio pazzo quello. È uno di quelli che non s'incontrano spesso nella vita. Ma se accade, non c'è che da esserne felici. Ma Thomas non molla.

"E sai chi sembrava? Ti ricordi quel tipo con il quale parlavi un po' di tempo fa? Dai, quando io stavo seduto sulla catena e ti ho salutato e voi stavate lì che parlavate davanti al giornalaio? Hai capito chi?"

"Sì, ho capito chi dici. Ma guarda che ti sbagli. Non è proprio il tipo. E poi scusa, ma ti pare che uno come quello si mette con Michela? Con Michela ci si mette uno come te."

"Io? Ma che sei pazza? Io le sto dietro perché s'è fregata il mio cd dei Simple Plan, sai *Still Not Getting Any*? Gliel'avevo prestato un mese fa. Ma si vede che quando le ho detto 'Si chiama Pietro e torna indietro' lei ha capito che il cd tornava indietro da solo!"

Martina sorride. Non tanto per il tentativo malriuscito di battuta, ma perché inizia a capire come stanno le cose.

"Comunque se è quello il tipo, oh diglielo: 'A me di Michela non me ne frega niente'."

"E certo per paura..."

"Ma che paura! Io quello se lo ribecco lo faccio nero. Cioè, magari tra qualche anno. Ti giuro che comincerò ad andare in palestra. Anzi no, di più, mi iscrivo al corso di wrestling, voglio diventare come John Cena, magari faccio anche una canzone rap. È un tipo fortissimo, hai capito chi è?"

"No."

"Ma non conosci nessuno!"

Thomas alza le spalle e dà un altro bel morso alla pizza. "Mmm che buona..."Alla fine sorride anche lui, dimenticandosi di quel fatto. E fa bene. Nella vita cerchiamo sempre una spiegazione. Perdiamo del tempo cercando un perché. Ma a volte non c'è. E per triste che sia, è proprio quella la spiegazione. Thomas parla con Martina, ridono e scherzano di altre cose. Poi si guardano. Lei nello stesso modo di sempre. Lui come forse non aveva ancora mai fatto. E sorride. Forse perché lei lo ha tranquillizzato su quello schiaffo. Forse semplicemente perché quella ragazzina non è poi così male. Non lo sa. Non importa. Nel frattempo la pizza finisce. E qualcosa inizia.

Poco più lontano. Un altro comprensorio. Lì dove in un modo o nell'altro andranno tutti. Senza rogiti particolari, senza investimenti azzeccati o un colpo di fortuna. Dove si è ospiti naturalmente. Senza riunioni di condominio, senza un amministratore noioso o un vicino troppo rumoroso. In quel posto dove non è più importante quanto guadagni ma quanto sei stato capace di dare. Il cimitero. Nel silenzio di quei prati curati, tanti nomi e semplici foto non riescono a raccontare il tanto di tutte quelle vite. Ma i volti, i sorrisi, il dolore dei loro visitatori raccontano in un attimo la bellezza di tutto quello che sono stati e la loro continua mancanza. Ecco. Da un po' di tempo Pollo non è più solo. Ora a fargli compagnia c'è un altro pezzo della vita di Step. Sua madre. Tutti e due hanno dei fiori bellissimi, ancora freschi di vita e d'amore. Quell'amore che Step non ha mai risparmiato, che non ha mai avuto la possibilità di dimostrare fino in fondo. E nel silenzio di ogni giorno, nell'eco lontana della musica della vita che continua, un amico e una madre stanno parlando. Di lui. Di tutto quello che è stato, di quello che i ruoli della vita non hanno permesso di dire. Quelle parole che non sono state mai dette ma che sono sempre arrivate. Perché l'amore non va mai perso.

Quando salgo sulla moto ormai è il tramonto. E proprio in quel momento la vedo tornare. Gin. Con la sua guida veloce, così come è lei. Segue la curva con la testa, canticchia la canzone che sta ascoltando in quel momento. Chissà qual è. Ma sembra di nuovo allegra. Come sempre. Come l'avevo lasciata. Bella del suo sorriso, della vita che ha, dei sogni che rincorre, dei limiti che non conosce. Libera. Libera da tutto quello che non le interessa e anche di più. E allora mi allontano così, vedendola stupita, mentre sorride. E sono felice. Come non ero da tanto... Colpevole solo di quella scritta. Immensa. Su tutto il suo palazzo di fronte. Splendida, diretta, vera. E ora non ho più dubbi. Non ho rimorsi, non ho più ombre, non ho peccato, non ho più passato. Ho solo una gran voglia di ricominciare. E di essere felice. Con te Gin. Sono sicuro. Sì, è proprio così. Vedi, l'ho anche scritto. Ho voglia di te.

I miei ringraziamenti

Vorrei dire grazie a tutti coloro che nel bene o nel male, e soprattutto a loro insaputa, mi hanno dato uno spunto. In fondo la vita è bella proprio per questo, perché non dipende solo da te. Un libro invece sì. Voglio ringraziare chi mi ha volutamente aiutato.

Grazie a Giulia e ai suoi ottimi consigli. Ma soprattutto ai momenti bellissimi che mi ha regalato. Ne ho nascosti alcuni in questo libro, perchè non vadano dimenticati.

Grazie a Riccardo Tozzi e a sua nipote Margherita, a Francesca Longardi e a tutta la Cattleya, perché senza di loro magari questo mio secondo libro non sarebbe mai uscito.

Grazie a Ked (Kylee Doust)! Al suo entusiasmo, al piacere di ascoltare i suoi ricordi che alla fine si confrontano con i miei e diventano dei preziosi consigli.

Grazie a Inge e Carlo Feltrinelli e a tutti gli amici della forza vendita che hanno "materialmente" portato il mio libro in giro per l'Italia.

Grazie a Maddy che mi corregge, mi insegna molto e in cambio ride e si diverte imparando un po' di sano "gergo romano".

Grazie a Giulia Maldifassi, a Valeria Pagani e a tutte le amiche dell'ufficio stampa che mi hanno fatto conoscere e girare l'Italia!

Grazie ad Alberto Rollo che in maniera severa ma piacevole trova sempre il modo per indicarmi la via migliore dello scrivere e io naturalmente lo ascolto.

Grazie ai Budokani, i miei amici, quelli veri, quelli che ci sono sempre non solo nelle pagine e nei ricordi.

Grazie a tutti i miei parenti che mi sopportano e dividono con me il "divano dei pensieri".

Grazie a Carlantoine, nobile ispiratore!

Grazie al mio "Brother" Mimmo. Quando gli leggo quello che ho scritto, lui chiude gli occhi. Poi sorride e annuisce come a dire: "Sì, vanno bene". Fa così anche in mare quando sceglie le correnti e il vento.

Grazie a Luce e ai suoi morselletti che mi piacciono sempre tanto.

Infine alcuni suggerimenti me li dà sempre il mio amico Giuseppe. Mi sta vicino, mi ascolta e alla fine ride con me. Devo dire che molto spesso ha ragione. Quindi, grazie anche a te.

Stampa Grafica Sipiel
Milano, marzo 2007